William Styron

Le choix de Sophie

II

*Traduit de l'anglais
par Maurice Rambaud*

Gallimard

Titre original :

SOPHIE'S CHOICE

© *William Styron, 1976, 1978, 1979.*

© *Éditions Gallimard, 1981, pour la traduction française.*

CHAPITRE X

Creusée très profond dans le sol et entourée par d'épais murs de pierre, la cave de la maison Höss où couchait Sophie était un des rares endroits du camp où ne s'infiltrait jamais l'odeur de chair brûlée. Pour cette raison entre autres, elle y cherchait refuge le plus souvent possible, quoique le coin de la cave réservé à sa paillasse fût humide, mal éclairé, et pût la pourriture et le moisi. Quelque part derrière les murs, l'eau s'écoulait sans arrêt dans les tuyaux des W.C. et les canalisations des étages, et la nuit, elle était parfois dérangée par le frôlement furtif et velu d'un rat. Mais l'un dans l'autre, ce purgatoire obscur était beaucoup plus hospitalier que les baraquements du camp — y compris celui que durant les six mois précédents elle avait partagé avec des douzaines d'autres détenues, tout comme elle relativement privilégiées et affectées aux bureaux du camp. Bien que dans cette geôle elle eût échappé à la plupart des sévices et souffrances qui étaient le lot du commun des prisonniers, elle avait souffert du bruit et de la promiscuité constants et, surtout, d'un manque presque chronique de sommeil. En outre, jamais elle n'avait réussi à rester propre. Ici, cependant, elle ne partageait son cantonnement qu'avec une poignée de détenues. Et entre autres luxes divins offerts par la cave, il y avait la proximité d'une buanderie, dont Sophie utilisait avec gratitude les ressources ; en vérité, elle aurait de toute manière été contrainte d'en faire usage, car la maîtresse de céans,

Hedwig Höss, nourrissait une phobie de vraie ména-
gère westphalienne à l'encontre de la crasse, et exigeait
de tous les détenus hébergés sous son toit qu'ils
veillent non seulement à la propreté, mais encore à
l'hygiène absolue de leurs vêtements et de leurs personnes : de puissants antiseptiques étaient obligatoirement ajoutés à l'eau des lessives et les détenus cantonnés dans la maison Höss traînaient partout dans leur
sillage une odeur de désinfectant. Tout ceci s'expliquait en outre par une autre raison : Frau Kommand-
dant avait une peur bleue des microbes.

Autre précieux agrément de la cave et dont Sophie
profitait amplement, le sommeil, ou du moins la
possibilité du sommeil. Avec l'absence de nourriture et
d'intimité, le manque de sommeil était l'une des pires
calamités qui sévissaient dans le camp ; recherché par
tous avec une avidité qui frisait la concupiscence, le
sommeil était le seul moyen d'échapper avec certitude
à un tourment constant et, chose plutôt étrange (mais
peut-être pas tellement étrange), apportait en général
des rêves agréables car, comme me le fit un jour
remarquer Sophie, à force de côtoyer la folie, ces gens
seraient devenus complètement déments si, échappant
à un cauchemar, ils avaient encore dû en affronter
d'autres dans leur sommeil. Donc grâce au calme et à
l'isolement qui régnaient dans la cave des Höss, Sophie
avait pu, pour la première fois depuis des mois, trouver
le sommeil et se plonger dans le flux et le reflux du
rêve.

La cave avait été scindée en deux par une cloison,
édifiée plus ou moins au milieu. Sept ou huit hommes
couchaient de l'autre côté du panneau de bois ; presque
tous polonais, ils assuraient les menus travaux de
bricolage dans la maison, ainsi que la plonge à la
cuisine, et deux d'entre eux travaillaient au jardin.
Sauf pendant de brefs instants, il était rare que les
hommes et les femmes se trouvent réunis. Trois autres

femmes étaient hébergées du même côté que Sophie. Deux d'entre elles étaient des couturières juives, deux sœurs d'un certain âge, originaires de Liège. Témoignages vivants de l'opportunisme que se permettaient volontiers les Allemands, les deux sœurs ne devaient d'avoir échappé à la chambre à gaz qu'à leur habileté aussi énergique que délicate pour manier le fil et l'aiguille. Toutes deux étaient les grandes favorites de Frau Höss qui, avec ses trois filles, était l'unique bénéficiaire de leurs dons ; à longueur de journée, elles cousaient, ourlaient, raccourcissaient, et retouchaient bon nombre de vêtements, parmi les plus luxueux arrachés aux Juifs expédiés aux chambre à gaz. Depuis des mois qu'elles faisaient partie de la maison, elles étaient devenues vaniteuses et replètes, dotées d'un embonpoint qu'elles devaient à leur travail sédentaire et qui jurait bizarrement dans cet entourage de corps émaciés. Sous l'aile tutélaire de Hedwig, on aurait dit qu'elles avaient perdu toute crainte de l'avenir et elles paraissaient à Sophie parfaitement sereines et satisfaites de leur sort tandis qu'installées dans une chambre ensoleillée du premier, elles cousaient avec ardeur, débarrassant de leurs étiquettes et de leurs griffes signées Cohen, Lowenstein et Adamovitz, des fourrures et étoffes de luxe nettoyées de frais et arrachées depuis quelques heures à peine aux wagons. Elles parlaient peu, avec un accent belge que Sophie trouvait rude et bizarre à l'oreille.

L'autre occupante du cachot de Sophie était une femme asthmatique du nom de Lotte, elle aussi d'un certain âge, un Témoin de Jéhovah, venue de Coblence. Tout comme les deux couturières juives, c'était une enfant chérie de la chance qui s'était vu épargner la mort par piqûre ou les lentes tortures qui l'attendaient à « l'hôpital », pour servir de gouvernante aux deux des plus jeunes enfants Höss. C'était une créature décharnée, plate comme une planche, à la mâchoire

15

prognathe et aux mains énormes, qui ressemblait par son physique à certaines des brutales gardiennes transférées du KL Ravensbrück, dont l'une avait sauvagement agressé Sophie peu de temps après son arrivée au camp. Mais Lotte était dotée d'une nature bonne et généreuse qui démentait son air redoutable. Elle s'était comportée comme une sœur aînée à l'égard de Sophie, la gratifiant de conseils indispensables sur le travail exigé d'elle, en même temps que de précieux renseignements sur le Commandant et son ménage. Il convenait en particulier, avait-elle dit, de se méfier de la gouvernante, Wilhelmine. Une vraie garce, Wilhelmine était elle aussi une détenue, une Allemande condamnée comme faussaire. Elle occupait deux chambres à l'étage. Baise-lui le cul, avait conseillé Lotte à Sophie, lèche-lui bien le cul et tu n'auras pas d'ennuis. Quant à Höss, lui aussi aimait qu'on le flatte, mais mieux valait se montrer moins direct ; il n'était pas du genre à se laisser rouler.

Une âme simple, d'une piété fervente, pratiquement illettrée, on eût dit que pareille à un robuste et grossier navire, et sereine dans sa foi redoutable, Lotte résistait aux vents maléfiques d'Auschwitz. Elle s'abstenait de tout prosélytisme, se bornant à laisser entendre à Sophie que dans le Royaume de Jéhovah, elle trouverait d'amples récompenses aux souffrances de sa captivité. Les autres, y compris Sophie, iraient sans nul doute en enfer. Mais cette prédiction n'avait rien de vindicatif, pas plus que les commentaires que faisait parfois Lotte — un matin, par exemple, que Sophie et elle grimpaient ensemble l'escalier pour aller prendre leur travail et que, le souffle court, elle s'était arrêtée pantelante sur le palier du premier — quand, humant l'odeur caractéristique du bûcher funéraire de Birkenau, elle murmurait que les Juifs l'avaient bien mérité. Ils se trouvaient dans le pétrin, mais l'avaient bien cherché. Après tout, n'étaient-ce pas les Juifs qui les

16

premiers avaient trahi Jéhovah ? « La source de tout le mal, *die Hebraer* », haleta-t-elle.

Sur le point de s'éveiller le matin du jour que j'ai commencé à évoquer, le dixième jour depuis qu'elle travaillait au service du Commandant dans le grenier, et le jour qu'elle avait choisi pour essayer de le séduire — sinon précisément de le séduire (pensée ambiguë), du moins de le plier par d'autres moyens à sa volonté et à ses desseins —, juste avant que ses yeux ne s'ouvrent en papillonnant sur la pénombre tendue de toiles d'araignée de la cave, elle prit conscience du halètement rauque et asthmatique de Lotte endormie sur son grabat au pied de l'autre mur. Puis Sophie se réveilla en sursaut et, les paupières lourdes, aperçut à un mètre d'elle l'énorme masse d'un corps, affalé sous une couverture de laine mangée aux mites. Sophie faillit tendre le bras pour lui donner un petit coup dans les côtes, comme elle l'avait fait maintes fois ; mais malgré les raclements de pieds qui sur le plancher de la cuisine au-dessus de sa tête annonçaient le matin, c'est-à-dire pour tous quasiment l'heure de se lever pour se mettre au travail, elle se dit : Laissons-la dormir. Puis comme une nageuse qui se laisse couler vers des profondeurs bienveillantes et amniotiques, Sophie essaya de retomber dans le rêve où elle était plongée juste avant son réveil.

Elle s'était retrouvée petite fille, une douzaine d'années plus tôt, en train d'escalader les pentes des Dolomites, en compagnie de sa cousine Krystyna ; elles bavardaient en français tout en cherchant des edelweiss. Tout autour d'elles s'élançaient des pics sombres et empanachés de brume. Déroutante comme le sont toujours les rêves, marquée par l'ombre d'un danger imminent, la vision était en outre d'une douceur intolérable. Là-haut, accrochée aux rochers, la fleur d'un blanc de lait semblait leur faire signe d'approcher et Krystyna, qui ouvrait la marche sur le

sentier abrupt, avait lancé par-dessus son épaule :
« Zosia, je vais la chercher ! » Soudain Krystyna parut
glisser et, dans une pluie de cailloux, être sur le point
de tomber : la terreur obscurcit le rêve. Sophie se mit à
prier pour Krystyna comme elle l'eût fait pour elle-
même : Ange de Dieu, ange gardien, demeurez à ses
côtés... Sans relâche elle récitait la prière. Bon Ange
faites qu'elle ne tombe pas ! Tout à coup le rêve fut
inondé par le soleil alpin et Sophie leva les yeux.
Sereine et triomphante, encadrée par une auréole de
lumière dorée, l'enfant contemplait Sophie en souriant, perchée saine et sauve sur un promontoire
moussu, la main crispée sur le brin d'edelweiss.
« Zosia, je l'ai trouvée*! » lança Krystyna. Et dans son
rêve, la sensation de malheur évité, de sécurité, de
prière exaucée, de résurrection joyeuse, tout cela lui
revint avec une intensité douloureuse si lancinante que
lorsqu'elle reprit conscience, réveillée par le bruit que
faisait Lotte, des larmes salées lui brûlèrent les yeux.
Ses paupières s'étaient déjà refermées et sa tête était
retombée dans une vaine tentative pour retrouver sa
joie irréelle, quand Bronek la secoua rudement par
l'épaule.

— J'ai de la bonne bouffe pour vous mesdames, ce
matin, annonça Bronek.

Respectueux de la ponctualité toute germanique qui
était la règle dans la maison, il était arrivé à l'heure
pile. Il transportait la nourriture dans une casserole de
cuivre toute cabossée, comme presque toujours des
restes du dîner préparé la veille pour les Höss. Elle
était toujours froide, cette pitance du matin (comme
pour nourrir des chats ou des chiens, la cuisinière
déposait tous les soirs la casserole devant la porte de la
cuisine, où Bronek venait la prendre à l'aube), et
consistait d'ordinaire en un ragoût graisseux fait d'os
auxquels s'accrochaient encore des bouts de viande et
de tendons, des croûtes de pain (barbouillées les jours

fastes d'un peu de margarine), de restes de légumes et parfois même d'une pomme ou d'une poire à demi grignotées. Comparé à la nourriture octroyée à la plupart des détenus du camp, c'était un repas somptueux ; en fait, du point de vue quantité, c'était un vrai banquet et dans la mesure où le petit déjeuner se trouvait parfois étoffé, de façon inexplicable, par de menues friandises, des sardines en boîte ou encore un morceau de saucisse polonaise, on était en droit de supposer que le Commandant tenait à ce que sa domesticité ne meure pas de faim. En outre, bien que Sophie fût censée partager le contenu de sa casserole avec Lotte, et que les deux sœurs juives s'alimentassent de la même façon, face à face comme deux chiennes devant leur auge, chacune d'elles avait droit à une cuillère d'aluminium — un raffinement quasiment inconcevable pour les autres détenus parqués derrière leurs barbelés.

Lotte se réveillait, Sophie l'entendit pousser un grognement, marmonner des syllabes incohérentes, peut-être quelque invocation matinale à Jéhovah, marquée par un accent rhénan sépulcral. Bronek poussa brutalement la casserole entre elles :

— Regardez un peu, dit-il, le reste d'un jambon, avec des bouts de viande dessus encore. Et plein de pain. Et aussi de jolis petits morceaux de chou. Je le savais bien, les filles, dès l'instant où hier j'ai appris que Schmauser allait venir dîner, j'ai compris qu'aujourd'hui vous auriez de la bonne bouffe.

Le factotum, blême et chauve dans la lumière argentée qui filtrait dans la cave, un vrai sac d'os qui ressemblait à une mante religieuse, abandonna soudain son polonais pour son grotesque allemand écorché — ceci au bénéfice de Lotte qu'en même temps il poussait du coude.

— *Aufwecken, Lotte !* chuchota-t-il d'une voix rauque. *Aufwecken, mein schöne Blume, mein kleine Engel !*

19

Si Sophie avait encore eu le goût du rire, ce badinage entre Bronek et l'éléphantine gouvernante, visiblement ravie des attentions qu'il lui prodiguait, n'aurait sans doute pas manqué de la plonger dans l'hilarité.

— Allez réveille-toi, mon petit rat de Bible, s'obstinait Bronek et, au même instant, Lotte se secoua et se mit sur son séant. Brouillé par le sommeil, son visage massif paraissait monstrueux, mais pourtant toujours empreint d'une placidité et d'une bonté irréelles, comme ceux des statues de l'île de Pâques. Puis, sans hésiter, elle se mit à avaler goulûment sa nourriture.

Sophie se retint quelques instants. Elle savait que Lotte, bonne âme, ne prendrait pas plus que sa part, et s'offrait le luxe de retarder encore un peu le moment de manger sa portion. Elle salivait de plaisir à la vue de la bouillie visqueuse contenue dans la casserole et bénit le nom de Schmauser. Schmauser était un Obergruppenführer SS, l'homologue d'un général de corps d'armée et le supérieur hiérarchique de Höss, en poste à Wroclaw ; il y avait plusieurs jours que le bruit de sa visite courait dans la maison. Ainsi la théorie de Bronek s'était-elle révélée juste : attendez que débarque un vrai gros bonnet, avait-il dit, Höss donnera un festin à tout casser et il y aura tellement de restes que même les cafards en auront mal au ventre.

— Comment c'est dehors, aujourd'hui, Bronek ? demanda Lotte entre deux bouchées.

Comme Sophie, elle savait que pour prédire le temps, il avait un flair de vrai paysan.

— Frais. Un petit vent d'ouest. Un peu de soleil de temps en temps. Mais beaucoup de nuages bas. Ils rabattent l'air au sol. Pour le moment, l'air pue mais ça va peut-être s'arranger. Y a un tas de Juifs qui grimpent la cheminée aujourd'hui. Ma petite Sophie chérie, s'il te plaît, mange.

Il avait dit ces derniers mots en polonais, grimaçant un sourire qui révélait des gencives roses où trois ou quatre chicots saillaient comme des échardes d'un blanc cru:

Toute la carrière de Bronek à Auschwitz coïncidait avec l'histoire du camp. Le hasard voulait qu'il eût été un des pionniers, et il avait commencé peu après son incarcération à travailler dans la maison Höss. Il avait autrefois été fermier dans la région de Miastko, très loin dans le nord. Il avait été choisi pour participer à une expérience sur les carences de vitamines et en conséquence avait perdu toutes ses dents; comme un vulgaire rat ou un cobaye, il avait été systématiquement privé d'acide ascorbique et autres substances de base, jusqu'au jour où, comme prévu, sa bouche avait été ravagée; peut-être aussi était-il devenu un peu fou. Quoi qu'il en soit, il avait été frappé par cette chance surnaturelle qui sans la moindre raison s'abattait parfois sur certains détenus, comme un coup de foudre. Normalement, après une telle épreuve, il aurait dû être supprimé, une coque inutile expédiée dans les ténèbres par une piqûre en plein cœur. Mais il était doué du ressort d'un paysan et d'une vigueur proprement extraordinaire. Mis à part sa mâchoire saccagée, il n'avait pratiquement manifesté aucun des symptômes classiques du scorbut — lassitude, faiblesse, perte de poids, et ainsi de suite — auxquels dans les circonstances tout le monde s'attendait. Il était resté aussi robuste qu'un bouc, ce qui lui avait valu de susciter la curiosité médusée des médecins SS et, de façon indirecte, d'attirer l'attention de Höss. Invité à jeter un coup d'œil au phénomène, Höss avait accepté, et au cours de leur bref face-à-face, quelque chose en Bronek — peut-être tout simplement la langue qu'il parlait, le grotesque allemand tronqué d'un analphabète polonais de Poméranie — avait séduit le Commandant. Il fit transférer Bronek pour le placer sous la protection de son toit, où il avait toujours été employé depuis, jouissant de menus privilèges, la permission de circuler dans la maison en glanant des ragots, et cette vague exemption d'une surveillance constante accordée d'ordinaire aux favoris ou aux animaux domestiques — ces favoris qui existent dans toutes les sociétés esclavagistes. Extraordinaire pique-assiette, il ramenait parfois les surprises les plus stupéfiantes en matière de nourriture, en général de sources mystérieuses. Plus important encore, comme l'apprit Sophie, Bronek, en dépit de son air demeuré, était quotidiennement en contact avec le camp lui-même et servait d'informateur à l'un des plus puissants groupes de la Résistance polonaise.

Les deux couturières s'agitèrent dans l'ombre au fond de la pièce.

— *Bonjour, mesdames**, lança Bronek d'un ton enjoué. Voici votre petit déjeuner.

Il se tourna de nouveau vers Sophie.

« Je t'ai aussi trouvé des figues, dit-il, de vraies figues, tu te rends compte !

— Des *figues,* mais où les as-tu trouvées ? s'exclama Sophie.

Stupéfaite et ravie, elle vit Bronek lui tendre ce trésor inouï ; bien que sèches et enveloppées de cellophane, elles avaient sur sa paume une tiédeur et un poids merveilleux, et approchant le petit paquet de son visage, elle distingua les filets de jus délectable figés sur la peau vert grisâtre, huma l'arôme lointain et voluptueux, assoupi mais toujours sucré, parfum fantôme du fruit moelleux. Un jour en Italie, il y avait bien des années, elle avait goûté de vraies figues. Son estomac réagit avec un bruit joyeux. Jamais depuis des mois — non, des années — elle n'aurait osé rêver, même vaguement, d'un pareil luxe.

— Des *figues !* Bronek, je n'arrive pas à y croire ! s'exclama-t-elle.

— Gardez-les pour plus tard, dit-il, en donnant un autre paquet à Lotte, ne les mangez pas toutes à la fois. Mangez d'abord cette merde qui vient de là-haut. C'est de la pâtée, mais la meilleure pâtée que vous ayez eue depuis longtemps. Tout juste bonne pour les cochons que j'élevais autrefois à Pomorze.

Bronek était un bavard intarissable. Sophie prêta l'oreille au flot de ses papotages, tout en rongeant avec avidité le moignon de porc, froid et filandreux. La viande était brûlée, pleine de tendons et infecte au goût. Pourtant ses papilles gustatives réagissaient, comme abreuvées d'ambroisie, au contact des petites cloques et boules de graisse que son corps réclamait à grands cris. Elle se serait empiffrée de graisse. Par jeu, son imagination faisait revivre le festin de la veille que Bronek s'était échiné à servir ; le magnifique cochon de lait, les boulettes de farce, les pommes de terre fumantes, les choux aux marrons, les confitures, gelées et sauces, et pour dessert, une crème onctueuse, tout cela englouti par les gosiers des SS et arrosé de nobles bouteilles de vin de Hongrie, du Sang de Taureau, et servi (comme chaque fois que l'on accueillait un dignitaire de l'importance d'un Obergruppenführer) dans un superbe service en argent de l'époque du Tsar récupéré dans un musée pillé sur le front de l'Est. A ce propos, Sophie s'en rendit soudain compte, Bronek discourait maintenant du ton avantageux de quelqu'un qui se sait porteur de redoutables nouvelles.

— Ils essaient encore d'avoir l'air heureux, disait-il, et pendant un petit moment on peut croire qu'ils le sont. Mais quand ils se mettent à parler de la guerre, c'est la catastrophe. Par exemple, hier soir, Schmauser a annoncé que les Russes sont à la veille de reprendre Kiev. Et puis un tas d'autres mauvaises nouvelles du front russe. Et encore d'autres nouvelles dégueulasses d'Italie, à en croire Schmauser. Il paraît que là-bas, les Anglais et les Américains avancent, et que les gens meurent comme des mouches.

Bronek, qui parlait accroupi sur ses talons, se leva

23

soudain et se dirigea avec son autre casserole vers les deux sœurs.

« Mais la grande nouvelle, mesdames, c'est quelque chose que peut-être vous aurez du mal à croire, mais pourtant c'est la vérité — *Rudi va partir !* Rudi est sur le point d'être de nouveau transféré à Berlin !

Sophie, qui s'empiffrait de viande graisseuse, faillit avaler de travers. *Partir ?* Höss quittait le camp ! Impossible ! Se redressant sur son séant, elle agrippa Bronek par la manche :

— Tu en es sûr ? demanda-t-elle vivement. Bronek, tu es sûr de ça ?

— Je raconte seulement ce que j'ai entendu Schmauser dire à Rudi après le départ des autres. Il lui a dit qu'il avait fait du bon boulot, mais qu'on avait besoin de lui à Berlin au Bureau Central. Ce qui fait qu'il pouvait se préparer pour un transfert immédiat.

— Comment ça, *immédiat ?* s'obstina-t-elle. Aujourd'hui, le mois prochain, quand ?

— Je n'en sais rien, avoua Bronek, il voulait simplement dire bientôt.

Une note d'appréhension s'était glissée dans sa voix.

« Moi, c'est loin de me faire plaisir, crois-moi.

Il se tut, l'air sombre.

« Je veux dire, qui sait qui va prendre sa place ? *Un sadique*, peut-être, qui sait. Un *gorille !* Alors, peut-être que Bronek, lui aussi... ?

Il roula des yeux et passa son index sur sa gorge.

« Il aurait pu me faire éliminer, il aurait pu m'envoyer à la chambre à gaz, comme les Juifs — tu sais bien, c'était comme ça dans ce temps-là —, mais il m'a amené ici et il m'a traité comme un être humain. Faut pas croire que moi, je vais pas regretter de voir Rudi s'en aller.

Mais Sophie, soucieuse, ne prêtait plus attention aux propos de Bronek. La nouvelle du prochain départ de Höss la plongeait dans une véritable panique. Elle comprenait soudain qu'il lui fallait passer de toute urgence à l'action, et avec énergie, si elle voulait l'amener à remarquer son existence et du même coup tenter de l'utiliser pour atteindre l'objectif qu'elle s'était fixé. Pendant l'heure qui suivit, que Lotte et elle passèrent à trimer dans la buanderie pour faire la lessive des Höss (les détenus employés dans la maison se voyaient épargner les sinistres appels, interminables et meurtriers, qui étaient la règle dans le camp ; par chance, Sophie était seulement contrainte de laver les monceaux de linge sale de la maison — d'une profusion anormale en raison de la peur maniaque de la crasse et des microbes qu'éprouvait Frau Höss), elle imagina toute une gamme de petites situations et scènes où le Commandant et elle-même se retrouvaient enfin dans une relation d'intimité qu'elle mettait à profit pour lui débiter l'histoire qui devait entraîner son salut. Mais déjà le temps travaillait contre elle. A moins qu'elle ne passât sur-le-champ à l'action et peut-être au risque d'une certaine témérité, il se pouvait qu'il parte sous peu et tout ce qu'elle avait projeté de faire n'aboutirait à rien. L'angoisse la torturait et, de façon totalement irrationnelle, se mêlait à la faim qui la tenaillait.

L'ourlet de sa camisole à rayures était lâche et, à l'intérieur, elle avait caché le paquet de figues. Un peu avant huit heures, c'est-à-dire à peu près à l'heure où il lui fallait gravir les quatre étages pour gagner le bureau installé dans le grenier, elle ne put résister davantage à l'envie de goûter aux figues. Elle se faufila à l'intérieur d'un vaste réduit ménagé sous l'escalier, où elle était sûre de ne pas être vue par les autres détenues. Là, avec frénésie, elle déchira l'enveloppe de cellophane. Ses yeux s'embuèrent de larmes tandis que les tendres petits globes (légèrement moites et délicieusement grenus sous la dent, leur onctuosité parsemée d'archipels de grains minuscules) glissaient somp-

tueusement dans sa gorge, un par un ; éperdue de
ravissement, nullement honteuse de sa goinfrerie et
des filets de salive sucrée qui dégoulinaient sur ses
doigts et son menton, elle les avala tous. Ses yeux
étaient encore embués et elle constata qu'elle haletait
de plaisir. Puis, après s'être attardée un moment dans
le noir pour laisser aux figues le temps de descendre et
pour se composer un visage, elle s'engagea lentement
dans l'escalier qui menait aux étages. Il fallait quelques minutes à peine pour atteindre le haut de l'escalier, mais son ascension fut interrompue par deux
incidents bizarrement mémorables qui, avec un sinistre à-propos, parurent s'insérer dans la trame halluci-
natoire des matinées, après-midi et nuits qu'elle venait
de passer sous le toit des Höss.

Sur deux des paliers — l'un au rez-de-chaussée, juste
au-dessus de la cave, et l'autre juste en dessous du
grenier — s'ouvraient des lucarnes orientées vers l'est,
dont d'habitude Sophie s'appliquait à détourner ses
regards, sans toutefois toujours y parvenir. De ces
lucarnes, la vue englobait un certain nombre de choses
plutôt banales — au premier plan un champ de
manœuvre au sol dénudé et brun, une petite guérite en
bois, les clôtures électrifiées qui emprisonnaient un
bouquet incongru de gracieux peupliers — mais elle
incluait également une portion de la voie ferrée et du
quai où se déroulaient les sélections. Invariablement
s'y alignaient de longues files de wagons à bestiaux,
toile de fond couleur fauve où s'inscrivaient, en images
floues et brouillées, des scènes de cruauté, de destruction et de folie. Le quai se trouvait au centre du
tableau, trop près pour ne pas attirer l'attention, trop
loin pour qu'il fût possible de distinguer clairement ce
qui s'y passait. Peut-être, me dit-elle par la suite, était-
ce son arrivée sur ce même quai de béton, et les
souvenirs qu'elle en gardait, qui la poussaient à fuir la
scène, à détourner les yeux, à chasser de son esprit les

apparitions fragmentaires et vacillantes qui de sa position stratégique paraissaient toujours floues et imprécises, comme ces ombres grenues dans les vieilles bandes d'actualité du cinéma muet : une crosse de fusil brandie vers le ciel, des cadavres que l'on extirpait des wagons, une créature humaine en carton-pâte précipitée à terre sous les coups.

Parfois il lui semblait qu'il n'y avait en fait aucune violence, et elle n'éprouvait rien d'autre qu'une horrible impression d'ordre, de foules dociles qui en long cortège avançaient en traînant les pieds pour bientôt disparaître. Le quai était trop éloigné pour que l'on pût distinguer les bruits ; la musique démente de l'orchestre du camp qui venait accueillir chaque train, les hurlements des gardes, les aboiements des chiens, tout cela restait muet, même si parfois il était impossible de ne pas entendre la détonation sèche d'un coup de pistolet. Ainsi la tragédie semblait se dérouler dans un néant miséricordieux, d'où étaient bannis les gémissements de chagrin, les cris de terreur et autres bruits de cette initiation infernale. C'était pour cette raison peut-être, se disait Sophie en grimpant l'escalier, qu'elle succombait de temps à autre à l'irrésistible tentation de risquer un coup d'œil — ce qu'elle fit maintenant, sans rien voir d'autre que la file de wagons récemment arrivés, et qui n'étaient pas encore déchargés. Des sentinelles SS cernaient le train, enveloppées par des tourbillons de vapeur. D'après les documents reçus la veille par Höss, Sophie savait qu'il s'agissait du second des deux convois renfermant les 2 100 Juifs expédiés de Grèce.

Puis, sa curiosité satisfaite, elle se détourna et ouvrit la porte du salon qu'elle devait traverser pour rejoindre l'escalier qui menait au grenier. Jaillie du phonographe Stromberg Carlson, une voix de contralto inondait la pièce d'une frénétique mélopée d'amour, que Wilhelmine, la gouvernante, écoutait en fredonnant à voix haute, tout en fouillant dans une pile de sous-vêtements en soie. Elle était seule. La pièce était baignée de soleil.

Wilhelmine (remarqua Sophie qui hâta le pas) portait un vieux peignoir dont lui avait fait cadeau sa maîtresse, des pantoufles roses ornées d'énormes pompons roses, et ses cheveux passés au henné étaient hérissés de bigoudis. Son visage, barbouillé de fond de teint, paraissait en feu. Elle fredonnait incroyablement faux. Elle tourna la tête au passage de Sophie, fixant sur elle un regard qui n'avait rien de désagréable, performance difficile, le visage lui-même étant l'un des plus désagréables que Sophie eût jamais contemplés. (Même si la chose peut paraître ici importune, et peut-être dénuée de pittoresque, je ne peux m'empêcher de répéter le commentaire manichéen que me fit Sophie en évoquant ce lointain été et m'en tenir là : « Si jamais tu parles de ça dans un livre, Stingo, dis simplement que de toutes les jolies femmes que j'ai vues dans ma vie, cette Wilhelmine — non, elle n'était pas vraiment jolie, mais disons, assez belle, avec ce genre de beauté dure qu'ont certaines prostituées —, cette Wilhelmine était la seule femme dont la beauté avait été changée en laideur absolue par le mal qui l'habitait. Je ne peux pas mieux la décrire. Une espèce de laideur absolue. Je la regarde et mon sang se change en glace dans mes veines. »)

— *Guten Morgen*, murmura Sophie, en hâtant le pas.

Mais Wilhelmine l'arrêta net d'une voix sèche :

— Attends !

Certes l'allemand est une langue sonore, mais la voix avait retenti comme un cri.

Sophie se retourna pour affronter la gouvernante ; elles s'étaient souvent croisées, mais, chose étrange, c'était la première fois qu'elle s'adressaient la parole. Malgré son air pour une fois inoffensif, la femme inspirait la crainte ; Sophie sentit son pouls se précipiter dans ses poignets et, sur-le-champ, sa bouche devint sèche. « *Nur nicht aus Liebe weinen* », se lamentait la voix plaintive et pleurnicharde, tandis que les crissements du disque, amplifiés, ricochaient entre les murs. Une étincelante galaxie de minuscules poussières voguait dans les rayons obliques du soleil matinal, chatoyant du sol au plafond à travers l'immense pièce encombrée de ses armoires et bureaux, de ses canapés, secrétaires et fauteuils dorés. Ce n'est même pas un musée, songea Sophie, rien d'autre qu'un monstrueux entrepôt. Sophie se rendit soudain compte que le salon empestait le désinfectant, comme sa propre blouse. La gouvernante était d'une brusquerie bizarre :

« Je veux te donner quelque chose, roucoula-t-elle en fouillant dans la pile de sous-vêtements. Le monceau vaporeux de culottes de soie, visiblement lavées de frais, était posé sur le marbre d'une commode incrustée de bois peint et ornée de filets et volutes de bronze ; un meuble gigantesque et massif, qui eût été démesuré même à Versailles, où de fait il avait peut-être été volé.

« Bronek a apporté tout ça hier soir, directement de la blanchisserie, poursuivit-elle de sa voix stridente et modulée. Frau Höss aime bien faire des cadeaux aux détenues. Je sais qu'on ne vous donne pas de sous-vêtements, et j'ai entendu Lotte se plaindre que les uniformes grattent horriblement les fesses.

Sophie relâcha son souffle. Sans la moindre pitié, sans la moindre indignation, sans même la moindre surprise, la pensée voleta à travers son esprit comme un moineau : Tout ça, ça vient des Juifs morts.

« Tout ça est très, très propre. Certains même sont en soie pure, une soie merveilleuse. Je n'ai jamais rien vu de pareil depuis le début de la guerre. Quelle taille est-ce qu'il te faut ? Je parie que tu n'en sais même rien.

Les yeux eurent un éclair lubrique.

Tout cela était arrivé trop vite, cette aumône inattendue et gratuite, pour que Sophie en saisisse immédiatement le sens, mais elle ne tarda pas à avoir des soupçons et se sentit alors franchement inquiète — inquiète autant à cause de la façon dont Wilhelmine avait littéralement fondu sur elle (elle le comprenait, c'était exactement ce qui s'était passé), tapie comme une tarentule dans l'attente du moment où elle émergerait de la cave, que de l'offre fébrile de cette largesse en soi plutôt ridicule.

« Cette étoffe ne te gratte donc pas autour des fesses ? entendit-elle alors Wilhelmine demander, mezza voce, avec un léger frémissement qui donnait à toute la chose un ton encore plus équivoque et provocant que les regards suggestifs ou les mots qui tout d'abord l'avaient mise sur ses gardes : *Je parie que tu n'en sais même rien.*

— Oui... dit Sophie, atrocement mal à l'aise. *Non !* je n'en sais rien.

— Approche, murmura-t-elle, l'attirant d'un geste vers une sorte d'alcôve, un recoin d'ombre à l'abri d'un piano à queue, un grand Pleyel de concert. Viens, on va en essayer une paire.

Sophie s'avança sans résistance, et sentit Wilhelmine effleurer du bout des doigts l'ourlet de sa blouse.

« Il y a si longtemps que je m'intéresse à toi. Je t'ai entendue parler au Commandant. Tu parles un allemand merveilleux, à croire que c'est ta langue maternelle. Le Commandant dit que tu es polonaise, mais franchement, je n'en crois rien, ha ! Tu es bien trop belle pour être Polonaise.

Les mots cascadaient, vaguement fiévreux, tandis qu'elle manœuvrait adroitement pour pousser Sophie vers l'encoignure plongée dans une ombre menaçante.

« Ici toutes les Polonaises sont tellement quelconques, banales, tellement *lumpig*, tellement vulgaires. Mais toi, je parie que tu es suédoise, pas vrai ?

D'ascendance suédoise ? En tout cas, tu as l'air d'une Suédoise, et on m'a dit que dans le nord de la Pologne, il y a beaucoup de gens d'origine suédoise. C'est bon, personne ne peut nous voir ici, on va essayer une paire de ces jolies culottes. Pour que ton joli petit derrière reste bien blanc et bien doux.

Jusqu'à cet instant, espérant en dépit de tout espoir, Sophie s'était dit qu'il subsistait une *petite chance* pour que les avances de la femme fussent parfaitement innocentes, mais cette fois, de si près, les symptômes de sa concupiscence vorace — son souffle précipité, puis la roseur chaude qui envahissait comme une éruption tout le visage d'une beauté bestiale, mi-Walkyrie, mi-putain de bas étage — ne laissaient plus aucun doute sur ses intentions. Quant à l'appât, ces dessous en soie, il était plutôt grossier. Et dans un spasme de joie étrange, l'idée effleura Sophie que dans ce foyer soumis à la psychose de l'ordre et de la programmation, cette malheureuse femme était condamnée à ne faire l'amour qu'à la sauvette, pour ainsi dire, et en position verticale, au fond d'une alcôve cachée derrière un monumental piano à queue, en exploitant les rares minutes, fugaces, précieuses et hors programme, entre le moment qui suivait le petit déjeuner, où les enfants partaient pour l'école de la garnison, et celui où débutait la routine quotidienne. Toutes les autres heures de la journée, jusqu'à l'ultime tic-tac de l'horloge, étaient hypothéquées : et *voilà* ce qu'il en est sous un toit SS féru de discipline, des élans désespérés de l'amour saphique !

« *Schnell, schnell, meine Süsse !* chuchotait Wilhelmine, avec plus d'insistance maintenant. Soulève un peu ta robe, chérie... non, plus haut ! »

L'ogresse plongea en avant et Sophie se sentit submergée comme par une avalanche, flanelle rose, joues barbouillées de fard, cheveux passés au henné — miasmes rougeâtres qui empestaient le parfum français. La gouvernante se démenait avec une frénésie de folle. Une seconde ou deux à peine, sa langue de louve, dure et poisseuse, s'activa autour de l'oreille de Sophie, elle lui caressa les seins sans douceur, lui pétrit vigoureusement les fesses, s'écarta un instant avec une expression de concupiscence si intense qu'elle évoquait les affres de l'agonie, puis passant aux choses plus sérieuses, s'affala comme en génuflexion sur le sol en étreignant à deux bras les hanches de Sophie. « *Nur nicht aus Liebe weinen...* Petit chaton suédois... petite merveille, marmonnait-elle. Ah, *bitte...* plus haut ! » Sa décision prise quelques instants plus tôt, Sophie n'avait pas la moindre intention de résister ni de protester — en proie à une sorte d'auto-hypnose éperdue, elle s'était placée au-delà du dégoût, convaincue que de toute façon elle était aussi impuissante qu'un papillon blessé — et laissa ses cuisses, docilement, s'écarter toutes grandes tandis que le mufle bestial et la langue dure comme une balle de fusil s'enfouissaient en elle, fouillaient ce qui n'était en fait, elle s'en rendait compte avec une vague et lointaine satisfaction, que sa chair obstinément sèche, aussi parcheminée et déshydratée que le sable du désert. Elle se balançait sur les talons, bras paresseusement levés et poings mollement posés sur les hanches, consciente surtout maintenant des gestes de la femme qui se masturbait avec frénésie, la toison écarlate hérissée de bigoudis tressautant sous ses yeux comme un énorme coquelicot en lambeaux. Soudain une détonation claqua à l'autre bout de l'immense pièce, une porte s'ouvrit brutalement et la voix de Höss retentit :

— Wilhelmine ! Où êtes-vous ? Frau Höss vous demande dans sa chambre.

Le Commandant, qui aurait déjà dû se trouver dans son bureau du grenier, avait fait une brève entorse à son horaire habituel, et la panique que sa présence inopinée provoqua au ras du plancher fut sur-le-champ transmise à Sophie, qui redouta que l'étreinte de Wilhelmine autour de ses hanches, brusquement resserrée par un spasme affolé, ne les fasse toutes les deux basculer. La langue dérapa et la tête s'écarta. Son adoratrice se figea et demeura quelques instants comme paralysée, le visage froid de terreur. Enfin et à leur grand soulagement, le danger s'écarta. Höss appela une nouvelle fois, attendit quelques secondes, jura sous cape et sortit aussitôt, traversant à pas lourds le palier pour rejoindre l'escalier qui menait au grenier. La gouvernante s'écarta brusquement, molle, s'écroula dans la pénombre comme une poupée de chiffon.

Ce ne fut que quelques instants plus tard, dans l'escalier, que Sophie accusa le coup, les jambes brusquement en coton et si faibles qu'elle fut obligée de s'asseoir. Ce n'était pas uniquement l'agression dont elle venait d'être l'objet qui lui laissait les nerfs à vif — pour elle, il n'y avait là rien de nouveau : des mois auparavant, elle avait failli se faire violer par une gardienne, peu après son arrivée au camp — pas plus que la réaction de Wilhelmine au moment de sa fuite éperdue, après le départ de Höss. (« Tu ne dois rien dire au Commandant, avait-elle grondé, avant de réitérer son injonction sur un ton de prière, en proie, semblait-il, à une peur abjecte, puis de se ruer hors de la pièce. Il nous tuerait toutes les deux ! ») Un bref instant, Sophie eut l'impression que cette situation scabreuse lui donnait d'une certaine façon barre sur la gouvernante. A moins — à moins que (cette seconde pensée l'arrêta court et la contraignit de nouveau à s'asseoir toute tremblante sur les marches), que cette fieffée hypocrite, investie de si grands pouvoirs dans la maison, ne tirât prétexte de cet épisode de lubricité contrariée pour se venger de Sophie, purger sa frustration en transformant l'amour en représailles, et ne se précipitât trouver le Commandant pour lui faire ses doléances (en accusant de façon très précise l'autre, la prisonnière, de lui avoir fait des avances), fracassant du même coup le cadre déjà bien trop fragile de l'avenir dont rêvait Sophie. Elle devinait, sachant quelle horreur l'homosexualité inspirait à Höss, ce qui l'attendait si un scandale de ce genre venait à lui être imputé, et sentit tout à coup — comme avant elle tous ses compagnons d'infortune luttant contre l'angoisse dans les limbes trempées de peur du sommeil — l'aiguille fantôme injecter la mort au centre de son cœur.

Accroupie sur les marches, elle se pencha et enfouit sa tête entre ses mains. Les pensées tourbillonnaient dans son esprit, dans une telle confusion qu'une angoisse intolérable la saisit. Se trouvait-elle en position de force, maintenant, après l'épisode avec Wilhelmine, ou bien les dangers qui la menaçaient étaient-ils plus grands ? Elle n'en savait rien. La sonnerie du clairon du camp — aiguë, harmonieuse, plus ou moins en si mineur et qui toujours lui rappelait vaguement certain accord échevelé, lourd de tristesse, de *Tannhäuser* — fracassa le matin, annonçant huit heures. Jamais elle ne s'était présentée en retard au grenier, mais cette fois elle allait être en retard, et à la pensée de son manque de ponctualité, et de Höss qui l'attendait là-haut — Höss qui minutait ses journées à la milli-seconde —, elle sentit la panique l'envahir. Se levant, elle reprit son ascension, fébrile et les nerfs à vif. Accablée par trop de choses à la fois. Trop de pensées à trier, trop de chocs et de peurs coup sur coup. Si elle ne parvenait pas à se reprendre, ne s'évertuait à garder son sang-froid, elle savait qu'aujourd'hui elle risquait simplement de s'effondrer comme une marionnette qui vient d'exécuter ses cabrioles saccadées au bout de ses ficelles, puis, abandonnée par son maître, s'affale en un tas inerte. Une petite douleur lancinante la mordit au pubis, lui rappelant la tête vorace de la gouvernante.

Hors d'haleine, elle atteignit le palier au-dessous du grenier, où, du côté ouest, une fenêtre entrouverte donnait là encore sur le champ de manœuvre au sol pelé qui descendait en pente douce vers le bosquet de peupliers mélancoliques, avec, à l'arrière-plan, les innombrables wagons alignés en files sinistres, aux flancs souillés par la poussière des plaines serbes ou hongroises. Pendant sa rencontre avec Wilhelmine, les gardes avaient ouvert toutes grandes les portes, et c'était maintenant par centaines que les voyageurs condamnés venus de Grèce tourbillonnaient sur le quai. Malgré sa hâte, Sophie ne put s'empêcher de s'arrêter pour regarder un instant, attirée tout autant par la morbidité que par la crainte. Les peupliers et la horde des sentinelles SS masquaient la plus grande partie de la scène. Elle ne parvenait pas à distinguer nettement les visages des Juifs grecs. Pas plus qu'elle ne distinguait les vêtements qu'ils portaient : du gris, elle ne voyait guère qu'un gris terne. Mais du quai fusaient des lueurs et des éclats d'étoffes multicolores, verts, bleus, rouges, ici et là un tourbillon de vives couleurs méditerranéennes, qui la transpercèrent d'une poignante nostalgie pour cette terre qu'elle n'avait jamais vue que dans les livres et en imagination, et firent jaillir d'un coup comme par magie dans sa mémoire le petit poème d'enfant qu'elle avait appris à l'école des sœurs — sœur Barbara toute maigre, qui psalmodiait dans son français slave comique et rocailleux :

Ô que les îles de la Grèce sont belles !
Ô contempler la mer à l'ombre d'un haut figuier
et écouter tout autour les cris des hirondelles
voltigeant dans l'azur parmi les oliviers* !

35

Elle croyait s'être depuis longtemps habituée à l'odeur, ou du moins résignée. Mais pour la première fois ce jour-là la pestilence douceâtre de la chair consumée assaillit ses narines avec la brutalité d'une puanteur d'abattoir, submergeant ses sens avec tant de violence que ses yeux se brouillèrent et que, là-bas sur le quai, la foule — qui vue de loin ressemblait un ultime instant à une kermesse campagnarde — dansa devant ses yeux. Et malgré elle, submergée d'horreur et de dégoût, elle porta le bout de ses doigts à ses lèvres.

... la mer à l'ombre d'un haut figuier*...

Alors, à l'instant même où avec un haut-le-cœur elle comprenait enfin où Bronek s'était procuré les fruits, les figues elles-mêmes lui remontèrent à la gorge en un jet âcre, qui jaillit et éclaboussa le plancher entre ses pieds. Poussant un gémissement, elle plaqua sa tête contre le mur. Pantelante, secouée de nausées, elle demeura de longs instants près de la fenêtre. Puis, épuisée, les jambes molles, elle s'écarta de ses déjections et s'écroula à quatre pattes sur le carrelage, tordue par l'angoisse, et déchirée par un sentiment d'irréel et de désespoir comme jamais encore elle n'en avait connu.

Jamais je n'oublierai ce qu'elle me raconta de cet instant : elle constata soudain qu'elle ne parvenait pas à se souvenir de son nom. « Oh Seigneur, *aidez-moi!* lança-t-elle tout haut. *Je ne sais plus qui je suis!* » Elle resta un long moment accroupie sur le sol, tremblant de tous ses membres comme saisie par un froid polaire.

De façon démente, à quelques pas de là à peine, dans la chambre d'Emmi, la petite fille au visage lunaire, une pendule ponctua l'heure par huit cris de coucou. Ils avaient au moins huit minutes de retard, se dit

Sophie avec le plus grand sérieux et une satisfaction étrange. Alors, lentement, elle se remit sur pied et entreprit de gravir les dernières marches, traversa le palier aux murs simplement ornés de photographies encadrées de Goebbels et de Himmler, pour enfin, quelques pas plus haut, s'arrêter devant la porte du grenier, entrouverte, avec, gravée sur le linteau, la devise sacrée de la confrérie : *Mon Honneur est ma Fidélité* — derrière laquelle Höss attendait dans son aire sous le portrait de son seigneur et sauveur, attendait dans cette chaste retraite d'une pureté calcique tellement immaculée que, comme Sophie s'en rapprochait, d'un pas incertain, les murs eux-mêmes, semblait-il, étaient par ce radieux matin d'automne inondés d'une lueur à l'incandescence aveuglante, presque sacramentelle.

— *Guten Morgen, Herr Kommandant*, dit-elle.

Au cours des heures qui suivirent, Sophie ne parvint pas à chasser de son esprit ce que lui avait dit Bronek, l'affligeante nouvelle de la prochaine mutation de Höss et de son retour à Berlin. Ce qui signifiait qu'elle allait devoir se hâter de passer à l'action si elle voulait parvenir à ses fins. Aussi dans l'après-midi, décidat-elle de prendre l'initiative et elle pria le ciel en silence de lui donner l'assurance nécessaire — l'indispensable sang-froid — pour bien jouer sa partie. A un certain moment — dans le grenier, en attendant le retour de Höss, comme son trouble se calmait peu à peu après l'émoi provoqué en elle par ce bref passage de la *Création* de Haydn — elle avait interprété comme encourageants certains changements curieux survenus dans l'attitude du Commandant. Ses manières détendues, tout d'abord, puis ses efforts passablement gauches, mais sincères, pour lui faire la conversation, suivis par le contact de sa main, ce contact équivoque dont son épaule gardait le souvenir (mais peut-être y attachait-elle trop d'importance ?) lorsqu'ils avaient côte à côte contemplé l'étalon arabe : tout ceci lui paraissait trahir la présence de failles dans ce masque invulnérable.

Et puis, il y avait aussi la lettre destinée à Himmler qu'il lui avait dictée, concernant la condition physique des Juifs grecs. Jamais encore elle n'avait transcrit de correspondance qui ne fût plus ou moins en rapport avec des problèmes spécifiquement polonais ou la langue polonaise — les lettres officielles destinées à Berlin étant en général du ressort d'un Scharführer secrétaire au visage impassible installé à l'étage en dessous et qui, à intervalles réguliers, grimpait à pas lourds l'escalier pour taper avec énergie les messages que Höss expédiait aux divers ingénieurs et proconsuls SS. Elle repensait maintenant à la lettre destinée à Himmler et, avec le recul, non sans un léger étonnement. Le simple fait qu'il n'eût pas hésité à la mettre au courant d'un problème aussi délicat ne signifiait-il pas... quoi ? En tout cas, au minimum, qu'il lui témoignait, pour une raison quelconque, une confiance dont peu de détenus — même ceux qui jouissaient comme elle d'un statut indiscutablement privilégié — eussent osé rêver, et elle sentit croître un peu plus sa certitude de parvenir à l'émouvoir avant la fin de la journée. Peut-être ne serait-elle même pas obligée, espérait-elle, de se réclamer du pamphlet (*tel père, telle fille*) soigneusement dissimulé dans une de ses bottes depuis le jour où elle avait quitté Varsovie.

Il ne remarqua pas ce qu'elle avait craint qu'il trouve anormal — ses yeux, rougis par les larmes —, lorsqu'il fit irruption dans la pièce. Le martèlement rythmé de *The Beer Barrel Polka* filtrait à travers le plancher. Il tenait à la main une lettre, que venait manifestement de lui remettre son aide de camp. Le visage du Commandant était cramoisi de fureur, une veine palpitait comme un ver au ras de son crâne tondu.

— Ils savent pourtant bien que toute correspondance doit obligatoirement être rédigée en allemand, ces imbéciles. Mais ils n'arrêtent pas d'enfreindre les règlements ! Au diable tous ces idiots de Polonais !

Il lui tendit la lettre.

« Qu'est-ce que ça veut dire ?

— 'Honoré Commandant...', commença-t-elle.

Traduisant rapidement, Sophie lui dit que le message (typique par sa flagornerie) provenait d'un petit sous-traitant de la localité, chargé d'approvisionner en gravier les ouvriers allemands de la cimenterie du camp, qu'il annonçait qu'il ne serait pas à même de fournir la quantité de gravier requise dans les délais requis ; qu'il implorait l'indulgence du Commandant, compte tenu de l'état détrempé du terrain autour de la carrière, qui non seulement avait provoqué une série d'éboulements, mais en outre avait entravé et ralenti le fonctionnement de ses machines. En conséquence de quoi, si l'Honoré Commandant voulait bien avoir l'indulgence de se montrer compréhensif (Sophie continuait à lire), les modalités de livraison devraient par nécessité être revues de la façon suivante — mais Höss la coupa brusquement, avec une impatience féroce, allumant une nouvelle cigarette au mégot qui lui brûlait encore les doigts, secoué par son habituelle toux poussive tandis qu'il lançait un rauque : « Assez ! » Il était clair que la lettre avait mis le Commandant hors de lui. Il eut une moue qui, étirant et plissant ses lèvres, transforma sa bouche en une caricature de l'exaspération, marmonna « Verwünscht ! », puis commanda à Sophie de traduire la lettre à l'intention du SS Hauptsturmführer Weitzmann, chef des services de construction du camp, et d'y adjoindre cette note tapée à la machine :

39

« Entrepreneur Weitzmann : Foutez le feu sous les fesses de ce bon à rien, et que ça saute. »

A cet instant précis — comme il dictait ces derniers mots — Sophie vit l'affreuse migraine s'abattre sur Höss avec une vitesse prodigieuse, pareille à un éclair qui empruntant le canal de la lettre du marchand de gravier se serait faufilée jusqu'au fond de cette crypte ou de ce labyrinthe, là où dans la boîte crânienne, les migraines déchaînent leurs féroces toxines. La sueur jaillit, il porta la main à sa tempe en un pathétique petit ballet de doigts aux articulations blanchies, et ses lèvres se retroussèrent aux commissures, révélant une phalange de dents dont la souffrance tirait une fugue de grincements éperdus. Sophie avait déjà été témoin de la chose, quelques jours plus tôt, une crise moins sévère ; voilà que la migraine l'assaillait de nouveau et cette fois, l'assaut était de première grandeur. Torturé par la douleur, Höss émit un petit sifflement aigu. « Mes pilules, dit-il, Bonté divine, où sont mes pilules ! » Sophie s'approcha vivement de la chaise placée près du bat-flanc de Höss, sur laquelle il gardait en permanence un flacon d'ergotamine destiné à soulager ses crises. Prenant une carafe d'eau, elle remplit un verre qu'elle tendit, ainsi que deux pilules, au Commandant ; avalant d'un trait le médicament, il la contempla en roulant des yeux avec un regard à demi dément, comme s'il avait voulu exprimer à l'aide de ses seuls yeux les dimensions de son angoisse... Puis, poussant un grognement et la main plaquée sur le front, il se laissa choir sur le bat-flanc où il resta vautré, les yeux rivés au plafond blanc.

— Voulez-vous que j'appelle le docteur ? dit Sophie. Je me souviens que la dernière fois il vous a dit...

— Non, surtout, ne bougez pas, répliqua-t-il vivement. Je ne peux rien supporter pour l'instant.

Une note craintive et geignarde s'était glissée dans la voix, pareille à celle d'un chiot blessé.

Lors de la précédente crise, cinq ou six jours plus tôt, il lui avait commandé de regagner aussitôt la cave, comme s'il avait tenu à ce que personne, pas même une détenue, ne fût témoin de son malaise. Cette fois, cependant, il roula sur le flanc et resta là, raide et immobile, à l'exception de la houle qui sous la chemise soulevait sa poitrine. Voyant qu'il n'avait plus besoin d'elle, elle se mit au travail : elle commença à taper une traduction approximative de la lettre de l'entrepreneur sur sa machine à clavier allemand, et l'idée l'effleura une nouvelle fois, sans provoquer en elle ni surprise ni même grand intérêt, que les doléances du marchand de gravier (se pouvait-il que cette simple contrariété, songea-t-elle machinalement, eût suffi à provoquer chez le Commandant cette migraine catastrophique ?) entraîneraient une fois de plus un retard sérieux dans la construction du nouveau crématoire de Birkenau. L'arrêt des travaux, ou leur ralentissement — c'est-à-dire l'apparente impuissance de Höss à orchestrer à son gré tous les éléments, fournitures, équipements, problèmes de conception et de main-d'œuvre qu'impliquait ce nouveau complexe de fours et de chambres à gaz, dont l'achèvement avait deux mois de retard — était en permanence une épine dans sa chair, et de toute évidence, désormais, la raison principale de l'irritation et de l'angoisse qu'elle avait constatées chez lui depuis quelque temps. Et si, comme elle le soupçonnait, c'était là en outre la cause de sa migraine, se pouvait-il aussi que son impuissance à mener à bien la construction du crématoire dans les délais prévus eût un rapport quelconque avec son brusque renvoi en Allemagne ? Elle achevait de taper la dernière ligne de la lettre, en même temps qu'elle retournait sans trêve ces questions dans son esprit, lorsque soudain la voix du Commandant retentit, la faisant sursauter. Et quand elle tourna les yeux vers lui, elle constata avec un étrange mélange d'espoir et de crainte qu'il y avait sans doute un bon moment qu'il l'observait de son bat-flanc. Il lui fit signe d'approcher, elle se leva, et le rejoignit, mais voyant qu'il ne l'invitait pas à s'asseoir, elle demeura debout.

— Ça va mieux, dit-il d'une voix éteinte. Un vrai miracle, cette ergotamine. Non seulement ça calme la douleur, mais ça coupe la nausée.

— Je suis bien contente, *mein Kommandant*, répondit Sophie.

Elle sentait ses genoux trembler et quelque chose l'empêchait de le regarder en face. Au contraire, elle fixa son regard sur le premier objet qui lui tomba sous les yeux : le Führer héroïque vêtu de son armure de métal étincelant, le regard confiant et serein sous la mèche qui lui retombait sur le front, perdu dans la contemplation du Walhalla et d'un millénaire de certitudes absolues. Il paraissait d'une bienveillance et d'une douceur à toute épreuve. Soudain, au souvenir des figues que quelques heures plus tôt elle avait vomies dans l'escalier, un spasme de faim lui noua l'estomac tandis qu'augmentaient sa faiblesse et le tremblement de ses jambes. Höss demeura de longs instants sans rien dire. Elle n'arrivait toujours pas à le regarder. Se pouvait-il qu'enfermé là dans son silence, il fût en train de la jauger, de la juger ? *We'll have a barrel of funfunfun*, clamaient à l'unisson les voix à l'étage au-dessous, l'horrible ersatz de polka coincé maintenant dans un des sillons du disque, ressassant inlassablement l'accord stupide et étouffé d'un accordéon.

— Pour quelle raison vous trouvez-vous ici ? finit par demander Höss.

Les mots jaillirent de sa bouche :

— C'est à cause d'une *lapanka*, ou, comme nous disons nous autres qui parlons l'allemand, *ein Zusammentreiben* — une rafle dans les rues de Varsovie. L'an dernier, au début du printemps. J'étais dans un train et la Gestapo a monté une rafle en gare de Varsovie. On a trouvé sur moi de la viande que je transportais en fraude, un morceau de jambon...

— Non, non, coupa-t-il, pas la raison qui vous a valu d'être envoyée au camp. Mais la raison qui vous a valu de sortir des baraquements des femmes. Bref, ce qui vous a valu d'être transférée au pool des dactylos. La plupart des dactylos sont des civils. Des civils polonais. Rares sont les détenus qui ont la chance d'être affectés comme dactylos. Vous pouvez vous asseoir.

— Oui, j'ai eu beaucoup de chance, dit-elle en s'asseyant.

Au son de sa propre voix, elle sentit qu'elle se détendait, et elle le contempla enfin. Elle constata qu'il suait toujours de façon affreuse. Couché maintenant sur le dos, les yeux mi-clos, trempé de sueur, il demeurait allongé tout raide dans une flaque de soleil. Le spectacle du Commandant dégoulinant de sueur avait quelque chose de bizarrement pathétique. Sa chemise kaki était à tordre, une multitude de minuscules cloques de transpiration piquetaient son visage. Mais en fait, ses douleurs semblaient s'être un peu calmées, quand bien même la souffrance le laissait trempé de la tête aux pieds — jusqu'aux spirales blondes des poils de son ventre dont les boucles passaient entre les boutons de sa chemise — son cou, le duvet blond qui couvrait ses poignets.

« C'est vrai que j'ai eu beaucoup de chance. Je pense qu'il faut y voir la volonté du destin.

— Comment cela, la volonté du destin ? fit Höss, après un silence.

Elle décida sur-le-champ de tenter sa chance, de saisir la perche qu'il venait de lui tendre, sans se demander si ses paroles ne risquaient pas de paraître d'une témérité et d'une flagornerie absurdes. Après tant de mois et la bonne fortune qui provisoirement lui avait été accordée, il serait plus désastreux pour elle de

43

se cantonner dans le rôle d'esclave muette et léthargique que de se montrer présomptueuse, même au risque supplémentaire de passer pour une insolente. Bon, allons-y, se dit-elle. Alors, elle parla, en s'appliquant à éviter toute emphase, mais sans se départir de cette intonation plaintive de quelqu'un qui se sait victime d'une grande injustice.

— Le destin m'a poussée vers vous, reprit-elle, nullement inconsciente du côté mélodramatique de sa formule, parce que je savais qu'il n'y avait que *vous* qui pourriez comprendre.

De nouveau il demeura sans rien dire. En bas, *The Beer Barrel Polka* avait fait place à un *Liederkranz* de tyroliennes. Son silence la mettait mal à l'aise, et elle eut soudain le sentiment qu'elle était l'objet d'un examen particulièrement soupçonneux. Peut-être était-elle en train de commettre une abominable erreur. Son malaise empira. Grâce à Bronek (et à ses propres observations), elle n'ignorait pas la haine que Höss vouait aux Polonais. Pourquoi diable était-elle allée s'imaginer qu'elle pourrait faire exception à la règle ? Il faisait chaud dans la pièce, protégée de la puanteur sournoise qui montait de Birkenau par les fenêtres closes, imprégnée d'une odeur de grenier, une odeur de plâtre, de poussière de briques et de poutres imbibées d'eau. C'était la première fois qu'elle remarquait vraiment l'odeur, qui lui chatouillait les narines comme une moisissure. Dans le silence lourd d'embarras qui les séparait, elle perçut les crissements et les bourdonnements des grosses mouches bleues prisonnières de la pièce, le petit choc mat quand elles se cognaient au plafond. Le bruit des wagons sur les aiguillages était étouffé, flou, presque inaudible.

— Comprendre quoi ? dit-il enfin d'une voix distante, lui offrant pourtant de nouveau une minuscule ouverture par laquelle elle pouvait tenter de le harponner.

44

— Comprendre qu'une erreur a été faite. Que je ne suis coupable de rien. Du moins, disons, que je ne suis coupable de rien de très grave. Et que je devrais être libérée sur-le-champ.

Voilà, c'était fait, c'était dit, d'une traite et sans accrocs ; avec une ferveur farouche dont elle était la première surprise, elle avait articulé les mots que pendant des jours et des jours elle n'avait cessé de ressasser, se demandant si elle trouverait jamais le courage de les arracher à ses lèvres. Maintenant son cœur battait la chamade, avec tant de violence qu'elle en avait mal aux côtes, mais, pensant à la façon dont elle avait réussi à maîtriser sa voix, elle rayonnait d'orgueil. Elle se sentait en outre protégée par la fluidité onctueuse de son accent, au charme très viennois. Enhardie par sa petite victoire, elle poursuivit :

— Je sais, vous trouverez peut-être ça stupide, *mein Kommandant*. Je dois reconnaître qu'à première vue mon histoire semble peu plausible. Mais je pense que vous admettrez que dans un endroit tel que celui-ci — tellement vaste, où sont rassemblées tant de multitudes de gens — il peut se produire certaines erreurs, certaines fautes graves.

Elle se tut, attentive aux battements de son cœur, se demandant si lui aussi pouvait les entendre, mais consciente que sa voix ne s'était pas brisée.

— Monsieur le Commandant, continua-t-elle, en accentuant un peu la note de prière, j'espère, oui j'espère que vous voudrez bien me croire quand j'affirme que mon incarcération constitue une affreuse erreur judiciaire. Comme vous pouvez le voir, je suis polonaise et, c'est vrai, coupable du crime dont j'ai été accusée à Varsovie — passer de la nourriture en fraude. Mais c'était un délit mineur, ne le voyez-vous pas, j'essayais seulement de trouver quelque chose à manger pour ma mère, qui était très malade. Je vous en supplie, essayez de comprendre que ce n'était *rien*, compte tenu du milieu d'où je sors, et de mon éducation.

Elle hésita, en proie à un grand tumulte intérieur. N'y allait-elle pas un peu fort ? Ne devrait-elle pas s'arrêter maintenant et lui laisser le soin de reprendre l'initiative, ou ferait-elle mieux de poursuivre ? Elle se décida aussitôt : Va droit au fait, sois brève, mais continue.

« Vous comprenez, monsieur le Commandant, voilà la vérité. Je suis originaire de Cracovie, et dans ma famille, nous étions tous d'ardents partisans de l'Allemagne, depuis de nombreuses années à l'avant-garde de ces innombrables fervents du Troisième Reich qui admirent le National-Socialisme et les principes du Führer. Jusqu'au tréfonds de son âme mon père était *Judenfeindlich*.

Höss la coupa net d'un petit grognement.

— *Judenfeindlich*, murmura-t-il d'une voix endormie. *Jundenfeindlich*. Quand cesserai-je donc d'entendre ce mot 'antisémite'? Mon Dieu, ce que j'en ai assez !

Il laissa échapper un soupir rauque.

« Les *Juifs*! Serai-je donc jamais débarrassé des Juifs !

Sophie battit en retraite devant son irritation, consciente que sa manœuvre venait de faire long feu ; cette fois elle était allée trop *loin*. La démarche mentale de Höss, certes loin d'être inepte, était pourtant aussi minutieuse et prosaïquement bornée que le groin d'un tapir, et ne supportait guère les digressions. Quand quelques instants plus tôt il avait demandé « Pour quelle raison vous trouvez-vous ici ? », pour lui spécifier aussitôt de se borner à expliquer comment, il voulait dire précisément cela et rien d'autre, et maintenant ne voulait pas entendre parler de destin, ni d'erreurs judiciaires ou de problèmes *Judenfeindlich*.

Refroidie par ses paroles comme par une brusque rafale de vent du nord, elle changea de cap, et se dit : Dans ce cas, fais ce qu'il veut, raconte-lui toute la vérité. Sois brève, mais dis la vérité. De toute manière, il lui serait facile de la découvrir, s'il en prenait la peine.

— Dans ce cas, monsieur le Commandant, je vais vous expliquer comment j'ai été versée au pool des dactylos. C'est à la suite d'une altercation que j'ai eue en avril dernier avec une *Vertreterin* dans les baraques des femmes, peu après mon arrivée. Cette femme était l'adjointe du chef de bloc. Si j'ai eu tellement peur, c'est en toute honnêteté que...

Elle hésita, redoutant un peu d'expliciter une hypothèse dont l'intonation de sa voix, elle le savait, avait déjà suggéré la nature sexuelle. Mais Höss, les yeux maintenant grands ouverts et rivés sur ceux de Sophie, devança ce qu'elle tentait de dire.

— C'était une lesbienne, certainement, coupa-t-il.

Sa voix était lasse, mais acide et exaspérée.

« Encore une putain — une de ces sales truies des bas-fonds de Hambourg qu'on avait fourrées à Ravensbrück et que le Quartier Général en a extirpées pour les envoyer ici dans l'espoir erroné qu'elles sauraient vous apprendre la discipline — à vous autres, les détenues. Grotesque !

Il se tut quelques instants.

« C'était une lesbienne, pas vrai ? Et elle vous a fait des avances, c'est ça ? Il fallait s'y attendre. Vous êtes une très belle jeune femme.

De nouveau il s'interrompit, tandis qu'elle digérait cette dernière remarque. (Fallait-il y voir un sens particulier ?)

« Je méprise les homosexuels, reprit-il. Imaginer des gens en train de se livrer à ces actes — ces pratiques bestiales —, ça me dégoûte. Je ne me sens même pas capable de supporter leur présence, homme ou femme.

Mais quand les gens sont en détention, il faut bien se résigner à ce genre de choses.

Sophie cligna les yeux. Comme une séquence de film projetée par à-coups grotesques, elle revit la folle comédie de cette matinée, revit se détacher de son ventre la crinière flamboyante de Wilhelmine, les lèvres voraces et moites écartées en un O parfait brusquement pétrifié, les yeux étincelants de terreur ; à la vue du dégoût peint sur le visage de Höss, et au souvenir de la gouvernante, elle se sentit sur le point de réprimer ce qui aurait pu être aussi bien un hurlement qu'un éclat de rire.

« Ignoble ! ajouta le Commandant, retroussant les lèvres comme pour retenir quelque chose d'immonde.

— Il ne s'agissait pas simplement d'avances, monsieur le Commandant. »

Elle sentit son visage s'empourprer.

« Elle a essayé de me violer. »

Elle ne se souvenait pas d'avoir jamais employé le mot « violer » en présence d'un homme, et son fard s'accentua, pour bientôt refluer.

« C'est un souvenir très pénible. Je ne me serais jamais doutée qu'une femme — elle hésita —, qu'une femme était capable d'éprouver pour une autre femme un désir si — si violent. Maintenant, je sais.

— En détention, les gens se comportent de façon différente, étrange. Racontez-moi ça. »

Mais avant qu'elle ait eu le temps de s'exécuter, il avait plongé la main dans la poche de sa veste, drapée sur le dossier de l'autre chaise placée au pied du bat-flanc, et en sortit une barre de chocolat enveloppée de papier d'aluminium.

« — Bizarres, dit-il, d'une voix clinique, abstraite, bizarres, ces migraines. C'est toujours pareil, elles commencent par me donner d'affreuses nausées. Puis, sitôt que le médicament commence à faire son effet, je me sens une faim terrible. »

Arrachant le papier, il tendit la barre à Sophie. D'abord hésitante, surprise — jamais encore il n'avait eu ce genre d'attention —, elle en rompit avec nervosité un morceau qu'elle fourra aussitôt dans sa bouche, certaine de trahir une avidité bestiale en dépit de ses efforts pour paraître nonchalante. Tant pis.

Elle reprit son récit, d'une voix rapide, tout en observant Höss qui dévorait le reste du chocolat, consciente que l'agression perpétrée le matin même sur son con par la fidèle gouvernante de l'homme à qui elle racontait son histoire parait sa voix d'une certaine hardiesse et même de vivacité.

— Oui, cette femme était une prostituée, et une lesbienne. Je ne sais pas de quelle région d'Allemagne elle venait — du nord, je crois, elle parlait le bas-allemand — mais elle était énorme et elle a essayé de me violer. Il y avait des jours qu'elle me guettait. Une nuit elle m'a accostée, dans les latrines. D'abord elle ne s'est pas du tout montrée violente. Elle m'a promis tout ce que je voudrais, de la nourriture, du savon, des vêtements, de l'argent, n'importe quoi.

Sophie s'interrompit un instant, le regard maintenant rivé sur les yeux bleu-violet de Höss, attentifs, fascinés.

« J'avais une faim terrible, mais — je suis comme vous monsieur le Commandant, les homosexuels me répugnent — je n'ai eu aucun mérite à résister, à dire non. J'ai essayé de la repousser. Et alors, cette *Vertreterin* est devenue folle de rage et elle m'a sauté dessus. Je me suis mise à hurler et j'ai essayé de la supplier — elle m'avait coincée contre le mur et me faisait des choses avec ses mains — et à ce moment-là, le chef de bloc est entré.

« Et le chef de bloc a coupé court à tout ça, poursuivit Sophie. Elle a chassé la *Vertreterin,* puis elle m'a dit de l'accompagner dans sa chambre à l'autre bout de la baraque. Ce n'était pas une mauvaise femme

49

— encore une prostituée, comme vous dites, monsieur le Commandant, mais pas une mauvaise femme. A dire vrai, elle était plutôt bonne pour... pour une personne de ce genre. Elle m'avait entendue hurler pour repousser la *Vertreterin*, m'a-t-elle expliqué, et elle avait été surprise, parce que dans la nouvelle fournée affectée à cette baraque, il n'y avait que des Polonaises et elle voulait savoir où j'avais appris à parler aussi bien allemand. Nous avons bavardé un bon moment et j'ai bien senti que je lui plaisais. Je ne crois pas qu'elle était lesbienne. Elle venait de Dortmund. Elle était ravie par ma façon de parler l'allemand. Elle m'a laissé entendre qu'elle pourrait peut-être m'aider. Elle m'a offert une tasse de café, et après, elle m'a renvoyée. Je l'ai revue plusieurs fois par la suite et je voyais bien qu'elle m'avait prise en amitié. Un ou deux jours plus tard, elle m'a dit de la rejoindre une fois de plus dans sa chambre, et là, monsieur le Commandant, il y avait un de vos sous-officiers, le Hauptscharführer Günther, qui travaille aux services administratifs du camp. Il m'a interrogée pendant un bon moment, m'a posé un tas de questions au sujet de mes études et de mes capacités et quand je lui ai dit que j'étais capable de taper à la machine et de prendre la sténo aussi bien en polonais qu'en allemand, il m'a déclaré que je pourrais peut-être rendre des services au pool des dactylos. Il avait entendu dire qu'il y avait pénurie de secrétaires qualifiées — en particulier d'experts en langues. Au bout de quelques jours, il est revenu et m'a annoncé que j'allais être transférée. Et c'est de cette façon que je me suis retrouvée...

Höss avait terminé son morceau de chocolat, il s'agita, et se redressant sur un coude, entreprit d'allumer une cigarette.

— Je veux dire, conclut-elle, j'ai travaillé au pool de dactylos jusqu'à il y a environ dix jours et puis on m'a dit que ma présence était requise ici pour un travail spécial. Et ici...

— Et ici, la coupa-t-il, eh bien, vous voilà ici.

Il eut un soupir.

« Vous avez eu beaucoup de chance.

Ce qu'il fit alors la galvanisa de surprise. Levant sa main libre, il cueillit avec une infinie délicatesse une miette accrochée à la lèvre supérieure de Sophie ; c'était, constata-t-elle, une miette du chocolat qu'elle avait mangé, et qu'il tenait maintenant entre le pouce et l'index, et elle le vit avec stupéfaction et gravité porter lentement à ses lèvres ses doigts tachés de nicotine pour déposer le minuscule flocon brun à l'intérieur de sa bouche. Elle ferma les yeux, tellement troublée par l'étrange et grotesque communion du geste, que son cœur s'emballa de nouveau et que, pris d'un soudain vertige, son esprit vacilla.

— Que se passe-t-il ? l'entendit-elle dire. Vous êtes toute blanche.

— Rien, *mein Kommandant*, répondit-elle. Je me sens seulement un peu faible. Ça va passer.

Elle gardait les yeux clos.

— *Mais qu'est-ce que j'ai donc fait de mal !*

La voix était pareille à un cri, si farouche qu'elle en fut terrorisée, et à peine avait-elle rouvert les yeux qu'elle le vit rouler sur le bat-flanc, se lever d'un bond et en quelques pas gagner la fenêtre. Le dos de sa chemise était imbibé de sueur et, bien qu'il fût immobile, elle crut le voir trembler de tout son corps. Sophie, qui avait espéré un instant que le petit épisode muet du chocolat serait le prélude à quelque chose de plus intime, l'observait, plongée dans la perplexité. Pourtant, peut-être ne s'était-elle pas trompée ; maintenant, il lui exposait ses malheurs, comme s'il la connaissait depuis des années. Il abattit son poing sur sa paume.

— Je ne vois pas ce qu'ils peuvent avoir à me

reprocher. Ils sont impossibles, ces gens de Berlin. Ils demandent des choses surhumaines à un simple être humain qui depuis trois ans s'évertue à faire de son mieux. Ils ne sont pas raisonnables ! Ils ne savent pas ce que c'est que d'avoir à supporter des entrepreneurs qui ne respectent pas leurs engagements, des fainéants d'intermédiaires, des fournisseurs qui font traîner les choses en longueur ou même ne livrent jamais la marchandise. Ils n'ont jamais eu affaire à ces imbéciles de Polonais ! Moi, j'ai travaillé de tout mon cœur, et voici comment on me remercie. Quelle *hypocrisie* — d'aller prétendre qu'il s'agit d'une promotion ! Je me trouve expédié à coups de pied dans le cul à Orianenbourg et il faut que je supporte la honte intolérable de les voir mettre Liebehenschel à ma place, Liebehenschel, cet odieux égotiste avec sa réputation surfaite d'efficacité. *Écœurante*, cette histoire. Plus de trace nulle part de la moindre gratitude.

C'était étrange : il y avait dans sa voix davantage de dépit que de véritable colère ou rancune.

Sophie se leva et s'approcha de lui. Son intuition lui soufflait que, de nouveau, une minuscule ouverture s'entrebâillait.

— Excusez-moi, monsieur le Commandant, dit-elle, et si je me trompe, pardonnez-moi cette suggestion. Mais peut-être au contraire veut-on vous rendre *hommage*. Peut-être qu'ils comprennent très bien vos difficultés, vos malheurs, et savent à quel point votre travail vous a épuisé. Pardonnez-moi, mais au cours de ces quelques jours que je viens de passer ici, dans votre bureau, je n'ai pu m'empêcher d'être frappée par l'extraordinaire tension à laquelle vous êtes en permanence soumis, la contrainte stupéfiante...

Quelle prudence dans sa sollicitude obséquieuse. Gardant les yeux braqués sur sa nuque, elle enchaîna, mais sentit que sa voix faiblissait.

« Peut-être s'agit-il en réalité d'une espèce de récompense pour tout... tout votre dévouement.

Elle se tut et suivit le regard de Höss qui plongeait dans le pré en contrebas. Au hasard des sautes de vent, la fumée de Birkenau s'était dissipée, provisoirement du moins, et dans la claire lumière du soleil, le grand étalon blanc caracolait de nouveau le long de la clôture du paddock, queue et crinière au vent, dans une petite tempête de poussière. Malgré les fenêtres fermées, ils parvenaient à entendre le choc sourd des sabots lancés au galop. Le Commandant retint son souffle et l'air siffla dans sa gorge : il fouilla dans sa poche pour prendre une nouvelle cigarette.

— Je voudrais bien que vous disiez vrai, fit-il, mais j'en doute. Si seulement ils avaient idée de la *magnitude*, de la *complexité* ! On dirait qu'ils ignorent tout du *nombre* incroyable de gens impliqués dans les Actions Spéciales. Ces foules innombrables ! Ces Juifs, il ne cesse d'en arriver de tous les pays d'Europe, par milliers, par millions innombrables, comme les harengs qui envahissent au printemps la baie de Mecklembourg. Jamais je n'aurais pu croire que la terre contenait tant d'*Erwählte Volk*.

Le Peuple Elu. L'expression qu'il venait d'employer fournissait à Sophie l'occasion de pousser un peu plus loin sa tentative, d'élargir l'ouverture où, elle l'aurait maintenant juré, elle était parvenue à s'assurer une prise précaire mais réelle. *Das Erwählte Volk.*

— *Das Erwählte Volk* — c'était d'une voix teintée de mépris qu'elle faisait écho au Commandant —, peut-être que le Peuple Elu, si vous me permettez de m'exprimer ainsi, monsieur le Commandant, se trouve enfin simplement devoir payer le juste prix de l'arrogance qui l'a poussé à se placer en marge du reste de la race humaine — à se prétendre le seul peuple digne d'être sauvé. En toute sincérité, je ne vois pas comment ils peuvent nourrir l'espoir d'échapper au châtiment alors que sous les yeux des Chrétiens et pendant tant d'années ils ont persévéré dans ce blasphème.

(Soudain l'image de son père surgit devant elle, monstrueuse.) La gorge nouée d'angoisse, elle hésita, puis reprit, débitant une fois de plus une fable, poussée en avant comme un fétu ballotté par un torrent d'inventions et de mensonges.

— Je ne suis plus chrétienne. Comme vous, monsieur le Commandant, j'ai abandonné cette foi pathétique avec tous ses alibis et ses faux-fuyants. Pourtant, il est facile de comprendre pourquoi les Juifs ont inspiré tant de haine non seulement aux Chrétiens, mais à des hommes tels que vous — *Gottläubiger*, comme vous me le disiez pas plus tard que ce matin —, des gens vertueux et idéalistes dont la seule ambition est de lutter pour instaurer un ordre nouveau dans un monde nouveau. Cet ordre nouveau, les Juifs l'ont menacé, et ce n'est que maintenant, enfin, qu'ils commencent à en subir les conséquences. Bon débarras, à mon avis.

Il était toujours debout à la fenêtre, et le dos tourné, quand, d'une voix posée, il répondit :

— Vous parlez de ces choses avec une grande ferveur. Pour une femme, vous paraissez relativement bien informée des crimes dont sont capables les Juifs. Rares sont pourtant les femmes suffisamment informées ou intelligentes pour comprendre quoi que ce soit.

— C'est vrai, mais *moi* si, monsieur le Commandant ! dit-elle, tandis qu'avec un léger mouvement des épaules, il se tournait pour la regarder — pour la première fois — avec visiblement un intérêt soutenu. Je sais de quoi je parle et aussi, de plus, je parle d'expérience...

— Comment cela ?

Alors, d'un mouvement impétueux — elle le savait, c'était là un risque, un pari — elle se pencha et fébrilement extirpa de la petite fente ménagée dans sa botte le pamplet usé et défraîchi.

— Regardez! dit-elle, en le lui brandissant sous le nez, et en dépliant la page de garde. Je le sais, c'est défendu par le règlement, mais j'ai gardé ceci, j'ai pris un risque. Mais ces quelques pages représentent tout ce qui compte à mes yeux, et je veux que vous le sachiez. Parce que je travaille avec vous, je sais que la « solution finale » a longtemps été un secret. Mais ceci est l'un des premiers documents polonais à avoir suggéré une « solution finale » pour le problème juif. J'ai collaboré avec mon père — dont je vous ai déjà parlé — pour le mettre au point. Bien entendu, accablé comme vous l'êtes par tant de problèmes et de nouveaux soucis, je n'espère pas que vous ayez le temps de le lire en détail. Mais je vous en supplie instamment, acceptez au moins d'y réfléchir... Je sais que mes problèmes sont sans importance pour vous... mais si vous pouviez au moins y jeter un coup d'œil... peut-être cela vous permettrait-il de voir que ma présence dans ce camp est une injustice absolue... ; je pourrais aussi vous raconter bien d'autres choses sur les services que j'ai accomplis à Varsovie pour la cause du Reich, lorsque j'ai révélé les cachettes d'un certain nombre de Juifs, des intellectuels juifs recherchés depuis longtemps...

Elle s'était mise à bafouiller un peu : ses propos avaient quelque chose de décousu et elle comprit qu'elle devait s'arrêter, ce qu'elle fit. Elle pria le ciel de lui donner la force de ne pas s'effondrer. En proie à un mélange d'espoir et de frénésie, elle suait à grosses gouttes et étouffait sous sa blouse, consciente qu'enfin elle était parvenue à entamer son indifférence et retenir son attention, s'était implantée comme une réalité faite de chair et de sang dans le champ de sa perception. De façon certes bien imparfaite et précaire, elle avait établi un contact ; elle en vit la preuve dans le regard chargé d'une intensité et d'une concentration absolue dont il la gratifia en lui prenant le pamphlet des mains. Embarrassée, coquette, elle détourna les yeux. Et, inepte réminiscence, un dicton paysan de Galicie lui revint : *Je suis en train de me faufiler dans son oreille.*

— Ainsi, vous affirmez donc, dit-il, que vous êtes innocente.

Sa voix était empreinte d'une amabilité distante, et subitement elle se sentit encouragée.

— Monsieur le Commandant, au risque de me répéter, se hâta-t-elle de répondre, je reconnais sans réserve que je suis capable du délit mineur qui m'a valu d'être envoyée ici — l'histoire du petit morceau de viande. Tout ce que je demande, c'est que cette infraction soit mise en balance avec mes antécédents, non seulement mes antécédents de sympathisante polonaise à la cause du National-Socialisme, mais aussi de militante active dans la guerre sacrée contre les Juifs et la Juiverie. Ce pamphlet que vous tenez à la main, *mein Komman-dant,* pourra être authentifié sans peine et prouvera mes dires. Je vous implore — vous qui disposez du pouvoir d'accorder la clémence et la liberté — de reconsidérer le bien-fondé de ma détention à la lumière de mes services passés, et de me rendre à mon existence antérieure en me renvoyant à Varsovie. C'est vous demander une si petite chose, à vous, un homme noble et juste qui détient le pouvoir du pardon.

Lotte avait averti Sophie que Höss était sensible à la flatterie, mais elle commençait à se demander si elle n'avait pas un peu forcé la note — surtout quand elle vit ses yeux s'étrécir et qu'il dit :

— Ce qui m'intrigue, c'est votre passion. Votre colère. Qu'est-ce donc qui vous pousse à haïr les Juifs avec... tant d'intensité ?

Cette histoire, également, elle l'avait gardée en réserve précisément en prévision d'une occasion de ce genre, tablant sur cette théorie que si un esprit pragmatique comme Höss pouvait vraisemblablement apprécier dans l'abstrait le venin de son *Antisemitismus*, le côté plus primitif de ce même esprit goûterait très probablement une touche de mélodrame.

— Le document que vous voyez là, monsieur le Commandant, reflète mes raisons philosophiques — celles que j'ai aidé mon père à développer à l'université de Cracovie. Je tiens à souligner que nous aurions exprimé notre aversion pour les Juifs même si notre famille n'avait pas été frappée par une terrible catastrophe.

Höss fumait, impassible, attendant qu'elle poursuive.

« La propension des Juifs à la débauche est bien connue, c'est un de leurs traits les plus répugnants. C'est précisément pour cette raison que mon père, avant d'être victime d'un malencontreux accident... mon père était un grand admirateur de Julius Streichèr — il applaudissait à la façon dont Herr Streicher avait, de façon tellement édifiante, cloué au pilori ce côté dégénéré du caractère juif. Et si notre famille était capable de voir la vérité des intuitions de Herr Streicher, il y avait à cela une raison cruelle.

Elle s'interrompit et baissa vivement les yeux, comme accablée par le poids d'un souvenir atroce.

— J'avais une sœur cadette qui était élève chez les sœurs, à Cracovie, juste une classe en dessous de la mienne. Un soir d'hiver, il y a environ dix ans de cela, elle longeait le ghetto quand elle fut l'objet d'une agression sexuelle perpétrée par un Juif — un boucher, apprit-on par la suite — qui l'entraîna au fond d'une ruelle et la viola à plusieurs reprises. Physiquement, ma sœur survécut aux sévices du Juif, mais mentalement, elle était détruite. Deux ans plus tard elle se suicida en se jetant à l'eau, la malheureuse enfant. Il est sûr que pour nous cet affreux forfait validait une fois pour toutes la lucidité des théories de Julius Streicher sur les atrocités dont sont capables les Juifs.

— *Kompletter Unsinn!* (On eût dit que Höss crachait les mots.) Pour moi, tout ça, c'est un ramassis de *foutaises! Des balivernes!*

Sophie se sentit comme quelqu'un qui, avançant le long d'un paisible sentier forestier, sent tout à coup ses jambes se dérober et plonge dans un trou ténébreux. Qu'avait-elle dit de mal? Par mégarde, elle laissa échapper un petit gémissement.

— Ce que je veux dire... commença-t-elle.

— Foutaises! répéta Höss. Les théories de Streicher ne sont rien d'autre qu'un tissu de balivernes. Toutes ces saloperies pornographiques me dégoûtent. Personne n'a rendu un plus mauvais service au Parti et au Reich, et à l'opinion mondiale, à force de vitupérer comme lui les Juifs et leurs débordements sexuels. Il ne connaît rien à ce genre de problèmes. Quiconque a un tant soit peu l'habitude des Juifs pourra témoigner que, du moins dans le domaine du sexe, ils sont humbles et inhibés, totalement dénués d'agressivité, et pathologiquement refoulés. Ce qui est arrivé à votre sœur était sans doute le fait d'un détraqué.

— *Mais c'est arrivé!* mentit-elle, décontenancée par ce petit problème imprévu. Je jure...

Il la coupa net :

— Je ne doute nullement que cela soit arrivé, mais c'était un hasard, le geste d'un détraqué, un acte fortuit. Les Juifs sont coupables de toute une gamme d'horribles méfaits, mais ce ne sont pas des violeurs. Ce que fait Streicher dans son journal depuis tant d'années a eu pour unique résultat de susciter la dérision générale. S'il avait dit la vérité avec obstination en dépeignant les *Juifs tels qu'ils sont vraiment,* acharnés à monopoliser et à dominer l'économie mondiale, à empoisonner les mœurs et la culture, à tenter, par le truchement du Bolchevisme et par tant d'autres moyens, de provoquer la chute des gouvernements civilisés, il aurait accompli une tâche indispensable. Mais ce portrait du Youpin sous les traits d'un corrupteur diabolique doté d'une énorme bitte... — il avait eu recours au mot d'argot *Schwanz*, ce qui provoqua chez Sophie une certaine surprise, de même que le geste qu'esquissèrent ses mains pour mesurer un organe d'un bon mètre de long — constitue un hommage totalement immérité à la virilité des Juifs. La plupart des Juifs mâles que j'ai pu observer sont de méprisables neutres. Sans sexe. Mous. *Weichlich.* Ce qui les rend d'autant plus immondes.

Elle avait commis une erreur tactique idiote en mentionnant Streicher (elle se savait ignare en matière de National-Socialisme, mais comment aurait-on pu exiger qu'elle fût capable de jauger l'étendue des jalousies et des rancunes, des chamailleries, querelles intestines et discordes qui faisaient rage à tous les échelons parmi les membres du Parti de tous grades ?), pourtant, il semblait que déjà cela fût sans importance. Höss, enseveli dans les volutes bleu lavande de sa quarantième cigarette Ibar de la journée, interrompit soudain sa tirade contre le Gauleiter de Nuremberg, gratifia le pamphlet d'une petite tape du bout des doigts et laissa tomber quelques mots, qui transformèrent le cœur de Sophie en une boule de plomb fondu.

— Pour moi, ce document ne signifie *rien*. Même si vous parveniez à apporter la preuve convaincante que vous avez participé à sa rédaction, vous ne prouveriez que peu de chose. Simplement que vous méprisez les Juifs. Ce qui ne m'impressionne pas, dans la mesure où il m'apparaît que c'est là un sentiment très largement répandu.

Son regard se fit glacial et lointain, comme s'il contemplait un point situé des mètres au-delà du crâne crépu de Sophie dissimulé sous son écharpe.

« En outre, on dirait que vous oubliez que vous êtes

polonaise, et du même coup une ennemie du Reich, qui demeurerait une ennemie même si par ailleurs elle n'avait pas été jugée coupable d'un acte criminel. A dire vrai, certains de nos responsables suprêmes — le Reichsführer entre autres — estiment que les gens de votre espèce et de votre nation sont à mettre sur le même pied que les Juifs, des *Menschentiere,* pareillement abjects, pareillement pollués au sens racial, et qu'ils méritent pareillement une haine vertueuse. Les Polonais qui résident sur le territoire de la mère patrie commencent déjà à être tenus de porter un *P* — un symptôme lourd de menaces pour votre peuple.

Il hésita quelques secondes.

« Pour ma part, je ne partage pas sans réserves ce point de vue spécifique ; cependant, et pour être honnête, certains des rapports que j'ai eus avec vos compatriotes ont été pour moi une telle source d'amertume et de frustrations, que j'ai souvent eu le sentiment que cette haine impitoyable n'allait pas sans fondement. Surtout en ce qui concerne les hommes. Il y a en eux une crapulerie congénitale. Quant aux femmes, la plupart sont franchement laides.

Sophie fondit en larmes, sans pourtant que cette diatribe en fût le moins du monde responsable. Elle n'avait pas eu l'intention de verser des larmes — la dernière idée qui lui serait venue à l'esprit, une exhibition d'écœurante sentimentalité —, mais elle ne put se retenir. Ses larmes jaillirent et elle enfouit son visage entre ses mains. Tout — tout ! — tout était un échec ; sa prise précaire s'était effritée, et elle eut l'impression d'avoir été soudain précipitée en bas d'une montagne. Elle n'avait marqué aucun point, n'avait ouvert aucune brèche. Incapable de maîtriser ses sanglots, elle demeura là, les larmes poisseuses suintant entre ses doigts, croyant sentir l'approche du coup de grâce. Le regard fixé dans le puits noir de ses paumes trempées de larmes, elle entendait monter du salon les tyroliennes stridentes des minnesingers, une cacophonie de basse-cour catapultée vers les étages par un chœur de tubas, de trombones, d'harmonicas aux pesantes syncopes.

Und der Adam hat Liebe erfunden,
Und der Noah den Wein, ja !

Rarement close, la porte du grenier se referma soudain avec un grincement de gonds, lentement, insensiblement, comme poussée par une main hésitante. Elle savait que seul Höss avait pu fermer la porte et elle perçut le bruit de ses pas qui se rapprochaient, puis sentit ses doigts l'agripper fermement par l'épaule avant même qu'elle se risque à écarter les mains et relever la tête. Elle se força à ravaler ses larmes. La clameur filtrait étouffée par l'écran de la porte.

Und der David hat Zither erschall...

— Vous vous êtes montrée d'une coquetterie éhontée avec moi, l'entendit-elle dire d'une voix incertaine.
Elle ouvrit les yeux ; lui la regardait avec des yeux égarés, et la façon dont ils roulaient dans leurs orbites — comme sous l'emprise de la folie, du moins pendant ce bref instant — la remplit de terreur, surtout parce qu'elle eut l'impression qu'il se préparait à lever le poing pour la frapper. Mais soudain, au prix d'un immense effort de tout son être, il parut reprendre ses esprits, son regard redevint à peu près normal, et quand il se remit à parler, son élocution avait retrouvé sa fermeté militaire coutumière. Pourtant, le rythme de sa respiration — rapide mais profonde — et un certain frémissement des lèvres trahissaient son trouble intérieur aux yeux de Sophie qui, malgré elle, avec une terreur accrue, ne put s'empêcher d'y voir un

prolongement de la colère qui le soulevait contre elle. Une colère qui la visait, mais dont les raisons profondes lui échappaient : son ridicule pamphlet, la coquetterie qu'il lui attribuait, l'éloge qu'elle avait fait de Streicher, le fait qu'elle fût une sale Polonaise, peut-être tout cela à la fois. Puis soudain, et à sa grande stupéfaction, elle comprit que si dans sa détresse il s'abandonnait manifestement à une fureur confuse, ce n'était pas elle que visait cette fureur, mais au contraire quelqu'un ou quelque chose d'autre.

Desserrant alors sa prise, il lâcha précipitamment quelques mots qui, sous leur vernis d'anxiété raciale, parurent à Sophie une réplique grotesque de la répugnance que ce même matin avait manifestée Wilhelmine.

« Difficile de croire que vous êtes polonaise, avec votre magnifique accent allemand et votre physique — votre teint clair et les traits de votre visage, si typiquement aryens. Peu de femmes slaves ont un visage aussi beau. Pourtant vous êtes bien ce que vous prétendez être — une Polonaise.

Sophie constata alors qu'une note à la fois incohérente et décousue marquait maintenant son discours, comme si son esprit rôdait en cercles apeurés autour du péril tapi au cœur de la chose qu'il s'efforçait d'exprimer.

« Je n'aime pas les coquettes, voyez-vous, à mes yeux la coquetterie n'est qu'une manœuvre pour s'insinuer dans mes bonnes grâces, pour tenter de m'arracher des faveurs. J'ai toujours eu horreur de ce côté chez les femmes, de cette exploitation grossière du sexe — tellement malhonnête, tellement transparente. Vous m'avez rendu les choses très difficiles, en faisant naître en moi des pensées ridicules, en me détournant des devoirs de ma charge. J'ai trouvé votre coquetterie sacrément exaspérante, et pourtant — pourtant il est impossible que tout soit de votre faute, vous êtes une femme extrêmement séduisante.

« Il y a un certain nombre d'années, je sortais de temps en temps de ma ferme pour me rendre à Lübeck — j'étais très jeune à l'époque — et un jour, j'ai vu *Faust* au cinéma, dans la version muette, et la femme qui tenait le rôle de Gretchen était d'une beauté incroyable, et elle m'a fait une impression profonde. Si belle, un visage au teint clair tellement parfait, une silhouette si charmante — j'ai pensé à elle pendant des jours, des semaines. Elle me hantait dans mes rêves, elle m'obsédait. Elle s'appelait Margarete quelque chose, cette actrice, son nom de famille m'échappe maintenant. Je pensais toujours à elle comme à Margarete. Et sa voix : j'aurais juré que si je l'avais entendue parler, son allemand aurait lui aussi été d'une pureté parfaite. Tout à fait comme le vôtre. J'ai dû voir le film une douzaine de fois. Plus tard j'ai appris qu'elle était morte très jeune — de tuberculose, je crois — et j'ai éprouvé un chagrin affreux. Le temps a passé et finalement je l'ai oubliée — ou du moins, elle a cessé de me hanter. Mais jamais je n'ai pu l'oublier tout à fait.

Höss s'interrompit et de nouveau lui serra l'épaule, fort, à lui faire mal, et elle se dit avec surprise : Bizarre, il me fait mal, mais en fait, il essaie de me manifester une forme de tendresse... En bas, les tyroliennes s'étaient tues. Involontairement, elle ferma les yeux, s'efforçant de ne pas broncher sous la douleur et maintenant sensible — dans le puits sombre de sa conscience — à la symphonie de mort qui montait du camp : fracas de métal, chocs lointains des wagons se percutant sur les rails, le hululement étouffé d'un sifflet de locomotive, déchirant et lugubre.

« Je sais parfaitement que de multiples façons je ne ressemble pas à la majorité des hommes de ma profession — des hommes qui tous ont passé leur vie dans un milieu militaire. Je n'ai jamais fait partie de la bande. Je suis toujours demeuré à l'écart. Solitaire. Je n'ai jamais traîné avec les prostituées. Je ne suis entré dans un bordel qu'une seule fois dans ma vie, quand j'étais très jeune, à Constantinople. Une expérience qui ne m'a laissé que du dégoût ; la lubricité des putains me donne la nausée. Il y a quelque chose dans la beauté pure et radieuse d'un certain type de femme — des femmes au teint et aux cheveux clairs, et parfois même, bien sûr, à condition qu'elles soient de pure race aryenne, des femmes un peu plus brunes — qui me pousse à idolâtrer ce type de beauté, à l'idolâtrer au point d'avoir envie de l'adorer. Cette actrice, Margarete, était une de ces femmes — et puis il y a eu une autre femme que j'ai connue à Munich pendant quelques années, une personne splendide avec laquelle j'ai eu une relation passionnée et un enfant illégitime. Fondamentalement, je crois en la monogamie. Je n'ai été que très rarement infidèle à ma femme. Mais cette femme, elle... c'était l'illustration la plus glorieuse de ce type de beauté — des traits exquis, une pure ascendance nordique. L'attrait qu'elle avait à mes yeux était d'une intensité sans rien de commun avec la vulgarité du désir sexuel, et ses pseudo-plaisirs. Quelque chose en rapport avec le dessein plus noble de la procréation. La perspective de déposer ma semence dans un réceptacle aussi beau me transportait d'exaltation. Et vous, c'est un désir très analogue que vous m'inspirez.

Sophie garda les yeux clos tandis que le flot de l'étrange syntaxe nazie, surchargée d'images curieusement enfiévrées et de paquets de savoureuse emphase teutonne, s'infiltrait dans les affluents de son esprit, menaçant de noyer sa raison. Soudain il fut contre elle, la buée que dégageait son torse en sueur lui piqua les narines comme une odeur de viande faisandée, et elle s'entendit lâcher un hoquet à l'instant, où, d'une brusque secousse, il la plaquait contre lui. Elle sentit des coudes, des genoux, et le grattement d'une barbe râpeuse. Aussi avide dans son ardeur que sa gouvernante, il était incomparablement plus gauche et ses bras autour d'elle lui parurent innombrables, comme les pattes d'une énorme mouche mécanique. Elle retint son souffle tandis que dans son dos, les mains se livraient à une espèce de massage. Et son *cœur* — son cœur emporté par une galopade effrénée !... Jamais elle n'aurait cru qu'un simple cœur était capable de ces battements déchaînés et romantiques qui, à travers la chemise trempée du Commandant, martelaient son flanc comme un roulement de tambour. Tremblant comme un homme à l'agonie, il ne tenta même pas de risquer un baiser, quand bien même, elle l'aurait juré, elle crut sentir une vague protubérance — langue ou nez — frôler fébrilement le pourtour de son oreille cachée sous le foulard. Soudain un coup rude retentit à la porte, et il se dégagea vivement, en étouffant un pathétique *Scheiss!*

C'était de nouveau son aide de camp, Scheffler. Que le Commandant veuille bien l'excuser, dit Scheffler, debout sur le seuil, mais Frau Höss — restée sur le palier à l'étage en dessous — était montée pour poser une question au Commandant. Elle se proposait d'aller voir un film au foyer de la garnison et voulait savoir s'il était sage d'emmener Iphigénie. Iphigénie, l'aînée des enfants Höss, était restée toute une semaine clouée au lit par une attaque de *Die Grippe* et Madame voulait s'assurer que, selon le Commandant, la jeune fille était suffisamment rétablie pour l'accompagner au cinéma. Ou peut-être ferait-elle mieux de consulter le Dr Schmidt ? En guise de réponse, Höss grommela quelque chose qui échappa à Sophie. Mais ce fut pendant ce bref échange que lui vint en un éclair une intuition tragique, la certitude que cette interruption à la saveur platement domestique ne pouvait qu'effacer à jamais l'instant magique où le Commandant, à l'instar d'un Tristan à l'âme tourmentée, avait eu la faiblesse de se laisser prendre au piège de la séduction. Et lorsque, se retournant, il lui fit de nouveau face, elle sut aussitôt que son pressentiment ne l'avait pas trompée, et que sa cause se trouvait plus que jamais menacée d'échec.

— Quand il est revenu vers moi, dit Sophie, son visage était encore plus tourmenté et dévoré de tics. Et alors une fois de plus, j'ai ce sentiment étrange qu'il va me frapper. Mais non. Au contraire, voilà qu'il s'approche tout près et qu'il dit : 'J'ai très envie d'avoir des rapports sexuels avec vous' — il avait employé le mot *Verkehr*, qui en allemand a la même connotation stupide et formelle que « rapports »; il a dit : 'Avoir des rapports sexuels avec vous me permettrait de me perdre, peut-être que je trouverais l'oubli.' Et puis tout à coup son visage a changé. On aurait dit qu'en un seul instant, Frau Höss avait tout changé. Son visage est devenu très calme et comme impersonnel, tu vois, et il a dit : 'Mais je ne peux pas et je ne veux pas, le risque est trop grand. Tout ça finirait par une catastrophe.' Et puis il s'est détourné, il m'a tourné le dos et s'est approché de la fenêtre. Je l'ai entendu dire : 'D'ailleurs, ici une grossesse serait hors de question.' Stingo, j'ai cru que j'allais m'évanouir. Je me sentais très faible après tant d'émotions et de tension; et aussi, je suppose, à cause de la faim, parce que je n'avais rien mangé depuis les figues que j'avais vomies le matin, rien d'autre que le petit morceau de chocolat qu'il m'avait donné. Il s'est de nouveau retourné vers moi. Il m'a dit : 'Si je n'étais pas sur le point de partir, je prendrais le risque. En dépit de vos origines et de votre passé, j'ai le sentiment que d'un point de vue spirituel nous pourrions nous retrouver sur un terrain commun. Je serais prêt à prendre de grands risques pour avoir une relation avec vous.' J'ai cru que de nouveau il allait me caresser ou m'empoigner, mais non. 'Mais voilà, ils se sont débarrassés de moi, a-t-il dit, et je dois partir. Et vous aussi il faut que vous partiez. Je vous renvoie d'où vous venez au Bloc Deux. Vous partirez demain.' Sur quoi, il m'a tourné de nouveau le dos.

« J'étais terrifiée, poursuivit Sophie. Tu comprends, j'avais voulu me rapprocher de lui et j'avais échoué, et maintenant il me chassait et tous mes espoirs s'écroulaient. J'ai essayé de lui parler, mais il y avait ce nœud dans ma gorge et les mots ne voulaient pas sortir. C'était comme s'il se préparait à me rejeter dans les ténèbres, et moi je ne pouvais rien faire — rien. J'étais là, je le regardais et j'essayais de lui parler. Le cheval, le beau cheval arabe était toujours dans le pré en contrebas et Höss le contemplait, appuyé contre la fenêtre. La fumée de Birkenau s'était dissipée. De nouveau il a murmuré quelque chose au sujet de Berlin et de sa mutation. Sa voix était pleine d'amertume. Je me souviens des mots 'échec' et 'ingratitude', et tout à coup, il a dit distinctement : 'Moi je le sais, j'ai fait tout mon devoir.' Puis il est resté un long moment sans rien dire, sans rien faire d'autre que de contempler le cheval, et enfin je l'ai entendu dire ceci, je suis presque certaine des mots exacts : 'Echapper à son enveloppe charnelle et pourtant vivre encore au sein de la Nature. *Etre* ce cheval, vivre dans le corps de cet animal. Ce serait la liberté.'

Elle s'interrompit un instant.

« Jamais je n'ai oublié ces mots. Ils étaient tellement...

Et Sophie se tut pour de bon, les yeux vitrifiés par le souvenir, le regard fixé comme en transe sur les fantasmes du passé.

(« Ils étaient tellement... ») *Quoi ?*

Quand elle m'eut raconté tout cela, Sophie resta un long moment sans parler. Elle dissimula ses yeux derrière ses doigts et courba la tête, ensevelie dans une sombre méditation. Pendant tout l'interminable récit, son empire sur elle-même ne s'était pas démenti, mais les gouttes luisantes qui filtraient entre ses doigts trahissaient maintenant qu'elle s'abandonnait à des larmes amères. Je la laissai pleurer en silence. Nous étions en août, l'après-midi était pluvieux, et nous étions assis là tous les deux depuis des heures, les coudes appuyés sur l'une des tables en formica du Maple Court. Trois jours s'étaient écoulés depuis la rupture cataclysmique entre Sophie et Nathan que j'ai décrite bien des pages plus haut. Peut-être se souviendra-t-on que lorsqu'ils avaient disparu tous les deux, je me préparais à aller accueillir mon père qui venait passer quelques jours à Manhattan (il s'agissait pour moi d'une rencontre importante — en fait j'avais décidé de rentrer avec lui en Virginie — que je me propose de décrire ultérieurement plus en détail). Après ces retrouvailles, j'étais rentré le cœur lourd au Palais Rose, m'attendant à y trouver la même désolation et les mêmes ravages que lors d'une autre soirée dont j'avais gardé le souvenir — et certes loin de m'attendre à la présence de Sophie, que je découvris, miraculeusement, dans sa chambre en désordre, occupée à fourrer ses dernières bricoles dans une valise avachie. Par ailleurs, il n'y avait nulle part trace de Nathan — une vraie bénédiction à mes yeux — et après cette triste et douce rencontre, Sophie et moi nous précipitâmes au Maple Court sous un abominable orage. Inutile de le dire, je croulai de joie en constatant que Sophie paraissait tout aussi heureuse de me voir que je l'étais moi d'être simplement là et de respirer son visage et son corps. A ma connaissance, j'étais, jusqu'à présent, à part Nathan et peut-être Blackstock, la seule personne au monde qui pût se targuer d'une réelle intimité avec Sophie, et j'eus l'intuition qu'elle se cramponnait à ma présence comme à une bouée de sauvetage.

Elle avait encore les nerfs à vif, comme plongée dans un traumatisme par la fuite et la désertion de Nathan (elle me dit, non sans une touche d'humour noir, qu'elle avait plusieurs fois songé à se jeter par la fenêtre du minable hôtel de l'Upper West Side où elle avait passé les trois derniers jours à se languir), mais si le chagrin qu'elle éprouvait de son départ avait manifestement rongé son courage, c'était ce même chagrin, je le sentais, qui lui permettait d'ouvrir toujours plus grandes les vannes de sa mémoire pour libérer une puissante cataracte cathartique. Mais une petite réminiscence me tracasse. N'aurais-je pas dû m'inquiéter en constatant quelque chose que je n'avais jamais encore remarqué chez Sophie ? Elle s'était mise à boire, non pas avec outrance — mais les trois ou quatre légers whiskies coupés d'eau qu'elle avala au cours de cet après-midi gris et pluvieux, dénotaient un changement d'habitude chez quelqu'un qui, à l'exemple de Nathan, s'était toujours montré plutôt sobre. Peut-être aurais-je dû m'inquiéter ou me soucier davantage de ces petits verres de Schenley's qui s'alignaient devant elle. Pour ma part, je m'en tins à ma bière habituelle et me contentai de noter sans y attacher d'importance les nouveaux goûts de Sophie. De toute façon, sans doute n'aurais-je prêté aucune attention à ce qu'elle buvait, car lorsque Sophie se remit à parler — (s'essuyant les yeux et — d'un ton aussi direct et impassible qu'il eût été possible à quiconque d'avoir en la circonstance — se préparant à conclure la chronique de cette journée en compagnie de Rudolf Franz Höss) elle me confia une chose qui me secoua d'une stupéfaction telle que je sentis la surface de mon visage tout entier se couvrir aussitôt de picotements glacés. Je retins mon souffle, les membres soudain aussi faibles que des roseaux. Et, cher lecteur, enfin, du moins, je sus qu'elle ne mentait pas.

— Stingo, mon enfant était là-bas à Auschwitz. Oui, j'avais un enfant. Jan, mon petit garçon, on me l'a arraché le jour de mon arrivée. Ils l'avaient mis dans un endroit spécial appelé le Camp des Enfants, il n'avait que dix ans. Je sais que tu vas trouver bizarre que depuis tout ce temps que tu me connais, jamais je ne t'ai parlé de mon enfant, mais c'est une chose dont jamais je n'ai pu parler à personne. C'est trop difficile — tellement difficile que je préfère même ne jamais y penser. Oui, c'est vrai, cette chose, j'en ai parlé à Nathan une fois, il y a bien des mois. Je lui en ai parlé très vite et aussitôt après, je lui ai dit qu'il ne faudrait jamais en reparler. Ni en parler à personne. C'est pourquoi si maintenant je t'en parle, c'est seulement parce que tu ne pourrais pas comprendre, au sujet de Höss et de moi, si tu ne comprenais pas au sujet de Jan. Et après, jamais plus je ne parlerai de lui, et il ne faudra jamais que tu me poses de questions. Non, jamais plus...

« Bref, cet après-midi-là pendant que Höss regardait par la fenêtre, je lui ai parlé. Je le savais, il fallait que j'abatte ma dernière carte, que je lui révèle ce que *au jour le jour** j'avais enfoui en moi pour me cacher à moi-même — de peur d'en mourir de chagrin —, que je fasse m'importe quoi, supplie, crie, hurle pour implorer pitié, dans le seul espoir de parvenir d'une façon ou d'une autre à émouvoir suffisamment cet homme pour qu'il me manifeste un brin de pitié — sinon pour moi-même, du moins pour la seule chose qui me restait, ma dernière raison de vivre. Aussi, en m'efforçant de contrôler ma voix, je lui ai dit : ' *Herr Kommandant,* je sais que je ne peux pas demander grand-chose pour moi et que vous devez respecter le règlement. Mais je vous supplie de me faire une dernière faveur avant de me renvoyer. J'ai un fils, un enfant, au Camp D, là où sont détenus les garçons. Il s'appelle Jan Zawistowski, il a dix ans. J'ai appris son numéro par cœur, je peux vous le donner. Il était avec moi quand je suis arrivée mais je ne l'ai pas vu depuis six mois. Je meurs d'envie de le voir. L'hiver arrive et je crains pour sa santé. Je vous en supplie, essayez de trouver un moyen pour le faire libérer. Sa santé est fragile et il est si jeune, si jeune.' Höss n'a rien répondu, il est resté là à me contempler fixement sans broncher. Je sentais que je n'allais pas tarder à me laisser aller. J'ai tendu la main, j'ai effleuré sa chemise, puis je l'ai agrippé et j'ai dit : 'Je vous en prie, si ma présence, mon existence ont fait naître en vous la moindre émotion, je vous en conjure, faites cela pour moi. Ne me relâchez pas, moi, mais relâchez simplement mon petit garçon. Il y a un moyen qui vous permettrait de le faire, je peux vous dire lequel... Je vous en prie, faites cela pour moi. Je vous en prie. *Je vous en prie !*'

« Alors, j'ai compris de nouveau que je n'étais rien d'autre qu'un simple ver de terre dans sa vie, un morceau de sale *dreck* polonaise. M'agrippant le poignet, il a détaché brutalement ma main et a dit. 'Ça suffit !' Et jamais je n'oublierai la *frénésie* de sa voix quand il a dit : '*Ich kann es unmöglich tun !*' Ce qui signifie : 'Pas question que je fasse une chose pareille.' Il a ajouté : 'Relâcher un détenu, *quel qu'il soit,* sans être dûment mandaté pour le faire, serait *illégal* de ma part.' J'ai compris soudain qu'en osant simplement évoquer cette éventualité, j'avais touché en lui un point affreusement sensible. Il a dit : 'C'est odieux, votre suggestion est odieuse ! Pour qui me prenez-vous donc, une espèce de *Dümmling* que vous espérez pouvoir manipuler ? Pour la seule raison que j'ai exprimé à votre égard un sentiment particulier ? Vous pensez que vous pourriez me pousser à enfreindre le règlement sous prétexte que je vous ai manifesté un peu d'affection ? ' Et puis il a dit : ' Je trouve ça répugnant ! '

« Est-ce que tu pourrais me comprendre, Stingo, si je te disais qu'alors je n'ai pas pu me retenir et que je me suis jetée contre lui, que j'ai passé mes bras autour de sa taille et que j'ai recommencé à le supplier, en répétant sans arrêt : ' Je vous en prie, je vous en prie ' ? Mais ses muscles étaient devenus tout raides et un tremblement secouait tout son corps, et je voyais bien que, pour lui, je n'existais déjà plus. Pourtant je ne pouvais pas m'arrêter. Je lui ai dit : ' Dans ce cas laissez-moi au moins *voir* mon petit garçon, laissez-moi le rencontrer, laissez-moi le voir ne serait-ce qu'une seule fois, je vous en prie, accordez-moi au moins cette chose. Ne pouvez-vous donc pas comprendre ? Vous aussi, vous avez des enfants. Accordez-moi seulement de le voir, de le serrer une fois dans mes bras avant de retourner au camp.' Et alors, Stingo, en disant ces mots, je n'ai pas pu me retenir et je me suis effondrée à genoux devant lui. Je me suis jetée à genoux et j'ai appuyé mon visage contre ses bottes.

Sophie se tut, et resta de longs instants le regard tourné vers ce passé qui semblait la retenir irrésistiblement prisonnière ; elle avala coup sur coup plusieurs gorgées de whisky et, machinalement, déglutit une ou deux fois, perdue dans un brouillard de souvenirs. Et je me rendis compte que, comme avide de quelque illusion de réalité concrète que je représentais peut-être, sa main avait saisi la mienne et la serrait à l'engourdir.

« On a raconté tant de choses sur Auschwitz et sur la façon dont les gens se comportaient là-bas. En Suède dans le camp de réfugiés où j'ai passé quelque temps, nous étions tout un groupe qui revenions de là-bas — d'Auschwitz ou de Birkenau, où j'ai été envoyée par la suite — et il nous arrivait souvent de parler de la façon dont se comportaient tous ces gens différents. Ce qui pouvait pousser un homme à devenir un terrible Kapo qui se mettait à traiter ses codétenus avec cruauté et causait la mort de beaucoup d'entre eux. Ou ce qui pouvait pousser un homme ou une femme à tel ou tel acte de courage, et quelquefois à donner sa vie pour sauver celle d'autrui. A donner son pain ou une petite pomme de terre ou un peu de soupe claire à quelqu'un qui mourait de faim, alors que de leur côté eux aussi mouraient de faim. Ou encore il y avait des gens — des hommes, des femmes — qui n'hésitaient pas à tuer ou à dénoncer pour se procurer un peu de nourriture. Au camp, les gens se comportaient de manières très différentes, certains de façon lâche ou égoïste, d'autres avec beaucoup de bravoure et de noblesse. Il n'y avait pas de règle. Non. Mais c'était un endroit tellement abominable, Auschwitz, Stingo, tellement abominable qu'on a peine à y croire, qu'à dire vrai on n'avait pas le droit de dire que telle ou telle personne *aurait dû* faire preuve de plus de générosité ou de noblesse, comme dans l'autre monde. Si un homme ou une femme venait à faire quelque chose de noble, alors on pouvait les admirer comme on les aurait admirés n'importe où, mais les Nazis étaient des assassins et quand ils cessaient d'assassiner les gens c'était pour les transformer en animaux malades, si bien que si les gens faisaient des choses qui n'étaient pas très nobles, et même s'ils se transformaient en animaux, eh bien, il fallait le comprendre, avec horreur peut-être, mais aussi avec pitié, parce que chacun savait qu'il suffisait d'un rien pour qu'il se comporte lui aussi comme un animal.

Sophie garda quelques instants le silence, les paupières closes, comme perdue dans une méditation farouche ; puis de nouveau son regard se perdit dans des lointains mystérieux.

« Ce qui fait qu'il y a encore une autre chose qui pour moi demeure un mystère. Et c'est pourquoi, dans la mesure où je sais tout ça et que je sais aussi que les Nazis m'ont transformée comme les autres en animal malade, pourquoi est-ce que je continue à me sentir tellement coupable quand je pense à toutes les choses que j'ai faites là-bas. Et coupable surtout d'être encore en vie. Ce remords, je n'arrive pas à m'en débarrasser et je crois que je n'y arriverai jamais.

Elle se tut de nouveau, puis reprit.

« Je suppose que c'est parce que...

Mais elle hésita, impuissante à rassembler ses pensées, et je perçus un tremblement dans sa voix — provoqué peut-être davantage par la lassitude que par autre chose — quand elle dit :

« Je le sais, jamais je ne pourrai m'en débarrasser. Jamais. Et parce que jamais je ne m'en débarrasserai, peut-être est-ce la pire des choses que les Allemands m'ont laissée.

Elle relâcha enfin sa prise sur ma main, et se tourna vers moi, me regardant dans les yeux :

« J'ai passé mes deux bras autour des bottes de Höss. J'ai plaqué ma joue contre le cuir froid de ces bottes comme si elles étaient faites de fourrure ou de quelque chose de chaud et de rassurant. Et tu veux savoir ? Je crois bien que je suis allée jusqu'à les lécher avec ma langue, ces bottes de Nazi, ma langue les a léchées. Et tu veux que je te dise autre chose ? Si Höss m'avait tendu un couteau ou un revolver et commandé d'aller tuer quelqu'un, un Juif, un Polonais, n'importe qui, je l'aurais fait sans réfléchir, et même avec joie, si cela m'avait permis de voir mon petit garçon ne serait-ce qu'une seule minute et de le serrer dans mes bras.

« Et puis j'ai entendu la voix de Höss : 'Allons, debout ! Des scènes de ce genre sont insultantes. Debout !' Mais quand j'ai commencé à me relever, sa voix s'est adoucie et il a dit : 'Bien sûr que vous pourrez voir votre fils, Sophie.' Et je me suis rendu compte que c'était la première fois qu'il prononçait mon nom. Et puis — oh Seigneur Dieu, Stingo, voilà que de nouveau *il m'a serrée dans ses bras* et je l'ai entendu dire : 'Sophie, Sophie, bien sûr que vous pouvez aller voir votre petit garçon !' Et il a dit : 'Vous croyez vraiment que je pourrais vous refuser ça ? *Glaubst du, dass ich ein Ungeheuer bin ?* Me prendriez-vous donc pour une sorte de monstre ?' »

CHAPITRE XI

— Fils, le Nord s'imagine détenir un véritable *monopole* de la vertu, dit mon père en caressant d'un index délicat son coquart rutilant. Mais bien entendu, le Nord se trompe. Crois-tu vraiment que les taudis de Harlem représentent pour les Noirs un progrès par rapport à une plantation d'arachide du canton de Southampton ? Crois-tu vraiment que les Noirs accepteront longtemps de croupir dans cette misère intolérable ? Fils, tôt ou tard, le Nord regrettera amèrement ses hypocrites tentatives pour se montrer magnanime, ses manœuvres habiles et transparentes qui passent pour de la *tolérance*. Tôt ou tard — note bien mes paroles ! — la preuve sera clairement établie que le Nord est tout autant que le Sud foncièrement imprégné de racisme, sinon davantage. Du moins dans le Sud, les préjugés raciaux se montrent-ils à visage découvert. Tandis qu'ici...

Il s'interrompit pour effleurer de nouveau son œil meurtri.

« Je *tremble* littéralement quand je songe à la haine et à la violence qui couvent dans ces taudis.

Mon père qui presque toute sa vie avait été le type même du libéral sudiste, et conscient des injustices dont le Sud s'était rendu coupable, n'avait jamais été enclin à rejeter à la légère sur le dos du Nord les multiples tares raciales du Sud ; ce fut donc avec une certaine surprise que je prêtai attention à ses propos,

77

sans pouvoir mesurer — en cet été de 1947 — combien ses paroles paraîtraient un jour prophétiques.

A un certain moment, bien après minuit, nous étions encore assis dans le bar plongé dans la pénombre et rempli de murmures animés de l'hôtel McAlpin, où je l'avais installé après la désastreuse altercation qui l'avait opposé à un chauffeur de taxi du nom de Thomas McGuire, Licence N° 8608, une heure environ à peine après son arrivée à New York. Le père (je n'emploie le mot qu'au sens paternel de la langue vernaculaire) s'en était sorti sans grand dommage, mais il s'en était suivi un vacarme terrible, et un flot de sang écarlate, fort inquiétant quoique sans gravité, avait jailli d'une coupure superficielle sur son front. Il avait fallu lui poser un petit pansement. Une fois le calme revenu et quand nous fûmes installés pour boire un verre (lui, un bourbon, moi, cette fidèle égérie de mon adolescence — une bière Rheingold) et pour parler, surtout de l'abîme qui séparait la prolifération diabolique de la lèpre urbaine au nord de la Chesapeake des prairies élyséennes du Sud (dans ce domaine mon père ne risquait guère d'être *moins* prophétique, faute d'avoir prévu Atlanta), j'eus loisir de méditer plus d'une fois et avec tristesse sur le fait que, quelques brefs instants du moins, l'imbroglio entre mon vieux père et Thomas McGuire m'avait permis d'oublier mon désespoir encore tout récent.

Car, on s'en souviendra peut-être, tout ceci s'était bien entendu passé quelques brèves heures à peine après l'instant où, à Brooklyn, j'avais pu croire Sophie et Nathan disparus à jamais de mon existence. De fait j'étais convaincu — après tout je n'avais aucune raison de penser autrement — que jamais je ne la reverrais. Aussi la mélancolie qui m'avait submergé lorsque, sortant de chez Yetta Zimmermann, j'avais pris le métro pour aller rejoindre mon père à Manhattan, avait failli provoquer en moi un malaise physique

comme jamais je n'en avais éprouvé d'aussi torturant
— en tout cas pas depuis la mort de ma mère. C'était
cette fois une chose complexe, un mélange de chagrin
et d'angoisse, inextricable et d'une intensité stupéfiante. Les deux sentiments alternaient. Contemplant
d'un œil morne le jeu stroboscopique de clarté et
d'ombre tandis que défilaient les lumières du tunnel, je
ressentais cette douleur composite comme un poids
immense et oppressant qui accablait très précisément
mes épaules, si pesant qu'il comprimait bel et bien mes
poumons et que, le souffle court, je pantelais follement.
Je ne pleurais pas — ou ne pouvais pleurer —, mais je
craignis plusieurs fois d'être à deux doigts de vomir.
C'était comme si je venais d'apprendre la nouvelle
d'un deuil absurde et brutal, comme si Sophie (et aussi
Nathan, car en dépit de la colère, du chagrin mêlé de
rancune et de la confusion qu'il avait provoqués en
moi, il était trop intimement mêlé à la trame de notre
triade pour que je renonce d'un coup à l'amour et à
l'attachement que je lui vouais) eût été rayée du monde
des vivants par un de ces catastrophiques accidents de
la circulation qui surviennent en un clin d'œil, laissant
les rescapés trop hébétés pour pouvoir fût-ce maudire
le ciel. Tout ce que je savais, tandis que le train
traversait en grondant les catacombes ruisselantes qui
s'étendent sous la Huitième Avenue, c'était qu'avec
une soudaineté à laquelle j'avais encore peine à croire,
je m'étais vu coupé des deux êtres auxquels je tenais le
plus, et que la sensation animale de perte qui en était
la conséquence provoquait en moi une angoisse analogue à celle que doit éprouver quelqu'un qui se retrouve
enterré vivant sous une tonne de scories.

— Tu as un courage extraordinaire, et je t'admire,
avait dit mon père tandis que nous prenions un dîner
tardif chez Schrafft. Les soixante-douze heures que j'ai
l'intention de passer dans ce patelin sont à peu près le
maximum de ce que peuvent supporter des êtres

humains tant soit peu civilisés. Je ne sais pas comment tu fais. Ta jeunesse, sans doute, cette merveilleuse faculté d'adaptation de ton âge qui te permet d'être séduit, plutôt que dévoré, par cette ville-pieuvre. Je n'y ai jamais mis les pieds, mais sincèrement, *se peut-il* vraiment que, comme tu me l'as écrit, il y ait à Brooklyn certains coins qui rappellent *Richmond* ?

En dépit du long voyage en train qui l'avait amené du fin fond du Tidewater, mon père était d'une humeur splendide, ce qui contribua à me faire oublier mon désarroi spirituel, du moins par intermittence. Il me fit remarquer qu'il n'était pas venu à New York depuis la fin des années trente et que, à dire vrai, avec sa débauche de richesses, la ville lui semblait plus babylonienne que jamais.

« C'est un produit de la guerre, fils, conclut cet ingénieur naval qui avait contribué à fabriquer des monstres tels que le *Yorktown* et l'*Enterprise,* tout dans ce pays est devenu de plus en plus riche. Il a fallu la guerre pour nous sortir de la Crise et du même coup faire de nous le pays le plus puissant du monde. S'il est une seule chose qui nous permettra de conserver notre avance sur les Communistes pendant encore pas mal d'années, c'est précisément ça : l'argent, et nous n'en manquons pas.

Il serait erroné de déduire de cette réflexion que mon père était, même de très loin, un anti-Rouge fanatique. Je l'ai dit, pour un homme du Sud, il avait de surprenantes sympathies de gauche : six ou sept ans plus tard, à l'apogée de l'hystérie du McCarthysme, alors qu'il venait d'être élu président du Chapitre de Virginie des Fils de la Révolution américaine auquel, pour des raisons avant tout généalogiques, il appartenait depuis un quart de siècle, il démissionna avec fracas le jour où cette organisation ultra réactionnaire publia un manifeste pour soutenir le sénateur du Wisconsin.

Pourtant, et quel que soit leur degré d'expérience en matière d'économie, les gens du Sud qui séjournent quelque temps à New York (comme d'ailleurs les autres) manquent rarement d'être déconcertés par les prix et les tarifs pratiqués dans cette ville, et mon père ne fit pas exception à la règle, en grommelant d'un air furieux devant l'addition de nos deux dîners : je crois bien qu'elle montait à environ quatre dollars — imaginez un peu ! —, ce qui en cette époque de déflation n'avait rien d'exorbitant selon les critères de New York, même pour la chère d'une navrante banalité que l'on servait chez Schrafft.

— Chez nous, pour quatre dollars, se plaignit-il, on pourrait faire la fête tout le week-end.

Il ne tarda pas à retrouver son calme, pourtant, tandis que dans la nuit douce, nous remontions Broadway en flânant, puis continuions vers le nord en traversant Times Square — un lieu qui poussa le père à adopter une expression de perplexité stupéfaite et bigote, bien qu'il n'eût rien d'un bigot et que sa réaction découlât, à mon avis, moins d'une authentique désapprobation que du choc, pareil à une gifle en plein visage, provoqué par l'atmosphère équivoque et louche du quartier.

Je me dis maintenant que comparé à la Sodome visqueuse qu'il devint par la suite, Times Square cet été-là n'avait guère plus à offrir en matière de corruption charnelle que tant d'autres mornes places grisâtres dans des villes bien pensantes telles que Omaha ou Salt Lake City ; néanmoins, on y voyait l'inévitable faune de minables racoleurs et de farfelus tapageurs qui se pavanaient à travers les arcs-en-ciel et les tourbillons de néon, même à cette époque, et cela m'aida un peu à secouer ma profonde tristesse de l'entendre chuchoter des exclamations indignées — il était encore capable d'articuler « Jeru-*salem* » ! avec la franchise toute campagnarde d'un personnage sorti tout droit de Sherwood Anderson — et de voir son regard, occupé à suivre les ondulations chatoyantes de quelque agressive pute de couleur affublée de rayonne, refléter en une séquence rapide une morne incrédulité et une certaine titillation inéluctable. S'était-il jamais fait racoler ? me demandai-je. Veuf depuis neuf ans, il l'aurait certes mérité, mais, comme la plupart des Américains du Sud (des Américains tout court, en fait) de sa génération, il se montrait réservé, et même secret, à propos des choses du sexe, et sa vie dans ce domaine était pour moi un mystère. En vérité, j'espérais qu'à ce stade de sa maturité, il n'avait pas eu la faiblesse de se laisser immoler sur l'autel d'Onan, à l'instar de son misérable rejeton ; à moins qu'en l'occurrence, j'eusse mal interprété son coup d'œil, et qu'enfin il eût le bonheur d'être à jamais à l'abri de cette fièvre.

Parvenus à Columbus Circle, nous hélâmes un taxi pour nous faire reconduire au McAlpin. Sans doute sombrai-je de nouveau dans mon humeur noire, car je l'entendis dire : « Qu'est-ce qui ne va pas, fils ? » Je marmonnai en alléguant une crampe d'estomac — la nourriture de chez Schrafft — et laissai tomber le sujet. J'avais beau éprouver un impérieux besoin de m'épancher, je trouvais impossible de me livrer à la moindre confidence à propos du cataclysme qui venait de ravager ma vie. Comment aurais-je pu évoquer les dimensions de ma peine, encore moins entrer dans les complexités de la situation qui avait abouti à cette catastrophe : ma passion pour Sophie, mon extraordinaire camaraderie avec Nathan, la disparition démente de Nathan survenue quelques heures plus tôt à peine, et enfin, brutal, torturant, l'abandon ? N'étant pas amateur de romans russes (avec lesquels par certains côtés mélodramatiques ce scénario n'était pas sans analogies), mon père aurait trouvé l'histoire totalement insensée.

— Tu n'as pas trop d'ennuis d'argent, au moins ? s'inquiéta-t-il, sur quoi il ajouta qu'il se doutait bien que le produit de la vente d'Artiste, le petit esclave, qu'il m'avait envoyé il y avait déjà bien des semaines, ne pouvait bien sûr pas durer éternellement. Puis alors, doucement, d'une façon que je jugeai volontairement détournée, il se mit à évoquer l'éventualité de mon retour définitif dans le Sud. A peine avait-il effleuré le sujet, d'une allusion si brève et si timide que je n'eus même pas le temps de répondre, que le taxi s'arrêta sans bruit devant le McAlpin.

« Il me semble que ça ne doit pas être tellement bon pour la santé, disait-il, de partager un logement avec des individus comme ceux que nous venons de voir.

Ce fut alors que, sous mes yeux, survint un incident qui, plus tragiquement que ne pourrait le faire n'importe quel ouvrage d'art ou de sociologie, illustrait le triste clivage schismatique entre le Nord et le Sud. Clivage qui impliquait deux sinistres erreurs, l'une comme l'autre impardonnables, toutes deux insérées dans des contextes culturels aussi éloignés l'un de l'autre que Saskatoon l'est de la Patagonie. Il est indiscutable que la première erreur était imputable à mon père. Alors que dans le Sud les pourboires — à cette époque encore du moins — étaient en général escamotés ou du moins dispensés à la légère, il aurait dû avoir assez de bon sens pour ne pas gratifier Thomas McGuire de *cinq cents* de pourboire — mieux valait ne rien lui donner du tout. Quant à McGuire, son erreur fut de réagir en lançant une injure à mon père, pour être précis : « foutu trou du cul ». Ce qui ne signifie nullement qu'un chauffeur de taxi *du Sud*, habitué à ne pas toucher de pourboires ou du moins à n'en toucher que rarement et au gré de la fantaisie du client, ne se serait pas senti piqué au vif ; cependant, même bouillonnant de fureur, il ne se serait pas montré agressif. Ce qui ne signifie pas non plus qu'un

New-Yorkais n'aurait peut-être pas senti la moutarde lui monter au nez en essuyant l'épithète de McGuire ; mais ce genre de mots orduriers sont monnaie courante dans les rues et parmi les chauffeurs de taxi, et la plupart des New-Yorkais auraient sans doute ravalé leur bile et fermé leurs grandes gueules.

A demi sorti du taxi, mon père se ravisa et, passant la tête par la vitre ouverte du chauffeur, demanda, d'une voix presque incrédule : « Qu'est-ce que je viens de vous entendre dire ? » Le choix des mots est important — non pas : « Qu'avez-vous dit ? », ni « Qu'est-ce que vous venez de dire ? » mais avec toute l'emphase sur « entendre », impliquant que l'appareil auditif lui-même n'avait jamais essuyé d'obscénités à ce point ignobles, ni séparément, ni encore moins débitées en tandem. Avec sa nuque épaisse et sa crinière rousse, McGuire n'était qu'une tache floue dans la pénombre. Je ne pus distinguer très clairement son visage, mais la voix était relativement jeune. S'il avait aussitôt démarré pour disparaître dans la nuit, peut-être n'y aurait-il pas eu d'histoires, mais, si je crus sentir l'ombre d'une hésitation, je devinai aussi une intransigeance, un ressentiment belliqueux et très irlandais provoqué par la piécette paternelle, qui faisait contrepoids à la fureur déclenchée chez le père par ce langage inadmissible. Quand McGuire répondit, il habilla sa pensée d'une syntaxe infiniment plus rigoureuse : « *J'ai dit que vous me faites l'effet d'un drôle de foutu trou du cul.* »

La voix de mon père se mua en un cri étouffé — sinon très fort, du moins palpitant de fureur — comme s'il réclamait vengeance.

— Et *vous*, vous me faites l'effet d'une de ces innombrables crapules de cette ville répugnante qui vous a engendrés, vous et vos pareils au langage ordurier ! déclama-t-il, prompt comme l'éclair à se lancer dans l'éternelle rhétorique de ses ancêtres.

« Espèce d'horrible voyou, vous n'êtes pas plus civilisé qu'un rat d'égout ! Dans n'importe quelle ville tant soit peu respectable des Etats-Unis, un individu de votre genre pris à vomir ses ignobles immondices serait traîné sur la grand-place pour être fouetté en public !

Sa voix était montée d'un cran ; déjà des passants s'arrêtaient sous la marquise rutilante du McAlpin.

« Mais cette ville n'est ni respectable ni civilisée, ce qui explique que vous êtes libre de vomir votre langage putride sur vos concitoyens...

Il fut coupé net par la fuite éperdue de McGuire qui, démarrant brutalement, s'élança comme une flèche sur l'avenue. Les bras battants, se cramponnant au vide, mon père pivota en se rabattant vers le trottoir, et je compris en un éclair que ce n'était rien d'autre que la force de sa virevolte qui le projeta alors comme un aveugle contre le dur poteau d'un panneau ' Stationnement Interdit ' ; comme dans un dessin animé, un *binggg !* vibrant ponctua le choc de sa tête contre le métal. Mais cela n'avait rien de drôle. Je redoutai un dénouement de nature tragique.

Pourtant, une demi-heure plus tard, il était là à siroter du bourbon pur et à vitupérer le Nord et son « monopole de la vertu ». Il avait beaucoup saigné, mais, par le plus pur des hasards, le « médecin résident » du McAlpin traînait dans le hall au moment même où je m'y réfugiais avec la victime. Le médecin en question me fit l'effet d'un misérable poivrot, mais il savait comment traiter un œil au beurre noir. De l'eau froide et un pansement avaient réussi à étancher le sang, mais non la fureur de mon père. Tout en dorlotant sa blessure dans la pénombre du bar du McAlpin, ressemblant plus que jamais avec son œil enflé à la caricature de son propre père privé de sa vue quelque quatre-vingts ans plus tôt à Chancellorsville, il continuait à agonir Thomas McGuire d'injures ponctuées d'une litanie de regrets impuissants. Ce qui finit par devenir quelque peu ennuyeux, malgré le pittoresque du langage, et je me rendis compte que l'ire du père n'avait rien à voir avec le snobisme ni la pudibonderie — comme ouvrier des chantiers navals et, bien avant, comme marin dans la marine marchande, ses oreilles avaient dû être abreuvées de ce langage ordurier —, mais avec quelque chose de très simple, une foi inaltérable dans les bonnes manières et le respect d'autrui. « *Concitoyens !* » C'était en réalité une forme d'égalitarisme frustré, d'où, je commençais à le comprendre, découlait pour une bonne part son sentiment d'aliénation. Disons pour simplifier qu'à ses yeux les gens abolissaient leur égalité lorsqu'ils se montraient incapables de communiquer entre eux comme des êtres humains. Il se calma peu à peu et, abandonnant McGuire, se laissa emporter par son animosité pour évoquer sur un plan général les innombrables péchés et faillites du Nord : son arrogance, son hypocrite prétention à la supériorité morale. Soudain, je vis à quel point il était un irréductible Sudiste, ce qui, pourtant, le fait me frappa, ne semblait en aucune façon contredire son libéralisme foncier.

Finalement sa diatribe — alliée peut-être au choc de sa blessure, pourtant relativement légère — parut l'épuiser ; le voyant tout pâle, je le pressai de regagner sa chambre et de se mettre au lit. Il s'exécuta de mauvaise grâce, s'allongeant sur l'un des deux lits jumeaux de la chambre qu'il avait réservée à notre intention à tous les deux, cinq étages au-dessus de la bruyante avenue. J'allais passer là deux nuits torturées par l'insomnie et (en grande partie à cause du désespoir tenace où me plongeait la disparition de Sophie et de Nathan) la tristesse, inondé de sueur sous un ventilateur pareil à une grosse araignée noire qui dispensait l'air en mesquines bouffées. Malgré sa lassitude, mon père ne cessait d'en revenir au Sud. (Je compris plus tard qu'en partie du moins, sa visite était une mission subtile pour m'arracher aux griffes du Nord ; même s'il ne me l'avoua jamais franchement, le vieux malin avait probablement décidé de consacrer presque tout son voyage à une tentative pour m'empêcher de passer aux Yankees.) Cette première nuit, son ultime vœu avant de sombrer dans le sommeil reflétait son espoir de m'amener à quitter cette ville perturbante pour regagner le pays auquel j'appartenais. Et ce fut d'une voix lointaine qu'il murmura quelque chose à propos de « dimensions humaines ».

Ces quelques journées se déroulèrent de la façon dont, on l'imagine, un jeune homme de vingt-deux ans peut choisir de tuer le temps à New York pendant l'été en compagnie d'un vieux papa d'un naturel grognon et fraîchement débarqué du Sud. Nous visitâmes un ou deux hauts lieux touristiques que l'un comme l'autre nous avouâmes n'avoir jamais encore visités : la Statue de la Liberté et la terrasse de l'Empire State Building. Nous embarquâmes sur une vedette pour faire le tour de Manhattan. Nous prîmes deux entrées pour le Radio City Music Hall, où nous assistâmes en somnolant à une comédie avec Robert Stack et Evelyn Keyes. (Je me souviens comment, durant cette épreuve, le désespoir d'avoir perdu Nathan et Sophie m'enveloppait comme un suaire.) Nous allâmes faire un tour au Musée d'art moderne, un endroit qui, m'imaginais-je non sans condescendance, ne pouvait manquer de choquer le père qui, bien au contraire, parut absolument ravi — son œil de technicien paraissant se délecter tout particulièrement des toiles orthogonales, nettes et éclatantes, des Mondrian. Nous prîmes nos repas chez Horn et Hardart, l'extraordinaire cafétéria automatique, puis chez Nadick et Stouffer et enfin — plongeon hardi dans ce qu'à l'époque je prenais pour de la *haute** cuisine — dans un restaurant Longchamps du centre de la ville. Nous fîmes aussi quelques bars (entre autres, par accident, une boîte à pédés de la Quarante-deuxième Rue, où je vis le visage de mon père, confronté aux spectres grimaçants, devenir gris comme de la cendre, puis littéralement se tordre sous l'effet d'une grimace d'incrédulité), mais, tous les soirs, nous nous mîmes au lit de bonne heure, non sans évoquer de nouveau cette ferme nichée parmi les plantations d'arachide du Tidewater. Mon père ronflait. Oh Dieu, comme il ronflait ! La première nuit je parvins, je ne sais trop comment, à m'assoupir à une ou deux reprises entre ces ronflements et hoquets tout-puissants. Mais je me rappelle encore comment ces ronflements prodigieux (produits d'une cloison nasale déviée, fléau de son existence tout entière, et dont par les soirs d'été la canonnade jaillissant par les fenêtres ouvertes avait la réputation de réveiller les voisins) se fondirent lors de la dernière nuit à la trame même de mon insomnie, ponctuant en un turbulent contrepoint le cours délirant de mes pensées : une éphémère mais âpre crise de remords, un spasme de frénésie érotique qui fondit sur moi comme un vorace succube, et finalement une nostalgie du Sud, douce et poignante, presque intolérable, qui me tint éveillé tout au long des heures blêmes de l'aube.

Remords. Là dans mon lit, je me rendis compte que dans mon enfance, jamais mon père ne m'avait sévèrement puni, sauf une fois — et encore uniquement à cause d'un crime pour lequel je méritais sûrement d'être châtié. Il s'agissait de ma mère. L'année d'avant sa mort, alors que j'avais douze ans, le cancer qui depuis longtemps dévorait ma mère commença à s'infiltrer dans ses os. Un jour, sa jambe affaiblie céda sous son poids ; elle s'effondra et se fractura l'os inférieur, le tibia, qui ne guérit jamais. Par la suite, elle dut porter un appareil orthopédique et se déplaça en sautillant sur une canne. Elle avait horreur de rester au lit et préférait dans la mesure du possible se tenir assise. Chaque fois qu'elle s'asseyait, elle devait garder sa jambe étendue dans son appareil, posé sur un pouf ou un tabouret. Elle n'avait alors que cinquante ans, et j'étais pleinement conscient qu'elle se savait condamnée ; parfois, je voyais sa peur. Ma mère lisait sans arrêt — les livres furent son narcotique jusqu'au moment où, ses douleurs devenues intolérables, de vrais narcotiques durent remplacer Pearl Buck —, et de tous les souvenirs que je garde d'elle en cette ultime période de sa vie, le plus vivace est celui de la tête grise au-dessus du doux visage émacié au nez chaussé de lunettes, penché sur *You Can't Go Home Again* (bien avant que je lise un seul mot de Wolfe, elle était une de ses admiratrices éperdues, mais elle lisait aussi des best-sellers aux titres fleuris — *Dust Be My Destiny*, *The Sun is my Undoing*), image même de la contemplation fervente et sereine, d'un prosaïsme domestique aussi banal à sa façon que celui d'une étude de Vermeer, à l'exception du redoutable harnais de métal en équilibre sur le tabouret. Je me souviens aussi de certaine vénérable couverture à longs poils, tout effilochée et ornée de motifs, dont par temps froid elle se servait pour couvrir ses genoux et sa jambe prisonnière. Il était exceptionnel que des températures vraiment basses assaillent cette partie du Tidewater, mais pendant les mauvais mois, il nous arrivait de connaître de brèves périodes de froid insupportable, et la chose étant rare, elle nous surprenait toujours. Dans notre minuscule maison, un faible petit poêle à charbon réchauffait la cuisine, renforcé dans la pièce commune par une petite cheminée, un vrai jouet d'enfant.

C'était sur un canapé placé devant cette cheminée que par les après-midi d'hiver ma mère tuait le temps à lire. J'étais leur seul enfant et donc inévitablement gâté, bien que sans excès ; entre autres rares corvées exigées de moi, je devais, l'après-midi après la classe pendant les mois d'hiver, rentrer sans tarder à la maison pour m'assurer que le feu était encore garni, car si ma mère n'était pas encore totalement grabataire, il était bien au-dessus de ses forces de jeter du bois sur le feu. Il y avait certes le téléphone, mais dans une pièce voisine, au bas de quelques marches qu'elle ne pouvait descendre. Sans doute devine-t-on déjà sans peine la nature du honteux méfait dont je me rendis coupable; un après-midi, je l'abandonnai. Je me laissai séduire par la perspective d'une balade en voiture en compagnie d'un de mes camarades d'école et de son frère aîné qui possédait une Packard Clipper toute neuve, une des voitures chic de l'époque. J'étais fou de cette voiture dont l'élégance vulgaire m'avait tourné la tête. En proie à une gloriole débile, nous sillonnâmes la campagne couverte de gelée blanche et, à mesure que s'écoulait l'après-midi et que tombait la nuit, le thermomètre en fit autant; sur le coup de cinq heures, la Clipper fit halte loin de la maison quelque part au milieu des pinèdes, et je me rendis soudain compte que la température avait brutalement chuté, sous l'effet d'un vent âpre et glacé. Et pour la première fois, je pensai à la cheminée et à ma mère que j'avais abandonnée, et l'angoisse me souleva le cœur. Seigneur Dieu, le *remords*...

Dix années plus tard, allongé dans mon lit au quatrième étage de l'hôtel McAlpin et prêtant l'oreille aux ronflements de mon père, je réfléchissais non sans une pointe d'angoisse à mes remords (à cet instant encore, indélébiles), mais c'était une angoisse faite d'un bizarre mélange de tendresse et de gratitude au souvenir de la bonté avec laquelle le père avait accueilli et compensé ma carence. En fin de compte (je ne pense pas avoir déjà mentionné ce point) c'était un Chrétien, du genre charitable. Par cette fin d'après-midi gris — je me souviens des fines aiguilles de neige qui se mirent à danser dans le vent tandis que la

Packard fonçait vers la maison — mon père rentra de son travail et se retrouva au chevet de ma mère une demi-heure avant mon arrivée. Quand j'entrai, il lui massait les mains en marmonnant des paroles indistinctes. Les murs de stuc de l'humble petite maison avaient laissé entrer l'hiver comme un ignoble rôdeur. Le feu était éteint depuis des heures, et il l'avait trouvée en train de frissonner de tous ses membres sous sa couverture, les lèvres livides et pincées, le visage crayeux de froid, mais aussi de peur. Dans l'âtre fumait une bûche qu'elle avait en vain tenté de repousser sur le feu au moyen de sa canne, et la chambre débordait de fumée. Dieu sait quelles visions de banquise et de grand Nord l'avaient submergée quand elle s'était effondrée au milieu de ses bestsellers, ces prétentieux succès du mois derrière lesquels elle avait tenté de se barricader contre la mort, hissant à deux mains sa jambe sur le tabouret au prix de cette pénible secousse que je me rappelais encore, pour bientôt sentir les tringles de l'appareil de métal se glacer, froides comme des stalactites, au contact de ce pauvre membre inutile et dévoré par le cancer. Quand, poussant la porte, je fis irruption dans la pièce, je m'en souviens, une seule et unique impression s'empara de mon âme, si impérieuse qu'on eût dit qu'elle enveloppait la pièce : ses yeux. Ces yeux noisette derrière l'écran des lunettes et la façon dont son regard torturé, encore terrifié, accrocha le mien, pour aussitôt se détourner vivement. Ce fut la *vivacité* de cette dérobade qui par la suite devint la définition de mes remords ; la vivacité d'une machette qui tranche une main. Et ce fut avec horreur que je mesurai à quel point je lui tenais rigueur de son encombrante affliction. Puis elle pleura, et je pleurai, mais chacun de son côté, chacun de nous écoutant pleurer l'autre comme s'il en avait été séparé par un immense lac désert.

Je suis certain que mon père — d'ordinaire tellement

doux et patient — dit alors quelque chose de dur, de cinglant. Mais ce ne furent pas ses paroles qui s'incrustèrent dans mon souvenir, seulement le froid — le froid à figer le sang et les ténèbres du hangar à bois où il me conduisit et me laissa enfermé bien après que la nuit fut tombée sur le village et qu'un clair de lune glacé eut commencé à filtrer à travers les fissures de ma cellule. Combien de temps restai-je là à frissonner et pleurer, je ne m'en souviens pas. Je n'avais conscience que d'une seule chose, je souffrais exactement de la même façon que ma mère avait souffert, et mon châtiment ne pouvait en rien être plus mérité ; nul délinquant n'endura jamais sa peine avec moins de rancœur. Sans doute mon incarcération ne dura-t-elle pas plus de deux heures, mais je serais volontiers resté là jusqu'à l'aube ou, à dire vrai, au moment où je serais mort de froid — à condition de parvenir enfin à expier mon crime. Se pouvait-il qu'inspiré par mon sens de la justice, mon père eût instinctivement répondu à ce besoin que j'éprouvais d'une expiation à ce point appropriée ? Quoi qu'il en fût — à sa manière calme et impassible il avait fait de son mieux —, mon crime échappait en fin de compte à toute expiation, car dans mon esprit, il devait toujours et irrémédiablement demeurer associé au fait animal et sordide de la mort de ma mère.

Elle eut une mort horrible, dans des affres indicibles. Par la canicule de juillet, sept mois plus tard, elle sombra peu à peu dans l'hébétude de la morphine, tandis que tout au long de la nuit qui précéda sa mort, je me rongeai en songeant aux braises mourantes dans la chambre froide et remplie de fumée, me demandant avec terreur si ce n'était pas ma désertion ce jour-là qui avait amorcé en elle le long déclin auquel elle n'avait pu échapper. Remords. Remords haïssables. Remords, corrosifs comme des embruns. Maintenant encore, tandis que je me retournais sur le matelas

humide et bosselé du McAlpin, le chagrin me transperça la poitrine comme un épieu de glace alors que
j'évoquais la peur dans les yeux de ma mère, me
demandais une fois encore si cette épreuve n'avait pas
d'une certaine façon précipité son agonie, me demand-
dais si elle m'avait jamais pardonné. Et puis merde,
me dis-je. Poussé par un remue-ménage dans la pièce
voisine, je me mis à penser au sexe.

Le vent qui se ruait à travers la cloison nasale déviée
de mon père s'était mué en une sauvage rhapsodie de
jungle — cris de singes, caquettements de perroquets,
barrissements dignes d'un pachyderme. A travers les
interstices, si l'on peut dire, de cette tapisserie de sons,
j'entendais dans la chambre voisine un couple 's'envoyer en l'air ' — expression archaïque qu'employait le
père pour parler de la fornication. Doux soupirs, bruit
d'un lit martelé, un cri de plaisir nu et mouillé. Mon
Dieu, songeais-je en me retournant sur ma couche,
serais-je à jamais condamné à écouter, solitaire, les
ébats amoureux des autres — sans jamais, jamais y
participer ? Torturé de désespoir, je me souvins que
c'était également ainsi que j'avais pris conscience de
l'existence de Sophie et de Nathan : Stingo, l'infortuné
indiscret. Comme soudain complice de la torture que
m'infligeait le couple dont me séparait la cloison, mon
père se retourna avec un brusque grognement et
demeura quelques instants silencieux, laissant loisir à
mes oreilles de capter la moindre nuance de cette
félicité. C'était un son comme sculpté, incroyablement
proche, presque tactile — oh, chérichérichéri, soufflait
la femme — et un clapotis rythmique (que mon
imagination amplifiait comme un haut-parleur) me
poussa à coller mon oreille contre le mur. Je m'extasiai
à suivre le solennel colloque : il demanda s'il était
assez gros, puis si elle était arrivée à l' « orgasme ».
Elle dit qu'elle n'en savait rien. Soucis, soucis. Suivit
alors un brusque silence (un changement, imaginai-je,

de position) et le prisme de mon esprit voyeur n'hésita pas à se représenter Evelyn Keyes et Robert Stack dans un pantelant *soixante-neuf**, avec des protagonistes de beaucoup plus susceptibles d'honorer le McAlpin de leur clientèle — deux moniteurs de danse toujours en chaleur, Mr. et Mrs. Universe, un couple d'insatiables jeunes mariés du Chatanooga en lune de miel, et d'autres ; le défilé pornographique que je laissais se dérouler dans mon esprit devint tour à tour fournaise et immolation. (Comment aurais-je alors pu imaginer — de même que je n'en aurais rien cru si quelqu'un m'avait prédit le millenium — qu'à peine quelques misérables décennies plus tard sur l'avenue en contrebas et dans les salles moites de cinémas miteux je pourrais, pour cinq dollars, tout à loisir et sans angoisse, à l'instar des conquistadores contemplant New York, rassasier mes yeux de sexe : vulves rose corail et luisantes, altières comme l'entrée des grottes de Carlsbad ; toisons pubiennes pareilles à de luxuriants bosquets tendus de mousse espagnole ; outils priapiques en pleine éjaculation gros comme des séquoias ; jeunes princesses indiennes géantes aux traits rêveurs et aux lèvres humides représentées avec un souci méticuleux du détail, occupées à baiser et sucer dans toutes les attitudes concevables.)

Je rêvais à Leslie Lapidus, l'adorable Leslie à la bouche ordurière. L'humiliation que je gardais du temps que j'avais gâché en sa compagnie m'avait forcé ces dernières semaines à la chasser de ma mémoire. Mais maintenant, l'évoquant juchée dans la posture « femme à croupetons » prônée par ces deux célèbres experts en matière d'amour conjugal (Dr Van de Velde et Marie Stopes) que quelques années plus tôt j'avais clandestinement étudiés à la maison, je laissai Leslie se déchaîner à califourchon sur moi jusqu'au moment où je me retrouvai étouffé par ses seins, à demi noyé dans le torrent sombre de sa chevelure. Les mots qu'elle me susurrait à l'oreille — des mots harcelants, nullement feints cette fois — étaient d'une obscénité exaltante et me comblaient. Depuis la puberté, mes séances d'auto-érotisme, bien que raisonnablement inventives, avaient en général toujours été freinées par la main ferme de la modération protestante ; cette nuit, pourtant, mon désir était comme la ruée d'un troupeau pris de folie et je fus virtuellement piétiné sans merci. Oh Seigneur, comme mes couilles me torturaient tandis que je synthétisais de houleuses étreintes non seulement en compagnie de Leslie, mais aussi des deux autres magiciennes qui avaient monopolisé mes ardeurs. Il s'agissait, bien entendu, de Maria Hunt et de Sophie. Songeant à toutes les trois, l'idée me frappa que l'une était une WASP du Sud, l'autre une Sarah Lawrence juive, et la dernière une Polonaise — un assemblage que caractérisaient non seulement mon éclectisme, mais aussi le sentiment que toutes les trois étaient mortes. Non, pas véritablement mortes (une seule, l'appétissante Maria Hunt, avait rejoint son Créateur), mais en fait éteintes, défuntes, kaput, dans la mesure où chacune d'elles intéressait ma vie.

Se pouvait-il, me demandais-je, emporté par mon fantasme dément, que ce désir fou dont le brasier me dévorait, en réalité découlât de la certitude que ces poupées chinoises, toutes les trois, m'avaient glissé entre les doigts par suite de quelque tragique faille ou carence de ma part ? Ou en vérité que leur irrémédiable inaccessibilité — la conscience du fait qu'elles étaient disparues à jamais — fût en réalité une des *causes* de cette infernale concupiscence ? Mon poignet me faisait mal. J'étais hébété de ma propre lubricité, et de sa témérité. Je me représentai un brusque échange de partenaires. Si bien que je ne sais comment Leslie se retrouva transformée en Maria Hunt, avec laquelle par un beau midi d'été je me vautrais membres emmêlés sur une grève de la baie de Chesapeake. Dans mon délire ses yeux frénétiques se révulsaient sous ses paupières et ses dents me transperçaient le lobe de l'oreille. Tu te rends compte, me dis-je, *tu te rends compte* — j'étais en train de posséder l'héroïne de mon propre roman ! Avec Maria, je parvins à prolonger longtemps l'extase ; nous en étions encore à forniquer comme deux putois quand mon père, poussant un grognement étranglé, s'arrêta net au milieu d'un ronflement, se leva d'un bond et gagna pieds nus la salle de bains. J'attendis l'esprit vide qu'il regagne son lit et se remette aussitôt à ronfler. Ce fut alors qu'emporté par un désir désespéré et tumultueux comme un raz de marée de chagrin, je me retrouvai en train de faire voracement l'amour à Sophie. Et bien sûr, c'était d'elle que j'avais depuis toujours envie. Ce fut extraordinaire. Car durant tout cet été, le désir que m'inspirait Sophie était resté d'un idéalisme tellement enfantin et d'un romantisme tellement éprouvant, que jamais vraiment je n'avais permis qu'un fantasme sexuel la concernant vienne, avec toute son ampleur, ses multiples dimensions et ses couleurs suggestives, envahir ou harceler, moins encore monopoliser mon esprit. Maintenant et tandis que le désespoir de la savoir perdue me serrait la gorge comme deux mains, je compris pour la première fois combien désespéré était l'amour que je lui vouais et aussi combien immense, et insondable, était le désir que j'avais d'elle. Lâchant un grognement assez fort pour ébranler mon père dans son sommeil torturé — un grognement qui, j'en jurerais, avait un son inconsolable — j'étreignis mon fantôme Sophie, éjaculai dans un déluge irrépressible, et tout en éjaculant, bramai son nom bien-aimé. Alors, dans le noir, mon père s'agita. Je sentis qu'il allongeait le bras pour me toucher.

— Tout va bien, fils ? fit-il d'une voix inquiète.

Feignant d'être assoupi, je murmurai exprès quelques sons inintelligibles. Mais nous étions tous les deux réveillés.

L'inquiétude qui marquait sa voix se mua en amusement.

« Tu as hurlé ' Soapy ' [1], dit-il. Sacré cauchemar. Tu as dû te croire coincé dans une baignoire.

— Je ne sais pas ce qui se passait, mentis-je.

Il garda quelques instants le silence. Obstiné, le ventilateur électrique poursuivait son bourdonnement où s'infiltrait par intermittence l'inlassable rumeur nocturne de la grande ville. Puis il se décida :

— Quelque chose te tracasse. Je le vois bien. As-tu envie de me dire ce que c'est ? Qui sait, peut-être pourrais-je t'aider. Est-ce qu'il s'agit d'une fille, je veux dire une femme ?

— Oui, dis-je au bout d'un instant, une *femme*.

— Est-ce que tu veux tout me raconter ? Moi aussi, tu sais, j'ai eu ma part d'ennuis dans ce domaine.

Cela m'aida un peu de me confier à lui, quand bien même mes confidences demeurèrent vagues et schématiques : une réfugiée polonaise sans nom, de quelques années mon aînée, belle mais d'une façon que je ne pouvais définir, une victime de la guerre. Je fis vaguement allusion à Auschwitz, mais ne parlai pas de Nathan. Je l'avais aimée pendant une brève période, poursuivis-je, mais pour diverses raisons, la situation était devenue impossible. Je glissai sur les détails : son enfance en Pologne, son arrivée à Brooklyn, son travail, sa mauvaise santé persistante. Et un jour, simplement, elle avait disparu, lui dis-je, et je n'avais aucun espoir qu'elle revienne jamais. Je gardai quelques instants le silence, puis ajoutai, d'une voix stoïque :

— Je finirai bien sans doute par reprendre le dessus.

Je ne cachai pas que je souhaitais changer de sujet. Parler de Sophie n'avait servi qu'à une chose, des

1. *Soapy* : jeu de mots : de « soap », savon.

spasmes de douleur me nouaient de nouveau les tripes, des vagues d'abominables crampes.

Mon père marmonna quelques mots conventionnels de sympathie, puis s'enferma dans le silence.

— Et ton travail, ça va? dit-il enfin.

J'avais jusque-là esquivé le sujet.

— Ce livre, ça avance?

Je sentis que mon estomac commençait à se dénouer.

— En fait jusqu'ici, tout a très bien marché, dis-je; j'ai réussi à faire du très bon travail là-bas à Brooklyn. Du moins jusqu'à cette histoire avec cette femme, je veux dire cette séparation. Le résultat, c'est que maintenant tout se trouve au point mort, plus ou moins en panne, disons.

Ce qui, bien sûr, était une litote. C'était avec une ignoble panique que j'envisageais la perspective de mon retour chez Yetta Zimmerman pour, là, tenter de me remettre au travail dans le vide suffocant qui m'attendait en l'absence de Sophie et Nathan, gribouillant sous un toit qui ne serait plus qu'une sinistre chambre de résonance pleine de souvenirs des bons moments partagés, tous disparus maintenant.

— J'espère m'y remettre, et très bientôt, ajoutai-je sans trop de conviction.

Je sentais que notre conversation commençait à languir.

Mon père bâilla.

— Ma foi, si tu as vraiment envie de t'y mettre, murmura-t-il, d'une voix empâtée de sommeil, là-bas à Southampton, la vieille ferme t'attend. Ce serait un endroit formidable pour travailler, je le sais. Je voudrais bien que tu y réfléchisses, fils.

Il se remit à ronfler, avec cette fois pour résultat non une cacophonie de zoo, mais un bombardement en règle, comme sur une bande sonore du siège de Stalingrad. De désespoir, j'enfouis ma tête sous mon oreiller.

Je réussis pourtant à somnoler par intermittence, parvins même à sombrer dans un sommeil agité. Je rêvai du fantôme de mon bienfaiteur, Artiste le petit esclave, et je ne sais comment ce rêve se confondit à un autre rêve, celui d'un autre esclave dont j'avais entendu parler des années auparavant — Nat Turner. Je me réveillai en poussant un soupir éperdu. L'aube pointait. Je restai les yeux fixés au plafond dans la lumière opalescente, prêtant l'oreille aux hululements d'une sirène de police dans la rue en contrebas ; le son se mua en un hurlement, horrible, dément. J'écoutai en proie à cette légère angoisse que provoque toujours cette mise en garde stridente ; le son s'estompa, diabolique gazouillis flou, pour enfin s'engloutir dans les tanières de Hell's Kitchen. Mon Dieu, mon Dieu, songeai-je, comment le Sud et cette hystérie urbaine peuvent-ils coexister dans ce siècle ? C'était un défi à toute compréhension.

Ce matin-là, mon père se prépara à regagner la Virginie. Peut-être fut-ce Nat Turner qui libéra ce flot de souvenirs, cette nostalgie presque fiévreuse du Sud qui me submergea alors sur mon lit, dans la lumière du matin qui s'épanouissait dans la chambre. Peut-être aussi la ferme du Tidewater où mon père m'avait généreusement offert l'hospitalité me parut-elle soudain une perspective infiniment plus séduisante, dans la mesure où j'avais perdu ceux que j'aimais à Brooklyn. Quoi qu'il en fût, tandis qu'à la cafétéria du McAlpin nous avalions un petit déjeuner de crêpes caoutchouteuses, le père me contempla avec des yeux médusés quand je lui dis de prendre un second billet et de me retrouver à Pennsylvania Station. Je rentrais dans le Sud avec lui et allais m'installer à la ferme, déclarai-je dans un flot de paroles, transporté de soulagement et de bonheur. Il suffisait qu'il me laisse le reste de la matinée pour faire mes bagages et quitter pour de bon la maison de Yetta Zimmerman.

Pourtant, je l'ai déjà dit, les choses ne se passèrent pas de cette façon — pas ce jour-là du moins. Je téléphonai à mon père de Brooklyn, contraint de lui dire que, réflexion faite, j'avais décidé de rester. Car ce matin-là au Palais Rose, j'avais rencontré Sophie sur le palier à notre étage ; plantée solitaire au milieu du désordre de cette chambre qu'elle avait, croyais-je, abandonnée à jamais. Je me rends compte avec le recul que je survins à un moment mystérieusement décisif. Dix minutes plus tard seulement, elle eût déjà rassemblé ses bricoles et quitté les lieux, et sans doute ne l'aurais-je jamais revue. Il est stupide de vouloir réinventer le passé. Mais aujourd'hui encore, je ne peux m'empêcher de me demander s'il n'aurait pas mieux valu pour Sophie que lui fût épargnée mon intervention fortuite. Qui sait si au bout du compte elle ne s'en serait pas sortie, n'aurait pas réussi à survivre ailleurs — peut-être loin de Brooklyn ou même loin de l'Amérique. Ou encore qui sait, loin de partout.

Parmi les opérations les moins connues prévues par la stratégie d'ensemble des Nazis, l'une des plus sinistres fut le programme baptisé Lebensborn. Enfanté par le délire phylogénétique des Nazis. Lebensborn (littéralement, printemps de la vie) visait à grossir les rangs de l'Ordre Nouveau, à l'origine grâce à un programme délibéré de natalité, et par la suite au moyen du kidnapping systématique dans les pays occupés d'enfants « adéquats » du point de vue racial, qui étaient alors expédiés au fin fond de la Mère Patrie, et placés dans les foyers de fidèles partisans du Führer pour être élevés dans un environnement national-socialiste parfaitement aseptique. En théorie, les enfants devaient être de pure race germanique. Qu'il y eût cependant de nombreux Polonais parmi ces jeunes victimes est un nouvel exemple de l'opportunisme cynique que pratiquaient souvent les Nazis à l'égard des problèmes raciaux, dans la mesure où, bien que considérés comme des sous-hommes et, comme tous les autres peuples slaves, tout désignés pour succéder aux Juifs dans le programme d'extermination, de très nombreux Polonais parvenaient à satisfaire certaines grossières normes physiques — grâce à un type de visage assez familier pour ressembler aux visages nordiques, et souvent aussi à une blondeur radieuse qui, plus que tout peut-être, comblait le sens esthétique des Nazis.

Lebensborn n'eut jamais l'envergure dont avaient rêvé les Nazis, mais connut cependant un succès relatif. Dans la seule ville de Varsovie, les enfants arrachés à leurs parents se comptèrent par dizaines de milliers, et dans leur immense majorité — renommés Karl ou Liesel, Heinrich ou Trudi, et engloutis dans l'étreinte vorace du Reich — ils ne revirent jamais leurs véritables familles. En outre, d'innombrables enfants qui avaient satisfait aux premiers filtrages, mais par la suite n'avaient pu surmonter d'autres tests raciaux plus rigoureux, furent exterminés, dont certains à Auschwitz. Ce programme, bien entendu, devait en principe demeurer secret, comme la plupart des ignobles projets de Hitler, mais il n'était guère possible qu'une iniquité aussi monstrueuse demeurât à jamais inaperçue. Dans les derniers mois de 1942, un bel enfant blond de cinq ans, le fils d'une amie de Sophie, qui habitait un appartement voisin du sien dans son immeuble de Varsovie éventré par les bombes, fut escamoté et ne reparut jamais. Les Nazis eurent beau s'évertuer à entourer leur forfait d'un rideau de fumée, l'identité des coupables ne fit aucun doute pour personne, pas même pour Sophie. Par la suite et à son extrême stupéfaction, Sophie constata que ce concept du Lebensborn — qui à Varsovie lui avait inspiré tant d'horreur et de dégoût qu'elle cachait souvent son fils, Jan, dans le fond d'un placard, chaque fois que des pas lourds retentissaient dans l'escalier — se mua peu à peu à Auschwitz en une chose dont elle rêvait souvent et qu'elle désirait avec une fébrilité intense. Cette fièvre lui fut communiquée par une de ses amies, détenue comme elle — dont il sera question par la suite —, et en vint à représenter à ses yeux l'unique moyen de sauver la vie de Jan.

Lors de cet après-midi en compagnie de Rudolf Höss, me dit-elle, elle s'était juré de pousser le Commandant à aborder le sujet du programme Lebensborn. Il lui faudrait jouer ses cartes de manière subtile et détournée, mais la chose était possible. Au cours des journées qui avaient précédé leur affrontement, elle avait réfléchi et conclu avec une remarquable logique que Lebensborn risquait d'être l'unique moyen de tirer Jan du Camp des Enfants. Ceci d'autant plus que, comme elle, Jan était bilingue et depuis toujours parlait polonais et allemand. Ce fut alors qu'elle me dit une chose qu'elle m'avait jusqu'alors cachée. Une fois qu'elle aurait réussi à gagner la confiance du Commandant, elle se proposait de lui suggérer d'utiliser son immense pouvoir pour obtenir qu'un joli petit Polonais blond qui parlait allemand, au teint pâle et tavelé, aux yeux couleur de bleuet et au profil finement ciselé de pilote en herbe de la Luftwaffe, fût transféré sain et sauf du Camp des Enfants et placé dans un centre administratif, à Cracovie, Katowice, Wroclaw ou ailleurs, pour ensuite être expédié en lieu sûr quelque part en Allemagne. Il était inutile qu'elle connût la destination de l'enfant ; elle aurait même renoncé une fois pour toutes à se renseigner sur son lieu d'hébergement et son avenir, à condition d'avoir la certitude qu'il se trouvait sain et sauf quelque part au cœur du Reich, où il aurait de fortes chances de survivre, alors qu'en restant à Auschwitz, il avait toutes les chances de périr. Mais bien entendu, cet après-midi-là, tout avait mal tourné. Dans son désarroi et sa panique, elle avait carrément imploré Höss d'accorder la liberté à Jan, et la façon imprévue dont il avait réagi à sa prière — sa crise de fureur — l'avait laissée complètement démontée, incapable désormais de parler du Lebensborn, à supposer qu'elle eût encore assez de présence d'esprit pour penser à le faire. Pourtant, tout n'était pas irrémédiablement perdu.

Si elle voulait voir surgir l'occasion de proposer à Höss ce moyen presque innommable de sauver son fils, il lui fallait attendre — ce qui le lendemain provoqua une scène étrange et éprouvante.

Mais elle ne put se résoudre à me raconter tout cela d'un seul coup. Au Maple Court cet après-midi-là, après m'avoir décrit comment elle s'était jetée aux pieds du Commandant, elle se tut brusquement, et tournant les yeux vers la fenêtre pour éviter de croiser mon regard, demeura un long moment silencieuse. Puis, me priant brusquement de l'excuser, elle disparut quelques minutes dans les toilettes des femmes. Et tout à coup, le juke-box : de nouveau, les Andrews Sisters. Je jetai un coup d'œil sur la pendule en plastique maculée de chiures de mouches qui célébrait les vertus du whisky Carstairs : il était presque cinq heures et demie, et je constatai non sans surprise que Sophie avait parlé presque tout l'après-midi. Jamais je n'avais entendu parler de Rudolf Höss avant cette journée, mais par son éloquence simple et pourtant pleine de réticences, elle l'avait doté d'autant de substance et de réalité qu'en avaient jamais eu les spectres neurotiques qui parfois hantaient mes rêves. Il était manifeste pourtant qu'elle ne pouvait indéfiniment continuer à évoquer cet homme et ce passé, d'où son interruption délibérée et sans appel. Et certes, en dépit du sentiment de mystère et de frustration sur lequel elle m'avait laissé, je n'étais pas mufle au point

103

de la pousser à m'en dire davantage. Je voulais oublier tout cela, même si je demeurais secoué par la révélation qu'elle avait eu un enfant. Il était visible que les confidences que déjà elle avait déversées sur moi lui avaient beaucoup coûté ; cela m'était apparu clairement dans la brève vision que j'avais eue de ses yeux au regard mort, torturé, englouti dans les affres de souvenirs plus noirs que son esprit ne pouvait sans doute l'endurer. Aussi me jurai-je bien que le sujet, pour le moment du moins, était clos.

Je commandai une bière au serveur irlandais débraillé et attendis le retour de Sophie. Les habitués du Maple Court, flics, garçons d'ascenseur, gardiens d'immeubles venus s'octroyer une pause et piliers de bar en virée avaient commencé à arriver un à un, auréolés d'une légère buée qu'ils devaient à la pluie qui n'avait cessé de tomber pendant des heures. Le tonnerre grondait encore dans le lointain au-dessus des remparts de Brooklyn, mais le crépitement désormais sans force de la pluie, pareil au bruit intermittent d'un danseur de claquettes, m'apprenait que le pire du déluge était passé. Je suivais d'une oreille les commentaires sur les Dodgers, un sujet qui cet été-là frisait souvent la folie. J'avalai une grande lampée de ma bière, en proie soudain à un désir effréné de prendre une bonne cuite. Désir en partie provoqué par les images d'Auschwitz qu'avait évoquées Sophie et dont je gardai dans mes narines une authentique puanteur qui me rappelait les suaires pourris et les tas d'ossements humides que j'avais un jour entrevus parmi les ronces du cimetière des pauvres de New York — un lieu coupé du monde comme une île et dont j'avais fait la connaissance dans un passé récent, un univers fait, comme Auschwitz, de chair morte en train de brûler, et comme Auschwitz encore, peuplé de prisonniers. J'avais été cantonné sur l'île, pendant une brève période, dans les tout derniers jours de ma carrière militaire. Cette odeur de charnier revenait bel et bien me frapper les narines, et pour la chasser, j'avalai goulûment ma bière. Mais par ailleurs une partie de ma trouille était en rapport avec Sophie, et soudain hérissé d'angoisse, je fixai les yeux sur la porte des toilettes — et si elle m'avait faussé compagnie ? si elle avait disparu ? —, incapable d'imaginer comment affronter à la fois la nouvelle crise qu'elle avait provoquée dans ma vie et ce désir fou que j'avais d'elle, pareil à une absurde boulimie pathologique, et qui avait quasiment paralysé ma volonté. Mon éducation presbytérienne n'avait certes pas anticipé ce genre de complication.

Car le plus terrible, c'était que maintenant, alors que je venais juste de la redécouvrir — alors que sa présence venait seulement de commencer à ruisseler sur moi comme une bénédiction —, elle paraissait une fois de plus sur le point de disparaître de ma vie. Ce matin même, quand je l'avais retrouvée par hasard au Palais Rose, elle s'était hâtée de me dire qu'elle avait toujours l'intention de partir. Elle n'était revenue que pour rassembler les quelques affaires qu'elle avait omis d'emporter. Le Dr. Blackstock, empressé comme toujours, et inquiet à l'idée qu'elle venait de rompre avec Nathan, lui avait trouvé un logement minuscule mais convenable dans le centre de Brooklyn, beaucoup plus près de son cabinet, et elle était en train de s'y installer. J'avais senti le cœur me manquer. Il était tacitement évident que, bien que Nathan l'eût abandonnée pour de bon, elle était toujours folle de lui ; la moindre allusion de ma part à son existence avait pour résultat d'assombrir ses yeux de chagrin. Même sans parler de cela, je manquais totalement du courage nécessaire pour lui avouer mon amour ; je ne pouvais, sans passer pour un idiot, la suivre jusqu'à son nouveau domicile, à des kilomètres de là — ne l'aurais pas pu de toute façon, même si j'en avais eu le moyen. Je me sentais paralysé, les jarrets coupés par la situation, tandis que tout montrait qu'elle se préparait à sortir de l'orbite de mon existence accablée par cet amour absurdement malheureux. Il y avait dans cette prise de conscience de mon malheur imminent quelque chose de si menaçant, que je ne tardai pas à éprouver une sourde nausée. Et une angoisse pesante, irraisonnée. C'est pourquoi, Sophie ne revenant toujours pas des toilettes après ce qui me parut une éternité (peut-être quelques minutes seulement), je me levai, bien résolu à envahir ces lieux intimes pour me mettre à sa recherche, quand... *ah !* elle fit sa réapparition. A ma surprise et à mon ravissement, elle souriait. Encore aujourd'hui, il me revient souvent des images de Sophie surgissant au milieu de scènes du Maple Court. En tout cas, que ce fût par accident ou volonté céleste, un trait de soleil où dansaient des poussières, perçant les derniers nuages d'orage qui s'éloignaient au-dehors, illumina un bref instant ses cheveux et sa tête, l'auréolant d'un halo immaculé digne du quattrocento. Vu la fringale de désir qui me mordait le ventre, je ne tenais guère à ce qu'elle parût angélique, mais il en était ainsi. Puis le halo se dissipa, elle se dirigea d'un pas ferme vers moi, la soie de sa jupe ondoyant en frissons innocents et voluptueux sur son entrecuisse nettement souligné, et tout au fond des mines de sel de mon esprit malade j'entendis un esclave, ou un âne, pousser un faible gémissement de désespoir. Combien de temps encore, Stingo, combien, vieux compère ?

— Je m'excuse d'avoir tardé si longtemps, Stingo, dit-elle en se rasseyant près de moi.

Après les événements de l'après-midi, je n'en croyais pas mes yeux de la voir si enjouée.

« Dans les toilettes, j'ai rencontré une vieille *bohémienne** russe — tu sais, *une diseuse de bonne aventure**.

— Quoi ? fis-je. Oh, tu veux dire une voyante.

J'avais aperçu à plusieurs reprises la vieille haridelle dans le bar, une des innombrables racoleuses tziganes de Brooklyn.

— Oui, elle m'a lu les lignes de la main, dit-elle d'une voix animée. Elle m'a parlé en russe. Et tu veux savoir ? Voici ce qu'elle m'a dit. Elle m'a dit : 'Vous avez eu de la malchance ces derniers temps. A cause d'un homme. Un amour malheureux. Mais n'ayez pas peur. Tout finira par s'arranger.' Pas vrai que c'est merveilleux, Stingo ? N'est-ce pas tout simplement formidable ?

J'eus alors le sentiment, et je l'ai toujours, au diable le sexisme, que les femmes en apparence les plus rationnelles raffolent comme des midinettes de ce genre de *frissons** gentiment occultes, mais je laissai passer et ne dis rien ; la prédiction paraissait causer une joie immense à Sophie et, bientôt, je ne pus m'empêcher de me sentir gagné par son humeur. (Mais que diable cela pouvait-il bien vouloir dire ? me tracassai-je. Nathan était *parti*.) Cependant le Maple Court commençait à palpiter d'ombres malsaines, je me languissais du soleil, et lorsque je proposai de faire quelques pas, d'aller respirer un peu la fraîcheur de cette fin d'après-midi, elle accepta avec empressement.

Lavé par l'orage, Flatbush étincelait. La foudre était tombée tout près ; une odeur d'herbe planait dans l'air, si forte qu'elle éclipsait la senteur de choucroute et de pâtisserie. Mes paupières me semblaient encroûtées. Ebloui par la lumière crue, je clignais douloureusement les yeux ; venant après les noirs souvenirs de Sophie et la pénombre crépusculaire du Maple Court, les rangées d'immeubles bourgeois qui bordaient Prospect Park semblaient étincelants, éthérés, presque méditerranéens, comme un Athènes plat et feuillu. Nous avançâmes jusqu'au coin des Parade Grounds et suivîmes des yeux les gosses qui jouaient au base-ball dans les terrains vagues. Dans le ciel, l'avion bourdonnant qui remorquait sa bannière, immuablement présent tout cet été de Brooklyn sur la toile de fond bleu azur striée de nuages, vantait comme toujours les frissons nocturnes de l'hippodrome d'Aqueduct. Longtemps nous restâmes accroupis dans une touffe de broussailles à l'odeur fétide et trempée de pluie tandis que j'expliquais à Sophie les secrets du base-ball; c'était une élève sérieuse, gentiment captivée, les yeux attentifs. Je me retrouvai tellement absorbé par mon zèle didactique qu'enfin s'éparpillèrent tous les doutes et les perplexités qui subsistaient encore dans mon esprit depuis la fin de son long monologue, jusqu'à la plus redoutable et la plus mystérieuse de toutes les incertitudes : qu'était-il enfin de compte advenu de son petit garçon ?

La question revint me harceler tandis que nous rentrions chez Yetta, à une centaine de mètres à peine de là. Je me demandais si l'histoire de Jan était une chose qu'elle parviendrait jamais à évoquer. Le doute pourtant ne tarda pas à s'évanouir. Une autre angoisse me tourmentait maintenant : cette fois c'était à propos de Sophie elle-même que je me rongeais. Et la douleur s'intensifia lorsqu'elle mentionna de nouveau qu'elle partirait le soir même pour s'installer dans son nouvel appartement. Ce soir ! Il n'était que trop clair que « ce soir » signifiait tout de suite.

— Tu vas me manquer, Sophie, lâchai-je soudain, tandis que nous gravissions à pas lourds les marches du Palais Rose — j'eus conscience qu'une note de muflerie vibrait dans ma voix, sur le point de basculer dans le désespoir. C'est vrai, tu vas me manquer !

— Oh, mais on se reverra, ne t'en fais pas, Stingo. Vrai, c'est sûr ! Après tout, je ne m'en vais pas très loin. Je serai toujours à Brooklyn.

Le baume de ses paroles m'apportait un peu de réconfort, mais un réconfort d'une espèce fragile et anémique; il témoignait de son loyalisme et d'une *forme* de tendresse et de désir — un désir très résolu même — de préserver les vieux liens d'amitié. Mais il y manquait cette émotion qui suscite les cris et les murmures. Elle avait pour moi de l'affection — cela j'en étais sûr —, mais de la passion, non. Sur ce point je pouvais dire que je m'étais bercé d'espoir, mais non pas d'illusions.

« Nous dînerons souvent ensemble, dit-elle, tandis que dans son sillage je grimpais jusqu'au premier. Et ne l'oublie pas, Stingo, toi aussi tu vas me manquer. Après tout, vous êtes mes meilleurs amis, toi et le Dr. Blackstock.

Nous passâmes dans sa chambre. Elle avait déjà l'air aux trois quarts abandonnée. Je fus frappé de voir que le tourne-disque était toujours là ; je me souvins vaguement de ce que Morris Fink m'avait dit, Nathan se proposait de revenir le chercher, mais visiblement il ne l'avait pas fait. Sophie alluma la radio, et WQXR se mit à brailler l'ouverture de *Russlan and Ludmilla*. C'était là le genre de galimatias romantique que l'un comme l'autre nous avions peine à supporter, mais elle ne l'arrêta pas ; le martèlement des tambours tartares retentit sourdement dans la chambre.

— Je vais t'écrire mon adresse, dit-elle en fouillant dans son sac à main. C'était un sac de luxe, marocain je crois, fait de beau cuir repoussé, un objet qui accrocha mon regard uniquement parce que je me souvenais du jour où, quelques semaines plus tôt, Nathan, avec un orgueil et une joie délirants, lui en avait fait cadeau.

« Tu viendras souvent me voir et nous sortirons dîner. Il y a un tas de bons restaurants dans le quartier, bons mais aussi bon marché. Bizarre, j'avais l'adresse sur un bout de papier, où est-il passé ? Je ne me souviens même pas du numéro. Quelque part dans une rue qui s'appelle Cumberland, en principe c'est à deux pas de Fort Greene Park. Nous pourrons encore faire des promenades, Stingo.

— Oh, mais je vais me sentir très seul, Sophie, dis-je.

Détachant son regard fixé sur la radio, elle me glissa un coup d'œil avec un air que sans doute j'aurais pu considérer comme coquin, manifestement indifférente à ma Sophiemanie non déguisée, et articula des mots qui exprimaient le type de niaiserie que moins que tout j'avais envie d'entendre.

— Tu vas rencontrer une jolie fille, Stingo, très bientôt — j'en suis sûre. Quelqu'un de très attirant. Quelqu'un comme cette jolie Leslie Lapidus, mais seulement moins coquette, plus *complaisante**.

— Oh, Grand Dieu, Sophie, gémis-je, délivrez-moi de toutes les Leslies du monde.

Et brusquement, je ne sais quoi dans cette situation — le départ imminent de Sophie, mais aussi le sac à main et la chambre presque vide mais encore pleine de souvenirs de Nathan et d'un passé tout récent, la musique, les crises de fou rire et les moments merveilleux que nous avions partagés —, tout cela m'accabla d'un désespoir tellement débilitant que je laissai échapper un nouveau gémissement, si fort que je vis une lueur de surprise jaillir comme un éclair de perles dans les yeux de Sophie. Et soulevé soudain d'une violente émotion, je me surpris à lui empoigner fermement les bras.

« Nathan ! m'écriai-je. Nathan ! Nathan ! Mais bonté divine, qu'est-ce qui s'est passé. Qu'est-il donc *arrivé*, Sophie ? *Dis-le-moi !*

J'étais tout près d'elle, nez contre nez, et je me rendis compte que je bredouillais et qu'un ou deux postillons avaient atterri sur sa joue.

« Voilà un type extraordinaire qui t'aime comme un fou, un vrai Prince Charmant, un homme qui t'*adore* — je l'ai vu sur son visage, Sophie, c'est une forme d'adoration — et tout à coup, te voilà *hors de sa vie !* Seigneur Dieu, mais qu'est-ce qui lui est arrivé,

Sophie ? Il te rejette de sa vie ! Tu ne peux pas me faire croire que c'est simplement à cause de je ne sais quel soupçon idiot qui le pousse à croire que tu l'as trompé, comme il l'a prétendu l'autre soir au Maple Court. Tout ça doit avoir une signification plus profonde, une raison plus profonde. Et puis, il y a moi ? Moi ? *Moi !*

Je me mis à me frapper la poitrine pour souligner l'importance de ma participation à cette tragédie.

« Que dire de la manière dont il m'a traité, ce type ? Je veux dire, Sophie, Grand Dieu, je n'ai pas besoin de te l'expliquer, Nathan était devenu comme un frère pour moi, un foutu salaud de *frère.* Je n'ai jamais connu personne comme lui dans ma vie, quelqu'un d'aussi intelligent, d'aussi généreux, drôle et gai, d'aussi — oh, Bon Dieu, disons personne d'aussi formidable. *Je l'aimais,* ce type ! Je veux dire, c'est finalement Nathan et personne d'autre qui, après avoir lu mon brouillon, m'a donné la foi de persévérer et de devenir écrivain. J'ai senti qu'il le faisait par *amour.* Et puis voilà qu'à cause d'une idée sortie de je ne sais où — sortie de cette saloperie de *néant,* Sophie, il se jette sur moi comme un chien enragé. Se jette sur moi, me dit que ce que j'écris est de la merde, me traite comme si j'étais à ses yeux le dernier des crétins. Et là-dessus il me raye de sa vie, aussi brutalement et catégoriquement qu'il t'a rayée, toi.

Comme d'habitude, ma voix m'avait échappé pour grimper de quelques octaves, se muant en un mezzo-soprano efféminé.

« Je ne peux pas le *supporter*, Sophie ! *Qu'allons-nous faire ?*

Les larmes qui couraient sur les joues de Sophie en petits ruisselets brillants m'avertirent que je n'aurais pas dû m'épancher ainsi. J'aurais dû me maîtriser davantage. Je le voyais maintenant, eût-elle été affligée d'une cicatrice enflammée dont férocement j'aurais arraché les agrafes pour libérer un horrible magma de

111

tissus sanglants et de chairs à vif, je n'aurais pu lui causer pire souffrance. Mais je n'avais pu me retenir ; en vérité, je sentis son chagrin se fondre au mien dans un énorme jaillissement qui se précipita follement tandis que je vitupérais de plus belle.

« Il n'a pas le droit de prendre ainsi l'amour des autres et de pisser dessus de cette façon. Ce n'est pas juste ! C'est... c'est...

Je m'étais mis à bredouiller.

« C'est, nom de Dieu, merde, c'est *inhumain !*

Alors, sanglotante, elle détourna son visage. Il y avait quelque chose de somnambulique dans sa démarche tandis que, les bras raides le long du corps, elle traversait la chambre pour s'approcher du lit. Puis elle s'affala à plat ventre sur le couvre-lit abricot et enfouit son visage entre ses mains. Elle demeurait silencieuse, mais une houle soulevait ses épaules. Je m'approchai, et restai planté là au-dessus d'elle, à la contempler. Je commençai à pouvoir contrôler ma voix.

« Sophie, dis-je, pardon, pardon pour tout cela. Mais voilà, je n'y comprends rien. Je ne comprends rien à Nathan, et peut-être qu'à toi non plus, je ne comprends rien. Pourtant je me crois capable de deviner beaucoup plus de choses à propos de toi que je ne pourrai jamais en deviner à propos de lui.

Je me tus. Mentionner ce point que, pour sa part, elle avait visiblement ressenti comme trop odieux pour vouloir en discuter, c'était, je le savais, lui infliger une nouvelle blessure — et ne m'avait-elle pas de ses propres lèvres mis en garde contre la tentation d'en parler ? —, mais je me sentais contraint de dire ce que j'avais à dire. Me baissant, je posai doucement ma main sur son bras nu. La peau était très chaude et semblait palpiter sous mes doigts comme la gorge d'un oiseau éperdu de frayeur.

« Sophie, l'autre soir, l'autre soir au Maple Court

112

quand il... quand *il nous a rejetés*. Cette soirée affreuse.
Sûrement qu'il savait que tu avais un fils là-bas — tu
m'as dit il n'y a pas si longtemps que ça, tu le lui avais
confié. Dans ce cas, comment a-t-il pu se montrer aussi
cruel avec toi, te railler de cette façon, te demander
comment tu avais réussi à survivre alors que tant
d'autres étaient envoyés — le mot faillit m'étrangler,
un caillot dans ma gorge, mais je parvins à me
l'arracher — à la *chambre à gaz*. Comment quelqu'un
a-t-il osé te faire une chose pareille ? Comment quelqu'un qui t'aime a-t-il pu se montrer d'une cruauté
aussi incroyable ?

Elle demeura un moment sans rien dire, simplement
vautrée là sur le lit le visage enfoui entre les mains.
Assis près d'elle à l'extrême bord du lit, je caressais
doucement la peau de son bras, agréablement chaude,
presque fiévreuse, en contournant d'un doigt délicat la
cicatrice du vaccin. D'où j'étais, je voyais distinctement le sinistre tatouage noir-bleu, la rangée de
chiffres d'une netteté extraordinaire, une petite clôture
de barbelés faite de chiffres bien ordonnés parmi
lesquels un « sept », tranché par la méticuleuse barre
européenne. Je respirai ce parfum végétal qu'elle
mettait si souvent. Etait-il concevable, Stingo,
supputais-je, qu'elle finisse un jour par t'aimer ? Et je
me demandai soudain si j'aurais l'audace, là maintenant, de lui faire des avances. Non, non certainement
pas. Allongée ainsi sur le lit, elle paraissait affreusement vulnérable, mais mon éclat m'avait épuisé, me
laissant vaguement ébranlé et vidé de désir. Déplaçant
les doigts vers le haut, j'effleurai les mèches folles de
ses cheveux paille. Enfin je devinai qu'elle s'était
arrêtée de pleurer. Puis je l'entendis dire :

— Ça n'a jamais été de sa faute. Il y a toujours eu ce
démon, ce démon qui surgit quand il est au milieu de
ses *tempêtes**. C'était le démon qui était au pouvoir,
Stingo.

113

J'ignore quelle image à cet instant précis, parmi celles qui presque simultanément surgissaient à l'extrême périphérie de ma conscience, provoqua en moi ce frisson glacé qui courut tout au long de ma colonne vertébrale : celle d'un monstrueux Caliban noir ou celle de l'abominable golem de Morris Fink. Mais je me sentis frissonner, et au milieu du spasme qui me secouait, dis :

— Que veux-tu dire, Sophie — un démon ?

Elle ne répondit pas sur-le-champ. Mais, après un long silence, elle releva la tête, et d'une voix douce et indifférente, dit une chose qui me laissa proprement abasourdi, tant cette chose était surprenante, tant elle faisait partie d'une autre Sophie que jusqu'à ce jour-là jamais je n'avais contemplée :

— Stingo, dit-elle, je peux pas partir aussi vite. Trop de souvenirs. Rends-moi un grand service. Je t'en prie. Fais un saut jusqu'à Church Avenue et achète une bouteille de whisky. J'ai très envie de me soûler.

Je lui rapportai le whisky — une flasque de rye — qui l'aida à trouver la force de me raconter certains des mauvais moments de l'année houleuse qu'elle avait partagée avec Nathan, avant mon entrée en scène. Moments dont le récit pourrait paraître superflu, n'était-ce le fait que Nathan devait revenir pour de nouveau hanter nos vies.

Dans le Connecticut, quelque part sur la belle route forestière en lacet qui selon un axe nord-sud s'étire le long du fleuve entre New Milford et Canaan, s'élevait autrefois une vieille auberge de campagne aux planchers de chêne en pente, avec des chambres toutes blanches décorées de broderies accrochées aux murs, deux setters irlandais trempés et pantelants au pied de l'escalier et une odeur de bûches de pommier brûlant dans la cheminée — et ce fut là, me dit Sophie cette nuit-là, que Nathan tenta de lui prendre la vie avant de mettre un terme à la sienne au nom de ce que l'on appelle désormais dans la langue courante un pacte de suicide. La chose se produisit à l'automne, au moment où les feuilles étaient en pleine incandescence, quelques mois après leur première rencontre à la bibliothèque de Brooklyn College, Sophie me dit que pour de multiples raisons elle aurait gardé le souvenir du terrible épisode (entre autres, c'était la première fois depuis qu'ils se connaissaient qu'il *élevait vraiment la voix* en s'adressant à elle), mais jamais elle ne serait parvenue à effacer de son esprit la raison *principale :* son insistance furieuse (là encore pour la première fois depuis qu'ils vivaient ensemble) pour qu'elle justifie de façon satisfaisante à ses yeux ce qui lui avait permis de survivre à Auschwitz tandis que « les autres » allaient au trépas.

Lorsque Sophie me décrivit ces brimades, puis me fit le récit pathétique des événements qui avaient suivi, me revint bien entendu sur-le-champ à l'esprit le comportement dément de Nathan lors de cette nuit encore toute proche du Maple Court, où il nous avait tous deux gratifiés de ses adieux irréversibles et sarcastiques. Je faillis faire remarquer à Sophie cette analogie et lui demander ce qu'elle en pensait, mais à ce moment-là, déjà — tout en dévorant un énorme monceau de spaghetti fumants dans un petit restaurant italien de Coney Island Avenue que Nathan et elle avaient l'habitude de fréquenter — elle s'était laissé tellement absorber par la chronique de leur vie commune que j'hésitai, bafouillai lamentablement, puis m'enfermai dans un silence pesant. Je réfléchissais au whisky. Sophie et son whisky me laissaient perplexe — perplexe et quelque peu accablé. En premier lieu, elle tenait le coup comme un hussard polonais ; il était stupéfiant de voir cet être posé, charmant et d'ordinaire péniblement réservé, boire comme un trou ; un bon quart de la flasque de Seagram's que j'avais achetée s'était déjà évanoui quand nous prîmes un taxi pour nous rendre au restaurant. (Elle exigea aussi d'emporter la bouteille, sur laquelle, il est important d'ajouter, je ne me livrai à aucune incursion, m'en tenant, comme toujours, à la bière.) J'attribuai ce nouveau caprice au chagrin où la plongeait la disparition de Nathan.

D'ailleurs, ce qui me frappa le plus chez Sophie fut davantage sa manière de boire que la quantité. Car il faut reconnaître qu'en dépit de ses quarante-cinq degrés, cet alcool puissant à peine dilué d'un peu d'eau parut n'affecter en rien la langue ou l'agilité d'esprit de Sophie. Ce fut du moins vrai les premières fois que je la vis s'adonner à ce nouveau passe-temps. Parfaitement calme, toutes ses boucles paille bien en place, elle se rinçait la dalle avec l'allégresse d'une servante d'auberge de Hogarth. Je me demandais même si elle n'était pas protégée par certaine immunité génétique ou culturelle à l'alcool que les Slaves semblent partager avec les Celtes. A part une tendre roseur, le Seagram's 7 ne paraissait altérer son expression et son comportement que de deux façons. Il la transformait en une conteuse intarissable. Il la poussait à s'épancher sans réticences. Non qu'elle se fût jamais retenue en ma présence quand elle parlait de Nathan ou de la Pologne et de son passé. Mais le whisky transformait son discours en une avalanche remarquable par la précision et le calme de ses rythmes. Une sorte de diction lubrifiée dans laquelle bon nombre de ses consonnes polonaises les plus rugueuses se retrouvaient comme par magie lissées. L'autre anomalie que provoquait en elle le whisky était parfaitement charmante. Charmante, certes, mais frustrante à en perdre la raison : le whisky libérait pratiquement toutes ses foutues réserves sur le chapitre du sexe. En proie à un mélange d'embarras et de ravissement, je l'écoutai en me tortillant évoquer sa vie amoureuse avec Nathan. Les mots sortaient avec une franchise délicieuse, véhiculés par une voix parfaitement naturelle, vaguement titillée comme celle d'un enfant qui vient de découvrir le latin charabia.

— Il disait que j'étais un extraordinaire petit cul, proclama-t-elle avec nostalgie, et, peu après, ajouta : On adorait se planter devant la glace pour baiser.

Seigneur Dieu, si seulement elle avait su quel genre d'étoiles dansaient dans ma cervelle quand elle se laissait aller à ces expressions délicieuses.

Mais, le plus souvent, son humeur était funèbre quand elle parlait de Nathan, égrenant ses souvenirs avec un usage obstiné du passé ; à croire qu'elle parlait de quelqu'un depuis longtemps mort et enterré. Et quand elle me fit le récit de ce « pacte de suicide » qu'ils avaient conclu lors de ce week-end dans la campagne gelée du Connecticut, la tristesse et la stupéfaction m'accablèrent. Pourtant, je ne crois pas qu'en apprenant ce navrant petit incident, ma stupéfaction fut en rien comparable à la surprise que j'éprouvai quand, peu après m'avoir fait le récit de leur rendez-vous avorté avec la mort, elle me révéla une autre nouvelle tout aussi sinistre.

— Tu sais, Stingo, dit-elle avec un rien d'hésitation, tu sais que Nathan n'arrêtait pas de prendre des drogues. Je n'ai jamais su si tu t'en étais aperçu ou non. En tout cas, je ne sais pas pourquoi, mais je n'ai pas été tout à fait honnête avec toi. Je n'ai jamais été capable de te le dire.

La drogue, me dis-je, *Seigneur miséricordieux*. A vrai dire, j'avais peine à y croire. Sans doute le lecteur à la coule se sera-t-il déjà posé cette question à propos de Nathan, mais ce n'était certainement pas mon cas. En 1947, j'étais aussi naïf en matière de drogue qu'en matière d'amour. (Oh, ces innocentes années quarante et cinquante !) La civilisation de la drogue de notre époque n'avait pas, cette année-là, encore vu poindre les premières lueurs de son aube, et l'idée que je me faisais de la toxicomanie (à supposer que j'y eusse jamais vraiment réfléchi) était indissociable de l'image des « possédés de la drogue » — déments aux yeux exorbités prisonniers de camisoles de force et emmurés dans des asiles perdus au fond de la campagne, impitoyables bourreaux d'enfants, zombies aux aguets dans les ruelles de Chicago, Chinois comateux vautrés au fond de leurs bouges enfumés, et ainsi de suite. La drogue portait les stigmates d'une irrémédiable dépravation, presque aussi maudite à mes yeux que certaines images de l'acte sexuel — que jusqu'à mes treize ans au moins je me représentais comme un acte bestial perpétré en secret sur la personne de fausses blondes par d'énormes ex-forçats ivres et mal rasés qui jamais ne quittaient leurs chaussures. Quant aux drogues, il va sans dire que j'ignorais tout des différentes variétés de la gamme et des nuances subtiles qui les séparaient. Exception faite de l'opium, je ne crois pas que j'aurais été capable de citer le nom d'une seule drogue, et j'accueillis tout d'abord ce que me confia Sophie au sujet de Nathan comme j'eusse sans doute accueilli la révélation d'un secret criminel. (Qu'il *fût* criminel n'influait en rien sur le choc moral que je ressentis.) Je lui déclarai que je n'en croyais rien, mais elle m'assura qu'elle disait la vérité et, lorsque aussitôt après, ma surprise se muant en curiosité, je lui demandai à quelles drogues il s'adonnait, j'entendis pour la première fois de ma vie le mot 'amphétamine'.

— Il prenait ce truc qu'on appelle Benzédrine, dit-elle, et de la cocaïne. Des doses énormes. Suffisantes parfois pour le rendre fou. Il lui était facile de se les procurer chez Pfizer, à son laboratoire. Bien sûr, ce n'était pas légal.

Ainsi donc, songeai-je stupéfait, *voilà* ce que

cachaient ces bouffées de colère, ces crises de violence déchaînée, de paranoïa. Quel aveugle j'avais été !

Pourtant, elle le savait maintenant, poursuivit-elle, il parvenait la plupart du temps à surmonter son vice. Nathan avait toujours été exalté, vif, bavard, agité ; tout au long des cinq premiers mois qu'ils avaient passés ensemble (et ensemble ils l'étaient presque en permanence) elle ne l'avait surpris que rarement en train de prendre « le truc », aussi fut-ce seulement beaucoup plus tard qu'elle établit un rapport entre la drogue et ce qu'elle prenait simplement chez lui pour un comportement certes un peu frénétique, mais néanmoins banal. Et, me dit-elle alors, tout au long de ces mois de l'année précédente, son comportement — influencé par la drogue ou non —, sa présence dans sa vie, sa personne, lui avaient apporté les journées les plus heureuses qu'elle eût jamais vécues. Elle mesurait combien elle s'était trouvée démunie et à la dérive au moment de son arrivée à Brooklyn et de son installation chez Yetta ; essayant alors de se cramponner à sa raison, essayant de rejeter le passé prisonnier de sa mémoire, elle *croyait* pouvoir se contrôler (après tout, le Dr. Blackstock ne lui avait-il pas dit que de toutes les secrétaires qu'il avait eues, elle était la plus compétente ?), mais en réalité, elle était à la veille de se laisser submerger par ses émotions, et, comme un chiot précipité dans une onde déchaînée, de s'abandonner au destin.

— Le type qui m'a baisée avec son doigt dans le métro, c'est *lui* qui ce jour-là m'a forcée à voir les choses en face, dit-elle.

Elle avait beau avoir provisoirement surmonté ce traumatisme, elle se savait sur une pente glissante — précipitée à toute vitesse vers une catastrophe fatale — et elle avait peine à supporter l'idée de ce qui lui serait sans doute arrivé si Nathan (fourvoyé lui aussi dans la bibliothèque par cette extraordinaire journée, en quête d'un recueil épuisé de nouvelles d'Ambrose Bierce ; béni soit Ambrose Bierce ! Loué soit Bierce !) n'avait surgi du néant tel un preux chevalier pour la rendre à la vie.

La vie. Car il s'agissait de cela. Il lui avait littéralement donné la vie. Il lui avait (avec l'aide des soins de son frère Larry) rendu la santé, l'emmenant faire traiter son anémie pernicieuse au Columbia Presbyterian, où le génial Dr. Hatfield avait en outre diagnostiqué diverses autres carences alimentaires qui elles aussi nécessitaient des soins urgents. Entre autres, il découvrit qu'après tant de mois, elle souffrait encore des séquelles du scorbut. Aussi lui prescrivit-il d'énormes pilules. Les vilaines petites hémorragies cutanées, qui n'avaient cessé de torturer tout son corps, disparurent bientôt, mais plus spectaculaire encore fut le changement qui affecta ses cheveux. A ses yeux, ses cheveux d'or avaient toujours été son titre de gloire le plus précieux, mais passés comme le reste de son corps en Enfer, ils étaient devenus raides et hirsutes, ternes, et sans vie. Les soins du Dr. Hatfield furent couronnés de succès, et il ne fallut guère longtemps — six semaines environ — pour que Nathan se mette à ronronner comme un matou affamé dans leur luxuriance, les caressant sans arrêt, et insistant pour qu'elle se fasse embaucher comme modèle pour des marques de shampooing.

De fait, sous la houlette de Nathan, la somptueuse panoplie de la médecine américaine réussit à rendre à Sophie une santé radieuse, autant du moins que la chose se pouvait dans le cas d'un être qui avait enduré tant d'affreuses souffrances, et outre la santé, de merveilleuses dents, des dents toutes neuves. Ses crocs, comme les appelait Nathan, vinrent remplacer le dentier provisoire fourni par la Croix-Rouge suédoise, et eux aussi étaient l'œuvre d'un ami et collègue de Larry — un spécialiste de prothèse dentaire parmi les plus huppés de New York. Il était difficile de les oublier, ces dents. Disons que d'un point de vue dentaire, elles étaient l'équivalent de Benvenuto Cellini. C'étaient des dents fabuleuses, parées du scintillement glacé de la nacre ; chaque fois qu'elle ouvrait vraiment très grand la bouche, elle me rappelait Jean Harlow dans ses gros plans de bécotage, et une ou deux fois quand, par de mémorables journées de soleil, Sophie éclata de rire, ces dents parurent illuminer la pièce tout entière comme l'explosion d'un flash.

Ainsi ramenée dans le monde des vivants, comment n'eût-elle pas vénéré le souvenir des journées merveilleuses que durant tout cet été et le début de l'automne elle passa en compagnie de Nathan. Il se montrait d'une générosité inépuisable et elle, qui pourtant n'avait nullement le goût de luxe, se prit à aimer la bonne vie et accepta ses libéralités avec plaisir — un plaisir qui tenait tout autant à la joie manifeste qu'il éprouvait à donner qu'à ce qu'il lui donnait. Car il lui donnait ou partageait avec elle tout ce qu'elle aurait pu souhaiter : albums de disques de grande musique, billets de concerts, livres polonais, français, américains, repas divins dans des restaurants exotiques de tous genres aux quatre coins de Brooklyn et de Manhattan. Outre son goût du bon vin, Nathan avait un palais de gourmet (réaction, disait-il, à une enfance gavée de ravioli pâteux et de poisson mariné) et il prenait une joie évidente à l'initier à l'incroyable festin bigarré de New York.

Quant à l'argent, on eût dit qu'il ne s'en souciait pas ; de toute évidence, son travail chez Pfizer payait bien. Il lui offrait de beaux vêtements (y compris les « déguisements » baroques et astucieusement assortis dont je les avais vus affublés la première fois), des bagues, des boucles d'oreilles, des bracelets, des pendentifs, des perles. Et puis il y avait les films. Pendant la guerre, les films lui avaient manqué affreusement, presque autant

121

que la musique. A Cracovie avant la guerre, elle s'était, pendant une certaine période, imbibée de films américains — les romances innocentes et sirupeuses des années trente, avec des vedettes comme Erroll Flynn, Merle Oberon, Gable et Lombard. Elle avait aussi adoré Disney, en particulier Mickey Mouse et *Blanche-Neige*. Et — oh mon Dieu ! — Fred Astaire et Ginger Rogers dans *Top Hat* ! Ainsi dans le paradis des cinémas de New York, Nathan et elle s'offraient parfois des orgies de films à longueur de week-end — assistant, les yeux rougis, à cinq, six, sept programmes entre le vendredi soir et la dernière séance du dimanche. Elle devait presque tout ce qu'elle possédait à la munificence de Nathan, y compris même (dit-elle avec un petit rire) son diaphragme. La pose d'un diaphragme, par, une fois encore, un confrère de Larry, fut la touche finale et, qui sait, astucieusement symbolique dans le programme médical de restauration conçu par Nathan ; jamais encore elle n'avait porté de diaphragme, et elle l'accepta avec un élan de joie libératrice, y voyant l'ultime symbole de sa rupture avec l'Eglise. Mais elle s'en trouva libérée de plus d'une façon.

— Stingo, dit-elle, jamais je n'aurais cru que deux êtres pouvaient baiser autant. Ni d'ailleurs s'aimer autant.

La seule épine dans cette corbeille de roses, me dit Sophie, était son emploi. Ou plutôt, son obstination à vouloir conserver son emploi chez le Dr. Hyman Blackstock, qui, après tout, n'était qu'un vulgaire chiropracteur. Pour Nathan, frère d'un médecin de grande classe, et qui en outre se considérait lui-même comme un savant passionné (et pour qui les canons de l'éthique médicale étaient aussi sacrés que s'il eût lui-même prononcé le serment d'Hippocrate), l'idée qu'elle s'échinait au service d'un charlatan était quasi intolérable. Lui déclarant sans ambages que c'était à ses yeux une forme de prostitution, il la supplia de donner sa démission. Certes, il affecta d'abord long-temps de réduire toute l'affaire aux dimensions d'une bonne plaisanterie, inventant une foule de gags et d'histoires aux dépens des chiropracteurs et de leur minable profession, histoires qui malgré elle poussaient Sophie à rire ; voyant qu'il se cantonnait dans le style facétieux, elle crut pouvoir en conclure qu'elle aurait tort de prendre ses objections trop au sérieux. Pourtant, même lorsque ses récriminations se firent plus aigres et ses accusations plus graves et plus cinglantes, elle refusa avec obstination de quitter son travail, en dépit du malaise que paraissait éprouver Nathan. Ce fut dans leur relation l'un des rares points de friction sur lesquels elle ne put se résoudre à céder. Et en l'occurrence, elle se montra très ferme. Après tout, elle n'était pas *mariée* avec Nathan. Il était indispensable qu'elle se sente une certaine indépendance. Il était important qu'elle conserve son travail en une année où les emplois étaient diaboliquement difficiles à décrocher, surtout pour une jeune femme qui (elle le soulignait sans cesse à Nathan) n'avait aucun talent particulier. En outre, elle se sentait très protégée dans son emploi où elle pouvait parler sa langue maternelle avec son patron, sans compter qu'elle avait fini par vouer une franche affection à Blackstock. Il se comportait avec elle comme un parrain ou un bon vieil oncle, et elle n'en faisait aucun mystère. Hélas, elle ne tarda pas à se rendre compte que c'était cette affection parfaitement inoffensive et dépourvue de toute coloration romantique dont Nathan tirait ombrage, et qui jetait de l'huile sur le feu de l'antagonisme qui couvait en lui. La chose aurait peut-être été légèrement comique si sa jalousie mal placée n'eût contenu en germe la violence, et pire...

Antérieurement à tout cela, Sophie s'était trouvée indirectement impliquée dans une bizarre tragédie qui mérite d'être racontée, ne serait-ce qu'en raison de la lumière qu'elle projette sur tout ce qui précède.

L'événement est en rapport avec la femme de Blackstock, Sylvia, et le fait qu'elle était une « ivrogne invétérée » ; l'horrible drame se produisit quatre mois environ après que Sophie et Nathan eurent commencé à se fréquenter, au début de l'automne.

— J'avais la certitude qu'elle était une ivrogne, confia plus tard Blackstock à Sophie quand il épancha son désespoir, mais je ne soupçonnais pas la gravité de son vice.

Déchiré de remords, il se reconnut coupable d'aveuglement délibéré ; tous les soirs quand il regagnait Saint-Albans, il s'efforçait de ne pas prêter attention aux propos incohérents qu'elle tenait après l'unique cocktail, en général un Manhattan, qu'il leur préparait à tous deux, attribuant son élocution pâteuse et sa démarche incertaine au simple fait qu'elle tenait mal l'alcool. Néanmoins, il savait qu'il se racontait des histoires et, éperdu d'amour, reculait devant la vérité qui avec une éloquence graphique lui fut révélée quelques jours après la mort de sa femme. Fourrées tout au fond d'un placard de sa salle de bains privée — un sanctuaire où Blackstock ne pénétrait jamais —, il découvrit soixante-dix bouteilles vides de Southern Comfort, qu'apparemment la malheureuse avait eu peur de jeter à la poubelle, bien qu'elle n'eût manifestement éprouvé aucun scrupule à se procurer le puissant cordial et à le stocker par caisses entières. Blackstock comprit — ou s'autorisa enfin à comprendre —, mais seulement quand il fut trop tard, que la chose durait depuis des mois, voire des années.

— Si seulement je ne l'avais pas tellement dorlotée, se lamenta-t-il à Sophie. Si seulement j'avais consenti à affronter le fait qu'elle était une — il broncha sur le mot — une *poivrote*. J'aurais pu lui faire suivre *une psychothérapie*, la faire guérir.

Ses récriminations étaient horribles à entendre.

« C'est de ma faute, entièrement de ma faute ! sanglotait-il.

Et parmi la collection de reproches dont il s'accablait, le plus grave était celui-ci : fondamentalement conscient de son misérable état, il ne l'avait pas empêchée de prendre le volant.

Sylvia était son petit animal chéri, c'était ainsi qu'il l'appelait. Mon petit animal chéri. Il n'avait en fait personne d'autre sur qui prodiguer ses largesses, et donc, loin d'entonner les traditionnelles lamentations des maris, il encourageait au contraire les fréquentes razzias que faisait son épouse dans les boutiques de Manhattan. Là, en compagnie d'une amie ou d'une autre — toujours riches, dodues et oisives comme elle-même —, elle arpentait Altman, Bergman, Bonwit et une demi-douzaine d'autres magasins de luxe avant de rentrer à Queens avec, empilés sur la banquette arrière, un monceau de boîtes et de paquets bourrés de vêtements et accessoires féminins, dont la plupart restaient à languir encore vierges dans les tiroirs de son secrétaire ou se voyaient relégués dans les recoins de ses multiples placards, où Blackstock découvrit par la suite des dizaines de robes et peignoirs inutilisés et déjà tachés de moisissure. Ce que Blackstock continua d'ignorer, jusqu'au jour où le fait devint hélas irrémédiable, fut qu'après son orgie de courses, elle s'enivrait en général avec sa compagne du jour ; elle fréquentait surtout le salon-bar du Westbury Hotel, sur Madison Avenue, où le barman savait se montrer amical, indulgent et discret. Mais sa capacité à tenir le Southern Comfort — qui même au Westbury demeurait son breuvage favori — se détériorait rapidement et, quand survint le désastre, il fut brutal, terrifiant et, je le répète, d'une incongruité presque obscène.

Un après-midi qu'elle franchissait le Triborough Bridge pour regagner Saint-Albans, elle perdit le contrôle de sa voiture qu'elle pilotait à une vitesse démente (la police prétendit que le compteur était bloqué à cent quarante), percuta l'arrière d'un camion et alla emboutir le garde-fou du pont, où la Chrysler se retrouva instantanément métamorphosée en un magma d'éclats d'acier et de morceaux de plastique acérés. L'amie de Sylvia, une certaine Mrs. Braustein, mourut trois heures plus tard sur un lit d'hôpital. Quant à Sylvia, elle fut décapitée, ce qui en soi était passablement horrible ; l'intolérable fut qu'au chagrin quasi dément de Blackstock, vint s'ajouter la nouvelle que la tête elle-même avait disparu, catapultée par l'extraordinaire violence du choc dans les eaux de l'East River. (Il existe dans la vie de chacun de curieux hasards qui veulent que l'on croise un jour le chemin d'un être jadis impliqué dans ce que l'on avait considéré comme un fait divers totalement abstrait ; un jour ce printemps-là, je n'avais pu réprimer un léger frisson en lisant un titre du *Daily Mirror :* LES RECHERCHES SE POURSUIVENT DANS LE FLEUVE POUR RETROUVER LA TÊTE DE LA FEMME, loin de me douter qu'un lien certes fort ténu me rattacherait bientôt au mari de la victime.)

Blackstock parut à deux doigts de se suicider. Son chagrin fut une véritable inondation — *amazonien*. Il renonça indéfiniment à la direction de son cabinet, confiant ses malades aux soins de son assistant Seymour Katz. Il annonça piteusement qu'il était fort possible qu'il ne se remette jamais à exercer, mais se retire à Miami Beach. Le docteur n'avait aucune famille, et dans son deuil farouche — si profond et atrocement vécu qu'elle ne put s'empêcher de se sentir émue — Sophie se retrouva jouer par subrogation le rôle de parente, une sœur cadette ou une fille. Pendant les quelques journées où se poursuivirent les recherches pour retrouver la tête, Sophie demeura presque en permanence aux côtés de Blackstock dans la maison de Saint-Albans, lui apportant des calmants, lui préparant du thé, écoutant patiemment la mélopée funèbre à la gloire de la morte. Des gens entraient et sortaient par douzaines, mais elle fut le pilier. Il y eut aussi le problème des funérailles — il refusa de laisser inhumer sa femme sans la tête ; Sophie dut se blinder pour absorber un tas de macabres considérations théoriques sur ce problème. (Que se passerait-il si on ne retrouvait jamais rien ?) Mais par miséricorde, la tête ne tarda pas à être récupérée, jetée à la côte sur Riker's Island. Ce fut Sophie qui prit au téléphone l'appel de la morgue municipale, et ce fut elle encore qui, sur les instances pressantes du médecin légiste, parvint (bien qu'avec une extrême difficulté) à persuader Blackstock de renoncer à son désir d'aller jeter un regard d'adieu aux macabres restes. Enfin réassemblé, le corps de Sylvia fut inhumé dans un cimetière juif de Long Island. Sophie fut stupéfaite de voir l'immense foule d'amis et de malades du docteur accourus pour assister aux funérailles. Dans le cortège, figuraient un représentant personnel du maire de New York, un fonctionnaire de police de haut rang, et Eddie Cantor, le célèbre comédien de la radio dont Blackstock avait soigné la colonne vertébrale.

Dans la limousine des pompes funèbres qui les ramenait à Brooklyn, Blackstock s'effondra sur l'épaule de Sophie et pleura des larmes de désespoir, lui expliquant une fois de plus en polonais combien il tenait à elle, comme si Sophie eût été la fille que Sylvia et lui n'avaient jamais eue. Il ne fut pas un instant question d'organiser une veillée funèbre juive. Blackstock préférait la solitude. Sophie l'accompagna et resta avec lui dans la maison de Saint-Albans pour l'aider à mettre un peu d'ordre. Puis, au début de la soirée — elle protesta en vain qu'elle ferait mieux de prendre le métro — il la reconduisit à Brooklyn dans sa Fleetwood longue comme une péniche, la déposant devant la porte du Palais Rose à l'heure où la brume légère d'un crépuscule d'automne descendait sur Prospect Park. Il semblait beaucoup plus calme et s'était même permis une ou deux petites plaisanteries. En outre et bien qu'il ne fût guère porté sur la boisson, il avait ingurgité un ou deux Scotch légers. Mais là debout près d'elle, devant la maison, il s'effondra de nouveau, et dans la pénombre du crépuscule, l'étreignit convulsivement ; lui fourrant le nez dans le cou, marmonnant des mots yiddish incohérents et poussant des gémissements et des sanglots parmi les plus lugubres qu'elle eût jamais entendus. Si passionnée et farouche était son étreinte, si *totale,* que Sophie se demanda tout à coup si dans son désespoir il ne cherchait pas à tâtons quelque chose de plus qu'un simple réconfort et une sympathie filiale : elle eut l'impression fugitive d'une pression contre son ventre et d'une avidité presque sexuelle. Mais elle chassa l'idée de son esprit. Il était tellement puritain. Et si depuis tout le temps qu'elle travaillait pour lui, il n'avait jamais eu envie de lui faire des avances, il semblait improbable qu'il s'y décidât maintenant, noyé qu'il était dans son chagrin. Cette supposition devait par la suite se révéler exacte, quand bien même elle devait avoir des raisons de regretter cette interminable étreinte, moite et plutôt inconfortable. Car par le plus pur des hasards, Nathan les avait épiés de la fenêtre du premier.

Consoler le chagrin du docteur avait été une dure épreuve pour Sophie qui, exténuée, ne rêvait que de se mettre au lit de bonne heure. Autre raison pour se mettre au lit de bonne heure, songeait-elle avec une excitation grandissante, le lendemain matin, un samedi, Nathan et elle devaient partir en balade dans le Connecticut et donc se lever tôt. Il y avait des jours que Sophie rêvait à leur excursion. Déjà dans son enfance en Pologne, elle avait entendu parler du merveilleux embrasement des feuillages de la Nouvelle-Angleterre en octobre, et Nathan avait exacerbé son impatience en lui décrivant les paysages qui les attendaient avec sa délicieuse extravagance habituelle, lui affirmant que ce spectacle typiquement américain, ce flambeau fou unique dans la Nature tout entière, était en outre une expérience esthétique qu'il était hors de question de manquer. Il s'était arrangé une fois encore pour que Larry lui prête la voiture pendant tout le week-end ; et il avait réservé une chambre dans une auberge de campagne réputée. Tout ceci eût amplement suffi pour aiguiser l'appétit de Sophie pour l'aventure, mais en outre, sauf pour assister aux obsèques et une autre fois un après-midi d'été pour se rendre à Montauk en compagnie de Nathan, elle n'avait jamais dépassé les limites de New York City. Aussi, à la perspective de cette expérience américaine inédite avec ses promesses de charmes bucoliques, éprouvait-elle un frisson de joie et d'impatience plus intense qu'aucun de ceux qu'elle avait éprouvés depuis ces lointains étés de son enfance où, quittant la gare de Cracovie, le train poussif les emportait vers Vienne, le Haut-Adige et les guirlandes de brume des Dolomites.

En grimpant l'escalier, elle commença à s'inquiéter de ce qu'elle emporterait comme vêtements ; la température s'était rafraîchie et, se demandant ce qui dans leur « garde-robe » compliquée conviendrait le mieux pour cette balade d'octobre en forêt, elle se souvint tout à coup d'un tailleur de tweed léger que Nathan lui avait acheté chez Abraham & Strauss à peine deux semaines plus tôt. Comme elle atteignait le palier, elle

entendit l'*Alto Rhapsody* de Brahms que jouait le
tourne-disque, la jubilation ardente et fleurie de
Marian Anderson, ce triomphe arraché à des éternités
de désespoir. Peut-être en raison de sa lassitude ou du
choc en retour des obsèques, toujours est-il que la
musique provoqua dans sa gorge une douce sensation
d'étouffement et que ses yeux se brouillèrent de larmes. Elle hâta le pas et son cœur tressaillit, car, elle le
savait, la musique signifiait que Nathan était là. Mais
lorsqu'elle ouvrit la porte — « Je suis rentrée, chéri ! »
lança-t-elle —, elle constata avec surprise que la
chambre était vide. Elle s'attendait à le voir. Il avait
dit qu'il rentrerait dès six heures, mais il avait disparu.

Elle s'allongea sur le lit dans l'intention de faire un
petit somme, mais écrasée de fatigue dormit un long
moment, bien que d'un sommeil agité. Se réveillant
dans le noir, elle se rendit compte en regardant les
petits yeux verts de la pendule qu'il était dix heures
passées et d'emblée fut saisie par une sérieuse inquiétude. Nathan ! Cela lui ressemblait si peu de ne pas être
ponctuel, ou du moins d'omettre de laisser un message.
Une sensation frénétique d'abandon l'envahit. Se
levant d'un bond, elle alluma la lampe et se mit à
arpenter machinalement la pièce. Elle n'imaginait
qu'une seule hypothèse, il était rentré de son travail,
était ressorti pour acheter quelque chose, et avait eu
un horrible accident dans la rue. Les sirènes de police
qu'elle se souvenait avoir entendues, hurlant tout à
l'heure à travers ses rêves, étaient autant de présages
de catastrophe certaine. Une partie de son esprit lui
disait que sa panique était idiote, mais il s'agissait
d'un sentiment qu'elle ne pouvait réprimer ni éviter.
L'amour qu'elle vouait à Nathan était si totalement
dévorant, et pourtant impliquait en même temps et de
multiples façons une dépendance tellement enfantine,
que la terreur qui l'assaillait en son absence inexpli-
quée la laissait totalement démoralisée, comme

reprise par cette peur étouffante — la peur que ses parents l'abandonnent un jour — que petite fille elle avait si souvent éprouvée. Et cela aussi, elle le savait, était irrationnel, mais sans remède. Allumant la radio, elle chercha machinalement un bulletin d'information pour tuer le temps. Elle arpentait toujours la pièce, se représentant les accidents les plus affreux, et se trouvait à deux doigts de fondre en larmes, lorsque, soudain, la porte s'ouvrit avec fracas et il s'encadra sur le seuil. Elle éprouva aussitôt une félicité immédiate, comme une ondée de lumière — résurrection d'entre les morts. Elle se souvenait de s'être dit : je ne peux pas croire à tant d'amour.

Il la serra à l'étouffer.

— Viens, on va baiser, lui souffla-t-il à l'oreille, ajoutant aussitôt : Non, attendons un peu. J'ai une surprise pour toi.

Elle tremblait de tous ses membres dans son irrésistible étreinte d'ours, faible et ployée comme la tige d'une fleur par le soulagement.

— Le dîner... commença-t-elle stupidement.

— Fiche-moi la paix avec le dîner, dit-il très fort, en la relâchant. Nous avons mieux à faire.

Tandis que lancé dans une petite gigue joyeuse il évoluait autour d'elle, elle plongea son regard dans ses yeux ; le scintillement bizarre qu'elle y vit luire, en même temps que sa voix, trop prolixe, trop impérieuse — presque frénétique, maniaque —, tout cela lui apprit aussitôt qu'il avait pris son « truc » et planait. Pourtant, et bien que jamais encore elle ne l'ait vu dans cet état d'agitation extravagante, elle ne ressentit aucune inquiétude. De l'amusement, un soulagement immense, mais aucune inquiétude.

Elle l'avait déjà vu planer.

— On file écouter du jazz chez Morty Haber annonça-t-il, en frottant comme un caribou en chaleur

131

son museau contre sa joue. Prends ton manteau. On sort écouter du jazz et faire la *fête !*

— Pourquoi la fête, chéri ? demanda-t-elle.

L'amour qu'elle éprouvait pour lui et son sentiment de résurrection étaient en cet instant si déments que, le lui eût-il ordonné, elle n'aurait pas hésité à le suivre pour tenter la traversée de l'Atlantique à la nage. Néanmoins, elle se sentait intriguée et comme submergée par sa fièvre électrique (une intense sensation de faim la transperçait en outre) et elle avança les mains dans un geste inutile et dérisoire pour le calmer.

— Fêter quoi ? répéta-t-elle.

Elle ne put s'empêcher de glousser de rire devant son enthousiasme débridé.

Elle posa un baiser sur son *schnoz.*

— Tu te souviens des expériences dont je t'ai parlé ? fit-il. Cette histoire de groupes sanguins qui nous ont bloqués toute la semaine dernière. Ce problème dont je t'ai parlé à propos des sérums enzymes.

Sophie hocha la tête. Elle n'avait jamais compris la moindre chose au sujet de ses recherches, mais l'avait toujours fidèlement écouté et avait été pour lui un public solitaire attentif à ses commentaires complexes sur la physiologie et les énigmes chimiques du corps humain. Eût-il été poète, il lui aurait lu des vers somptueux. Mais il était biologiste et il la captivait à coup de macrocytes, d'électrophorèses et de résines à échange d'ions. Elle n'y comprenait rien. N'empêche qu'elle aimait tout cela parce qu'elle aimait Nathan, et en réponse à sa question, largement rhétorique d'ailleurs, elle dit :

— Oh, oui.

— On a enfin fait sauter le verrou cet après-midi. Le problème est réglé. Je dis bien *réglé*, Sophie ! C'était, et de loin, notre plus gros obstacle. Tout ce qui nous reste à faire maintenant, c'est de reprendre toute l'expérience à zéro une dernière fois pour le Service des

Normes et Contrôles — une simple formalité, sans plus — et nous serons dans la place, comme une vraie bande de cambrioleurs. Et la voie sera libre pour la percée médicale la plus importante de toute l'histoire !

— Hourrah ! fit Sophie.

— Donne-moi un baiser.

Ses lèvres *shmoozaient* et chuchotaient à la lisière des lèvres de Sophie et il lui fourra sa langue dans la bouche, procédant par petites incursions et retraites cocasses et excitantes, des mouvements doucement copulatoires. Brusquement il s'écarta.

— C'est pourquoi on va aller fêter ça chez Morty. Allez on y va !

— J'ai faim, s'exclama-t-elle.

Son objection manquait de vigueur, mais son estomac commençait vraiment à crier famine, et elle n'avait pu se retenir.

— Chez Morty, nous *mangerons*, répliqua-t-il d'un ton enjoué, t'en fais pas. Y aura un tas de choses à bouffer — allez, on y va !

« *Bulletin spécial.* » Elle les arrêta net au même instant tous les deux — cette voix de speaker aux intonations châtiées et modulées. Une fraction de seconde, Sophie vit le visage de Nathan perdre toute mobilité, comme pétrifié, et alors à son tour elle aperçut dans la glace son propre visage, sa mâchoire gauchement déportée et figée comme par une dislocation, une expression de souffrance dans ses yeux, comme si elle venait de se casser une dent. Le speaker annonçait que dans la prison de Nuremberg, l'ex-Maréchal Hermann Göring venait d'être découvert mort dans sa cellule ; il s'était suicidé. La mort avait été semblait-il provoquée par un empoisonnement au cyanure, consécutif à l'absorption par voie buccale d'une capsule ou pilule que le prisonnier avait dissimulée on ne savait où sur sa personne. Méprisant jusqu'au bout (bourdonnait toujours la voix), le chef nazi condamné avait ainsi, à l'instar de ceux qui, tels Joseph Goebbels, Heinrich Himmler et le maître planificateur Adolf Hitler, l'avaient précédé dans la mort, coupé au châtiment que lui réservaient ses ennemis. Sophie sentit un frisson la transpercer tandis que soudain le visage de Nathan se dégelait et reprenait vie sous ses yeux.

— Seigneur ! Il a réussi à y couper. Il a échappé à la corde. Quel malin, ce gros salaud ! dit-il d'une voix hachée.

Se ruant sur la radio, il resta penché dessus à manipuler le bouton. Sophie ne pouvait rester en place. Avec une volonté méthodique, elle s'était efforcée de bannir de son esprit presque tout ce qui avait trait à la dernière guerre, et elle s'était totalement désintéressée des procès de Nuremberg qui toute l'année avaient tenu la une des journaux. En fait, sa répugnance à lire les comptes rendus de Nuremberg lui avait fourni un prétexte logique pour s'abstenir de se plonger dans la presse américaine, ce qui lui eût permis pourtant d'améliorer — ou du moins de développer — un aspect important de son anglais. Elle avait rejeté tout cela de son esprit, comme presque tout ce qui touchait son passé récent. A dire vrai, elle s'était au cours des dernières semaines sentie tellement indifférente au dénouement du Gotterdämmerung qui se jouait sur la scène de Nuremberg, qu'elle ignorait totalement que Göring avait été condamné à la potence, et la nouvelle qu'il avait réussi à échapper au bourreau quelques heures à peine avant le moment fixé pour son exécution la laissa curieusement insensible.

Un certain H. V. Kaltenborn débitait maintenant une interminable et solennelle oraison funèbre — la voix mentionna entre autres choses que Göring s'adonnait à la drogue —, et Sophie se mit à pouffer de rire. Elle pouffait du spectacle qu'offrait Nathan qui, en contrepoint à la déprimante biographie, débitait de son côté un monologue bouffon.

— Mais *bordel* où donc qu'il pouvait la cacher, cette capsule de cyanure ? Dans son cul ? Ils avaient pourtant bien dû lui inspecter le cul. Une bonne douzaine de fois ! Mais avec ces montagnes de lard qu'il avait pour fesses — peut-être que ça leur avait échappé. Ou alors où ça ? Dans son nombril ? dans une dent ? A moins que ces crétins de militaires aient oublié de lui inspecter le nombril ? Peut-être dans un de ses replis de saindoux. Sous son menton ! Je te parie que c'est là que le Gros Lard cachait sa capsule. Et pendant qu'il était là à se foutre de la gueule de W. Shawcross, à se foutre de la gueule de Telford Taylor, à se foutre de la dinguerie de tout ce foutu procès, la pilule était là, fourrée sous son gros menton.

Un couinement d'électricité statique. Puis le commentateur poursuivit :

« Parmi les observateurs bien informés, nombreux sont ceux qui estiment que de tous les chefs allemands, c'est à Göring qu'incombe la responsabilité majeure de l'invention des camps de concentration. En dépit de son apparence grassouillette et débonnaire qui pour beaucoup de gens évoquait un bouffon d'opéra-comique, Göring fut par son génie maléfique le véritable père de ces lieux qui resteront à jamais des symboles d'infamie, Dachau, Buchenwald, Auschwitz... »

Brusquement, Sophie passa discrètement derrière le paravent chinois et se mit à s'activer devant le lavabo. Elle sentait planer un sinistre malaise en écoutant bouillonner et déborder ces choses que plus que tout elle voulait oublier. Si au moins elle n'avait pas allumé cette fichue radio ! Derrière le paravent, elle prêtait l'oreille au monologue de Nathan. Mais il ne lui paraissait plus aussi drôle, car elle savait dans quel état Nathan était capable de se mettre, à quelle angoisse et à quelle fureur il pouvait s'abandonner

135

lorsque dans certains états d'âme il essayait de se représenter les horreurs sans nom de ce passé récent. Il lui arrivait de se mettre dans une colère inquiétante qui terrifiait Sophie, tellement son personnage habituel, exubérant, bouffon et extroverti se muait alors tout à coup en un être désespéré et torturé par l'angoisse.

— Nathan, appela-t-elle. Nathan chéri, ferme cette radio et allons-nous-en chez Morty. J'ai tellement faim ; je t'en prie !

Mais il ne l'entendait pas, ou ne s'en souciait pas, et elle se demanda si — pourquoi pas, qui sait ? — la semence de son obsession pour les crimes des Nazis, pour cet intolérable passé que pour sa part elle mourait d'envie de rejeter avec autant de passion qu'il semblait désirer l'embrasser, n'avait pas germé quelques semaines plus tôt à peine, un après-midi où ils avaient vu ensemble certaine bande d'actualités. Car au cinéma RKO d'Albee, où passait un film avec Danny Kaye (demeuré, de tous les pitres du monde, le favori de Sophie), l'ambiance joyeuse de bonne grosse farce avait été soudain fracassée par une brève séquence d'actualités montrant le ghetto de Varsovie : Un raz de marée de souvenirs avait submergé Sophie. Même sous les décombres, pareil à un volcan éventré par une éruption, la configuration du ghetto lui demeurait familière (elle habitait à la périphérie), mais comme toujours quand défilaient sur l'écran des scènes de l'Europe ravagée par la guerre, elle avait tendance à plisser les yeux, comme pour filtrer le désert et le réduire le plus possible à une simple tache, à un flou parfaitement neutre. Puis elle comprit que se déroulait une cérémonie religieuse tandis qu'une petite troupe de Juifs dévoilaient un monument à la mémoire de leur massacre et de leur martyre, et qu'une voix de ténor psalmodiait son requiem hébraïque qui planait sur la scène grise et désolée comme un ange au cœur percé d'une dague. Dans le noir de la salle, Sophie entendit Nathan murmurer un mot inconnu, *kaddish*[1], puis quand ils se retrouvèrent dans la rue inondée de soleil, il passa d'un geste égaré ses doigts sur ses yeux et elle vit que les larmes ruisselaient sur ses joues. Elle resta stupéfaite, car jamais encore elle n'avait vu Nathan — son Danny Kaye à elle, son adorable clown — trahir ce genre d'émotion.

Elle sortit de derrière le paravent chinois.

— Allons viens, chéri, lança-t-elle d'un ton légèrement implorant, mais déjà elle savait qu'il n'avait nullement l'intention de s'arracher à la radio. Elle l'entendit glousser, soulevé par une joie sarcastique.

— Bande d'abrutis — ils ont laissé le Gros Lard y couper comme les autres !

Tout en se passant du rouge à lèvres, elle s'étonnait de voir à quel point Nuremberg et les révélations du procès avaient fini depuis un ou deux mois par obnubiler Nathan. Il n'en avait pas toujours été ainsi ; tout au début de leur relation, c'était à peine s'il paraissait conscient de l'actualité brûlante de l'expérience qu'elle avait subie, quand bien même les séquelles de cette expérience — sa malnutrition, son anémie, ses dents disparues — avaient été pour lui une source permanente d'inquiétude et de soucis. Certes, il n'ignorait pas complètement l'existence des camps ; peut-être, se disait Sophie, peut-être l'énormité de leur existence avait-elle été pour Nathan, comme pour tant d'Américains, un aspect d'une tragédie trop lointaine, trop abstraite, trop *étrangère* (et donc trop difficile à comprendre) pour que son impact fût pleinement perçu par l'esprit. Mais voilà que presque du jour au lendemain s'était produit en lui ce changement, cette brusque volte-face ; la séquence d'actualités sur le ghetto de Varsovie lui avait porté un premier coup terrible, puis

1. *Kaddish* (yiddish) : la prière des morts.

presque aussitôt après, une série d'articles du *Herald Tribune* avait attiré son attention : une étude analytique et « en profondeur » de l'une des plus abominables dépositions vomies par le tribunal de Nuremberg, dans lequel le processus d'extermination des Juifs du camp de Treblinka — quasi inimaginable en raison de l'avalanche de preuves strictement statistiques — avait été mis à nu dans toute son ampleur.

Les révélations avaient été lentes, mais inexorables. Les premières nouvelles des atrocités des camps avaient filtré, bien entendu, dès le printemps de 1945, sitôt terminée la guerre en Europe ; une année et demie s'était écoulée maintenant, mais l'avalanche de détails empoisonnés, la masse des faits qui s'accumulaient à Nuremberg et ailleurs devant d'autres tribunaux, comme d'innombrables et monstrueux tas d'immondices, commencèrent à proclamer plus de choses que la conscience de la plupart des gens ne pouvait en supporter, plus de choses mêmes que n'en suggéraient ces ahurissantes premières brèves séquences montrant des monceaux de cadavres entassés au bulldozer comme des stères de bois. En observant Nathan, Sophie avait l'impression de contempler un être en proie aux affres d'une prise de conscience tardive, comme mal revenu d'une épouvantable surprise. Jusqu'alors, tout simplement, il ne s'était pas autorisé à croire. Mais maintenant, aucun doute, il croyait. Il avait rattrapé le temps perdu en dévorant tout ce qui avait été écrit sur les camps, Nuremberg, la guerre, l'antisémitisme et le massacre des Juifs d'Europe (ces derniers temps, de nombreuses soirées que Sophie et Nathan devaient passer au cinéma ou au concert avaient été sacrifiées pour permettre à Nathan de poursuivre ses recherches fébriles à l'annexe de Brooklyn de la bibliothèque publique de New York où, dans la salle des périodiques, il griffonnait des notes par douzaines au sujet des révélations de Nuremberg qui jusqu'alors lui avaient échappé, et empruntait des ouvrages tels que *Juifs et sacrifices humains, La Nouvelle Pologne et les Juifs, La Promesse tenue par Hitler*), et grâce à son extraordinaire mémoire, il devint bientôt un expert sur le chapitre des Juifs et de la saga nazie, comme il l'était déjà dans tant d'autres domaines. N'était-il pas possible, demanda-t-il un jour à Sophie — il parlait, ajouta-t-il, à titre de biologiste —, que sur le plan du comportement humain, le phénomène nazi fût analogue à une immense colonie de cellules, d'une importance cruciale, moralement emportée par une folie furieuse, provoquant dans le corps de l'humanité la même espèce de danger que peut en provoquer une tumeur maligne dans un vulgaire corps humain ? Durant toute la fin de l'été et tout l'automne, il lui posa ce genre de question aux moments les plus incongrus, et se comporta comme un être en proie au trouble et à l'obsession.

« Comme beaucoup de ses collègues parmi les chefs nazis, Hermann Göring se piquait d'avoir la passion de l'art, disait maintenant H. V. Kaltenborn de sa voix grinçante, mais c'était une passion qui à la manière caractéristique des Nazis échappait à toute mesure. Parmi tous les membres du haut commandement allemand, c'est à Göring que revient la responsabilité principale du pillage de pays tels que la Hollande, la Belgique, la France, l'Autriche, la Pologne... »

Sophie aurait voulu se boucher les oreilles. Cette guerre, toutes ces années, ne pouvait-on fourrer tout cela au fond de quelque noir placard de l'esprit et l'y oublier à jamais ? Dans l'espoir, une fois de plus, de changer les idées de Nathan, elle lança :

— Ton expérience, chéri, c'est merveilleux. Tu ne crois pas qu'il est temps de commencer à fêter ça ?

Pas de réponse. La voix aigre déversait toujours sa sinistre et morne épithaphe. Eh bien, au moins, se dit Sophie en réfléchissant à l'obsession de Nathan, elle n'avait pas à craindre pour sa part de se laisser prendre dans cette ignoble trame. Comme pour tant d'autres sujets touchant les sentiments de Sophie, il s'était montré très chic et plein de tact. Quant à elle, elle avait fait preuve d'une fermeté opiniâtre : elle lui avait signifié clairement qu'elle ne pouvait pas parler et ne parlerait pas de ce qu'elle avait vécu dans le camp. Presque tout ce qu'elle lui avait confié lui avait échappé avec une grande avarice de détails lors de cette seule et unique soirée dont elle gardait un souvenir si doux, dans cette même chambre, le jour de leur rencontre. Hormis ces quelques mots, il ne savait rien d'autre. Par la suite, elle n'eut pas besoin de lui expliquer sa répugnance à évoquer cette partie de sa vie ; il était merveilleusement intuitif, et elle avait la conviction qu'il devinait simplement d'instinct sa volonté farouche de ne pas remuer cette boue. Aussi, à l'exception de ces moments où, quand il la conduisait au Columbia Hospital pour ses analyses et ses bilans de santé, il se révélait indispensable, pour des raisons de diagnostic, de préciser la nature spécifique des mauvais traitements ou privations qu'elle avait subis, ils s'abstinrent soigneusement de discuter d'Auschwitz. Même alors, elle avait parlé en termes cryptiques, mais il avait parfaitement tout compris. Et qu'il eût compris était encore une chose dont elle lui avait su un gré infini.

La radio se tut brusquement, et passant derrière le paravent, Nathan la prit dans ses bras. Elle avait l'habitude de ces assauts précipités, à la hussarde. Elle le regarda ; il avait les yeux étincelants ; aux vibrations qui palpitaient à travers tout son corps, comme jaillies de quelque source mystérieuse et nouvelle d'énergie prisonnière, elle devina qu'il *planait*, et très haut. Il se remit à l'embrasser et, de nouveau, elle sentit sa langue fouiller et explorer sa bouche. Chaque fois qu'il se trouvait bourré de pilules, il se transformait en un véritable taureau, sexuellement déchaîné et dépourvu du moindre scrupule, la traitant avec une agressivité épidermique chaude et enveloppante qui avait le pouvoir de précipiter son sang dans une course folle et lui donnait envie de l'accueillir sur-le-champ. De fait à cet instant précis, elle sentit sourdre en elle une chaude moiteur. Il lui prit la main et la guida vers sa bitte ; elle la caressa, dure et raide sous sa main et aussi nettement moulée par la flanelle humide que le bout d'un manche à balai. Ses jambes mollirent, elle s'entendit gémir, et se débattit contre la languette de la fermeture à glissière. Il s'établissait d'ordinaire — en de pareils moments — entre elle et lui, entre sa propre main fébrile et la bitte réceptive, un lien familier, une tendre symbiose, d'un naturel exquis ; chaque fois qu'elle commençait à le chercher à tâtons, elle ne pouvait s'empêcher de penser à la main d'un minuscule bébé qui s'avance pour étreindre un doigt tendu.

Mais, brusquement, il s'écarta :

— Partons, dit-il. On pourra toujours rigoler plus tard. Une vraie fête !

Et elle savait ce qu'il voulait dire. Faire l'amour avec Nathan quand il était sous amphétamines n'avait rien d'une simple partie de plaisir — c'était quelque chose de débridé, d'océanique, de parfaitement irréel. Et qui ne s'arrêtait jamais...

— Jusqu'à la fin de la soirée, jamais je n'aurais cru qu'il se préparait quelque chose de terrible, me dit Sophie. La séance de jazz chez Morty. J'ai eu peur, une peur comme je n'en avais jamais éprouvé auprès de Nathan. Morty Haber habitait un grand atelier dans un immeuble non loin de Brooklyn College, et c'est là qu'il y avait la party. Morty — tu l'as rencontré le jour où on est allés à la plage — Morty enseigne la biologie à l'université et c'est un des bons amis de Nathan. J'aime bien Morty, mais pour être franche, Stingo, je n'avais pas tellement de sympathie pour la plupart des autres

141

amis de Nathan, hommes ou femmes. C'était en partie de ma faute, je le sais. Pour commencer, j'étais très timide, et à cette époque mon anglais n'était pas tellement bon. Je suis sincère quand je dis que je parlais mieux anglais que je ne le comprenais, et quand ils se mettaient à parler tous ensemble très vite, je me sentais complètement perdue. Et ils n'arrêtaient pas de parler de choses dont je ne savais rien et qui ne m'intéressaient pas — Freud, la psychanalyse, l'envie du pénis et un tas de choses qui peut-être m'auraient excitée un peu plus s'ils n'avaient pas été tout le temps si *sérieux* et si *solennels.* Oh, pour ça, je m'entendais bien avec eux, c'est sûr. Seulement je débranchais mon esprit et je pensais à autre chose quand ils se mettaient à parler de la théorie de l'orgasme et d'orgones et de ce genre de trucs. *Quel ennui* * ! Et je crois qu'eux aussi ils m'aimaient bien, même si depuis le début ils ne pouvaient pas s'empêcher de se montrer un peu soupçonneux envers moi, et curieux, parce que je ne voulais jamais raconter grand-chose de mon passé et restais toujours un peu sur la réserve. Et puis, j'étais la seule *shiksa* de la bande, et en plus une Polack. Ce qui sans doute me rendait un peu étrange et mystérieuse.

« En tout cas, quand on est arrivés là-bas, il était déjà tard. Tu sais, j'avais essayé de l'en empêcher, mais avant de partir de chez Yetta, il avait pris une autre pilule de Benzédrine — une Benny comme il disait — et le temps qu'on monte dans la voiture de son frère et qu'on démarre il était déjà parti, il planait, incroyablement haut, comme un oiseau, aussi haut qu'un aigle. On avait mis la radio qui jouait *Don Giovanni.* Nathan connaissait le libretto par cœur, il chantait très bien l'opéra italien — et lui aussi il s'est mis à chanter et de toutes ses forces et il a fini par être tellement absorbé par l'opéra qu'il a oublié de tourner au coin de Brooklyn College et qu'il a enfilé Flatbush Avenue, si bien qu'on s'est pratiquement retrouvés au bord de la

142

mer. En plus, il conduisait très vite, et je commençais à me faire du souci. Ce qui fait qu'à force de chanter et de tourner en rond, il était très tard quand on est arrivés chez Morty, sans doute plus de onze heures. Il y avait un monde fou à cette soirée, au moins une centaine de personnes. Il y avait une formation de jazz très célèbre — j'ai oublié le nom du type qui jouait de la clarinette — et sitôt passé la porte, j'ai entendu la musique. Un vacarme terrible, à mon avis. Je ne suis pas tellement portée sur le jazz, à dire vrai, pourtant je commençais à y prendre un tout petit peu goût juste avant... avant que Nathan s'en aille.

« La plupart des gens appartenaient à Brooklyn College, des étudiants, des professeurs, etc., mais il y avait aussi un tas d'autres gens d'un peu partout, un groupe très mélangé. Quelques très jolies filles de Manhattan, des mannequins, beaucoup de musiciens, pas mal de Noirs. Je n'avais jamais vu autant de Noirs d'aussi près, et je les trouvais très exotiques et j'adorais les entendre rire. Tout le monde buvait et s'amusait beaucoup. Et puis, il y avait cette odeur bizarre partout, la première fois que mon nez reniflait cette odeur, et Nathan m'a dit que c'était de la marijuana ; du thé, qu'il appelait ça. La plupart des gens avaient l'air si heureux et au début la party était plutôt sympa, c'était bien, je ne me doutais pas encore de la chose terrible qui se préparait. En entrant on a vu Morty près de la porte. Et tout de suite, Nathan lui parle de son expérience, même qu'il s'est pratiquement mis à hurler : 'Morty, Morty, on a fait la percée ! On l'a liquidé, le problème du sérum enzyme, tout est clair comme le jour maintenant !' Morty était au courant de toute l'affaire — je l'ai dit, il enseignait la biologie — et il a donné à Nathan de grandes tapes dans le dos, ils ont bu quelques bières pour fêter ça et un tas d'autres gens sont arrivés et se sont mis à le féliciter. Je me souviens que je me sentais merveilleusement heureuse,

143

là, si proche, je veux dire, tellement aimée par cet homme merveilleux qui était destiné à vivre à jamais dans l'histoire de la recherche médicale. Et puis, Stingo, j'ai cru que j'allais m'évanouir et tomber raide morte. Parce que, juste à ce moment-là, il a passé son bras autour de ma taille, m'a serrée très fort et a dit à tout le monde : 'Tout ça c'est grâce à l'amour et à la compagnie de cette adorable dame, la femme la plus extraordinaire que nous ait donnée la Pologne depuis Marie Sklodowska Curie, et qui se prépare à me faire l'honneur éternel de devenir ma femme !'

« Stingo, j'aimerais pouvoir décrire ce que j'ai éprouvé. Imagine ! Etre *mariée* ! J'étais complètement *sidérée* ! Cette chose, je ne pouvais pas vraiment y croire, et pourtant cette chose-là arrivait. Nathan qui m'embrassait et tous les gens qui s'approchaient avec le sourire pour nous féliciter. Je croyais rêver. Parce que, tu comprends, c'était tellement *inattendu*. Oh, il lui était déjà arrivé de parler mariage, mais sans jamais insister, un peu comme une blague, et même si moi je trouvais toujours ça excitant, cette idée, je ne l'avais jamais prise au sérieux. Ce qui fait que tout à coup je me retrouve dans ce brouillard, dans ce rêve auquel je n'arrivais pas à croire.

Sophie se tut. Lorsqu'elle entreprenait de disséquer le passé ou sa relation avec Nathan, et le mystère de Nathan lui-même, il lui arrivait souvent d'enfouir son visage dans ses mains, comme pour chercher une réponse ou un indice dans le puits sombre de ses paumes. C'est ce qu'elle fit alors ; et ce ne fut qu'après d'interminables secondes qu'elle releva la tête et reprit :

« Il est si facile de comprendre maintenant que ce... cette annonce n'était rien d'autre que le résultat de ces pilules qu'il avait prises, ce truc, ce délire qui l'emportait toujours plus haut dans l'espace comme un aigle. Mais à ce moment-là, moi j'étais tout simplement incapable de faire le rapport. Je croyais que c'était vrai, toute cette histoire de projet de mariage, et il me semblait que jamais je n'avais été si heureuse. Je me suis mise à boire un peu de vin et tout est devenu une merveilleuse pagaille. Après, Nathan a fini par disparaître je ne sais où et je me suis mise à bavarder avec certains de ses amis. Ils n'en finissaient pas de me féliciter. Il y avait un Noir, un ami de Nathan que j'aimais beaucoup, un peintre qui s'appelait J. Ronnie Quelquechose. Je suis montée sur le toit avec Ronnie et une Asiatique, une fille très sexy, j'ai oublié son nom, et Ronnie m'a demandé si je voulais un peu de thé. D'abord, je n'ai pas vraiment compris ce qu'il voulait dire. Bien entendu, je me suis dit sur le moment qu'il voulait parler de, tu sais bien, de ce truc qu'on boit avec du sucre et du citron, mais il m'a fait son grand sourire et j'ai compris alors qu'il parlait de marijuana. J'avais un petit peu peur d'y goûter — j'ai toujours eu peur de perdre les pédales —, mais oh, après tout, j'étais de si bonne humeur que je me suis dit que je pouvais faire n'importe quoi sans avoir peur. Et Ronnie m'a donné la petite cigarette, et j'ai fumé en aspirant à fond et très vite et j'ai commencé à comprendre pourquoi les gens y prenaient du plaisir — c'était merveilleux !

« La marijuana m'avait remplie comme d'un feu très doux. Il faisait froid sur le toit mais tout à coup je me sentais chaud partout et la terre tout entière et la nuit et l'avenir paraissaient plus beaux que jamais, si la chose est possible. *Une merveille, la nuit* * ! Brooklyn tout en bas, un million de lumières. Je suis restée très longtemps sur le toit à bavarder avec Ronnie et sa Chinoise et à écouter le jazz, tout en contemplant les étoiles avec le sentiment d'être plus heureuse que je me souvenais l'avoir jamais été. Je suppose que je ne m'étais pas rendu compte comme le temps passait, parce que tout à coup quand je me décide à rentrer, je

145

vois qu'il est tard, presque quatre heures. La party continuait et les gens s'amusaient beaucoup, tu sais, très fort, avec beaucoup de musique encore, mais il y avait déjà beaucoup de gens qui étaient partis et au bout d'un moment je me suis mise à la recherche de Nathan mais sans réussir à le trouver. Je n'ai pas pu le trouver. J'ai demandé à droite et à gauche et on m'a montré une pièce tout au fond de l'atelier. Je suis entrée et là j'ai vu Nathan en compagnie de six ou sept autres personnes. Mais là, personne ne s'amusait. Disons que c'était très calme. A croire que quelqu'un venait d'être victime d'un terrible accident et que tout le monde discutait sans pouvoir décider quoi faire. L'atmosphère était très sinistre et quand je suis entrée, eh bien je crois que c'est à ce moment-là que j'ai commencé à me sentir un peu inquiète, mal à l'aise. Commencé à comprendre que quelque chose de très grave, de très affreux se préparait à cause de Nathan. Un sentiment horrible, comme si j'avais été renversée par une vague glaciale. Terrible, terrible, cette impression.

« Tu comprends, ils étaient tous en train d'écouter la radio qui parlait des pendus de Nuremberg. C'était une espèce d'émission spéciale, sur ondes courtes, mais pour de bon — je veux dire, en direct — et malgré les parasites, je pouvais entendre la voix du reporter de CBS qui paraissait venir de très loin et qui décrivait tout ce qui se passait à Nuremberg au fur et à mesure qu'on les pendait. Il disait que pour von Ribbentrop tout était déjà fini et aussi je crois pour Jodl, et puis je me souviens qu'il a dit que c'était le tour de Julius Streicher. Streicher ! Je n'ai pas pu le supporter ! Brusquement, je me suis sentie toute poisseuse, malade, horriblement malade. C'est difficile à décrire, ce sentiment d'être malade, parce que bien sûr il était impossible de ne pas se sentir, eh bien, folle de joie à l'idée que l'on était en train de pendre ces hommes —

146

et ce n'était pas ça qui me rendait malade —, c'était seulement qu'une fois de plus ça me rappelait tant de choses que je voulais oublier. J'avais eu cette même réaction le printemps d'avant, je me souviens de te l'avoir raconté, le jour où j'avais vu dans un journal la photo de Rudolf Höss avec une corde autour du cou. Et c'est pourquoi, là, dans cette pièce au milieu de tous ces gens qui écoutaient le reportage sur les pendaisons de Nuremberg, tout à coup moi j'ai eu envie de fuir, tu comprends, et je n'arrêtais pas de me dire : Ne serai-je donc jamais débarrassée du passé ? Je regardais Nathan. Il planait toujours à des hauteurs incroyables, je le voyais à ses yeux, mais comme tous les autres il suivait les pendaisons et on aurait dit qu'il avait mal, son visage était très sombre. Son visage avait un air effrayant et menaçant. Et tout le reste aussi. On aurait dit que personne ne s'amusait plus, que toute la gaieté avait disparu, du moins dans cette pièce. On se serait cru à un service funèbre. A la fin, le reportage s'est arrêté ou peut-être que quelqu'un a fermé la radio, je ne sais pas, en tout cas, ils se sont tous mis à parler très sérieusement et avec une brusque passion.

« Je les connaissais un peu, c'étaient tous des amis de Nathan. Je me souviens tout particulièrement d'un de ses amis. Je lui avais parlé quelquefois. Il s'appelait Harold Schoenthal, à peu près du même âge que Nathan je crois, et il enseignait à l'université, la philosophie il me semble. Il était toujours très passionné et sérieux mais c'était un de ceux que j'aimais un petit peu plus que les autres. Je trouvais que c'était une personne vraiment très *sensible*. Il donnait l'impression d'être toujours très torturé et très malheureux, très conscient d'être juif, et il parlait beaucoup, et ce soir-là je me souviens qu'il était encore plus tendu et excité que d'habitude, même si, j'en suis sûre, il n'avait rien pris comme Nathan pour planer, pas même du vin ni de la bière. Il avait un physique très, disons, très *saisissant,* avec un crâne chauve et une moustache tombante comme — je ne sais pas comment dire — un *morse* sur un iceberg, et un gros ventre. Oui, c'est ça, un morse. Il n'arrêtait pas de tourner en rond avec sa pipe à la main — les gens l'écoutaient toujours quand il parlait — et il s'est mis à dire des choses terribles comme par exemple : ' Nuremberg est une *comédie,* ces pendaisons sont une *comédie.* Tout ça n'est qu'une vengeance symbolique, une attraction pour amuser la galerie ! ' Et puis il a dit : ' Nuremberg est une diversion obscène destinée à donner l'illusion de la justice, alors qu'une haine meurtrière des Juifs empoisonne toujours le peuple allemand. Ce sont les Allemands eux-mêmes qui devraient être exterminés — eux qui ont permis à ces hommes de les gouverner et de tuer les Juifs. Et non pas ces — voilà les mots exacts qu'il a employés —, non pas ces quelques poignées de traîtres de mélodrame.' Et il a dit : ' Et l'Allemagne de l'avenir ? Allons-nous permettre à ces gens de devenir riches et de recommencer à massacrer les Juifs ? ' Cet homme, on aurait cru entendre un orateur très puissant. On m'avait raconté qu'il avait la réputation d'hypnotiser ses étudiants, et je me souviens qu'en le regardant et l'écoutant, je me sentais fascinée. Il y avait une espèce de terrible *angoisse** dans sa voix, quand il parlait des Juifs. Il a demandé s'il y avait un seul endroit sur terre où les Juifs étaient encore en sécurité. Et il a donné lui-même la réponse, nulle part. *Alors**, a-t-il demandé, y a-t-il un seul endroit sur terre où les Juifs aient *jamais* été en sécurité ? Et il a répété, nulle part.

« Et puis tout à coup je me suis rendu compte qu'il parlait de la Pologne. Il racontait comment à l'un des procès, à Nuremberg ou ailleurs, des témoins étaient venus raconter comment pendant la guerre, des Juifs évadés d'un des camps de Pologne avaient essayé de trouver le salut en se réfugiant parmi les gens de la région, mais les Polonais s'étaient retournés contre les Juifs et avaient refusé de les aider. Même qu'ils avaient fait bien pire. En réalité, ils les avaient tous assassinés. Ces Polonais, ils avaient tout simplement massacré tous les Juifs. C'était un fait horrible, disait Schoenthal, et la preuve que les Juifs ne peuvent nulle part se sentir en sécurité. Ce mot *nulle part*, on aurait dit qu'il le hurlait. Pas même en Amérique ! *Mon Dieu**, je me souviens de sa colère. Pendant qu'il parlait de la Pologne, je me suis sentie encore plus malade et mon cœur s'est mis à battre très vite et pourtant je ne pense pas que ses paroles me visaient particulièrement. Il a dit que la Pologne était peut-être le pire de tous les exemples, pire encore peut-être que l'Allemagne, ou du moins aussi terrible, car n'était-ce pas en Pologne qu'après la mort de Pilsudski, qui, lui, protégeait les Juifs, les gens avaient sauté sur toutes les occasions pour persécuter aussitôt les Juifs ? N'était-ce pas en Pologne, disait-il, que de jeunes et inoffensifs étudiants juifs s'étaient vu frappés par la ségrégation, obligés de s'asseoir sur des sièges séparés dans les écoles et traités pire que des Noirs dans le Mississippi ? Et au nom de quoi les gens pensaient-ils que ce genre de choses ne risquait pas d'arriver en Amérique, des choses comme ces ' bancs ghettos ' pour les étudiants ? Et moi, quand j'entends Schoenthal parler comme ça, bien sûr je ne peux pas m'empêcher de penser à mon père. Mon père qui lui-même avait contribué à faire naître cette idée. Et tout à coup j'ai eu une impression, l'impression que la présence, *l'esprit** de mon père étaient entrés dans la pièce et étaient là près de moi, et j'ai eu envie de disparaître à travers le plancher. Je n'en pouvais plus de les écouter parler de cette façon. Il y avait si longtemps que j'avais chassé toutes ces choses loin de moi, les avais enterrées, fourrées sous le tapis — sans doute, j'étais lâche, mais je ne pouvais pas m'en empêcher — et voilà que tout ça ressortait maintenant

149

par la bouche de Schoenthal et je ne pouvais pas le supporter. *Merde**, je ne pouvais pas le supporter !

« Aussi, pendant que Schoenthal continuait à parler, j'ai fait le tour sur la pointe des pieds pour m'approcher de Nathan et lui chuchoter quelques mots, qu'il fallait qu'on rentre, et notre balade dans le Connecticut demain, est-ce qu'il avait oublié ? Mais Nathan n'a pas bougé. Il était comme — eh bien, on aurait dit qu'il était hypnotisé, comme un de ces étudiants de Schoenthal dont on m'avait parlé, il était là à le regarder, à boire ses paroles. Et puis, enfin, lui aussi, il m'a chuchoté qu'il restait, et que maintenant il fallait que je rentre toute seule. Il avait son air fou, j'ai eu très peur. Il a dit : ' Je ne serai pas capable de fermer l'œil d'ici Noël. ' Et avec son air de fou il a dit : ' Rentre maintenant et dors, moi je viendrai te chercher de bonne heure demain matin. ' Alors je me suis dépêchée de m'en aller, en me bouchant les oreilles pour ne plus entendre Schoenthal, dont pour un peu les paroles m'auraient tuée. J'ai pris un taxi pour rentrer, malade à mourir. J'avais complètement oublié que Nathan avait annoncé qu'on devait se marier, te dire comment je me sentais mal. Il me semblait à chaque instant que j'allais me mettre à hurler. »

Connecticut.

La capsule qui contenait le cyanure (de minuscules cristaux granulés aussi banals d'aspect que du Bromo-Seltzer, disait Nathan, et eux aussi solubles dans l'eau, où ils fondaient presque instantanément, mais non effervescents) était en fait de très petite taille, légèrement plus petite que les autres capsules pharmaceutiques qu'elle avait vues jusqu'alors, et elle était en outre lisse comme du métal, si bien que, comme il la tenait à quelques centimètres à peine du visage de Sophie posé sur l'oreiller — agitant entre le pouce et l'index la gélule oblongue qui exécutait en l'air une petite pirouette —, elle voyait chatoyer sur sa surface l'incendie miniature qui n'était rien d'autre que l'image réfléchie des feuillages d'automne au-dehors, enflammés par le couchant. A demi assoupie, Sophie humait l'odeur de nourriture qui montait de la cuisine deux étages plus bas — un parfum composite de pain et, lui sembla-t-il, de choux — tout en regardant la capsule danser lentement dans la main de Nathan. Le sommeil submergeait peu à peu son cerveau comme une marée ; elle avait conscience de vibrations régulières et apaisantes qui participaient à la fois du son et de la lumière, effaçaient toute peur — l'extase bleue du Nembutal. Elle ne devait pas l'avaler. Il faudrait qu'elle morde un bon coup, avait-il dit, mais elle n'avait pas besoin d'avoir peur : il y aurait d'abord comme un goût d'amande doux-amer, et une odeur de pêche, puis le néant. Un néant noir et profond *rien, nada saloperie de néant !* survenant avec une instantanéité tellement absolue qu'elle devancerait jusqu'aux prémices de la souffrance. Tout au plus, disait-il, tout au plus une fraction de seconde d'angoisse — d'inconfort plutôt — mais aussi brève et dérisoire qu'un hoquet. *Rien nada niente saloperie de néant !*

— Et puis, Irma, mon amour, alors...

Un hoquet.

Sans le regarder, les yeux fixés derrière lui sur la photographie passée sur papier sépia d'une grandmère en foulard à jamais immobilisée dans les ombres du mur, elle murmura :

— Tu avais promis. Il y a longtemps déjà aujourd'hui, tu avais promis de ne pas...

— Promis de ne pas quoi ?

— Promis de ne pas m'appeler comme ça. De ne pas recommencer à dire Irma.

— Sophie, dit-il sans s'émouvoir. Sophie amour. Pas

Irma. Bien sûr. Bien sûr. Sophie. Amour. Sophiea-mour.

Il paraissait beaucoup plus calme maintenant, la frénésie de la matinée, la démence déchaînée de l'après-midi apaisées ou du moins momentanément calmées par le même Nembutal qu'il lui avait fait avaler — le miséricordieux barbiturique que dans leur commune terreur ils avaient cru que jamais il ne retrouverait mais qu'à peine deux heures plus tôt, il avait enfin retrouvé. Il était plus calme mais, elle le savait, son esprit était toujours dérangé ; bizarre, songeait-elle, dans cette phase pacifique de son aliéna-ton, il ne semblait plus aussi terrifiant ni menaçant, malgré la menace sans équivoque de la capsule de cyanure à deux centimètres de ses yeux. Le minuscule 'Pfizer' de la marque de fabrique était nettement imprimé sur la gélatine ; la capsule était minuscule. Une capsule spéciale, avait-il expliqué, une capsule de vétérinaire, conçue pour contenir des antibiotiques à l'usage des petits chats et des chiots, qu'il s'était procurée pour y loger le poison ; et la veille, par suite de chicaneries administratives, il avait eu plus de mal à se procurer les capsules elles-mêmes que les cin-quante centigrammes de sodium de cyanure — vingt-cinq pour lui, vingt-cinq pour elle. Il ne s'agissait pas d'une plaisanterie, elle le savait ; en tout autre moment et en tout autre lieu, elle eût considéré toute l'histoire comme un de ses numéros morbides : la petite gousse rose et luisante éclatant entre ses doigts à l'ultime seconde pour révéler une fleur minuscule, un grenat, une bouchée au chocolat. Mais non après cette journée et son interminable délire. Elle savait et sans l'ombre d'un doute que le petit étui renfermait la mort. Bizarre, pourtant. Elle n'éprouvait rien d'autre, désor-mais, qu'une lassitude grandissante, le regardant por-ter la capsule à ses lèvres et la glisser entre ses dents, mordre juste assez fort pour ployer légèrement la

152

coque sans toutefois la briser. Devait-elle son absence de terreur au Nembutal ou à la vague intuition qu'il continuait à jouer la comédie? Ce n'était pas la première fois. Il ôta la capsule de sa bouche et sourit : « *Rienada saloperie de rien.* » Elle se souvenait du moment où tout à l'heure il avait flirté ainsi, dans cette même chambre, moins de deux heures plus tôt, deux heures qui semblaient une semaine, un mois. Et elle se demandait avec émerveillement quelle miraculeuse alchimie (le Nembutal?) avait eu le pouvoir d'interrompre ses rodomontades qui duraient depuis le matin. Blablablablabla... Le blabla ne s'était arrêté que de rares fois depuis le moment où ce matin-là vers neuf heures il avait gravi comme un fou l'escalier du Palais Rose pour la réveiller.

... Les yeux encore fermés, la tête encore molle de sommeil, elle entend Nathan pousser un gloussement.

— Tout le monde debout là-dedans, et que ça saute !

Elle l'entend dire :

« Schoenthal a raison. Si ça peut arriver là-bas, pourquoi ça n'arriverait-il pas ici ? Les Cosaques arrivent ! Et voilà un petit Juif qui va pas tarder à se tailler à la campagne ! »

Elle finit par se réveiller. Elle s'était attendue à ce qu'il la prenne sur-le-champ, se demande si elle a bien pensé à mettre son diaphragme avant de se coucher, se souvient que oui et maintenant se retourne paresseusement sur le flanc, avec un sourire endormi, prête à l'accueillir. Elle se souvient de son incroyable gloutonnerie charnelle quand il plane ainsi. Se souvient avec un ravissement voluptueux de tout — non seulement des préliminaires tendres et voraces, ses doigts sur le bout de ses seins et leur quête douce et pourtant impérieuse entre ses cuisses mais de tout le reste et très précisément d'une chose, de nouveau anticipée avec béatitude, une voracité fervente et sans frein enfin libérée (*adieu Cracovie !**); le pouvoir extravagant qu'il a de la faire *jouir* — jouir non pas une ou deux fois mais encore et encore jusqu'à ce qu'enfin tout son être se perde dans son ultime néant presque sinistre, une mort goulue qui comme un tourbillon l'aspire dans les entrailles de sombres grottes et pendant laquelle elle ne peut pas dire si elle se perd en elle-même ou en lui, le sentiment de tomber en vrille pour s'engloutir dans une indissolubilité de chair. (C'est presque la seule occasion où elle continue à penser ou à parler en polonais, murmurant très fort à son oreille « *Wez mnie, wez mnie* », ce qui coule de sa bouche mystérieusement, spontanément, et veut dire « Prends-moi, prends-moi », même si un jour que Nathan lui demandait ce que cela signifiait, elle s'était crue obligée de mentir gaiement : « ça veut dire *baise-moi, baise-moi !* ») C'est, comme après le proclame parfois Nathan d'une voix épuisée, la Superbaise du vingtième siècle — imaginez la banalité de la baise humaine à travers les âges jusqu'à la découverte du sulfate de benzédrine. Maintenant Sophie est en proie à une excitation folle. Elle bouge, s'étire comme une chatte dans le lit et tend un bras vers lui, l'invitant à la rejoindre. Il ne dit rien. Et soudain, surprise, elle l'entend répéter : « Allons ! debout et que ça saute ! Le petit Juif t'emmène faire une balade à la campagne ! » Elle proteste : « Mais, Nathan... » Il la coupe, d'une voix à la fois insistante et pâteuse. « Allons ! Pressons ! Pressons ! Il est temps de se mettre en route ! » Une bouffée de frustration l'envahit, tandis qu'au même instant au souvenir de sa bienséance d'antan (*bonjour, Cracovie !**) elle tressaille de honte à la pensée de sa concupiscence impérieuse et éhontée. « Pressons ! » commande-t-il. Nue, elle sort du lit, lève les yeux, voit Nathan qui le regard perdu dans la lumière pommelée du matin ensoleillé renifle vigoureusement — dans un billet d'un dollar — ce qui, elle le sait aussitôt, est de la cocaïne.

Dans le crépuscule de la Nouvelle-Angleterre, au-delà de la main qui tient le poison, elle aperçoit le brasier ardent des feuilles, un arbre inondé de vermillon, qui fusionne avec un autre paré de l'or le plus éclatant. Dehors, la quiétude du soir baignait les bois, et les immenses taches pareilles à des cartes de couleur étaient comme figées, feuillages immobiles, dans la lumière du couchant... Au loin, des voitures passaient sur la route. Elle avait sommeil mais ne cherchait pas à s'endormir. Elle voyait maintenant qu'il tenait deux capsules entre ses doigts, deux jumelles roses rigoureusement identiques. « Elle et lui, voilà un des concepts les plus astucieux de l'époque », l'entendit-elle dire. « Elle et lui partout, dans la salle de bains, dans toute la maison, pourquoi pas son cyanure à lui et son cyanure à elle, son foutu néant à lui et son foutu néant à elle ? Pourquoi pas, Sophieamour ? »

On frappa à la porte et, instinctivement, la main de Nathan eut un léger tressaillement.

— Oui ? dit-il d'une voix douce et morne.

— Mr. et Mrs. Landau, fit la voix, c'est Mrs. Rylander. Croyez bien que je suis *navrée* de vous déranger !

La voix était outrageusement servile, d'une douceur obstinée.

« Hors saison, la cuisine ferme à sept heures. Je voulais simplement vous prévenir, désolée de troubler votre sieste. Vous êtes les seuls clients, ce qui fait qu'il n'y a vraiment pas urgence, je voulais seulement vous prévenir. Mon mari est en train de préparer pour ce soir sa grande spécialité de corned-beef aux choux !

Silence.

155

— Merci beaucoup, dit Nathan, nous n'allons pas tarder à descendre.

Des pas lourds s'éloignèrent sur le tapis de l'antique escalier ; les marches couinèrent comme un animal blessé. Blabla blablabla. Il avait la voix rauque à force de blablater.

— Pense un peu, Sophieamour, disait-il maintenant, en caressant les deux capsules, pense comme la vie et la mort sont intimement imbriquées à la Nature, qui partout contient à la fois les germes de notre béatitude et ceux de notre dissolution. Ceci par exemple, HCN, est répandu partout dans la nature notre Mère avec une étouffante profusion sous la forme de glucoses, c'est-à-dire mélangé aux sucres. Doux, si doux les sucres. Dans les amandes amères, les noyaux de pêches, dans certaines espèces de ces feuillages d'automne, dans la simple poire, l'arbousier. Pense donc amour, quand tes dents, ces dents parfaites faites de porcelaine blanche s'enfonceront dans ce macaron délectable, le goût que tu ressentiras ne différera que par la distance organique d'une molécule de celui...

Elle ignora sa voix, de nouveau perdue dans la contemplation des extraordinaires feuilles, un lac de feu. Elle sentait l'odeur de chou qui filtrait du rez-de-chaussée, envahissante, aigre. Et se rappelait une autre voix, celle de Morty Haber, remplie d'une sollicitude inquiète : « N'aie pas l'air si coupable. Tu n'aurais rien pu faire, il était accroché bien longtemps avant que tu poses pour la première fois les yeux sur lui. Est-ce que ça peut se contrôler ? Oui. Non. Peut-être. Je n'en *sais* rien, Sophie ! Mon Dieu, comme je voudrais le savoir ! Personne ne sait grand-chose au sujet des amphétamines. On dit que jusqu'à un certain point, elles sont relativement inoffensives. Mais de toute évidence elles peuvent être dangereuses, *créer une dépendance*, surtout si on les prend mélangées à autre chose, de la cocaïne par exemple. Nathan adore priser de la cocaïne pour faire *passer* les Bennies, et ça, à mon avis c'est bougrement dangereux. Dans ces moments-là, il est capable de perdre les pédales et il bascule dans une espèce, ma foi, je ne sais pas trop, une espèce de zone psychique où personne ne peut établir le contact avec lui. J'ai tout vérifié ce que l'on sait sur la question, et oui, c'est dangereux, *très* dangereux — Oh, et puis on s'en fout, Sophie, je refuse d'en parler davantage, mais s'il se met à déconner, arrange-toi pour entrer aussitôt en contact avec moi, ou avec Larry... »

Elle contemplait les feuilles, par-dessus l'épaule de Nathan et avait l'impression que ses lèvres la picotaient. Le Nembutal ? Pour la première fois depuis un long moment, elle s'agita légèrement sur le matelas. Et aussitôt, une brusque douleur lui mordit le flanc, là où il venait d'enfoncer brutalement son pied...

« La fidélité te siérait davantage », dit-il au milieu d'un flot de divagations débridées. Sophie perçoit la voix par-dessus la vague rugissante du vent qui se rue et glisse sur le pare-brise de la décapotable. Malgré le froid, Nathan a baissé la capote. Assise à côté de lui, elle se protège sous une couverture. Elle ne comprend pas très bien ce qu'il vient de lui dire et, presque dans un cri, lance : « Qu'est-ce que tu dis chéri ? » Il tourne la tête pour la regarder en face, elle a une brève vision de ses yeux, hagards maintenant, les pupilles presque disparues, englouties dans les ellipses d'un brun violent. « J'ai dit que la *fidélité* te siérait davantage, pour recourir à une variation élégante. » Elle sent la perplexité l'envahir et aussi une peur poisseuse. Elle détourne les yeux, cœur battant follement. Jamais depuis ces longs mois qu'ils sont ensemble il ne lui a manifesté de véritable colère. Une consternation froide commence à ruisseler sur elle comme une averse sur de la chair nue. Que veut-il dire ? Elle fixe son regard sur le paysage qui tournoie et défile, les plantations de conifères bien soignées à la lisière de l'impeccable autoroute et au-delà, la forêt, avec ses feuillages embrasés par l'explosion de l'automne, le ciel bleu, le soleil étincelant, les poteaux du téléphone. BIENVENUE DANS LE CONNECTICUT/PRUDENCE AU VOLANT. Elle se rend compte qu'il conduit très vite. Ils n'arrêtent pas de dépasser d'autres voitures, les doublant dans un grand chuintement et un frémissement d'air. Elle l'entend dire : « Ou pour *ne pas* recourir à une variante élégante, tu ferais mieux de ne *pas te faire sauter partout,* quand je peux te voir faire surtout ! » Elle laisse fuser un hoquet rauque, elle n'arrive pas à en croire ses oreilles. Comme s'il venait de lui assener une gifle, elle sent sa tête se déporter de côté, puis elle lui fait face. « Chéri, qu'est-ce que... — Ta gueule ! » rugit-il, et de nouveau les mots se précipitent comme sur un déversoir, sans frein, bredouillis qui prolonge le baragouin sans queue ni tête dont il l'assaille sans trêve depuis que voici plus d'une heure ils ont quitté le Palais Rose. « On dirait que ton affriolant petit cul polonais attire irrésistiblement ton employeur, l'adorable charlatan de Forest Hills, ce qui est tout à fait normal, tout à fait normal, attention, c'est une adorable petite machine, je suis moi-même bien placé pour le savoir, moi qui non seulement l'ai engraissé mais me suis régalé des plaisirs peu communs qu'il a à offrir, ce qui fait que je peux comprendre que le Dr. Diafoirus en rêve et se languisse de tout son cœur et de toute sa grosse bitte douloureuse... » *Heh-heh-heh* pouffe-t-il de façon idiote. « Mais te voir coopérer dans cette entreprise, le lui servir bel et bien sur un plateau et te faire *sauter* par ce méprisable escroc, et puis, et puis, *par-dessus le marché,* t'exhiber là sous mon nez comme tu l'as fait hier soir, en le laissant te rouler un dernier patin à ma barbe, te fourrer cette répugnante langue de chiroprac-

158

teur dans la gorge — oh, ma gentille petite pute polonaise, ça c'est trop pour moi. » Incapable de parler, elle rive ses yeux sur le compteur de vitesse ; 70, 75, 80... Ce n'est pas si terrible, se dit-elle, pensant en kilomètres, puis revient brusquement à la réalité : des *miles* ! On va partir dans le décor ! Elle se dit : C'est pire que de la démence, cette jalousie, s'imaginer que je couche avec *Blackstock*. Loin derrière eux retentit le hululement d'une sirène, elle prend vaguement conscience d'une lumière rouge qui clignote, son reflet pareil à un minuscule clin d'œil framboise qui par intermittence s'allume et s'éteint sur le pare-brise. Elle ouvre la bouche, assure sa langue pour parler (Chéri essaie-t-elle de dire), ne peut articuler le mot. Blablablablabla... On dirait la bande sonore d'un film monté par un chimpanzé, en partie cohérente mais l'ensemble dépourvu de sens. Tant de folie, elle se sent faible et malade. « Schœnthal a cent pour cent raison, tout ça c'est des foutaises, c'est à cause des foutaises sentimentales incrustées dans l'éthique judéo-chrétienne que le suicide est jugé immoral, après le Troisième Reich, il serait normal que le suicide devienne le choix légitime de tout être sain d'esprit, pas vrai, Irma ? » (Pourquoi tout à coup l'appelait-il Irma ?) « Mais ça ne me surprendrait pas que tu crèves d'envie d'écarter les jambes chaque fois que tu rencontres une pine, pour être tout à fait franc et parce que je ne te l'ai pas encore dit, y a un tas de choses qui sont demeurées un mystère depuis qu'on s'est rencontrés, j'aurais dû me douter que tu étais une salope de *goy kurveh*, mais quoi d'autre — quoi d'autre ? —, ça alors ça alors, serait-ce qu'une sorte d'étrange *Schadenfreude* masochiste m'aurait poussé à me laisser séduire par cette réplique parfaite d'Irma Griese ? Un beau brin de fille, d'après les gens qui ont suivi le procès de Lunenberg, même les procureurs ont dû lui tirer leur chapeau, oh merde, ma maman chérie disait toujours qu'un goût fatal me poussait vers les *shiksas* blondes, pourquoi donc n'es-tu pas un bon petit Juif, Nathan ; et n'épouses-tu pas une gentille fille comme Shirley Mirmelstein qui est si belle et dont le père a ramassé un joli magot en ouvrant pour l'été une boutique de graines à Lake Placid. » (La sirène les poursuit toujours, hululant faiblement ; « Nathan, dit-elle, un policier. ») « Les Brahmines ont *le culte* du suicide, beaucoup d'Asiati-ques, et puis d'ailleurs qu'est-ce que ça a donc de si terrible la mort, *rienada saloperie de néant*, ce qui fait que réflexion faite il y a pas si longtemps je me suis dit parfait, la belle Irma Griese se balance au bout d'une corde pour avoir personnellement tué des milliers de Juifs à Auschwitz mais la logique ne veut-elle pas qu'un tas de petites Irma Griese aient réussi à filer, ce qui veut dire que cette drôle de petite *nafkà* polonaise avec laquelle je suis à la colle, eh bien, se peut-il qu'elle soit vraiment cent pour cent une authentique Polo-naise, bien sûr par bien des côtés elle a l'air polonaise mais aussi *echt*-nordique, comme une star de cinéma boche déguisée en femme fatale, la terrible Comtesse de Cracovie, sans compter que je pourrais ajouter à tout ça cet allemand absolument sans failles qu'il m'est arrivé d'entendre sortir avec tant de précision de vos charmantes lèvres de pucelle rhénane Une Polo-naise ! Ah ça alors ! *Das machst du andern weismachen !* Pourquoi ne pas l'avouer, Irma ! Tu as fait du gringue aux SS, pas vrai ? Pas vrai que c'est comme ça que tu t'es tirée d'Auschwithz, Irma ? Avoue ! » (Elle s'est plaqué les mains sur les oreilles pour ne plus entendre, et sanglote « Non ! Non ! ») Elle sent la voiture ralentir brutalement. Le cri de la sirène se mue en un gronde-ment de dragon, diminuendo. La voiture de police s'arrête devant eux ! « *Avoue*, sale connasse de fas-ciste ! »...

160

... Tandis qu'allongée dans la pénombre elle regardait les feuilles s'obscurcir et peu à peu s'estomper, lui parvenait des toilettes le bruit de son urine dont le flot n'en finissait pas de se déverser dans l'eau de la cuvette. Elle se souvenait. Tout à l'heure au milieu des feuillages féeriques, tout au fond des bois, debout au-dessus d'elle, il avait essayé de lui pisser dans la bouche, n'avait pas réussi ; et pour lui, cet instant avait marqué le commencement de la dégringolade. Elle s'agita dans le lit, reniflant l'odeur chaude de chou qui montait de la cuisine, et ses yeux assoupis se posèrent paresseusement sur les deux capsules qu'il avait précautionneusement déposées dans le cendrier. AUBERGE DU SANGLIER, disait l'inscription en vieil anglais sur le rebord de faïence, UN HAUT LIEU DE L'AMÉRIQUE. Elle bâilla, songeant combien tout cela était étrange. Etrange qu'elle n'eût pas peur de mourir, à supposer qu'il fût vraiment décidé à lui infliger la mort, mais simplement peur que la mort l'emporte, lui et lui seul, en la laissant derrière. Qu'à cause de quelque cafouillage imprévu, comme il aurait dit, la dose mortelle ne fasse son œuvre que sur *lui* en la laissant *elle* une fois encore et pour son malheur la seule survivante. Je ne peux pas vivre sans lui, s'entendit-elle chuchoter tout haut en polonais, sensible à la banalité de cette pensée mais aussi à son absolue vérité. Sa mort à *lui* serait mon agonie à *moi*. Très loin le sifflet d'un train hulula au fond de la vallée au nom étrange, Housatonic, le long hululement plus grave et plus mélodieux que les sifflets stridents des trains d'Europe mais pourtant nullement différent par la soudaineté de sa poignante lamentation.

Elle songea à la Pologne. Les mains de sa mère. Elle avait si rarement pensé à sa mère, cette douce chère âme falote et discrète, et pendant quelques instants, elle ne put penser qu'aux mains de sa mère, ses mains gracieuses et expressives de pianiste, aux doigts robustes, à la fois souples et doux, comme l'un de ces nocturnes de Chopin qu'elle jouait, avec leur peau ivoire qui rappelait à Sophie le blanc discret des lilas. Un blanc si extraordinaire en réalité, que ce n'était qu'avec le recul du temps que Sophie avait fait le rapprochement entre cette charmante pâleur anémique et la tuberculose qui déjà à l'époque dévorait sa mère, et qui avait fini par immobiliser à jamais ces mains. Maman, Maman, se dit-elle. Si souvent ces mains lui avaient caressé le front lorsque petite fille elle récitait la prière du soir que tous les petits Polonais connaissent par cœur, incrustée dans l'âme plus solidement que n'importe quel poème d'enfant : *Ange de Dieu, mon ange gardien, demeure toujours à mes côtés, le matin, durant la journée, et la nuit, viens toujours à mon aide. Amen.* A l'un des doigts de sa mère était passé un mince ruban tortillé comme un cobra, l'œil du serpent fait d'un minuscule rubis. Le Professeur Bieganski avait acheté la bague à Aden lors d'un de ses voyages en rentrant de Madagascar, où il était allé reconnaître le terrain du plus ancien de ses rêves : la réimplantation des Juifs de Pologne. Bien de lui cette vulgarité. Avait-il marchandé longtemps avant d'acheter cette monstruosité ? Sophie savait que sa mère détestait la bague mais la portait néanmoins en vertu de la constante déférence qu'elle vouait à Papa. Nathan s'arrêta de pisser. Elle songea à son père et à sa luxuriante crinière blonde, dégoulinante de sueur dans les souks d'Arabie...

...« Les courses de voitures, c'est à Daytona Beach, dit le flic, ici c'est le Merritt Parkway, réservé aux automobilistes, comme on dit, alors, vous avez le feu aux fesses ou quoi ? » C'est un homme plutôt jeune,

162

aux cheveux blonds et au visage tavelé, nullement antipathique. Il est coiffé d'un chapeau de shérif texan. Nathan ne dit rien, le regard fixé droit devant lui, mais Sophie sent qu'il marmonne très vite sous cape. Encore le blablablabla, mais sotto voce. « Qu'est-ce que vous cherchez, à figurer dans les statistiques, et cette jolie fille avec ? » Le flic porte une plaque d'identification : S. GRZEMKOWSKI. Sophie dit : « *Prezeprazam...* » (« Je vous en prie... ») Grzemkowski rayonne, répond : « *Czy jestes Polakiem ?* — Oui, je suis polonaise », renvoie Sophie, encouragée, en poursuivant son baratin folklorique, mais le flic la coupe : « Je ne comprends que quelques mots. Mes parents sont polonais, ils habitent New Britain. Alors, qu'est-ce qui se passe ? » Sophie dit : « C'est mon mari. Il est bouleversé. Sa mère est en train de mourir à... » Elle cherche avec frénésie le nom d'une localité du Connecticut, réussit à lâcher : « A Boston. C'est pourquoi nous roulons si vite. » Sophie scrute le visage du flic, les yeux pareils à d'innocentes violettes, le profil impassible vaguement bucolique, l'allure d'un paysan. Elle se dit : Il pourrait être en train de garder les vaches dans une vallée des Carpathes. « Je vous en prie », cajole-t-elle en se penchant par-dessus Nathan, arborant sa plus jolie moue, « je vous en prie, monsieur, essayez de comprendre, c'est sa mère. Mais nous vous promettons de rouler moins vite maintenant. » Grzemkowski se fait service service, la voix devient policièrement rogue. « Pour cette fois, je vous donne un avertissement. Et maintenant, allez doucement. » Nathan dit : « *Merci beaucoup mon chef*.* » Son regard rivé droit devant lui se perd dans l'infini. Ses lèvres articulent sans un mot, sans trêve, comme pour haranguer quelque auditeur impuissant logé dans sa poitrine. La sueur ruisselle en filets luisants sur son visage. Et soudain le flic n'est plus là. Sophie entend Nathan qui marmonne tout seul tandis que la voiture redémarre. Il

163

est presque midi. Ils se dirigent vers le nord (plus sagement) à travers des tonnelles et des dais de nuages menaçants, des tempêtes déchaînées de feuilles multi-chromes en proie à une frénésie aérienne — ici vomissant des couleurs comme de la lave en fusion, là pareilles à une explosion d'étoiles, Sophie n'a jamais rien vu ni imaginé de pareil; le marmonnement contenu qu'elle ne parvient pas à comprendre enfle de volume, se déchaîne en un nouveau spasme de paranoïa, dont la fureur la pénètre d'une terreur aussi absolue que si soudain Nathan eût ouvert dans la voiture une pleine cage de rats féroces. Pologne. Antisé-mitisme. Et *toi* qu'as-tu fait, bébé chérie, quand ils ont incendié et rasé les ghettos? Et cette blague, tu la connais, ce que dit un évêque polonais en rencontrant un autre évêque polonais? « Si j'avais su que vous veniez, j'aurais fait cuire un Youpin! » *Harharhar!* Nathan, arrête, pense-t-elle, arrête de me faire souf-frir! *Ne me force pas à me souvenir!* Quand elle le tire par la manche, les larmes ruissellent sur son visage. « Je ne te l'ai jamais dit! Je ne te l'ai jamais dit! hurle-t-elle. En 1939 mon père a risqué sa vie pour sauver des Juifs! Il cacherait des Juifs à l'université, sous le plancher de son bureau quand la Gestapo est arrivée, c'était un homme bon, il est mort parce qu'il a sauvé ces... » Sur le bol poisseux de son propre désespoir, qui lui remonte à la gorge comme le mensonge qu'elle vient de faire, elle s'étrangle, puis entend sa voix se fêler. « Nathan! Nathan! Crois-moi, chéri, crois-moi! » DANBURY-LIMITE DE LA VILLE. « Cuire un you-pin! » *Harharhar!* « Non bien sûr, pas cacherait, chéri, cachait... » Blablablabla — Elle n'écoute plus qu'à demi, et se dit : « Si je pouvais le décider à s'arrêter quelque part pour manger, je pourrais m'éclipser pour passer un coup de fil à Morty ou Larry, leur demander de venir... » Et elle s'entend dire : « Chéri, j'ai si faim, on ne peut pas s'arrêter... » Pour s'entendre répondre

164

au milieu du blablablabla : « Irma ma jolie, Irma *Liebschen*, même si tu me donnais mille dollars je ne pourrais pas avaler le moindre biscuit salé, oh merde Irma je plane, oh Seigneur me voilà au ciel, jamais aussi haut jamais aussi haut et ça me démange drôlement de te sauter, sale petite *nafka*, sale fasciste de *goy*, hé palpe-moi un peu ça... » Il lui prend la main et la pose sur le dessus de son pantalon, lui presse les doigts contre la bosse raide de sa bitte ; elle la sent palpiter puis se contracter puis palpiter encore. « Un pompier, v'là ce qu'il me faut, un de tes bons vieux pompiers polacks à cinq cents zlotys or pièce, hé Irma combien de bittes SS est-ce que t'es allée sucer pour te tirer de là, combien de foutre de la race des seigneurs as-tu avalé pour gagner ta *Freiheit*! Ecoute, blague à part Irma faut me tailler une pipe tout de suite, oh jamais je n'ai plané aussi haut, Seigneur n'importe quoi pour que ces douces petites lèvres goulues se mettent *tout de suite* au boulot, je veux dire là n'importe où sous le ciel bleu et les feuilles des érables embrasées par l'automne, le bel automne, et tu vas sucer ma semence, sucer ma semence aussi épaisse que les feuilles d'automne qui jonchent les ruisseaux de Vallombrosa, ça c'est du John Milton... »

... Nu, il regagna à petits pas le lit et doucement, précautionneusement, s'allongea près d'elle. Les deux capsules scintillaient toujours dans le cendrier, et à demi assoupie, elle se demandait s'il les avait oubliées, se demandait s'il recommencerait à jouer et à la tenter par leur menace rose. Le Nembutal, dont le flot l'enfonçait dans le sommeil, lui tiraillait les jambes comme le ressac chaud d'une mer tendre... « Sophie-amour », dit-il, lui aussi d'une voix assoupie, « Sophie-amour, je ne regrette que deux choses. » Elle dit :

« Quoi donc, chéri ? » Comme la réponse ne venait pas, elle répéta : « Quoi ? — Simplement ceci, dit-il enfin, que tout ce dur travail au laboratoire, toutes ces recherches, je n'en verrai jamais les fruits. » Etrange se dit-elle en l'écoutant, presque pour la première fois de la journée sa voix avait perdu son hystérie menaçante, sa folie, sa cruauté, au contraire avait retrouvé cette note de tendresse, familière, apaisante, qui faisait tout naturellement partie de lui-même et que toute la journée elle avait été certaine de ne jamais retrouver. Avait-il, lui aussi, été sauvé à l'ultime instant, se laissait-il ramener sereinement vers le port rédempteur de ses barbituriques ! Allait-il en fait simplement oublier la mort et sombrer peu à peu dans le sommeil ?

Un grincement retentit sur le palier de l'autre côté de la porte et de nouveau, l'onctueuse voix de la femme.

— Mr. et Mrs. Landau, excusez-moi je vous prie. Mais mon mari demande si vous avez envie de prendre un verre avant le dîner. Nous avons tout ce qu'il faut. Mais la spécialité de mon mari c'est un merveilleux punch chaud au rhum.

— Ouais, dit Nathan après quelques instants, un punch au rhum. Deux.

Et Sophie se dit : On dirait l'autre Nathan. Mais elle l'entendit alors murmurer doucement : « L'autre chose, l'autre chose, c'est que toi et moi n'avons jamais eu d'enfant. » Elle fixait sans voir la pénombre chatoyante, sentit sous le couvre-lit ses ongles trancher comme des lames dans la chair de ses paumes, songea : Pourquoi faut-il qu'il dise cela précisément maintenant ? Je sais, comme il l'a dit aujourd'hui à un certain moment, que je suis une sale connasse masochiste et qu'il n'a fait que me donner ce dont j'avais envie. Mais pourquoi ne peut-il au moins m'épargner cette agonie ? « J'étais sérieux hier soir quand j'ai parlé de mariage », l'entendit-elle dire. Elle ne répondit pas.

166

Elle rêvait vaguement de Cracovie et d'un passé depuis longtemps révolu et du clipclapclipclap des sabots des chevaux sur les pavés usés par le temps ; sans la moindre raison elle vit dans l'obscurité d'une salle de cinéma la brillante image pastel de Donald Duck hérissé de fureur, bonnet de marin tout de guingois, postillonnant en polonais, puis entendit le rire doux de sa mère. Elle se dit : Si seulement je pouvais déverrouiller le passé ne serait-ce qu'un petit peu, peut-être pourrais-je lui dire. Mais le passé ou le remords, ou je ne sais pas quoi, condamne ma bouche au silence. Pourquoi ne puis-je pas lui dire ce que moi aussi j'ai souffert ? Et perdu...

Malgré cette ritournelle démente que dans un murmure il répète sans trêve — « Cesse de m'allumer, Irma Griese » —, malgré sa main implacable qui lui tord les cheveux comme pour les déraciner, malgré son autre main qui lui broie l'épaule avec une force et une douleur écœurantes, malgré cette impression diffuse qu'il dégage vautré là, frissonnant, d'être un homme en train de s'enfoncer dans l'abîme et qui rôde dans les bas-fonds de son univers dément, malgré la terreur fébrile qui la submerge, elle ne peut s'empêcher d'éprouver comme toujours le même plaisir délectable tandis qu'elle le suce. Suce, suce, suce. Interminablement, amoureusement, suce. Ses ongles griffent la terre grasse de la pente boisée sur laquelle il est vautré sous elle, elle sent la terre qui se tasse sous ses ongles. Le sol est humide et froid, elle sent une odeur de feu de bois et à travers la transparence de ses paupières filtre l'incroyable nitescence du feuillage embrasé. Et elle suce, suce. Sous ses genoux, des fragments d'argile mordent et blessent, mais elle n'a pas un geste pour soulager la douleur. « Oh Seigneur Dieu, oh baise, suce-moi Irma, suce le petit Juif. » Elle niche les couilles fermes dans sa paume, caresse les poils fins comme une toile d'araignée. Comme toujours elle se représente dans le creux de sa bouche la surface glissante d'un palmier de marbre, la tête douce et spongieuse, les feuilles qui enflent et s'épanouissent dans les ténèbres de son cerveau. « Cette relation, cette chose unique que nous avons, cette symbiose extatique, se souvient-elle, ne pouvait naître que de la rencontre d'un gros *schlong* sémite, raide et solitaire, jusqu'alors soigneusement évité et avec succès par une armée de princesses juives terrorisées, et d'une paire de belles mandibules slaves affamées de fellations. » Et même maintenant malgré son inconfort, malgré sa peur elle se dit : Oui, oui, il m'a même donné ça, en riant, de toute façon il a chassé ce remords quand il m'a expliqué comme il était absurde de ma part d'avoir honte de mon envie folle de sucer une bitte, ce n'était pas de ma faute si j'avais eu un mari frigide et si mon amant de Varsovie n'avait pas envie de le proposer et si moi je ne pouvais pas prendre l'initiative — j'étais tout simplement, disait-il, la victime de deux mille ans de conditionnement judéo-chrétien anti-pompier. Ce mythe ignoble, disait-il, qui veut que seuls les pédés aiment sucer. Suce-moi *moi*, disait-il toujours, jouis, jouis ! Aussi même maintenant malgré le nuage de peur qui plane sur elle, tandis qu'il la raille et l'insulte — même maintenant son plaisir n'est pas une simple jouissance raisonnable mais félicité perpétuellement recréée, et des vagues froides frissonnent et ruissellent tout au long de son dos tandis qu'elle suce, suce, suce. Elle n'est même pas surprise de constater que plus il torture son scalp, plus il la fouaille avec cet « Irma » abhorré, plus gloutonne monte en elle la frénésie d'avaler sa bitte, et quand elle s'arrête, un instant à peine, et pantelante relève la tête et halète : « Oh mon Dieu, ce que j'aime te sucer », les mots sont articulés avec la même ardeur simple et spontanée qu'auparavant. Elle ouvre les yeux, entrevoit son visage torturé, recommence aveuglément, consciente que maintenant il crie et que sa voix s'est muée en un hurlement dont déjà les flancs rocailleux du coteau répercutent l'écho. « Suce-moi, sale truie fasciste, sale conne d'Irma Griese, brûleuse de Juifs ! » Le délicieux palmier de marbre, le tronc glissant qui se gonfle et se déploie, tout cela lui dit qu'il est au bord de l'éjaculation, lui dit de se détendre pour accueillir le flot palpitant, le jet saumâtre de lait de palmier, et à cette ultime seconde qui précède la joie imminente, comme toujours, elle sent ses yeux s'emplir de larmes brûlantes et inexplicables.

« Je redescends en douceur », l'entendit-elle murmurer dans la chambre après un long silence. « J'ai vraiment cru que cette fois j'allais me casser la gueule. Mais depuis un moment je redescends en douceur. Dieu merci, j'ai trouvé les barbituriques. » Il se tut un instant. « On a eu du mal à les retrouver, pas vrai les barbies ? »

« Oui », répondit-elle. Elle avait très sommeil maintenant. Dehors, il faisait presque nuit et les feuilles embrasées avaient perdu leur éclat, se fondaient dans le gris acier fumé du ciel d'automne. Dans la chambre, la lumière vacillait et menaçait de s'éteindre. Sophie s'agita tout contre Nathan, le regard fixé sur le mur où la grand-mère de Nouvelle-Angleterre, une Nouvelle-Angleterre d'un autre âge, piégée dans un halo ambré ectoplasmique, la contemplait de dessous son foulard avec un air à la fois indulgent et perplexe. Sophie se dit au milieu de sa torpeur : Le photographe a dit de rester toute une minute sans bouger. Elle bâilla, s'assoupit quelques instants, bâilla de nouveau.

— Où est-ce qu'on les a trouvés, finalement ? dit Nathan.

— Dans la voiture, dans la boîte à gants, dit-elle. C'est toi qui les avais rangés là ce matin, et ensuite tu as oublié. Le petit flacon de Nembutal.

— Grand Dieu, c'est affreux. J'étais vraiment dans les vapes. J'étais dans l'espace. L'espace intersidéral. Parti !

Dans un brusque froissement de draps, il se souleva et la chercha à tâtons.

— Oh Sophie — Seigneur Dieu, que je t'aime !

Il passa un bras autour d'elle, serra et d'une violente secousse l'attira vers lui ; simultanément, les poumons brusquement vidés, elle hurla. Le hurlement qu'elle s'entendit pousser n'était pas très fort, mais la douleur qui la transperça était violente, réelle, et c'était un petit hurlement bien réel : « *Nathan !* »...

... (Mais elle ne hurle pas quand la pointe de la chaussure de cuir verni cogne sèchement entre deux de ses côtes, recule, cogne de nouveau au même endroit, chassant l'air de ses poumons et faisant s'épanouir dans sa poitrine la blanche corolle de la souffrance.) « *Nathan !* » C'est un gémissement de désespoir mais pas un hurlement, le flot rauque de sa voix se mêlant dans ses oreilles avec sa voix à lui qui sort en grognements méthodiques et bestials ; « *Und die... SS Mädchen... sparcht...* cha fous apprentra... sales *Jüdinschwein !* » En réalité elle n'a pas un tressaillement pour fuir la douleur mais plutôt l'absorbe, la recueillant comme dans une cave ou une poubelle logée tout au fond de son être où elle a emmagasiné toute la sauvagerie de Nathan : ses menaces, ses sarcasmes, ses imprécations. Pas plus qu'elle ne pleure, pas encore, tandis que de nouveau elle gît vautrée au fin fond des bois sur une sorte de promontoire envahi, comme un hallier, de ronces et de broussailles, juché tout en haut de la colline où moitié la traînant moitié la tirant il l'a hissée et d'où elle parvient à apercevoir à travers les arbres, tout en bas, la voiture qui, capote baissée, attend minuscule et solitaire dans le parking balayé par le vent où tourbillonnent feuilles et débris. L'après-midi, le ciel en partie couvert maintenant est à son déclin. Il y a semble-t-il des heures qu'ils sont dans les bois. Trois fois il la frappe du pied. Une fois de plus le pied se recule et elle attend, tremblant moins de peur ou de souffrance désormais que de ce froid de l'automne qui monte du sol détrempé et s'insinue dans ses jambes, ses bras, ses os. Mais cette fois le pied ne frappe pas, retombe et s'immobilise sur les feuilles. « Te pisser dessus ! » l'entend-elle dire, puis, « *Wunderbar* ponne itée cha ! » Maintenant il utilise son pied gainé de cuir verni comme un outil pour arracher au sol son visage qui gît sur le côté et le forcer à lui faire face, tourné vers le haut ; le cuir est froid et glissant contre sa joue. Et tandis qu'elle le regarde baisser la fermeture de sa braguette et, à son ordre, ouvre la bouche, une brève extase la submerge quelques instants et elle se souvient de ses mots : ma chérie, je pense que tu n'as absolument pas le moindre ego. Mots dits avec une énorme tendresse après certain épisode : téléphonant du laboratoire un soir d'été, il avait machinalement exprimé une envie folle de *Nusshörnchen*, des pâtisseries qu'ils avaient goûtées ensemble à Yorksville, sur quoi sans le prévenir, elle avait immédiatement entrepris le long trajet en métro de Flatbush à la Quatre-vingt-sixième Rue à des kilomètres et des kilomètres de là, et au terme d'une quête démente avait trouvé les friandises, était rentrée bien des heures plus tard, lui en avait fait l'offrande avec un radieux « *Voilà Monsieur*, die Nusshörnchen !* » Mais tu ne *dois* pas faire des choses pareilles, avait-il dit avec une

171

infinie tendresse, c'est idiot de flatter comme ça mes petits caprices, Sophie chérie, douce Sophie, je crois que pour faire ça, il faut que tu n'aies pas le moindre ego ! (Et elle, comme maintenant, avait pensé : Je suis prête à faire n'importe quoi pour toi, n'importe quoi, *n'importe quoi !*) Mais maintenant pourtant ses vains efforts pour lui pisser dessus commencent à déclencher en lui la première panique de la journée. « Ouvre toute grande la bouche », lui commande-t-il. Elle attend, regarde, bouche béante, réceptive, lèvres frémissantes. Mais il ne peut pas. Une, deux, trois gouttes douces et chaudes, éclaboussent son front, et c'est tout. Elle ferme les yeux, dans l'attente. Elle ne sent rien d'autre que sa présence là au-dessus d'elle, et sous elle l'humidité et le froid, et au loin un pandémonium sauvage de vent, de branches, de feuilles. Puis elle l'entend qui commence à gémir, un gémissement vibrant de terreur : « Oh Seigneur, je vais me casser la gueule ! » Elle ouvre les yeux, le regarde fixement. Blanc verdâtre tout à coup, son visage lui rappelle le ventre d'un poisson. Et jamais (surtout par ce froid) elle n'a vu tant de sueur sur un visage ; la sueur semble étalée sur la peau comme une couche d'huile. « Je vais me casser la gueule ! gémit-il. *Je vais me casser la gueule !* » Il s'affale accroupi à côté d'elle, fourre sa tête dans ses mains, se couvre les yeux, geint, tremble. « Oh Seigneur, je vais me casser la gueule, Irma, il faut que tu m'aides ! » Et soudain dans une fuite éperdue pareille à un rêve ils dévalent comme des fous le sentier abrupt, elle, ouvrant la marche sur la pente rocailleuse comme une infirmière qui fuit avec un blessé en remorque, jetant de temps à autre un regard en arrière pour le guider sous les arbres tandis qu'il trébuche, aveuglé par la main qu'il porte comme un pansement blême en travers de ses yeux. Plus bas toujours plus bas ils descendent le long d'un torrent tumultueux, franchissent un pont de bois, traversent d'autres bois embrasés de rose, d'orange, de vermillon, zébrés par les blancs pilastres sveltes et droits des bouleaux. Elle l'entend dire, dans un chuchotement cette fois : « Je vais me casser la gueule ! » Puis, enfin, en bas dans la clairière, l'aire de parking déserte du parc domanial de l'Etat où la décapotable attend près d'une poubelle renversée, au milieu d'un cyclone, d'une nuée de berlingots de lait souillés, d'assiettes en carton tourbillonnantes, d'enveloppes de bonbons. Enfin ! Il bondit en direction de la banquette arrière où sont juchés les bagages, empoigne sa valise et la lance sur le sol, entreprend de la fouiller avec des gestes de chiffonnier pris de folie en quête d'un trésor indescriptible. Sophie se tient à l'écart, impuissante, muette, tandis que les entrailles de la valise pleuvent de tous côtés, festonnant de guirlandes la carrosserie : chaussettes, chemises, sous-vêtements, cravates, une mercerie de fou éparpillée à tous vents. « Saloperie de Nembutal ! rugit-il. Où est-ce que je l'ai fourré ! Oh merde ! Oh Bon Dieu, il faut que... » mais il ne termine pas ses mots, au contraire se relève et se met à tournoyer, se précipite sur la banquette avant, où il se vautre sous le volant et frénétiquement palpe le loquet de la boîte à gants. « *Trouvé !* » « De l'eau ! » hoquette-t-il. « De l'eau ! » Mais elle, capable malgré sa souffrance et sa confusion d'anticiper ce moment, a déjà puisé par-dessus le siège arrière un carton de boîtes de ginger ale dans le panier à pique-nique demeuré intact et, maintenant, se débattant contre le décapsuleur diabolique, arrache le bouchon d'une bouteille et dans une averse d'écume, la lui fourre dans la main. Il avale les pilules, et l'observant, elle sent une pensée des plus étranges lui effleurer l'esprit. Pauvre diable, se dit-elle, les mêmes mots qu'il avait chuchotés — oui, lui — à peine quelques semaines plus tôt au cinéma en voyant dans *Le Poison* un Ray Milland hébété quêter son salut dans sa bouteille de whisky. « Pauvre diable », avait murmuré Nathan. Maintenant la bouteille verte de ginger ale qu'il tète au goulot, et les spasmes de sa gorge qui déglutit avec avidité, tout cela lui rappelle cette séquence et elle pense : Pauvre diable. Ce qui en soi n'aurait rien de bizarre, songe-t-elle, n'était le fait que c'est la toute première fois qu'à l'égard de Nathan elle éprouve une émotion qui ressemble vaguement à quelque chose d'aussi dégradant que la pitié. Elle trouve intolérable d'avoir pitié de lui. Et sous le choc de cette prise de conscience, elle sent son visage s'engourdir. Lentement, elle ploie sur les jarrets, se retrouve assise à même le sol et s'appuie contre la voiture. Dans le parking, les détritus tourbillonnent et cinglent, lentes tornades de vent et de poussière. Sous ses seins, la douleur dans son flanc la taraude, scintillante, rougeoyant d'un éclat intense comme le brusque retour d'un ignoble souvenir. Elle se caresse les côtes du bout des doigts, doucement, épousant le contour fiévreux de la douleur elle-même. Elle se demande s'il ne lui a pas cassé quelque chose. Hébétée maintenant, et avec le recul lent et douloureux de son hébétude, elle constate qu'elle a perdu tout sens du temps. C'est à peine si elle l'entend quand de la banquette avant où il gît vautré, une de ses jambes secouée de tressaillements (elle ne voit rien d'autre que le bas du pantalon, souillé de boue et agité de tressaillements), il murmure quelque chose d'étouffé et d'indistinct qui semble être : « La nécessité de la mort. » Puis le rire jaillit, pas très fort ; Harharhar... Longtemps il n'y a plus un son. Puis : « Chéri, dit-elle doucement, il ne faut plus que tu m'appelles Irma. »

— Irma, ça je ne pouvais pas le supporter, me dit Sophie. J'étais capable d'accepter n'importe quoi de Nathan sauf... sauf qu'il me transforme en Irma Griese. J'avais vu cette femme une ou deux fois au camp — ce monstre, par comparaison, Wilhelmine aurait eu l'air d'un ange. Qu'il m'appelle Irma Griese me faisait plus de mal que tous ses coups de pied. Mais cette nuit-là avant notre arrivée à l'auberge, j'ai essayé de lui faire comprendre qu'il ne devait plus m'appeler ainsi, et quand il s'est mis à m'appeler Sophieamour j'ai compris qu'il n'était plus tellement dans les vapes — plus tellement fou. Pourtant il continuait à jouer avec ces maudites petites capsules de poison. J'avais très peur maintenant. Je ne savais pas jusqu'où il irait. Je me sentais perdre la tête à l'idée de notre vie à tous les deux et je ne voulais pas que nous mourions — ni séparés ni ensemble. Non. Bref, le Nembutal a commencé à lui faire de l'effet, je le devinais, il redescendait tout doucement sur terre et quand il m'a serrée, ça m'a fait si mal que j'ai cru que j'allais m'évanouir et que j'ai poussé ce cri et que lui aussitôt il a compris ce qu'il venait de me faire. Et alors il a eu tellement de remords, il n'arrêtait pas de me répéter dans le lit : ' Sophie, Sophie, mais qu'est-ce que je t'ai fait, comment est-ce que j'ai pu te faire mal ? ' Et un tas d'autres choses. Mais les autres pilules — celles qu'il appelait les barbies —, elles commençaient à lui faire de l'effet et il ne pouvait pas garder les yeux ouverts et très bientôt il s'est endormi.

« Je me souviens que la femme qui était propriétaire de l'auberge a une fois de plus grimpé l'escalier et m'a demandé à travers la porte quand nous allions descendre, il se faisait tard, quand est-ce que nous allions descendre pour le dîner et le punch ? Et quand je lui ai dit que nous étions fatigués, qu'on était en train de s'endormir, elle a été très fâchée et s'est mise en colère et elle a dit que c'était la pire des grossièretés, etc., mais moi je m'en fichais, tellement j'étais fatiguée et j'avais sommeil moi aussi. Eh puis oh, mon Dieu, j'ai pensé aux capsules de poison qui étaient toujours dans le cendrier. J'ai été prise de panique. J'étais terrifiée parce que je ne savais pas quoi en faire. Elles étaient tellement dangereuses, tu comprends. Je ne pouvais pas les jeter par la fenêtre ni dans la poubelle parce que j'avais peur que la coquille se brise et que les vapeurs tuent quelqu'un. Puis j'ai pensé aux toilettes, mais ça aussi ça me tracassait, j'avais tout pareil peur des vapeurs ou d'empoisonner l'eau ou même le sol, et je ne savais pas quoi faire. Je savais qu'il fallait que je les mettre hors de portée de Nathan. Si bien qu'en fin de compte, j'ai décidé de prendre le risque de les jeter dans les toilettes. La salle de bains. Là, il y avait un peu de lumière. Avec beaucoup de précautions j'ai pris les capsules dans le cendrier, j'ai traversé la chambre dans le noir pour passer dans la salle de bains et je les ai jetées dans la cuvette des toilettes. J'avais cru qu'elles resteraient à flotter mais non elles se sont enfoncées comme deux petits cailloux et très vite j'ai tiré la chasse et elles ont disparu.

« Je me suis remise au lit et j'ai dormi. Je n'ai jamais dormi d'un sommeil si noir et sans rêves. Je ne sais pas combien de temps j'ai dormi. Mais à un moment donné, au milieu de la nuit, Nathan s'est réveillé en hurlant. C'était sans doute une espèce de réaction à toutes ces drogues ; je ne sais pas, mais c'était tellement effrayant de l'entendre là à côté de moi au beau milieu de la nuit, qui criait comme un démon déchaîné. Je me demande encore comment il n'a pas réveillé tout le monde à des kilomètres à la ronde. Mais ses cris m'ont réveillée en sursaut, il s'était mis à hurler un tas de choses à propos de la mort et de la destruction et de pendaisons et de gaz et de Juifs en train de brûler dans les fours et je ne sais pas quoi encore. J'avais eu peur toute la journée mais cette fois c'était pire que tout. Il y avait tellement d'heures qu'il n'arrêtait pas d'émerger de sa folie et de replonger dedans mais cette fois on aurait dit qu'il était fou pour de bon. ' Il faut mourir ! ' qu'il s'était mis à délirer dans le noir. Puis je l'ai entendu dire dans une espèce de long gémissement : 'La mort est une nécessité', puis par-dessus moi il s'est mis à chercher à tâtons vers la table comme s'il voulait attraper le poison. Mais bizarre, tu sais, tout ça n'a pas duré plus de quelques instants. Il était très faible, me semblait-il, je n'avais aucune peine à le retenir dans mes bras et je l'ai forcé à se recoucher en lui disant sans arrêt : 'Chéri, chéri, va, dors, tout ira bien, tu viens de faire un cauchemar.' Ce genre de choses idiotes. Mais malgré tout, ce que je disais et faisais ça servait à quelque chose parce que très vite il s'est rendormi. Il faisait tellement noir dans cette chambre. Je lui ai mis un baiser sur la joue. Sa peau était fraîche maintenant.

« On a dormi des heures et des heures et des heures. Quand enfin je me suis réveillée j'ai tout de suite vu à la façon dont le soleil brillait à la fenêtre que c'était déjà le début de l'après-midi. Les feuilles étaient brillantes de l'autre côté de la fenêtre, comme si toute la forêt avait été en feu. Nathan dormait toujours et je suis tranquillement restée là près de lui pendant un long moment, à réfléchir. Je le savais, je ne pourrais pas garder plus longtemps enterrée en moi la chose qui était la dernière chose au monde dont j'avais envie de me souvenir. Mais je ne pouvais plus me la cacher davantage, tout comme je ne pouvais plus la cacher à Nathan. Nous ne pouvions plus continuer à vivre ensemble à moins que cette chose, je la lui dise. Je savais qu'il y avait certaines choses que je ne pourrais jamais lui dire — *jamais !* —, mais il y avait au moins une chose qu'il devait savoir, sinon nous ne pourrions pas continuer, et sûrement jamais nous marier, jamais. Et sans Nathan je ne serais... rien. Aussi j'ai pris la décision de lui dire cette chose qui n'était pas vraiment un secret, mais seulement une chose dont je n'avais jamais parlé, parce que la douleur que j'éprouvais était encore trop forte pour que je puisse la supporter.

Nathan continuait à dormir. Sa figure était très pâle mais toute la folie avait disparu et il avait l'air paisible. J'avais l'impression que peut-être toutes les drogues l'avaient quitté, le démon avait disparu et aussi tous les vents noirs, tu sais, les vents de la *tempête**, et il était redevenu le Nathan que j'aimais.

« Je me suis levée et me suis approchée de la fenêtre et j'ai regardé la forêt — toute brillante et en feu, si belle. J'ai presque oublié la douleur dans mes côtes et tout ce qui s'était passé, le poison et toutes les choses folles que Nathan avait faites. Quand j'étais toute petite fille à Cracovie et très pieuse je m'amusais souvent toute seule à un jeu que j'appelais ' la forme de Dieu '. Et je voyais quelque chose de si beau — un nuage ou une flamme ou la pente verte d'une montagne ou la façon dont la lumière emplissait le ciel — et j'essayais de découvrir dedans la forme de Dieu, comme si Dieu pouvait vraiment prendre la forme de ce que je regardais et vivait dedans et que moi j'étais capable de Le voir dedans. Et ce jour-là pendant que par la fenêtre je regardais ces bois incroyables qui dévalaient jusqu'à la rivière et le ciel si clair au-dessus, eh bien, je me suis oubliée et pendant quelques instants je me suis crue redevenue petite fille et je me suis mise à essayer de voir la forme de Dieu dans ces choses. Il y avait une merveilleuse odeur de fumée dans l'air et j'ai vu de la fumée monter très loin au-dessus des bois et c'est là-dedans que j'ai vu la forme de Dieu. Mais à ce moment-là il m'est revenu à l'esprit ce que je savais vraiment, ce qui était vraiment la vérité : que Dieu m'a abandonnée une fois de plus, abandonnée pour toujours. Il me semblait que je pouvais véritablement Le voir partir, me tourner le dos comme une espèce d'immense bête fauve et s'enfuir avec un grand bruit à travers les feuilles. Mon Dieu ! Stingo, de Lui je ne voyais que ça, cet énorme *dos*, qui s'enfuyait au milieu des arbres. La lumière a diminué et j'ai senti un tel vide — à mesure que la mémoire me revenait et que je comprenais ce qu'il faudrait que je dise.

« Quand enfin Nathan s'est réveillé j'étais près de lui sur le lit. Il m'a souri et a dit quelques mots, j'ai deviné qu'il ne savait pas très bien ce qui s'était passé au cours des dernières heures. On a échangé quelques banalités, tu sais, le genre de choses qu'on dit dans un demi-sommeil, et puis je me suis penchée tout contre lui et j'ai dit : ' Chéri, il y a quelque chose qu'il faut que je te dise.' Et il a commencé à répondre par un rire. ' Pas la peine d'avoir l'air si...' Là-dessus il s'est arrêté et il a dit : ' Quoi ? ' Et j'ai dit : ' Tu as toujours cru que j'étais une femme qui n'avait jamais eu aucunes attaches en Pologne, qui n'avait jamais été mariée ni rien, sans famille ni rien dans son passé.' Et j'ai dit : ' Il a été plus facile pour moi de présenter les choses de cette façon, parce que je n'avais pas envie de fouiller le passé. Je sais, peut-être que toi aussi tu as trouvé ça plus facile.' Il a eu l'air peiné et alors j'ai dit : ' Mais il faut que je te dise. Voilà c'est simple. J'ai été mariée il y a pas mal d'années et j'ai eu un enfant, un petit garçon appelé Jan qui était avec moi à Auschwitz.' Là je me suis arrêtée de parler, et j'ai détourné les yeux, et il est resté silencieux longtemps, longtemps, et puis je l'ai entendu dire : ' Oh mon Dieu, oh mon Dieu.' Et il a continué à répéter ça. Puis il est redevenu silencieux et enfin il a dit : ' Qu'est-ce qui lui est arrivé ? Qu'est-ce qui est arrivé à ton petit garçon ? ' Et je lui ai dit : ' Je n'en sais rien. Il a été perdu.' Et il a dit : ' Tu veux dire qu'il est mort ? ' Et j'ai dit : ' Je ne sais pas. Oui. Peut-être. Ça n'a pas d'importance. Seulement perdu. Perdu.'

« Et c'est tout ce que j'ai pu dire, à part une chose. J'ai dit : ' Maintenant que je te l'ai dit, il faut que je te demande de me promettre une chose. Il faut que je te fasse promettre de ne plus jamais me poser de questions sur mon enfant. Ni parler de lui. De même que moi non plus je ne parlerai jamais de lui.' Et il a promis d'un seul mot — 'Oui', il a dit —, mais l'expression que j'ai lue sur son visage était tellement pleine de chagrin que j'ai dû me détourner.

« Ne me demande pas Stingo, ne me demande pas pourquoi — après tout cela — j'étais toujours prête à accepter que Nathan me pisse dessus, me viole, me poignarde, me batte, m'aveugle, fasse de moi tout ce qu'il avait envie de faire. Bref, un long moment s'est écoulé avant qu'il me parle. Et puis il a dit : 'Sophie amour, je suis fou, je le sais. Je veux m'excuser de ma folie.' Et puis un petit moment après, il a dit : 'Tu veux qu'on baise?' Et moi aussitôt sans même réfléchir deux fois j'ai dit : 'Oui. Oh oui.' Et on a fait l'amour tout l'après-midi, ce qui m'a permis d'oublier la douleur mais aussi d'oublier Dieu, et Jan, et toutes ces choses que j'avais perdues. Et je savais que Nathan et moi continuerions encore un peu à vivre ensemble.

CHAPITRE XII

Aux petites heures de ce matin-là, après son long monologue, je fus obligé de mettre Sophie au lit — de la *fourrer* au lit, comme on disait à l'époque. Je n'en revenais pas qu'après avoir tant picolé pendant toute la soirée, elle fût parvenue à rester cohérente ; mais lorsque, à quatre heures, le bar ferma enfin, je constatai qu'elle était passablement bourrée. Je fis une folie et nous prîmes un taxi pour rentrer au Palais Rose, tout au plus à quinze cents mètres de là pourtant ; elle somnola lourdement sur mon épaule pendant tout le trajet. Je parvins à lui faire grimper l'escalier en la poussant par la taille, mais ses jambes flageolaient de façon redoutable. Quand doucement je la déposai et la mis dans son lit, sans la dévêtir, elle laissa simplement fuser un soupir imperceptible, et je la regardai glisser sur-le-champ dans l'inconscience, le visage exsangue. J'étais ivre moi aussi et complètement vanné. Je jetai un couvre-pieds sur Sophie. Puis je redescendis dans ma chambre et sitôt déshabillé, me glissai entre les draps, et sombrai aussitôt comme une brute dans un sommeil de plomb.

Je m'éveillai en fin de matinée, le visage inondé par un soleil flamboyant, les oreilles pleines du piaillement des oiseaux qui se chamaillaient dans les érables et les sycomores, et du croassement lointain de voix d'adolescents — tout cela réfracté à travers un crâne en compote et la conscience lancinante de la pire gueule de bois que je me fusse offerte depuis un ou deux ans. Inutile de le dire, ingurgitée en quantité suffisante, la bière peut elle aussi miner le corps et l'âme. Je succombai soudain à une brutale et terrifiante amplification de toutes mes sensations : la trame du drap sous mon dos nu me paraissait rugueuse comme du chaume, le gazouillis d'un moineau au-dehors ressemblait au grincement d'un ptérodactyle, le claquement d'une roue de camion dans un nid de poule lançait une clameur pareille au choc sourd des portes de l'enfer. Tous mes ganglions vibraient. Autre chose : j'étouffais de désir, paralysé par les affres d'une concupiscence provoquée par l'alcool et connue, du moins à l'époque, sous le nom de « feu au cul des lendemains de cuite ». En proie par nature à une lubricité à jamais inassouvie — comme le lecteur doit maintenant le savoir — je devenais, lors de ces crises par bonheur peu fréquentes d'engorgement des lendemains de cuite, un misérable organisme irrémédiablement esclave de ses pulsions génitales, capable de souiller un enfant de cinq ans quel que fût son sexe, pratiquement prêt à me livrer au coït avec tout vertébré doté d'un pouls et de sang chaud. Inutile par ailleurs de songer à étancher ce désir impérieux, fiévreux, en pratiquant un onanisme grossier. Ce genre de désir était trop tyrannique, jaillissait de sources trop despotiquement génitrices pour se satisfaire d'un banal expédient. Je ne pense pas qu'il soit hyperbolique de qualifier de *viscéral* ce type de démence (car en réalité, c'était de la démence) : « J'aurais enfilé un paquet de boue », comme on disait dans les Marines pour décrire ce genre de folie. Mais soudain et avec un zèle viril qui me ravit, je me secouai et sautai du lit, tiré de ma torpeur par la pensée de Jones Beach et de Sophie qui m'attendait là-haut dans la chambre.

Passant ma tête dans le couloir, je l'appelai. Une mélodie assourdie me parvint, du Bach. La réponse de

Sophie filtrée par la porte, bien qu'indistincte, me parut plutôt pleine d'entrain, et je rentrai chez moi pour me livrer à mes ablutions matinales. C'était un samedi. La veille, cédant à une bouffée d'affection (ivre peut-être) à mon égard, Sophie avait promis d'attendre la fin du week-end pour déménager et s'installer dans son nouveau logement près de Fort Greene Park. Elle avait également accepté avec enthousiasme ma proposition de passer la journée à Jones Beach. Je n'y étais jamais allé, mais savais que la plage était beaucoup moins surpeuplée que celle de Coney Island. Et tout en me savonnant avec ardeur sous le filet d'eau tiédasse dans le cercueil vertical de métal rongé de rouille qui me servait de cabine de douche, je me mis sérieusement à tirer des plans au sujet de Sophie et de l'avenir immédiat. Plus que jamais, je mesurais la nature tragicomique de la passion que je vouais à Sophie. En un sens, j'étais doté d'assez d'humour pour mesurer le ridicule des contorsions et convulsions que m'infligeait le simple fait de son existence. J'avais suffisamment ingurgité de littérature romantique pour ne pas ignorer que mes misérables rêvasseries frustrées pouvaient, par la somme de leur désespoir, parfaitement prétendre illustrer et de façon presque risible l'expression « mal d'amour ».

Pourtant, à vrai dire, ce n'était qu'à demi une plaisanterie. Car l'angoisse et la souffrance que m'infligeait cet amour à sens unique étaient aussi cruelles que l'eût été la nouvelle que j'avais contracté quelque maladie fatale. La seule cure concevable pour cette maladie ne pouvait être que de gagner son amour — et cet amour sincère paraissait aussi problématique qu'un traitement contre le cancer. Par moments (entre autres en *ce* moment) j'étais tout à fait capable de l'accabler de malédictions — « Salope, Sophie ! » — car pour un peu, j'aurais préféré son mépris et sa haine à cet ersatz d'amour que l'on pouvait baptiser affection ou tendresse, mais qui, en soi, ne serait jamais de l'amour. Mon esprit retentissait encore des échos des confidences qu'elle avait déversées sur moi la veille, avec leur terrible évocation de Nathan, leur brutalité, leur tendresse pathétique, leur érotisme pervers et leur puanteur de mort. « Que Dieu te maudisse, Sophie ! » lançai-je à mi-voix, articulant lentement les mots tout en me savonnant l'entrecuisse. « Cette fois Nathan est sorti de ta vie, disparu pour de bon. Cette force de mort est disparue, finie, kaput ! Alors, aime-moi maintenant, Sophie. Aime-moi. Aime-*moi* ! Aime la vie ! »

Tout en me séchant, j'envisageais avec réalisme toutes les objections pratiques qui risquaient d'empêcher Sophie de m'accepter comme soupirant, à condition bien sûr que je parvinsse à percer les murailles de ses sentiments et réussisse à gagner son amour. Elles étaient passablement perturbantes, ces objections potentielles. J'étais, bien sûr, de plusieurs années son cadet (fait que soulignait, aperçu à cet instant précis dans la glace, un bouton post-pubescent qui s'épanouissait sur l'aile de mon nez), mais c'était là un problème mineur que pouvaient résoudre ou du moins minimiser de nombreux précédents historiques. De plus, financièrement, j'étais loin d'avoir autant de répondant que Nathan. Bien que Sophie n'eût rien de cupide, elle adorait mener la bonne vie ; l'abnégation ne figurait pas au nombre de ses vertus cardinales et, avec un gémissement étouffé mais parfaitement audible, je me demandai comment je pourrais jamais parvenir à subvenir à nos besoins à tous les deux. Et ce fut à cet instant, que, comme poussé par je ne sais quelle réaction instinctive, je plongeai la main dans mon armoire de toilette pour en sortir ma tirelire Johnson & Johnson. Et à mon horreur absolue, je constatai que jusqu'au dernier dollar mon magot avait disparu. J'étais lessivé !

Dans la tornade d'émotions sinistres qui déferle sur

la victime d'un vol — chagrin, désespoir, rage, haine —, celle qui d'ordinaire se manifeste en dernier est aussi l'une des plus perfides : le soupçon. Je ne pus me retenir de pointer en mon for intérieur un doigt accusateur sur Morris Fink, qui rôdait par toute la maison et avait accès à ma chambre, et le fait que le fouinard eût fini par m'inspirer une vague sympathie ne fit en un sens qu'aggraver la vague honte que m'inspira mon soupçon dénué de preuves. Fink m'avait rendu un ou deux menus services, ce qui ne faisait que compliquer la méfiance que je lui vouais soudain. Et bien entendu, je ne pouvais confier mes soupçons à personne, pas même à Sophie, qui accueillit la nouvelle du malheur qui me frappait avec une sympathie teintée de compassion.

— Oh, Stingo, non ! Pauvre Stingo ! Pourquoi ?

Elle s'extirpa de son lit, où, accotée contre ses oreillers, elle lisait une traduction française de *Le soleil se lève aussi.*

— Stingo ! Mais qui aurait pu te faire une chose pareille ?

Drapée dans son peignoir à fleurs, elle se jeta impulsivement à mon cou. Si intense était mon désarroi que même au contact délectable de ses seins, je demeurai sans réaction.

— Stingo ! *Volé ?* Quelle horreur !

Je sentais mes lèvres trembler, j'étais, à ma grande honte, sur le point de fondre en larmes.

— Disparu ! dis-je. Tout a disparu ! Trois cents et quelques dollars, tout ce qui me séparait de l'asile ! Comment bonté divine, pourrai-je jamais maintenant terminer mon livre ? Jusqu'au dernier sou que je possédais, à l'exception...

Comme mû par une arrière-pensée, je me saisis de mon portefeuille et l'ouvris.

« A l'exception de quarante dollars — *quarante dollars* que par chance j'ai emportés quand nous sommes sortis hier soir. Oh, Sophie, c'est une catastrophe absolue !

Et à demi conscient, je m'entendis imiter Nathan : « *Oy*, c'est vrai que je l'ai, la *tsuris*[1] !

Sophie possédait ce don mystérieux de pouvoir calmer les passions les plus déchaînées, y compris celles de Nathan quand il n'avait pas irrémédiablement perdu l'esprit. Un étrange pouvoir de magie que jamais je ne parvins à m'expliquer tout à fait, et qui tenait à la fois à sa nature européenne et à quelque chose d'obscurément, d'irrésistiblement maternel. « Chut ! » disait-elle, en feignant le ton du reproche, sur quoi un homme se sentait aussitôt fondre et se mettait à sourire. Bien qu'en l'occurrence mon désespoir exclût tout sourire, Sophie n'eut aucune peine à calmer ma frénésie.

— Stingo, dit-elle, en jouant avec les épaulettes de ma chemise, d'accord, c'est une chose terrible ! Mais tu ne dois pas réagir comme si une bombe atomique venait de te dégringoler sur la tête. Quel grand bébé, on dirait que tu es au bord des larmes. Qu'est-ce que c'est, trois cents dollars ? Tu seras bientôt un grand écrivain, et alors tu te feras trois cents dollars par semaine ! Bien sûr, c'est moche, cette perte, *mais, chéri, ce n'est pas tragique**, et tu n'y peux rien, ce qui fait que pour le moment mieux vaut ne plus y penser, vite, filons à Jones Beach comme prévu ! *Allons-y !**

Ses paroles me furent un grand réconfort et je ne tardai pas à reprendre mes esprits. Toute catastrophique que fût ma perte, je me rendis moi aussi à cette évidence, qu'en réalité, je ne pouvais pratiquement rien faire pour changer le cours des choses, aussi pris-je la résolution de me détendre et de profiter pleinement, en compagnie de Sophie, du reste de ce weekend. Lundi venu, il serait bien temps d'affronter le

1. *Tsuris* (yiddish) : malchance.

monstrueux avenir. Je me mis à anticiper notre excursion avec la soif de liberté d'un fraudeur qui, poursuivi par le fisc, rêve d'aller oublier son passé à Rio de Janeiro.

Plutôt surpris du pharisaïsme de mes objections, j'essayai de dissuader Sophie de fourrer dans son sac de plage la flasque de whisky encore à demi pleine. Mais elle s'obstina gaiement, « un petit verre pour soigner la gueule de bois », encore quelque chose que, je l'aurais juré, elle avait emprunté à Nathan.

— Tu n'es pas le seul à avoir la gueule de bois, Stingo, ajouta-t-elle.

Fut-ce à ce moment-là que pour la première fois je m'inquiétai sérieusement de sa façon de boire ? Je crois bien que, jusqu'alors, j'avais considéré cette inextinguible soif comme une aberration temporaire, une retraite dans un réconfort provisoire provoquée avant tout par la brusque disparition de Nathan. J'étais loin cette fois d'en être aussi certain ; au milieu du vacarme de la voiture où nous brimbalions de concert, je me sentis assailli par le doute et l'angoisse. Nous descendîmes bientôt. L'autobus qui desservait Jones Beach partait d'un terminus miteux de Nostrand Avenue, un lieu grouillant de Brooklyniens frondeurs et avides de soleil qui se bousculaient dans la file d'attente. Sophie et moi fûmes les derniers à monter ; garé dans un tunnel sépulcral, le véhicule était malodorant, et bien que bourré d'un magma confus et remuant de corps humains, il restait plongé dans un noir d'encre et un silence absolu. Le silence me parut sinistre, déroutant — pourtant, me dis-je, tandis que nous nous glissions vers l'arrière, une telle foule devrait émettre un vague murmure, un soupir, un signe de vie quelconque — jusqu'au moment où nous parvînmes à nos sièges défoncés et en lambeaux.

Au même instant, l'autobus démarra avec une secousse et émergea dans la lumière, et je distinguai enfin nos compagnons de route. Tous étaient des enfants, des petits Juifs au seuil de l'adolescence, et tous étaient sourds-muets. Du moins supposai-je qu'ils étaient juifs, car l'un des gosses brandissait une pancarte calligraphiée en grosses lettres qui annonçaient : ÉCOLE BETH ISRAËL POUR LES SOURDS. Deux femmes à l'allure maternelle et à la poitrine généreuse patrouillaient dans la travée centrale en arborant des sourires enjoués, claquant des doigts pour communiquer par signes comme si elles dirigeaient un chœur sans voix. Çà et là un enfant, le visage rayonnant, agitait en retour comme des ailes ses mains frémissantes. Enfermé dans l'égout sans fond de ma gueule de bois, je me sentis frissonner. Une horrible sensation de catastrophe m'étreignit. Mes nerfs à vif, le spectacle de ces petits anges infirmes, l'odeur de gaz d'échappement mal brûlés qui filtrait du moteur — tout cela se fondait dans un fantasme lourd d'angoisse. Et ce ne fut pas la voix de Sophie, assise à côté de moi, ni la saveur amère de ce qu'elle avait à me dire, qui contribuèrent en rien à atténuer ma panique. Elle s'était mise à téter sa bouteille à petits coups et était devenue d'une loquacité incroyable. Mais je fus sincèrement stupéfait par les propos qu'elle me tint sur Nathan, la rancœur brutale de sa voix. Le ton était nouveau, j'eus peine à en croire mes oreilles, et l'attribuai au whisky. Au milieu du rugissement du moteur et dans une brume bleuâtre d'hydrocarbures, je l'écoutai engourdi par une gêne grandissante, appelant de tous mes vœux la pureté de la plage.

— Hier soir, dit-elle, hier soir, Stingo, après t'avoir raconté ce qui s'était passé dans le Connecticut, j'ai compris une chose, pour la première fois. J'ai compris que j'étais *heureuse* que Nathan m'ait quittée de cette façon. Oui, vraiment et sincèrement heureuse. J'avais fini par devenir si totalement dépendante de lui, tu comprends, et ça, c'était malsain. Je ne pouvais pas faire un *geste* sans lui. Je n'étais pas capable de prendre la plus petite, la plus simple *décision* sans d'abord penser à Nathan. Oh, je sais, il y a cette dette que j'ai envers lui, lui qui a fait tant de choses pour moi — ça je le sais —, mais il fallait que je sois malade pour me contenter d'être le petit chaton qu'il pouvait caresser à sa guise. Caresser et baiser...

— Mais, tu m'as dit qu'il se droguait, coupai-je, poussé par un besoin étrange de dire quelque chose pour le défendre. Après tout c'était seulement quand il prenait de la drogue et perdait les pédales qu'il te traitait de cette façon affreuse, n'est-ce pas ?

— La drogue! me coupa-t-elle vivement. Oui, il prenait de la drogue, mais est-ce que vraiment il faut y voir une *excuse*, bonté divine ? Toujours une excuse ? J'en ai tellement assez des gens qui n'arrêtent pas de dire que si un homme est sous l'influence de la drogue, il faut le prendre en pitié parce que ça excuse sa conduite. J'en ai plein le cul de cette rengaine, Stingo! s'exclama-t-elle avec un nathanisme parfait. Il a failli me tuer. Il m'a battue! Il me faisait mal! Pourquoi faudrait-il que je continue à aimer un homme pareil ? Tu te rends compte, il a fait une chose dont je ne t'ai même pas parlé hier soir! En me donnant des coups de pied, il m'a *cassé* une côte. Une *côte*! Il a été obligé de m'emmener chez un médecin — pas Larry, Dieu merci —, il a été obligé de m'emmener chez un médecin, et on m'a fait des radios, et il a fallu que je porte cette *bande* pendant six semaines. Et pour le médecin, il a fallu que nous inventions une histoire — que j'avais glissé sur le trottoir et que je m'étais fracturé une côte en tombant. Oh, Stingo, je suis contente d'être débarrassée d'un homme pareil! Un être si cruel, si... si *malhonnête* *. Je suis heureuse de le quitter, proclama-t-elle en essuyant une minuscule goutte de salive accrochée à sa lèvre, je suis véritablement en *extase*, si tu veux tout savoir. Je n'ai plus

189

besoin de Nathan. Je suis encore jeune, j'ai un emploi agréable, je suis sexy, je n'aurai pas de peine à trouver un autre homme. Ha! Peut-être que je vais épouser Seymour Katz! Quelle surprise pour Nathan, si j'épousais le chiropracteur avec lequel il m'a accusé d'avoir une liaison, non? Et ses amis! Les amis de Nathan!

Je me tournai pour la regarder. Une lueur de fureur flambait dans ses yeux; sa voix s'était faite stridente et j'eus envie de la faire taire, jusqu'au moment où je me rendis compte qu'à part moi, personne ne risquait de l'écouter.

« A vrai dire, je ne pouvais pas supporter ses amis. Oh, j'aimais beaucoup son frère, Larry. Larry me manquera et aussi Morty Haber, je l'aimais beaucoup. Mais tous ses amis, les autres. Ces *Juifs*, avec leur psychanalyse, toujours à gratter leurs petites croûtes, à se tracasser au sujet de leurs brillants petits cerveaux, et de leurs analystes, et tout. Tu les as entendus, Stingo. Tu comprends ce que je veux dire. As-tu jamais entendu rien d'aussi ridicule? 'Mon analyste par-ci, mon analyste par-là...' C'est tellement répugnant, on croirait qu'ils savent ce que c'est que la souffrance, ces douillets petits Juifs américains avec leurs petites vies confortables, et leur Docteur Untel qu'ils paient beaucoup de dollars de l'heure pour sonder leurs misérables petites âmes juives! *Aaa-h*!

Un grand frisson secoua tout son corps et elle se détourna.

Quelque chose dans la fureur et l'amertume de Sophie, allié à sa façon de boire — tout cela si nouveau pour moi —, aggrava ma sensation de panique au point qu'elle finit par devenir quasi insupportable. Tandis qu'elle blablablatait de plus belle, je me rendis vaguement compte que mon corps était la proie de malencontreuses perturbations : des crampes me nouaient l'estomac, je suais comme un soutier, et sous l'empire d'une tumescence rebelle et neurasthénique, ma bitte, la pauvre malheureuse, se tendait raide comme un os contre la jambe de mon pantalon. Quant à notre véhicule, il avait été loué par les soins du diable en personne. Traversant à grand renfort de secousses et de hoquets les déserts de bungalows de Queens et de Nassau, grinçant de toutes ses vitesses, et vomissant une nuée de gaz d'échappement, l'autobus délabré paraissait vouloir nous retenir à jamais prisonniers. Comme en transe, j'entendais la voix de Sophie monter pareille à une aria pour planer au-dessus des mimiques et singeries muettes des enfants. Et je regrette encore de ne pas avoir été émotionnellement mieux préparé à accepter le fardeau de son message.

— Les Juifs! s'exclama-t-elle. C'est tout à fait vrai, en fin de compte, *sous la peau**, ils sont tous exactement pareils, en dedans, tu comprends. Mon père avait tout à fait raison quand il disait que jamais il n'avait rencontré un seul Juif capable de donner quelque chose pour rien, sans rien demander en échange. Un *quid pro quo*, comme il disait. Et oh, Nathan, Nathan, quel exemple de tout ça, Nathan! D'accord, il m'a beaucoup aidée, m'a guérie, et alors? Tu crois qu'il faisait tout ça par amour, par générosité? Non, Stingo, c'était uniquement pour pouvoir se servir de moi, m'avoir, me baiser, me battre, avoir un objet à posséder! Rien de plus, *un objet*. Oh, tout ça, c'était tellement juif de la part de Nathan — il ne me donnait pas son amour, il *m'achetait*, comme tous les Juifs. Pas étonnant que les Juifs aient été tellement haïs en Europe, à force de penser qu'il leur suffisait de payer un petit peu d'argent, un petit peu de *geld*, pour se procurer tout ce qu'ils voulaient. Même *l'amour*, ils s'imaginent pouvoir l'acheter!

Elle m'agrippa par la manche et à travers les vapeurs des gaz d'échappement, je humai l'odeur du rye.

— Les Juifs! Dieu, comme je les hais! Oh, les

mensonges que je t'ai racontés, Stingo! Tout ce que je t'ai raconté à propos de Cracovie était un mensonge. Toute mon enfance, toute ma vie, j'ai vraiment haï les Juifs. Ils la méritaient, cette haine. Je les *hais*, sales *cochons* de Juifs!

— Oh, je t'en prie, Sophie, je t'en *supplie*, répliquai-je.

Je savais qu'elle était hors d'elle, savais qu'en réalité il était impossible qu'elle pense ce qu'elle disait, savais également que la judaïté de Nathan lui offrait une cible plus facile que la personne de Nathan lui-même, dont il était évident qu'elle était toujours follement amoureuse. Cette explosion de malveillance m'offusquait, même si je croyais en comprendre la source. Néanmoins, si impérieux est le pouvoir de suggestion, que sa rancœur farouche fit vibrer en moi je ne sais quelle fibre atavique et, tandis que l'autobus s'engageait en cahotant sur l'aire goudronnée du parking de Jones Beach, je me surpris à ruminer de sombres pensées à l'idée du vol dont je venais d'être victime. Et Morris Fink. *Fink!* Salaud de petit youpin, me dis-je, en m'efforçant en vain de roter.

Les petits sourds-muets descendirent en même temps que nous, grouillant de tous côtés, nous cernant, nous écrasant les orteils, remplissant l'air de leurs gesticulations de papillons. Je crus que nous ne parviendrions jamais à les déloger; leur cortège irréel et muet nous escorta tandis que nous traversions la plage. Le ciel, tout à l'heure si limpide à Brooklyn, s'était couvert: l'horizon était plombé, de lourdes vagues huileuses gonflaient le ressac. Seuls quelques rares baigneurs piquetaient la grève; l'air était moite, étouffant. Je me sentais accablé d'une angoisse et d'une déprime presque intolérables, pourtant mes nerfs vacillaient comme une flamme. Dans mes oreilles retentissait l'écho d'un passage délirant, inconsolable, de la *Passion selon saint Matthieu* dont plus tôt ce

192

matin-là les sanglots avaient jailli de la radio de Sophie et, sans raison particulière, mais avec une pertinence parfaite, me revinrent certains vers du XVIIe siècle que j'avais lus peu de temps auparavant : « ... puisque la Mort ne peut être que la *Lucina* de la vie et que les païens eux-mêmes connaissaient jadis le doute, qui sait si vivre ainsi n'était pas mourir... » Je transpirais dans le cocon moite et chaud de mon *angst*, tourmenté par ce vol qui me laissait pratiquement dépourvu de ressources, tourmenté par mon roman que je craignais de ne jamais avoir les moyens de finir, tourmenté par mon impuissance à décider si oui ou non je devais porter plainte contre Morris Fink. Comme en réponse à quelque signal inaudible, les petits sourds-muets se dispersèrent soudain, s'égaillant comme des petits oiseaux des grèves, disparurent. Sophie et moi poursuivîmes à pas lourds notre promenade à la lisière des vagues, sous un ciel gris comme de la moleskine. Seuls tous les deux.

— Nathan avait en lui tout ce qu'il y a de mauvais chez les Juifs, dit Sophie, et rien du tout petit peu qu'ils ont de bon.

— Est-ce qu'il y a *quelque chose* de bon chez les Juifs ? m'entendis-je dire à voix haute, d'un ton belliqueux. C'est ce sale Juif de Morris Fink qui a volé l'argent dans mon armoire. J'en suis *certain !* Fous d'argent, avides d'argent, salauds de Juifs !

Deux antisémites, en train de se promener par un beau jour d'été.

Une heure plus tard, Sophie avait à mon avis ingurgité peut-être une demi-pinte de whisky, à quelques centilitres près. Elle descendait l'alcool comme une ouvrière d'usine dans un bar polonais de Gary, Indiana. Pourtant, ni sa coordination ni sa locomotion ne trahissaient la moindre défaillance. Seule sa langue avait rompu ses freins (ce qui rendait son discours non point pâteux, mais simplement débridé, parfois même emballé) et comme la nuit précédente, je l'écoutai et l'observai avec stupéfaction, tandis que sous l'empire du puissant alcool de grain, ses inhibitions fondaient peu à peu. Entre autres choses, on eût dit que la perte de Nathan avait sur elle un effet perversement érotique, qui l'incitait à ruminer sur ses amours passés.

— Avant d'être envoyée au camp, dit-elle, j'avais un amant à Varsovie. Il avait quelques années de moins que moi. Il n'avait même pas vingt ans. Il s'appelait Jozef. Jamais je n'ai parlé de lui à Nathan, je ne sais pas pourquoi.

Elle s'interrompit un instant, se mordit la lèvre, puis reprit :

« Si, je sais. Parce que je connaissais la jalousie de Nathan, une jalousie tellement démente qu'il aurait eu envie de me haïr et de me punir pour, *même dans le passé*, avoir eu un amant. Nathan était capable d'être jaloux à ce point, ce qui fait que jamais je ne lui ai dit un seul mot de Jozef. Tu te rends compte, haïr quelqu'un sous prétexte que c'était un ancien amant ! Et quelqu'un qui était mort.

— Mort ? dis-je. Comment est-ce qu'il est mort ? Mais elle ne parut pas entendre. Elle roula sur notre couverture. Dans son sac de plage en toile, elle avait — à ma grande surprise et, surtout, à ma grande délectation — fourré quatre boîtes de bière. Qu'elle n'eût pas songé à me les donner plus tôt ne m'agaça même pas. Elles étaient, bien entendu, irrémédiablement chaudes maintenant, mais je m'en moquais éperdument (moi aussi, j'avais drôlement besoin de ce petit remontant) ; elle ouvrit la troisième, qui vomit sa mousse, et me la tendit. Elle avait aussi apporté quelques sandwiches d'aspect indéfinisssable, auxquels nous ne touchâmes pas. Délicieusement isolés, nous étions nichés dans une sorte de cul-de-sac caché entre deux hautes dunes parsemées d'une herbe rêche et clairsemée. La mer — qui clapotait nonchalamment sur la grève, et d'un bizarre gris-vert plutôt laid, couleur huile de moteur — était nettement visible, mais nous, personne ne pouvait nous voir sinon les mouettes qui oscillaient au-dessus de nos têtes dans l'air immobile. Tout autour, l'humidité planait comme une brume presque palpable, le disque pâle du soleil était accroché derrière des nuages gris qui dérivaient et bouillonnaient comme au ralenti. D'une certaine façon, il était infiniment mélancolique, ce paysage marin, et j'aurais souhaité que nous ne nous attardions pas trop longtemps, mais la divine bière avait, momentanément du moins, calmé ma panique. Seule persistait mon envie de baiser, exaspérée par la présence de Sophie là tout près de moi, gainée dans son maillot de lastex blanc, et l'isolement total de notre petit coin de sable, dont la clandestinité me rendait quelque peu fébrile. J'étais en outre toujours en proie à un priapisme tellement affolant — ma première crise de ce genre depuis cette fatale nuit en compagnie de Leslie Lapidus — que l'image d'autocastration qu'un fugitif instant caressa mon esprit ne fut pas totalement frivole. Par souci de pudeur, je restai résolument plaqué sur le ventre, godiche à souhait avec mon slip de bain vert bille hérité des Marines, jouant selon mon habitude mon rôle de confesseur inlassable. Et une fois de plus, tandis que sortaient mes antennes, elles me ramenèrent la certitude qu'il n'y avait ni duplicité, ni la moindre équivoque dans ce qu'elle tentait de me dire.

— Mais il y avait une autre raison pour que je ne parle pas de Jozef à Nathan, poursuivit-elle. Même s'il n'avait pas risqué d'être jaloux, je ne lui aurais rien dit.

— Comment cela ? dis-je.

— Eh bien, il n'aurait pas cru ce que je lui aurais

195

raconté à propos de Jozef — rien du tout. Une fois de plus, c'était une histoire de Juifs.

— Sophie, je ne comprends pas.

— Oh, c'est tellement compliqué.

— Essaye d'expliquer.

— Et puis, c'était aussi à cause des mensonges que j'avais déjà racontés à Nathan à propos de mon père, dit-elle. Je commençais à être — comment dit-on déjà —, à être complètement dépassée.

Je respirai un bon coup.

— Ecoute, Sophie, je n'y comprends plus rien. Eclaire-moi un peu. Je t'en prie.

— D'accord. Ecoute, Stingo. Quand il s'agit de Juifs, Nathan refuse toujours de croire que les Polonais peuvent avoir de bons côtés. Jamais je n'ai pu le convaincre qu'il existait des Polonais honnêtes et braves qui avaient risqué leurs vies pour sauver des Juifs. Mon père...

Elle se tut un instant ; quelque chose lui nouait la gorge, puis, après une longue hésitation, elle poursuivit :

« Mon père. Oh, et puis bon Dieu je m'en fous, je te l'ai déjà dit — à propos de mon père j'ai menti à Nathan comme je t'ai menti à toi. Mais finalement à *toi*, je t'ai dit la vérité, tu comprends, mais voilà, je *n'aurais pas pu* dire la vérité à Nathan parce que... je n'aurais pas pu lui dire parce que... parce que j'étais lâche. J'avais fini par comprendre que mon père était un monstre si affreux que j'étais obligée de cacher la vérité, même si ce qu'il était et ce qu'il avait fait n'étaient nullement de ma faute. Nullement quelque chose dont j'aurais pu me sentir coupable.

Une nouvelle hésitation.

« C'était tellement frustrant. J'ai menti au sujet de mon père et Nathan a refusé de me croire. Après, j'ai compris que jamais je ne serais capable de tout lui dire sur Jozef. Qui, lui, était bon et courageux. Et pourtant, j'aurais dit la vérité. Je me souviens de ce proverbe que Nathan citait toujours et qui me paraissait toujours tellement américain ; ' Un jour on perd, le lendemain on gagne.' Mais moi, jamais je ne pouvais rien gagner.

— Alors, et *Jozef?* m'obstinai-je, non sans une pointe d'impatience.

— Eh bien, c'était à Varsovie, nous habitions dans cet immeuble qui avait été détruit par les bombes mais ensuite réparé. On pouvait y habiter. Mais tout juste. C'était un endroit affreux. Tu n'as pas idée de ce que la vie pouvait être horrible à Varsovie pendant l'occupation. Si peu de nourriture, souvent un tout petit peu d'eau, et l'hiver il faisait si froid. Je travaillais dans une fabrique de papier goudronné. Je travaillais dix, onze heures par jour. A cause du papier goudronné, j'avais les mains en sang. Elles n'arrêtaient pas de saigner. Je ne travaillais pas pour l'argent à dire vrai, mais pour continuer à avoir une carte de travail. Une carte de travail pour m'éviter d'être envoyée dans un camp de travail forcé en Allemagne. Je vivais dans un petit logement minuscule au troisième étage de l'immeuble, et Jozef habitait avec sa demi-sœur au rez-de-chaussée. Sa demi-sœur s'appelait Wanda, elle était un tout petit peu plus vieille que moi. Tous les deux faisaient partie de la Résistance, des Forces de l'Intérieur, comme on dit en anglais. Je voudrais tant pouvoir bien décrire Jozef mais je ne peux pas, je n'ai pas les mots. Je l'aimais tellement. En fait ce n'était pas vraiment de l'amour. Il était petit, musclé, très tendu et nerveux. Il était plutôt brun pour un Polonais. Bizarre, on ne faisait pas très souvent l'amour ensemble. Et pourtant on dormait dans le même lit. Il disait qu'il devait garder son énergie pour continuer à se battre. Il n'avait pas beaucoup d'instruction, tu sais, dans le sens habituel. Il était comme moi — la guerre avait détruit nos chances de faire des études. Mais il avait beaucoup lu, il était très intelligent. Il n'était même pas communiste, c'était un anarchiste. Il vénérait la mémoire de Bakounine et était totalement athée, ça aussi, c'était un peu bizarre, parce qu'à cette époque-là, moi, j'étais encore une petite Catholique très pieuse et je me demandais souvent comment j'avais pu tomber amoureuse de ce jeune homme qui ne croyait pas en Dieu. Mais on avait fait un pacte, tu comprends, le pacte de ne jamais parler de religion, et on n'en parlait jamais.

« Jozef était leur meurtr...

Elle s'interrompit, puis reformula sa pensée :

« Tueur ? C'était un tueur. C'était ça son rôle dans la Résistance. Il tuait les Polonais qui dénonçaient les Juifs, dénonçaient les endroits où les Juifs se cachaient. Partout dans Varsovie, il y avait des Juifs qui se cachaient, pas des Juifs du ghetto, *naturellement**, mais des Juifs d'une classe supérieure — des *assimilés**, beaucoup d'intellectuels. Il y avait beaucoup de Polonais qui n'hésitaient pas à trahir les Juifs. Quelquefois pour rien. Jozef était un de ceux que la Résistance chargeait de tuer les traîtres. Il les étranglait avec une corde de piano. Il s'arrangeait d'abord pour faire leur connaissance, puis il les étranglait. Chaque fois qu'il tuait quelqu'un, il vomissait. Il a tué au moins six ou sept personnes. Jozef, Wanda et moi nous avions une amie dans l'immeuble voisin, quelqu'un que tous les trois nous aimions beaucoup — une très jolie fille, qui s'appelait Irena, d'environ trente-cinq ans, très belle. Elle était professeur avant la guerre. C'est bizarre, elle enseignait la littérature américaine, et je me souviens qu'elle était spécialiste d'un poète du nom de Hart Crane. Tu le connais, Stingo ? Elle aussi travaillait pour la Résistance ; ou plutôt, c'est ce que nous croyions tous — parce que, un peu plus tard, nous avons appris secrètement qu'en fait c'était un agent double, et qu'elle aussi dénonçait souvent les Juifs. Ce qui fait que Jozef a été obligé de la tuer. Et pourtant il l'aimait tellement. Il l'a étranglée en pleine nuit avec sa corde de piano et le lendemain, il est resté toute la journée sans rien faire, simplement enfermé dans sa chambre à regarder dans le vide par la fenêtre, sans prononcer un mot.

Sophie s'enferma dans le silence. Doucement, je tournai la tête, plaquant mon visage contre le sable, et songeant à Hart Crane, me sentis frissonner au cri d'une mouette, au flux et reflux rythmé des vagues mornes. *Et toi tout près de moi, bénie maintenant tandis que les sirènes nous bercent de leur chant, nous tissent insensiblement dans la trame du jour...*

— Comment est-ce qu'il est mort ? répétai-je.

— Quand il a tué Irena, les Nazis ont découvert qui il était. A peu près une semaine plus tard. Les Nazis utilisaient d'énormes Ukrainiens pour faire leurs exécutions. Ils sont venus un après-midi que j'étais sortie et ils ont tranché la gorge à Jozef. Quand je suis arrivée, Wanda l'avait déjà trouvé. Il se vidait de son sang dans l'escalier...

Nous restâmes plusieurs minutes sans rien dire. Chacun des mots qu'elle venait de prononcer était, je le savais, l'exacte vérité, et je me sentis submergé par une tristesse infinie. C'était en l'occurrence un sentiment profondément ancré dans une mauvaise conscience, et bien qu'une partie logique de mon esprit raisonnât que je n'avais aucune raison de me blâmer à cause d'événements d'ordre cosmique qui nous avaient, à Jozef et à moi, réservé des sorts différents, je ne pouvais m'empêcher de considérer mon passé récent avec répugnance. A quoi ce vieux Stingo passait-il son temps tandis que Jozef (et Sophie et Wanda) se tordaient dans l'indicible géhenne de Varsovie ? Il écoutait du Glenn Miller, sirotait de la bière, paradait dans les bars, se branlait. Seigneur, quel monde unique ! Soudain, après ce silence quasi interminable, le visage toujours enfoui dans le sable, je sentis les doigts de Sophie s'insinuer sous mon slip et doucement caresser cette zone d'épiderme extraordinairement sensible, là tout au fond du repli où cuisses et fesses se recoupent, à un centimètre tout au plus de mes couilles. La sensation était à la fois stupéfiante et franchement érotique ; j'entendis un gargouillis involontaire fuser du fond de ma gorge. Les doigts se retirèrent.

— Stingo, et si on enlevait nos vêtements, crus-je l'entendre dire.

— Qu'est-ce que tu dis ? fis-je d'une voix morne.

— Enlevons nos affaires. Mettons-nous tout nus.

Lecteur, essayez un instant d'imaginer. Imaginez que pendant une période de temps indéterminée mais relativement longue, vous ayez nourri le soupçon fondé que vous étiez atteint d'une maladie mortelle. Un matin le téléphone sonne, et le médecin vous dit ceci : « Vous n'avez aucune raison de vous faire du souci. Ce n'était qu'une fausse alerte. » Ou bien imaginez encore ceci : Vous venez d'essuyer une série de graves revers de fortune, qui vous ont laissé si près de l'indigence et de la ruine que, pour vous sortir d'affaire, vous avez songé à mettre fin à vos jours. De nouveau c'est le téléphone béni, qui vous apprend que vous venez de gagner un demi-million de dollars à la loterie. Je n'exagère nullement (on se souviendra peut-être que j'ai déjà dit, une fois au moins, que jamais je n'avais vraiment contemplé une femme dans le plus simple appareil) quand je prétends que ce genre de nouvelles n'auraient su provoquer en moi le mélange de stupéfaction et de pure joie animale que me causa l'aimable invite de Sophie. Combiné au frôlement de ses doigts, d'une lubricité dépourvue d'équivoque, elle eut pour résultat de me faire aspirer avec une rapidité incroyable de grandes goulées d'air. Je crois bien que je connus alors cet état que les médecins qualifient d'hyperventilation et je craignis un instant de tourner de l'œil.

200

Et quand je levai les yeux, elle s'extirpait déjà en se tortillant de son maillot lastex, si bien qu'à quelques centimètres de distance, je contemplai ce que j'avais fini par croire que jamais je ne contemplerais avant d'atteindre la quarantaine : un jeune corps de femme, nu et crémeux, avec des seins dodus aux insolents petits bouts bruns, un ventre lisse légèrement rebondi doté d'un nombril pareil à un clin d'œil coquin, et (sois sage, mon cœur, me souviens-je d'avoir alors pensé) un triangle de toison pubienne couleur miel d'une adorable symétrie. Mon conditionnement culturel — dix années de filles vaporeuses signées Petty et une censure universelle sur le corps humain — expliquait que j'avais quasiment oublié que les femmes étaient pourvues de ce dernier accessoire, que je contemplais, toujours médusé et ravi, quand Sophie pivota soudain pour détaler vers la plage.

— Viens, Stingo, lança-t-elle, déshabille-toi et mettons-nous à l'eau !

Je me levai et la regardai s'éloigner, en extase : je suis sérieux quand je dis que jamais chaste chevalier affamé de désir et hanté par le Graal ne contempla l'objet de sa quête avec cette admiration sans bornes qui s'empara de moi à ma première vision de la croupe tressautante de Sophie — un délectable cœur renversé. Puis, dans une gerbe d'éclaboussures, elle se jeta dans l'océan sombre.

Sans doute fut-ce par pure consternation que je ne pus me résoudre à la suivre. Tant de choses venaient de se produire et si vite, que tous mes sens tournoyaient et que je demeurai enraciné dans le sable. Ce changement d'humeur — la sinistre chronique de Varsovie, suivie en un éclair par ce badinage impudique. Que diable cela signifiait-il ? Je me sentais soulevé par une excitation folle, mais en même temps désespérément perplexe, faute de précédent pour me guider dans cette conjoncture. Avec une pudibonderie outrée — en dépit du total isolement de l'endroit — je m'extirpai de mon maillot et restai planté là sous l'étrange ciel d'été gris et tourmenté, exhibant pathétiquement aux séraphins mes avantages virils. J'avalai la dernière bière, étourdi par un mélange d'appréhension et de joie. Sophie nageait et je la suivis des yeux. Elle nageait bien, et me sembla-t-il, avec un plaisir détendu ; j'espérai qu'elle n'était pas trop détendue, et une brève angoisse m'étreignit à l'idée qu'elle s'était mise à l'eau l'estomac plein de whisky. L'air était moite et étouffant, mais je tremblais et frissonnais comme en proie à une fièvre malsaine.

— Oh, Stingo, pouffa-t-elle en me rejoignant, *tu bandes**.

— *Tu**... quoi ?

— Tu as une érection.

Elle l'avait remarqué sur-le-champ. Sans savoir quoi en faire, mais en m'évertuant à éviter une gaucherie exagérée, je nous avais mon érection et moi installés sur la couverture dans une posture nonchalante — aussi nonchalante que possible du moins vu la fièvre qui me secouait —, mon indiscrète protubérance camouflée sous mon avant-bras ; la tentative avait été vaine, elle sortit de sa cachette une fraction de seconde avant que Sophie s'affale à côté de moi, sur quoi nous roulâmes comme deux dauphins dans les bras l'un de l'autre. J'ai complètement perdu l'espoir de jamais ressusciter l'excitation torturante de cette étreinte. Je m'entendis pousser de petits hennissements chevalins tandis que je l'embrassais goulûment, mais à part l'embrasser, je ne pouvais *rien* faire d'autre ; je l'agrippai par la taille avec une brutalité folle, terrifié à l'idée de caresser son corps de peur qu'il ne se désintègre au contact de mes doigts grossiers. Sa cage thoracique avait quelque chose de fragile. Je repensai au coup de pied de Nathan, mais aussi à la famine dont elle avait souffert. Mes frissons et mes tremblements persistaient ; je ne sentais plus rien que la douceur de sa bouche parfumée au whisky et la caresse chaude de nos langues mêlées.

— Stingo, comme tu trembles, murmura-t-elle tout à coup, en s'écartant pour échapper à ma langue vorace. Laisse-toi donc aller !

Je me rendis compte alors que je salivais stupidement — une humiliation supplémentaire qui accabla mon esprit tandis que nos lèvres demeuraient engluées. Je ne parvenais pas à comprendre pourquoi ma bouche suintait de la sorte, et cette angoisse nouvelle eut pour résultat de m'empêcher plus fermement encore d'explorer ses seins, ses fesses ou, que Dieu m'aide, ce recoin intime et mystérieux qui depuis si longtemps et de façon si affolante hantait mes rêves. Une indicible et diabolique paralysie m'étreignait. A croire que dix mille professeurs presbytériens de l'Ecole du Dimanche planaient en un nuage menaçant au-dessus de Long Island, inhibant irrémédiablement mes doigts par leur présence. Les secondes s'écoulaient comme des minutes, les minutes comme des heures, et je ne parvenais toujours pas à passer sérieusement à l'action. Ce fut alors que, comme pour abréger mes souffrances, ou peut-être simplement par désir de débloquer la situation, Sophie elle-même se chargea de prendre l'initiative.

— Tu as un beau *schlong*, Stingo, dit-elle, en m'agrippant d'une main délicate, mais avec une fermeté subtile et experte.

— Merci, m'entendis-je marmonner.

Une vague d'incrédulité me submergea (pas de doute elle vient de te l'empoigner, me dis-je), mais j'essayai de feindre un savoir-faire convaincant.

« Pourquoi appelles-tu ça un *schlong* ? Nous, dans le Sud, on appelle ça autrement.

Ma voix chevrotait affreusement.

— C'est comme ça que l'appelle Nathan, répondit-elle. Comment est-ce que vous dites dans le Sud ?

— Parfois on dit une bitte, chuchotai-je. Plus au nord, dans certains coins, ils disent une trique, ou un engin. Ou une pine.

— J'ai entendu Nathan dire son zob. Et aussi son *putz*.

— Il te plaît, le mien ?

C'était à peine si je m'entendais parler.

— Il est mignon.

J'ai oublié ce qui — à supposer que ce fût une chose précise — mena cet abominable dialogue à son terme. Bien entendu, elle était censée me complimenter de façon plus hyperbolique — « gigantesque », « *une merveille* », et même « gros » auraient fait l'affaire, n'importe quoi en fait, sauf « mignon » — et peut-être fut-ce uniquement mon lugubre silence qui l'incita alors à me caresser et à me branler avec une ardeur qui alliait le tour de main d'une courtisane à celui d'une trayeuse de vache. Ce fut exquis ; je l'écoutais soupirer à petits coups rapides, je soupirais moi aussi, et quand elle murmura : « Mets-toi sur le dos, Stingo chéri », me traversèrent l'esprit en un éclair les images des insatiables fellations qu'elle administrait à Nathan et qu'elle m'avait décrites avec tant de franchise. Mais c'était trop, trop et plus que je ne pouvais en supporter — toutes ces frictions divines et expertes (mon Dieu, songeai-je, elle m'a appelé « chéri ») et la brusque sommation de la rejoindre au Paradis : poussant un bêlement de détresse pareil à celui d'un bélier sous le couteau, je sentis mes paupières se crisper brusquement et, ouvrant toutes grandes les vannes, libérai un torrent palpitant. Puis je mourus. Il va sans dire qu'en cet instant de détresse, elle n'aurait pas dû pouffer de rire, ce que pourtant elle fit.

Quelques minutes plus tard, cependant, elle devina mon désespoir et dit :

— Il ne faut pas que ça te rende triste, Stingo. Ça arrive quelquefois, je le sais.

Je restai prostré là, chiffonné comme un sac en papier détrempé, les yeux hermétiquement clos, tout à fait incapable d'affronter l'abîme de mon échec. *Ejaculatio praecox* (Duke University — cours de Psychologie 4 B). Une escouade de lutins diaboliques ressassaient d'un ton railleur la formule au fond du puits sombre de mon désespoir. J'avais l'impression que jamais je ne pourrais rouvrir les yeux pour affronter le monde — un mollusque englué dans la vase, la plus humble des créatures de la mer.

Je l'entendis pouffer de nouveau, risquai un coup d'œil.

— Regarde, Stingo, disait-elle sous mon regard incrédule, c'est bon pour le teint.

Et ce fut alors que je vis cette folle de Polonaise empoigner la bouteille de whisky, avaler une gorgée à même le goulot et de l'autre main — la main qui m'avait gratifié de cet extraordinaire mélange de mortification et de plaisir — masser doucement son visage pour imprégner sa peau avec mon malencontreux exsudat.

— Comme disait toujours Nathan, le foutre c'est plein de merveilleuses vitamines, dit-elle.

Pour une raison mystérieuse, mes yeux se rivèrent sur son tatouage ; et en cet instant il me parut d'une incongruité profonde.

— Pas la peine d'avoir l'air si *tragique**, Stingo. Ce n'est quand même pas la fin du monde, ça peut arriver à tous les hommes, surtout quand ils sont jeunes. *Par exemple**, à Varsovie, le jour où Jozef et moi, on a essayé de faire l'amour pour la première fois, il lui est arrivé la même chose, exactement la même chose. Lui aussi était puceau.

— Comment savais-tu que j'étais puceau ? dis-je avec un soupir à fendre l'âme.

205

— Oh, j'y vois clair, Stingo. Je savais que tu n'étais arrivé à rien avec l'autre fille, Leslie, que tu ne faisais que raconter des histoires quand tu prétendais avoir couché avec elle. Pauvre Stingo, oh, pour être tout à fait franche, Stingo, je ne le savais pas vraiment. Disons que je le sentais. Mais, j'avais raison, non ?

— Oui, gémis-je. Pur comme de la neige vierge.

— Jozef avait tellement de points communs avec toi — honnête, franc, et puis quelque chose qui d'une certaine façon faisait de lui un petit garçon. C'est difficile à décrire. Peut-être que c'est pour ça que je t'aime tant, Stingo, parce que par bien des côtés tu me rappelles Jozef. Peut-être que j'aurais fini par l'épouser si les Nazis ne l'avaient pas assassiné. Tu sais, personne parmi nous n'a jamais pu découvrir qui l'avait dénoncé après l'exécution d'Irena. Un mystère complet, mais il fallait forcément que quelqu'un ait parlé. Tous les deux nous allions souvent faire des piqueniques comme celui-ci. C'était très difficile pendant la guerre — si peu de choses à manger — mais une ou deux fois en été, on est allés à la campagne et on a étalé une couverture par terre, comme nous ici...

Je n'en revenais pas. Après la flambée de désir qui nous avait emportés à peine quelques instants plus tôt, après cette rencontre — en soi et malgré les tâtonnements et l'échec, l'événement le plus bouleversant et le plus cataclysmique de ma vie — elle continuait à égrener ses souvenirs comme dans un rêve éveillé, de toute évidence pas davantage émue par notre prodigieuse intimité que si nous eussions en toute innocence exécuté de concert un petit pas de deux sur un parquet de bal. Fallait-il attribuer en partie ce comportement à quelque effet pervers de l'alcool ? Son regard était maintenant légèrement vitreux et elle jacassait avec la volubilité d'un commissaire-priseur. Quelle qu'en fût la cause, sa brusque insouciance me plongeait dans une cruelle détresse. Là devant moi, tout en étalant avec indifférence mes spermatozoïdes affolés sur ses joues comme si elle se barbouillait de crème de jour, elle parlait non de moi (qu'elle avait appelé « chéri » !), non pas même de *nous*, mais d'un amant mort et enterré depuis des années. Avait-elle oublié qu'à peine quelques minutes plus tôt elle avait été à deux doigts de m'initier aux mystères du pompier, un sacrement que depuis l'âge de quatorze ans j'attendais avec une joie mêlée d'anxiété ? Les femmes étaient-elles donc capables, ainsi, sur-le-champ, de débrancher leur désir comme on débranche une lampe ? Et *Jozef !* Cette obsession pour son ancien amant était exaspérante, et j'avais peine à supporter l'idée — la refoulais à l'arrière-plan de mon esprit — que cette passion fébrile qu'elle m'avait prodiguée le temps de quelques instants enflammés, était le résultat d'un transfert d'identité : que je n'étais rien d'autre qu'un docile substitut de Jozef, une chair chargée de combler un vide dans un fantasme éphémère. Je constatai par ailleurs qu'elle devenait un peu incohérente ; sa voix avait pris une intonation à la fois guindée et pâteuse, et ses lèvres se mouvaient de façon artificielle et étrange, comme engourdies par la Novocaïne. Elle me parut fort inquiétante, cette expression d'hypnose. Je lui pris la bouteille, où stagnaient encore quelques doigts de liquide.

— Ça me rend malade, Stingo, tellement *malade* de penser à ce qui aurait pu être. Si Jozef n'était pas mort. J'avais une grande tendresse pour lui. Beaucoup plus que pour Nathan, en fait. Jozef ne m'a jamais fait de mal comme Nathan. Qui sait ? Peut-être qu'on se serait mariés, et si on avait été mariés, la vie aurait été tellement différente. Tiens, une chose, *par exemple* * — sa demi-sœur Wanda. J'aurais arraché Jozef à sa mauvaise influence et ç'aurait été une chose excellente. Où est passée la bouteille, Stingo ?

Tout en la laissant parler, je vidais dans le sable —

derrière mon dos et en cachette — ce qui restait d'alcool.

« La bouteille ? Bref, cette *kvetch*[1] de Wanda, une sacrée *kvech*, que c'était !

(J'adorais *kvetch*. Nathan, encore Nathan !)

« C'est de sa faute si Jozef a été tué. D'accord, je veux bien le reconnaître — *il fallait que**... bien sûr il était indispensable que *quelqu'un* se venge de ceux qui dénonçaient les Juifs, mais pourquoi désigner chaque fois Jozef comme le tueur ? Pourquoi ? Et ça, c'était le pouvoir de Wanda, cette sale *kvetch*. D'accord. Je sais, elle était un des chefs de la Résistance, mais était-ce juste de toujours désigner son frère pour tuer les traîtres dans notre partie de la ville ? Je te le demande, est-ce que c'était *juste* ? Et, Stingo, chaque fois qu'il tuait, ça le faisait vomir. Vomir ! Ça le rendait à *moitié fou*.

Je retins mon souffle tandis que son visage semblait se fondre dans une pâleur de cendres et soudain, avec un geste d'une avidité affreuse, elle chercha à tâtons la bouteille, en marmonnant des mots indistincts.

— Sophie, dis-je, Sophie, il ne reste plus de whisky.

L'air absent, perdue dans ses souvenirs, elle parut ne pas entendre, et de plus, elle était de toute évidence au bord des larmes. Tout à coup et pour la première fois, je pris conscience de ce que signifiait l'expression : « mélancolie slave » : le chagrin avait submergé son visage comme l'ombre d'une nuée noire courant sur un champ de neige.

— Cette foutue *conne*, Wanda ! Tout, tout a été de sa faute à elle. Tout ! La mort de Jozef, mon arrestation, Auschwitz, *tout* !

Elle éclata en sanglots, tandis que les larmes ruisselaient sur ses joues, brouillaient son visage. Je m'agitai misérablement, sans trop savoir quoi faire. Et bien

1. *Kvetch* (yiddish) : emmerdeuse.

qu'Eros se fût enfui, je me penchai vers elle et, la prenant dans mes bras, l'attirai contre moi. Son visage reposait sur ma poitrine.

« Oh, bon Dieu, Stingo, je suis tellement, si affreusement malheureuse ! se lamenta-t-elle. Où est Nathan ? Où est Jozef ? Où sont-ils *tous* ? Oh, Stingo, je veux mourir !

— Chut, Sophie, fis-je doucement, en caressant son épaule nue, tout finira par s'arranger. (Tu parles !)

— Serre-moi fort, Stingo, chuchota-t-elle avec désespoir, serre-moi fort. Je me sens tellement perdue. Oh Seigneur, je me sens tellement perdue ! Qu'est-ce que je vais faire ? Je suis tellement seule !

L'alcool, l'épuisement, le chagrin, le ciel limpide et la chaleur lourde — tout cela sans doute fit qu'elle s'endormit dans mes bras. Gonflé de bière et vidé de mes forces, je m'endormis moi aussi, cramponné à son corps comme à une bouée. Je fis des rêves décousus et torturés, le genre de rêves qui toute ma vie n'ont cessé dirait-on de me harceler — des rêves de poursuites absurdes, d'une quête de je ne sais quel mystérieux trophée qui me conduisait en des lieux inconnus : au sommet d'escaliers raides et anguleux, en barque au fil de canaux paresseux, dans les couloirs de bowlings tortueux et les labyrinthes de gares de triage (où je vis mon bien-aimé professeur d'anglais de Duke, affublé de son costume de tweed, debout aux commandes d'une locomotive de manœuvre lancée à toute vitesse), à travers des hectares béants de premiers sous-sols, deuxièmes sous-sols et tunnels inondés d'une lumière crue. Et aussi un égout horrible et irréel. Mon objectif demeurait comme toujours une énigme, bien qu'il parût être vaguement en rapport avec un chien perdu. Et quand je me réveillai, en sursaut, la première chose dont je me rendis compte fut que Sophie avait je ne sais comment échappé à mon étreinte, elle avait disparu. Je m'entendis articuler un cri. Je m'entendis former un cri, qui, cependant, resta coincé dans le fond de mon gosier et se mua en gémissement étranglé. Je sentis que mon cœur se lançait dans un galop éperdu. Tout en renfilant gauchement mon slip, j'escaladai le flanc de la dune jusqu'à l'endroit d'où l'on pouvait apercevoir toute la plage — ne vis rien, rien que la morne et sinistre grève, rien d'autre. Elle s'était évanouie.

J'allai jeter un coup d'œil derrière les dunes — un désert envahi d'herbes flétries. Personne. Et personne non plus sur la plage toute proche, hormis une vague silhouette humaine, courtaude, trapue, qui s'avançait dans ma direction. Je me précipitai vers cette silhouette, qui peu à peu se matérialisa sous l'aspect d'un gros homme basané en maillot de bain, occupé à grignoter un hot dog. Ses cheveux noirs étaient lissés, partagés par une raie au milieu du crâne ; il me gratifia d'un sourire idiot.

— Avez-vous vu quelqu'un... une blonde, une fille drôlement *bien roulée*, très blonde... bafouillai-je.

Il eut un hochement de tête affirmatif, sans cesser de sourire.

— Où ça ? fis-je, soulagé.

— *No hablo inglés,* fut la réponse.

Il demeure toujours gravé dans ma mémoire, ce bref échange — peut-être d'autant plus fidèlement qu'à l'instant précis où je perçus sa réponse par-dessus son épaule velue, je repérai Sophie, sa tête à peine plus grosse qu'un point doré là-bas très loin au large sur les vagues vert pétrole. Sans réfléchir plus d'une fraction de seconde, je plongeai à sa poursuite. Je suis assez bon nageur, mais ce jour-là, je me retrouvai doté d'une ardeur littéralement olympique, conscient tout en fonçant frénétiquement à travers la houle paresseuse, que c'étaient la terreur et le désespoir qui animaient les muscles de mes jambes et de mes bras, me propulsant toujours plus loin avec une énergie farouche que jamais je n'aurais cru posséder en moi. J'avançai à vive allure à travers une houle légère ; néanmoins, je fus stupéfait de voir combien déjà elle s'était éloignée, et quand je m'arrêtai quelques instants pour me repérer et la localiser, je constatai avec un désespoir affreux qu'elle continuait à foncer droit devant elle, le cap sur le Venezuela. Je la hélai, une fois, deux fois, mais elle continua à nager.

— Sophie, reviens ! lançai-je, mais j'eusse tout aussi bien pu implorer le vent.

J'avalai une grande goulée d'air, adressai une petite prière régressive au dieu des Chrétiens — la première depuis bien des années — et repris mon crawl héroïque vers le sud à la poursuite de cette crinière jaune qui s'éloignait rapidement. Puis subitement, je compris que je la remontais, et à une vitesse spectaculaire ; à travers le flou salé qui m'embuait les yeux, je vis la tête grossir, se rapprocher. Je devinai qu'elle avait cessé de nager et, en quelques secondes, je l'eus rejointe. Submergée presque jusqu'aux yeux, elle n'était pas encore tout à fait au bord de la noyade ; mais elle avait le regard fou d'un chat acculé, elle buvait la tasse et se trouvait visiblement au seuil de l'épuisement.

— Non ! Non ! hoqueta-t-elle, en me repoussant à coups de petits gestes débiles.

Mais je me jetai sur elle, l'empoignai fermement de derrière par la taille et la gratifiai d'un « Ta gueule ! » empreint d'une indispensable hystérie. Je faillis pleurer de soulagement quand, sitôt que je l'eus agrippée, loin de se débattre farouchement comme je l'avais redouté, elle s'abandonna contre moi et me laissa la remorquer lentement vers le rivage, secouée de petits sanglots pathétiques qui crevaient comme des bulles contre ma joue et mon oreille.

A peine l'eus-je hissée sur la grève, qu'elle s'écroula à quatre pattes et régurgita deux bons litres d'eau. Puis, crachotant et toussant, elle resta vautrée le visage contre le sable à la lisière des vagues et, comme en proie à une crise d'épilepsie, se mit à frissonner éperdument, secouée par les affres d'un désespoir échevelé comme jamais je n'en avais vu de ma vie.

— Oh, Dieu, gémit-elle, pourquoi ne pas m'avoir laissée mourir ? Pourquoi ne m'as-tu pas laissée me noyer ? J'ai été si *mauvaise* — j'ai été si affreusement mauvaise ! Pourquoi ne pas m'avoir laissée me noyer ?

Impuissant, je restai planté là devant sa silhouette nue. Le promeneur solitaire que j'avais accosté sur la place s'était approché, et nous contemplait sans rien dire. Je remarquai une petite tache de ketchup sur ses lèvres ; puis d'une voix lugubre à peine audible, il nous gratifia de conseils en espagnol. Soudain, je m'effondrai tout contre Sophie, conscient d'être cette fois à bout de forces, et laissai courir ma main sur son dos nu. De cet instant, je conserve encore un souvenir tactile ; l'arête squelettique de son épine dorsale, le contour discret de chaque vertèbre, la longue ligne serpentine qui s'abaissait et se soulevait au rythme de sa respiration torturée. Il s'était mis à pleuvoir, un petit crachin chaud, qui se rassemblait en minuscules gouttelettes sur mon visage. J'appuyai ma tête contre son épaule. Et alors, je l'entendis dire :

— Tu aurais dû me laisser me noyer, Stingo. Il y a en moi tant de choses mauvaises. Personne ! Personne n'a en soi tellement de choses mauvaises.

Mais je parvins en fin de compte à la rhabiller et nous prîmes un autobus pour regagner Brooklyn et le Palais Rose. Je préparai du café qui l'aida à se dessoûler et elle passa toute la fin de l'après-midi et le début de la soirée à dormir. Quand elle se réveilla, elle avait encore les nerfs en piteux état — le souvenir de ce bain solitaire droit sur le néant la laissait manifestement bouleversée —, néanmoins, pour quelqu'un qui avait frôlé d'aussi près le désastre, elle paraissait avoir raisonnablement retrouvé ses esprits. Physiquement, elle ne paraissait pas trop éprouvée, quand bien même, encore toute gonflée d'eau salée, elle continua pendant des heures à être secouée de hoquets et à lâcher d'énormes rots fort peu distingués.

Et ensuite — eh bien Dieu sait qu'elle m'avait déjà entraîné dans certains des abîmes les plus secrets de son passé. Mais elle m'avait également laissé avec des questions demeurées sans réponses. Peut-être éprouvait-elle le sentiment qu'elle n'avait en réalité aucune chance de réintégrer le présent, à moins de parvenir, enfin, à passer aux aveux, comme on dit, et ce faisant à éclairer ce qu'elle avait jusqu'alors persisté à dissimuler non seulement à moi, mais aussi (qui sait ?) à elle-même. Ce fut ainsi que pendant le reste de ce week-end trempé de pluie, elle me raconta encore beaucoup de choses au sujet de sa saison en enfer. (Beaucoup de choses, mais pas tout. Une certaine chose en particulier demeura ensevelie en elle, dans le royaume de l'indicible.) Et je parvins enfin à discerner les contours de cette « force mauvaise » qui de manière tellement implacable l'avait traquée de Varsovie à Auschwitz et de là jusque dans ces aimables rues bourgeoises de Brooklyn, avec l'acharnement d'un démon.

Sophie avait été arrêtée en 1943 vers le milieu du mois de mars, quelques jours après l'assassinat de Jozef par les gardes ukrainiens. Une journée grise avec un grand vent qui soufflait en rafales et des nuages bas encore marqués par la crudité de l'hiver. Elle se souvenait que la chose s'était passée en fin d'après-midi. Lorsque les trois wagons du petit tramway qui la ramenait en ville s'arrêtèrent dans un hurlement de freins quelque part à la périphérie de Varsovie, une violente émotion l'étreignit, beaucoup plus violente qu'un simple pressentiment. Une certitude — la certitude qu'elle allait être envoyée dans un camp. Cette intuition fulgurante la frappa avant même que les agents de la Gestapo — une demi-douzaine au moins — grimpent dans le wagon et intiment à tous les voyageurs l'ordre de descendre dans la rue. Elle savait ce dont il s'agissait, la *lapanka* — la rafle — qu'elle avait redoutée et prévue dès l'instant où le tramway s'était arrêté sur une ultime secousse ; quelque chose dans la brusque décélération et la brutalité de l'arrêt présageait une catastrophe. Tout comme il y avait un présage de catastrophe dans l'âcre puanteur métallique des roues bloquées contre les rails, et la façon dont, dans le train bondé, tous les voyageurs, assis aussi bien que debout, avaient été précipités tous ensemble en avant, cherchant frénétiquement quelque chose à quoi se raccrocher. Ce n'est pas un accident, se dit-elle, c'est la police allemande. Et alors lui parvint l'ordre beuglé à pleine voix : « *Raus !* »

Ils découvrirent presque aussitôt le jambon de douze kilos. Son stratagème — elle avait ficelé le paquet enveloppé d'un journal sous sa robe et à même son ventre, de manière à simuler une grossesse avancée — était tellement éculé qu'il avait beaucoup plus de chances d'attirer l'attention que de réussir ; elle avait néanmoins pris le risque, sur l'insistance de la fermière qui lui avait vendu la précieuse viande. « Tu peux au moins essayer, avait dit la femme. S'ils te voient le transporter à découvert, tu es sûre de te faire prendre. En plus, tu as l'air d'une intellectuelle et tu t'habilles comme une intellectuelle, pas comme une de nos *babas* de la campagne. Ça peut t'aider. » Mais Sophie n'avait pas prévu ni la *lapanka* ni la minutie de la fouille. Aussi le voyou de la Gestapo, plaquant Sophie contre un mur de briques humide, ne fit-il pas le moindre effort pour dissimuler le mépris que lui inspirait la ruse de cette gourde de Polack, et, tirant un canif de la poche de sa veste, il en glissa d'un geste nonchalant et avec une

délicatesse presque amicale la lame dans la boursou-
flure de ce placenta bidon, tout en grimaçant un
sourire railleur. Sophie se souvenait de l'haleine du
Nazi qui puait le fromage, et de son commentaire
sarcastique quand la lame s'enfonça dans la croupe de
ce qui avait été, il n'y avait pas si longtemps, un
bienheureux cochon. « Tu ne peux pas dire dire ' aïe ',
Liebchen ? » Elle resta incapable, si grande était sa
terreur, d'articuler autre chose que quelques platitudes désespérées, mais, pour sa peine, se vit gratifiée
d'un compliment sur la parfaite élégance de son
allemand.

Elle eut la certitude qu'on allait la soumettre à la
torture, mais pour une raison quelconque, elle y
échappa. Ce jour-là, les Allemands semblaient ne plus
savoir où donner de la tête ; dans toutes les rues, des
Polonais par centaines étaient rassemblés comme du
bétail et emmenés en captivité, aussi le délit dont elle
était coupable (un délit grave, transporter de la viande
en fraude), et qui à tout autre moment lui eût sans
doute valu d'être soumise à une fouille des plus
minutieuses, passa inaperçu et fut bientôt oublié dans
la confusion générale. Ce qui ne signifie nullement
qu'elle-même passa inaperçue, et pas davantage son
jambon. A l'abominable quartier général de la Gestapo
— cette terrible réplique à Varsovie de l'antichambre
de Satan — le jambon, débarrassé de son papier et
luisant de toute sa chair rose, demeura exposé sur le
bureau entre d'une part elle-même, menottes aux
poignets, et un inquisiteur hyperactif au nez chaussé
d'un monocle, le portrait vivant d'Otto Kruger, qui la
somma de lui avouer où elle s'était procuré cette
denrée interdite. Son interprète, une jeune Polonaise,
fut prise d'une brusque quinte de toux. « Vous faites de
la contrebande ! » lança-t-il dans son polonais bâtard,
et quand Sophie répondit en allemand, elle s'attira son
deuxième compliment de la journée. Un grand sourire

mielleux et dentu de Nazi, sorti tout droit d'un film de Hollywood style 1938. Pourtant, il n'y avait guère là matière à plaisanterie. Ignorait-elle la gravité de son acte, ignorait-elle que toutes les viandes mais particulièrement les viandes de cette qualité étaient expressément réservées au Reich ? D'un ongle effilé, il détacha une petite lamelle de gras qu'il porta à sa bouche. Il grignota. *Hochqualitätsfleisch.* Tout à coup sa voix se fit rogue, un grondement hargneux. Cette viande, où se l'était-elle procurée ? Qui la lui avait fournie ? Sophie songea à la pauvre fermière, imagina les représailles qui l'attendaient elle aussi et, cherchant à gagner du temps, répondit : « Elle n'était pas pour moi, monsieur, cette viande. Elle était pour ma mère qui habite à l'autre bout de la ville. Elle est gravement malade, la tuberculose. » Comme si ce genre de sentiment altruiste pouvait avoir le moindre effet sur cette caricature de Nazi, harcelé qu'il était en outre par les coups qui martelaient la porte et la sonnerie agressive du téléphone. Quelle folle journée pour les Allemands et leur *lapanka.* « Je me fous totalement de votre mère ! rugit-il. Je veux savoir où vous avez pris cette viande ! Vous me le dites tout de suite, sinon je vous promets qu'on va vous le faire cracher ! » Mais les coups tambourinaient de plus belle sur la porte, un deuxième téléphone se mit à sonner ; le petit bureau devint une vraie cellule de fou. L'officier de la Gestapo hurla à l'un de ses sbires de le débarrasser de cette chienne polonaise — et jamais plus Sophie n'entendit parler de lui ni du jambon.

Tout autre jour, peut-être n'eût-elle même pas été arrêtée. L'ironie de la chose ne cessa de la torturer tandis qu'enfermée dans une cellule où régnait une obscurité presque complète, elle attendait en compagnie d'une douzaine d'autres habitants de Varsovie des deux sexes, qui tous lui étaient inconnus. La plupart — pas tous cependant — étaient jeunes, dans les vingt ou trente ans. Quelque chose dans leur comportement — peut-être uniquement la communion stoïque et impassible de leur silence — lui apprit qu'ils appartenaient tous à la Résistance. L'AK — Armia Krajowa. L'Armée de l'Intérieur. L'idée lui traversa alors soudain l'esprit que si seulement elle avait attendu une journée de plus (comme elle en avait eu l'intention) pour se rendre à Nowy Dwor où elle s'était procuré la viande, elle ne se serait pas trouvée dans le train, auquel, elle s'en rendait compte maintenant, les Allemands avaient sans doute tendu une embuscade dans l'espoir de piéger certains membres de l'AK qui voyageaient à bord. En lançant un grand filet dans l'espoir de capturer le plus possible de grosses prises, les Nazis ramenaient souvent de petits poissons, du menu fretin, pourtant fort intéressant, parmi lesquels, ce jour-là, Sophie. Assise à même le sol de pierre (il était maintenant minuit), elle étouffait de désespoir en pensant à Jan et Eva qui l'attendaient à la maison sans personne pour s'occuper d'eux. Dehors montaient en permanence des couloirs une rumeur et un jacassement de voix, un bruit de pas traînants et de bousculades à mesure que les victimes de la rafle continuaient à affluer dans la prison. A un certain moment, jetant un coup d'œil par le judas grillagé, elle entrevit un instant un visage familier, et son cœur se changea en plomb. Le visage ruisselait de sang. C'était celui d'un jeune homme qu'elle ne connaissait que par son prénom, Wladyslaw ; rédacteur en chef d'un journal clandestin, il avait à plusieurs reprises échangé quelques mots avec elle dans l'appartement de Wanda et Jozef, à l'étage au-dessous. Elle ne sut dire pourquoi, mais ce fut à cet instant précis qu'elle eut la certitude que Wanda avait été elle aussi arrêtée. Puis une autre idée lui traversa l'esprit. *Sainte Mère de Dieu,* souffla-t-elle en une prière instinctive, vidée de toutes forces et les jambes brusquement coupées par cette évidence : à

217

savoir que le jambon (outre le fait qu'il avait été dévoré par les types de la Gestapo) avait très probablement été oublié, et que son propre destin — quel qu'il fût en définitive — était désormais lié au destin de ces résistants. Et la conscience de ce destin fondit sur elle comme un sombre présage, un présage tellement chargé de menaces que le mot « terreur » lui en parut soudain édulcoré.

Sophie passa la nuit sans fermer l'œil. La cellule était glaciale et noire comme un tombeau, et tout ce qu'elle parvint à distinguer fut que la silhouette humaine — jetée comme un sac à côté d'elle aux petites heures du matin — était celle d'une femme. Et tandis que l'aube filtrait à travers le judas, ce fut avec horreur mais sans véritable surprise qu'elle reconnut Wanda dans la femme assoupie à côté d'elle sur le sol. Dans le petit jour blême, elle distingua peu à peu l'énorme bleu qui marquait la joue de Wanda ; un bleu répugnant, qui rappela à Sophie une grappe de raisins rouges écrasée. Elle esquissa un geste pour la réveiller, se ravisa, hésita, retira sa main : au même instant, Wanda se réveilla avec un grognement, cligna les yeux et plongea son regard droit dans les yeux de Sophie. Jamais elle n'oublierait l'expression de stupéfaction qui se peignit sur le visage meurtri de Wanda. « Zosia ! s'exclama-t-elle. Zosia ! *toi*, mais bonté divine, qu'est-ce que tu fais ici ? »

Sophie fondit en larmes et s'effondra sur l'épaule de Wanda, sanglotant avec tant de désespoir et de détresse qu'elle resta de longues minutes sans pouvoir marmonner un seul mot. Comme toujours, la patience et la fermeté de Wanda firent merveille ; à la fois sœur, mère et infirmière, elle lui prodigua murmures apaisants, petites tapes entre les omoplates et menues attentions ; pour un peu Sophie se serait endormie dans ses bras. Mais une angoisse trop forte la torturait et, après avoir repris ses esprits, elle raconta d'une traite comment elle avait été arrêtée dans le train. Il ne lui fallut pas plus de quelques secondes. Elle sentit que les mots se bousculaient pour franchir ses lèvres, consciente de la hâte et des lacunes de son récit et de son désir forcené d'obtenir une réponse à la question qui depuis douze heures lui tordait littéralement les entrailles :

— Les enfants, Wanda ! Jan et Eva. Sont-ils sains et saufs ?

— Oui, ils sont sains et saufs. Ils sont quelque part ici, ici même. Les Nazis ne leur ont fait aucun mal. Ils ont arrêté tout le monde dans l'immeuble — tout le monde, y compris tes enfants. Le grand nettoyage.

Une expression de souffrance se peignit sur son large visage aux traits accusés, maintenant défiguré par l'horrible meurtrissure.

« Oh mon Dieu, ils ont ramassé tellement de gens du réseau aujourd'hui. Quand ils ont tué Jozef, j'ai compris qu'on ne tiendrait plus longtemps. C'est un désastre.

Du moins rien de mal n'était arrivé aux enfants. Elle bénit Wanda, submergée par un exquis sentiment de soulagement. Soudain, elle n'y tint plus : elle avança les doigts, les tint en suspens au-dessus de la joue défigurée, la chair saccagée et boursouflée comme une éponge pourpre, mais elle n'osa y toucher et retira finalement sa main. Au même instant, elle se rendit compte qu'elle s'était remise à pleurer.

— Et toi, Wanda chérie, qu'est-ce qu'ils t'ont fait ? chuchota-t-elle.

— Un gorille de la Gestapo m'a jetée en bas de l'escalier, et puis il m'a bourrée de coups de pied. Oh, ces...

Elle souleva sa main, mais l'imprécation que visiblement elle se préparait à lancer mourut sur ses lèvres. Il y avait si longtemps que sans trêve tant de malédictions pleuvaient sur les Allemands que l'anathème le plus grossier, même le plus inédit, risquait de paraître insipide ; mieux valait rester bouche cousue.

« Ce n'est pas si terrible, je crois que je n'ai rien de cassé. Je suis sûre que c'est moins terrible que ça n'en a l'air.

De nouveau, elle entoura Zosia de ses bras, en poussant de petits sons rassurants.

« Pauvre Zosia, toi, tu te rends compte, toi, aller tomber dans leur saloperie de piège.

Wanda ! Comment Sophie pourrait-elle jamais sonder ou définir ses sentiments profonds à l'égard de Wanda — si complexe était ce mélange d'amour, d'envie, de méfiance, de dépendance, d'hostilité et d'admiration ? Par certains côtés, elles se ressemblaient tellement, et pourtant en même temps étaient si différentes. Au début de leur relation, c'était leur mutuelle fascination pour la musique qui les avait rapprochées. Wanda était venue à Varsovie pour étudier le chant au Conservatoire, mais la guerre avait réduit à néant ses aspirations, comme celles de Sophie. Lorsque le hasard avait voulu que Sophie s'installe dans le même immeuble que Wanda et Josef, c'étaient Bach et Buxtehude, Mozart et Rameau qui avaient cimenté leur amitié. Wanda était une grande jeune femme à la carrure athlétique, avec des membres gracieux de garçon et une flamboyante crinière rousse. Ses yeux étaient d'un bleu saphir d'une limpidité saisissante, comme jamais Sophie n'en avait encore vu. Un menton un rien trop saillant gâchait l'impression de réelle beauté, mais elle possédait une vivacité, une ferveur éclatante qui, à certains moments, la transformaient de façon spectaculaire ; elle rayonnait, se mettait à pétiller comme une gerbe d'étincelles (*fougueuse* * était le mot qui venait souvent à l'esprit de Sophie) comme ses cheveux.

Il existait au moins une similarité nettement marquée entre le milieu d'où sortait Sophie et celui d'où sortait Wanda : toutes les deux avaient été élevées dans une atmosphère de germanophilie enthousiaste. En vérité, Wanda portait un patronyme on ne peut plus allemand, Muck-Horch von Kretschmann — ce qu'elle devait au fait d'être née d'un père allemand et d'une mère polonaise, à Lodz, où l'influence allemande dans le commerce et l'industrie, principalement textile, avait toujours été profonde, pour ne pas dire prédominante. Son père, un fabricant de lainages de qualité inférieure, lui avait fait très tôt apprendre l'allemand ; comme Sophie, elle parlait la langue couramment et sans accent, mais d'âme et de cœur, elle était polonaise. Jamais Sophie n'aurait imaginé qu'un cœur humain pût nourrir un patriotisme aussi farouche, même dans un pays d'ardents patriotes. Wanda était la réincarnation de la jeune Rosa Luxemburg, dont elle vénérait la mémoire. Elle ne parlait que rarement de son père, de même qu'elle ne tenta jamais d'expliquer pourquoi elle avait rejeté de façon si radicale la partie allemande de son patrimoine héréditaire ; Sophie ne savait qu'une chose, de tout son être, de toute son âme, de tous ses vœux, Wanda aspirait à une Pologne libre — et avec plus de ferveur encore, au rêve d'un prolétariat polonais enfin émancipé après la guerre — et cette passion avait fait d'elle une résistante parmi les plus ardentes et les plus inébranlables. Elle était infatigable, intrépide, habile — un brandon. Outre son zèle et ses diverses compétences, sa parfaite connaissance de la langue de l'envahisseur honni l'avait rendue, bien sûr, extrêmement précieuse dans la clandestinité. Sachant que Sophie, elle aussi, connaissait depuis toujours parfaitement l'allemand, mais refusait d'utiliser ses dons pour aider la Résistance, Wanda commença par s'indigner de ce refus qui finit par mettre les deux amies au bord d'une brouille désastreuse. Car, à l'idée de se laisser entraîner dans le combat clandestin, Sophie était prise d'une peur

221

atroce, torturante, mortelle, tandis qu'aux yeux de Wanda, sa neutralité était non seulement une attitude antipatriotique, mais encore une preuve de lâcheté.

Quelques semaines avant la mort de Jozef et la rafle, un groupe de résistants avaient intercepté un camion de la Gestapo dans la ville de Pruszków, non loin de Varsovie. Le camion contenait une vraie mine de documents et de plans, et Wanda avait compris au premier coup d'œil que les énormes dossiers renfermaient des renseignements d'une nature hautement confidentielle. Mais il y en avait beaucoup, et il était indispensable de les traduire de toute urgence. Quand Wanda s'adressa à Sophie pour lui demander de l'aider, Sophie se retrouva une fois de plus incapable de dire oui, et leur vieille et douloureuse querelle reprit de plus belle.

— Je suis socialiste, avait dit Wanda, *toi*, tu n'as pas la moindre idéologie. De plus, tu as un petit côté bigot. Moi je m'en fiche. Dans le temps, je n'aurais rien éprouvé pour toi que du mépris, Zosia, du mépris et de l'antipathie. Il y a encore certains de mes amis qui refuseraient d'avoir le moindre rapport avec des gens comme toi. Moi, je suppose que j'ai dépassé ce stade. Je hais le rigorisme absurde de certains camarades. De plus, j'ai tout simplement de l'affection pour toi, comme tu t'en rends sans doute compte. Ce qui fait que je n'essaie pas de te convaincre en invoquant des arguments politiques ni même idéologiques. De toute façon, tu ne voudrais rien avoir à faire avec la plupart des camarades. Je ne suis pas typique, mais eux, ils ne sont pas *du tout* ton type — tu le sais déjà. De toute façon dans le mouvement, il n'y a pas que des politiques. Je fais appel à toi *au nom de l'humanité*. J'essaie de faire appel à ton sens *du respect de toi-même*, au sentiment que tu as d'être un *être humain* et une *Polonaise*.

A ce stade Sophie avait, comme toujours après

chacun des sermons fervents de Wanda, tourné les talons, sans mot dire. Debout devant la fenêtre, elle avait contemplé le paysage désolé de Varsovie figé par l'hiver, les immeubles éventrés par les bombes et les morceaux de débris ensevelis sous le suaire (il n'y avait pas d'autre mot) de la neige jaunâtre et souillée de suie — un paysage qui jadis lui arrachait des larmes de détresse mais ne suscitait plus en elle qu'une apathie dégoûtée, sa dégradation lui paraissant désormais inséparable de la misère et de la monotonie quotidiennes d'une cité pillée, terrifiée, affamée et agonisante. Si l'enfer avait eu des faubourgs, ils eussent ressemblé à ce paysage désolé. Elle suçait les extrémités de ses doigts à vif. Elle ne pouvait même pas se payer de mauvais gants. A force de s'échiner mains nues à l'usine de papier goudronné, elle s'était abîmé la peau ; un de ses pouces était gravement infecté et lui faisait mal. Elle se décida enfin à répondre à Wanda :

— Je te l'ai déjà dit et je te le répète, ma chère, je ne peux pas. Je ne veux pas. C'est tout.

— Et toujours pour la même raison, je suppose ?

— Oui.

Pourquoi Wanda refusait-elle de se résigner à sa décision, pourquoi ne laissait-elle pas tomber, ne la laissait-elle pas en paix ? Son obstination était exaspérante.

— Wanda, dit-elle doucement, je ne veux pas insister sur ce point plus qu'il n'est nécessaire. Je trouve très gênant de devoir répéter quelque chose qui devrait te paraître évident, parce que je sais que, fondamentalement, tu es quelqu'un de très sensible. Mais dans ma situation — je le répète — *je ne peux pas* prendre ce risque, à cause des enfants...

— Il y a dans la Résistance d'autres femmes qui elles aussi ont des enfants, coupa rudement Wanda. Pourquoi refuses-tu de te fourrer ça dans la tête ?

— Je te l'ai déjà dit, je ne suis pas « *les autres*

223

femmes » et je ne fais pas partie de la Résistance, répliqua Sophie, cette fois à bout de patience. Je suis *moi* ! Je dois agir selon ma conscience. Tu n'as pas d'enfants, *toi*. Il t'est facile de parler comme tu le fais. Je ne veux pas mettre l'existence de mes enfants en danger. Ils ont déjà la vie assez dure.

— Je crains bien de trouver parfaitement odieuse, Zosia, cette façon de te placer au-dessus des autres. Incapable de sacrifier...

— J'ai *sacrifié*, dit Sophie avec amertume. J'ai déjà perdu un mari et un père, et ma mère est en train de mourir de tuberculose. Pour l'amour de Dieu, quoi d'autre *encore* faudra-t-il que je sacrifie ?

Comment Wanda aurait-elle pu soupçonner l'antipathie — disons l'indifférence — que Sophie nourrissait à l'égard de son père et de son mari, enfouis maintenant depuis trois ans dans leurs tombes de Sachsenhausen ; néanmoins, ce que Sophie venait de dire n'allait pas sans pertinence, ce qui explique qu'elle détecta dans le ton de Wanda une certaine modération. Une note presque câline se faufila dans sa voix.

— Tu ne serais pas nécessairement exposée au danger, tu sais, Zosia. On ne te demanderait pas de prendre vraiment de grands risques — rien de comparable, même de loin, avec ce que certains de nos camarades ont fait, ou même moi. C'est ta cervelle qui nous intéresse, ta tête. Il y a tellement de choses que tu pourrais faire et qui, avec ta connaissance de la langue, seraient inestimables. Surveiller leurs émissions en ondes courtes, traduire. Ces documents volés hier à Pruszków dans le camion de la Gestapo. Autant s'expliquer franchement sur ce point tout de suite. Ils représentent une vraie mine d'or, j'en suis sûre ! Bien sûr, moi aussi je pourrais m'en occuper, mais il y en a tant et j'ai mille autres choses en tête. Ne vois-tu pas, Zosia, quels services inestimables tu pourrais rendre si seulement nous pouvions te confier ici certains de ces documents, en toute sécurité — personne n'aurait de soupçons ?

Elle se tut quelques instants, puis d'une voix pressante :

« Il faut que tu réfléchisses, Zosia. Ça devient *indécent* de ta part. Réfléchis aux services que tu pourrais nous rendre. Pense à ton pays ! Pense à la Pologne !

Le crépuscule tombait. Une minuscule ampoule palpitait tristement au plafond — une vraie chance ce soir, souvent il n'y avait pas de lumière. Depuis l'aube, Sophie n'avait pas arrêté de transporter des piles de papier goudronné, et elle constatait maintenant que son dos la faisait souffrir encore davantage que son pouce gonflé et infecté. Comme toujours, elle se sentait sale, souillée. Les yeux las et pleins de poussière, elle contemplait d'un regard morne le paysage désolé, sur lequel on eût dit que jamais le soleil ne jetait la moindre lueur. Elle eut un bâillement épuisé ; elle avait cessé d'écouter la voix de Wanda, ou plutôt, ne distinguait plus désormais le sens de ses paroles, qui s'étaient faites stridentes, modulées, pontifiantes, inspirées. Elle se demandait où était Jozef, se demandait s'il était en sûreté. Elle savait uniquement qu'il traquait quelqu'un dans un autre quartier de la ville, sa corde de piano lovée sous sa veste comme un serpent mortel — un garçon de dix-neuf ans obnubilé par sa mission de mort et de châtiment. Elle n'était pas amoureuse de lui, mais, disons — elle *tenait* infiniment à lui ; elle aimait sa chaleur dans le lit à côté d'elle, et resterait angoissée jusqu'à son retour. Sainte Marie Mère de Dieu, songeait-elle, quelle vie ! En bas dans la rue laide — grise et âpre, anonyme comme une semelle usée — une escouade de soldats allemands avançaient à pas lourds en luttant contre les rafales, cols de vestes battant dans le vent, fusil à l'épaule ; elle les suivit d'un regard machinal jusqu'au coin de la rue, les vit

225

tourner, disparaître, s'engouffrer dans une autre rue où elle savait que, sans l'écran que formait un immeuble éventré par les bombes, elle aurait aperçu la carcasse de fer et d'acier de la potence dressée sur le trottoir : aussi fonctionnelle qu'un chevalet de fripier couvert de vêtements usagés, et à ses bras horizontaux, d'innombrables habitants de Varsovie s'étaient tordus et balancés. Et se balançaient et se tordaient encore. *Seigneur, cela finirait-il jamais ?*

Elle était trop lasse pour s'arracher une plaisanterie, même de mauvais goût, mais la tentation l'effleura, *presque*, de river son clou à Wanda, de répondre en lui avouant une chose monstrueuse ancrée tout au fond de son cœur : la seule et unique chose qui pourrait m'attirer dans votre monde, ce serait cette radio. Ce serait de pouvoir écouter Londres. Non pas les nouvelles de la guerre. Non pas les nouvelles des victoires des Alliés, non pas les comptes rendus des combats de l'armée polonaise, non pas les consignes du gouvernement polonais en exil. Rien de tout cela. Non, je crois tout simplement que comme vous je serais prête à risquer ma vie et même à donner un bras ou une jambe, pour pouvoir une seule fois écouter Sir Thomas Beecham diriger *Cosi fan tutte*. Quelle idée choquante, quelle idée égoïste — elle en mesura pleinement l'ignominie sans bornes à l'instant même où elle lui traversait l'esprit —, mais elle n'y pouvait rien, c'était ce qu'elle ressentait.

Quelques instants, elle se sentit envahie de honte, honte d'avoir eu cette idée, honte d'avoir caressé ce rêve sous le toit qu'elle partageait avec Wanda et Jozef, ces deux êtres pleins d'abnégation et de bravoure dont la fidélité à la cause de l'humanité et de leurs concitoyens, et le dévouement envers les Juifs persécutés, étaient un désaveu de tout ce qu'avait jadis prôné son père. Bien que pour sa part au-dessus de tout reproche, elle s'était sentie salie, souillée par le souvenir de son père et de son atroce pamphlet, et de l'aide qu'il avait exigée d'elle pendant la dernière année de son activité fanatique, et du même coup sa brève relation avec la sœur et le frère, ces deux êtres dévoués, lui avait apporté un sentiment de salut et de rédemption. Elle eut un petit frisson et un regain de honte la brûla comme une fièvre. Qu'iraient-ils penser si jamais ils découvraient la vérité au sujet du professeur Bieganski, ou apprenaient que pendant trois ans elle avait caché sur elle un exemplaire du pamphlet ? Et pour quelle raison ? *Pour quelle innommable raison ?* Pour pouvoir s'en servir comme d'un petit levier, d'un instrument de marchandage éventuel avec les Nazis, au cas où l'ignoble occasion viendrait à se présenter. Oui, se dit-elle, *oui* — il n'y avait pas moyen d'échapper à cette réalité immonde et dégradante. Et tandis que Wanda discourait de plus belle à propos de devoir et de sacrifice, son secret l'emplit d'un tel trouble que, pour préserver son calme, elle le chassa de son esprit comme quelque ignoble excrément. Elle se remit à écouter.

« Il arrive toujours un moment dans la vie où tout être humain doit se dresser et choisir son camp, disait Wanda. Tu sais combien je te trouve merveilleuse. Et Jozef est prêt à donner sa vie pour toi !

Sa voix se fit plus aiguë, et Sophie commença à se sentir les nerfs à vif.

« Mais tu ne peux plus continuer à te conduire ainsi avec nous. Tu dois prendre tes responsabilités, Zosia. Tu en es arrivée à un point où tu ne peux plus continuer à rester les bras croisés, il faut que tu fasses un choix !

Ce fut à cet instant que dans la rue en contrebas, elle aperçut ses enfants. Ils avançaient lentement sur le trottoir, absorbés dans une grande conversation, tout en baguenaudant à la manière des enfants. Quelques rares piétons les croisèrent, pressés de regagner leur logis dans le crépuscule ; l'un d'eux, un vieil homme arc-bouté contre le vent, heurta gauchement au passage Jan, qui le gratifia d'un geste insolent de la main, puis poursuivit tranquillement son chemin en compagnie de sa sœur, plongée dans son bavardage, expliquant, expliquant, expliquant. Il était allé attendre Eva à la sortie de sa leçon de flûte — des leçons irrégulières, parfois décidées brusquement et de façon impromptue (au gré des impératifs du jour) qui avaient lieu dans une cave éventrée à une douzaine de rues de là. Le professeur, un certain Stefan Zaorski, avait jadis été flûtiste dans l'Orchestre symphonique de Varsovie, et Sophie avait dû cajoler, flatter et supplier pour le convaincre d'accepter Eva comme élève ; sans parler du peu d'argent dont Sophie disposait, une somme pitoyable, la perspective de donner des leçons dans cette ville nue et lugubre n'avait rien de très stimulant pour un musicien déchu ; il existait de meilleures façons, certes pour la plupart illégales, de gagner son pain. Il souffrait d'arthrite et était pratiquement paralysé des deux genoux, ce qui n'arrangeait rien. Mais Zaorski, encore jeune et célibataire, avait le béguin pour Sophie (comme tant d'autres hommes qui, à sa vue, étaient frappés du coup de foudre), et sans doute avait-il accepté uniquement pour pouvoir de temps à autre se délecter de la présence de sa belle. De plus, Sophie avait fait preuve d'une obstination tranquille mais implacable, d'une force de persuasion inlassable, et était parvenue à convaincre Zaorski qu'elle trouvait inconcevable l'idée d'élever Eva sans lui donner une culture musicale. Autant dire non à la vie elle-même.

La flûte. La flûte enchantée. Dans une ville de pianos muets ou désaccordés, ne serait-ce pas un bel instrument pour encourager une enfant à se plonger dans la musique. Eva était folle de la flûte, et après quatre mois environ, Zaorski, stupéfait de son talent instinctif, ne jurait plus que par la petite fille, ne cessait de la cajoler et de la traiter comme un petit prodige (ce qu'elle aurait pu devenir) : une nouvelle Landowska, une nouvelle Paderewski, une nouvelle offrande de la Pologne au panthéon de la musique — et en fin de compte, il en vint à refuser la somme ridicule que Sophie était à même de lui verser pour prix de ses leçons. Soudain Zaorski apparut un peu plus bas dans la rue, comme surgi du néant, de façon stupéfiante, pareil à un génie blond — un homme aux cheveux raides comme un balai, au visage rougeaud, l'air à demi famélique, aux yeux pâles remplis de frayeur et d'angoisse, qui avançait en traînant la patte. Le pull-over de laine qu'il portait, d'un vert noirâtre, était une vraie mosaïque de trous de mites. Sophie, surprise, plaqua son visage contre la vitre. Cet homme généreux, à demi névrosé, avait de toute évidence suivi Eva, ou plutôt, s'était lancé de son mieux à la poursuite des enfants, se hâtant à travers les rues, poussé par une inquiétude ou une raison dont Sophie ne pouvait avoir la moindre idée. Puis tout à coup la chose devint claire. Emporté comme toujours par son zèle de pédagogue, il s'était lancé en claudiquant sur les traces d'Eva pour rectifier, ou expliquer, ou développer quelque chose qu'il lui avait appris lors de sa dernière leçon — un point de doigté ou de mélodie —, quoi ? Sophie n'en avait aucune idée, mais se sentit à la fois émue et amusée.

Elle entrebâilla la fenêtre pour héler le petit groupe, maintenant blotti sur le seuil de l'immeuble voisin. Les cheveux paille d'Eva étaient coiffés en petites nattes. Elle avait perdu ses dents de devant. Comment, se demanda Sophie, arrivait-elle à jouer de la flûte ? Zaorski avait demandé à Eva d'ouvrir son étui de cuir pour en sortir la flûte : il la brandissait au-dessus de la tête de l'enfant, sans souffler dedans mais simplement pour démontrer en silence quelque arpège au moyen de ses doigts. Puis, portant l'instrument à ses lèvres, il en tira quelques notes. De longs instants, Sophie ne put rien entendre. D'énormes ombres balayaient le ciel hivernal. Dans un vrombissement assourdissant, une escadrille de bombardiers de la Luftwaffe traversait le ciel, en route vers l'Est et la lointaine Russie, volant très bas — cinq, dix, puis vingt appareils monstrueux dont les silhouettes de rapaces se découpaient contre le ciel. Ils surgissaient chaque jour en fin d'après-midi comme à heure fixe, et le tintamarre de leurs vibrations ébranlait la maison. La voix de Wanda fut noyée dans le rugissement.

Une fois les avions passés, Sophie regarda de nouveau par la fenêtre et parvint à entendre Eva jouer, mais seulement quelques brefs instants. La mélodie lui était familière, pourtant le nom lui échappait — Haendel, Pergolèse, Gluck ? —, un trille doux et complexe, d'une nostalgie lancinante, et d'une miraculeuse symétrie. Une douzaine de notes en tout, pas plus, qui faisaient surgir des antiennes aux tréfonds de l'âme de Sophie. Elles lui parlaient de tout ce qu'elle avait été, de tout ce qu'elle se languissait d'être — et de tout ce dont elle rêvait pour ses enfants, quel que fût l'avenir que Dieu leur destinait. Au fond de cet abîme, son cœur défaillait ; soudain elle se sentit faible, chancelante, et étreinte par le sentiment d'un amour lancinant, dévorant. En même temps, une joie immense — une joie à la fois délicieuse et désespérée — déferlait sur sa peau comme une flamme fraîche.

Mais la petite mélodie, parfaite — à peine commencée — s'était évaporée. « Merveilleux, Eva ! » lança la voix de Zaorski. « Tout à fait ça ! » Elle vit alors le professeur gratifier tour à tour Eva, puis Jan, d'une petite tape affectueuse sur la tête ; sur quoi, tournant les talons, il remonta la rue de sa démarche claudicante pour regagner sa cave. Tout à coup, Jan tira une des nattes d'Eva qui poussa un cri. « Arrête, Jan ! »

Puis les enfants s'engouffrèrent dans l'entrée. La voix de Wanda lui parvint, pressante :

— Il *faut* que tu te décides !

Sophie demeura un moment silencieuse. Enfin, avec les oreilles pleines du pas lourd des enfants qui grimpaient l'escalier, elle répondit d'une voix douce :

— Je te l'ai dit, mon choix est déjà fait. Je *refuse* de m'en mêler. Et je parle sérieusement ! *Schluss* !

Sa voix monta sur ce dernier mot, et elle se surprit à se demander pourquoi elle s'était exprimée en allemand.

« *Schluss — aus* ! C'est mon dernier mot ! »

Durant les cinq mois environ qui précédèrent l'arrestation de Sophie, les Nazis avaient redoublé d'efforts pour que le nord de la Pologne fût enfin *Judenrein* — purifié de ses Juifs. C'est alors que fut appliqué un programme de déportations massives qui, débutant en novembre 1942, se prolongea jusqu'en janvier suivant, et eut pour résultat que les innombrables milliers de Juifs que comptait le district nord-est de Bialystock furent entassés dans des trains et expédiés dans divers camps de concentration aux quatre coins du pays. Obligatoirement canalisés par le nœud ferroviaire de Varsovie, la majorité de ces Juifs du Nord échouèrent en fin de compte à Auschwitz. Entre-temps, à Varsovie même, la répression contre les Juifs connaissait une trêve — du moins en matière de déportations de masse. Que les Juifs de Varsovie eussent déjà été l'objet de déportations massives ressort clairement de certaines statistiques par ailleurs nébuleuses. Avant l'invasion de la Pologne par les Allemands en 1939, la population juive de Varsovie avoisinait 450 000 âmes — après New York, la plus grande concentration urbaine de Juifs dans le monde entier. Trois ans plus tard seulement, on ne comptait plus que 70 000 Juifs résidant à Varsovie ; la plupart des autres avaient péri, non seulement à Auschwitz, mais aussi à Sobibór, Belzec, Chelmo, Maidanek et, surtout, Treblinka. Ce dernier camp était situé dans une région sauvage, située fort opportunément à une courte distance de Varsovie, et, à l'inverse d'Auschwitz qui fonctionnait sur une grande échelle comme un bagne, il devint très vite un centre voué exclusivement à l'extermination. Il va sans dire que ce ne fut nullement un hasard si les énormes « transferts » de population du ghetto de Varsovie organisés en juillet et août 1942, et qui transformèrent ce quartier en une coquille vide, coïncidèrent avec la mise en place du repaire bucolique de Treblinka et de ses chambres à gaz.

En tout état de cause, des 70 000 Juifs demeurés dans la cité, la moitié environ résidaient « légalement » dans le ghetto en ruine (au moment même où Sophie se languissait dans la prison de la Gestapo, bon nombre d'entre eux se préparaient à mourir en martyrs au cours du soulèvement qui éclata quelques semaines plus tard à peine, en avril). La plupart des 35 000 rescapés — habitants clandestins du pseudo « interghetto » — végétaient dans le désespoir au milieu des ruines, comme des bêtes traquées. Il ne suffisait pas qu'ils fussent pourchassés par les Nazis ; ils vivaient dans la peur constante d'être trahis par des voyous spécialistes de « la chasse aux Juifs » — les proies de Jozef — et autres Polonais vénaux comme son ex-professeur de littérature américaine ; il arrivait même (et ce plus d'une fois) que les dénonciations fussent provoquées par les manœuvres tortueuses d'autres Juifs. Le plus affreux, comme le répétait inlassablement Wanda à Sophie, fut que la dénonciation et l'assassinat de Jozef lui-même constituaient la percée sur laquelle tablaient depuis longtemps les Nazis et entraînaient le démantèlement d'une fraction de l'Armée de l'Intérieur — Seigneur, quelle catastrophe ! Mais après tout, ajoutait-elle, il eût été naïf de ne pas s'y attendre. Ce fut donc somme toute à cause des Juifs qu'ils se retrouvèrent tous pris dans la même énorme nasse. Il est important de noter qu'un certain nombre de Juifs consacrés figuraient parmi les résistants. Et il faut ajouter ceci : bien que l'Armée de l'Intérieur, comme tous les mouvements de Résistance partout ailleurs en Europe, eût de multiples objectifs outre la protection et la défense des Juifs (d'autant plus qu'une ou deux organisations des partisans polonais firent preuve jusqu'au bout d'un antisémitisme virulent), cette aide aux Juifs, en règle générale, figurait encore en bonne place sur la liste de ses objectifs prioritaires ; aussi peut-on dire et soutenir sans risque d'erreur que ce fut en partie du moins à cause de leurs efforts en faveur de certains de ces Juifs traqués sans merci et constamment menacés d'un péril mortel, que des résistants ne tardèrent pas à être ramassés par douzaines, et que Sophie elle aussi — Sophie l'immaculée, l'irréprochable, l'inaccessible, la neutre — se fit par pur hasard prendre au piège.

Pendant la plus grande partie du mois de mars, la période de deux semaines que Sophie passa sous les verrous dans la prison de la Gestapo, les transferts de Juifs du district de Bialystock à Auschwitz via Varsovie avaient été provisoirement interrompus. Ce fait pourrait sans doute expliquer pourquoi Sophie et les membres de la Résistance — au nombre de 250 environ — ne furent pas eux-mêmes expédiés sur-le-champ au camp ; les Allemands, comme toujours soucieux d'efficacité, attendaient de pouvoir intégrer leurs nouveaux captifs à une cargaison plus importante de chair humaine, et les déportations de Juifs en provenance de Varsovie ayant été interrompues, ils avaient sans doute estimé ce répit opportun. Un autre point crucial — la suspension des déportations de Juifs en provenance du Nord-Ouest — mérite un commentaire ; il est très probable que cette suspension fut en rapport avec la construction des crématoires d'Auschwitz-Birkenau. Depuis les débuts du camp, le premier crématoire d'Auschwitz ainsi que sa chambre à gaz avaient constitué le principal instrument d'extermination au service du camp tout entier. Ses premières victimes avaient été des prisonniers de guerre russes. Les installations étaient d'origine polonaise : jusqu'à leur confiscation par les Allemands, les casernements et bâtiments d'Auschwitz avaient constitué la cellule centrale d'un dépôt de cavalerie. A une certaine époque, ce vaste ensemble de bâtiments aux murs bas et aux toits d'ardoise en pente avait servi d'entrepôt de légumes, et les Allemands avaient de toute évidence jugé que son architecture convenait parfaitement à leur objectif ; la grande caverne souterraine où s'entassaient jadis des monceaux de navets et de pommes de terre était parfaitement adaptée à l'asphyxie massive d'êtres humains, de même que les locaux contigus se prêtaient si naturellement à l'installation de fours crématoires, qu'ils paraissaient presque avoir été conçus tout exprès. Il suffisait d'y adjoindre une cheminée, et les bouchers pourraient commencer leur besogne.

Mais les capacités d'accueil étaient trop limitées pour absorber les hordes de condamnés qui commençaient déjà à affluer. Bien que plusieurs bunkers d'extermination, provisoires et de taille modeste, eussent été édifiés à la hâte en 1942, il s'ensuivit une crise provoquée par l'insuffisance des installations d'extermination et d'élimination des cadavres, dont la solution ne pouvait qu'être l'achèvement des immenses nouveaux crématoires de Birkenau. Les Allemands — ou plutôt, leurs esclaves juifs et non juifs, avaient travaillé dur tout l'hiver. Le premier de ces quatre gigantesques fours crématoires fut mis en service une semaine après la capture de Sophie par la Gestapo, le deuxième huit jours plus tard seulement — quelques heures à peine avant son arrivée à Auschwitz, le premier avril. Elle quitta Varsovie le trente mars. Ce jour-là, elle-même, Jan, Eva et les résistants au nombre de 250 environ, parmi lesquels Wanda, furent entassés à bord d'un train contenant 1 800 Juifs transférés définitivement de Malkinia, un camp de transit situé au nord-est de Varsovie, et où avaient été rassemblés les rescapés de la population juive du district de Bialystock. Outre les Juifs et les combattants de l'Armée de l'Intérieur, le train transportait aussi un contingent de Polonais — des Varsoviens des deux sexes, au nombre de deux cents environ —, tous ramassés par les agents de la Gestapo à la faveur d'une de leurs imprévisibles mais impitoyables *lapankas,* les victimes n'étant en l'occurrence coupables d'autre crime que de s'être trouvées par une malchance insigne dans la mauvaise rue à la mauvaise heure. Disons que tout au plus, la culpabilité de ces gens était de nature technique, sinon totalement illusoire.

Parmi ces malheureux se trouvait Stefan Zaorski, qui ne possédait pas de permis de travail et avait depuis longtemps confié à Sophie son pressentiment que de graves ennuis le menaçaient. La nouvelle de son arrestation frappa Sophie de stupeur. Elle l'aperçut de loin dans la prison et l'entrevit une fois dans le train, mais perdue dans la buée, la bousculade et le vacarme, elle ne parvint jamais à lui adresser la parole. De tous les convois acheminés sur Auschwitz depuis un certain temps, c'était l'un des plus bondés. Peut-être faut-il voir dans l'importance même du chargement l'indice de l'impatience qu'éprouvaient les Allemands d'étrenner leurs nouvelles installations de Birkenau. Aucune sélection ne fut opérée parmi ces Juifs pour trier ceux qui devaient être affectés aux travaux forcés, et quand bien même le fait qu'un convoi tout entier fût voué à l'extermination n'eût en soi rien d'exceptionnel, il convient de souligner que dans ce cas précis, le massacre illustrait peut-être l'impatience des Allemands à mettre en service, pour satisfaire leur orgueil, le plus récent, le plus grand, et le plus raffiné des outils dont disposait leur panoplie du meurtre technologique : pour l'inauguration du Crématoire II, les 1 800 Juifs furent jusqu'au dernier envoyés à la mort. Pas une seule âme n'échappa au gazage immédiat.

Bien que Sophie se montrât avec moi d'une extrême franchise en ce qui concernait sa vie à Varsovie, son arrestation et son séjour en prison, elle se mit à faire preuve de curieuses réticences à propos de sa déportation proprement dite et de son arrivée au camp. J'attribuai tout d'abord cela à l'excès de l'horreur, et ne me trompais pas, mais je ne devais apprendre que plus tard la véritable raison de ce silence et de ces faux-fuyants — et sur le moment à vrai dire je n'y prêtai guère attention. Si par l'accumulation de leurs statistiques les paragraphes qui précèdent peuvent paraître avoir un côté abstrait ou statique, la raison en est que j'ai dû essayer de replacer, et après tant d'années, dans un contexte plus large les événements auxquels Sophie et les autres avaient été mêlés à leur corps défendant, en utilisant des faits qui, en cette année lointaine au lendemain même de la guerre, n'eussent guère été accessibles qu'aux seuls spécialistes.

J'ai depuis beaucoup réfléchi. Je me suis souvent demandé à quelles conclusions aurait pu en arriver le Professeur Bieganski s'il avait vécu assez longtemps pour apprendre que le sort réservé à sa fille et, surtout, à ses petits-enfants, était une conséquence accessoire, et pourtant un inéluctable corollaire de la réalisation du rêve qu'il avait partagé avec ses idoles national-socialistes : la liquidation des Juifs. En dépit du culte qu'il vouait au Reich, il était fier d'être polonais. Sans doute était-il aussi exceptionnellement averti de tous les problèmes touchant l'exercice du pouvoir. Aussi est-il difficile de comprendre comment il avait pu s'aveugler au point de ne pas voir que l'immense holocauste, perpétré par les Nazis sur les Juifs d'Europe, finirait par s'abattre comme un brouillard étouffant sur son propre peuple — un peuple objet d'une haine si féroce que seule la priorité d'une haine plus impérieuse encore à l'encontre des Juifs constituait un rempart contre son extermination potentielle. Ce fut cette exécration des Nazis pour les Polonais qui, bien entendu, scella le destin du Professeur lui-même. Mais sans doute le fanatisme du Professeur l'avait-il aveuglé envers bien d'autres choses, et il est d'une ironie sans nom que — même si les Polonais et autres Slaves ne figuraient pas en tête de la liste des peuples promis à l'extermination — il se soit montré incapable de prévoir qu'une haine à ce point transcendante finirait par attirer dans son noyau destructeur, tels des éclats de métal aspirés par un irrésistible aimant, d'innombrables milliers de victimes qui pourtant n'arboraient pas l'étoile jaune. Sophie me dit un jour — à mesure qu'elle continuait à me révéler bribe par bribe des aspects de sa vie qu'elle m'avait jusqu'alors cachés — qu'en dépit de la sévérité et du mépris tyranniques que lui manifestait le Professeur, il avait toujours voué à ses deux petits-enfants une adoration touchante, authentique, et absolue. Il est vain de vouloir spéculer sur la façon dont aurait réagi cet homme tourmenté s'il avait vécu assez longtemps pour voir Jan et Eva engloutis par cette fosse noire que son imagination avait conçue à l'usage des Juifs.

Toujours je me souviendrai du tatouage de Sophie. Cette sinistre petite excroissance, fixée à son avant-bras comme une crête faite de minuscules morsures, était le seul, l'unique détail de toute sa personne qui —

la nuit de notre première rencontre au Palais Rose —
avait sur-le-champ suggéré à mon esprit l'idée fausse
qu'elle était juive. Dans la mythologie confuse et tissée
d'ignorance de l'époque, les Juifs rescapés du massacre
et ce pathétique stigmate étaient indissolublement
liés. Mais si j'avais alors été au courant de la métamorphose qu'avait subie le camp au cours de cette terrible
quinzaine que j'ai si longuement évoquée, j'aurais
compris que le tatouage avait un rapport important et
direct avec le fait que Sophie, bien que non juive, avait
été marquée comme telle. Voici ce qui s'était passé...
Elle et les autres non-Juifs de son convoi avaient été
l'objet d'une classification qui paradoxalement leur
avait épargné la filière de la mort immédiate. Une
pratique bureaucratique très révélatrice se trouve ici
en cause. Le tatouage des prisonniers « aryens » ne fut
instauré qu'à la fin du mois de mars, et Sophie se
trouva sans doute dans l'une des premières fournées de
non-Juifs à se voir ainsi dotés de la marque infamante.
Si de prime abord la chose peut paraître étrange, cette
nouvelle politique est facile à expliquer : elle découlait
du coup d'accélérateur donné à la machine de mort. La
« solution finale » désormais en voie d'achèvement et
les multitudes de Juifs alimentant de façon adéquate
les nouvelles chambres à gaz, il devenait inutile de
s'obstiner à les dénombrer. Sur l'ordre exprès de
Himmler, tous les Juifs sans exception devaient mourir. Dans le camp désormais *Judenrein*, viendraient les
remplacer des Aryens, dûment tatoués aux fins d'identification — esclaves eux-mêmes voués par degrés
insensibles à une autre forme de mort. D'où le tatouage
de Sophie. (Du moins, tel était dans ses grandes lignes
le plan initial. Mais comme il arrivait si souvent, le
plan fut une fois de plus modifié ; les ordres furent
annulés. Il y avait conflit entre la soif de meurtre et les
exigences du travail. Lors de l'arrivée au camp des
Juifs allemands, à la fin de ce même hiver, il fut

décrété que tous les détenus en bonne condition physique — hommes et femmes — se verraient assignés aux travaux forcés. Ce fut ainsi que dans cet univers de morts ambulants auquel Sophie se vit intégrée, Juifs et non-Juifs se retrouvèrent mêlés.)

Ce fut alors qu'arriva le 1er avril. Blagues douteuses. *Poisson d'avril.* En polonais, comme en latin : *Prima Aprilis.* Chaque fois que la roue du temps ramène cette date, égrenant les années au fil de ces décennies familiales, c'est toujours à mon association de cette date à la personne de Sophie que je dois cette bouffée d'authentique angoisse quand mes enfants m'infligent leurs gentils petits tours innocents « Poisson d'avril, Papa ! » ; et chaque fois le bon pater familias, d'ordinaire si indulgent, se mue immanquablement en ours mal léché. Je hais le 1er avril et je hais le Dieu judéo-chrétien. C'est cette date qui marqua la fin du voyage de Sophie, et il se trouve qu'à mes yeux la mauvaise plaisanterie tient moins à cette coïncidence plutôt prosaïque, qu'au fait que quatre jours plus tard seulement, un ordre de Rudolf Höss arrivait de Berlin, stipulant que les captifs non juifs ne seraient plus désormais envoyés à la chambre à gaz.

Longtemps Sophie refusa de me révéler le moindre détail sur son arrivée, ou peut-être son équilibre ne le lui permettait-il tout simplement pas — et peut-être cela est-il tout aussi bien. Mais avant même le jour où j'appris toute la vérité sur ce qui lui était arrivé, j'étais parvenu à me former une idée confuse des événements de cette journée — une journée que tous les témoignages décrivent comme prématurément chaude et printanière, avec partout la verdure des premiers bourgeons, les premières crosses des fougères, l'éclosion des premiers forsythias, l'air limpide et brillant de soleil. Les 1 800 Juifs furent promptement embarqués dans des camions et conduits à Birkenau, une opération qui débuta peu après midi et se prolongea pendant deux heures environ. Il n'y eut, je l'ai dit, aucune sélection : hommes, femmes et enfants, même valides et bien portants — tous moururent. Peu après, comme galvanisés par le même désir de liquider jusqu'à la dernière toutes les victimes qu'ils avaient sous la main, les officiers SS de service sur le quai envoyèrent aux chambres à gaz un plein wagon de résistants — c'est-à-dire deux cents. Ceux-ci furent également emmenés en camions, laissant derrière eux peut-être une cinquantaine de leurs camarades, parmi lesquels Wanda.

Survint alors une curieuse pause dans le déroulement de l'opération, et une attente qui se prolongea fort avant dans l'après-midi. Dans les deux wagons encore occupés, outre les survivants du groupe de résistants, il y avait encore Sophie, Jan et Eva, et le ramassis disparate de Polonais capturés à Varsovie lors de la dernière rafle. Le délai se prolongea encore plusieurs heures, presque jusqu'au crépuscule. Sur le quai les SS — les officiers, les doctes médecins, les gardes — paraissaient tourner en rond et suer à grosses gouttes, en proie aux affres de l'indécision. Ordres de Berlin ? Contrordres ? On ne peut que spéculer sur les raisons de leur anxiété. C'est sans importance. Il devint finalement clair que les SS avaient décidé de parachever leur œuvre, mais cette fois selon des critères sélectifs. Les sous-officiers chargés de la tâche lancèrent l'ordre de sortir, descendre, former les rangs. Puis les médecins prirent le relais. La sélection proprement dite dura un peu plus d'une heure. Sophie, Jan et Wanda furent envoyés au camp. La moitié des prisonniers environ eurent droit à ce sort. Parmi ceux envoyés à la mort au crématoire II de Birkenau, figuraient le professeur de musique Stefan Zaorski et son élève, la flûtiste Eva Maria Zawistowska qui, à peine une semaine plus tard, aurait eu huit ans.

CHAPITRE XIII

Il me faut maintenant peindre une petite vignette, que j'ai tenté de reconstituer en puisant dans le flot de souvenirs qu'égrena à mon intention Sophie lors de ce week-end d'été. J'ose espérer que le lecteur indulgent ne décèlera pas sur-le-champ à quel point cette petite évocation présage déjà Auschwitz, bien que — on le verra — ce soit pourtant le cas, et de tous les efforts de Sophie pour maîtriser la confusion de son passé, elle demeure, cette simple esquisse, cette ébauche, parmi les plus étranges et les plus déroutantes.

Le lieu est, une fois encore, Cracovie. Le moment : le début du mois de juin de l'année 1937. Les personnages, Sophie, son père, et quelqu'un qui n'est pas encore apparu dans ce récit : le Dr. Walter Dürrfeld, de Leuna, près de Leipzig, un des directeurs de l'IG Farbenindustrie, cet *Interessengemeinschaft,* ou trust — d'un gigantisme inconcevable, même pour l'époque —, dont le prestige et l'envergure suffisent pour que déjà l'esprit du Professeur Bieganski se mette à bouillonner sous l'empire d'une étourdissante euphorie. Sans parler du Dr. Dürrfeld lui-même, que le Professeur, en raison de sa spécialité universitaire — droit international et brevets industriels —, connaît de réputation comme l'un des chefs de file de l'industrie allemande. Ce serait rabaisser inutilement le Professeur, souligner exagérément la flagornerie dont il lui était arrivé de faire preuve face à certaines manifestations de la force et de la puissance allemandes, que de lui attribuer une servilité grotesque en présence de Dürrfeld ; à titre de savant et de spécialiste, lui-même, somme toute, jouit d'une réputation flatteuse dans son domaine. C'est en outre un homme éminemment sociable. Néanmoins, Sophie devine qu'il est outrageusement flatté d'approcher de si près la personne de ce titan, et il s'en faut de peu que son désir de plaire ne soit franchement gênant. L'entrevue n'a rien de professionnel. Il s'agit d'une rencontre purement mondaine. Dürrfeld et sa femme sont en vacances et visitent l'Europe de l'Est, et la petite réunion a été arrangée de Düsseldorf par une commune relation — une autorité reconnue, comme le Professeur — au moyen d'un échange de lettres et d'une rafale de télégrammes de dernière minute. En raison du programme chargé de Dürrfeld, il est hors de question que le petit événement prenne trop de temps, il ne peut même pas inclure un repas pris en commun : une brève visite à l'université et à son splendide Collegium Maius ; puis le château de Wavel, les tapisseries, un bref intermède le temps d'une tasse de thé, peut-être encore un petit détour quelque part, mais rien de plus. Une rencontre amicale d'un après-midi tout au plus, puis la gare, et le wagon-lit à destination de Wroclaw. Il est clair que le Professeur aspire à un contact plus prolongé. Il devra se contenter de quatre heures.

Frau Dürrfeld ne se sent pas bien — une attaque de *der Durchfall* la tient claustrée dans sa chambre de l'hôtel Francuski. Tandis que redescendu de sa visite aux remparts de Wavel, le trio coupe l'après-midi en sirotant un thé, le Professeur s'excuse avec peut-être un brin d'aigreur inutile de la médiocre qualité de l'eau de Varsovie, proclame avec peut-être un rien trop d'exubérance son regret de n'avoir fait qu'entrevoir un bref instant la charmante Frau Dürrfeld avant qu'elle gagne en toute hâte sa chambre. Dürrfeld opine courtoisement, Sophie se tortille sur sa chaise. Elle le sait, le Professeur la mettra plus tard à contribution pour l'aider à reconstituer cette conversation qu'il tiendra à consigner dans son journal. Elle sait également qu'elle a été contrainte de participer à cette sortie pour deux motifs publicitaires — parce qu'elle est d'une beauté sensass, comme on dit dans les films américains de cette année-là, mais aussi parce que grâce à sa présence, son assurance et sa maîtrise de la langue, elle est capable de démontrer à cet hôte distingué, ce dynamique capitaine d'industrie, comment la fidélité aux principes de la culture et de l'éducation allemandes a le pouvoir d'engendrer (qui plus est, dans un coin perdu du monde slave) cette ensorcelante réplique d'une Fräulein, à laquelle même le plus intransigeant des puristes raciaux du Reich ne saurait trouver à redire. Du moins a-t-elle le physique de l'emploi. Sophie continue à se tortiller, en priant le ciel pour que la conversation — une fois devenue sérieuse, à supposer qu'elle le devienne — évite la politique nazie : le fanatisme que révèle la récente évolution des théories raciales du Professeur commence à lui donner la nausée, et elle ne peut supporter l'idée de devoir écouter ni même faire écho, par devoir, à ces redoutables imbécillités.

Mais elle a tort de s'inquiéter. C'est de culture et d'affaires — non de politique — que se préoccupe le Professeur tandis qu'avec tact il mène la conversation. Dürrfeld écoute, un mince sourire sur les lèvres. Poli, attentif. C'est un bel homme de quarante-cinq ans environ au corps plutôt maigre, avec un teint rose de bonne santé et (détail qui frappe Sophie) des ongles d'une incroyable propreté. Ils en paraissent presque laqués, peints, les extrémités en croissant pareilles à de petites lunes d'ivoire. Sa tenue est impeccable et son complet de flanelle anthracite, coupé sur mesure, dans un tissu visiblement anglais, fait paraître démodé et suranné le costume à larges rayures criardes de son père. Ses cigarettes, elle le remarque, sont elles aussi anglaises — des Craven A. Il écoute le Professeur avec dans les yeux une petite lueur aimable, amusée, narquoise. Elle se sent attirée vers lui, vaguement — non, très fort. Elle se sent rougir, sait que ses joues sont cramoisies. Son père sème maintenant tout autour de la table des bribes d'histoire comme autant de joyaux, soulignant l'influence de la culture et de la tradition allemandes sur la ville de Cracovie, en fait sur toute la Pologne du Sud. Une tradition indélébile qui se perd dans la nuit des temps ! Bien entendu, et cela va sans dire (bien que le Professeur prenne soin de le dire), Cracovie était encore il n'y a pas si longtemps et ce, depuis trois quarts de siècles, sous la bénéfique férule de l'Autriche — *natürlich*, cela le Dr. Dürrfeld le savait ; mais savait-il aussi que la ville était un cas presque unique dans toute l'Europe de l'Est, dans la mesure où elle possédait sa propre constitution, appelée encore maintenant « les Droits des Magdebourg », basée sur certaines lois médiévales jadis édictées dans la bonne ville de Magdebourg ? Etait-il si surprenant, en conséquence, que cette communauté fût profondément imprégnée par les coutumes et le droit allemands, par l'esprit même de l'Allemagne, si bien que maintenant encore subsistait chez les gens de Cracovie l'instinct tenace d'entretenir le culte passionné de cette langue qui, comme le disait Von Hofmannsthal (à moins que ce fût Gerhart Hauptmann ?), est la plus sublimement expressive depuis le grec ancien. Et soudain Sophie se rend compte qu'elle est devenue la cible de l'attention paternelle. Même sa fille ici présente, poursuit-il, la petite Zosia, dont pourtant l'éducation n'a peut-être pas été des plus accomplies, parle avec tant de facilité que non seulement elle possède une maîtrise de la *Hochsprache*, l'allemand standard enseigné à l'école, mais aussi de la *Umgangssprache* idiomatique, et en outre, est capable d'imiter, pour peu que le Docteur le souhaite, presque toute la gamme des accents qui séparent ces deux niveaux de langue.

Suivent alors plusieurs minutes affligeantes (pour Sophie) pendant lesquelles, encouragée avec fermeté par son père, elle doit prononcer une phrase choisie au hasard en la parant de divers accents allemands. Il s'agit là d'un tour de mimétisme qu'elle a assimilé sans peine dans son enfance, et que le Professeur n'a cessé depuis d'exploiter avec délice. Un des petits méfaits qu'il commet de temps à autre à ses dépens. Sophie, d'ailleurs passablement timide par nature, déteste devoir se donner en spectacle devant Dürrfeld, mais, les lèvres crispées par un petit sourire gêné, elle obtempère, s'exprimant à la requête de son père en souabe, puis avec les intonations indolentes de Bavière, puis avec l'accent d'une enfant de Dresde, et de Francfort, suivi aussitôt par l'accent bas-allemand d'un Saxon de Hanovre pour enfin — consciente du désespoir que trahissent ses yeux — parodier un vieux paysan pittoresque du Scharzwald. « *Entzückend !* » lance la voix de Dürrfeld, ponctuée par un rire ravi. « Charmant ! Tout à fait charmant ! » Et elle devine que Dürrfeld, séduit par son petit numéro, mais sensible également à son embarras, a manœuvré avec adresse pour couper court à l'exhibition. Dürrfeld est-il irrité par son père ? Elle n'en sait rien. Elle l'espère. Papa, Papa. *Du bist ein... Oh merde**...

Sophie a du mal à surmonter son ennui, mais parvient à demeurer attentive. Le Professeur vient d'aborder avec tact (sans se montrer indûment curieux) le second des deux sujets qui lui tiennent le plus à cœur — l'industrie et le commerce, et surtout l'industrie et le commerce allemands, et la puissance exaltante qui galvanise ces activités, maintenant emportées par un essor d'un extraordinaire dynamisme. Il est facile de gagner la confiance de Dürrfeld ;

la connaissance qu'a le Professeur de l'architecture du commerce mondial est vaste, encyclopédique. Il sait quand soulever un sujet, quand le laisser tomber, quand se montrer direct, quand se montrer discret. Pas une seule fois il ne mentionne le Führer. Acceptant avec peut-être un rien trop de gratitude le beau cigare cubain roulé main que vient de lui offrir Dürrfeld, il exprime avec exubérance l'admiration que lui inspire une récente réussite allemande. Il vient précisément d'en lire un compte rendu dans le journal financier de Zurich auquel il est abonné. A savoir, la vente au profit des Etats-Unis de grandes quantités d'un caoutchouc synthétique depuis peu mis au point par IG Farbenindustrie. Quel glorieux exploit pour le Reich ! s'exclame le Professeur. Et Sophie remarque alors que Dürrfeld, qui pourtant ne semble guère sensible à la flatterie, sourit néanmoins de manière satisfaite et prend à son tour la parole avec quelque animation. Il paraît ravi des connaissances techniques que le Professeur témoigne sur le sujet, pour lequel il commence à s'enflammer à son tour, se penchant en avant et pour la première fois agitant ses mains merveilleusement soignées pour ponctuer un argument, puis bientôt un autre, et un autre encore. Suivent de nombreux détails mystérieux dont Sophie perd le fil, et elle se surprend une fois de plus à considérer Dürrfeld d'un point de vue étrangement féminin, il *a* du charme, se dit-elle, puis inondée d'une petite sueur honteuse, bannit cette pensée. (Mariée, mère de deux enfants ; comment ose-t-elle !)

Maintenant, tout en s'appliquant visiblement à garder son calme, Dürrfeld est saisi d'une violente colère intérieure : les phalanges d'une de ses mains blêmissent tandis qu'il crispe le poing, le pourtour de sa bouche devient, lui aussi, livide, tendu. Avec une fureur difficilement contenue, il parle de l'impérialisme, de *die Engländer* et *die Hollander*, du complot

246

des deux riches puissances pour fixer et contrôler le prix du caoutchouc naturel de manière à éliminer toutes les autres du marché. Et ils accusent IG Farben de pratiques monopolistes ! Que pourrions-nous faire d'autre ? dit-il d'une voix caustique, tranchante, qui surprend Sophie, tellement elle paraît en contradiction avec son onctueuse équanimité de tout à l'heure. Pas étonnant que le monde reste frappé stupeur devant notre exploit ! Avec la Malaisie et les Indes aux mains des Britanniques et des Hollandais qui criminellement imposent des cours astronomiques sur le marché mondial, que pouvait faire l'Allemagne sinon utiliser son ingéniosité technologique pour inventer un ersatz synthétique qui non seulement serait économique, durable et élastique, mais en outre — « *résistant au pétrole !* » Voilà ! Le Professeur vient de dire ce que Dürrfeld avait sur le bout de la langue. Résistant au pétrole ! Il a bien appris sa leçon, le rusé Professeur dont la mémoire a enregistré le fait saillant que c'est la *résistance au pétrole* du nouveau produit synthétique qui est tellement révolutionnaire et constitue le secret de sa valeur et de son importance. Encore une petite flatterie qui pour un peu atteindrait son but : Dürrfeld salue d'un sourire courtois la science du Professeur. Mais comme si souvent, son père ne sait pas quand s'arrêter. Se rengorgeant légèrement dans sa veste à rayures au col parsemé de pellicules, il se met à en rajouter, murmurant des termes chimiques comme « nitrile », « Buna-N », « polymérisation des hydrocarbures ». Son allemand est sirupeux — mais maintenant Dürrfeld, détourné de sa vertueuse colère contre les Britanniques et les Hollandais, retombe dans son détachement antérieur et contemple le pompeux Professeur en haussant les sourcils, avec un air d'ennui et de vague irritation.

Pourtant, chose assez bizarre, le Professeur peut dans ses meilleurs moments être un grand charmeur. Il est parfois capable de se racheter. Aussi dans la voiture qui les emmène à l'immense mine de sel de Wieliczka, au sud de la ville, tous les trois installés côte à côte sur la banquette arrière de la limousine de l'hôtel, une vénérable Daimler bichonnée qui fleure bon le vernis, son exposé parfaitement rodé sur la production du sel en Pologne est captivant, brillant, nullement ennuyeux. Il donne libre cours à ce talent qui fait de lui un conférencier plein de charme et un orateur doué d'une perspicacité exacerbée. Il n'a plus rien de pompeux ni d'artificiel. Le nom du roi qui a fondé la mine de Wieliczka, Boleslaw le Timide, suscite quelques instants d'amusement ; une ou deux discrètes plaisanteries, joliment synchronisées, provoquent chez Dürrfeld un regain d'euphorie. Tandis qu'il se détend, Sophie sent croître sa sympathie pour Dürrfeld ; comme il ressemble peu à un magnat de l'industrie allemande, songe-t-elle. Elle lui coule un regard en coin, touchée par sa totale absence d'arrogance, émue par quelque chose en lui de vaguement chaleureux, de vulnérable — s'agit-il uniquement d'une forme de solitude ? La campagne est verte, avec partout des feuillages qui s'ouvrent et frissonnent, des champs luxuriants embrasés de fleurs sauvages — le printemps polonais dans toute sa jeune gloire voluptueuse. Dürrfeld commente le spectacle avec un authentique ravissement. Sophie sent le contact de son bras contre le sien, et constate que sa peau nue se hérisse comme sous l'effet de la chair de poule. Elle essaie — sans succès, coincée sur le siège — de rompre le contact. Elle a un léger frisson, puis se décontracte.

Dürrfeld s'est détendu lui aussi et avec tant de naturel qu'il se sent même obligé de marmonner une vague excuse : il a tort de se laisser perturber ainsi par les Britanniques et les Hollandais, dit-il au Professeur d'une voix posée — excusez mon éclat ; mais il n'en demeure pas moins que leurs pratiques monopolistes et leurs manœuvres pour contrôler le marché d'une matière première telle que le caoutchouc, que les pays du monde devraient se partager équitablement, constituent une ignominie. Aucun doute qu'un citoyen de la Pologne qui, comme l'Allemagne, ne dispose pas de riches possessions outre-mer, ne soit capable d'apprécier ce point. Il va sans dire que ce n'est ni le militarisme ni un aveugle désir de conquête (calomnieusement imputés à certaines nations — à l'Allemagne, oui, bon Dieu, à l'*Allemagne*) qui font planer la menace d'un horrible conflit armé, mais cette *avidité*. Que devrait faire un pays comme l'Allemagne — privée de colonies qui auraient pu jouer pour elle le rôle de Gibraltar, dépouillée de ce qui eût été l'équivalent de son Sumatra, de son Bornéo — lorsqu'elle se voit confrontée à un monde hostile et cernée sur ses frontières par des pirates et des profiteurs internationaux ? L'héritage du traité de Versailles ! Oui, *et alors !* L'Allemagne est contrainte de faire preuve de *frénésie* créatrice. Elle doit fabriquer sa propre substance — tout ! — dans le chaos, et grâce à son propre génie, et puis se tenir le dos au mur, prête à affronter la horde de ses ennemis. Le petit discours se termine. Le Professeur rayonne et va jusqu'à applaudir avec enthousiasme.

Dürrfeld sombre alors dans le silence. Malgré la passion qui l'anime il est très calme. Il a parlé sans colère ni inquiétude, mais avec une éloquence incisive, une aisance tranquille, et Sophie se sent très impressionnée par ses paroles et l'absolue conviction qui les imprègne. En matière de politique et de problèmes mondiaux, elle est d'une totale naïveté, mais elle a l'intelligence de s'en rendre compte. Elle ne saurait dire ce qui l'émeut le plus, les opinions de Dürrfeld ou sa présence physique — peut-être le mélange des deux —, mais elle décèle dans ce qu'il vient de dire une logique pleine de conviction et d'honnêteté, et en tout cas il ne ressemble en rien au paradigme du Nazi qu'avec une rage virulente s'obstinent à clouer au pilori les minables libéraux et les fanatiques qui pullulent dans l'université. Peut-être qu'il *n'est pas* nazi, se dit-elle avec optimisme — pourtant, quelqu'un de si haut placé ne peut qu'être membre du Parti. Oui ? Non ? Ma foi, quelle importance. En tout cas elle est maintenant certaine de deux choses : elle est assaillie par une agréable sensation de désir, tenace, excitante, érotique, et cet érotisme fait naître en elle la même impression de danger, de douce nausée que bien des années auparavant, elle a ressentie tout enfant à Vienne au faîte de la terrifiante Grande Roue — sensation de péril à la fois délicieuse et quasi intolérable. (Pourtant alors que l'émotion la submerge, elle ne peut s'empêcher de frémir au souvenir du cataclysme conjugal qui, elle le sait, lui donne la liberté, le droit de jouir de ce désir qui l'électrise : la sihouette de son mari, en robe de chambre, planté sur le seuil de leur chambre plongée dans le noir, à peine un mois plus tôt. Et les paroles de Kazik, aussi atrocement cinglantes que la brusque morsure d'un couteau de cuisine zébrant son visage : il faut que tu te fourres ça dans le crâne, dans ton crâne obtus, encore plus obtus sans doute que le prétend ton père. Si je ne suis plus capable de faire l'amour avec toi, c'est, comprends-le bien, non par manque de virilité, mais parce que presque tout en toi, surtout ton corps, me prive de tout désir... je ne peux même pas supporter l'odeur de ton lit.)

Un moment plus tard, à l'entrée de la mine, tous deux contemplent un champ inondé de soleil où ondule et frémit la houle verte de l'orge, et Dürrfeld l'interroge sur elle-même. Elle répond qu'elle est — eh bien, une femme d'intérieur, l'épouse d'un professeur d'université, mais qu'elle étudie le piano, et qu'elle espère poursuivre ses études à Vienne d'ici un an ou deux. (Ils restent seuls quelques instants, debout l'un près de l'autre. Jamais Sophie n'a éprouvé un désir aussi intense d'être en tête à tête avec un homme. Ce qui a rendu possible ce moment n'est autre qu'une petite complication — une pancarte annonçant : entrée interdite, mine fermée pour travaux, le Professeur se confondant en une avalanche d'excuses qui jaillissent de ses lèvres, leur disant d'attendre, affirmant que le directeur est une de ses relations, qu'il se fait fort de résoudre le problème.) Elle a l'air si jeune, dit-il. Une jeune fille ! Il est difficile de croire, dit-il, qu'elle a deux enfants. Elle répond qu'elle s'est mariée très jeune. Lui aussi a deux enfants, dit-il : « Je suis un père de famille. » La remarque a quelque chose de polisson, d'ambigu. Pour la première fois, leurs yeux se croisent, il plonge son regard dans le sien ; il déborde d'une franche admiration, ce regard, et elle se détourne, secouée par un spasme de remords adultère. Elle s'écarte de quelques pas, la main en visière, se demandant tout haut où est passé Papa. Elle se rend compte que sa voix frémit dans sa gorge, une autre voix au tréfonds d'elle-même lui dit que demain il faudra qu'elle aille entendre la première messe. Dans son dos, l'autre voix demande maintenant si elle est jamais allée en Allemagne. Oui, répond-elle, il y a bien des années, elle a fait un séjour à Berlin. Les vacances de son père. Elle n'était qu'une enfant.

Elle dit alors qu'elle adorerait retourner en Allemagne, pour visiter le tombeau de Bach à Leipzig — et elle s'interrompt, gênée, se demandant ce qui a bien pu la pousser à dire une chose pareille ; bien que, c'est vrai, déposer des fleurs sur la tombe de Bach soit depuis longtemps un de ses désirs secrets. Il rit gentiment, mais il y a de la compréhension dans son rire. Leipzig, ma ville ! Mais bien sûr, dit-il, nous pourrions y aller si vous veniez nous voir. Nous pourrions faire un pèlerinage dans tous les grands sanctuaires de la musique. Le souffle lui manque — le « nous », le « si vous veniez nous voir ». Doit-elle interpréter cela comme une invitation ? Pleine de tact, indirecte même — mais une invitation ? Elle sent palpiter une veine sur son front et se hâte de fuir le sujet, ou plutôt s'en détourne prudemment. Nous avons beaucoup de bonne musique à Cracovie, dit-elle, il y a beaucoup de merveilleuse musique en Pologne. Oui, dit-il, mais pas autant que l'Allemagne. Si jamais elle venait, il l'emmènerait à Bayreuth — est-ce qu'elle aime Wagner ? — ou aux grands festivals de Bach, ou entendre Lotte Lenhmann, Kleiber, Gieseking, Furtwängler, Backhaus, Fischer, Kempf... Sa voix semble maintenant s'être muée en une mélodie amoureuse, un murmure cajoleur, poliment mais terriblement équivoque, irrésistible et qui (cette fois à son total espoir) l'emplit d'une excitation perverse. Si elle aime Bach, elle ne peut qu'aimer Telemann. *Nous* boirons en son honneur à Hambourg ! Et en l'honneur de Beethoven à Bonn ! Au même instant, un crissement de pas sur le gravier annonce le retour du Professeur. Il jacasse d'un ton ravi : « Ouvre-toi Sésame », dit-il. Sophie croit entendre le bruit de son cœur qui se dégonfle, et bat atrocement la chamade. Mon père, pense-t-elle, est tout ce que la musique ne peut pas être...

Et cela (dans le souvenir qu'en avait gardé sa mémoire) est pratiquement tout. Le prodigieux château de sel souterrain qu'elle a visité tant de fois et qui est peut-être, comme le prétend le Professeur, une des sept merveilles de l'Europe dues à la main de l'homme, est moins une déception en soi qu'un spectacle qui tout simplement ne parvient pas à captiver son attention, tellement l'a perturbée cet indéfinissable je-ne-sais-quoi — cet engouement — qui l'a frappée avec la brusque chaleur d'un éclair surgi du néant, la laissant faible et dolente. Elle n'ose permettre à ses yeux de croiser de nouveau ceux de Dürrfeld, quand bien même elle jette une fois encore un regard furtif sur ses mains : pourquoi la fascinent-elles ainsi ? Et tandis qu'ils prennent l'ascenseur pour descendre, puis se lancent dans la visite de ce royaume de cavernes voûtées, de couloirs tortueux et de transepts vertigineux d'une blancheur étincelante — une anti-cathédrale renversée, monument souterrain à la gloire de siècles et de siècles de labeur humain, plongeant vertigineusement dans les entrailles de la terre —, Sophie efface de sa conscience à la fois la présence de Dürrfeld et l'intarissable discours de son père, que d'ailleurs elle a déjà entendu une bonne douzaine de fois. Elle se demande avec désespoir comment à vrai dire elle peut être la proie d'une émotion à la fois si stupide et si dévastatrice. Il faudra que fermement elle chasse cet homme de son esprit, c'est tout. Oui, qu'elle le chasse de son esprit... *Allez* * !

Et c'est ce qu'elle fit. Elle raconta plus tard comment elle extirpa si radicalement Dürrfeld de sa mémoire que sitôt que sa femme et lui eurent quitté Cracovie — à peine une heure après leur visite à la mine de Wieliczka — jamais il ne revint une seule fois troubler ses souvenirs, ni hanter la périphérie de sa conscience, pas même comme un fantasme romantique. Peut-être était-ce le résultat de quelque force de volonté inconsciente. Peut-être était-ce seulement à cause de la futilité qu'il y aurait eu pour elle à nourrir l'espoir de le revoir un jour. Comme un rocher tombant en chute libre et englouti dans une des insondables cavernes de Wielczka, il disparut à jamais de son souvenir — un flirt innocent parmi d'autres, consigné dans l'album poussiéreux et refermé à jamais de sa mémoire. Pourtant six années plus tard, elle devait bel et bien le revoir, lorsque l'enfant chéri de la passion et du désir de Dürrfeld — le caoutchouc synthétique — et la place qu'il occupait dans la matrice de l'histoire firent que ce prince de l'industrie devint le maître de l'immense complexe industriel de Farben connu sous le nom de IG-Auschwitz. Lorsque leurs chemins se croisèrent au camp, leur rencontre fut plus brève encore et plus impersonnelle que leur entrevue de Cracovie. Pourtant, de ces deux rencontres distinctes, Sophie garda deux impressions tenaces, reliées l'une à l'autre de façon significative. Les voici : Durant cette balade par un après-midi de printemps en compagnie de l'un des plus virulents antisémites de Pologne, son admirateur Walter Dürrfeld, tout comme son hôte, n'avait pas une seule fois parlé des Juifs. Six ans plus tard, presque tout ce qu'elle entendit sortir de la bouche de Dürrfeld concernait les Juifs et les moyens de les expédier dans l'au-delà.

Pendant ce long week-end de Flatbush, Sophie ne me parla pas d'Eva, sauf pour me raconter en quelques mots ce que j'ai déjà relaté : que l'enfant avait péri à Birkenau le jour même de son arrivée. « On a emmené Eva, dit-elle, et jamais je ne l'ai revue. » Elle ne manifesta aucun désir de broder sur ce point et, de toute évidence, il eût été déplacé d'insister ; c'était — en un mot — une chose atroce, et cette précision, qu'elle m'apporta de façon si nonchalante, si désinvolte, me laissa privé de parole. Plus que jamais je m'émerveillais du flegme de Sophie. Très vite, elle en revint à Jan, qui, lui, avait survécu à la sélection, pour ensuite, elle l'apprit quelques jours plus tard par le téléphone arabe, être jeté dans cette enclave tragique connue sous le nom de Camp des Enfants. Je ne pus que présumer de ce qu'elle me raconta sur ses six premiers mois à Auschwitz, que le choc et le chagrin provoqués en elle par la mort d'Eva la plongèrent dans un désespoir qui aurait pu la détruire, à son tour, s'il n'y avait eu Jan et le problème de *sa* survie ; le simple fait que le petit garçon fût encore en vie, quand bien même séparé d'elle, et l'espoir de parvenir un jour peut-être à le voir suffirent à lui donner le courage de tenir pendant les premières phases du cauchemar. Presque toutes ses pensées étaient accaparées par l'enfant, et les maigres bribes de nouvelles qu'elle parvenait de temps à autre à recueillir à son sujet — il était relativement en bonne santé, il *vivait* toujours — lui apportaient le genre de vague et relatif réconfort où elle puisait la force d'endurer l'existence infernale qui chaque matin l'attendait au réveil.

Mais Sophie, comme je l'ai déjà précisé et comme elle-même l'expliqua à Höss lors de cette étrange journée qui tua dans l'œuf leur intimité naissante, appartenait à l'élite et, de ce fait, avait eu de la « chance » par contraste avec la plupart des nouveaux arrivés au camp. Elle s'était d'abord vue affectée à un baraquement, où conformément au cours normal des choses, elle eût sans doute en toute vraisemblance été vouée à cette mort vivante si minutieusement programmée, minutée, qui était le lot de la grande majorité de ses compagnons d'infortune. (Ce fut à ce point de son récit que Sophie évoqua pour moi le discours d'accueil du SS Hauptsturmführer Fritzch, et il n'est peut-être pas inutile de les citer l'un et l'autre, mot pour mot. « Je me souviens de ses paroles exactes. Il a dit : 'Vous êtes dans un camp de concentration, pas dans un sanatorium, et il n'y a qu'une façon d'en sortir — par la cheminée.' Et puis il a dit : 'Ceux qui ne sont pas contents, ils peuvent toujours aller s'accrocher aux barbelés. S'il y a des Juifs dans ce groupe, ils n'ont pas le droit de vivre plus de deux semaines.' Et puis : 'Il y a des bonnes sœurs parmi vous ? C'est comme pour les prêtres, vous avez droit à deux mois. Tous les autres, trois mois.' » Moins de vingt-quatre heures après son arrivée, Sophie avait compris qu'elle était condamnée à mort, et Fritzch n'avait fait que confirmer la chose en langage SS.) Mais comme elle l'expliqua par la suite à Höss lors de l'épisode que j'ai déjà relaté, un étrange faisceau de petits événements — l'agression d'une lesbienne dans le baraquement, une bagarre, l'intervention d'un chef de bloc compatissant — lui avaient valu un travail de sténodactylo et son transfert dans un autre baraquement où, pour un temps du moins, elle s'était trouvée à l'abri de la mortelle usure de la vie carcérale. Et puis au bout de six mois, un nouveau coup de chance lui avait apporté la protection et les menus privilèges de la maison Höss. Pourtant, il y eut d'abord une rencontre difficile. Ce fut quelques jours à peine avant la date prévue pour l'installation de Sophie sous le toit du Commandant que Wanda — qui durant toute cette période était restée confinée dans un des innombrables chenils de Birkenau, et que Sophie n'avait pas revue depuis ce jour d'avril où elles étaient arrivées au camp — réussit à rejoindre Sophie et l'accabla d'objurgations passionnées qui l'emplirent d'espoir au sujet de Jan et des chances de salut de l'enfant, mais également de terreur en exigeant de son courage des choses qu'elle eut la certitude de ne pouvoir accomplir.

— Aussi longtemps que tu seras dans ce nid de guêpes, il faudra que tu travailles pour nous, lui avait chuchoté Wanda dans un coin de la baraque. Tu n'as pas idée de ce que représente cette occasion. C'est cette occasion que la Résistance attend, espère depuis longtemps, voir quelqu'un comme toi placé dans ce genre de situation. Tu devras garder à chaque instant les yeux et les oreilles ouverts. Ecoute, ma chérie, il est très important pour toi de nous faire savoir ce qui se trame. Les mouvements de personnel, les changements de politique, les mutations parmi ces salauds de chefs SS — tout cela représente de précieux renseignements. C'est l'âme même du camp. Des nouvelles de la guerre ! Tout est bon pour contrer leur sale propagande. Tu ne vois donc pas que dans cet enfer, la seule chose qui nous reste c'est notre moral. Une radio, par exemple —

voilà qui serait sans prix ! Nous n'aurions pratiquement aucune chance de nous en procurer une, mais si
tu pouvais nous faire passer une radio pour qu'au
moins nous puissions écouter Londres, ça reviendrait
pratiquement à sauver des milliers et des milliers de
vies.

Wanda était malade. La terrible contusion laissée
par les coups reçus à Varsovie marquait encore son
visage. A Birkenau, les conditions d'existence dans le
quartier des femmes étaient ignobles et une affection
des bronches à laquelle toute sa vie elle avait été
prédisposée sévissait dans le camp, parant ses joues
d'une inquiétante rougeur hectique, si intense qu'elle
rivalisait avec le rouge brique de ses cheveux, ou des
grotesques bouclettes qui en tenaient lieu désormais.
Avec un mélange d'horreur, de chagrin et de remords,
Sophie eut tout à coup l'intuition que c'était en fait la
dernière fois qu'elle contemplait cette jeune fille,
résolue et courageuse, ardente comme une flamme.
« Je ne peux pas rester plus de quelques minutes », dit
Wanda. Renonçant soudain au polonais, elle continua
avec fougue dans un allemand familier, chuchotant à
l'oreille de Sophie que l'adjointe du chef de bloc rôdait
dans les parages, une putain de Varsovie au sinistre
visage qui avait l'air d'un faux jeton et d'une sale
moucharde, ce qui était le cas. En quelques mots
rapides, elle esquissa à Sophie son projet au sujet du
Lebensborn, s'efforçant de la convaincre que son
plan — tout délirant qu'il pût paraître — était peut-
être l'unique espoir de parvenir à arracher Jan au
camp.

L'affaire nécessiterait beaucoup de complicités, dit-
elle, impliquerait une foule de choses dont, elle le
savait, Sophie aurait une horreur instinctive. Elle se
tut et se mit à tousser, secouée de quintes atroces, puis
reprit : « Dès que j'ai eu de tes nouvelles par le
téléphone arabe, j'ai compris qu'il fallait à tout prix

que je te voie. On est au courant de tout. D'ailleurs pendant tous ces mois j'ai eu tellement envie de te voir, mais c'est ce nouveau projet qui rend la chose indispensable. J'ai pris tous les risques pour venir — si je me fais prendre, je suis perdue ! Mais dans cette fosse à serpents, qui ne risque rien n'a rien. Oui, je te le répète encore, et il faut que tu me croies : Jan va bien, il va aussi bien qu'il est possible de l'espérer. Oui, non pas une fois — trois fois, je l'ai vu à travers la clôture. Je ne veux pas te raconter d'histoires, il est squelettique, aussi squelettique que moi. C'est horrible dans le Camp des Enfants — tout est horrible à Birkenau —, mais je vais te dire autre chose. En général, les enfants sont soumis à un régime moins sévère que les autres. Pourquoi, je n'en sais rien, mais ce n'est certainement pas par scrupules de conscience. Une fois, j'ai réussi à lui porter quelques pommes. Il se débrouille bien. Il peut s'en sortir. Vas-y, pleure, chérie, je sais que c'est affreux, mais il ne faut pas que tu perdes espoir. Et il faut que tu essaies de le sortir de là avant l'hiver. Bien sûr, cette idée du Lebensborn peut paraître bizarre, mais la chose existe vraiment — on en a eu la preuve à Varsovie, tu te rappelles le petit Rydzon ? — et je le répète, il faut à tout prix que tu tentes le coup pour essayer de faire filer Jan. D'accord, je sais, il y a de fortes chances pour qu'il disparaisse sans laisser de traces si on l'envoie en Allemagne, mais du moins sera-t-il en vie et sain et sauf. Il y a de fortes chances aussi pour que tu parviennes à ne pas perdre sa piste, la guerre ne durera pas toujours.

« Ecoute ! Tout dépend du genre de relations que tu parviendras à nouer avec Höss. Il faut que tu te *serves* de cet homme, que tu tentes de le convaincre — vous allez vivre sous le même toit. Sers-toi de lui ! Pour une fois, il faut que tu oublies ta morale bégueule de petite bigote et que tu n'hésites pas à te servir au mieux de ton sexe. Pardon Zosia, mais laisse-le te baiser un bon coup, et il viendra te manger dans le creux de la main. Ecoute, le service de renseignements de la Résistance sait tout sur cet homme, de la même façon que nous savons toute la vérité sur Lebensborn. Höss est encore un de ces ronds-de-cuir crédules et bourrés de complexes qui crèvent d'envie devant les femmes. Ça, tu peux l'exploiter. Et exploite-le *lui* ! Ça ne lui coûtera pas grand-chose d'escamoter un petit Polonais pour l'intégrer au programme — après tout, ce sera toujours autant de gagné pour le Reich. Et coucher avec Höss ne sera pas de la collaboration, ça sera de l'espionnage — la cinquième colonne ! C'est pourquoi il faut que tu le pousses à bout, ce salaud. Pour l'amour de Dieu, Zosia, c'est ta chance ! Et pour nous, ce que tu feras dans cette maison est peut-être une question de vie ou de mort, pour tous les Polonais, les Juifs, tout ce ramassis de pauvres types du camp — *de vie ou de mort*. Je t'en supplie — ne nous laisse pas tomber ! »

Le temps s'écoulait. Wanda devait s'en aller. Avant de partir, elle donna à Sophie quelques ultimes instructions. Il y avait le problème de Bronek, entre autres. Dans la maison du Commandant, elle rencontrerait un factotum du nom de Bronek. Il serait un chaînon crucial entre la maison et la Résistance. Ostensiblement un des mouchards des SS, il était loin d'être le lèche-botte et le valet de Höss que par nécessité tactique il était contraint de simuler. Höss lui faisait confiance, c'était le chouchou polack du Commandant ; mais dans la poitrine de cet être fruste, en apparence servile et docile, battait le cœur d'un patriote qui avait prouvé que l'on pouvait lui faire confiance pour accomplir certaines missions, à condition qu'elles ne soient ni trop compliquées ni trop difficiles à comprendre. A dire vrai, il était écervelé mais habile — métamorphosé ainsi en légume digne de toute confiance par les expériences médicales qui avaient altéré son processus mental. Il était un instrument plein de zèle, mais incapable de prendre la moindre initiative. Vive la Pologne ! En réalité, expliqua Wanda, Sophie ne tarderait pas à se rendre compte que Bronek était tellement bien protégé par son personnage d'esclave soumis et inoffensif que, du point de vue de Höss, il ne pouvait qu'être au-dessus de tout soupçon — et c'était en cela que résidait à la fois la beauté et l'intérêt crucial de sa fonction d'agent et de relais de la Résistance. « Fais confiance à Bronek, dit Wanda, et sers-toi de lui si tu peux. » Il était temps que Wanda s'en aille, et sur une longue et dernière étreinte éplorée, elle disparut — laissant Sophie faible et désespérée, en proie au sentiment d'être totalement dépassée par les événements.

Ce fut ainsi que Sophie en vint à passer dix jours de sa vie sous le toit du Commandant — une période dont l'apogée fut cette journée folle et pétrie d'angoisse dont sa mémoire avait gardé un souvenir si précis, et que j'ai déjà relatée : une journée où sa tentative balourde et maladroite pour séduire Höss se solda, non par l'espoir d'une prochaine libération de Jan, mais par la promesse amère et torturante, en même temps qu'enivrante et délectable, qu'elle rencontrerait bientôt son enfant. (Rencontre trop brève peut-être pour être supportable.) Une journée qui avait abouti à un échec misérable, où, par la faute conjuguée de sa panique et de son étourderie, elle s'était montrée incapable d'aborder le sujet du Lebensborn, gâchant du même coup sa meilleure chance d'offrir au Commandant un prétexte légitime pour fermer les yeux sur la libération de Jan et son départ du camp. (*A moins*, se dit-elle ce soir-là en regagnant la cave, à moins qu'elle ne reprenne ses esprits et ne parvienne dès le lendemain matin à lui expliquer en gros son projet quand, fidèle à sa promesse, Höss amènerait le petit garçon à son bureau pour qu'elle le rencontre.) Ce fut aussi cette journée-là qu'à tous ses autres malheurs et terreurs s'était ajouté le fardeau presque intolérable d'un défi et d'une responsabilité. Et quatre ans plus tard, dans un bar de Brooklyn, elle me parla de la honte et du désespoir qui continuaient à la submerger quand elle se remémorait comment ce défi et cette responsabilité l'avaient pétrifiée de frayeur et en dernier ressort vaincue. Ce fut en fin de compte l'une des parties les plus noires de sa confession, et le cœur de ce qu'elle appelait, inlassablement, sa « mauvaiseté ». Et je commençai à voir comment cette « mauvaiseté » allait bien au-delà de ce qui était — aurait-on dit — le remords mal placé qu'elle gardait de ses efforts maladroits pour séduire Höss, ou même de sa tentative tout aussi maladroite pour le manipuler grâce au pamphlet de son père. Je vis alors enfin comment, entre autres attributions, le mal absolu provoque une paralysie absolue. Au bout du compte, Sophie le rappelait avec angoisse, son échec se trouva réduit à un assemblage de métal, de verre et de plastique d'une banalité dérisoire et en même temps d'une importance cruciale, la radio que, pensait Wanda, jamais Sophie n'aurait l'incroyable chance de parvenir à voler. Et cette chance, elle la gâcha irrémédiablement...

A l'étage au-dessous du palier qui servait de vestibule au grenier de Höss, se trouvait la petite chambre réservée à Emmi, onze ans, troisième des cinq rejetons du Commandant. Sophie était passée bien des fois devant la porte en montant au bureau ou en redescendant, et avait constaté qu'elle demeurait souvent ouverte — ce qui en réalité n'avait rien d'extraordinaire, s'était-elle dit, si l'on se souvient que dans cette maisonnée régie par une main de fer, le chapardage était en fait aussi inconcevable que le meurtre. Sophie s'était plus d'une fois arrêtée pour jeter un coup d'œil sur la chambre de l'enfant, immaculée et bien rangée, qui même à Augsbourg ou Münster eût été irréprochable. Un robuste lit à une place garni d'un couvre-pied à fleurs, des animaux en peluche empilés sur une chaise, quelques trophées en argent, une pendule coucou, un mur décoré de cadres tarabiscotés renfermant des photos (une scène alpestre, un défilé de jeunesses hitlériennes, un paysage de bord de mer, l'enfant elle-même en maillot de bain, des poneys s'ébattant dans un pré, des portraits du Führer, « Onkel Heini » Himmler, Maman, souriante, Papa souriant, en civil), une commode encombrée d'une foule de bibelots et de bijoux de pacotille, et, à côté, une radio portative. C'était la radio qui chaque fois avait accroché son regard. Cette radio, pourtant, Sophie l'avait rarement entendue ou vue marcher, sans doute parce qu'elle avait été détrônée par l'énorme tourne-disque qui braillait jour et nuit au rez-de-chaussée.

Un jour qu'elle passait devant la chambre, elle avait constaté que la radio était allumée — des ersatz modernes des valses de Strauss en sortaient, braillées par une voix qui identifiait la source de la musique, une station de radio de la Wehrmacht, peut-être Vienne, peut-être Prague. Les accords limpides, étouf-fés, étaient d'une netteté stupéfiante. Mais c'était la radio elle-même qui la fascinait, non par sa musique, mais par sa simple présence — la captivait par sa taille, sa forme, son adorable côté modèle réduit, son aspect de jolie miniature, son incroyable maniabilité. Jamais l'idée n'avait effleuré Sophie que la technologie pouvait parvenir à cette merveilleuse compacité, mais bien sûr, elle ne s'était guère intéressée à ce que le Troisième Reich et sa science toute neuve de l'électro-nique avaient concocté durant ces années explosives. La radio n'était pas plus grosse qu'un livre de taille moyenne. Sur l'un des panneaux latéraux, le mot *Siemens* s'étalait en caractères gravés. De couleur brun sombre, le couvercle de plastique s'articulait à deux charnières pour former l'antenne, qui montait la garde au-dessus du petit coffre bourré de tubes et de piles, assez petit pour pouvoir se loger facilement dans le creux d'une main. La radio torturait Sophie, la torturait de terreur et de désir. Et au crépuscule de ce jour d'octobre, quand après avoir affronté Höss elle regagna sa cellule humide de la cave, elle aperçut la radio par la porte entrouverte et sentit ses entrailles se liquéfier de peur à la simple idée qu'enfin, sans plus d'hésitation ni d'atermoiements, elle devait se débrouiller pour la voler.

Elle s'était arrêtée dans l'ombre du couloir, à quelques pas à peine du pied de l'escalier qui menait au grenier. La radio chuchotait en sourdine une musique sirupeuse. Au-dessus, retentissait le martèlement des lourdes bottes de l'aide de camp de Höss, qui circulait sur le palier. Höss lui-même était parti en tournée d'inspection. Elle demeura quelques instants figée sur place, vidée de ses forces, affamée, brusquement transie, au bord du vestige ou de la syncope. Jamais encore une journée ne lui avait paru plus longue que celle-ci, au cours de laquelle tout ce qu'elle avait rêvé de réussir avait débouché sur le gouffre d'un horrible néant. Non, pas tout à fait un néant : la promesse de Höss de lui laisser au moins voir Jan, c'était là une chose qu'elle avait arrachée au naufrage. Mais avoir manœuvré avec cette maladresse insigne, se retrouver pratiquement à son point de départ, confrontée à la nuit menaçante du camp et de la mort lente — c'était là plus qu'elle ne pouvait accepter ni comprendre. Elle ferma les yeux et, étourdie par une brusque nausée provoquée par la faim, s'appuya contre le mur. Le matin en ce même endroit, elle avait vomi les figues : il y avait longtemps que les souillures avaient été enlevées, et le plancher récuré par quelque esclave polonais ou SS, mais dans son imagination, flottait encore comme un fantôme une senteur douce-amère, et dans un spasme de colique torturante la faim lui tordit brusquement l'estomac. Machinalement elle leva les mains, ses doigts tâtonnants frôlèrent soudain une fourrure. Elle crut toucher les couilles d'un diable velu. Elle lâcha un cri coupé net, un hoquet grinçant, et ses yeux s'ouvrant brusquement, se rendit compte que sa main avait effleuré le menton d'un cerf aux nobles andouillers, abattu en 1938 — comme l'avait précisé Höss à l'un de ses visiteurs, un jour qu'elle se trouvait à portée de voix — d'une balle en pleine cervelle à trois cents mètres de distance, « tir à vue », sur les pentes au-dessus du Königssee, si profond dans l'ombre de Berchtesgaden que le Führer, eût-il occupé sa résidence (qui sait, il l'occupait peut-être), aurait pu entendre le fatal *pan*!...

Maintenant les yeux de verre protubérants du cerf, reproduits avec un art minutieux jusqu'aux moindres filets de sang, lui renvoyaient deux images jumelles d'elle-même ; frêle, amaigrie, le visage tranché par deux plans cadavéreux, elle contemplait intensément cette réplique d'elle-même, se demandant comment, dans son épuisement, dans la tension et l'incertitude de l'instant, elle parvenait encore à se cramponner à sa raison. Depuis tant de jours que gravissant et redescendant l'escalier, elle passait et repassait devant la porte d'Emmi, elle avait ruminé sa stratégie avec une terreur et une anxiété croissantes. Elle était harcelée, torturée par la nécessité impérieuse de ne pas trahir la confiance de Wanda, mais — oh Seigneur, que c'était difficile ! Le facteur essentiel pouvait se résumer en un mot : soupçon. La disparition d'un objet aussi rare et précieux qu'une radio serait un événement d'une gravité terrifiante, susceptible de provoquer représailles, châtiments, tortures, et même massacre aveugle. Les détenus employés dans la maison seraient par principe la première cible des soupçons ; ils seraient les premiers à être fouillés, interrogés, battus. Même les grosses couturières juives ! Mais il y avait aussi un élément positif sur lequel, Sophie le comprenait, elle devait spéculer — la présence des SS eux-mêmes. Si seuls quelques rares prisonniers tels que Sophie avaient eu accès aux étages supérieurs, manigancer un tel larcin eût été totalement impensable. Cela aurait tenu du suicide. Mais des SS par douzaines défilaient chaque jour dans l'escalier pour se rendre au bureau de Höss — messagers, porteurs d'ordres, de mémorandums, de pétitions, de formulaires de mutation, réservistes de toutes sortes, Sturmannführer, Rottenführer, Unterscharführer, appelés par leurs devoirs des quatre coins du camp. Eux aussi auraient posé des regards de convoitise sur la petite radio ; quelques-uns d'entre eux, au moins, étaient parfaitement capables de chapardages et il était peu probable que, de leur côté, ils échappent aux soupçons. A dire vrai, dans la mesure où bien plus de SS que de détenus avaient des motifs de fréquenter le pigeonnier de Höss, il paraissait logique à Sophie de supposer que les détenus de confiance comme elle-même échapperaient au fardeau des soupçons les plus immédiats — ce qui en outre lui fournirait une meilleure chance de se débarrasser du butin.

En fin de compte, donc, tout était une affaire de minutage, comme elle l'avait chuchoté la veille à l'oreille de Bronek : dissimulant la radio sous sa blouse, elle se hâterait de descendre à la cave pour la lui remettre dans le noir. A son tour, Bronek refilerait aussitôt le petit poste à son contact, qui attendrait dehors devant la grille. Entre-temps, l'alerte aurait été donnée. La cave serait fouillée de fond en comble. Se joignant aux recherches, Bronek se démènerait comme un diable boiteux en baragouinant des conseils, affichant l'ignoble zèle d'un fidèle collaborateur. La fureur et le vacarme ne donneraient aucun résultat. Les prisonniers terrorisés commenceraient bientôt à se rassurer. Quelque part dans la garnison, un Unterscharführer boutonneux, paralysé de terreur, s'entendrait accuser de cette félonie insensée. En soi, une petite victoire pour la Résistance. Et dans les entrailles du camp, blottis au péril de leur vie autour du précieux petit coffret, des hommes et des femmes écouteraient la mélodie lointaine d'une polonaise de Chopin, des voix porteuses d'espoir, de bonnes nouvelles et de promesses de secours, et éprouveraient un sentiment qui ressemblerait beaucoup à une authentique renaissance.

Elle le savait, il lui fallait agir vite, s'en emparer maintenant, ou se damner à jamais. Aussi passa-t-elle à l'action, le cœur battant la chamade, sans se débarrasser de sa peur — sa peur qui lui collait à la peau comme une compagne maléfique — et se faufila dans la chambre. Il lui suffisait d'avancer de quelques pas, mais, alors même qu'elle avançait, titubante, elle sentit que quelque chose clochait, sentit qu'elle avait commis une affreuse erreur de tactique et de minutage : dès l'instant où elle posa la main sur le plastique froid de la radio, elle eut le pressentiment d'une catastrophe, qui remplit l'espace de la chambre comme un cri muet. Et il lui revint maintes fois par la suite comment, à l'instant précis où sa main effleura le petit coffret si longtemps convoité, consciente de son erreur (pourquoi sur-le-champ cette confusion avec certaine partie de croquet ?), elle entendit dans quelque lointain jardin d'été de son esprit la voix de son père, quasi jubilante de mépris : *Tu ne fais jamais que des bêtises.* Mais elle n'eut qu'une fraction de seconde pour y réfléchir avant que retentisse derrière elle l'autre voix, si prévisible dans son inévitabilité que même la froideur didactique, le sens germanique de l'*Ordnung,* dans les mots eux-mêmes, ne lui furent pas une surprise : « Peut-être que ton travail t'oblige à circuler dans le couloir, mais tu n'as rien à faire dans cette chambre. » Sophie pivota d'un bloc et se retrouva face à face avec Emmi.

La fillette était debout près de la porte du placard. Jamais Sophie ne l'avait vue de si près. Elle était vêtue d'une culotte de rayonne bleu pâle ; ses seins précocement développés de petite fille de onze ans gonflaient un soutien-gorge de la même teinte pastel. Elle avait un visage très blanc et étonnamment rond, pareil à un gâteau mal cuit, couronné par une frange de cheveux jaunes bouclés ; ses traits étaient à la fois beaux et dégénérés ; piégée dans ce cadre sphérique, la beauté boursouflée du nez, de la bouche et des yeux paraissait plaquée comme sur — sur une poupée, pensa d'abord Sophie, puis, comme sur un ballon. A y réfléchir, elle semblait moins dépravée que... *pré-innocente ?* Pas encore née ? Frappée de mutisme, Sophie la contemplait, en songeant : Papa avait raison de me traiter de bonne à rien, je gâche tout : ici, il suffisait que je jette d'abord un coup d'œil. Elle bafouilla, puis retrouva la parole :

— Je m'excuse, *gnädiges Fräulein*, je voulais seulement...

Mais Emmi la coupa :

— Inutile d'essayer d'expliquer. Tu es entrée ici pour voler cette radio. Je t'ai vue. Je t'ai vue qui t'apprêtais à la prendre.

Le visage d'Emmi ne laissait transparaître que très peu de choses, à moins qu'il en fût incapable. Avec un aplomb qui démentait sa semi-nudité, elle fouilla sans se presser dans son placard et en sortit un peignoir de tissu éponge blanc. Puis elle se retourna brusquement :

— Je vais aller tout raconter à mon père. Il veillera à ce que tu sois punie, dit-elle d'une voix posée et narquoise.

— Je voulais seulement la regarder ! improvisa Sophie. Je le jure ! Je suis passée si souvent devant votre chambre. Je n'ai jamais vu une radio si... si petite. Si... si *astucieuse !* Je n'arrivais pas à croire qu'elle pouvait marcher. Je voulais simplement voir...

— Menteuse, dit Emmi, tu te préparais à la voler. Je l'ai lu sur ta figure. J'ai vu à ton air que tu avais l'intention de la voler, et pas seulement de la prendre pour la regarder.

— Vous devez me croire, dit Sophie, consciente des sanglots qui lui nouaient la gorge et terrassée par une lassitude paralysante, les jambes lourdes et glacées. Jamais je n'aurais eu l'idée de prendre votre...

Elle se tut, frappée par l'idée que tout cela n'avait plus d'importance. Maintenant que de façon ridicule elle avait gâché toute l'affaire, tout semblait sans importance. Une seule chose pourtant avait encore de l'importance, elle verrait son petit garçon le lendemain, et comment Emmi pouvait-elle l'en empêcher ?

— Tu avais *envie* de la prendre, s'obstinait la fille, ça vaut soixante-dix deutschmarks. Et en bas dans la cave, tu aurais pu écouter de la musique. Tu n'es qu'une sale Polack, tous les Polacks sont des voleurs. Ma mère dit que les Polacks sont pires que les Tziganes, et en plus, ils sont plus sales — le nez se fronça dans le petit visage de lune —, tu pues !

Sophie sentit qu'un voile noir surgissait derrière ses yeux. Elle s'entendit gémir. La tension considérable qui l'accablait, la faim, le chagrin, la terreur, ou Dieu sait quoi encore, tout cela faisait qu'elle avait au moins une semaine de retard dans ses règles (deux fois déjà la chose lui était arrivée depuis son arrivée au camp), mais cette fois, la sensation de tiraillement et de suintement chaud et humide survint dans ses reins comme un éclair ; elle sentit se déclencher l'immense flux anormal, en même temps qu'elle prenait conscience de l'irrépressible obscurité qui peu à peu voilait sa vision. Le visage d'Emmi, un flou lunaire, fut à son tour capturé par cette trame d'obscurité, et Sophie se sentit tomber, tomber... Comme bercée par la houle d'un temps paresseux, elle somnolait en proie à une hébétude bénie, s'éveilla mollement au son d'un hululement lointain qui enflait, s'épanouissait dans ses oreilles, s'amplifiait, culminait dans un rugissement sauvage. Le temps d'un instant fugitif, elle rêva que le rugissement était celui d'un ours blanc et qu'elle flottait à la dérive sur un iceberg, balayé par des vents glacés. Ses narines la brûlaient.

— Réveille-toi, disait Emmi.

Le visage, blanc comme de la cire, vacillait si près du sien qu'elle sentait sur sa joue le souffle de l'enfant. Sophie comprit alors qu'elle gisait à plat ventre sur le plancher, la fillette accroupie auprès d'elle, lui passant un flacon d'ammoniaque sous le nez. La croisée était maintenant grande ouverte et le vent glacial balayait la pièce. Le hurlement qui lui déchirait les oreilles était la sirène du camp ; elle entendait sa voix lointaine, decrescendo. Au niveau de son regard et contre le genou nu d'Emmi, était posée une petite trousse de premiers secours en plastique, ornée d'une croix verte.

— Tu t'es évanouie, dit-elle. Ne bouge pas. Garde la tête horizontale une minute pour empêcher le sang de couler. Respire à fond. L'air froid va t'aider à récupérer. En attendant, ne bouge pas.

A mesure que la mémoire lui revenait comme une vague, Sophie avait l'impression d'être l'actrice dans une pièce d'où l'acte principal avait disparu : n'était-ce pas à peine une minute plus tôt (il ne pouvait guère y avoir plus longtemps) que l'enfant l'invectivait comme un petit voyou des sections d'assaut, et se pouvait-il que ce fût la même créature qui maintenant la soignait avec, sinon une compassion angélique, du moins un empressement que l'on pouvait qualifier d'humain ? Se pouvait-il que sa syncope eût fait surgir chez cette effrayante *Mädel* au visage de fœtus boursouflé des instincts d'infirmière jusqu'alors réprimés ? Question qui au même instant trouva sa réponse, quand Sophie se mit à gémir et à s'agiter.

— Il faut que tu restes tranquille, lui intima Emmi.

269

J'ai un brevet de secouriste — débutante, première classe. Fais ce que je te dis, compris ?

Sophie demeura immobile. Elle ne portait pas de sous-vêtements, se demandait jusqu'à quel point elle s'était souillée. Elle avait l'impression que le dos de sa robe était trempée. Stupéfaite, vu les circonstances, de sa propre pudeur, elle se demanda également si elle n'avait pas en même temps souillé le plancher immaculé d'Emmi. Quelque chose dans l'attitude de l'enfant exacerbait sa sensation d'impuissance, le sentiment d'être à la fois soignée et persécutée. Sophie se rendit compte alors qu'Emmi avait la voix de son père, irrémédiablement glacée et lointaine. Et dans son despotisme ardent et zélé, tellement dépourvu de la moindre nuance de tendresse tandis qu'elle jacassait de plus belle (elle giflait maintenant avec énergie les joues de Sophie, expliquant que le manuel de secourisme affirmait que des gifles énergiques faisaient merveille pour ranimer une victime de *die Synkope*, comme elle insistait, avec une précision toute clinique, pour baptiser un évanouissement), elle avait tout d'un Obersturmbannführer miniature, l'esprit et l'essence SS — son authentique hypostase — incrustés au plus profond de ses gènes.

Mais l'avalanche de gifles sur les joues de Sophie provoquèrent à la longue, semble-t-il, une roseur satisfaisante, et l'enfant ordonna à sa patiente de se redresser et de s'appuyer contre le lit. Ce que fit Sophie, lentement, en se félicitant soudain de s'être évanouie précisément à cet instant et de cette façon. Car tandis que, ses pupilles se rétractant peu à peu pour retrouver leur vision normale, elle contemplait le plafond, elle constata qu'Emmi s'était mise debout et la considérait avec une expression qui tenait vaguement de la bienveillance, ou du moins d'une forme de curiosité indulgente, comme si la fureur qu'au double titre de voleuse et de Polack lui inspirait Sophie, avait brusquement été expulsée de son esprit ; son brusque numéro d'infirmière paraissait avoir eu un effet cathartique, lui offrant une occasion suffisante de manifester son autorité pour satisfaire fût-ce le plus frustré des nabots SS, après quoi elle reprit tout à coup la silhouette boulotte d'une petite fille.

— Je dois reconnaître une chose, murmura Emmi, tu es très jolie. Wilhelmine dit que tu es sans doute suédoise.

— Dites-moi, demanda Sophie d'une voix douce et empressée, exploitant au hasard l'accalmie, dites-moi, qu'est-ce que c'est que ce dessin cousu sur votre robe ? Il est tellement joli.

— C'est l'insigne de mon championnat de natation. J'ai été championne de ma classe. Les débutantes. Je n'avais que huit ans. Je regrette qu'ici nous n'ayons pas de championnats de natation, mais c'est comme ça. C'est la guerre. J'ai été obligée d'aller nager dans la Sola, et ça ne me plaît pas. La rivière est pleine de boue. J'étais très rapide dans les compétitions de débutantes.

— Où est-ce que c'était, ça, Emmi ?

— A Dachau. Il y avait une merveilleuse piscine pour les enfants de la garnison. Mais, ça, c'était avant que nous soyons transférés ici. C'était tellement plus agréable à Dachau qu'à Auschwitz. Mais bien sûr, c'était sur le territoire du Reich. Tu vois mes coupes, là-bas. Celle du milieu, la grosse. Eh bien, elle m'a été remise par le Chef des Jeunesses Hitlériennes en personne, Baldur von Schirach. Attends, je vais te faire voir mon album.

S'approchant de la commode, elle plongea dans le tiroir pour en émerger avec, coincé dans le creux du bras, un énorme album d'où s'échappaient photos et coupures de presse. Elle le traîna non sans peine jusqu'à Sophie, ne s'arrêtant que le temps d'allumer la radio. Des craquements et des couinements perturbèrent le calme de la chambre. Elle tourna un bouton et les parasites s'évanouirent, remplacés par un chœur lointain et étouffé de cors et de trompettes, exultant, triomphal, haendélien ; un frisson courut le long de l'épine dorsale de Sophie comme une caresse glacée. « *Das bin ich* », se mit à ressasser la fillette, en désignant son image sur les photos, posant inlassablement vêtue de costumes de bain qui gainaient une chair adipeuse et juvénile, d'une pâleur de champignon. Le soleil brillait-il jamais à Dachau ? se demandait Sophie engourdie par un désespoir écœurant. « *Das bin ich... und das bin ich* », continuait Emmi avec son bourdonnement enfantin, plantant son doigt poupin sur les photos, le « *moi, moi, moi* » extatique articulé sans relâche dans un demi-murmure, comme une incantation. « Et puis aussi, j'ai commencé à apprendre à plonger, dit-elle. Regarde ici, c'est moi. »

Sophie cessa de regarder les photos — tout se fondit dans un flou — et ses yeux cherchèrent la fenêtre grande ouverte sur le ciel d'octobre où était accrochée l'étoile du berger, stupéfiante, aussi brillante qu'une perle de cristal. Une agitation dans l'air, un brusque épaississement de la lumière autour de la planète, annonçaient l'assaut de la fumée, rabattue vers la terre par le flot de la brise du soir. Pour la première fois depuis le début de la journée, Sophie sentit, inéluctable comme la main d'un étrangleur, l'odeur de chair humaine en train de brûler. Birkenau achevait de consumer les derniers voyageurs venus de Grèce. Trompettes ! triomphant, l'hymne insolent ruisselait de l'éther, hosannahs, bêlements de béliers, annonciations angéliques — ramenait l'esprit de Sophie vers tous les matins de sa vie à jamais avortés. Elle fondit en larmes et dit, à mi-voix :

— Au moins, demain, je vais voir Jan. Au moins ça.

— Pourquoi est-ce que tu pleures ? la somma Emmi.

— Je ne sais pas, répondit Sophie, sur quoi elle

272

faillit ajouter : parce que j'ai un petit garçon dans le Camp D. Et parce que votre père, demain, va me permettre de le voir. Il a presque votre âge.

Au lieu de quoi, elle fut brusquement ramenée à elle par la radio, une voix brusque, qui coupait le chœur des cuivres : « *Ici Londres* * ! » Elle écouta la voix, lointaine, comme filtrée par une feuille d'aluminium, mais pour le moment claire, une émission à destination de la France mais qui, franchissant d'un bond les Carpathes, venait se faire entendre jusqu'ici, à l'orée crépusculaire de cet *anus mundi*. Elle bénit le speaker inconnu comme elle eût béni un fiancé bien-aimé, frappée de stupeur par l'avalanche des mots : « *L'Italie a déclaré qu'un état de guerre existe contre l'Allemagne* *... » Bien que précisément comment, ou pourquoi, Sophie ne parvînt pas à le saisir, son instinct, allié à une sorte de subtile jubilation dans la voix venue de Londres (que, regardant Emmi droit dans les yeux, elle sut que l'enfant ne comprenait pas), lui disait que pour le Reich ces nouvelles présageaient de très réels et durables malheurs. Que l'Italie elle-même fût en ruine était sans importance. C'était comme si elle avait appris la nouvelle de la défaite prochaine et inéluctable du Reich. Et tandis qu'elle tendait l'oreille pour entendre la voix, engloutie soudain par un brouillard de parasites, elle ne cessait de pleurer, consciente de pleurer à cause de Jan, oui, mais aussi à cause de bien d'autres choses, et avant tout d'elle-même : à cause de l'échec de sa tentative pour voler la radio, et de sa certitude que jamais elle ne retrouverait assez de courage pour entreprendre une nouvelle tentative. Cette passion maternelle et protectrice qui brûlait en elle et qu'à Varsovie, quelques mois à peine auparavant, Wanda avait jugée si égoïste, si indécente, était quelque chose que, au seuil de la plus cruelle des épreuves, Sophie ne pouvait surmonter — ce qui fait que maintenant, honteuse de son lamentable abandon, elle pleurait sans pouvoir s'arrêter. Elle porta des doigts tremblants à ses yeux. « Si je pleure, c'est parce que j'ai faim », dit-elle à Emmi dans un murmure, ce qui, en partie du moins, était la vérité. De nouveau elle eut peur de s'évanouir.

La puanteur se fit plus forte. Un vague rougeoiment d'incendie se reflétait sur l'horizon de la nuit. Importunée par le froid ou l'odeur pestilentielle, les deux peut-être, Emmi alla fermer la fenêtre. La suivant des yeux, Sophie aperçut un canevas accroché au mur (la broderie aussi surchargée de fioritures que les mots allemands), dans un cadre de sapin laqué et décoré d'arabesques.

> Tout comme Notre Père Céleste a sauvé
> ceux que menaçaient le péché et l'Enfer,
> Hitler sauve le Peuple allemand
> de la destruction.

La fenêtre se ferma avec un claquement sec.

— Tu sens cette puanteur, ce sont les Juifs qui brûlent, dit Emmi en revenant vers elle. Mais tu le sais sans doute. Il est défendu d'en parler dans cette maison. Mais toi — toi, tu n'es qu'une prisonnière. Les Juifs sont les pires ennemis de notre peuple. Ma sœur Iphigénie et moi, on a inventé un petit couplet sur les Youpins. Ça commence comme ça : ' Der Itsig'... (...)

Sophie étouffa un cri et plaqua ses mains sur ses yeux. « Emmi, Emmi... » chuchota-t-elle. Et là dans le noir aveugle, la submergea de nouveau la vision démente de l'enfant sous la forme d'un fœtus, et pourtant complètement développée, gigantesque, léviathan serein et sans cervelle, fendant à grandes brasses silencieuses les eaux noires et incompréhensibles de Dachau et d'Auschwitz.

— Emmi, Emmi ! parvint-elle à dire. Pourquoi le nom du Père céleste est-il dans cette chambre ?

274

Ce fut, dit-elle bien longtemps après, l'une des dernières pensées religieuses qui l'effleurât jamais.

Après cette nuit-là — sa dernière nuit de prisonnière attachée à la demeure du Commandant — Sophie devait passer encore presque quinze mois à Auschwitz. Je l'ai déjà dit, en raison de son silence, cette longue phase de son incarcération demeurait (et demeure toujours) pratiquement inconnue pour moi. Mais il est une ou deux choses que je puis dire avec certitude. Lorsqu'elle quitta la maison de Höss, elle eut la chance de retrouver son statut de traductrice et de sténodactylo au pool des secrétaires, et continua du même coup à faire partie du petit groupe des relativement privilégiés ; aussi, bien que sa vie fût misérable et qu'elle souffrît de privations souvent sévères, elle échappa longtemps à la lente et inévitable sentence de mort qui était le lot de la multitude des détenus. Ce ne fut qu'au cours des cinq derniers mois de sa détention, alors que l'avance des troupes russes se poursuivait à l'Est et que le camp était en voie de liquidation progressive, que Sophie connut les pires de ses souffrances physiques. Ce fut alors qu'elle se trouva transférée au camp des femmes de Birkenau et ce fut là qu'elle subit la famine et les maladies qui la menèrent à l'extrême seuil de la mort.

Au cours de ces longs mois, elle ne se sentit pratiquement jamais troublée par le désir sexuel. La maladie et l'extrême faiblesse suffiraient à expliquer cet état de choses, bien sûr — surtout pendant les mois ignobles de Birkenau —, mais elle était convaincue qu'il pouvait s'expliquer également par des raisons psychologiques : l'odeur omniprésente et la menace constante de la mort faisaient paraître toute pulsion génitale littéralement obscène, une parodie, et ainsi — comme au plus profond de la maladie — en réduisaient tellement la flamme qu'elle finissait pratiquement par s'éteindre. Ce fut du moins la réaction personnelle de Sophie, et elle me raconta qu'elle s'était parfois demandé si ce n'était pas peut-être cette totale absence de désir sexuel qui exacerba la netteté du rêve qu'elle fit lors de sa dernière nuit dans la cave du Commandant. Ou peut-être, se disait-elle, le rêve avait-il contribué à étouffer à jamais en elle tout désir. Comme la plupart des gens, il était rare que Sophie se souvînt longtemps en détail et avec netteté de ses rêves, mais le rêve en question était sans équivoque d'un érotisme si violent et si délicieux, si impie et si terrifiant, et par là même tellement mémorable, que bien plus tard elle finit par se persuader (avec un brin de facétie que seul permettait le recul du temps) que la terreur où il la plongea, outre sa mauvaise santé et son mortel désespoir, avait peut-être suffi à lui faire oublier tout désir sexuel.

En quittant la chambre d'Emmi, elle s'était traînée jusqu'à la cave et s'était écroulée comme une masse sur sa paillasse. Elle avait presque aussitôt sombré dans le sommeil, sans accorder davantage qu'une brève pensée à la journée du lendemain qui enfin lui permettrait de revoir son fils. Et, bientôt, elle se retrouva en train de marcher seule sur une plage — une plage, comme on en voit souvent en rêve, à la fois familière et inconnue. C'était une grève sablonneuse de la Baltique, et quelque chose lui disait qu'il s'agissait de la côte du Schleswig-Holstein. Sur sa droite, s'étendaient les eaux peu profondes et balayées par le vent de la baie de Kiel, piquetées de voiles blanches ; sur sa gauche, tandis que sans se presser elle remontait la côte qui fuyait vers le Nord et les lointaines terres arides du Danemark, s'élevaient des dunes, et au-delà, une forêt de pins et autres conifères miroitait dans le soleil de midi. Bien que vêtue, elle avait la sensation d'être nue, comme drapée dans une étoffe d'une transparence troublante. Elle se sentait provocante sans en être gênée, consciente de sa croupe qui se balançait sous les plis de sa jupe vaporeuse, attirant les regards des baigneurs ensevelis sous leurs parasols le long de la plage. Bientôt, les baigneurs se retrouvèrent loin en arrière. Un sentier qui coupait le marécage débouchait sur la plage ; elle continua d'avancer, consciente maintenant d'être suivie par un homme, un homme dont les yeux étaient rivés sur ses hanches et le balancement outrancier qu'elle se croyait obligée d'imprimer à sa croupe. L'homme pressa le pas pour se porter à sa hauteur, la regarda, et elle lui rendit son regard. Il n'y avait aucune raison pour qu'elle reconnût son visage, un visage entre deux âges, jovial, au teint clair, très allemand, attirant — non, plus qu'attirant, elle se sentit à sa vue fondre de désir. Mais l'homme lui-même ! Qui était-il ? Elle lutta pour faire surgir un souvenir de sa mémoire (la voix, si familière, ronronna « *Guten Tag* ») et en un éclair crut reconnaître un chanteur célèbre, un *Heldentenor* de l'Opéra de Berlin. Il lui sourit de ses dents éclatantes de blancheur et lui flatta les fesses, articula quelques mots qui étaient à la fois à peine compréhensibles et ouvertement lubriques, sur quoi il disparut. Elle huma la brise tiède.

Elle se trouvait maintenant sur le seuil d'une chapelle située au sommet d'une dune qui surplombait la mer. Elle ne voyait pas l'homme, mais sentait sa présence dans les parages. C'était une humble petite chapelle, inondée de soleil, meublée de simples bancs de bois disposés de part et d'autre d'une unique travée centrale ; au-dessus de l'autel, était accrochée une croix de bois brut, presque naïve dans sa nudité et son angularité dépouillée d'ornements, dont la présence vaguement menaçante concrétisa aux yeux de Sophie la crainte que lui inspirait le lieu, où elle pénétra alors d'un pas hésitant, enfiévrée de désir. Elle s'entendit pouffer de rire. Pourquoi ? Qu'est-ce qui lui prenait de pouffer alors que soudain la petite chapelle était imprégnée par la douleur d'une voix de contralto, une unique voix et les accents de cette cantate tragique *Schlage doch, gewünschte Stunde ?* Elle se tenait devant l'autel, dévêtue maintenant ; la musique, qui jaillissait doucement d'une source invisible à la fois proche et lointaine, enveloppait tout son corps comme une bénédiction. Elle pouffa de nouveau. L'homme de la plage réapparut soudain. Il était nu, mais de nouveau elle ne parvint pas à mettre un nom sur son visage. Il ne souriait plus ; une expression maussade et féroce assombrissait son visage, et la menace tapie dans son expression excita Sophie, embrasant son désir. Il lui intima d'un ton sévère l'ordre de baisser les yeux. Sa verge était épaisse et dardée. Il lui commanda de s'agenouiller et de le sucer. Ce qu'elle fit avec une avidité frénétique, retroussant le prépuce pour dénuder un gland en forme de pique d'une teinte bleu-noir très sombre, un gland tellement énorme qu'elle sut aussitôt que jamais elle ne pourrait l'enserrer de ses lèvres. Elle y parvint pourtant, au prix d'une sensation d'étouffement qui la fit défaillir de plaisir, tandis qu'au même instant les harmonies de Bach, lourdes du vacarme de la mort et du temps, couraient glaciales le long de son épine dorsale. *Schlage doch, gewünschte Stunde !* D'une poussée, il l'écarta de son ventre, lui commanda de se retourner, puis de s'agenouiller devant l'autel sous l'emblème squelettique et cruciforme des souffrances de Dieu, luisant comme un os nu. Elle obéit et se retourna, s'affala sur les mains et les genoux, perçut un claquement de sabots sur le sol, sentit une odeur de fumée, hurla de plaisir quand le ventre et les cuisses velues coiffèrent comme une chappe ses fesses nues dans une étroite étreinte, le cylindre prédateur logé tout au fond de son con, la boutant, par-derrière, sans trêve sans trêve...

Le rêve s'accrochait encore à son esprit des heures

plus tard quand Bronek la réveilla, trimbalant son seau de lavasse.

— Je t'ai attendue hier soir, mais tu n'es pas venue, dit-il. J'ai attendu tant que j'ai pu, mais il a fini par être trop tard. Mon homme n'a pas pu rester plus longtemps à la grille. Alors, la radio, qu'est-ce qui s'est passé ?

Il parlait à voix basse. Les autres dormaient encore.

Ce rêve ! Même après tant d'heures, elle ne parvenait pas à le déloger de son esprit. Hébétée, elle secoua la tête. Bronek répéta sa question.

— Aide-moi, Bronek, dit-elle machinalement, d'une voix apathique, en levant les yeux sur le petit homme.

— Qu'est-ce que tu veux dire ?

— J'ai vu quelqu'un de... *terrible*.

Tout en parlant, elle savait que ses paroles n'avaient aucun sens.

— Je veux dire, mon Dieu, j'ai tellement faim.

— Eh bien, mange ça, dit Bronek. Les restes de leur civet de lapin. Encore plein de viande dessus.

La pitance était visqueuse, graisseuse et froide, mais elle la déglutit goulûment, tout en regardant monter et s'affaisser la poitrine de Lotte endormie sur le grabat voisin. Entre deux bouchées, elle annonça au factotum qu'elle allait partir.

— Mon Dieu, j'ai eu tellement faim depuis hier, murmura-t-elle. Merci Bronek.

— J'ai attendu, répéta-t-il. Qu'est-ce qui s'est passé ?

— La porte de la chambre de la petite fille était fermée, mentit-elle. J'ai essayé d'entrer, mais la porte était fermée.

— Et aujourd'hui on te renvoie aux baraques, Sophie. Tu vas me manquer.

— Toi aussi, tu vas me manquer, Bronek.

— Peut-être que tu peux encore prendre la radio. Bien sûr, pour ça il faut que tu remontes là-haut. Je pourrais encore la faire passer cet après-midi, la faire passer de l'autre côté de la grille.

Pourquoi ne la fermait-il pas, cet idiot ? Pour elle, cette histoire de radio, c'était fini — fini ! Peut-être auparavant aurait-elle sans trop de peine échappé aux soupçons, mais certainement pas maintenant. Nul doute que si la radio venait à disparaître aujourd'hui, l'horrible enfant vendrait la mèche au sujet de sa visite de la veille. Il était hors de question qu'elle se mêle de nouveau de cette histoire de radio, surtout galvanisée comme elle était aujourd'hui par la certitude de voir apparaître Jan — ces retrouvailles qu'elle avait attendues avec une avidité et une impatience inimaginables. Aussi répéta-t-elle son mensonge :

— Cette radio, il ne faut plus y penser, Bronek. Il n'y a pas moyen de mettre la main dessus. Le petit monstre garde toujours sa porte fermée à clef.

— D'accord, Sophie, dit Bronek, mais si l'occasion se présente... si tu peux la prendre, surtout, apporte-la-moi vite. Ici dans la cave.

Il eut un gloussement sans joie.

« Rudi n'irait jamais me soupçonner. Il croit qu'il m'a mis dans sa poche. Il croit que je suis mentalement déficient.

Et dans la pénombre du matin, d'un orifice garni de dents fêlées, il gratifia Sophie d'un grand sourire, lumineux et énigmatique.

Sophie avait une foi confuse et informe dans la prescience, et même dans la voyance (en diverses occasions elle avait deviné ou prédit des événements imminents), quand bien même elle n'y voyait aucun lien avec le surnaturel. Je dois reconnaître pourtant qu'elle fut tentée par cette explication, jusqu'au jour où mes arguments l'amenèrent à changer d'opinion. Je ne sais quelle logique intérieure nous convainquit tous deux que des moments de ce genre, des moments d'intuition suprême, sont provoqués par des « clefs » parfaitement naturelles — des circonstances demeurées longtemps enfouies dans la mémoire ou en sommeil dans le subconscient. Son rêve, par exemple. Il semblait que toute explication, sinon métaphysique, fût totalement impuissante à éclairer le fait que le partenaire amoureux de son rêve eût été un homme en qui elle avait fini par reconnaître Walter Dürrfeld, et qu'elle eût rêvé de lui précisément la nuit qui précéda le jour où, pour la première fois depuis six ans, elle se retrouva en sa présence. Il était totalement hors du plausible que ce visiteur débordant de suavité et de charme qui jadis l'avait tellement captivée à Cracovie surgisse en personne quelques heures seulement après un rêve de cette nature (avec le visage et la voix mêmes de la silhouette du rêve) — alors que pendant tant d'années, pas une seule fois elle n'avait songé à l'homme ni même entendu mentionner son nom.

Mais était-ce aussi sûr ? Plus tard, quand elle tenta de mettre de l'ordre dans ses souvenirs, elle comprit qu'elle *avait* entendu prononcer le nom, et même plus d'une fois. Combien de fois n'avait-elle pas entendu Rudolf Höss ordonner à Scheffler, son aide de camp, d'appeler au téléphone Herr Dürrfeld à l'usine de Buna, sans se rendre compte (sinon dans son subconscient) que le destinataire de l'appel n'était autre que l'objet de sa fixation romantique d'antan ? Une bonne douzaine de fois. Tous les jours que Dieu fait, Höss s'était entretenu au téléphone avec un certain Dürrfeld. En outre, le même nom s'étalait en bonne place sur certains des documents et rapports de Höss auxquels elle avait parfois réussi à jeter un coup d'œil. Ainsi donc à la fin, en analysant ces clefs, il ne fut plus du tout difficile d'expliquer le rôle de Walter Dürrfeld comme protagoniste dans le *Liebenstraum* terrifiant mais exquis de Sophie. De même qu'il n'était pas vraiment difficile, non plus, de comprendre pourquoi l'amant du rêve s'était si aisément métamorphosé en la personne du diable.

La voix qui frappa ses oreilles ce matin-là, tandis qu'elle attendait dans le vestibule de Höss, était identique à celle de l'homme de son rêve. Elle n'était pas entrée tout de suite dans le bureau, comme elle le faisait chaque matin depuis dix jours, bien qu'elle brûlât d'impatience de se précipiter dans la pièce pour serrer à l'étouffer son enfant dans ses bras. L'aide de camp de Höss, averti peut-être de son nouveau statut, lui avait intimé d'une voix rogue l'ordre d'attendre devant la porte. Ce fut alors que, soudain, un doute innommable l'étreignit. Se pouvait-il vraiment, Höss lui ayant promis de lui amener Jan, que le petit garçon fût dans le bureau, et assistât à l'étrange et bruyant colloque entre Höss et le personnage qui parlait avec la voix de l'homme de son rêve ? Elle ne tenait plus en place, sentant peser sur elle le regard de Scheffler dont les manières glaciales lui confirmaient la perte de ses privilèges ; de nouveau elle n'était plus qu'une banale détenue, reléguée tout en bas de l'échelle. Elle pouvait sentir son hostilité, pareille à un sarcasme plaqué sur son visage. Ses yeux se fixèrent sur la photo encadrée de Goebbels qui ornait le mur, et au même instant, une bizarre image lui traversa l'esprit comme un éclair : celle de Jan debout entre Höss et l'autre homme, l'enfant levant la tête et contemplant tour à tour d'abord le Commandant puis l'inconnu à la voix si étrangement familière. Soudain, pareils à un accord jailli des basses d'un orgue, elle entendit des mots du passé : *Nous pourrions visiter tous les grands sanctuaires de la musique.* Elle ravala un hoquet, devina le sursaut de surprise de l'aide de camp alerté par le son étouffé qu'elle venait de laisser échapper. Comme frappée d'un coup en plein visage, elle tituba en arrière en identifiant la voix, se chuchota à elle-même le nom de son propriétaire — et le temps d'un instant éphémère, cette journée d'octobre et cet après-midi d'antan là-bas à Cracovie, il y avait tant d'années, se mêlèrent presque à se confondre.

— Rudi, c'est vrai, vous avez des comptes à rendre à vos supérieurs, disait Walter Dürrfeld, et croyez bien que je respecte votre problème ! Mais moi aussi j'ai des comptes à rendre, et on dirait qu'il n'y a pas de solution à ce dilemme. Vous avez des supérieurs qui vous tiennent à l'œil ; moi, en dernier ressort, j'ai des actionnaires. Je dois rendre des comptes à un conseil d'administration qui en l'occurrence exige désormais une seule chose : que l'on me fournisse davantage de Juifs pour me permettre de maintenir un rythme de production fixé à l'avance. Non seulement à Buna, mais dans les mines. Nous avons besoin de ce charbon ! Jusqu'à présent, ça va, nous n'avons pas pris un retard trop important. Mais toutes les études, toutes les prévisions statistiques dont je dispose sont... sont lourdes de menaces, pour dire le moins. Il me faut davantage de Juifs !

La voix de Höss s'éleva, d'abord étouffée, puis la réponse sonna, plus claire :

— Je ne peux pas *contraindre* le Reichsführer à trancher sur ce point. Vous le savez. Tout ce que je peux faire, c'est solliciter certaines directives, et aussi faire des suggestions. Mais on dirait — je ne sais pour quelle raison — que quelque chose l'empêche de prendre une décision au sujet de ces Juifs.

— Et votre opinion personnelle est, bien entendu, que...

— Mon opinion personnelle est que seuls les Juifs vraiment robustes et en bonne condition physique devraient être sélectionnés pour travailler dans des endroits comme Buna et les mines Farben. Quant aux malades, du point de vue financier et médical, ils représentent tout simplement un fardeau insupportable. Mais mon opinion personnelle n'a aucune importance en la matière. Nous devons attendre qu'une décision soit prise.

— Ne pourriez-vous pas *relancer* Himmler pour qu'il prenne une décision ? demanda Dürrfeld, non sans une touche d'agressivité. Après tout, il est votre ami et pourrait...

Un silence.

— Je vous le répète, je ne peux que faire des suggestions, répondit Höss. Et je pense que vous connaissez le genre de suggestions que j'ai faites jusqu'à présent. Je comprends votre point de vue, Walter, et il va sans dire que je ne m'offusque nullement du fait que vous ne voyez pas les choses du même œil que moi. Vous exigez des corps à n'importe quel prix. Même une personne âgée en état de tuberculose avancée est capable de produire un certain nombre d'unités techniques d'énergie...

— Précisément ! coupa Dürrfeld. Et je ne demande rien de plus. Une période d'essai de, eh bien, six semaines au maximum, pour déterminer quelle utilisation pourrait être faite de ces Juifs qui pour le moment font l'objet de...

Il parut hésiter.

— L'Action Spéciale, dit Höss. Mais c'est justement là le cœur du problème, vous ne le voyez donc pas ? Le Reichsführer est harcelé d'un côté par Eichmann, par Pohl et Maurer de l'autre. Sécurité ou rendement, tel est le dilemme. Pour des raisons de sécurité, Eichmann souhaite que tous les Juifs soient jusqu'au dernier soumis à l'Action Spéciale ; quels que soient l'âge et la condition physique des individus. Il ne lèverait pas le petit doigt pour sauver un Juif champion de lutte, à supposer qu'il en existe un. De toute évidence, les installations de Birkenau ont été conçues et mises en chantier pour mener cette politique à bien. Mais voyez vous-même ce qui s'est passé ! Le Reichsführer a été contraint de modifier ses directives initiales concer-

nant l'application de l'Action Spéciale à tous les Juifs
— et ceci visiblement sur l'insistance de Pohl et de
Maurer — pour satisfaire le besoin de main-d'œuvre,
non seulement dans vos usines de Buna, mais aussi
dans les mines et les usines d'armement ravitaillées
par ce centre. Le résultat, c'est une faille — en plein
milieu. Une faille — vous savez bien... quel est le mot
déjà ? Ce mot bizarre, ce terme de psychologie qui
signifie...

— *Die Schizophrenie.*

— Oui, c'est ce mot-là, répondit Höss. Ce spécialiste
des maladies mentales de Vienne, son nom
m'échappe...

— Sigmund Freud.

Suivit un instant de silence. Pendant ce petit hiatus,
Sophie, le souffle presque coupé, continuait à se
concentrer sur l'image de Jan, la bouche légèrement
entrouverte avec, au-dessus, son petit nez camus et ses
yeux bleus, Jan dont le regard faisait la navette entre le
Commandant (qui arpentait le bureau, comme souvent
dans ses moments de nervosité) et le possesseur de la
voix désincarnée de baryton — non plus le diabolique
prédateur de son rêve, mais simplement l'étranger,
surgi de sa mémoire, qui l'avait enchantée par ses
promesses de voyage à Leipzig, Hambourg, Bayreuth,
Bonn. *Vous êtes si jeune !* avait murmuré cette même
voix. *Une petite fille !* Et encore : *Je suis un bon père de
famille.* Elle avait tellement hâte de poser les yeux sur
Jan, étouffait d'une telle impatience à la perspective de
leur réunion (elle se souvenait encore de la sensation
d'oppression qui lui serrait la gorge), que l'envie de
voir à quoi ressemblait désormais Herr Dürrfeld ne fit
que l'effleurer un bref instant, puis sombra dans
l'indifférence. Pourtant, quelque chose dans cette voix
— quelque chose de pressé, de péremptoire — l'avertit
qu'elle allait d'un instant à l'autre se retrouver face à
lui, et les derniers mots qu'il adressa au Commandant

— la moindre nuance de leurs intonations et de leur sens — se gravèrent dans son esprit avec une irrévocabilité d'archive, comme dans les sillons d'un disque que rien ne saurait effacer.

Il n'y avait pas la moindre trace de rire dans sa voix. Il prononça un mot que tous deux avaient jusqu'alors évité de prononcer :

— Vous et moi le savons, de toute façon, tous seront bientôt *morts*. Entendu, laissons tomber le sujet pour l'instant. Les Juifs nous rendent tous schizophrènes, moi le premier. Mais lorsqu'une baisse de production est en cause, croyez-vous que je puisse invoquer comme alibi la maladie — je veux dire la schizophrénie — devant mon conseil d'administration ? Vraiment !

Höss dit quelque chose d'une voix indistincte, désinvolte, et Dürrfeld répondit aimablement qu'il espérait qu'ils auraient l'occasion de s'entretenir de nouveau le lendemain. Quelques secondes plus tard, lorsqu'il la frôla au passage dans le petit vestibule, Dürrfeld ne reconnut manifestement pas Sophie — cette blême Polonaise dans sa blouse de détenue maculée de taches —, mais la heurtant par inadvertance, il dit cependant « *Bitte !* », avec une politesse instinctive et le même ton poli de gentleman dont elle se souvenait depuis leur rencontre de Cracovie. Pourtant, il n'était plus qu'une caricature fort décatie de héros romantique. Son visage était devenu tout bouffi et sa taille d'une rotondité porcine, et elle remarqua aussi que ces doigts parfaits qui, décrivant leurs harmonieuses arabesques, l'avaient si mystérieusement excitée six ans auparavant, avaient l'aspect caoutchouteux de petits bouts de saucisse tandis qu'il ajustait sur sa tête le feutre gris que d'un geste obséquieux lui tendait Scheffler.

— Mais, en fin de compte, qu'est-il advenu de Jan ?
demandai-je à Sophie.

Une fois de plus, il me fallait savoir. De toutes les
nombreuses choses qu'elle m'avait racontées, l'énigme
qui entourait le sort de Jan était ce qui m'irritait le
plus. (Je pense maintenant que j'avais dû enregistrer,
puis reléguer à l'arrière-plan de mon esprit, son allusion désinvolte à la mort d'Eva.) Je commençais aussi
à voir que c'était devant ce fragment de son histoire
qu'elle se dérobait le plus obstinément, comme si elle
tournait autour en hésitant, à croire que la chose était
trop cruelle pour être évoquée. J'avais un peu honte de
mon impatience et répugnais certes à faire irruption
dans ce pan de sa mémoire d'une fragilité manifestement arachnéenne. Mais une vague intuition me soufflait qu'elle était sur le point de me confier ce secret,
aussi d'une voix aussi douce que possible, la pressai-je
de continuer. Il était tard dans la nuit du dimanche
— bien des heures après l'épisode de notre baignade et
de la catastrophe évitée de peu — et nous étions
attablés au bar du Maple Court. Minuit approchait au
terme d'un Sabbat accablé par une chaleur moite et
épuisante, nous étions pratiquement seuls dans ce lieu
caverneux ; Sophie n'avait pas bu ; nous nous en étions
tous deux tenus au 7-Up. Durant toute cette longue
séance, elle avait pratiquement parlé sans arrêt, mais
elle s'interrompit soudain pour jeter un coup d'œil à sa
montre et observer qu'il était peut-être temps d'en
rester là et de regagner le Palais Rose.

— Il va falloir que je déménage mes affaires, Stingo,
dit-elle. Il faudra que je le fasse demain matin, puis je
serai obligée de retourner chez le Dr. Blackstock. *Mon
Dieu**, je n'arrête pas d'oublier que je suis une salariée
qui doit gagner sa vie.

Elle paraissait lasse et tendue, et contemplait d'un
air rêveur sa montre-bracelet, le scintillant petit bijou
que lui avait offert Nathan. C'était une Oméga au

cadran orné aux quatre coins de minuscules diamants. Je n'osais réfléchir à ce qu'elle avait coûté. Sophie parut lire dans mes pensées :

— Je ne devrais vraiment pas garder toutes ces choses luxueuses que m'a données Nathan.

Une nouvelle tristesse s'était glissée dans sa voix, d'une tonalité différente, plus impérieuse peut-être que celle qui avait coloré ses réminiscences du camp.

« Puisque je ne le reverrai jamais, je suppose que je devrais en faire cadeau, ou m'en débarrasser autrement.

— Et *pourquoi* ne pas les garder ? fis-je. Il te les a données, bonté divine. Garde-les !

— Ça m'obligerait à penser à lui tout le temps, répondit-elle d'une voix lasse. Je l'aime encore.

— Dans ce cas, *vends*-les, fis-je, avec un brin d'agacement, il le mérite bien. Mets-les au clou.

— Ne dis pas ça, Stingo, fit-elle sans rancune. Un jour tu sauras ce que c'est que d'aimer vraiment quelqu'un, ajouta-t-elle.

Une morne sentence, bien slave, épouvantablement ennuyeuse.

Nous gardâmes tous deux quelques instants le silence, tandis que je réfléchissais au manque absolu de sensibilité que trahissait cette dernière remarque qui — outre sa platitude — révélait une indifférence absolue envers l'idiot en mal d'amour à qui elle était destinée. En silence je la maudis, avec toute la force de mon ridicule amour. Et soudain, de nouveau, je sentis la présence du monde véritable, je n'étais plus en Pologne, mais à Brooklyn. Et sans même parler de mon mal d'amour, je me sentais en proie à une vague impression d'énervement et de malaise. Des soucis lancinants recommencèrent à me harceler. Je m'étais tellement laissé prendre par le récit de Sophie que j'avais complètement perdu de vue le fait irrémédiable que le vol dont j'avais été victime la veille me laissait pratiquement dénué de ressources. Ce qui — allié à la perspective du départ imminent de Sophie — et de la solitude qui m'attendait au Palais Rose, condamné à traîner sans un sou dans Flatbush avec les fragments d'un roman inachevé — me tordit bel et bien le cœur de désespoir. Je redoutais la solitude qu'il me faudrait affronter en l'absence de Sophie et Nathan ; ce qui me paraissait encore pire que mon manque d'argent.

Je continuais à me tordre en moi-même, contemplant le visage pensif et baissé de Sophie. Elle avait pris cette pose méditative à laquelle je m'étais habitué, mains légèrement en visière au-dessus des yeux, une posture sous-tendue par une inexprimable combinaison d'émotions (à quoi pouvait-elle penser maintenant ? me demandais-je) : perplexité, stupéfaction, réminiscences de vieilles terreurs, souvenirs de vieux chagrins, colère, haine, deuil, amour, résignation — et tandis que je la regardais, toutes ces émotions restèrent un instant là comme prises au piège d'un noir écheveau. Puis elles disparurent. Et je m'en rendis alors compte, nous savions l'un comme l'autre que les fils de la chronique qu'elle m'avait faite et qui de toute évidence frôlait maintenant son dénouement n'étaient toujours pas noués. Je compris aussi que l'élan, qui tout au long de la soirée n'avait cessé de grandir dans sa mémoire, n'avait pas vraiment diminué, et que malgré sa lassitude, quelque chose la contraignait à récurer jusqu'à l'extrême lie le fond de son terrifiant et inconcevable passé.

Pourtant, une étrange réticence semblait l'empêcher d'en revenir sans plus attendre à ce qu'avait subi son petit garçon, et comme j'insistais une fois de plus — « Et Jan ? » dis-je — elle s'abandonna à une brève rêverie.

— J'ai tellement honte de ce que j'ai fait, Stingo — tout à l'heure quand j'ai nagé droit vers le large. Te faire risquer ta vie ainsi — c'était tellement mal de ma part, tellement mal. Il faut que tu me pardonnes. Mais je suis sincère, et il faut me croire, quand je dis que bien des fois depuis cette période de la guerre, j'ai songé à me tuer. On dirait que cette idée vient et s'en va, comme par cycles. En Suède, aussitôt après la guerre, au centre pour personnes déplacées, j'ai essayé de me tuer. Et comme dans ce rêve que je t'ai raconté, la chapelle — j'avais cette obsession du *blasphème**. Pas très loin du centre, il y avait une petite église, pas une église catholique, luthérienne je crois, mais c'est sans importance — et je ne pouvais pas m'arracher cette idée que si je me tuais dans cette église, ce serait le plus grand sacrilège que je pourrais commettre, le *plus grand blasphème**, parce que, tu comprends, Stingo, rien n'avait plus d'importance pour moi ; après Auschwitz, je ne croyais plus en Dieu, ne me demandais plus s'il existait. Je me disais : Il s'est détourné de moi. Et si Lui s'est détourné de moi, alors moi je Le hais et c'est pour montrer et prouver ma haine que je veux commettre le plus grand sacrilège que je pourrai imaginer. C'est-à-dire, je choisirai de me suicider dans Son église, en terre consacrée. Je me sentais tellement mal, j'étais si faible et encore si malade, mais après quelque temps je retrouve un petit peu mes forces et une nuit je décide de faire cette chose.

« Alors je sors du centre par la grande grille en emportant un bout de verre très pointu que j'avais trouvé à l'hôpital où j'étais soignée. Ce n'était pas très difficile. Il n'y avait pas de gardes ni rien dans le centre et je suis arrivée à l'église à la fin de l'après-midi. Il y avait un peu de lumière dans l'église, et je suis restée assise un long moment dans la travée du fond, toute seule avec mon morceau de verre. C'était l'été. En Suède, les nuits d'été, il y a toujours de la lumière, une lumière fraîche et pâle. L'église était en pleine campagne et dehors j'entendais les grenouilles et je sentais l'odeur des pins et des sapins. Une odeur très agréable,

290

qui me rappelait les Dolomites quand j'étais enfant. Pendant un moment je me suis imaginé que j'étais en train de discuter avec Dieu. Et une des choses que je m'imaginais qu'Il me disait, c'était : 'Pourquoi est-ce que tu te prépares à te tuer, Sophie, ici dans Mon sanctuaire ? ' Et je me souviens d'avoir dit tout haut : 'Si malgré toute Ta sagesse Tu ne le sais pas, Dieu, dans ce cas je ne peux pas Te le dire.' Et il a dit : 'Donc, c'est ton secret.' Et j'ai répondu : 'Oui, c'est mon secret, pour Toi. Mon dernier et mon seul secret.' Et alors je me suis mise à me couper le poignet. Et tu veux que je te dise, Stingo. Oui, je me suis entaillé le poignet et ça m'a fait mal, il y a eu du sang, et puis je me suis arrêtée. Et tu sais ce qui m'a fait arrêter ? Je te le jure, c'était uniquement une chose. Une seule chose ! Ce n'était pas la douleur ni la peur. Je n'avais pas peur. C'était à cause de Rudolf Höss. C'était de penser tout à coup à Rudolf Höss et de me dire qu'il était vivant quelque part en Pologne ou en Allemagne. Au moment précis où le bout de verre m'a coupé le poignet, j'ai vu sa figure en face de moi. Et je me suis arrêtée et — je sais que ça peut paraître de la *folie*, Stingo —, eh bien, tout à coup comme en un éclair cette idée me traverse l'esprit que tant que Rudolf Höss est en vie je ne peux pas mourir. Ç'aurait été son ultime triomphe.

Suivit une longue pause, puis :

« Jamais je n'ai revu mon petit garçon. Tu comprends, ce matin-là, quand je suis entrée dans le bureau de Höss, Jan n'y était pas. Il n'était pas là. J'étais tellement sûre qu'il serait là que l'idée m'est venue qu'il se cachait peut-être sous la table — pour jouer, tu comprends. J'ai regardé partout, mais il n'y avait pas de Jan. Je me suis dit qu'il s'agissait sans doute d'une blague, je *savais* qu'il fallait qu'il soit là. Je l'ai appelé par son nom. Höss avait refermé la porte et, debout au milieu de la pièce, il me regardait. Je lui ai demandé où était mon petit garçon. Il m'a dit : 'Hier soir après votre départ, j'ai compris que je ne pouvais pas amener votre enfant ici. C'est une décision pénible et je m'en excuse. L'amener ici serait dangereux — ce serait compromettre ma situation.' Je n'arrivais pas à y croire, n'arrivais pas à croire ce qu'il me disait, c'est vrai je n'arrivais pas à le croire. Et puis tout à coup, *oui*, je l'ai cru tout à fait. Et alors j'ai perdu la tête. Je suis devenue folle. Folle !

« Je ne me rappelle rien de ce que j'ai fait — quelques instants tout est devenu noir — sauf que je suis sûre d'avoir fait deux choses. Je l'ai *attaqué*. Je l'ai attaqué avec mes mains. Ça, je le sais, parce que quand le voile noir a disparu et que je me suis retrouvée assise dans la chaise où il m'avait poussée, j'ai levé les yeux et vu sur sa joue l'endroit où mes ongles l'avaient griffé. Il y avait un peu de sang et il l'essuyait avec son mouchoir. Il était debout devant moi, il me regardait, mais il n'y avait pas de colère dans ses yeux, il paraissait très calme. L'autre chose dont je me souviens, c'est l'écho dans mes oreilles, le son de ma propre voix une minute plus tôt quand je lui hurlais des injures ; 'Eh bien, envoyez-moi à la chambre à gaz !' Je me souviens que je lui ai crié ça. 'Envoyez-moi à la chambre à gaz comme vous avez envoyé ma petite fille !' Je n'arrêtais pas de hurler. 'Gazez-moi, espèce de...!' Etc. Et je crois que j'ai hurlé un tas de gros mots en allemand parce que j'en ai encore l'écho dans l'oreille. Et puis tout à coup j'ai mis ma tête dans mes mains et j'ai fondu en larmes. Il est resté sans rien dire et puis un moment après, j'ai senti sa main sur mon épaule. J'ai entendu sa voix. 'Je le répète, je suis désolé', il a dit, 'je n'aurais pas dû prendre cette décision. Mais j'essaierai de trouver un moyen de rattraper la chose, d'une autre façon. Y a-t-il quelque chose que je puisse faire ?' Stingo, c'était tellement bizarre d'entendre cet homme parler ainsi — me poser ce genre de question avec ce genre de voix, honteuse, tu comprends, en me demandant à *moi* ce que *lui* pouvait faire.

« Alors, bien sûr, moi, j'ai tout de suite pensé au Lebensborn et à ce que Wanda avait affirmé que je devais faire à tout prix — cette chose dont j'aurais dû parler la veille à Höss mais que je n'avais pas pu me décider à mentionner. Aussi je me suis forcée à reprendre mon calme et je me suis arrêtée de pleurer et finalement j'ai levé les yeux pour le regarder en face et j'ai dit : ' Voici ce que vous pouvez faire pour moi '... J'ai lâché le mot ' Lebensborn ' et à l'expression de son regard, j'ai aussitôt compris qu'il savait ce dont je voulais parler. J'ai dit à peu près ceci, j'ai dit : ' Vous pourriez faire sortir mon petit du Camp des Enfants et l'intégrer au programme Lebensborn que dirigent les SS et dont vous avez entendu parler. Vous pourriez le faire transférer en Allemagne où il deviendrait un bon Allemand. Il se trouve qu'il est blond, qu'il a l'air allemand et comme moi il parle parfaitement allemand. En Pologne, il n'y a pas beaucoup de petits enfants dans ce cas. Ne voyez-vous donc pas que mon petit Jan serait une excellente recrue pour Lebensborn ? ' Je me souviens que Höss est resté un long moment sans rien dire, planté là immobile devant moi en effleurant du bout des doigts sa joue à l'endroit où je l'avais griffé. Puis il a dit à peu près ceci : ' Il me semble que ce que vous venez de dire pourrait être une solution possible. Je vais y réfléchir. ' Mais pour moi ce n'était pas assez. Je savais que je cherchais désespérément à me cramponner à de vagues lueurs d'espoir, je le savais, il aurait tout simplement pu me clouer le bec sur-le-champ — mais il me fallait que je le dise, il fallait que je dise : ' Non, vous devez me donner une réponse plus précise, je n'ai pas la force de continuer à vivre dans l'incertitude. ' Au bout de quelques instants, il a dit : ' Entendu, je veillerai à ce qu'il soit transféré. ' Mais ça ne me suffisait toujours pas. Je lui ai dit :

Comment est-ce que je saurai ? Comment est-ce que j'aurai la certitude qu'il a été envoyé ailleurs ? Et aussi, vous devez me promettre une chose, ai-je encore dit, vous devez me promettre de me faire savoir où on l'aura envoyé en Allemagne pour qu'un jour une fois la guerre finie je puisse le revoir.'

« Cette dernière chose, Stingo, j'avais peine à croire que j'avais eu l'audace de la dire, de formuler ces exigences en face de cet homme. Mais la vérité, tu comprends, c'est que je spéculais sur le sentiment qu'il avait pour moi, sur cette émotion qu'il m'avait laissé voir la veille, tu sais, quand il m'avait prise dans ses bras, quand il avait dit : ' Me prendriez-vous pour une espèce de monstre ? ' J'espérais qu'il avait encore en lui un tout petit peu d'humanité qui le pousserait à m'aider. Et quand j'ai eu fini, il est de nouveau resté un moment sans rien dire, et puis il m'a donné sa réponse : ' D'accord, je promets. Je promets que l'enfant sera transféré et que vous aurez de ses nouvelles de temps en temps.' Alors j'ai insisté — je savais que je courais le risque de le mettre en colère, mais je n'ai pas pu m'en empêcher : ' Comment est-ce que je peux en être certaine ? Déjà ma petite fille est morte, et sans Jan, il ne me restera plus rien. Vous m'avez promis hier que vous me laisseriez voir Jan aujourd'hui, mais vous ne l'avez pas fait. Vous êtes revenu sur votre parole.' Et sans doute que *ça*, ça l'a — eh bien, *blessé* d'une façon ou d'une autre, parce qu'alors il a dit : ' Vous pouvez en être certaine. Je vous ferai passer un message de temps à autre. Vous avez ma promesse et ma parole d'officier allemand, ma parole d'honneur.'

Sophie se tut, le regard perdu dans la pénombre crépusculaire du Maple Court, envahi par une horde de papillons affolés, le bar désert à l'exception de nous deux et du barman, un Irlandais fatigué qui tirait des cliquetis assourdis de son tiroir-caisse. Enfin elle reprit :

« Mais cet homme n'a pas tenu parole, Stingo. Et jamais je n'ai revu mon petit garçon. Pourquoi étais-je allée croire que ce SS pouvait avoir en lui cette chose que l'on appelle honneur ? Peut-être à cause de mon père, qui parlait sans cesse de l'armée allemande, de ses officiers, avec leur sens de l'honneur, leurs principes et tout. Je ne sais pas. Mais Höss n'a pas tenu parole, ce qui fait que je ne sais pas ce qui s'est passé. Peu après Höss a quitté Auschwitz pour être transféré à Berlin et j'ai été renvoyée au camp, où je n'étais plus qu'une dactylo parmi les autres. Je n'ai jamais reçu le moindre message de Höss, jamais. Même quand il est revenu l'année d'après, il n'a pas cherché à entrer en contact avec moi. Longtemps je me suis imaginé, ma foi, que Jan avait été tiré du camp et envoyé en Allemagne et que je n'allais pas tarder à recevoir un message pour me dire où il est, comment il va et ainsi de suite. Mais je n'ai jamais eu de nouvelles. Et puis quelque temps après Wanda m'a fait passer un bout de papier avec un message terrible, un message qui disait ceci — ceci et rien de plus : 'J'ai revu Jan. Il va bien aussi bien que possible.' Stingo, j'ai cru mourir parce que, tu comprends, ça voulait dire que Jan, finalement, *n'était pas sorti* du camp — Höss n'avait rien fait pour le faire intégrer au Lebensborn.

« Et puis quelques semaines plus tard, j'ai reçu un nouveau message de Wanda à Birkenau, par l'intermédiaire d'une détenue — une résistante française qui un jour est venue me voir au bloc. Et cette femme, elle m'a dit que Wanda lui avait dit de me dire que Jan n'était plus dans le Camp des Enfants. D'abord j'ai cru mourir de joie, mais ça n'a pas duré longtemps parce que j'ai compris qu'en réalité ça ne signifiait rien — ou peut-être tout simplement que Jan était mort. Non pas envoyé au Lebensborn, mais mort de maladie ou d'autre chose — peut-être simplement tué par l'hiver, il s'était mis à faire si froid. Et je n'avais aucun moyen de découvrir ce qu'il était advenu réellement de Jan, s'il était mort là-bas à Birkenau ou se trouvait quelque part en Allemagne.

Sophie s'interrompit, puis reprit :

« Auschwitz était si grand, c'était si difficile d'avoir des nouvelles. En tout cas, Höss ne m'a jamais envoyé de message, comme il avait promis de le faire. *Mon Dieu**, quelle *imbécile** j'ai été d'imaginer qu'un homme pareil aurait cette chose qu'il appelait *meine Ehre*. Mon honneur ! Quel sale menteur ! C'était tout simplement un salopard, comme dit Nathan. Et moi jusqu'au bout pour lui je n'ai rien été qu'un tas de *dreck* polonaise.

De nouveau, une pause, puis elle me regarda entre ses doigts en éventail :

« Tu sais, Stingo, je n'ai jamais su ce qu'il était advenu de Jan. Il vaudrait presque mieux que...

Et sa voix s'éteignit dans le silence.

Calme. Apathie. Sentiment du déclin de l'été, de l'amère lie de toutes choses. Je demeurais sans voix pour répondre à Sophie ; en tout cas, je n'eus rien à dire quand sa voix se fit soudain plus aiguë pour ajouter une brève et brutale déclaration qui, si horrible et déchirant que fût ce qu'elle me révélait, ne me parut à la lumière de ce qui précède rien de plus qu'un nouvel épisode torturant serti dans une aria d'éternel chagrin.

« J'ai cru que j'arriverais à découvrir quelque chose. Et puis peu de temps après avoir reçu ce dernier message, j'ai appris que Wanda s'était fait prendre, à cause de ses activités dans la Résistance. Ils l'ont emmenée au sinistre bloc de la prison. Ils l'ont torturée, et puis ils l'ont suspendue à un croc de boucher et ils l'ont laissée s'étrangler lentement... Hier j'ai traité Wanda de *Kvetch*. C'est le dernier mensonge que je te ferai jamais. Jamais je n'ai connu personne d'aussi courageux.

Assis là côte à côte dans la lumière blême, Sophie et moi éprouvions tous deux, je crois, la sensation que les extrémités de nos nerfs avaient été étirées à se rompre par la lente accumulation de toutes ces choses virtuellement intolérables. En proie à un sentiment de refus, catégorique, irrémédiable et qui frisait la panique, je ne voulais plus entendre parler d'Auschwitz, plus un seul mot. Pourtant, un reste de l'élan que j'ai évoqué soulevait toujours Sophie (je remarquai cependant que son courage commençait à s'effilocher) et elle eut encore la force de me raconter, dans un éclat bref mais passionné, son ultime adieu au Commandant d'Auschwitz.

« Il m'a dit : 'Maintenant, partez.' J'ai fait demi-tour, j'ai commencé à m'éloigner, puis je lui ai dit : '*Danke, mein Kommandant*, pour m'avoir aidée.' Et il a dit — il faut me croire, Stingo —, il a dit ceci. Il a dit : 'Vous entendez cette musique ? Vous aimez Franz Lehar ? C'est mon compositeur favori.' J'ai été tellement surpris par cette question étrange, que c'est à peine si j'ai pu répondre. Franz Lehar, me suis-je dit, et soudain je me suis retrouvée en train de dire : 'Non, pas vraiment. Pourquoi ?' Un instant il a eu l'air déçu, et puis, il a répété : 'Partez maintenant.' Et je suis partie. Quand dans l'escalier, je suis passée devant la chambre d'Emmi, la petite radio jouait de nouveau. Cette fois, j'aurais facilement pu la prendre parce que j'ai regardé soigneusement partout dans la chambre et Emmi n'y était pas. Mais je te l'ai dit, tu sais, j'avais l'espoir de sauver Jan, et je n'ai pas eu le courage de faire ce que j'aurais dû. Et puis je savais que cette fois c'est moi qu'ils soupçonneraient la *première*. Ce qui fait que je n'ai pas touché à la radio, et aussitôt après, j'ai été envahie par cette haine terrible contre moi-même. Mais je l'ai laissée et elle continuait à jouer. Et je parie que tu n'imagineras jamais ce que jouait la radio. Devine, Stingo.

Il est toujours un point dans un récit tel que celui-ci, où une certaine dose d'ironie paraît inopportune, peut-être même « contre-indiquée » — malgré l'impulsion sous-jacente qui pousse à y céder — ne serait-ce que parce que l'ironie tend facilement vers l'ennui et du même coup, met à rude épreuve non seulement la patience du lecteur, mais aussi sa crédulité. Mais mon fidèle témoin n'étant autre que Sophie, qui se chargeait elle-même de fournir l'ironie en guise d'appendice à un témoignage dont je n'avais nulle raison de douter, je dois faire état de sa dernière remarque, ajoutant pour tout commentaire que, ces mots, elle les prononça de cette voix vacillante qui dénote un tumulte d'émotions confuses et sur le déclin — mi-hilarité, mi-chagrin intime — que jamais encore je n'avais entendue chez Sophie et très rarement en fait chez quelqu'un d'autre, et qui de toute évidence était le symptôme d'une crise de nerfs imminente.

— Qu'est-ce qu'elle jouait, cette radio ? demandai-je.

— L'ouverture de l'opérette de Franz Lehar, tu sais, hoqueta-t-elle. *Das Land des Lächelns — Le Pays du Sourire.*

Ce fut bien après minuit qu'à pas lents nous reprîmes le chemin du Palais Rose. Sophie était calme maintenant. Personne ne rôdait dans la nuit embaumée, et le long des rues estivales bordées d'érables, les maisons des bons bourgeois de Flatbush étaient plongées dans l'ombre et le silence du sommeil. Sophie marchait près de moi, le bras passé autour de ma taille, et son parfum me fouailla un bref instant les sens, mais je compris que le geste n'avait rien désormais que de fraternel ou d'amical, et en outre, son long récit m'avait laissé incapable du moindre tressaille-

ment de désir. La tristesse et le désespoir m'envelop-
paient comme les ténèbres de la sombre nuit d'août
elle-même, et je me demandai machinalement si je
parviendrais à trouver le sommeil.

Approchant de la forteresse de Mrs. Zimmerman, où
une veilleuse luisait faiblement dans le vestibule rose,
nous trébuchâmes sur le trottoir et, pour la première
fois depuis notre départ du bar, Sophie dit quelque
chose :

— Est-ce que tu as un réveil, Stingo ? Il faut que je
me lève très tôt demain, pour déménager mes affaires
et arriver au bureau à l'heure. Le Dr. Blackstock s'est
montré très patient avec moi ces derniers jours, mais
cette fois, il faut vraiment que je me remette au travail.
Pourquoi ne me passerais-tu pas un coup de fil vers le
milieu de la semaine ?

Je l'entendis étouffer un bâillement.

J'étais sur le point de répondre quelque chose au
sujet du réveil, quand une ombre, gris-noir, se détacha
des ombres plus épaisses qui entouraient la porte
d'entrée. Mon cœur eut un raté et je dis : « Oh, mon
Dieu. » C'était Nathan. Je lâchai son nom dans un
murmure à l'instant précis où Sophie, le reconnaissant
à son tour, laissait échapper un petit gémissement. Un
bref instant j'eus l'impression, raisonnable je suppose,
qu'il se préparait à nous sauter dessus. Mais j'entendis
alors la voix de Nathan qui, doucement, appelait :
« Sophie », et elle détacha son bras de ma taille avec
une hâte telle que le pan de ma chemise sortit de ma
ceinture. Je m'arrêtai court et demeurai immobile
tandis que, littéralement, ils se ruaient l'un vers l'autre
dans le clair-obscur de la lumière feuillue, vaguement
frissonnante, et je perçus les sanglots que poussait
Sophie à l'instant où ils se jetaient dans les bras l'un de
l'autre. De longs moments ils s'étreignirent farouchement, corps comme fondus, dans les ténèbres de cette
nuit d'été. Enfin, Nathan s'effondra lentement sur les

genoux, à même le trottoir, puis les bras noués autour des jambes de Sophie, il demeura là immobile un temps qui me parut interminable, figé dans une posture de dévotion, de soumission, de repentir, de prière — peut-être tout cela à la fois.

CHAPITRE XIV

Nathan nous reprit sans peine, et à point nommé.
Après notre réconciliation extraordinairement ten-
dre et rapide — Sophie, Nathan et Stingo —, l'une des
premières choses dont je me souvienne est celle-ci :
Nathan me fit don de deux cents dollars. Deux jours
après leurs heureuses retrouvailles, sitôt Nathan et
Sophie réinstallés à l'étage au-dessus et moi-même de
nouveau niché dans ma chambre couleur églantine,
Sophie apprit à Nathan le vol dont j'avais été victime.
(Le coupable, soit dit en passant, n'était pas Morris
Fink. Nathan remarqua que la fenêtre de ma salle de
bains avait été forcée — ce que Morris n'aurait pas été
obligé de faire. J'eus honte de mes ignobles soupçons.)
Le lendemain après-midi, revenant de déjeuner chez
un traiteur d'Ocean Avenue, je trouvai sur mon bureau
son chèque, établi à mon nom et d'un montant qui, en
1947, pour quelqu'un comme moi pratiquement privé
de ressources, ne pouvait que paraître, disons, royal.
Agrafé au chèque, ce billet manuscrit : *A la plus grande
gloire de la littérature du Sud.* J'en restai époustouflé.
Bien entendu, l'argent était une aubaine, qui me tirait
d'affaire à un moment où je me rongeais d'angoisse
quant à l'avenir immédiat. Il m'était en fait impossible
de refuser. Mais divers scrupules d'ordre religieux et
atavique m'interdisaient de l'accepter comme un
cadeau.
Aussi au terme d'innombrables palabres et discus-

sions amicales, en arrivâmes-nous à ce que l'on pour-rait appeler un compromis. Les deux cents dollars resteraient un cadeau tant que je n'aurais pas été publié. Mais si mon roman venait un jour à trouver un éditeur et à me rapporter assez d'argent pour me libérer de tous soucis financiers — *alors* et alors seulement, Nathan accepterait que je lui rembourse ma dette à ma guise — (sans intérêt). Une petite voix froide et mesquine nichée à l'arrière-plan de mon esprit me soufflait que, pour Nathan, cette libéralité était une façon d'expier l'impitoyable attaque à laquelle, quelques jours plus tôt, il avait soumis mon livre lors de cette scène théâtrale et cruelle où il nous avait, Sophie et moi, bannis de son existence. Mais je chassai cette pensée comme indigne, particulièrement à la lumière de ce que m'avait récemment confié Sophie concernant cette folie passagère qui l'avait sans doute poussé, sous l'empire de la drogue, à tenir ces propos horribles et irresponsables — des paroles que de toute évidence, il avait oubliées. Des paroles dont, je l'aurais parié, sa mémoire ne gardait aucun souvenir, pas plus que de son comportement destructeur et dément. En outre, j'étais tout simplement très attaché à Nathan, du moins à ce Nathan charmeur, généreux, stimulant, qui avait rejeté son entourage de démons — et dans la mesure où c'était ce *Nathan-là* qui nous était revenu, un Nathan quelque peu hâve et pâle, mais, semblait-il, purgé des horribles fantasmes qui l'avaient possédé lors de cette soirée, le regain de chaleur et d'affection fraternelles que je ressentais pour lui était merveilleux ; ma joie n'avait d'égale que la réaction de Sophie, dont l'allégresse prenait la forme d'un délire contenu à grand-peine, un spectacle émouvant. La passion tenace et inconditionnelle qu'elle vouait à Nathan m'emplissait de terreur. Les insultes dont il l'avait accablée étaient manifestement pardonnées, sinon tout à fait oubliées. Eût-il été un bourreau d'enfant ou un assassin sadique, nul doute à mes yeux qu'elle l'aurait serré contre son cœur avec la même indulgence avide et indifférente.

J'ignorais où Nathan avait passé les quelques journées et les quelques nuits qui s'étaient écoulées depuis l'horrible scène du Maple Court, mais à certaine chose que me dit en passant Sophie, je supposai qu'il avait cherché refuge chez son frère, à Forest Hills. Son absence et ses faits et gestes n'avaient en réalité aucune importance ; de même, son charme irrésistible faisait paraître dérisoire qu'il nous eût, si peu de temps auparavant, accablés, Sophie et moi, d'un flot de haine et de mépris à nous rendre physiquement malades. En un sens, la toxicomanie épisodique que m'avait décrite Sophie avec une précision terrifiante eut pour effet de me rapprocher de Nathan, maintenant qu'il était de retour ; sans doute était-ce là une réaction romantique, mais son côté démoniaque — ce personnage de Mr. Hyde qui de temps à autre le possédait et dévorait ses entrailles — me paraissait désormais foncièrement indissociable de son étrange génie, et je l'acceptais sans autres réserves que de vagues appréhensions à la perspective d'une récurrence éventuelle de sa frénésie. Sophie et moi — pour dire les choses clairement — ne faisions pas le poids. Il suffisait qu'il fût de retour dans nos vies, nous rapportant cet enthousiasme, cette générosité, cette énergie, cette joie, cette magie, cet amour que nous avions crus disparus à jamais. En réalité, son retour au Palais Rose et sa reconstitution de leur douillet petit nid d'amour paraissaient si naturels, qu'aujourd'hui encore je ne peux me souvenir quand ni comment il rapporta les meubles, les vêtements et tout le bric-à-brac qu'il avait déménagés lors de cette folle nuit, pour les remettre en place, de telle sorte qu'il semblait que jamais il n'avait décampé avec.

On eût dit le bon vieux temps revenu. La routine

303

quotidienne reprit comme si rien ne s'était passé
— comme si la violence et la fureur de Nathan
n'avaient pas failli gâcher à jamais l'amitié et le
bonheur de notre petit trio. Septembre était arrivé,
mais la chaleur de l'été continuait à planer sur les rues
torrides, les voilant d'une légère brume chatoyante.
Chaque matin et chacun de leur côté, Nathan et Sophie
prenaient leur métro à la station du BMT de Church
Avenue — lui pour se rendre à son laboratoire chez
Pfizer, elle au cabinet du Dr. Blackstock, dans le centre
de Brooklyn. Quant à moi, je me réinstallai avec joie
devant mon humble petit bureau de chêne. Je refusais
de me laisser obséder par l'amour que m'inspirait
Sophie, la cédant de nouveau, et de bon gré, à cet
homme plus âgé auquel elle appartenait avec tant de
naturel et en toute équité, et résigné une fois encore à
cette évidence que mes espoirs de gagner son cœur
n'avaient jamais cessé d'être modestes et peu convain-
cus. Ainsi, sans Sophie pour m'inciter à de vaines
rêvasseries, je me replongeai dans mon roman délaissé
avec une ardeur et une détermination pleines d'allégresse. Naturellement, comment ne serais-je pas
demeuré hanté et, dans une certaine mesure, à l'occasion déprimé par les confidences de Sophie. Mais en
général, je parvenais à chasser son histoire de mon
esprit. C'est vrai, la vie continue. De plus, j'étais
emporté par un enivrant raz de marée créateur et
sentais, avec intensité, que j'avais, pour occuper mes
heures de labeur, ma propre chronique tragique à
conter. Galvanisé peut-être par le viatique que m'avait
accordé Nathan — la forme d'encouragement la plus
stimulante dont puisse rêver un créateur —, je me mis
à travailler d'arrache-pied, à un rythme qui, vu ma
nature, était proprement débridé, corrigeant et polis-
sant au fur et à mesure, émoussant l'un après l'autre
mes crayons tandis que cinq, six, et même sept et huit

feuilles jaunes jonchaient mon bureau au terme d'une longue matinée de labeur.

Et (sans parler de la question argent) Nathan reprit tout naturellement son rôle de frère aîné, de protecteur, mentor, critique fécond et ami plus âgé, l'ami à toute épreuve que je n'avais cessé de voir en lui. Et de nouveau il se mit à absorber ma prose inlassablement remise sur le métier, emportant, pour le lire dans sa chambre, le fruit de mon travail, au bout de quelques jours, quand j'eus accouché d'une trentaine de pages, et pour quelques heures plus tard redescendre, le plus souvent souriant, presque toujours disposé à me gratifier de la chose dont j'avais tant besoin — de louanges —, mais de louanges en général nuancées ou honnêtement assaisonnées d'un brin de critique impitoyable ; son flair pour la phrase entravée par un rythme balourd, pour le commentaire affecté, le goût de l'onanisme littéraire, la métaphore plus ou moins heureuse, était d'une implacable acuité. Mais pour l'essentiel, je voyais bien qu'il était sincèrement captivé par ma chronique du Tidewater, par le paysage et le temps que j'avais essayé de rendre avec toute la passion, la précision et l'affection que mon jeune talent en herbe avait le pouvoir de maîtriser, par le pathétique petit groupe de personnages qui peu à peu s'étoffaient sur la page, tandis que je les entraînais dans leur voyage funèbre et pétri d'angoisse à travers les marécages de la Virginie et, je crois, en dernier ressort et de façon très sincère, par une vision inédite du Sud qui (malgré l'influence de Faulkner qu'il avait décelée et que je reconnaissais volontiers) était de façon authentique, et, disait-il, « électrisante », la mienne. Et je me réjouissais en secret de constater que, subtilement, par l'alchimie de mon art, je semblais petit à petit convertir les préjugés que Nathan nourrissait à l'encontre du Sud en une forme de tolérance ou de compréhension. Je constatais aussi qu'il m'épargnait désormais ses

sarcasmes sur les becs-de-lièvre, les teignes, les lyncha-
ges et les racistes. Il prenait désormais très à cœur mon
travail et si grands étaient le respect et l'admiration
qu'il m'inspirait, que ses réactions me touchaient
infiniment.

— Cette réception au country-club est extraordinaire, me dit-il de bonne heure un samedi matin que
nous bavardions dans ma chambre. Tiens, ce petit bout
de dialogue entre la mère et la domestique noire — je
ne sais pas, mais je trouve ça percutant. Cette atmosphère d'été dans le Sud, je ne sais comment tu y
arrives.

Je me rengorgeai en moi-même, me confondis en
remerciements et vidai d'un trait les trois quarts d'une
boîte de bière.

— Ça vient, ça vient, dis-je, conscient de ma modestie forcée. Je suis très heureux que tu aimes ça,
vraiment très heureux.

— Qui sait, je devrais peut-être aller faire un tour
dans le Sud, dit-il, histoire de voir de près à quoi ça
ressemble. Ton truc me met en appétit. Tu pourrais me
servir de guide. Qu'en dis-tu, mon vieux — ça ne te
tente pas ? Une balade à travers cette bonne vieille
Confédération.

Je me surpris à saisir littéralement la balle au bond.

— Grand Dieu, mais oui ! dis-je. Ce serait tout
simplement formidable ! Nous pourrions partir de
Washington et mettre le cap droit au sud. J'ai un vieux
copain d'université à Frederiksburg, un mordu de tout
ce qui touche à la Guerre de Sécession. On pourrait lui
demander l'hospitalité et faire la tournée des champs
de bataille de la Virginie du Nord. Manassas, Frederiksburg. Le Wilderness, Spotsylvania — le grand jeu,
quoi. Ensuite on louerait une voiture pour descendre
jusqu'à Richmond, on s'arrêterait à Petersburg, et de
là, on pourrait rejoindre la ferme de mon père dans le

306

canton de Southampton. La récolte des arachides approche...

Je voyais bien que Nathan se montrait d'emblée enthousiasmé par ma proposition, ou ma surenchère, et il hochait la tête avec vigueur tandis que, galvanisé par mon propre zèle, je continuais à broder sur les grandes lignes du projet de voyage. Je le concevais, ce voyage, comme instructif, sérieux, détaillé — mais un voyage de détente. Après la Virginie : la région côtière de la Caroline du Nord où avait grandi mon cher vieux papa, puis Charleston, Savannah, Atlanta, et une lente randonnée jusqu'au cœur du Vieux Sud, les douces entrailles du Sud — l'Alabama, le Mississippi — le tout culminant par La Nouvelle-Orléans, où les huîtres étaient grasses et moelleuses et coûtaient deux cents la pièce, les crevettes sublimes et où les crabes poussaient sur les arbres.

— Quel périple ! croassai-je, en éventrant une nouvelle boîte de bière. Et la cuisine du Sud. Poulet frit. Petites brioches frites. Petits pois bruns au lard. Crêpes de riz. Epinards chauds au vinaigre. Jambon de campagne au jus. Nathan, toi, le gourmet, tu te sentiras aux anges !

La bière m'était montée à la tête, je me sentais planer. Pourtant il faisait une chaleur accablante, mais une brise légère montait du parc et, par-dessus le friselis de mon store, j'entendais du Beethoven à l'étage au-dessus. Ce qui, bien sûr, était l'œuvre de Sophie, rentrée de sa demi-journée de travail du samedi, et qui, lorsqu'elle prenait une douche, mettait toujours son tourne-disque à plein volume. Et tout en brodant sur mon fantasme du Sud, je me rendis compte que j'en rajoutais un peu, singeais sans doute en tous points le Sudiste typique dont pourtant je haïssais les tics presque autant que ceux des snobs new-yorkais piégés par ce libéralisme et cette animosité de principe envers le Sud qui m'avaient tellement fait râler, mais c'était sans importance; j'étais enivré par une matinée de travail particulièrement fécond, et le charme du Sud (dont j'avais eu tant de peine à évoquer les spectacles et les sons, au prix de litres et de litres du sang de mon cœur) m'avait envahi comme une petite extase, ou une grosse migraine. Il m'était, bien sûr, souvent arrivé déjà de savourer cette nostalgie douce-amère — entre autres tout dernièrement à l'occasion d'une crise infiniment moins sincère, quand mes élucubrations balourdes s'étaient si spectaculairement révélées impuissantes à exercer leur magie sur Leslie Lapidus —, mais aujourd'hui, cet état d'âme paraissait tout particulièrement fragile, frémissant, poignant, translucide; il me semblait que je risquais à tout moment de fondre en larmes intempestives, mais néanmoins somptueuses. Le charmant adagio de la Quatrième Symphonie filtrait à travers le plafond, se fondant comme la palpitation régulière et sereine d'un pouls à l'exaltation de mon âme.

— Eh bien, mon petit vieux, d'accord, dit soudain Nathan de son fauteuil. Tu sais, il est *grand temps* que je voie le Sud. Tu as dit une chose au début de l'été — on dirait des siècles de ça —, tu as dit une chose à propos du Sud qui s'est gravée dans ma mémoire. Disons plutôt une chose en rapport avec le Nord et le Sud. Comme toujours nous étions en train de nous chamailler et je me souviens que ce que tu as dit revenait en gros à ceci, au moins les gens du Sud se sont aventurés dans le Nord, sont venus voir à quoi ressemblait le Nord, alors que rares sont les gens du Nord qui ont jamais pris la peine de parcourir le Sud, histoire de se faire une opinion par eux-mêmes. Je me souviens que tu as dit qu'avec leur ignorance obstinée et vertueuse, les gens du Nord pouvaient avoir l'air tellement *suffisants*. Tu as même parlé d'arrogance intellectuelle. Ce sont les mots que tu as employés — sur le moment, je les ai trouvés affreusement outrés

—, mais par la suite, j'ai réfléchi, et l'idée m'est venue que tu pouvais bien avoir raison.

Il s'arrêta quelques instants, puis reprit, avec une authentique passion :

« Je suis prêt à avouer mon ignorance. Comment ai-je vraiment pu haïr un pays dont je ne sais rien et que je n'ai jamais vu ? Je marche. Ce voyage, nous allons le faire !

— Que Dieu te garde, Nathan, répondis-je, rayonnant de tendresse et de bière.

Verre en main, je m'étais glissé dans la salle de bains pour soulager ma vessie. J'étais un peu plus ivre que je l'aurais cru. J'éclaboussai le siège. Par-dessus le bruit de cascade, la voix de Nathan me parvint.

— Le laboratoire me devra des vacances à la mi-octobre et au train où tu vas, tu auras à ce moment-là terminé un bon morceau de ton livre. Tu auras sans doute besoin de souffler un peu. Pourquoi ne pas projeter ce voyage à ce moment-là ? Depuis que Sophie travaille chez ce charlatan, elle n'a pas pris un seul jour de congé, elle aussi a droit à une ou deux semaines. Je peux emprunter la voiture de mon frère, la décapotable. Il n'en aura pas besoin, il vient de s'offrir une Oldsmobile toute neuve. On pourra descendre par la route jusqu'à Washington...

Tout en l'écoutant, mon regard accrocha l'armoire de toilette — cette cachette qui m'avait paru si sûre jusqu'au vol dont je venais d'être victime. Qui avait bien pu faire le coup, je me le demandais, maintenant que Morris Fink était lavé de tout soupçon ? Un quelconque rôdeur, il y a des voleurs partout même à Flatbush. Mais à vrai dire tout cela n'avait plus guère d'importance, et ma première réaction de colère et de chagrin avait fait place, je le sentais, à un sentiment bizarre et complexe de malaise quand je songeais à l'argent envolé, qui, après tout, représentait le produit de la vente d'un être humain. Artiste ! La propriété de ma grand-mère, source de mon propre salut. C'était à Artiste le petit esclave que je devais les ressources qui m'avaient permis de subsister à Brooklyn pendant la plus grande partie de l'été ; par le sacrifice posthume de sa chair et de son sang, il avait fait beaucoup pour me maintenir à flot tout au long des premières étapes de mon livre, aussi peut-être était-ce un signe de la justice immanente qu'Artiste ne pût désormais m'entretenir plus longtemps. Ma survie ne serait plus dorénavant assurée par des fonds qui, à un siècle d'intervalle, demeuraient entachés de remords. En un sens, j'étais heureux d'être débarrassé de cet argent teinté de sang, d'en avoir fini avec l'esclavage.

Pourtant, comment pourrais-je *jamais* en avoir fini avec l'esclavage. Une boule me monta à la gorge, et tout haut, je chuchotai le mot : « Esclavage ! » Niché quelque part tout au fond de mon esprit, quelque chose me poussait à écrire sur le sujet de l'esclavage, à arracher à l'esclavage ses secrets les plus tourmentés et les plus profondément enfouis, une impulsion en tous points aussi vitale que la force qui me poussait à écrire, comme je l'avais fait ce jour-là, au sujet des héritiers de ce même système social qui maintenant, en ces années 40, s'enlisait peu à peu dans l'apartheid dément des marécages de la Virginie — ma famille bourgeoise du Nouveau Sud, adorée et damnée, dont les moindres faits et gestes, je commençais tout juste à le comprendre, se déroulaient en la présence d'un immense public silencieux de témoins noirs, tous surgis des flancs du servage. Et ne restions-nous pas tous, Blancs comme Noirs, encore des esclaves ? Je savais, je savais que dans la fièvre de mon esprit et dans les recoins les plus perturbés de mon cœur, tant que je m'obstinerais à écrire, je demeurerais entravé par les fers de l'esclavage. Et soudain, emporté par une agréable divagation, nonchalante et légèrement ivre, qui partant d'Artiste me conduisait à mon père et à l'image d'un baptême noir en robes blanches dans les eaux boueuses de la rivière James, pour en revenir à mon père, ronflant comme un bienheureux dans la chambre de l'Hôtel McAlpin — je songeai tout à coup à Nat Turner, et me sentis poignardé par une nostalgie si intense qu'il me sembla que l'on m'empalait sur un épieu. Je m'extirpai de la salle de bains avec une brusque embardée et sur les lèvres un mot qui, un peu trop sonore, fit sursauter Nathan par son incohérence passionnée :

— Nat Turner !

— Nat Turner ? fit Nathan, l'air intrigué. Qui diable est Nat Turner ?

— Nat Turner, dis-je, était un esclave noir qui en l'an 1831 assassina environ une soixantaine de Blancs — dont, soit dit en passant, aucun n'était juif. Il habitait non loin de ma ville natale, au bord de la rivière James. La ferme de mon père se trouve au cœur de la région où il déclencha sa rébellion sanglante.

J'entrepris alors de raconter à Nathan le peu que je savais de ce prodigieux personnage noir, dont la vie et les exploits étaient ensevelis sous un tel mystère que c'était à peine si les habitants de cette région perdue, et encore moins le reste du monde, avaient gardé le souvenir de son existence. Pendant mon récit, Sophie pénétra dans la chambre, l'air bien récurée, fraîche et rose et parfaitement belle, et se jucha sur le bras du fauteuil de Nathan. Elle aussi se mit à écouter, en lui caressant machinalement l'épaule, l'air doux et attentif. Mais j'en eus bientôt terminé, conscient que je n'avais pas grand-chose à raconter à propos de cet homme ; il avait surgi des brumes de l'histoire pour, dans une explosion aveuglante et cataclysmique, commettre son gigantesque forfait, puis s'était évanoui de façon aussi énigmatique qu'il était apparu, ne laissant derrière lui pour expliquer son existence, aucune identité, aucune légende, rien d'autre que son nom. Il fallait le redécouvrir, et cet après-midi-là, tout en m'efforçant dans mon enthousiasme et mon excitation à moitié ivre de l'expliquer à Nathan et Sophie, je compris pour la première fois qu'il me faudrait un jour écrire à son sujet, et le faire mien, et le recréer pour le reste du monde.

— Fantastique ! m'entendis-je crier sous l'empire d'une joie embiérée. Tu veux que je te dise, Nathan, eh bien je commence tout juste à y voir clair. Je me propose d'écrire un *livre*, au sujet de cet esclave. Et pour notre voyage, le minutage est parfait. J'aurai atteint un stade de mon roman où je pourrai me sentir libre de m'octroyer une pause — j'en aurai déjà écrit un sacré paquet, et du solide. Ce qui fait qu'en descendant vers Southampton, nous pourrons circuler dans tout le pays de Nat Turner, parler aux gens, regarder toutes les vieilles maisons. Moi, je pourrai m'imbiber de l'atmosphère et aussi prendre un tas de notes, recueillir de la documentation. Ça sera mon prochain livre, un roman à propos du vieux Nat. Pendant ce temps, Sophie et toi pourrez ajouter quelque chose de très valable à votre culture. Ce sera un des moments les plus fascinants de notre voyage...

Nathan passa le bras sur les épaules de Sophie et la serra à la broyer.

— Stingo, dit-il, je meurs d'impatience. Dès octobre, en route pour le vieux Sud.

Puis levant les yeux, il regarda Sophie bien en face. Le regard d'amour qu'ils échangèrent — rencontre puis fusion de deux regards en une fraction de seconde, mais merveilleusement intense — était d'une intimité tellement gênante que je me détournai un instant.

« Est-ce que je dois le lui dire ? demanda-t-il à Sophie.

— Pourquoi pas ? répliqua-t-elle. Stingo est notre meilleur ami, n'est-ce pas ?

— Et il sera aussi notre témoin, j'espère. Nous

allons nous *marier,* en octobre ! annonça-t-il gaiement. Ce qui fait que cette balade sera en même temps notre voyage de noces.

— *Dieu Tout-puissant !* hurlai-je. Félicitations !

M'approchant du fauteuil, je les embrassai tous les deux — Sophie contre son oreille où un parfum de gardénia me piqua les narines, et Nathan sur le noble appendice de son nez.

« C'est absolument merveilleux, murmurai-je, parfaitement sincère, oubliant totalement que dans un passé récent de semblables moments de pure extase, malgré leurs présages d'un bonheur encore plus éperdu, n'avaient presque toujours été qu'une lumière radieuse dont l'éclat aveuglant nous cachait l'imminence de la catastrophe.

Ce fut peut-être une dizaine de jours après cet épisode, au cours de la dernière semaine de septembre, que je reçus un coup de téléphone de Larry, le frère de Nathan. Je ne fus pas peu surpris quand un matin Morris Fink me héla pour me dire qu'on me demandait au téléphone, le téléphone à jetons luisant de crasse installé dans le vestibule — surpris en premier lieu que quelqu'un songeât à m'appeler, mais surtout quelqu'un dont j'avais certes souvent entendu parler, mais que je n'avais jamais rencontré. La voix était chaude et sympathique — avec son accent typique de Brooklyn, elle rappelait beaucoup celle de Nathan — et, tout d'abord nonchalante, elle se fit légèrement insistante quand Larry demanda si nous ne pourrions pas nous retrouver quelque part, le plus tôt étant le mieux. Il préférait ne pas se rendre chez Mrs. Zimmerman, dit-il, aussi cela m'ennuierait-il de passer le voir chez lui, à Forest Hills ? Il ajouta que je devais bien me douter que tout cela était en rapport avec Nathan — l'affaire était urgente. Je répondis, et sans la moindre hésitation, que je serais heureux de le voir, et nous convînmes de nous retrouver chez lui, le jour même, en fin d'après-midi.

Je m'égarai de façon lamentable dans le labyrinthe de couloirs de métro qui relient les cantons de Kings et de Queens, me trompai d'autobus et me retrouvai dans l'immense banlieue désolée de Jamaïca, aussi arrivai-je avec plus d'une heure de retard ; mais Larry me reçut avec courtoisie et une affabilité extraordinaire. Il m'accueillit à la porte d'un grand appartement confortable, dans un quartier qui me parut élégant. Je n'avais pratiquement jamais encore rencontré quelqu'un qui m'inspirât une sympathie aussi instinctive et sans nuances. Légèrement plus petit que Nathan, il était également plus trapu et plus corpulent, et bien entendu, il était plus âgé, mais présentait avec son frère une ressemblance saisissante ; pourtant, la différence entre eux sautait aussitôt aux yeux, car autant Nathan était un vrai paquet de nerfs, survolté, versatile, imprévisible, autant Larry paraissait calme et posé, presque flegmatique, avec quelque chose de rassurant qui tenait peut-être à ses manières de médecin, mais qui, je le pense, était plutôt l'indice de la stabilité ou de l'honnêteté foncières de sa nature. Comme je me confondais en excuses à cause de mon retard, il s'empressa de me mettre à l'aise et m'offrit une bouteille de Molson, une bière canadienne, en me disant de la façon la plus charmante :

— A en croire Nathan, vous êtes un fin connaisseur en matière de bonne bière.

A peine fûmes-nous installés dans nos fauteuils près d'une large baie ouverte qui donnait sur un complexe de bâtiments style Tudor agréablement tapissés de lierre, que ses paroles contribuèrent à me donner l'illusion que nous étions de vieilles connaissances.

« Inutile de vous dire que Nathan vous tient en haute estime, dit Larry, et à dire vrai, c'est en partie pourquoi je vous ai demandé de venir. En fait, et bien qu'il ne vous connaisse, n'est-ce pas, que depuis fort peu de temps, je suis certain qu'il vous considère comme son meilleur ami. Il m'a beaucoup parlé de votre travail, m'a dit qu'à ses yeux vous étiez un remarquable écrivain. Pour lui, vous êtes un as. Vous savez qu'à une certaine époque — je suppose qu'il vous l'aura dit — il a songé lui aussi à écrire. Les circonstances aidant, il aurait pu se permettre de faire pratiquement tout ce qu'il aurait voulu. En tout cas, et comme je suis sûr que vous avez dû vous en apercevoir, il a un flair très sûr en matière de littérature, et peut-être cela vous donnera-t-il un coup de fouet de savoir que non seulement il estime que vous êtes en train d'écrire un roman formidable, mais également qu'il ne tarit pas d'éloges à votre sujet, parce qu'il vous considère comme — disons, un *mensh.*

Je hochai la tête, en toussotant quelques banalités, non sans ressentir une bouffée de plaisir. Mon Dieu, ces louanges, comme je les lapais avec avidité ! Pourtant je demeurais perplexe quant aux raisons de ma visite. Ce que je dis alors, je le comprends maintenant, nous amena de façon fortuite à nous concentrer sur Nathan plus vite que nous ne l'aurions peut-être fait si la conversation avait continué à rouler sur mes talents et les éblouissantes vertus de ma personnalité.

— Vous avez raison en ce qui concerne Nathan. Il est vraiment extraordinaire, vous savez, de rencontrer un scientifique qui ne se fiche pas éperdument de la littérature, et qui plus est, est doué comme lui de cet extraordinaire sens des critères littéraires. Après tout, réfléchissons — vous vous rendez compte —, un biologiste, un chercheur de toute première classe, employé dans une énorme firme comme Pfizer...

Larry me coupa gentiment, avec un sourire qui ne parvenait pas à masquer tout à fait la souffrance.

— Pardonnez-moi, Stingo — j'espère que je peux

315

vous appeler ainsi —, pardonnez-moi, mais il y a une chose que je tiens à vous dire tout de suite, en même temps que d'autres choses qu'il est indispensable que vous sachiez. Nathan *n'est ni* chercheur, *ni* biologiste. Ce n'est pas un *véritable* savant, et il n'a pas le moindre diplôme. Tout ça est une invention pure et simple. Désolé, mais il vaut mieux que vous le sachiez.

Dieu du Ciel ! Mon sort était-il de rester toute ma vie un malheureux enfant crédule et simple d'esprit, tandis que ceux qui m'étaient le plus chers continueraient à me mener en bateau ? Il était déjà assez pénible que Sophie m'eût si souvent menti, et maintenant Nathan...

— Mais je ne comprends pas, commençai-je, vous voulez dire que...

— Je veux dire ceci, coupa doucement Larry. Je veux dire que cette histoire de biologiste est une comédie que joue mon frère — une couverture, rien de plus. Oh, bien sûr, il pointe chez Pfizer tous les jours. Il a un emploi à la bibliothèque de la firme, une sinécure parfaite qui lui permet de lire tout son saoul sans embêter personne, et à l'occasion, il lui arrive de faire un peu de recherche pour l'un ou l'autre des vrais chercheurs de la maison. Ce qui lui épargne de s'attirer des ennuis. Et personne n'est au courant, surtout pas son amie, cette délicieuse Sophie.

Jamais je n'avais été aussi près d'être frappé de mutisme.

— Mais comment...

Je cherchais en vain mes mots.

— L'un des dirigeants de la firme est un ami intime de notre père. Une gentille faveur, rien de plus. La chose a été assez facile à arranger, et quand Nathan est en pleine possession de ses moyens, il semble qu'il accomplisse fort bien la petite tâche qu'on lui a confiée. Après tout, vous le savez, Nathan est d'une intelligence sans limites, peut-être même un génie.

L'ennui, c'est que presque toute sa vie, il a été détraqué, déboussolé. Aucun doute que si seulement il s'était attelé pour de bon à quelque chose, il aurait été brillant. Littérature. Biologie. Mathématiques. Médecine. Astronomie. Philologie. N'importe quoi, seulement voilà, il n'a jamais pu mettre de l'ordre dans son esprit.

De nouveau, Larry eut son petit sourire las et douloureux et pressa en silence ses deux paumes l'une contre l'autre.

« La vérité, c'est que mon frère est complètement fou.

— Oh, Seigneur, murmurai-je.

— Schizophrénie paranoïaque, du moins d'après le diagnostic, bien que je ne sois pas du tout sûr que ces spécialistes du cerveau sachent exactement de quoi il retourne. En tout cas, il s'agit d'une de ces maladies où pendant des semaines, des mois, voire des années, rien ne se passe et puis — patatras — il bascule. Ce qui depuis quelques mois aggrave considérablement la situation, ce sont toutes ces drogues qu'il s'est mis à prendre. C'est précisément une des choses dont je voulais vous parler.

— Oh, Seigneur, dis-je de nouveau.

Assis là, à écouter Larry me raconter ces choses pathétiques avec tant de simplicité, de résignation et d'équanimité, j'essayai de maîtriser la tempête qui déferlait dans mon esprit. Je me sentais frappé par une émotion qui frisait le chagrin, et je n'aurais pas ressenti une stupéfaction ni une surprise plus intenses s'il m'avait annoncé que Nathan se mourait de quelque incurable maladie héréditaire. Je me mis à bafouiller, me raccrochant à des bribes, des fétus :

— Mais, c'est tellement difficile à croire. Quand il m'a parlé de ses études à Harvard...

— Oui, mais voilà, Nathan n'a jamais mis les pieds à Harvard. Il n'est jamais allé à l'université. Non que, mentalement, il n'en soit pas capable, bien entendu. A lui tout seul, il a déjà lu plus de livres que je n'aurai jamais le temps d'en lire. Mais quand quelqu'un est aussi malade que l'est Nathan, et cela depuis toujours, il ne peut tout simplement pas jouir de répits assez longs pour entreprendre des études régulières. Ses véritables écoles, ce sont Sheppard Pratt, McLean's, Payne Whitney, et bien d'autres. N'importe quel asile de luxe, vous pouvez parier qu'il y sera passé.

— Oh, bon Dieu de bon Dieu, c'est si triste, si affreux, m'entendis-je murmurer. Je savais qu'il était... — J'hésitai.

— Vous voulez dire que vous avez deviné qu'il n'était pas précisément stable... Pas normal.

— Oui, répondis-je, le premier imbécile venu s'en serait rendu compte. Seulement j'étais loin de penser que — eh bien, que c'était *sérieux* à ce point.

— Il y a eu une époque — une période de deux ans environ, peu avant ses vingt ans — où l'on aurait pu croire qu'il finirait par guérir complètement. C'était une illusion, bien sûr. Nos parents habitaient une belle maison à Brooklyn Heights, un ou deux ans avant la guerre. Une nuit, après une discussion féroce, Nathan s'est fourré en tête de mettre le feu à la maison, et il a bien failli y arriver. C'est à ce moment-là que nous avons dû le faire interner pendant une longue période. Pour la première fois... mais non pour la dernière.

Cette allusion que Larry venait de faire à la guerre me remit en mémoire un détail bizarre qui n'avait cessé de me turlupiner depuis que je connaissais Nathan, mais que pour une raison quelconque je n'avais pas cherché à éclaircir, le reléguant dans quelque tiroir poussiéreux de mon esprit. Nathan était, bien sûr, d'un âge tel qu'en toute logique, il aurait dû être mobilisé, mais comme il n'avait jamais paru vouloir me faire des confidences sur son service militaire, je n'avais pas soulevé le sujet, estimant que ce

n'était pas mon affaire. Cette fois pourtant, je ne pus
me retenir :

— Qu'a fait Nathan pendant la guerre ?

— Oh Grand Dieu, mais il était réformé. Pendant
une de ses périodes de lucidité, il a bien essayé de
s'engager dans les parachutistes, mais nous y avons
mis bon ordre. Il n'aurait pas été capable de servir,
nulle part. Il est demeuré à la maison, à lire Proust et le
Principia de Newton. Et de temps à autre, il partait
faire un petit séjour en enfer.

Je restai un long moment silencieux, m'efforçant de
mon mieux de digérer ces nouvelles qui, de façon si
irréfutable, confirmaient les appréhensions que j'avais
nourries au sujet de Nathan — appréhensions et
soupçons que, jusqu'alors, j'étais parvenu à réprimer.
Je demeurai assis là, pensif, à réfléchir en silence,
quand une belle femme brune de trente ans environ fit
son entrée dans la pièce, et s'approchant de Larry, lui
effleura l'épaule :

— Je sors quelques instants, chéri, dit-elle.

Comme je me levai, Larry me la présenta comme sa
femme, Mimi.

— Je suis tellement heureuse de faire votre connaissance, dit-elle en me prenant la main, je souhaite que
vous puissiez nous aider, au sujet de Nathan. Vous
savez, nous l'aimons tous tellement. Il nous a si
souvent parlé de vous que j'ai un peu l'impression que
vous êtes notre petit frère.

Je répondis quelque chose d'aimable et d'approprié,
mais sans me laisser le temps d'ajouter autre chose,
elle annonça :

« Je vous laisse bavarder tous les deux. J'espère bien
vous revoir bientôt.

Elle était d'une beauté saisissante et d'un charme
émouvant et, tandis que je la regardais s'éloigner, se
déplaçant avec une grâce ondoyante et pleine d'aisance sur le grand tapis qui garnissait la pièce — dont

pour la première fois j'enregistrai pleinement les lambris, les murs tapissés de livres, l'atmosphère de chaude hospitalité et le luxe discret —, mon cœur poussa un gros soupir : Pourquoi au lieu de l'écrivain fauché, obscur, balourd que j'étais, ne pouvais-je être un urologue juif bien payé, intelligent, plein de charme et d'intelligence, pourvu en outre d'une jolie femme excitante ?

— J'ignore ce que Nathan a pu vous raconter sur lui-même. Ou sur notre famille, dit Larry en me versant une autre bière.

— Pas grand-chose, fis-je, un instant surpris en mesurant à quel point c'était vrai.

— Je ne veux pas vous infliger trop de détails, mais notre père avait, disons, ramassé pas mal d'argent. Entre autres, en mettant en conserve des potages casher. Quand il a débarqué ici de sa Lettonie natale, il ne parlait pas un traître mot d'anglais, et, en trente ans, il a réussi à ramasser, disons, un joli magot. Pauvre vieux, il est dans une maison de retraite maintenant — une clinique très, très chère. Je ne veux pas avoir l'air vulgaire. Je ne mentionne ce point que pour souligner le genre de soins médicaux que notre famille a eu les moyens d'offrir à Nathan. Il a eu droit aux meilleurs traitements que l'argent permet de s'offrir, mais aucun n'a jamais eu de résultats positifs durables.

Larry se tut, laissa fuser un soupir prolongé, empreint de chagrin et de mélancolie, puis reprit :

« Ce qui fait que pendant toutes ces années, il a fait de multiples séjours dans une foule d'établissements, Payne Whitney, Riggs, Menninger et bien d'autres, avec, entre-temps de longues périodes de calme relatif pendant lesquelles il donne l'impression d'être aussi normal que vous et moi. Quand nous lui avons trouvé ce petit emploi à la bibliothèque de chez Pfizer, nous espérions à ce moment-là que son état s'était stabilisé et que la rémission serait permanente. Il y a des cas de

rémission et de guérison de ce genre. En fait, le taux de
guérison est relativement élevé. Il paraissait si heureux
là-bas, et bien qu'il nous fût revenu aux oreilles qu'il
n'arrêtait pas de se faire mousser et de magnifier son
travail de façon insensée, ce n'était pas très grave.
Même cette folie des grandeurs qui le pousse à se croire
l'inventeur de cures miraculeuses n'a jamais fait de
mal à personne. On aurait dit qu'il s'était calmé, était
en passe de retrouver — disons, la normalité. Ou de
redevenir aussi normal que peut espérer le devenir un
fou. Mais maintenant il y a aussi son amie, cette jeune
Polonaise si douce, si triste, si belle et tellement
éprouvée par la vie, pauvre gosse. On m'a dit qu'ils
allaient se marier — et dites-moi, vous, Stingo, ce que
vous en pensez ?

— Il ne peut pas se marier, n'est-ce pas, s'il est dans
cet état ? fis-je.

— Difficilement — Larry se tut un instant. — Mais
par ailleurs, comment l'en empêcher ? S'il souffrait en
permanence de folie furieuse, nous l'aurions retiré du
circuit pour de bon. Cela réglerait tout. Mais l'horrible
difficulté, voyez-vous, c'est qu'il y a aussi ces périodes
parfois très longues durant lesquelles il semble parfaitement normal. Et qui peut dire si l'une de ces longues
rémissions n'équivaut pas en réalité à une guérison
définitive. Il ne manque pas d'exemples de ce genre.
On ne peut pas pénaliser un homme et l'empêcher de
mener une vie normale simplement en supposant le
pire, en présumant qu'il va piquer une nouvelle crise
de démence, alors qu'elle peut ne jamais se produire ?
Par ailleurs, supposons qu'il épouse cette gentille fille
et supposons qu'ils aient un enfant. Supposons que par
la suite, il perde une fois de plus complètement les
pédales. Ce serait, n'est-ce pas, affreusement injuste
pour — eh bien, pour tout le monde !

Il se tut quelques instants, puis posa sur moi un
regard pénétrant :

« Je n'ai pas de réponse, dit-il. Et vous, avez-vous une réponse ?

Il eut un nouveau soupir :

« Il m'arrive parfois de penser que la vie n'est qu'un ignoble piège, ajouta-t-il.

Mal à l'aise, je m'agitai sur mon siège, étreint soudain d'une indicible détresse, au point que j'eus l'impression de crouler sous le poids de toute la misère du monde. Comment pouvais-je dire à Larry que je venais de voir son frère, mon ami bien-aimé, frôler l'abîme comme jamais encore il ne l'avait fait. Tout au long de ma vie, j'avais entendu parler de la folie, et la considérais comme une horrible épreuve réservée à de pauvres diables délirants enfermés dans de lointaines cellules capitonnées, avais cru que la chose ne me concernait nullement. Et voici que la folie venait s'asseoir sur mes genoux.

— Y a-t-il quelque chose que vous pensiez que je puisse faire ? demandai-je. Je veux dire, pourquoi m'avez-vous...

— Pourquoi vous ai-je demandé de venir ? coupa-t-il doucement. Je ne suis pas certain de le savoir moi-même. Je crois que c'est parce que je me suis mis en tête que vous pouvez l'aider à ne pas retomber dans la drogue. Pour le moment, c'est pour Nathan le problème le plus perfide. S'il laisse tomber cette saloperie de Benzédrine, il se *pourrait* qu'il ait des chances de remonter la pente. Moi, je ne peux pas faire grand-chose. De bien des façons, nous sommes très proches — que cela me plaise ou non, pour Nathan, je suis un genre de modèle — mais je me rends compte aussi que j'incarne une image de l'autorité contre laquelle il est enclin à se rebeller. En outre, je ne le vois pas tellement souvent. Mais vous — vous êtes vraiment proche de lui et, en plus, il vous respecte. Je me demande simplement s'il n'y aurait pas un moyen qui vous permettrait de le convaincre — non, le mot est trop fort — disons de *l'influencer* pour l'amener à renoncer à cette saloperie qui risque de finir par le tuer un jour. Et puis — et croyez bien que je ne vous demanderais pas de jouer les espions si Nathan ne se trouvait pas dans une situation aussi critique —, et puis, vous pourriez simplement le tenir à l'œil et me passer un coup de fil de temps en temps pour me tenir au courant, me faire savoir comment il s'en tire. Je me suis si souvent senti complètement sur la touche, et plutôt impuissant, si seulement vous me passiez un coup de fil de temps en temps, ce serait nous rendre à tous un immense service. Est-ce que tout ça vous paraît déraisonnable ?

— Non, dis-je, bien sûr que non. Je serai trop heureux de me rendre utile. D'aider Nathan. Et aussi Sophie. Tous deux me sont très chers.

Quelque chose me disait qu'il était temps que je prenne congé, et je me levai pour serrer la main de Larry.

— J'espère que les choses finiront par s'arranger, murmurai-je, en affichant ce qui était sans doute, dans les replis les plus secrets de mon âme, un optimisme soufflé par le désespoir.

— Si vous saviez comme je le souhaite, dit Larry, mais l'expression de son visage, la détresse que masquait mal son sourire crispé me donnèrent l'impression que son optimisme était aussi troublé que le mien.

Peu après ma rencontre avec Larry, je me rendis coupable, je le crains, d'une grave négligence. Notre bref entretien équivalait en fait à un appel au secours de la part de Larry, un appel pour m'inciter à servir d'agent de liaison entre le Palais Rose et lui-même, et aussi à veiller sur Nathan — à jouer à la fois le rôle de sentinelle et de bon chien de garde qui parviendrait peut-être en lui collant aux talons à le faire se tenir tranquille. Pour parler en clair, Larry espérait que pendant ce délicat hiatus dans la longue accoutumance de Nathan à la drogue, j'aurais peut-être le pouvoir de le calmer, de l'assagir, et même, qui sait, d'exercer sur lui une influence bénéfique durable. Après tout, n'était-ce pas là le rôle des bons amis ? Mais je me défilai (l'expression n'avait pas cours à l'époque, mais elle décrit parfaitement ma négligence, ou pour être plus exact, mon lâchage). Je me suis souvent demandé si, à supposer que j'eusse été présent sur la scène pendant ces journées cruciales, je serais parvenu à peser sur le comportement de Nathan, l'empêchant ainsi de basculer irrémédiablement sur la pente qui le menait à sa perte, et trop souvent, la réponse que je me suis faite en moi-même a été un navrant « oui » ou un navrant « sans doute ». Et n'aurais-je pas dû tenter de mettre Sophie au courant de la sinistre réalité dont m'avait informé Larry ? Mais dans la mesure, bien sûr, où jamais je ne pourrai savoir à coup sûr ce qui serait arrivé, j'ai toujours été enclin pour apaiser mes remords à me raccrocher à cet argument fragile que Nathan était déjà lancé, et irrémédiablement, dans un plongeon implacable et prédéterminé — un plongeon où son destin et celui de Sophie se trouvaient indissolublement liés.

Une des choses bizarres de cette histoire fut que mon absence ne dura que très peu de temps — moins de dix jours. Hormis mon escapade du samedi à Jones Beach en compagnie de Sophie, c'était la première fois que je sortais de la ville de New York depuis mon arrivée, des mois auparavant. Mais mon voyage ne me mena guère au-delà des limites de la ville — jusqu'à une paisible demeure campagnarde nichée dans le canton de Rockland, à une demi-heure de voiture à peine au nord du George Washington Bridge. Tout avait commencé une fois de plus par un coup de téléphone inattendu. L'auteur de l'appel était un vieux camarade des Marines, qui portait le nom étonnant mais irréprochable de Jack Brown. Son coup de fil m'avait pris totalement au dépourvu et, quand je demandai à Jack comment diable il avait fait pour retrouver ma trace, il m'expliqua qu'il n'avait eu aucun mal : il avait téléphoné chez moi en Virginie et mon père lui avait donné mon numéro. Je fus ravi d'entendre sa voix : cette intonation du Sud, aussi chaude et ample que les rivières aux eaux boueuses qui serpentent à travers le bas pays de la Caroline du Sud où Jack Brown avait vu le jour, me caressait l'oreille comme une musique de banjo, chère à mon cœur et depuis lonqtemps oubliée. Je demandai à Jack comment il allait.

— Très bien, mon vieux, très bien, répliqua-t-il, c'est formidable ici, chez les Yankees. Pas envie de sauter me faire une petite visite ?

J'adorais Jack Brown. Il est des amitiés qui remontent à un âge tendre et restent de pures sources de joie, qui vous inspirent un amour et une fidélité dont mystérieusement sont dépourvues les amitiés que l'on noue par la suite, même très authentiques ; Jack était un de ces amis. Il était intelligent, bon, cultivé, doté d'un esprit comique remarquablement inventif et d'un flair extraordinaire pour détecter les escrocs et les bluffeurs. Son humour, souvent caustique et qui parodiait subtilement la rhétorique du barreau du Sud (qu'il devait sans doute en partie à son père, un juge distingué), n'avait cessé de faire mes délices tout au long des débilitants mois de guerre de Duke, où le corps des Marines, dans sa détermination à métamorphoser la tendre chair à canon que nous étions en chair à canon plus coriace, s'évertuait à nous faire ingurgiter en un an à peine un programme de deux ans, fabriquant du même coup une génération de gradés bidons. Jack était un peu plus vieux que moi — de neuf mois environ, mais neuf mois critiques —, ce qui lui valut d'être chronologiquement désigné pour partir au combat, tandis que j'eus la chance de m'en tirer indemne. Les lettres qu'il m'envoyait du Pacifique — quand les exigences de la vie militaire nous eurent séparés et que, tandis qu'il se préparait à monter à l'assaut d'Iwo Jima, je continuais, moi, à étudier la tactique de patrouille dans les marécages de la Caroline du Nord — étaient de longues et merveilleuses épîtres, d'une obscénité comique et colorées par une hilarité à la fois féroce et résignée que je crus longtemps être le talent exclusif de Jack jusqu'au jour où, des années plus tard, je le vis miraculeusement ressuscité dans *Catch-22*. Il reçut une affreuse blessure à Iwo Jima — il perdit presque complètement l'usage d'une de ses jambes —, mais préserva néanmoins une gaieté que je ne puis que qualifier d'exaltée, m'écrivant de son lit d'hôpital des lettres bouillonnantes d'un mélange de *joie de vivre**, de causticité à la Swift, et d'énergie infatigable. Je suis certain que ce fut ce stoïcisme dément et souverain qui l'empêcha de sombrer dans un désespoir suicidaire. Il paraissait accepter comme normal son membre artificiel, qui, disait-il, lui donnait une sorte de claudication tout à fait séduisante, comme Herbert Marshall.

Si j'évoque tout cela, c'est uniquement pour donner la mesure de l'extraordinaire personnalité de Jack, et pour expliquer pourquoi je sautai sur son invitation au point de négliger les obligations que j'avais à l'égard de Sophie et Nathan. A Duke, Jack avait voulu devenir sculpteur, et maintenant, après avoir dès son retour de la guerre repris ses études à l'Art Student's League, il s'était retiré au milieu des petites collines sereines qui entourent Nyack pour façonner d'énormes objets de fonte et de tôle — aidé (me confia-t-il sans la moindre réticence) par ce qui pouvait passer pour une coquette dot, sa femme n'étant autre que la fille d'un des plus gros propriétaires de filatures de la Caroline du Sud. Comme je lui opposais tout d'abord quelques objections à demi convaincues, alléguant que mon roman qui enfin venait si bien risquait de pâtir de cette brusque interruption, il coupa court à mes angoisses en faisant valoir que sa maison disposait d'une petite aile où je pourrais m'isoler pour travailler en toute quiétude.

— Et puis, Dolores, ajouta-t-il en parlant de sa femme, Dolores a invité sa sœur à passer quelques jours avec nous. Elle s'appelle Mary Alice. Vingt et un ans, et drôlement roulée, et puis, fils, parole, jolie comme un tableau. Un tableau de Renoir, bien sûr. De plus, une *avidité* folle.

Je ruminai avec bonheur cette « avidité ». On peut imaginer sans peine, vu mes espoirs pathétiques et perpétuellement renaissants d'épanouissement charnel que j'ai déjà évoqués à plusieurs reprises dans cette chronique, que je n'eus pas besoin d'autres encouragements.

Mary Alice. Seigneur, Mary Alice. Je vais dans un instant parler de Mary Alice. Elle a son importance dans cette histoire en raison de l'influence psychique perverse qu'elle eut sur moi — une influence qui un temps, par bonheur très bref, colora de façon néfaste ma relation avec Sophie.

Quant à Sophie elle-même, et à Nathan, il me faut évoquer brièvement la petite fête que nous fîmes au Maple Court la veille de mon départ. Il aurait dû s'agir d'un événement gai — et sans doute d'ailleurs, serait-il apparu ainsi aux yeux d'un témoin extérieur —, mais il y eut une ou deux fausses notes qui m'emplirent de malaise et de mauvais pressentiments. Tout d'abord, la façon dont Sophie but ce soir-là. Pendant les quelques jours écoulés depuis le retour de Nathan, Sophie, je l'avais remarqué, s'était abstenue de trop boire, peut-être simplement assagie par sa présence ; au « bon vieux temps », je les avais rarement vus se permettre en fait d'alcool autre chose que leur rituelle bouteille de chablis. Maintenant, pourtant, Sophie

327

s'était remise à boire comme elle avait fait en ma compagnie durant l'absence de Nathan, avalant rasade sur rasade de Schenley, tenant d'ailleurs et comme d'habitude plutôt bien le coup en dépit de son élocution parfois embarrassée. Je n'avais aucune idée de ce qui l'avait poussée à se remettre à boire sec. Je ne soufflai mot, bien sûr — Nathan étant ostensiblement le maître de la situation —, mais cela n'allait pas sans m'inquiéter cruellement ; je m'inquiétais de voir que Sophie était en passe de se transformer, et rapidement, en poivrote ; et ce qui me déconcertait davantage encore, c'était que Nathan ne semblait pas s'en apercevoir ou, s'il s'en apercevait, ne se souciait pas de réagir comme il eût convenu de le faire contre ces beuveries excessives, machinales et lourdes de dangers potentiels.

Ce soir-là Nathan se montra fidèle à lui-même, débordant de charme et de loquacité, m'abreuvant d'énormes demis jusqu'au moment où je me sentis dans les vapes et prêt à larguer les amarres. Il nous tint sous le charme, Sophie et moi, nous régalant d'histoires du monde du spectacle, à se tordre de rire, typiquement juives, qu'il tenait de je ne sais où. Je le trouvai dans une forme éblouissante, plus en forme que je ne l'avais vu depuis ce premier jour, il y avait maintenant des mois, où il avait commencé à accaparer mon cœur et ma conscience ; je me sentais littéralement frissonner de ravissement en présence de cet être débordant de drôlerie et d'exubérance, quand soudain, d'une brève déclaration, il balaya ma bonne humeur, qui disparut comme de l'eau aspirée par un siphon. Nous venions de nous lever pour regagner le Palais Rose quand son ton se fit sérieux, et fixant sur moi cette zone ténébreuse logée derrière sa pupille où, je le savais, était tapie la démence, il me dit :

— J'ai préféré attendre pour t'annoncer la nouvelle, histoire de te donner quelque chose à te mettre sous la dent demain matin quand tu partiras pour la campagne. Mais à ton retour, nous aurons un événement véritablement incroyable à fêter. Voici : mes collègues et moi sommes à la veille de divulguer que nous avons mis au point un vaccin contre la — et ici il fit une pause, puis solennellement épela le mot, un mot à l'époque encore chargé d'une indicible horreur, détachant une à une les syllabes compliquées — « pol-i-o-my-é-li-te ».

Finie, la paralysie infantile. Finies les quêtes pour les Petits Paralytiques. Nathan Landau, le sauveur de l'humanité. J'en aurais pleuré. Bien entendu, j'aurais dû dire quelque chose, mais hanté par ce que m'avait raconté Larry, je demeurai simplement privé de parole, et regagnai à pas lents dans le noir la pension de Mrs. Zimmerman, écoutant Nathan divaguer en brodant sur des histoires de tissus et de cultures de cellules, m'arrêtant un instant pour gratifier Sophie d'une petite claque dans le dos afin d'exorciser ses hoquets ivres, mais toujours frappé d'un mutisme absolu et le cœur plus que jamais lourd de pitié et de crainte...

Il serait agréable même après tant d'années de pouvoir dire que mon bref séjour dans le canton de Rockland m'apporta un peu de détente et soulagea l'inquiétude que m'inspiraient Sophie et Nathan. Huit ou dix jours de dur et fructueux labeur, et la joyeuse fornication que les insinuations de Jack Brown m'avaient fait anticiper — peut-être ces activités auraient-elles été une heureuse compensation aux angoisses que je venais de subir avec une intensité que jamais je n'aurais crue possible. Mais je me souviens de ma visite, en grande partie du moins, comme d'un fiasco, dont d'ailleurs j'ai conservé des preuves convaincantes dans les pages de ce même carnet où plus tôt au cours de ce même récit j'avais consigné mon idylle avec Leslie Lapidus. En toute logique, mon séjour à la campagne aurait dû constituer l'événement enivrant et paradisiaque dont depuis si longtemps je rêvais avec tant de fièvre. Après tout, tous les ingrédients étaient réunis : une vaste demeure style colonial hollandais, au charme désuet et poncée par le temps, nichée au fond des bois, la compagnie d'un hôte jeune et plein de charme et de son épouse débordante d'entrain, un lit moelleux, la bonne cuisine du Sud à satiété, de l'alcool et de la bière à gogo, et l'espoir radieux de parvenir enfin à la consommation charnelle dans les bras de Mary Alice Grimball. Alice au visage triangulaire, à la beauté radieuse et sans faille, aux coquines fossettes et aux ravissantes lèvres entrouvertes *avec avidité*, à l'abondante crinière couleur miel, Alice dotée d'une licence de littérature anglaise de Converse College, et du plus somptueux, du plus adorable petit cul qui soit jamais venu se tortiller au nord de Spartanburg.

Que pouvait-il y avoir de plus séduisant et de plus prometteur que cette conjoncture ? Réfléchissons, le jeune célibataire en rut accaparé tout le jour par son livre, sans rien d'autre pour le distraire que l'agréable *clink-clink* des outils de son ami le sculpteur à la patte folle et l'odeur du poulet et des crêpes de riz en train de frire dans la cuisine, son travail catapulté vers des cimes toujours plus altières de nuances et d'inspirations exquises par la certitude, agréablement nichée à la lisière de son esprit, que la soirée apporterait une détente amicale, une bonne chère, des conversations sous-tendues par la nostalgie du lointain Sud natal — tout cela stimulé de façon enivrante par la présence de deux jeunes femmes ravissantes, dont l'une, dans les ténèbres de la nuit toute proche, viendrait se jeter dans ses bras pour chuchoter, gémir, couiner de joie, flamber d'amour dans une mêlée folle au milieu des draps saccagés. De fait, du strict point de vue domestique, ce fantasme se réalisa pleinement. C'est vrai, je travaillais beaucoup durant ces journées en compagnie de Jack Brown, de sa femme et de Mary Alice. Nous allâmes souvent nous baigner tous les quatre dans l'étang niché au fond des bois (la chaleur persista), nous nous retrouvions pour des repas débordants de gaieté et de bonne humeur, et des conversations pleines d'exaltants souvenirs. Mais il y avait aussi des moments de souffrance ; quand, jour après jour, aux petites heures du matin, je m'esquivais en compagnie de Mary Alice, c'était alors que je me trouvais la victime, littéralement, d'une forme d'aberration sexuelle comme jamais je n'aurais cru qu'il pût en exister et comme jamais depuis je n'en ai connu d'exemple. Car Mary Alice — comme, comparativement et sans le moindre humour, je l'ai anatomisée dans mes notes (gribouillées de cette même écriture frénétique et incrédule qui avait enregistré des mois auparavant ma première idylle désastreuse) —

pire encore qu'une Allumeuse, une Branleuse profession-nelle. Me voici donc ici aux petites heures de l'aube, écoutant le chant des grillons tout en admirant son sinistre numéro pour le troisième matin consécutif, et en réfléchissant à la catastrophe qui s'est abattue sur moi. Une fois encore je me suis examiné dans le miroir de la salle de bains, je n'ai rien remarqué d'anormal dans ma physionomie, on peut même dire en réalité et en toute modestie qu'il n'y a rien à y redire : mon nez fort, mes yeux marron intelligents, mon joli teint, ma remarquable ossature faciale (non pas délicate, Dieu merci, au point de paraître « aristocratique », mais dotée d'assez d'angu-larités pour m'épargner de ressembler à un vulgaire plébéien), une bouche et un menton dotés d'une bonne dose d'humour, tout cela se fond pour façonner un visage que l'on pourrait raisonnablement qualifier de beau, bien que d'une beauté très éloignée il va sans dire des stéréotypes publicitaires des annonces Vitalis. Aussi était-il impossible qu'elle trouvât mon physique repoussant. Mary Alice est une nature sensible, cultivée, ce qui implique qu'elle connaît à fond certains des livres qui me passionnent, elle possède un bon sens de l'humour (pas exactement une rigolarde, bien sûr, mais qui le serait à l'ombre de la drôlerie de Jack Brown ?), et me paraît relativement évoluée et affranchie quant aux choses « du monde » pour une fille de son milieu, intensément sudiste. Par atavisme sans doute, je trouve qu'elle insiste un peu trop sur son goût pour les offices religieux. Ni l'un ni l'autre n'avons eu l'intrépidité ni la naïveté de nous répandre en protestations d'amour, mais il est évident qu'elle est, que sexuellement parlant elle est, raisonnablement du moins, émancipée. De ce point de vue, disons, elle est l'image inverse de Leslie, dans la mesure où malgré sa passion (en partie contrefaite, je crois) au cours de notre étreinte la plus enflammée, elle se montre d'une pruderie absolue (comme tant de jeunes filles du Sud) en matière de langage. Lorsque, par exemple, une heure environ après le début de nos premiers ébats « amoureux », je me suis avant-hier soir oublié au point de risquer une discrète allusion au merveilleux petit cul que je lui attribuais et, dans mon excitation, de tenter en vain de poser la main dessus, elle s'est reculée avec un murmure sauvage (Je hais ce mot ! dit-elle. Tu ne peux pas dire « hanches » ?) et j'ai compris que toute nouvelle privauté provoquerait sans doute un désastre.

Petits nichons ronds assez agréables pareils à des melons mûrs, mais rien en elle n'approche la perfection de ce cul qui, hormis peut-être celui de Sophie, est le parangon de toutes les croupes du monde, deux globes en forme de lunes d'une symétrie tellement implacable que même drapés dans la jupe de flanelle Peck & Peck plutôt moche dont parfois elle s'affuble, je ressens à leur vue une douleur lancinante qui me mord les gonades comme si elles venaient de recevoir une ruade de mule. Talent osculatoire : moyen, elle est minable comparée à Leslie, dont les acrobaties linguales me hanteront à jamais. Mais bien que Mary Alice, comme Leslie, ne tolère pas que je pose un doigt sur l'une ou l'autre des crevasses et niches les plus intéressantes de son corps incroyablement désirable, pourquoi faut-il que je me sente déconfit par le fait bizarre que l'unique chose qu'elle fasse volontiers, bien que sans plaisir et de façon plutôt nonchalante, soit de me branler inlassablement au moins une fois par heure jusqu'à ce que, épuisé tout autant qu'humilié par ce passe-temps absurde, je ne sois plus qu'une tige inerte et tarie. J'ai tout d'abord trouvé la chose follement excitante, quasiment ma première expérience de ce genre, le contact de cette petite main de Baptiste sur ma trique prodigieusement tendue, et je capitulai sur-le-champ, nous inondant tous les deux, ce dont à ma grande surprise (vu sa nature plutôt chichiteuse) elle ne parut pas se formaliser, s'épongeant avec impassibilité à l'aide du mouchoir que je lui offrais. Mais après trois nuits et neuf orgasmes distincts (trois par nuit, comptés avec méthode), je ne suis pas loin de me retrouver désensibilisé, et je me rends compte que cette pratique a quelque chose de dément. Ma suggestion muette (une pression très douce de ma main pour abaisser sa tête vers moi), pour l'encourager à pratiquer sur ma personne ce que les Italiens appellent l'acte de fellation, a été accueillie par une réaction de dégoût tellement brutale — à croire que je lui proposais de manger un bout de viande de kangourou cru — qu'une fois pour toutes j'ai renoncé à explorer cette voie.

Ainsi donc les nuits s'écoulent dans un silence poisseux. Ses jeunes seins si doux demeurent fermement emprisonnés dans le carcan de leur soutien-gorge sous le chaste chemisier de coton. Quant à ce trésor tant rêvé qu'elle garde entre ses cuisses, nul moyen d'y accéder ni de s'en faire inviter : aussi bien gardé que Fort Knox. Mais hélas ! Toutes les heures ponctuellement voici que darde ma trique roide, et Mary Alice l'empoigne avec une indifférence stoïque, branlant sans trêve mais d'une main lasse comme un sonneur lancé dans un carillon marathon, tandis que grognant et pantelant de façon grotesque, je m'entends gémir des niaiseries telles que « Oh mon Dieu, c'est bon, Mary Alice ! », et entrevois son visage adorable et parfaitement indifférent tandis que me submergent en vagues presque égales désir et désespoir — pourtant le désespoir l'emporte, si sordide est toute cette histoire. L'aube est tout à fait levée maintenant et les sereines collines des Ramapo sont remplies de brouillard et de gazouillis d'oiseaux. Ce pauvre vieux John Thomas est aussi mou et moribond qu'un ver écrabouillé. Je me demande pourquoi il m'a fallu tant de nuits pour comprendre que ce désespoir quasi suicidaire qui m'accable est dû en partie du moins à la certitude pathétique que cet acte auquel Mary Alice se livre avec tant de sang-froid sur ma personne est quelque chose qu'en fait je ferais beaucoup mieux moi-même, et en tout cas avec plus de tendresse.

Ce fut vers la fin de mon séjour chez Jack Brown — une matinée grise et pluvieuse marquée par le premier souffle froid de l'automne — que je consignai ce qui suit dans mon journal. Les pattes de mouche incertaines de l'écriture, que bien sûr je suis incapable de reproduire ici, témoignent de mon désarroi.

Une nuit d'insomnie, ou peu s'en faut. Impossible de blâmer Jack Brown, pour qui j'ai tant d'affection, ni pour ma déconfiture ni pour son erreur de jugement. Ce n'est pas de sa faute si Mary Alice est une telle épine dans ma chair. De toute évidence, il s'imagine que depuis huit jours environ Mary Alice et moi baisons comme des putois, car à certaines remarques qu'il m'a faites en privé (ponctuées de petits coups de coude éloquents), il est clair qu'il croit que je suis arrivé à mes fins avec son adorable belle-sœur. Lâche que je suis, je ne parviens pas à trouver le courage de dissiper ses illusions. Ce soir au terme d'un succulent dîner avec au menu le meilleur jambon de Virginie que j'aie jamais goûté, nous allons tous les quatre à Nyack voir un film débile. Ensuite, un peu après minuit, Jack et Dolores se retirent dans leur chambre tandis que Mary Alice et moi, blottis dans notre nid d'amour sur la véranda du rez-de-chaussée, reprenons notre vain et lugubre rituel. Je m'imbibe de bière, histoire d'être magistral. Le « pelotage » commence, plutôt agréable au début, et après d'interminables minutes consacrées à ces préliminaires, s'amorce la monotone et inévitable escalade qui mène à ce qui est devenu pour moi un morne et presque intolérable gâchis. Habituée désormais à prendre l'initiative, Mary Alice cherche à tâtons ma braguette, sa petite main avare prête à exécuter sa morne opération sur mon appendice pareillement blasé. Cette fois pourtant, je l'arrête à mi-course, prêt à la grande explication à laquelle je me prépare avec impatience depuis le matin. « Mary Alice, dis-je, pourquoi ne pas être francs l'un avec l'autre ? Je ne sais pourquoi, mais nous n'avons jamais vraiment discuté ce problème. Est-ce par peur de... (J'hésite à être explicite, en grande partie parce que je la sais si sensible aux mots.) Est-ce par peur de... tu sais bien ? Dans ce cas, je tiens seulement à préciser que je sais comment m'y prendre pour empêcher tout... accident. Je promets de faire très attention. » Suit un silence, puis elle pose sur mon épaule sa tête aux beaux cheveux luxuriants imprégnés de cette odeur cruelle de gardénia, soupire, et dit : « Non, ce n'est pas ça, Stingo. » Elle s'enferme dans le silence.

« *Alors, qu'est-ce que c'est ? dis-je. Enfin, ne vois-tu pas qu'à part t'embrasser je ne t'ai pratiquement jamais touchée — nulle part ! Il me semble que ce n'est pas juste, Mary Alice. En fait, ce que nous faisons a un côté tout à fait pervers.* » *Quelques instants de silence, puis elle dit :* « *Oh, Stingo, je ne sais pas. Moi aussi je t'aime beaucoup, mais tu le sais nous ne sommes pas amoureux. Pour moi, le sexe est inséparable de l'amour. Je veux que tout soit parfait pour l'homme que j'aime. Pour nous deux. Une fois déjà je me suis cruellement brûlée à ce petit jeu.* » *Je réponds :* « *Comment ça, brûlée ? Tu étais amoureuse de quelqu'un ?* » *Elle dit :* « *Oui, je le croyais. Et il m'a brûlée si cruellement. Je ne veux pas me brûler de nouveau.* »

Et tandis qu'elle parle, me raconte son malheureux amour défunt, émerge peu à peu une affreuse histoire digne de Cosmopolitan, *révélatrice à la fois de la morale sexuelle de ces années quarante et de la psychopathologie qui permet à Alice de me torturer de cette manière. Elle avait un fiancé, un certain Walter, me dit-elle, pilote dans l'aéronavale, qui lui faisait la cour depuis plusieurs mois. Pendant toute la période précédant leurs fiançailles (m'explique-t-elle dans un langage plein de circonlocutions auquel Mrs. Grundy elle-même n'aurait rien trouvé à redire) ils s'étaient abstenus de toutes véritables relations sexuelles, bien que sur ses instances, et sans doute avec la même habileté morne et rythmique dont elle faisait montre avec moi, elle eût appris à lui secouer la pine (« le stimuler »), et s'était livrée à ce passe-temps nuit après nuit autant pour lui apporter un peu de « soulagement » (elle utilise bel et bien ce mot odieux) que pour protéger l'écrin de velours où il brûlait d'envie de se fourrer. (Quatre mois ! Pensez aux pantalons bleu marine de Walt et à ces océans de foutre !) Ce fut seulement le jour où le malheureux aviateur eut officiellement déclaré son intention de l'épouser et eut sorti l'alliance (Mary Alice continue à me raconter cela avec*

336

*une innocence insipide) qu'elle consentit à renoncer à
son petit pot de miel chéri, car selon la foi baptiste de son
enfance, le malheur frappe comme la mort ceux qui se
laissent aller à faire œuvre de chair sans envisager au
moins de se marier un jour. A vrai dire, poursuit-elle, elle
avait jugé passablement pervers de faire ce qu'elle avait
fait avant de nouer pour de bon le nœud matrimonial. A
ce point, Mary Alice s'arrête et, rebroussant chemin, me
dit quelque chose qui me fait grincer des dents de
fureur. « Non que je n'aie pas de désir pour toi, Stingo.
J'ai des désirs, et très forts. Walter m'a appris à faire
l'amour. » Et tandis qu'elle continue à parler, égrenant
dans un murmure son chapelet de banalités, « égards »,
« tendresse », « fidélité », « compréhension », « sympathie » et autres âneries chrétiennes, je me sens assailli
par la tentation toute-puissante et pour moi inhabituelle
de perpétrer un viol. Bref, pour conclure son récit,
Walter la plaqua avant même les noces — le choc de sa
vie. « Voilà comment j'ai été si cruellement brûlée, et
c'est simple, je ne veux pas risquer de me brûler de
nouveau. »*

*Je reste quelques instants silencieux. « Je suis
désolé », dis-je, et ajoute, dans un effort pour étouffer le
sarcasme qui me brûle les lèvres : « C'est une histoire
triste. Très triste. Je suppose que la même chose arrive à
un tas de gens. Mais je crois savoir pourquoi Walter t'a
quittée. Et dis-moi une chose, Mary Alice, crois-tu
vraiment que deux jeunes gens pleins de santé et qui se
sentent attirés l'un vers l'autre aient vraiment besoin de
passer par toute cette mascarade du mariage avant de
baiser ensemble ? Le crois-tu vraiment ? » A ce verbe
odieux, je la sens se raidir et l'entends hoqueter ; elle
s'écarte violemment, et quelque chose de bégueule dans
son chagrin exaspère ma fureur. Elle reste soudain
frappée de stupeur (à juste titre, je le comprends, maintenant) devant le flot d'injures qui soudain jaillit de mes
lèvres, et tandis qu'à mon tour je m'écarte et me lève en*

tremblant, cette fois au comble de la fureur, je vois ses lèvres, toutes barbouillées par la souillure rouge de nos baisers, former un petit ovale de frayeur. « Walter ne t'a pas appris à faire l'amour, espèce de menteuse, sale petite conne ! » je lance très fort. « Je suis prêt à parier que pas une seule fois de ta vie tu ne t'es encore fait sauter pour de bon ! Tout ce que Walter t'a appris c'est à faire décharger les pauvres cloches qui meurent d'envie de se fourrer dans ton froc ! Tu as grand besoin de quelque chose pour faire tourbillonner de joie ce beau petit cul que voilà, une bonne grosse bitte bien raide fourrée dans ce con que tu gardes sous clef, oh, merde... et puis merde... » Je m'arrête court avec un cri étranglé, étouffé de honte par mon éclat mais à deux doigts aussi d'éclater d'un rire dément, car comme une gosse de six ans, Alice a fourré ses doigts dans ses oreilles et les larmes ruissellent sur ses joues. Je lâche un rot lourd de bière. Je suis immonde. Pourtant je ne peux toujours pas me retenir de l'invectiver : « Toi et les allumeuses dans ton genre, c'est vous qui avez transformé des millions de jeunes hommes braves, dont beaucoup sont morts pour vos précieux petits culs sur tous les champs de bataille du monde, en une génération d'infirmes ! » Sur quoi je fuis la véranda comme un fou et gravis lourdement l'escalier pour me fourrer au lit. Et après des heures d'insomnie je finis par m'assoupir et je fais alors ce dont, en raison de sa limpidité toute freudienne, je répugnerais à parler dans un roman mais que, Cher Journal, je ne dois pas hésiter à te confier : mon Premier Rêve homosexuel !

Plus tard le même jour en fin de matinée, peu après avoir fini de consigner ce qui précède dans mon journal et d'écrire quelques lettres, j'étais installé devant la table où j'avais si bien travaillé ces jours derniers, méditant lugubrement sur la stupéfiante apparition homo-érotique qui avait traversé comme un épais nuage noir ma conscience (empoisonnant mon cœur et me poussant à craindre pour la santé fondamentale de mon âme), quand j'entendis dans l'escalier le pas claudiquant de Jack Brown, suivi aussitôt par le son de sa voix qui me hélait. A dire vrai, je ne l'entendis pas et ne réagis pas sur-le-champ, tellement j'avais sombré profond dans la trouille que m'inspirait la perspective très réelle et terrifiante d'être devenu pédéraste. La coïncidence entre la rebuffade de Mary Alice et la brusque métamorphose qui me jetait dans la déviation sexuelle tombait un peu trop à pic ; néanmoins, je ne pouvais en écarter l'éventualité.

J'avais lu pas mal de choses au sujet des problèmes sexuels à l'époque où j'étudiais dans ce célèbre athénée de la psychologie, Duke University, et avais assimilé un certain nombre de faits dûment établis : à savoir qu'en captivité les primates mâles, par exemple, privés de compagnie femelle, se livrent immanquablement à la sodomie, souvent avec succès et à leur grand plaisir, et qu'au terme de longues périodes d'incarcération, de nombreux détenus s'adonnent si spontanément à des pratiques homosexuelles que la chose finit par paraître la norme. Des hommes, contraints de passer de nombreux mois en mer, finissent par prendre ensemble leur plaisir ; et quand je servais dans le Corps des Marines (une branche, d'ailleurs, de la Marine) je m'étais senti intrigué en apprenant l'origine lointaine de l'expression « pogey bait », l'expression argotique pour « caramel » : il s'agissait manifestement à l'origine de l'appât qu'utilisaient les vieux loups de mer pour gagner les faveurs des jeunes mousses aux joues roses et aux croupes lisses. Ah ma foi, avais-je pensé, si je suis devenu pédéraste, ainsi soit-il ; il existait une foule de précédents à ma condition, dans la mesure où bien que n'ayant jamais été emprisonné ni incarcéré, j'aurais tout aussi bien pu me trouver en prison ou embarqué dans une traversée éternelle à bord d'une brigantine, si l'on considère mes sempiternels et vains efforts pour pratiquer de bons baisages sains et hétérosexuels. N'était-il pas plausible qu'en moi quelque soupape psychique, analogue à ce qui gouverne la libido d'un bagnard de vingt ans ou d'un singe en chaleur, eût fait péter ses joints, me laissant différent et dénué de remords, victime des pressions de la sélection biologique, mais néanmoins perverti ?

Je réfléchissais sombrement à cette hypothèse quand le vacarme de Jack qui tambourinait à la porte me secoua brusquement.

— Réveille-toi, gamin, un coup de fil pour toi ! hurla-t-il.

J'étais encore dans l'escalier, que j'avais compris que l'appel ne pouvait venir que du Palais Rose, où j'avais laissé le numéro de Jack, et je fus saisi d'un pressentiment qui s'amplifia considérablement quand j'entendis la voix familière, dolente, de Morris Fink.

— Il faut que vous rentriez tout de suite, dit-il, cette fois c'est l'enfer.

Mon cœur eut un raté, puis reprit sa course folle.

— Que s'est-il passé ? murmurai-je.

— Nathan a une fois de plus perdu les pédales. Et cette fois, c'est salement moche. Le salopard.

— Sophie ! dis-je. Comment va Sophie ?

— Elle va bien. Il lui a flanqué une sacrée trempe une fois de plus, mais elle n'a pas de mal. Il arrêtait pas de hurler qu'il voulait la tuer. Elle a filé, et je ne sais pas où elle est. Mais elle m'a demandé de vous appeler. Feriez mieux de venir.

— Et Nathan ? dis-je.

— Lui aussi il a filé, mais il a juré qu'il reviendrait. Dingue, ce salaud. Vous croyez que je devrais appeler la police ?

— Non, non, répliquai-je vivement. Pour l'amour de Dieu, n'appelez pas la police ! — Sur quoi au bout d'un instant j'ajoutai : J'arrive. Essayez de retrouver Sophie.

Je raccrochai et restai quelques minutes à ruminer la nouvelle, puis quand Jack descendit, acceptai de prendre une tasse de café avec lui histoire de calmer mon agitation. J'avais déjà eu l'occasion de lui parler de Sophie et de Nathan et de leur *folie à deux**, mais sans jamais entrer dans les détails. Cette fois je ne pus résister au besoin de lui confier d'urgence certains des détails les plus pénibles. Sa première réaction fut de me suggérer une chose que, j'ignore pour quelle raison idiote, l'idée ne m'avait pas effleuré de faire.

— Il faut que tu appelles le frère, me pressa-t-il.

— Bien sûr, fis-je.

Je bondis de nouveau sur le téléphone, mais pour me trouver dans ce genre d'impasse qui bien souvent dans la vie semble coincer les gens dans les circonstances tragiques. Une secrétaire m'annonça que Larry était à Toronto, où il assistait à un congrès de médecins. Sa femme l'accompagnait. A cette époque antédiluvienne d'avant l'ère des avions à réaction, Toronto était aussi loin que Tokyo, et je laissai échapper un gémissement de désespoir. Puis, à peine avais-je raccroché que la sonnerie retentit de nouveau. C'était une fois encore le fidèle Fink, dont maintenant je bénissais les mœurs de troglodyte que pourtant j'avais si souvent maudites.

— Je viens d'avoir des nouvelles de Sophie, annonça-t-il.

— Où est-elle ? hurlai-je.

— Elle était à son bureau, chez ce toubib polonais pour qui elle travaille. Mais elle n'y est plus. Elle est partie à l'hôpital pour se faire faire une radio du bras. Elle dit que Nathan le lui a peut-être cassé, ce fumier. Mais elle vous demande de revenir. Elle restera à vous attendre au cabinet du docteur tout l'après-midi.

Je partis donc.

Pour beaucoup de jeunes gens encore mal sortis des

affres de la postadolescence, la vingt-deuxième année est de toutes la plus lourde d'angoisse. Je me rends compte maintenant à quel point, à cet âge, j'étais perturbé, plein de révolte et d'insatisfaction, mais aussi à quel point mon goût d'écrire avait contribué à tenir en échec toute forme grave de détresse, en ce sens que mon roman était l'exutoire cathartique par le truchement duquel je parvenais à purger en les couchant sur le papier bon nombre de mes tensions et angoisses les plus accablantes. Bien sûr mon roman était bien autre chose, pourtant c'était aussi le réceptacle que je viens de décrire, ce qui explique que je le chérissais comme l'on chérit les tissus mêmes qui forment la trame de son corps. N'empêche que j'étais très vulnérable ; il arrivait que des fissures apparaissent dans l'armure que je m'étais forgée, et je me sentais à certains moments assailli par une crainte toute kierkegaardienne. L'après-midi où je quittai en hâte le toit de Jack Brown fut un de ces moments — une épreuve faite d'extrême fragilité, d'incompétence et de mépris de soi. Dans l'autocar cahotant qui à travers le New Jersey me ramenait à Manhattan, je restai tapi sur mon siège, noué et épuisé, plongé dans un marasme de craintes confuses difficiles à décrire. En plus, j'avais la gueule de bois, et les vibrations de mes nerfs à fleur de peau aggravaient mon appréhension, au point que je ne pouvais me retenir de frissonner à la perspective de la difficile rencontre avec Sophie et Nathan. Mon fiasco avec Mary Alice (je n'avais même pas pris la peine de lui dire au revoir) avait largué les ultimes amarres de ma virilité et accru la déprime où me plongeait le soupçon que durant tant d'années j'avais refusé de regarder en face mes tendances à la pédérastie. Quelque part près de Fort Louis Lee, je surpris dans la vitre le reflet de mon visage livide et malheureux plaqué contre un panorama de stations d'essence et de drive-in, et tentai de fermer mes yeux et mon esprit à l'horreur de l'existence.

L'après-midi s'avançait et il n'était pas loin de cinq heures quand je me retrouvai enfin devant chez le Dr. Blackstock, au centre de Brooklyn. Visiblement, le cabinet était déjà fermé, la salle d'accueil était déserte, à l'exception d'une femme genre vieille fille plutôt pincée qui, en l'absence de Sophie, faisait fonction de secrétaire réceptionniste ; elle me dit que Sophie, partie depuis la fin de la matinée pour se faire faire une radio du bras, n'était pas encore de retour, mais ne devrait plus tarder. Elle m'invita à m'asseoir, mais je préférai rester debout, et me retrouvai alors en train d'arpenter avec fébrilité une pièce peinte en violet foncé — noyée, serait-il plus exact de dire —, la teinte la plus sinistre que j'eusse jamais encore vue. Que Sophie eût travaillé baignée dans cette teinte démente me coupait le souffle. Les murs et les plafonds étaient peints de ce même bleu-violet de salon funéraire qui, Sophie me l'avait raconté, ornait la maison Blackstock de Saint-Albans. Je me demandais si cette sorcellerie de décorateur fou n'était pas, elle aussi, le fruit des élucubrations démentes de la défunte Sylvia, dont la photographie — affublée d'étamine noire, comme celle d'une sainte — souriait avec une sorte de bonasserie accablante dans son cadre accroché au mur. Un peu partout d'autres photographies témoignaient du goût de Blackstock pour les demi-dieux et déesses de la culture pop, réunis en une brochette de copains d'un *gemütlich* frénétique : Blackstock en compagnie d'un Eddie Cantor aux yeux en boule de loto, Blackstock en compagnie de Grover Whalen, de Sherman Billinsley et Sylvia au Stork Club, avec le Major Bowes, avec Walter Winchell, et même Blackstock avec les sœurs Andrews, les trois rossignols dont les abondantes crinières encadraient de près son visage comme de gros bouquets grimaçants, le docteur arborant une

343

moue de fierté au-dessus du gribouillis de la dédicace : *A Hymie, affectueusement, de la part de Patty, Maxine et La Verne.* Vu l'état d'âme anxieux et morbide où je me trouvais, les photos du joyeux chiropracteur et de ses amis me plongèrent dans un abîme de désespoir comme jamais je n'en avais connu, et je priai le ciel que Sophie revienne vite pour m'aider à soulager mon *angst.* Ce fut au même instant qu'elle s'encadra sur le seuil.

Oh, ma pauvre Sophie. Elle avait les yeux creux, les cheveux en désordre, l'air épuisée, et la peau de son visage était de ce bleu délavé et malsain du lait écrémé — mais surtout, elle paraissait vieillie, une vieille dame de quarante ans. Je la pris doucement dans mes bras et nous demeurâmes quelques instants sans rien dire. Elle ne pleurait pas. Je me décidai enfin à la regarder et dis :

— Ton bras ? Ça va ?

— Il n'est pas cassé, répondit-elle, rien qu'une vilaine contusion.

— Dieu soit loué, dis-je, et ajoutai : Où est-il ?

— Je n'en sais rien, murmura-t-elle en secouant la tête, je n'en sais rien du tout.

— Nous devons faire quelque chose, dis-je, nous devons le faire enfermer quelque part où il ne pourra plus te faire du mal.

Je me tus, écrasé par un sentiment de futilité, en même temps que par un odieux remords.

« J'aurais dû être ici, gémis-je. Je n'avais pas le droit de partir. Peut-être que j'aurais pu...

Mais Sophie m'arrêta :

— Chut, Stingo. Il ne faut pas réagir ainsi. Allons prendre un verre.

Juchée sur un tabouret devant le bar en similicuir d'un hideux restaurant chinois de Fulton Street décoré de miroirs, Sophie me raconta ce qui s'était passé pendant mon absence. D'abord, cela avait été le bonheur parfait, une joie sans mélange. Jamais elle n'avait vu Nathan de cette humeur sereine, radieuse. Obnubilé par notre prochain voyage dans le Sud et visiblement tout heureux du mariage imminent, il s'était lancé dans une sorte de crise prothalamique, entraînant tout au long du week-end Sophie dans une orgie d'emplettes (entre autres une virée toute spéciale à Manhattan, où ils avaient passé deux heures chez Saks, sur la Cinquième Avenue) au terme de laquelle elle s'était retrouvée avec une bague de fiançailles ornée d'un énorme saphir, un trousseau digne d'une princesse de Hollywood, et une garde-robe de voyage d'un luxe époustouflant calculée pour laisser pantois d'admiration les péquenots de trous perdus comme Charleston, Atlanta et La Nouvelle-Orléans. Il avait même pensé à passer chez Cartier, où il m'avait acheté une montre, cadeau destiné au témoin. Les soirées qui avaient suivi, ils les avaient consacrées à potasser la géographie et l'histoire du Sud, l'un et l'autre consultant divers guides de voyage et, lui, pour sa part, passant de nombreuses heures plongé dans *Lee's Lieutenants* pour se préparer à la tournée des champs de bataille de Virginie que j'avais promis de leur infliger.

Tout cela avait été fait à la façon méthodique, intelligente, soigneuse de Nathan, avec autant de curiosité pour les mystères des diverses régions que nous devions traverser (la culture du coton et de l'arachide, les origines de certains dialectes locaux tels que le Gullah et le Cajun, et même la physiologie des alligators) qu'en eût manifesté un bâtisseur de l'Empire britannique de l'époque de la Reine Victoria sur le point de mettre le cap vers les sources du Nil. Il avait insufflé son enthousiasme à Sophie, lui communiquant toutes sortes de détails, utiles et inutiles, à propos du Sud, qu'il accumulait par bribes comme des brins de peluche ; adorant Nathan, elle avait tout adoré, y compris des données statistiques ridicules, le fait qu'en

Virginie par exemple, la récolte des pêches est supérieure à celles de n'importe quel autre Etat et que le point culminant de l'Etat du Mississippi atteint l'altitude de 350 mètres. Il était même allé dans son zèle jusqu'à passer à la bibliothèque de Brooklyn College pour emprunter deux romans de George Washington Cable. Il affectait un adorable nasillement, qui emplissait Sophie d'allégresse.

Pourquoi n'avait-elle pas été capable de déceler les signaux d'alarme quand ils s'étaient mis à clignoter ? Elle n'avait cessé de l'observer soigneusement, et était sûre qu'il avait renoncé aux amphétamines. Pourtant la veille, au moment où tous les deux étaient partis pour leur travail — elle chez le Dr. Blackstock, lui à son « laboratoire » —, sans doute quelque chose était-il venu le faire dévier, mais quoi, elle n'en saurait jamais rien. En tout cas, elle s'était trouvée stupidement vulnérable et prise au dépourvu lorsque, comme précédemment, il avait trahi les premiers symptômes, et elle s'était montrée incapable de déchiffrer leur sinistre présage : le coup de fil euphorique qu'il lui avait passé de chez Pfizer, la voix trop stridente et trop excitée, l'annonce d'incroyables triomphes imminents, une grandiose « percée », une majestueuse découverte scientifique. Comment *pouvait*-elle s'être montrée obtuse à ce point ? Quant à l'explosion de fureur de Nathan et à la catastrophe qui avait suivi, elle m'en fit une description heureusement laconique — heureusement pour moi, vu mes nerfs à vif —, mais en un sens plus atroce encore en raison de sa brièveté.

— Morty Haber donnait une soirée en l'honneur d'un ami qui partait passer un an en France pour faire ses études. J'ai travaillé tard au bureau pour expédier des notes d'honoraires en retard, et j'avais prévenu Nathan que je mangerais un morceau en sortant et que je le rejoindrais plus tard. Quand je suis arrivée, Nathan n'était pas là, il n'est arrivé que longtemps après, et au premier coup d'œil, j'ai compris qu'il planait. J'ai failli m'évanouir en le voyant, parce que j'ai compris qu'il avait été toute la journée dans cet état, même quand il m'avait passé le coup de fil, et que moi dans ma stupidité je n'avais même pas été — eh bien, ne m'étais même pas inquiétée. Chez Morty, il s'est très bien tenu. Je veux dire, il n'était pas *insupportable* ni rien, mais moi je voyais bien qu'il avait pris de la Benzédrine. Il a parlé à plusieurs personnes de son nouveau traitement contre la polio, et j'ai cru que mon cœur allait mourir. Je me suis dit à ce moment-là que Nathan allait émerger de sa crise et simplement s'endormir. Ça lui arrive quelquefois, tu sais, avant que la violence l'emporte. Finalement, Nathan et moi sommes partis, il n'était pas trop tard, minuit et demi environ. C'est seulement une fois rentrés à la maison qu'il a commencé à m'injurier, et à se mettre peu à peu dans cette grande colère. Et à faire ce qu'il fait toujours, au milieu de ses pires *tempêtes* *, c'est-à-dire à m'accuser de lui être infidèle. De, eh bien, de baiser avec d'autres.

Sophie s'interrompit quelques instants et, comme elle levait la main gauche pour repousser une de ses mèches, je devinai dans son geste quelque chose de légèrement contraint, me demandai ce qui lui arrivait, puis compris qu'elle évitait de se servir de son bras droit, qui pendait inerte contre son flanc. Il était visible qu'elle souffrait.

— Et à cause de qui t'a-t-il accusée cette fois ? demandai-je. Blackstock ? Seymour Katz ? Oh, Seigneur, Sophie, si le pauvre type n'était pas si déboussolé, je ne serais pas capable de supporter tout ça sans avoir envie de lui faire avaler ses dents. *Seigneur,* avec qui a-t-il décidé que tu lui faisais porter des cornes cette fois ?

Elle secoua la tête avec violence, ses cheveux éclatants balayant de façon folle et désordonnée son visage désolé et hagard.

— Cela n'a pas d'importance, Stingo, dit-elle, quelqu'un, c'est tout.

— Bon, et ensuite, qu'est-ce qui s'est passé ?

— Il s'est mis à crier et à m'injurier. Il a repris de la Benzédrine — peut-être aussi de la cocaïne, je ne sais pas exactement. Et puis il est sorti, en claquant la porte avec un bruit terrible. Il a hurlé qu'il ne reviendrait jamais. Je suis restée sur mon lit dans le noir, sans pouvoir m'endormir, longtemps, tellement j'étais inquiète et j'avais peur. J'ai eu envie de t'appeler mais il était déjà affreusement tard. Finalement je n'ai pas pu rester éveillée plus longtemps, et je me suis endormie. Je ne sais pas combien de temps j'ai dormi, mais quand il est revenu, c'était l'aube. Quand il entre dans la chambre, on aurait dit une explosion. Il vitupère, il hurle. Une fois de plus, il a réveillé toute la maison. Il m'a tirée du lit, m'a jetée sur le plancher en criant comme un fou. En m'accusant d'avoir fait l'amour avec — eh bien, avec cet homme, et en disant qu'il allait nous tuer cet homme et moi, et puis après qu'il se tuerait. Oh *mon Dieu**, Stingo, jamais, jamais je n'avais vu Nathan dans un état pareil, jamais ! Et puis il m'a frappée, très fort, à coups de pied, ici sur le bras, et puis il est parti. Et après, moi aussi je suis partie. Et c'est tout.

Sophie s'enferma dans le silence.

Lentement, doucement, je posai mon visage sur l'acajou humide et gras du bar patiné de cendres de cigarettes et de ronds de verres, souhaitant désespérément sombrer dans le coma ou quelque autre forme de bienheureux oubli. Puis relevant la tête, je regardai Sophie :

— Sophie, j'ai horreur de dire ça. Mais il *faut* absolument que Nathan soit hospitalisé. Il est dangereux. Il doit être *interné.* — J'entendis un sanglot gargouiller dans ma gorge, vaguement grotesque. Pour *toujours*.

Levant une main tremblante, elle fit signe au garçon et demanda un double whisky, avec de la glace. Je sentis qu'il était inutile d'essayer de l'en dissuader, bien qu'elle eût déjà la langue lourde et pâteuse. Dès que le verre arriva, elle avala une grosse rasade, puis, se tourna vers moi :

— Il y a autre chose que je ne t'ai pas dit. Quelque chose qui s'est passé quand il est revenu, à l'aube.

— Quoi ?

— Il avait une arme. Un revolver.

— Oh merde. Merde, merde, merde, m'entendis-je murmurer, comme un disque rayé. Merde, merde, merde...

— Il a dit qu'il allait s'en servir. Il l'a braqué sur ma tête. Mais il n'a pas tiré.

Je lâchai une imprécation étouffée, pas totalement blasphématoire : Seigneur Dieu, ayez pitié de nous.

Mais nous ne pouvions nous borner à rester assis là avec ces blessures béantes, à nous vider de notre sang. Après un long silence, je pris une décision. J'allais retourner avec Sophie au Palais Rose et l'aider à faire ses bagages. Elle quitterait aussitôt la maison, prendrait une chambre, pour cette nuit du moins, au Saint George Hotel, qui n'était pas très éloigné de son bureau. Entre-temps et en dépit de tout, je trouverais un moyen pour entrer en contact avec Larry à Toronto, le mettrais au courant des dangers de la situation et le supplierais de rentrer à tout prix. Puis, Sophie en sécurité dans sa retraite temporaire, je me mettrais en quatre pour retrouver Nathan et d'une façon ou d'une autre, prendre soin de lui — quand bien même à cette perspective mon estomac se gonflât d'une crainte énorme, comme un ballon de football malade. J'étais tellement secoué, que je faillis vomir l'unique bière que j'avais avalée.

349

— Allons-y, dis-je, maintenant.

Chez Mrs. Zimmerman, je gratifiai Morris Fink, la fidèle taupe, de cinquante cents pour nous aider à boucler les bagages de Sophie. Elle sanglotait et était, je le devinais, plutôt ivre tandis que nous arpentions sa chambre en fourrant pêle-mêle, dans une grosse valise, vêtements, accessoires de toilette et bijoux.

— Mes beaux tailleurs de chez Saks, marmonna-t-elle. Oh, qu'est-ce que je dois en faire ?

— Emporte-les, bonté divine, fis-je d'un ton excédé en jetant dans une autre valise ses nombreuses paires de chaussures. Ce n'est pas le moment de faire des manières. Il faut te dépêcher. Nathan risque de revenir.

— Et ma belle robe de mariée ? Qu'est-ce que je vais en faire ?

— Emporte-la aussi. Si elle ne te sert pas, peut-être que tu pourras la mettre au clou.

— Au clou ? dit-elle.

— En gage.

Je n'avais pas eu l'intention de me montrer cruel, mais, laissant échapper une combinaison de soie, Sophie porta les mains à son visage et se mit à pousser de grands gémissements, le visage inondé de grosses larmes pathétiques et luisantes. Je la pris dans mes bras quelques instants, articulant de petits sons futiles pour la consoler, tandis que Morris contemplait la scène d'un air morose. Il faisait noir dehors, et le rugissement d'un klaxon de camion dans une rue adjacente me fit sursauter, lacérant comme une scie démoniaque les extrémités de mes nerfs à vif. Au tohu-bohu ambiant s'ajouta alors le monstrueux tintamarre du téléphone dans le vestibule, et je crois bien que j'étouffai un gémissement, ou peut-être même un cri. Et ma panique s'accrut lorsque Morris, après avoir imposé silence au monstre en allant décrocher, beugla que c'était moi que l'on demandait.

C'était Nathan. Oui, c'était Nathan. Tout simplement, sans erreur, sans équivoque possible, c'était Nathan. Mais pourquoi le temps d'un instant mon esprit me joua-t-il un tour bizarre, et crus-je que c'était Jack Brown qui, anxieux de savoir ce qui se passait, m'appelait du canton de Rockland ? Ce fut à cause de l'accent du Sud, cette parodie parfaitement modulée qui me fit croire que le propriétaire de la voix n'avait pu que faire ses dents sur du lard et des galettes de gruau. Une voix aussi typique du Sud que peuvent l'être la verveine ou les bains de pied des Baptistes ou les cochons sauvages ou John C. Calhoun, au point que je crois bien que je souris en l'entendant dire :

— Quoi de neuf, mon mignon ? Comment ça va, la forme ?

— Nathan ! m'exclamai-je, avec un enthousiasme feint. Comment ça va ? Où es-tu ? Grand Dieu, c'est bon de t'entendre !

— Alors, toujours d'accord pour notre petite balade dans le Sud ? Toi et moi et la petite Sophie ? On se l'offre, c'te virée dans le Vieux Sud ?

Je le savais, il fallait que je le ménage, que j'entretienne la conversation tout en essayant de découvrir où il se trouvait — un problème délicat — si bien que je répondis et sur-le-champ :

— Bien sûr ; bon Dieu, Nathan, on va le faire ce voyage. Sophie et moi étions justement en train d'en discuter. Seigneur, ces fringues sensationnelles que tu lui as payées ! Où es-tu en ce moment, mon vieux ? Je serais si heureux de passer te voir. J'ai mis au point un petit détour et j'aimerais t'en parler...

La voix me coupa, plus que jamais chaleureuse et pateline avec son accent péquenot, plus que jamais une réplique irréelle du parler de mes ancêtres de la Caroline, modulée, caressante :

— Pour sûr que je meurs d'impatience de le faire, ce voyage en vot' compagnie, à vous et à Miss Sophie.

Même qu'on va se payer la tranche de nos vies, pas vrai, mon vieux pote ?

— Ça sera le plus chouette voyage que... commençai-je.

— Et puis, on va avoir beaucoup de temps libre aussi, pas vrai ? dit-il.

— Bien sûr, qu'on aura du temps libre, répondis-je, sans trop savoir ce qu'il voulait dire. Tout le temps qu'on voudra, pour faire tout ce qu'on aura envie de faire. Là-bas en octobre, il fait encore chaud. Nager. Pêcher. Faire de la voile sur Mobile Bay.

— C'est ça dont j'ai envie, nasilla-t-il, avoir tout plein de temps libre. Mais voilà, c'est que trois individus, trois individus qui font un long voyage ensemble, eh bien, même quand ils sont les *meilleurs* amis du monde, rester ensemble vingt-quatre heures sur vingt-quatre, ça risque de finir par être un peu *collant*. Ce qui fait que moi, faudrait que j'aie un peu de temps libre une fois de temps en temps pour aller me balader tout seul, non ? Rien qu'une heure ou deux par-ci par-là, peut-être, à Birmingham ou à Baton Rouge, ou dans des coins comme ça.

Il s'arrêta et je perçus un gloussement chaud et mélodieux.

« Et puis, *toi aussi* ça te laisserait un peu de temps libre, pas vrai ? Peut-être même que t'aurais assez de temps libre pour te dégoter un joli petit cul. Un grand gars du Sud en pleine croissance, faut bien que ça tire sa crampe de temps en temps, pas vrai ?

Je me mis à rire avec un rien de nervosité, frappé par le fait que dans cette conversation irréelle pleine de tragiques arrière-pensées, du moins de mon côté, nous étions déjà venus nous échouer sur les récifs du sexe. Mais je me jetai avec empressement sur l'appât que venait de me jeter Nathan, sans soupçonner le moins du monde le cruel hameçon qu'il avait forgé pour me ferrer sans coup férir.

— Ma foi, Nathan, j'espère bien qu'ici ou là je tomberai sur de chouettes petites mômes à la cuisse hospitalière. Les filles du Sud, ajoutai-je, avec une pensée sinistre pour Mary Alice Grimball, sont dures à pénétrer, si tu me pardonnes l'expression, mais quand elles décident de se laisser aller, elles sont drôlement chouettes entre les draps...

— Non, mon pote, coupa-t-il brusquement. Moi, je veux pas parler d'un petit con du Sud ! Je parle d'un con *polack* ! Je dis moi que, quand ce bon vieux Nathan filera visiter la Maison Blanche de Mr. Jeff Davis ou la bonne vieille plantation où Scarlett H. O'Hara fouettait ses nègres avec sa cravache — eh bien, ce bon vieux Stingo lui, y restera enfermé là-bas au Motel du Magnolia Vert, et devine un peu ce qu'il sera en train de faire ? Allez, devine ! Devine ce que ce vieux Stingo et la femme de son meilleur ami seront en train de faire ensemble ! Eh bien, Stingo et elle, ils se fourrent au lit, et lui, il la *grimpe.* Cette tendre et *consentante* jolie poulette polonaise, et ces deux imbéciles, y *baisent* à s'en faire péter la panse ! Youpi !

Tandis qu'il prononçait ces mots, je me rendis compte que Sophie s'était approchée et se tenait contre mon coude, murmurant quelque chose que je ne parvins pas à comprendre — l'incompréhension sans doute en partie due au sang qui battait un galop furieux dans mes oreilles et peut-être aussi au fait que, éperdu et horrifiée, je n'étais guère capable de prêter attention à rien, sinon à l'incroyable faiblesse qui me liquéfiait les genoux et les doigts qui s'étaient mis à trembler sans que je parvienne à les arrêter.

— Nathan ! dis-je d'une voix étranglée. Bon Dieu...

Et alors sa voix, redevenue par une soudaine mutation ce que je m'étais toujours représenté comme une voix de la bonne bourgeoisie de Brooklyn, se mua en un grondement d'une férocité telle, que même l'écran et le bourdonnement de la myriade de synapses électroniques ne purent en masquer la fureur démente mais très humaine.

— Espèce d'innommable salaud ! Misérable fumier ! Que Dieu te damne à jamais pour m'avoir trahi derrière mon dos, toi à qui je faisais confiance comme au meilleur ami que j'aie jamais eu ! Et jour après jour, avec ton sourire de sale petit merdeux, froid comme un glaçon, on t'aurait donné le bon Dieu sans confession, pas vrai, comme le jour où tu m'as donné à lire un bout de ton manuscrit — ah, bon Dieu, Nathan, merci, je te remercie tellement — alors qu'un quart d'heure plus tôt à peine tu t'envoyais en l'air avec la femme que je me préparais à épouser, je dis me *préparais*, au passé, parce que je préférerais brûler en enfer plutôt que d'épouser une faux jeton de Polack prête à écarter les cuisses pour recevoir un sournois de merdeux sudiste qui m'a trahi comme...

J'écartai l'écouteur de mon oreille et me tournai vers Sophie, qui, bouche bée, avait de toute évidence deviné ce qui avait ainsi déclenché cette fureur chez Nathan.

— Oh, mon Dieu Stingo, l'entendis-je chuchoter, je ne voulais pas que tu le saches, il n'a pas arrêté de dire que c'était *toi* que je...

Dévoré d'impuissance et d'angoisse, je repris l'écouteur.

— Je vais venir vous faire la peau à tous les deux.

Suivirent quelques instants de silence lourd, déconcertant. Puis je perçus un cliquetis métallique. Mais je compris que l'on n'avait pas raccroché.

— Nathan, dis-je. Je t'en supplie ! Où es-tu ?

— Pas loin, vieux pote. En fait, je suis juste au coin de la rue. Et je vais venir te régler ton compte, espèce de fumier de sournois. Et alors, tu sais ce que je ferai ? Tu sais ce que je vais vous faire à tous les deux, espèces d'ignobles sournois, espèces de salauds ? Ecoutez...

Une explosion retentit à mon oreille. Trop atténué par la distance ou par ce qui dans un téléphone désamplifie par bonheur le bruit et l'empêche de détruire l'ouïe, l'impact du coup de feu m'étourdit plutôt qu'il ne me fit mal, laissant néanmoins contre mon tympan un bourdonnement prolongé et sinistre pareil à celui d'un essaim d'innombrables abeilles. Je ne saurai jamais si Nathan tira ce coup de feu en plein devant le micro du combiné qu'il tenait à la main, ou en l'air, ou contre quelque mur anonyme et lugubre, mais le son fut si proche qu'il aurait fort bien pu se trouver, comme il l'avait dit, au coin de la rue, et fou de terreur, je lâchai le combiné, puis pivotant, saisis convulsivement la main de Sophie. Je n'avais pas entendu tirer un coup de feu depuis la guerre, et je suis certain que jamais plus je n'aurais cru en entendre. J'ai pitié de ma naïveté. Maintenant, dans notre siècle sanglant et avec le recul du temps, chaque fois que se produit une de ces inimaginables explosions de violence qui mettent à sac nos âmes, mon souvenir revient vers Nathan — le pauvre dément que j'aimais, délirant sous l'empire de la drogue et, un canon fumant à la main, enfermé dans quelque chambre ou cabine téléphonique anonyme — et son image me paraît toujours présager ces pathétiques et interminables années de folie, d'illusion, d'erreur, de rêve et de conflit. Mais en cet instant, je ne ressentis rien d'autre qu'une peur indicible. Je regardai Sophie, elle me regarda, et nous prîmes la fuite.

CHAPITRE XV

Le lendemain matin, le train de la *Pennsylvania* que
Sophie et moi avions pris pour gagner Washington,
D.C., avant de poursuivre notre route vers la Virginie,
fut victime d'une panne de courant et s'arrêta sur le
pont qui fait face à l'usine Wheatena de Rahway, dans
le New Jersey. Pendant cette interruption de notre
voyage — un arrêt d'une quinzaine de minutes tout au
plus — je glissai dans une extraordinaire sérénité et me
surpris à envisager l'avenir avec optimisme. Je reste
stupéfait d'avoir été capable alors de préserver ce
calme, cette quiétude presque harmonieuse, après
notre fuite éperdue pour échapper à Nathan et la nuit
d'angoisse et d'insomnie que nous avions, Sophie et
moi, passée dans les entrailles de Penn Station. Les
paupières me cuisaient de fatigue et une partie de mon
esprit ressassait sans trêve la catastrophe que nous
avions frôlée de justesse. A mesure que le temps
s'écoulait cette nuit-là, il nous était apparu à tous deux
de plus en plus probable que lorsque Nathan nous
avait appelés, il ne se trouvait pas dans les parages
immédiats ; néanmoins, son implacable menace nous
avait poussés à fuir comme des fous le Palais Rose,
avec pour tout bagage chacun une grande valise qui
devait nous suffire pour rejoindre la ferme du canton
de Southampton. Nous étions tombés d'accord qu'il
serait toujours temps de nous inquiéter par la suite du
reste de nos affaires. Dès cet instant, nous avions été

tous les deux obsédés — et en un sens unis — par une horrible idée fixe : fuir Nathan et mettre le plus de distance possible entre lui et nous.

Pourtant, cet intermède de calme languissant qui finit par s'emparer de moi dans le train n'eût guère été possible sans le premier des deux coups de fil que j'avais réussi à passer de la gare. J'avais pu joindre Larry qui, comprenant sur-le-champ la nature tragique de la crise où se débattait son frère, m'avait promis de quitter Toronto sans délai pour rentrer et neutraliser Nathan de son mieux. Nous nous étions souhaité bonne chance et promis de rester en contact. Ainsi avais-je du moins le sentiment de m'être quelque peu déchargé de mes responsabilités envers Nathan et de ne pas l'avoir abandonné en me lançant dans cette fuite éperdue ; après tout, ma peau était l'enjeu de cette fuite. Le deuxième coup de fil était destiné à mon père ; bien entendu, il avait accueilli avec joie la nouvelle que Sophie et moi étions en route pour le sud. « Tu as pris une décision merveilleuse ! » l'entendis-je s'écrier par-delà la distance, avec une émotion manifeste. « Je t'approuve de quitter ce monde dépravé ! »

Ainsi donc, coincé là très haut à l'aplomb de Rahway dans le compartiment bondé, Sophie somnolant sur mon épaule, et tout en grignotant un gâteau danois rassis acheté dans un stand de pâtisseries en même temps qu'un berlingot de lait tiède, je me mis à envisager les années à venir avec tendresse et équanimité. Nathan et Brooklyn désormais relégués derrière moi, je m'apprêtais à tourner la page pour entamer un nouveau chapitre de ma vie. D'une part, je calculais que mon livre, qui s'annonçait plutôt long, était presque au tiers achevé. Par bonheur, le travail accompli sous le toit de John Brown m'avait permis de pousser le récit jusqu'à une étape propice, un palier, où me semblait-il, je n'aurais aucun mal à reprendre le fil dès que Sophie et moi serions installés à la ferme. Au bout d'une semaine ou deux, le temps de nous adapter au nouveau cadre de notre vie rurale — le temps de faire connaissance avec l'ouvrier noir, de bourrer de provisions la réserve, de rencontrer les voisins, d'apprendre à conduire le vieux camion et le tracteur fatigué qui, selon mon père, faisaient partie de l'héritage —, je serais d'attaque pour m'atteler de nouveau à mon histoire, et au prix d'un peu d'application, je pouvais raisonnablement espérer boucler le tout et être à même de proposer le livre à un éditeur dès la fin de 1948.

Je contemplais Sophie tout en remuant ces pensées optimistes. Elle dormait à poings fermés, ses boucles blondes épandues sur mon épaule, et très doucement je la nichai dans le creux de mon bras, en effleurant doucement ses cheveux de mes lèvres. Une folle bouffée d'angoisse me serra soudain le cœur, une idée noire que je me hâtai de repousser : comment aurais-je pu être homosexuel, n'est-ce pas, alors que j'éprouvais pour cette femme un désir si tenace, si déchirant ? Bien sûr, il faudrait que nous épousions, une fois installés en Virginie ; l'éthique de l'époque et du lieu excluerait catégoriquement toute forme de concubinage. Mais en dépit des soucis qui me harcelaient, entre autres la nécessité d'effacer le souvenir de Nathan et notre différence d'âge, mon intuition me soufflait que Sophie ferait bon accueil à ce projet, et je résolus d'aborder avec prudence le sujet sitôt qu'elle serait réveillée. Elle s'agita et murmura quelque chose dans son sommeil, si belle malgré l'épuisement qui ravageait son visage que j'eus envie de pleurer. Mon Dieu, songeai-je, il est probable que cette femme sera bientôt mon épouse.

Le train eut une brusque secousse, s'ébranla, hésita, s'arrêta de nouveau, tandis qu'un gémissement étouffé parcourait le wagon. Un marin planté à côté de moi dans le couloir porta une boîte de bière à ses lèvres et avala une longue rasade. Dans mon dos, un bébé se mit à brailler avec une désinvolture démoniaque, et l'idée m'effleura que lorsque j'emprunte les transports en commun, s'il est un seul enfant qui crie, le destin ne manque jamais de le poster dans le siège voisin du mien. Je serrai doucement Sophie et me remis à penser à mon livre ; un frisson d'orgueil et de satisfaction me parcourut tandis que je songeais à la somme d'honnête labeur que j'avais jusqu'à présent investie dans mon histoire qui, avec grâce et beauté, poursuivait sa marche prédestinée vers le feu d'artifice du dénouement encore dans les limbes, mais qu'un millier de fois déjà j'avais conçu dans mon esprit : la jeune fille tourmentée, déracinée, qui avançait vers sa mort solitaire par les rues d'été indifférentes de la ville que je venais de laisser derrière moi. J'eus une bouffée d'angoisse ; serais-je capable de trouver en moi assez de passion, assez d'intuition pour évoquer cette jeune suicidée. Saurais-je faire en sorte que tout cela parût *réel* ? L'imminence de la lutte que je devrais livrer pour *imaginer* l'épreuve de la jeune fille m'emplissait d'une angoisse douloureuse. Néanmoins, j'éprouvais une assurance si sereine quant à l'intégrité de mon roman que je lui avais déjà trouvé un titre d'une mélancolie appropriée : *L'Héritage de la nuit*. Titre inspiré par le *Requiescat* de Matthew Arnold, une élégie en hommage à l'esprit de la femme, avec en guise de conclusion ce vers : « Cette nuit il hérite de l'immense vestibule de la Mort. » Comment pareil livre n'aurait-il pas le pouvoir de captiver l'âme d'innombrables lecteurs ? Contemplant machinalement la façade incrustée de suie de l'usine Wheatena — massive, banale, aux vitres d'un bleu industriel qui reflétaient la lumière du matin —, je me sentis frissonner de bonheur et encore une fois d'orgueil en songeant à l'honnête *qualité* que j'avais insufflée à mon roman à force de sueur et de travail solitaire et, oui, parfois même, de bouffées de chagrin ;

repensant alors à l'apogée encore en gestation, je me permis de fantasmer sur une ligne empruntée à un critique ébloui des années 1949 ou 1950 : « L'exemple le plus éloquent de monologue intérieur féminin depuis celui de Molly Bloom. » Quelle folie ! me dis-je. Quelle suffisance !

Sophie dormait. Je me demandais avec tendresse combien de jours et combien de nuits elle somnolerait ainsi près de moi au cours des années à venir. Je m'imaginais notre lit matrimonial à la ferme, songeais à sa forme et à sa taille, me demandais si le matelas était doté d'assez d'amplitude, de souplesse et d'élasticité pour supporter les transports charnels auxquels il était sans doute promis. Je songeais à nos enfants, les nombreuses petites crinières filasse qui gambaderaient dans la ferme comme autant de petits boutons d'or et chardons polonais, et à mes joyeuses admonestations paternelles : « Jerzy, c'est l'heure de traire la vache ! » « Wanda, va donner du grain aux poules ! » « Tadeusz, Stefania ! Fermez les portes de l'écurie ! » Je pensais à la ferme elle-même, que je n'avais jamais vue que sur les photos de mon père, m'efforçais de l'imaginer comme la demeure d'un homme de lettres de premier plan. Comme pour « Rowan Oak », la maison de Faulkner dans le Mississippi, il lui faudrait un nom, un nom si possible évocateur des récoltes d'arachide d'où elle tirait sa raison d'être. « Le Havre des Cacahuètes » était de beaucoup trop facétieux, et j'écartai toutes les variantes possibles sur le thème des cacahuètes, pour jongler avec des noms plus mélodieux, plus nobles, plus dignes : « Les Cinq Ormes » peut-être (j'espérais que la ferme avait cinq ormes, ou même un) ou « Bois de Rose », ou « Les Grands Champs », ou encore « Sophie », en hommage à la dame de mon cœur. Dans le prisme de mon esprit, les années dévalaient paisiblement comme des collines bleues jusqu'à l'horizon du lointain avenir. *L'Héritage de la nuit*, un extraordinaire succès, qui moissonnait des lauriers rarement décernés à l'œuvre d'un écrivain aussi jeune. Puis un court roman, lui aussi porté aux nues, en rapport avec mon expérience de la guerre — un livre dense et brûlant, qui étriperait l'armée par le biais d'une tragi-comédie de l'absurde. Entre-temps, Sophie et moi continuerions à vivre sur la modeste plantation dans un isolement plein de dignité, et ma renommée croîtrait, l'auteur lui-même de plus en plus harcelé par les médias, mais se refusant avec constance à toute interview. « Moi, je me contente de faire pousser des cacahuètes », dit-il en vaquant à ses occupations. A la trentaine un nouveau chef-d'oeuvre, *Ces Feuillages embrasés*, la chronique de Nat Turner, le tragique incendiaire noir.

Une brusque secousse, le train s'ébranla, se mit à rouler sans à-coups avec une précision de machine bien huilée tandis qu'il prenait de l'élan, et ma vision s'évapora dans un flou effervescent contre la toile de fond des murs noirs de Rahway qui déjà s'estompaient.

Sophie se réveilla en sursaut, lâchant un petit cri. Je baissai les yeux sur son visage. Elle avait l'air un peu fiévreuse ; son front et ses joues étaient rouges et une fragile moustache de sueur perlait comme une rosée au-dessus de sa lèvre.

— Où sommes-nous, Stingo ? dit-elle.

— Quelque part dans le New Jersey.

— Combien de temps est-ce qu'il prend, ce voyage jusqu'à Washington ?

— Oh, entre trois et quatre heures.

— Et ensuite, jusqu'à la ferme ?

— Je ne sais pas exactement. On changera de train à Richmond, et de là on prendra un car jusqu'à Southampton. Encore pas mal d'heures. C'est presque en Caroline du Nord. C'est pourquoi je pense que nous devrions passer la nuit à Washington, puis repartir demain matin pour la ferme. On pourrait s'arrêter à

Richmond pour la nuit, ce qui te donnerait l'occasion de te faire une idée de Washington.

— D'accord, Stingo, dit-elle en me prenant la main. Je ferai tout ce que tu diras, Stingo, ajouta-t-elle après un instant de silence. Stingo, tu ne veux pas aller me chercher un peu d'eau ?

— Bien sûr.

Je me frayai un chemin dans le couloir bondé de voyageurs, des soldats pour la plupart, et presque au bout du wagon découvris le distributeur, où je remplis à grand-peine un gobelet en papier d'une eau tiède et peu appétissante. Quand je revins, encore tout heureux et ragaillardi par mes rêves dorés, ma bonne humeur sombra à pic comme un morceau de plomb à la vue de Sophie, les mains crispées sur une bouteille de bourbon qu'elle avait fait surgir de sa valise.

— Sophie, fis-je doucement, bonté divine, c'est encore le *matin*. Tu n'as même pas pris de petit déjeuner. Tu finiras par faire une cirrhose du foie.

— Mais non, voyons, dit-elle en versant une rasade de whisky dans le gobelet. J'ai pris un beignet à la gare. Et un 7-Up.

J'émis un grognement étouffé, sachant par expérience qu'à moins de compliquer les choses et de faire une scène, le problème était insoluble. Tout au plus pouvais-je espérer tromper sa vigilance et confisquer la bouteille, comme je l'avais fait à une ou deux reprises. Je me rencognai dans mon siège. Le train fonçait à travers l'enfer hérissé d'usines du New Jersey, nous emportant au rythme saccadé de ses roues, tandis que défilaient faubourgs sordides, hangars de tôle ondulée, absurdes drive-in aux enseignes tournoyantes, entrepôts, bowlings aux structures de crématoires, crématoriums aux structures de pistes de patins à roulettes, marécages de boues chimiques vertes, aires de parking, barbares raffineries de pétrole dont les mufles effilés éjaculaient flammes et fumées jaune

363

moutarde. Qu'aurait pensé Thomas Jefferson devant ce spectacle ? méditai-je. Sophie, nerveuse, agitée, tour à tour contemplait le paysage et versait du whisky dans son gobelet, pour enfin se retourner vers moi :

— Stingo, est-ce que ce train s'arrête quelque part d'ici à Washington ?

— Seulement une ou deux minutes, le temps de prendre ou de débarquer des voyageurs. Pourquoi ?

— Je veux passer un coup de fil.

— A qui ?

— Je veux téléphoner pour avoir des nouvelles de Nathan. Je veux savoir s'il va bien.

Une angoisse dévorante me submergea au souvenir des affres de la veille. Je saisis le bras de Sophie et serrai, dur, trop dur : elle tressaillit.

— Sophie, dis-je. Ecoute. Ecoute-moi. Tout ça c'est *fini*. Tu ne peux rien faire. Tu ne te rends donc pas compte qu'il était sur le point de *nous tuer tous les deux* ? Larry va rentrer de Toronto, il va retrouver Nathan et — eh bien, il s'en *chargera*. Après tout, c'est son frère, son plus proche parent. Nathan est *fou*, Sophie ! il faut qu'il soit... *interné*...

Elle s'était mise à pleurer. Les larmes ruisselaient sur ses doigts qui, soudain crispés sur son gobelet, paraissaient très maigres, roses et émaciés. Une fois de plus, mon regard accrocha l'implacable morsure bleue du tatouage sur son avant-bras.

— C'est que, je ne sais pas comment je vais faire pour affronter les choses, sans lui, tu comprends.

Elle se tut, secouée de sanglots.

« Je pourrais appeler Larry.

— Tu ne pourrais pas le joindre en ce moment, assurai-je ; il doit être dans le train, quelque part du côté de Buffalo.

— Mais je pourrais appeler Morris Fink. Lui pourrait peut-être me dire si Nathan est revenu. Quelquefois, tu sais, ça lui arrivait de rentrer quand il avait pris de la drogue. Il revenait, il prenait du Nembutal, et il s'endormait aussitôt. Et puis, à son réveil, il était tout à fait bien. Ou presque bien. Si c'est ce qu'il a fait, Morris le saurait.

Elle se moucha, toujours secouée de petits sanglots.

— Oh, Sophie, Sophie, chuchotai-je, incapable de dire comme je le voulais pourtant : « *Tout ça c'est fini.* »

A Philadelphie, le train entra en gare dans un bruit de tonnerre, s'arrêta dans un hurlement de freins et sur une ultime secousse au milieu de la caverne sans soleil, suscitant en moi une bouffée de nostalgie dont je fus le premier surpris. J'entrevis dans la vitre le reflet de mon visage, pâli par trop d'heures de claustration vouées aux efforts littéraires et, derrière ce visage, je crus un instant voir une réplique plus jeune — mon moi petit garçon, plus de dix ans auparavant. J'éclatai de rire à ce souvenir et, soudain ragaillardi et inspiré, résolu à la fois d'arracher Sophie à l'angoisse qui l'envahissait et de l'égayer, ou du moins d'essayer.

— Voici Philadelphie, dis-je.

— C'est une grande ville ?

Sa curiosité, bien que larmoyante, me parut encourageante.

— Hum, moyennement. Pas une immense métropole comme New York, mais quand même assez grande. A mon avis, peut-être de la taille de Varsovie, avant l'arrivée des Nazis. Et c'est la première vraie grande ville que j'aie vue de ma vie.

— Et c'était quand ?

— En 1936 je crois, j'avais onze ans à l'époque. C'était ma première incursion dans le Nord. Et je me souviens d'une chose sacrément drôle qui s'est passée le jour de mon arrivée. J'avais un oncle et une tante à Philadelphie, et ma mère, un été — environ deux ans avant sa mort —, a décidé de m'envoyer passer une semaine chez eux. Elle m'a envoyé tout seul, en car

365

Greyhound. Les gosses voyageaient souvent seuls dans ce temps-là. Il n'y avait aucun danger. En tout cas, le voyage prenait toute une journée — de la région du Tidewater, le car faisait le détour par Richmond, puis remontait jusqu'à Washington et passait par Baltimore. Ma mère avait dit à notre cuisinière — une Noire, qui s'appelait Florence, je m'en souviens — de me préparer un gros sac en papier plein de poulet frit et j'avais une Thermos de lait froid — un casse-croûte de voyage très ' *gourmet* * ', tu vois, et quelque part entre Richmond et Washington, j'ai avalé mon déjeuner, et puis, vers le milieu de l'après-midi, le car a fait un arrêt à Havre de Grace.

— Comme en France, tu veux dire ? fit Sophie, Havre...

— Oui, une petite ville, dans le Maryland. Nous devons y passer. Bref, tout le monde est descendu à l'arrêt, un petit restaurant minable où l'on pouvait faire pipi et acheter de la limonade et des trucs comme ça, et moi, voilà que je tombe en arrêt devant une machine à sous, une machine avec des chevaux de course. Dans le Maryland, tu comprends, ce n'est pas comme en Virginie, la loi autorise certains jeux d'argent et, dans cette machine, il y avait une bonne douzaine de minuscules chevaux de métal qui couraient le long d'une piste, et il suffisait de mettre une pièce de cinq cents dans la fente et de parier sur l'un d'eux. Je me souviens que ma mère m'avait donné exactement quatre dollars d'argent de poche — c'était beaucoup à l'époque de la crise — et j'avais une envie folle de parier sur un cheval, ce qui fait que j'ai mis mes cinq cents. Ma foi, Sophie, tu ne peux pas savoir. Cette foutue machine a décroché la timbale — tu sais ce que ça veut dire, la timbale ? Voilà que tout s'allume et que dégringole un véritable *torrent* de pièces de cinq cents — des douzaines, des *vingtaines*. Je n'en croyais pas mes yeux ! J'ai gagné au moins quinze dollars en pièces de cinq cents. Y en avait partout sur le plancher. J'ai cru devenir fou de joie. Mais j'avais un problème, tu comprends, comment faire pour transporter tout ce butin. Je m'en souviens encore, je portais un petit pantalon court en toile blanche, et j'ai bourré mes poches avec toutes ces pièces, mais malgré tout, il y en avait tant qu'elles continuaient à dégringoler et à rouler partout. Et il y avait pire : la femme qui tenait la boutique, une femme à l'air très méchant, et quand je lui ai demandé si elle voulait bien me changer mes pièces contre des billets de un dollar, elle a piqué une colère terrible, elle s'est mise à hurler et à me dire qu'il fallait avoir dix-huit ans pour jouer aux machines à sous et qu'il était clair que je n'étais qu'un morveux et qu'elle risquait de se faire retirer sa licence, et que si je ne foutais pas le camp tout de suite, elle appellerait la police.

— Tu avais onze ans, dit Sophie en me prenant la main. Je n'arrive pas à imaginer Stingo à onze ans. Comme tu devais être mignon en short blanc.

Sophie avait toujours le bout du nez rose, mais les larmes s'étaient provisoirement arrêtées et je crus voir dans ses yeux un pétillement qui ressemblait à de la joie.

— Là-dessus, je suis remonté dans le car pour la fin du voyage jusqu'à Philadelphie. C'était loin. Chaque fois que je remuais un peu, une pièce ou plusieurs glissaient de mes poches bourrées à craquer et roulaient dans la travée. Et quand je me levais pour les récupérer, ça ne faisait qu'aggraver les choses, parce qu'aussitôt il en tombait d'autres et elles roulaient partout. Le temps qu'on arrive à Wilmington, j'ai cru que le chauffeur allait devenir fou et pendant tout le trajet, les voyageurs n'arrêtaient pas de regarder cette avalanche de pièces.

Je me tus, suivant des yeux les ombres sans visages plantées sur le quai, qui s'enfuyaient en une marche arrière silencieuse tandis que le train redémarrait, avec une vibration contenue.

« Bref, repris-je, en serrant à mon tour la main de Sophie, on est arrivés à la gare routière, qui ne doit pas être bien loin d'ici, et c'est là que s'est produit le dernier acte de la tragédie. Ce soir-là, mon oncle et ma tante étaient venus m'attendre, et quand je me suis élancé vers eux, j'ai trébuché et je suis tombé en plein sur mon petit cul, mes poches se sont fendues, et ces foutues pièces, elles ont presque toutes dégringolé sur le quai et roulé tout au fond de la fosse sombre où étaient garés les cars, et je crois que quand mon oncle m'a ramassé et a épousseté mes vêtements, il ne restait guère plus de cinq pièces dans le fond de mes poches. Toutes les autres avaient disparu.

Je m'interrompis, tout réjoui de cette fable gentiment absurde mais authentique que je venais de raconter à Sophie, sans avoir besoin de broder.

« Une histoire très morale, ajoutai-je, sur la nature destructrice de l'avidité.

Sophie porta une main à son visage, masquant son expression, mais ses épaules tremblaient et je supposai qu'elle avait succombé à un fou rire. Je m'étais trompé. Elle était de nouveau en larmes, des larmes d'angoisse dont elle semblait ne pas pouvoir se débarrasser. Et je me rendis soudain compte que j'avais dû par inadvertance réveiller en elle des souvenirs de son petit garçon. Je la laissai pleurer en silence quelques instants. Puis ses larmes s'atténuèrent. Enfin, elle se tourna vers moi :

— Stingo, en Virginie, là où nous allons, est-ce que tu crois qu'il y aura une école Berlitz, une école pour apprendre les langues ?

— Grand Dieu, mais à quoi est-ce que cela pourrait bien te servir ? dis-je. Je ne connais personne qui parle plus de langues que toi.

— Ce serait pour apprendre l'anglais, répondit-elle.

Oh, je sais, je me débrouille pas mal pour parler maintenant, et même pour lire, mais ce qu'il faut que j'apprenne, c'est à écrire. J'ai tellement de mal à écrire l'anglais. L'orthographe est tellement, tellement étrange.

— Ma foi, je ne sais pas, Sophie, dis-je, sans doute qu'on trouve des écoles de langues à Richmond ou à Norfolk. Mais tout ça, c'est passablement loin de Southampton. Pourquoi poses-tu cette question ?

— Je veux écrire sur Auschwitz, dit-elle, je veux écrire sur ce que j'ai vu et vécu là-bas. Bien sûr je pourrais écrire en polonais ou en allemand, peut-être même en français, mais je préférerais tellement être capable d'écrire en anglais...

Auschwitz. Un lieu que, dans le tourbillon des événements de ces derniers jours, j'avais relégué si loin au fond de mon esprit que j'en avais presque oublié l'existence ; et voilà que de nouveau il revenait me frapper comme un coup sur la nuque, et ce coup faisait mal. Comme je jetais un coup d'œil à Sophie, elle porta le gobelet à ses lèvres, avala une rasade et lâcha un petit rot. Elle avait maintenant cette élocution pâteuse qui, je l'avais appris, présageait chez elle un grand trouble intérieur et un comportement difficile. Ce gobelet, je brûlais d'envie de le jeter par terre. Et je me maudis de la faiblesse, de l'indécision ou de la mollesse, ou de je ne sais quoi, qui en de pareils moments m'empêchait encore de me montrer plus ferme à l'égard de Sophie. Attends un peu que nous soyons mariés, me promis-je.

« Il y a tant de choses que les gens ignorent encore sur Auschwitz ! dit-elle d'un ton farouche. Tant de choses que je ne t'ai même pas dites à *toi*, Stingo, et pourtant je t'en ai beaucoup dit. Par exemple, comment là-bas tout était imprégné de l'odeur des Juifs en train de brûler, jour et nuit, ça je te l'ai dit. Mais en fait je ne t'ai jamais dit grand-chose de Birkenau, là où ils ont essayé de me faire mourir de faim et où je suis tombée si malade que j'ai failli mourir. Ni du jour où j'ai vu une sentinelle arracher les vêtements d'une bonne sœur et lancer son chien sur elle, et le chien l'a mordue si cruellement au corps et au visage qu'elle est morte quelques heures plus tard. Ni...

Ici elle s'arrêta, contempla quelques instants le vide puis reprit :

« J'aurais tellement de choses terribles à raconter. Mais peut-être que je pourrais en faire un roman, tu comprends, si j'apprenais à écrire bien l'anglais, et comme ça, je pourrais amener les gens à comprendre comment les Nazis vous forçaient à faire des choses que jamais on ne se serait cru capable de faire. Comme Höss, par exemple. S'il n'y avait pas eu Jan, jamais je n'aurais essayé de lui donner envie de me baiser. Et jamais je n'aurais prétendu que j'avais tant de haine contre les Juifs, ni que c'était moi qui avais écrit le pamphlet de mon père. Tout ça c'était pour Jan. Et la radio que je n'ai pas volée. L'idée que que je ne l'ai pas volée me donne encore envie de mourir, mais tu ne vois donc pas, Stingo, tu ne vois donc pas que ç'aurait tout gâché pour mon petit garçon ? Et puis, à ce moment-là, je n'étais même pas capable d'ouvrir la bouche, même pas capable de renseigner les gens de la Résistance, même pas capable de répéter un seul mot des choses que j'avais apprises pendant que je travaillais pour Höss, parce que j'avais peur... »

Elle hésita. Ses mains tremblaient.

« J'avais *tellement* peur ! A cause d'eux j'avais peur de tout ! Pourquoi donc est-ce que je ne dis pas toute la vérité à propos de moi-même ? Pourquoi est-ce que je n'écris pas dans un livre que j'étais une horrible lâche, que j'étais une sale *collaboratrice**, et que tout ce que je faisais de mal, c'était simplement pour sauver ma peau ? »

Elle poussa un gémissement sauvage, si fort qu'il

couvrit le vacarme du train et que sur les sièges voisins les têtes se retournèrent et les yeux s'écarquillèrent.

« Oh, Stingo, je ne peux pas supporter de vivre avec toutes ces choses !

— Chut, Sophie ! intimai-je. Tu *sais* que tu n'as pas collaboré, tu le *sais*. Tu es en train de te contredire ! Tu n'étais qu'une *victime*, tu le sais. Tu me l'as dit toi-même cet été, là-bas, comme dans tous les camps, les gens étaient forcés de se comporter de façon différente, pas comme dans la vie ordinaire. Tu m'as dit toi-même que tu ne pouvais tout simplement pas juger ce que tu avais fait ni ce que les autres faisaient selon les critères de conduite habituels. Aussi je t'en prie, Sophie, je t'en prie, je t'en *supplie*, garde l'esprit en paix ! Tu ne fais que te torturer pour des choses qui n'étaient pas de ta faute — et ça va finir par te rendre *malade* ! Je t'en supplie, arrête.

Je baissai la voix, et utilisai alors un mot de tendresse que jamais je n'avais utilisé, et dont je restai stupéfait.

« Je t'en prie, arrête maintenant, chérie, pour ton propre bien.

Il paraissait bien pompeux ce « chérie » — déjà je parlais comme un mari — mais je n'avais pu le retenir.

De plus, j'étais à deux doigts de prononcer ces mots qui, plus de cent fois cet été-là, m'avaient brûlé les lèvres : « Je t'aime, Sophie, Sophie. » A la perspective d'articuler ces simples mots, mon cœur se mit à battre la chamade et à avoir des ratés, mais avant que je puisse ouvrir la bouche, Sophie annonça qu'elle devait aller aux toilettes. Avant de se lever, elle vida son gobelet. Je la suivis anxieusement des yeux tandis que, tête blonde tressautante, les jolies jambes quelque peu flageolantes, elle se frayait un chemin vers l'arrière du wagon. Puis je me détournai pour me plonger dans *Life*. Sans doute m'assoupis-je alors, ou plutôt je dormis, sombrai comme noyé par l'épuisement d'une nuit d'insomnie et son poids de tension et de chaos, car lorsque la voix toute proche du contrôleur me réveilla en beuglant « En voiture en voiture ! », je jaillis d'un bond de mon siège et compris alors qu'une heure au moins s'était écoulée. Sophie n'avait pas regagné sa place près de moi, et une brusque terreur m'enveloppa comme une couverture faite d'une multitude de mains ruisselantes. Je jetai un coup d'œil dans les ténèbres dont me séparait la vitre, vis défiler les lumières étincelantes d'un tunnel, et compris que nous sortions de Baltimore. Normalement, il m'aurait fallu deux minutes de bousculade pour me frayer un chemin jusqu'au bout du wagon, en écartant et repoussant les ventres et les fesses d'une bonne cinquantaine de voyageurs debout, mais je ne mis pas plus de quelques secondes, renversant au passage un petit enfant. En proie à une terreur absurde, je tambourinai contre la porte des toilettes des femmes — pourquoi allais-je penser qu'elle s'y trouvait encore ? Une grosse Noire à la crinière hirsute pareille à une perruque et aux joues barbouillées de poudre brillante couleur souci pointa son visage en hurlant : « Foutez le camp ! Vous êtes cinglé ou quoi ? » Je replongeai dans la foule.

Plus loin, dans la partie plus chic du train, je me retrouvai enveloppé par une musique sirupeuse. Poursuivi par les accents vieillots du *Country Gardens* de Percy Grainger, je fouillai un à un d'un regard frénétique tous les compartiments couchettes, dans l'espoir que Sophie s'était glissée dans l'un d'eux et peut-être endormie. Deux possibilités me harcelaient maintenant tour à tour, qu'elle fût descendue à Baltimore ou que — Oh merde l'autre était plus intolérable encore. J'ouvris les portes d'autres toilettes, arpentai les couloirs garnis de peluche funèbre de quatre ou cinq wagons, inspectai plein d'espoir le wagon-restaurant où des serveurs noirs en tablier blanc papillonnaient dans le couloir au milieu d'une buée lourde de relents d'huile rance. Enfin : le wagon-salon. Un petit bureau, une caisse enregistreuse — la préposée, une gentille dame d'un certain âge aux cheveux gris qui releva la tête pour poser sur moi des yeux lugubres.

— Oui, la pauvre petite, dit-elle lorsque la gorge serrée j'eus lâché l'horrible question, elle courait partout pour trouver un téléphone. Vous vous rendez compte, dans un train ! Elle voulait appeler quelqu'un à Brooklyn. Pauvre petite, elle pleurait. On aurait dit qu'elle était, eh bien, qu'elle avait un peu bu. Elle est partie par là.

Je découvris Sophie au bout du wagon, une plate-forme pareille à une sinistre cage, remplie d'un fracas de métal, qui était aussi le bout du train. Une porte vitrée, fermée par un cadenas et renforcée par un treillage métallique, donnait sur les rails qui scintillaient dans la lumière du soleil déjà haut et, fuyant à perte de vue, convergeaient quelque part dans l'infini au milieu des vertes forêts de pins du Maryland. Elle était assise à même le plancher, tassée contre la paroi, ses cheveux jaunes ballottés par le courant d'air, une de ses mains crispée sur la bouteille. Comme lors de cette plongée dans l'oubli quelques semaines plus tôt — quand l'épuisement, et le remords, et le chagrin l'avaient totalement anéantie —, elle avait fui le plus loin possible. Levant les yeux, elle me dit quelque chose, que je n'entendis pas. Je me penchai davantage, et alors, mi-lisant sur ses lèvres, mi-déchiffrant d'instinct cette voix empreinte d'un chagrin infini — l'entendis dire : « Je ne crois pas que je m'en sortirai. »

Il est probable que les employés d'hôtel doivent souvent affronter un tas de gens bizarres. Mais je me demande encore ce qui put bien se passer dans la tête du vénérable réceptionniste de l'Hôtel Congress, à deux pas du Capitole de notre pays, quand il vit surgir devant lui le jeune pasteur Wilbur Entwistle, affublé d'un costume de crépon manifestement fort peu ecclésiastique mais une Bible bien en évidence à la main, et sa blonde épouse, épouvantablement chiffonnée, qui durant toutes les formalités d'inscription ne cessa de marmonner des propos incohérents avec un fort accent étranger, le visage barbouillé de suie et de larmes, et nettement bouffi. Aucun doute qu'en fin de compte, grâce à mon ingénieux camouflage, il accepta la chose avec philosophie. Malgré ma défroque peu conventionnelle, la mascarade que j'avais imaginée parut faire merveille. Dans les années quarante, il n'était pas permis aux couples illégitimes de partager une chambre d'hôtel ; en outre, s'inscrire en se faisant passer pour mari et femme constituait un délit aux yeux de la loi. Les risques étaient encore plus graves si la dame était ivre. Aux abois, je n'ignorais pas que je prenais un risque, mais un risque qui me paraissait réduit au minimum si je parvenais à le parer d'une modeste auréole de sainteté. D'où la Bible reliée de cuir noir que j'extirpai de ma valise juste avant que le train s'arrête à la gare centrale, et d'où également l'adresse que j'inscrivis d'une écriture hardie sur le registre, comme pour valider de façon catégorique mon personnage de saint homme à la voix suave et aux manières onctueuses : Séminaire théologique de l'Union, Richmond, Virginie. Je constatai avec soulagement que grâce à mon stratagème, l'employé détournait son attention de Sophie ; le vieux monsieur au cou strié de fanons, en bon natif du Sud (comme tant d'autres larbins de Washington), se montra impressionné par mes références et manifesta en outre une loquacité et une sympathie typiques du Sud : « Je vous souhaite un bon séjour, monsieur le Pasteur, à vous et à votre dame. A quelle église est-ce que vous appartenez ?

Je me préparais à lui répondre « presbytérienne »,

374

mais déjà il clabaudait avec l'entrain d'un beagle en explorant les ravins de la sainte harmonie : « Moi, je suis baptiste de Virginie, même que maintenant on a un pasteur qui est un type formidable, le Pasteur Wilcox, peut-être que vous le connaissez de nom. Y vient du canton de Fluvanna, en Virginie, où moi-même je suis né et où j'ai passé mon enfance, mais bien sûr il est beaucoup plus jeune. » Comme je commençais à m'éloigner discrètement, Sophie accrochée lourdement à mon bras, l'employé sonna pour appeler l'unique chasseur de l'hôtel, un Noir, et me tendit une carte. « Vous aimez les fruits de mer, monsieur le Pasteur ? Essayez un peu ce restaurant sur le front de mer. Chez Herzog, qu'il s'appelle. Les meilleurs beignets de crabe de la ville. » Et tandis que nous gagnions l'antique ascenseur aux portes vert pois souillées de taches, il insista : « Entwistle. Vous ne seriez pas par hasard parent des Entwistle du canton de Powhatan, dites, monsieur le Pasteur ? » J'étais de retour dans le Sud.

L'Hôtel Congress dégageait une atmosphère très *troisième classe** . La pièce qui nous échut pour sept dollars, un vrai cagibi, était minable et étouffante, avec vue sur une petite rue banale d'où filtrait à grand-peine la lumière du soleil de midi. Sophie, qui ne tenait plus sur ses jambes et tombait de sommeil, s'écroula sur le lit avant même que le chasseur eût déposé nos valises sur un tabouret branlant et empoché mes vingt-cinq cents. J'ouvris une fenêtre prolongée par une saillie badigeonnée de fiente de pigeon, et une chaude brise d'automne vint soudain rafraîchir la pièce. Au loin je distinguai vaguement le vacarme et les ululements étouffés des trains de la gare centrale, tandis que d'une rue voisine montaient des trilles et des fioritures, trompettes, cymbales, la musique stridente et fière d'un orchestre militaire. Une ou deux mouches bourdonnaient pompeusement au plafond.

Je m'étendis à côté de Sophie sur le lit, dont les ressorts avaient cédé au milieu, ce qui me forçait, plutôt que m'autorisait, à rouler contre elle comme dans le creux d'un hamac peu profond, tout cela sur des draps élimés d'où montait une faible odeur chlorée de musc, une odeur de lessive ou de sperme, peut-être des deux. Quasi anéanti de fatigue et angoissé par l'état de Sophie, j'en avais quelque peu oublié le désir vorace qui ne cessait de me tarauder en sa présence, mais l'odeur et la pente du lit — couche impure, érotique, creusée par d'innombrables fornications — de son corps et le simple contact et la proximité firent, qu'incapable de trouver le sommeil, je m'agitai, me tortillai et remuai sans arrêt. Une cloche lointaine sonna midi. Sophie dormait contre mon flanc, lèvres entrouvertes, l'haleine fleurant vaguement le whisky. Sa robe de soie largement échancrée laissait voir la plus grande partie d'un de ses seins, provoquant en moi un désir tellement impérieux de la toucher que je ne pus y tenir, caressai la peau veinée de bleu, d'abord légèrement et du bout des doigts, puis avec plus de raffinement me mis à pétrir et caresser le globe crémeux de la paume et du pouce. La bouffée de pure concupiscence qui ponctua cette tendre manipulation fut bientôt ponctuée à son tour par un brin de honte ; il y avait quelque chose de sournois, de quasi nécrophage dans cet acte, qui pourtant ne molestait que l'épiderme de Sophie plongée dans l'oubli de son sommeil drogué — aussi m'arrêtai-je et retirai-je ma main.

Pourtant, je ne pus dormir. Mon cerveau grouillait d'images, de sons, de voix, le passé et l'avenir se substituant l'un à l'autre, parfois étroitement mêlés : Nathan et son hurlement de fureur, empreint de tant de cruauté et de démence que je dus faire un effort pour le chasser de mon esprit ; des scènes récemment écrites de mon roman, les personnages me bafouillant leurs dialogues à l'oreille, comme des acteurs sur une

376

scène; la voix de mon père au téléphone, chaleureuse, accueillante (qui sait si le père n'avait pas raison? ne ferais-je pas mieux de m'installer pour de bon dans le Sud?); Sophie sur la berge moussue d'une mare ou d'un étang imaginaires au fond des bois qui entouraient « Les Cinq Ormes », superbe avec ses longues jambes et son corps souple gainé dans un maillot en lastex, de nouveau débordant de santé, notre petit lutin de premier-né perché tout souriant sur son genou; cette affreuse détonation qui se répercutait encore dans mon oreille; couchers de soleil, minuits d'abandon éperdus d'amour, aubes magnanimes, enfants disparus, triomphe, chagrin, Mozart, pluie, verdure de septembre, repos, paix, mort. Amours. L'orchestre lointain, qui s'éloignait aux accents de *La Marche du pont sur la rivière Kwaï*, déclenchait en moi une nostalgie farouche, et je me rappelai les années de guerre encore si proches, mes camps de Caroline ou de Virginie, et les jours où me trouvant en permission, il m'arrivait de rester étendu sur mon lit sans dormir (et sans femme) dans un hôtel de cette même ville — une des rares villes d'Amérique hantées par les fantômes de l'histoire — et de songer aux rues en contrebas et au spectacle qu'elles offraient sans doute à peine trois quarts de siècle plus tôt, au milieu du conflit le plus tragique et le plus affligeant qui ait jamais dressé des frères les uns contre les autres, quand les trottoirs grouillaient de soldats en uniformes bleus, de flambeurs et de putains, d'escrocs en gibus, de zouaves fanfarons, de journalistes roublards, d'hommes d'affaires aux dents longues, de coquettes en chapeaux à fleurs, de ténébreux espions confédérés, de pickpockets et de fabricants de cercueil — ceux-ci vaquant sans trêve à leur labeur incessant, dans l'attente de ces dizaines, de ces centaines de martyrs, pour la plupart des enfants, dont le massacre se poursuivait sur la terre tragique au sud du Potomac et qui gisaient entassés comme des cordes de bois dans les champs et les bois ensanglantés juste au-delà du fleuve endormi. Il me paraissait toujours étrange — terrifiant même — que Washington, cette capitale moderne et d'une propreté rigoureuse, tellement impersonnelle et officielle dans son arrogante beauté, fût une des rares cités du pays perturbée par d'authentiques fantômes. L'orchestre mourut dans le lointain, sa musique endiablée décroissant peu à peu, douce, poignante à mon oreille comme une berceuse. Je dormis.

Quand je m'éveillai, Sophie se tenait à croupetons sur le lit et me contemplait. J'avais dormi comme une souche, et je compris au changement d'éclairage dans la chambre — en plein midi on se serait cru au crépuscule et il faisait désormais presque nuit — que plusieurs heures s'étaient écoulées. Depuis combien de temps Sophie me regardait-elle dormir, je ne pouvais le dire, bien sûr, mais j'avais le sentiment gênant qu'il y avait un bon moment. Elle avait une expression douce, pensive, non dépourvue d'humour. La même pâleur hagarde marquait son visage et les mêmes poches noires soulignaient ses yeux, mais elle paraissait reposée et raisonnablement dessaoulée. Elle semblait avoir récupéré, du moins pour le moment, de l'affreuse crise qu'elle avait traversée dans le train. Comme je la regardais en clignant les yeux elle dit, avec cet accent outré que parfois elle affectait par jeu :

— Eh bien, monsieur le Pasteur En-*weestle*, on a bien dormi ?

— Seigneur, Sophie, fis-je en proie à une vague panique, quelle heure est-il ? J'ai dormi comme un mort.

— Je viens d'entendre sonner la cloche de l'église, là, dehors. Je crois qu'elle a sonné trois coups.

Je m'agitai, encore tout assoupi, lui caressai le bras.

— Il faut se secouer un peu, comme on disait dans

l'armée. On ne peut pas rester à traîner ici tout l'après-midi. Je veux que tu voies la Maison-Blanche, le Capitole, le Monument de Washington. Et aussi le Ford's Theatre, tu sais, là où Lincoln a été assassiné. Et le Lincoln Memorial. C'est qu'il y en a, de ces sacrés trucs. Et on pourrait aussi penser à manger un morceau...

— Je n'ai pas du tout faim, répondit-elle. Mais pour ça, oui, je veux voir la ville. Je me sens tellement mieux depuis que j'ai dormi.

— Tu es tombée comme une souche, fis-je.

— Toi aussi. Quand je me suis réveillée, tu étais là, la bouche ouverte, et tu ronflais.

— Tu veux rire, dis-je, avec un brin d'authentique consternation. Je ne ronfle pas. Jamais je n'ai ronflé de ma vie ! Personne ne m'a jamais dit ça.

— C'est parce que tu n'as jamais *dormi* avec personne, me taquina-t-elle, sur quoi se baissant soudain, elle planta sur mes lèvres un merveilleux baiser moite et moelleux, doublé d'une langue étonnante qui comme par jeu fit une brève incursion dans ma bouche, puis disparut. Elle reprit sa position à quatre pattes au-dessus de moi avant même que j'aie pu réagir, bien que déjà mon cœur se fût lancé dans un galop éperdu.

— Bon Dieu, Sophie, commençai-je, ne fais pas ça sinon...

Je levai la main et m'essuyai les lèvres.

— Stingo, me coupa-t-elle, où allons-nous ?

— Je viens de te le dire, fis-je, quelque peu perplexe. Nous allons sortir pour visiter Washington. On passera par la Maison Blanche, peut-être pourras-tu apercevoir Harry Truman...

— Non, Stingo, glissa-t-elle, plus sérieuse maintenant, je veux dire, où est-ce que nous allons vraiment ? La nuit dernière après que Nathan... eh bien, la nuit dernière quand il a fait ce qu'il a fait, et pendant qu'on bouclait nos valises, tu n'as pas arrêté de répéter une chose : 'Il faut qu'on rentre à la maison, à la maison !' Tu n'arrêtais pas de dire et de redire ça : 'A la maison !' Et moi je t'ai suivi simplement parce que j'avais si peur, et nous voilà maintenant tous les deux dans cette ville bizarre, et à dire vrai, je ne sais pas trop pourquoi. Où est-ce que nous allons réellement ? Dans quelle maison ?

— Mais tu le sais, Sophie, je te l'ai dit. Nous allons dans cette ferme dont je t'ai parlé, là-bas dans le sud de la Virginie. Je ne vois pas trop ce que je pourrais ajouter à la description que je t'ai faite. C'est avant tout une ferme à arachide. Je n'y ai jamais mis les pieds, mais d'après mon père, elle a tout le confort, avec tous les appareils modernes. Tu sais — machine à laver, réfrigérateur, téléphone, salle de bains, radio et tout. Le grand jeu. Dès que nous serons installés, je suis sûr qu'on pourra faire un saut jusqu'à Richmond pour investir dans un bon tourne-disque et un tas de disques. La musique que nous aimons tous les deux. Il y a un grand magasin là-bas, Miller et Rhoades, et avec un excellent rayon de disques, du moins il y en avait un du temps où je faisais mes études dans le Middlesex...

De nouveau elle me coupa, d'une voix douce mais insistante :

— Dès que nous serons installés ? Et après qu'est-ce qui arrivera ? Et qu'est-ce que tu entends par 'installés', mon petit Stingo ?

Suivit alors un vide immense et perturbant provoqué par cette question à laquelle je n'avais aucun moyen de fournir une réponse immédiate, une question chargée d'une signification tellement solennelle que je compris ce que devait être maintenant la réponse ; je lâchai une sorte de hoquet stupide puis demeurai un long moment silencieux, conscient des pulsations arythmiques qui me martelaient les tempes, et de la sinistre quiétude de tombeau de la petite chambre minable. Enfin je parlai, lentement, mais avec une aisance et une hardiesse dont jamais je ne me serai cru capable.

— Sophie, je t'aime. Je veux t'épouser. Je veux que nous habitions ensemble dans cette ferme. C'est là-bas que je veux m'installer pour écrire mes livres, peut-être jusqu'à la fin de mes jours, et je veux que tu sois là avec moi et que tu m'aides à élever une famille.

J'hésitai un bref instant, puis poursuivis :

« J'ai tellement besoin de toi, tellement, tellement. Est-ce avoir trop d'espoir que de penser que toi aussi tu as besoin de moi ?

Alors même que je prononçais ces mots, je me rendis compte qu'ils avaient le timbre exact et la résonance chevrotante d'une proposition qu'un jour, au cinéma, j'avais vu et entendu George Brent, ce roi des crétins solennels, faire à Olivia de Haviland sur le pont-promenade d'un grotesque paquebot de Hollywood, mais ayant dit ce que j'avais à dire avec cette détermination farouche, je me résignai au pathos, effleuré par cette idée que peut-être les déclarations d'amour étaient toujours condamnées à ressembler à des fadaises de cinéma.

Sophie posa sa tête près de la mienne, si bien que je sentis la tiédeur de sa joue enfiévrée, et ses hanches gainées de soie oscillant doucement au-dessus de moi, elle me chuchota à l'oreille :

— Oh, mon gentil Stingo, quel amour tu fais. Tu t'es occupé de moi, et de tant de façons. Je ne sais pas ce que je ferais sans toi.

Une pause, ses lèvres frôlant mon cou.

« Mais je dois te dire une chose, Stingo, j'ai plus de trente ans. Que ferais-tu d'une vieille dame comme moi ?

— Ça marcherait, dis-je. Je suis sûr que ça marcherait.

— Il te faudrait quelqu'un plus proche de toi par

381

l'âge pour te donner des enfants, pas quelqu'un comme moi. En outre...

Elle demeura silencieuse, se tut.

— En outre quoi ?

— Eh bien, d'après les médecins, pour ce qui est d'avoir des enfants, il faut que je fasse très attention après...

Suivit un nouveau silence.

— Tu veux dire après ce que tu as subi ?

— Oui. Mais ce n'est pas seulement ça. Un de ces jours, je me retrouverai vieille et laide, et toi, tu seras encore très jeune et je n'aurai pas le droit de te reprocher d'aller courir après toutes les jeunes et jolies *mademoiselles* *.

— Oh, Sophie, Sophie, protestai-je dans un murmure, en songeant avec désespoir : Elle, elle ne t'a pas dit « Je t'aime. » Ne parle pas ainsi. Tu seras toujours ma... eh bien, ma...

Je cherchai désespérément une expression adéquatement tendre, ne pus que dire « ma favorite », ce qui me parut d'une banalité navrante.

Elle se redressa de nouveau.

— Je veux aller avec toi dans cette ferme. Après tout ce que tu m'as raconté et après avoir lu Faulkner, j'ai tellement envie de voir le Sud. Pourquoi n'allons-nous pas tout simplement passer quelque temps là-bas, nous pourrions rester ensemble même sans être mariés, et après, on pourrait décider...

— Sophie, Sophie, coupai-je, *j'adorerais* ça. Rien ne pourrait me rendre plus heureux. Je ne suis pas fanatique du mariage. Mais tu n'as aucune idée de ce que sont les gens de là-bas. Je veux dire, ces gens du Sud, ils sont honnêtes, généreux, ils ont bon cœur, mais dans un petit trou de campagne comme celui qui nous attend, il serait *impossible* de ne pas être mariés. Seigneur Dieu, Sophie, c'est plein de *Chrétiens* ! Dès que le bruit se répandrait que nous vivons dans le péché, comme on dit, ces braves gens de Virginie nous rouleraient dans le goudron et la plume, ils nous ligoteraient à une longue planche et ils nous balanceraient de l'autre côté de la frontière de la Caroline. Dieu m'est témoin que c'est ce qui arriverait.

Sophie laissa fuser un petit rire.

— Les Américains sont si drôles. Je croyais que la Pologne était puritaine, mais imaginer que...

Je me rends compte maintenant que ce fut la sirène, ou le chœur de sirènes, et le déchaînement du tintamarre dont s'accompagnaient leurs hurlements, qui rompit la fragile membrane de l'humeur de Sophie, devenue, grâce en partie à mes soins attentifs, paisible, et même lumineuse sur les bords, sinon tout à fait radieuse. Même lointaines, les sirènes engendrent un vacarme odieux, qui presque toujours se déchaîne avec une frénésie inutile et traumatisante. Le vacarme, montant de la rue étroite trois étages seulement à la verticale de notre fenêtre, et amplifié comme par les parois d'un canyon, ricochait sur les murs noirs de suie de l'immeuble d'en face et s'engouffrait par la fenêtre proche comme un groin allongé, un cri solidifié. Il affolait le tympan, torture auriculaire d'un sadisme total, et je me levai d'un bond pour refermer la fenêtre. Au bout de la rue sombre, un panache de fumée sale jaillissait de ce qui semblait être un entrepôt, mais les fourgons d'incendie arrêtés au pied de l'immeuble, bloqués par quelque obstacle inconnu, continuaient à vomir vers le ciel leurs incroyables fanfares.

Je refermai violemment la fenêtre, ce qui me soulagea un peu, mais ne parut en rien aider Sophie ; vautrée sur le lit, elle agitait frénétiquement les talons, un oreiller plaqué sur la tête. Tous les deux hier encore citadins, nous avions l'habitude de cette agression plutôt banale, rarement si sonore et si proche pourtant. Ce trou de Washington avait engendré un vacarme que jamais je n'avais entendu à New York.

Mais lentement les fourgons d'incendie contournaient maintenant l'obstacle, le bruit diminuait, et je reportai mon attention vers Sophie toujours vautrée sur le lit. Elle me regardait. Si l'horrible clameur m'avait sans plus mis les nerfs à vif, elle l'avait visiblement lacérée comme un fouet cruel. Le visage rose et crispé, elle se laissa rouler contre le mur, secouée de frissons et de nouveau en larmes. Je m'assis près d'elle. Une longue minute je la contemplai en silence jusqu'à ce qu'enfin ses sanglots se calment peu à peu, et je l'entendis dire :

— Je suis tellement désolée, Stingo. On dirait que je ne suis pas capable de me maîtriser.

— Tu t'en tires très bien, dis-je, sans guère de conviction.

Un long moment elle resta là allongée sans rien dire, contemplant le mur. Puis elle me dit :

— Stingo, t'est-il jamais arrivé dans ta vie de faire et de refaire sans cesse les mêmes rêves ? N'est-ce pas ce qu'on appelle des rêves *récurrents* ?

— Si, répondis-je, me rappelant ce rêve que je faisais tout enfant après la mort de ma mère — son cercueil ouvert dans le jardin, son visage ravagé et trempé de pluie qui me contemplait avec une expression de souffrance. Si, répétai-je, il y a un rêve qui me revenait constamment après la mort de ma mère.

— Tu crois que ces rêves sont toujours en rapport avec les parents ? Il y en a un que j'ai fait toute ma vie, et toujours il y est question de mon père.

— C'est bizarre, dis-je. Paut-être. Je ne sais pas. Les mères et les pères — on dirait qu'ils sont au cœur de notre vie. Ou qu'ils peuvent l'être.

— Tout à l'heure en dormant, j'ai fait ce rêve à propos de mon père, ce rêve que j'ai déjà fait si souvent. Mais j'ai dû l'oublier en me réveillant. Et puis tout à l'heure, la voiture de pompiers — la sirène. C'était horrible et pourtant il y avait une mélodie étrange. Est-il possible que ce soit à cause de ça — de la musique ? Ça m'a secouée et m'a rappelé le rêve.

— De quoi s'agissait-il ?

— Eh bien, c'était en rapport avec une chose qui m'est arrivée quand j'étais enfant.

— Qu'est-ce que c'était, Sophie ?

— Eh bien, pour comprendre le rêve, il faut d'abord que tu comprennes autre chose. Je devais avoir onze ans, comme toi. C'était en été, et nous passions nos vacances dans les Dolomites, comme je te l'ai raconté. Tu te souviens que je t'ai dit que chaque été, mon père louait un chalet au-dessus de Bolzano — dans un petit village du nom d'Oberbozen, où tout le monde parlait allemand, bien sûr. Il y avait une petite colonie de Polonais là-bas, des professeurs de Cracovie et de Varsovie et aussi quelques Polonais qui... — ma foi, je suppose qu'on pourrait dire que c'étaient des aristocrates polonais, du moins ils avaient de l'argent. Je me souviens qu'un de ces professeurs était le célèbre anthropologue Bronislaw Malinovski. Mon père essayait de fréquenter Malinovski, mais Malinovski détestait mon père. Un jour, à Cracovie, j'avais surpris une conversation, et quelqu'un disait que le Professeur Malinovski tenait mon père, le Professeur Bieganski, pour un parvenu et un homme d'une épouvantable vulgarité. En tout cas, à Oberbozen, il y avait une riche Polonaise, la Princesse Czartoryska, que mon père avait fini par très bien connaître, et pendant l'été il la voyait assez souvent. Elle venait d'une très vieille, très noble famille polonaise et mon père l'aimait beaucoup parce qu'elle était riche et aussi parce que, eh bien, elle partageait ses sentiments à propos des Juifs.

« C'était l'époque de Pilsudski, tu comprends, l'époque où les Juifs polonais étaient protégés et avaient, oui je suppose qu'on peut dire ça, une vie acceptable, et mon père et la Princesse Czartoryska se retrouvaient pour discuter du problème juif et de la nécessité de se débarrasser tôt ou tard des Juifs. C'est étrange, tu sais, Stingo, quand mon père était à Cracovie, il se montrait toujours très discret et évitait de parler des Juifs et de la haine qu'il leur vouait en présence de ma mère et de moi, ou de gens comme nous. Du moins quand j'étais enfant. Mais en Italie, tu comprends, à Oberbozen avec la Princesse Czartoryska, c'était différent. Elle avait quatre-vingts ans et même en plein été elle portait toujours de belles robes longues, et elle mettait des bijoux — elle avait une énorme broche avec des émeraudes, je m'en souviens —, et mon père et elle se retrouvaient pour le thé dans son élégant *Sennhütte*, chalet, je veux dire, et là ils parlaient des Juifs. Et ils parlaient toujours allemand. Elle avait un superbe chien de montagne, un Bernois, et moi je m'amusais avec le chien en les écoutant parler, et il était presque toujours question des Juifs. De la nécessité de les expédier quelque part, tous, de s'en débarrasser. La Princesse voulait même fonder une organisation exprès pour ça. Et ils parlaient toujours d'un tas d'îles — Ceylan, Sumatra, Cuba, mais surtout Madagascar, où ils souhaitaient expédier les Juifs. J'écoutais d'une oreille tout en jouant avec le petit-fils de la Princesse Czartoryska, un petit garçon, qui était anglais, ou encore je m'amusais avec le gros chien ou écoutais de la musique sur le phono. Et c'est cette musique, tu comprends, Stingo, qui a un rapport avec mon rêve.

Sophie s'interrompit de nouveau et pressa ses doigts contre ses paupières closes. Puis elle se tourna vers moi, comme soudain arrachée à ses souvenirs, et quelque chose précipita son débit monotone :

« C'est bien *sûr*, n'est-ce pas, que nous aurons de la musique là où nous allons, Stingo ? Sans musique je ne serais pas capable de tenir longtemps.

— Ecoute, Sophie, je vais être franc. Dans la cambrousse — je veux dire loin de New York — il n'y a rien à la radio. Ni WQXR, ni WNYC. Rien que Milton Cross et le Metropolitan Opera le samedi après-midi. Le reste, c'est de la musique de péquenots. Quelquefois, c'est formidable. Peut-être que je ferai de toi un fan de Roy Acuff. Mais je te le promets, la première chose que nous ferons une fois installés, ce sera d'acheter un tourne-disque et des disques.

— J'ai été tellement gâtée, glissa-t-elle, par toute cette musique que je dois à Nathan. Mais c'est mon sang, le sang de ma vie, tu sais, et je n'y peux rien.

Elle se tut, rassemblant une nouvelle fois les fils décousus de ses souvenirs. Puis elle reprit :

« La Princesse Czartoryska avait un phono. Un de ces vieux appareils d'autrefois, pas très bon, mais c'était le premier que je voyais ou entendais. Bizarre, n'est-ce pas, cette vieille Polonaise ennemie des Juifs et son amour de la musique. Elle avait un tas de disques et je croyais devenir folle de joie quand elle les passait pour nous faire plaisir — à ma mère, mon père et moi et parfois à d'autres invités — et que nous écoutions ces disques. La plupart étaient des arias d'opéras français et italiens — Verdi et Rossini et Gounod —, mais je m'en souviens il y avait un disque qui me faisait presque m'évanouir tellement je l'aimais. Sans doute un disque très rare et très précieux. C'est difficile à croire maintenant, parce qu'il était très vieux et plein de bruits, mais moi je l'adorais. C'était Madame Schumann-Heink qui chantait des *Lieder* de Brahms. Sur une face, il y avait ' Der Schmied ', je me souviens, et sur l'autre ' Von ewige Liebe ', et la première fois, je suis restée là en extase à écouter cette voix merveilleuse qui sortait à travers toutes ces éraflures, en me répétant sans arrêt que c'était la chanson la plus somptueuse que j'avais jamais entendue, la voix d'un ange descendu sur terre. Bizarre, ces deux chansons, je ne les ai entendues qu'une seule fois pendant toutes les visites que j'ai faites à la Princesse avec mon père. Je mourais d'envie de les entendre de nouveau. Oh Seigneur, il me semblait que j'aurais pu faire n'importe quoi — même quelque chose de très mal — pour les entendre encore une fois et je mourais d'envie de demander à ce qu'on les passe de nouveau, mais j'étais trop timide, et en outre, mon père m'aurait punie si je m'étais avisée d'être si... si effrontée...

« Alors, dans ce rêve qui me revient si souvent, je vois la Princesse Czartoryska vêtue de sa belle robe et elle s'avance vers le phono, elle se retourne et chaque fois elle dit, comme si elle parlait à moi : 'Ça te ferait plaisir d'entendre les *Lieder* de Brahms ?' Et j'essaie toujours de dire oui. Mais avant que j'aie eu le temps de dire quelque chose, mon père intervient. Il est debout près de la Princesse et il me regarde bien en face, et il dit : 'Je vous en prie, inutile de jouer cette musique pour l'enfant. Elle est trop stupide pour comprendre.' Et alors je me réveille avec cette douleur... Seulement cette fois, ça a été encore pire, Stingo. Parce que dans mon rêve de tout à l'heure on aurait dit qu'il parlait à la Princesse non pas de la musique mais de... »

Sophie hésita, puis murmura :

« De ma mort. Il voulait que je meure, je crois.

Je me détournai. Je fis les quelques pas qui me séparaient de la fenêtre, rempli d'un malaise et d'un chagrin pareils à une douleur profonde qui me tordait les entrailles. Une légère et âcre odeur de brûlé s'était infiltrée dans la pièce, pourtant j'ouvris la fenêtre et vis, tout en bas, la rue remplie de fumée qui dérivait en fragiles voiles bleuâtres. Au loin au-dessus de l'immeuble en feu, un nuage s'élevait en grosses volutes sales, mais je ne vis pas de flammes. La puanteur, plus forte maintenant, avait des relents de peinture ou de vernis brûlés et de caoutchouc chaud. D'autres sirènes hululaient, plus faibles cette fois, dans la direction opposée, et j'aperçus un panache d'eau qui jaillissait vers le ciel en direction de fenêtres invisibles, heurtait quelque enfer caché, puis s'évaporait en une nuée de vapeur. Sur les trottoirs en contrebas, des badauds en manches de chemise se rapprochaient en hésitant, tandis que deux agents s'efforçaient de bloquer la rue à l'aide de barrières de bois. Ni l'hôtel ni nous n'étions menacés, mais je me surpris à frissonner d'angoisse.

A l'instant où je me retournai vers Sophie toujours allongée sur le lit, elle leva les yeux vers moi :

« Stingo, il faut maintenant que je te dise quelque chose que je n'ai jamais dit à personne. Jamais.

— Eh bien, dis.

— Si tu ne sais pas ça, tu ne peux pas me comprendre. Et je m'en rends compte, il est grand temps que je le dise à quelqu'un.

— Dis-le-moi, Sophie.

— Mais d'abord, donne-moi quelque chose à boire.

Sans hésiter, j'allai ouvrir sa valise et extirpai du fouillis de lingerie et de soie la seconde bouteille de whisky que, je le savais, elle y gardait cachée. Sophie, saoule-toi, pensai-je, tu l'as bien mérité. Puis passant dans la minuscule salle de bains, je remplis à moitié d'eau un affreux verre en plastique grisâtre, et revins près du lit. Sophie prit la bouteille de whisky et remplit le verre à ras bord.

« Tu en veux ? proposa-t-elle.

Je secouai la tête et regagnai la fenêtre, m'emplissant les poumons de l'haleine âcre et chimique de l'incendie lointain.

« Le jour où je suis arrivée à Auschwitz, commença-t-elle derrière moi, il faisait beau. Les forsythias étaient en fleur.

Et moi je mangeais des bananes à Raleigh, Caroline du Nord, me dis-je ; ce n'était pas la première fois d'ailleurs depuis que je connaissais Sophie que cette idée me venait, mais c'était la première fois de ma vie peut-être que j'avais conscience de ce que signifiait l'Absurde, et de son irrémédiable, de son irrévocable horreur.

« Mais vois-tu, Stingo, cet hiver-là à Varsovie, une nuit, Wanda avait prédit sa propre mort et aussi ma mort et celle de mes enfants.

Je ne me souviens plus exactement à quel moment, tandis que Sophie décrivait ces événements, le Pasteur Entwistle commença à s'entendre murmurer : « Oh mon Dieu, Oh mon Dieu. » Mais il me semble bien que pendant le long moment que dura son récit, tandis que la fumée montait en grosses volutes au-dessus des toits voisins et qu'enfin les flammes jaillissaient vers le ciel en un féroce brasier, je me rendis compte que ces mots d'abord empreints d'une pieuse ferveur toute presbytérienne finirent par se vider de tout sens. Ce qui signifie que les « Oh Dieu » ou « Oh mon Dieu » ou même « Seigneur Dieu » que sans trêve murmuraient mes lèvres étaient aussi ineptes que la vision que se fait de Dieu le premier imbécile venu, ou même que la notion qu'une pareille Chose puisse exister.

— Il m'est arrivé de me dire que tout ce qui était mauvais sur terre, tout le mal jamais inventé, avait un rapport avec mon père. Cet hiver-là à Varsovie, jamais je n'ai éprouvé le moindre remords en pensant à mon père et à ce qu'il avait écrit. Mais par contre, j'ai souvent ressenti une horrible *honte,* ce qui n'a rien à voir avec le remords. La honte est un sentiment vil, plus dur encore à supporter que le remords, et j'avais peine à vivre avec cette idée que les rêves de mon père étaient en train de se réaliser là, sous mes yeux. Et parce que je vivais avec Wanda, ou très près d'elle, j'ai fini par apprendre un tas d'autres choses. Elle s'arrangeait toujours pour être très bien renseignée à propos de ce qui se passait un peu partout, et je savais déjà

390

qu'on déportait des milliers de Juifs à Treblinka et Auschwitz. D'abord, tout le monde croyait qu'on les déportait simplement pour travailler, mais la Résistance avait des sources de renseignement très sûres et, très vite, nous avons été au courant de la vérité, au courant des gazages et des crémations et de tout le reste. C'était là ce que mon père avait toujours souhaité — et ça me rendait malade.

« Quand je me rendais à mon travail à l'usine de papier goudronné, je passais à pied ou quelquefois en tramway le long du ghetto. Les Allemands n'avaient pas encore saigné le ghetto à mort, mais ils s'y employaient. Je voyais souvent ces longues files de Juifs avec les bras levés que les Nazis poussaient en avant comme du bétail, sous la menace de leurs fusils. Les Juifs avaient l'air si *gris*, si impuissants ; une fois, j'ai été obligée de descendre du tramway pour vomir. Et pendant tout ce temps-là, on aurait dit que mon père *permettait* cette horreur, non seulement la permettait, mais d'une certaine façon la *créait*. Je ne pouvais plus garder ça enfermé en moi davantage et je le savais, il fallait que j'en parle à quelqu'un. Personne à Varsovie ne savait grand-chose de moi ni de mon passé, je vivais sous le nom de mon mari. J'ai décidé de tout dire à Wanda au sujet de cette... de cette chose mauvaise.

« Et pourtant... et pourtant, tu sais, Stingo, il y avait encore une autre chose que je devais m'avouer à moi-même. Et c'était que j'étais fascinée par cette chose incroyable qui arrivait aux Juifs. Je n'arrivais pas à mettre le doigt dessus, sur ce sentiment. Ça n'avait rien à voir avec du plaisir. C'était tout le contraire, à vrai dire — de l'écœurement. Et pourtant quand à distance je passais devant le ghetto, je m'arrêtais et je restais véritablement *fascinée* par certaines choses, par la façon dont ils ramassaient les Juifs. Et puis j'ai compris les raisons de cette fascination, et j'en suis restée abasourdie. Et à cette révélation, je me suis sentie étouffer. C'était simplement que j'avais soudain compris que tant que les Allemands continueraient à consacrer cette incroyable énergie à détruire les Juifs — une énergie surhumaine, vraiment —, moi je ne courrais aucun risque. Non, pas vraiment aucun risque, mais *moins* de risques. Les choses avaient beau être terribles, nous courions tellement moins de risques que ces pauvres Juifs pris au piège. Et tant que les Allemands consacraient tant de forces à détruire les Juifs, j'avais l'impression que moi-même, Jan et Eva, nous courions moins de risques. Et même Wanda et Jozef, malgré toutes les choses dangereuses qu'ils faisaient. Mais le résultat c'était que je me sentais encore plus honteuse, si bien que le soir dont je te parle, j'ai décidé de tout dire à Wanda.

« Nous étions en train de terminer notre repas, un repas très misérable, je me souviens — des haricots et de la soupe aux navets, et une espèce de fausse saucisse. Nous avions parlé de musique, toute cette musique que nous n'entendrions jamais. Pendant tout le repas, j'avais repoussé le moment de dire ce que j'avais sur le cœur, puis en fin de compte, j'ai rassemblé mon courage et j'ai dit : ' Wanda, est-ce que le nom de Bieganski te dit quelque chose ? Zbigniew Bieganski ? '

« Les yeux de Wanda sont devenus flous quelques instants. Et puis elle a dit : ' Oh oui, tu veux parler du professeur de Cracovie, le fasciste. Il a fait parler de lui avant la guerre à une certaine époque. Il faisait des discours hystériques contre les Juifs, ici même, dans cette ville. Je l'avais complètement oublié. Je me demande ce qu'il est devenu. Il travaille sans doute pour les Allemands. '

« ' Il est mort, ai-je dit, c'était mon père. '

« J'ai vu très distinctement Wanda frissonner. Il faisait si froid dehors et aussi dedans. La neige fondue fouettait les vitres avec un bruit de crachat. Les enfants étaient au lit dans la chambre d'à côté. Je les avais mis au lit parce que chez moi, en bas, je n'avais plus rien, rien à brûler, ni charbon ni bois, et au moins Wanda, elle, elle avait un gros édredon sur le lit pour leur tenir chaud. Je ne quittais pas Wanda des yeux, mais aucune émotion ne se lisait sur son visage. Et au bout d'un moment, elle a dit : 'Ainsi, c'était ton père. Ça devait être étrange d'avoir un homme pareil pour père. Comment est-ce qu'il était ?'

« Je suis restée stupéfaite par sa réaction, elle avait l'air de prendre la chose si calmement, de la trouver toute naturelle. Je veux dire, de tous ceux qui travaillaient pour la Résistance à Varsovie, c'était sans doute elle qui avait fait le plus pour aider les Juifs — ou pour *essayer* d'aider les Juifs, tellement c'était difficile. Disons que c'était sa spécialité, d'essayer d'aider le ghetto. Aussi elle estimait que ceux qui trahissaient les Juifs, même un seul Juif, trahissaient aussi la Pologne. C'était à cause de Wanda que Jozef s'était mis à assassiner les Polonais qui dénonçaient les Juifs. Elle était tellement *militante,* tellement dévouée, une vraie socialiste. Mais on aurait dit qu'elle n'était pas choquée, que ça ne lui faisait rien d'apprendre qui avait été mon père et il était clair qu'elle n'avait pas le sentiment que j'étais, disons, contaminée. Je lui ai dit : 'Je trouve très difficile de parler de lui.' Et alors très doucement elle m'a répondu : 'Dans ce cas, mon petit cœur, n'en parle pas. Je me fiche de savoir qui était ton père. On ne peut pas te faire grief de ses misérables péchés.'

« Et je lui ai dit : 'C'est tellement bizarre, tu sais. Il a été tué par les Allemands, en Allemagne même. A Sachsenhausen.'

« Mais même cette — disons même cette *ironie* — n'a pas eu l'air de beaucoup l'impressionner. Elle a cligné les yeux et a passé la main dans ses cheveux, c'est tout.

Elle avait des cheveux roux, avec des mèches, sans aucun éclat — des mèches très ternes et très raides à cause de la mauvaise nourriture. Elle a simplement dit : ' Sans doute qu'il se sera trouvé parmi les professeurs de l'université Jagellon qui se sont fait ramasser dans les premiers jours de l'occupation.'

« J'ai dit : ' Oui, et mon mari aussi. Je ne t'ai jamais parlé de ça. C'était un disciple de mon père. Je le haïssais. Je t'ai menti. J'espère que tu me pardonneras de t'avoir raconté un jour qu'il était mort au combat pendant l'invasion.'

« Et puis, j'ai voulu aller jusqu'au bout de ce que j'avais commencé à faire — ces excuses —, mais Wanda m'a coupé. Elle a allumé une cigarette, je me souviens qu'elle fumait comme un pompier chaque fois qu'elle réussissait à trouver des cigarettes. Et elle a dit : ' Zosia ma chérie, c'est sans importance. Bonté divine, crois-tu vraiment que ce qu'ils étaient m'intéresse ? C'est *toi* qui comptes. Ton mari aurait aussi bien pu être un gorille et ton père Joseph Goebbels en personne, tu resterais quand même mon amie la plus chère.' Et puis elle s'est approchée de la fenêtre et elle a baissé le store. Elle faisait ça uniquement quand un danger menaçait. L'appartement était au cinquième, mais l'immeuble était isolé au milieu de terrains bombardés et tout ce qui se passait à l'intérieur risquait d'être aussitôt repéré par les Allemands. Aussi Wanda ne prenait-elle jamais de risques. Je me souviens qu'elle a alors jeté un coup d'œil à sa montre et qu'elle a dit : ' Nous allons recevoir une visite d'une minute à l'autre. Deux chefs de la Résistance du ghetto. Ils viennent prendre un lot de revolvers.'

« Je me souviens d'avoir pensé : Dieu du ciel ! Mon cœur faisait toujours un bond terrible et je sentais une vague de nausée m'envahir chaque fois que Wanda parlait de revolvers ou de rendez-vous clandestins, ou de choses qui impliquaient un danger et le risque de se faire prendre par les Allemands. Se faire prendre en train d'aider les Juifs signifiait la mort, tu sais. Moi, chaque fois, je devenais toute moite et toute faible — oh, j'étais tellement lâche ! J'espérais que Wanda n'avait pas remarqué ces symptômes, et chaque fois, il m'arrivait de me demander si cette lâcheté n'était pas encore une de ces choses que j'avais héritées de mon père. Mais Wanda disait : ' J'ai entendu parler d'un de ces Juifs par le téléphone arabe. Il passe pour un homme très courageux, très compétent. Pourtant, il est désespéré. La Résistance existe, c'est vrai, mais elle est désorganisée. J'ai fait passer un message aux camarades de notre groupe pour les avertir qu'un soulèvement général est imminent dans le ghetto. Nous avons eu d'autres contacts, mais ce type, c'est une vraie locomotive — un entraîneur d'hommes. Feldshon, je crois qu'il s'appelle. '

« Nous avons attendu un long moment les deux Juifs, mais ils ne sont pas venus. Wanda m'a confié que les revolvers étaient cachés dans la cave. Je suis passée dans la chambre pour jeter un coup d'œil aux enfants. Même dans la chambre il faisait si froid que l'air coupait comme une lame, et au-dessus de la tête de Jan et d'Eva, il y avait un petit nuage de vapeur. J'entendais le vent siffler dans les fentes autour de la fenêtre. Mais sur le lit il y avait un de ces énormes vieux édredons polonais bourrés de duvet d'oie et les enfants étaient bien au chaud. Je me souviens que j'ai prié, pourtant, prié pour que le Ciel m'envoie un peu de charbon ou de bois pour chauffer mon appartement le lendemain. De l'autre côté de la fenêtre, il faisait incroyablement noir, la ville tout entière plongée dans le noir. Je n'arrêtais pas de trembler de froid. Ce soir-là Eva était rentrée avec un rhume et de très fortes douleurs dans l'oreille et elle avait mis longtemps avant de s'endormir. Elle souffrait affreusement. Mais Wanda avait déniché un peu d'aspirine, ce qui était très rare — Wanda était capable de trouver presque n'importe quoi — et Eva s'était endormie. J'ai fait une autre prière pour que le lendemain matin l'infection ait disparu, et aussi la douleur. Et puis j'ai entendu frapper à la porte et je suis retournée dans la salle à manger.

« Je ne me souviens pas très bien de l'autre Juif — il n'a pas dit grand-chose —, mais je me souviens très bien de Feldshon. C'était un homme trapu avec des cheveux blonds, de quarante-cinq ans environ, je crois, avec des yeux très perçants et très intelligents. Des yeux dont le regard vous transperçait malgré les verres très épais qui le filtraient, et je me souviens qu'un des verres était fêlé et avait été recollé. Je me souviens aussi que malgré sa politesse, il avait l'air en colère. Ses manières avaient beau être parfaites, on aurait dit qu'il bouillonnait de fureur et de haine. Et tout de suite, il a dit à Wanda : 'Je ne peux pas vous payer maintenant, vous rembourser tout de suite ce que je vous dois pour les armes.' J'avais du mal à comprendre son polonais, tellement il avait de la peine à trouver ses mots. 'Il est sûr que je serai capable de vous payer bientôt, a-t-il dit de sa voix gauche et furieuse, mais pas maintenant.'

« Wanda leur a dit de s'asseoir, à lui et à l'autre Juif, et elle s'est mise à parler en allemand. Et elle a commencé par dire quelque chose de très brutal : 'Vous avez un accent allemand. Vous pouvez nous parler allemand, ou yiddish si vous préférez...'

« Mais il l'a coupée de son ton furieux et exaspéré, dans un allemand parfait : 'Je n'ai pas besoin de parler yiddish ! Je parlais allemand avant même que vous soyez née...'

« Mais cette fois c'est *lui* que Wanda a interrompu aussitôt. 'Inutile de perdre son temps en explications compliquées. Parlez allemand. Mon amie et moi parlons toutes les deux allemand. Pas question de vous demander un jour de payer ces armes, surtout pas en ce moment. Elles ont été volées aux SS, et vu les circonstances, nous ne voudrions pas de votre argent. Pourtant des fonds nous seraient bien utiles. On parlera d'argent une autre fois.' Tout le monde s'est assis. Wanda s'est assise à côté de Feldshon sous la petite ampoule. La lumière était jaune et irrégulière, on ne savait jamais si elle n'allait pas s'éteindre. Elle a offert des cigarettes à Feldshon et à l'autre Juif, et ils ont accepté. Elle a dit : 'Ce sont des cigarettes yougoslaves, volées aux Allemands elles aussi. Cette lampe risque de s'éteindre d'une minute à l'autre, alors parlons de notre affaire. Mais d'abord je veux savoir quelque chose. D'où sortez-vous, Feldshon ? Je veux savoir avec qui je traite et j'ai le droit de le savoir. Alors, crachez le morceau. Il se peut que nous fassions des affaires ensemble pendant un certain temps.'

« C'était extraordinaire, tu sais, la manière dont se comportait Wanda, cette totale spontanéité avec laquelle elle s'adressait aux gens — à n'importe qui, même aux inconnus. Une spontanéité presque *effrontée*, pourrait-on dire, et dans ces moments-là, elle ressemblait à un homme, à un dur, mais comme il y avait tant d'autres choses en elle qui étaient jeunes et féminines, et aussi une certaine douceur, personne ne lui en tenait rigueur. Je me souviens de l'avoir regardée. Elle avait un air très... *hagard*, disons. Il y avait deux nuits qu'elle ne fermait pas l'œil, toujours à travailler, à circuler, et toujours en danger. Elle passait beaucoup de temps à travailler pour un journal clandestin ; et c'était très dangereux. Je crois que je te l'ai dit, elle n'était pas très belle — elle avait un visage laiteux couvert de taches de rousseur, et une grosse mâchoire —, mais elle avait un tel magnétisme que ça la transformait, lui donnait une séduction étrange. Je continuais à la regarder — son visage était aussi dur et impatient que celui du Juif — et cette intensité était quelque chose d'extraordinaire à voir. Hypnotique.

« Feldshon a dit : 'Je suis né à Bydgoszcz, mais quand j'étais tout gosse, mes parents m'ont emmené en Allemagne.' Et puis sa voix est devenue furieuse et sarcastique : 'C'est ce qui explique mon mauvais polonais. Je reconnais que dans le ghetto, certains d'entre nous le parlent le moins souvent possible. Il serait agréable de parler une autre langue que celle d'un oppresseur. Tibétain ? Esquimau ?' Et puis il a continué, plus doucement : 'Pardonnez la parenthèse. J'ai été élevé à Hambourg et c'est là que j'ai fait mes études. J'ai été un des premiers étudiants de la nouvelle université. Plus tard j'ai enseigné comme professeur dans un lycée. A Würzburg. J'enseignais le français et la littérature anglaise. C'est alors que j'ai été arrêté. Qaund ils se sont rendu compte que j'étais né en Pologne, j'ai été déporté ici, en 1938, avec ma femme et ma fille, en même temps que pas mal d'autres Juifs d'origine polonaise.' Il s'arrêta un instant puis reprit d'un ton amer : ' Nous avons échappé aux Nazis et les voilà en train de démolir nos murs. Mais qui devrions-nous craindre le plus, les Nazis ou les Polonais — les Polonais que, sans doute, je devrais considérer comme mes compatriotes ? Du moins je sais ce dont sont capables les Nazis.'

« Wanda n'a pas relevé. Elle s'est mise à parler des revolvers. Elle a dit que pour le moment ils étaient cachés dans la cave enveloppés dans du gros papier. Il y avait aussi une caisse de cartouches. Elle a regardé sa montre et a expliqué que dans quinze minutes exactement deux membres de la Résistance attendraient dans la cave et se tiendraient prêts à transporter les caisses dans le vestibule. Un signal avait été convenu. Elle a déclaré que sitôt qu'elle entendrait le signal, elle ferait signe à Feldshon et à l'autre Juif. Ils quitteraient aussitôt l'appartement et descendraient l'escalier pour rejoindre le vestibule, où ils trouveraient les paquets. Ils devraient alors quitter l'immeuble le plus vite possible. Je me souviens encore qu'elle a ajouté qu'elle voulait préciser un point. Un des revolvers — des Lüger, je me souviens — avait un percuteur cassé ou je ne sais pas quoi, mais elle essaierait de trouver la pièce de rechange le plus vite possible.

« Et puis Feldshon lui a demandé : 'Il y a une chose que vous n'avez pas dite. Combien d'armes y a-t-il ?'

« Wanda l'a regardé : 'Je croyais qu'on vous avait prévenu. Trois Lüger automatiques.'

« Feldshon, son visage est devenu tout blanc, vraiment tout blanc. 'Je ne peux pas y croire, qu'il a murmuré. On m'avait assuré qu'il y avait une douzaine de revolvers, quinze peut-être. Et aussi des grenades. Je ne peux pas y croire !' Je voyais bien à quel point il était plein de colère, mais aussi de désespoir. Il a secoué la tête. 'Trois Lüger, dont un avec le percuteur cassé. Mon Dieu !'

« Alors Wanda lui a dit, le plus naturellement du monde — mais en essayant de réprimer ses propres sentiments, je le voyais bien : 'Nous ne pouvons pas faire mieux en ce moment. Mais nous allons essayer d'en trouver d'autres. Je crois que nous y arriverons. Il y a environ quatre cents cartouches. Il vous en faudra davantage, et ça aussi nous essaierons de vous le trouver.'

« Et puis tout à coup Feldshon a dit d'une voix plus douce, comme pour s'excuser : 'Vous pardonnerez ma réaction, j'espère. Seulement, on m'avait laissé entendre qu'il y en aurait davantage et c'est une grosse déception. Et aussi, aujourd'hui, tout à l'heure, j'ai essayé de faire affaire avec un autre groupe de résistants, pour voir si nous pouvions compter sur une aide de leur part.' Là il s'est arrêté, et de nouveau il a regardé Wanda avec son air furieux. 'Ça a été affreux — incroyable ! Des ivrognes, des salauds ! En fait ils nous ont ri au nez, ils se sont moqués de nous — et ça leur faisait plaisir de rire et de se moquer. Ils nous ont traités de youpins ! Et c'étaient des *Polonais* ! '

« Et Wanda lui a demandé de son ton posé : 'Qui étaient ces gens ? '

« 'L'O.N.R., qu'ils se sont baptisés. Mais j'ai eu le même problème hier avec un autre groupe de résistants polonais. ' Il a regardé Wanda, toujours bouillonnant de fureur et de désespoir, et il a dit : 'Trois revolvers, plus des sarcasmes et des moqueries, voilà ce qu'on m'offre pour repousser vingt mille soldats allemands. Par le nom de Dieu, qu'est-ce qui *se passe* ? '

« Wanda s'impatientait de plus en plus contre Feldshon, je le voyais bien, elle était furieuse contre tout — contre *la vie.* 'L'O.N.R., cette bande de sales collaborateurs. Des fanatiques, des fascistes. En tant que Juif, vous auriez rencontré plus de sympathie auprès des Ukrainiens ou de Hans Frank. Mais laissez-moi vous faire une dernière mise en garde. Les Communistes ne valent guère mieux. Ils sont pires. Si jamais vous rencontrez les partisans du Général Korczynski, les Rouges, vous risquez d'être abattu à vue. '

« 'C'est ignoble ! a dit Feldshon. Je vous suis reconnaissant de ces trois pistolets, mais ne voyez-vous pas comment tout ça me donne envie de me tordre de rire ? Il y a dans ce qui se passe ici quelque chose d'incroyable ! Avez-vous lu *Lord Jim* ? Cette histoire de l'officier qui déserte le navire en train de sombrer, et qui grimpe dans un canot en abandonnant à leur sort les passagers impuissants ? Pardonnez-moi cette référence, mais je ne peux pas m'empêcher de penser que la même chose est en train de se passer ici. Nos compatriotes nous laissent nous noyer ! '

« J'ai vu Wanda se lever, elle s'est appuyée du bout des doigts sur la table et elle s'est penchée un peu vers Feldshon. Une fois de plus, elle essayait de garder son calme, mais je voyais bien que ce n'étais pas sans mal

Elle était si pâle, si lasse. Et elle s'est mise à lui parler d'une voix désespérée. 'Feldshon, ou vous êtes stupide ou vous êtes naïf, ou les deux. Comme il paraît douteux que quelqu'un capable d'apprécier Conrad soit stupide, vous devez être naïf. Vous n'avez certainement pas oublié le simple fait que la Pologne est un pays *antisémite*. Vous venez vous-même d'employer le mot 'oppresseur'. Vous qui vivez dans un pays qui pratiquement a inventé l'antisémitisme, vous qui vivez dans un ghetto, que nous autres Polonais avons créé, comment pourriez-vous espérer recevoir le moindre secours de vos compatriotes ? Comment pourriez-vous espérer la moindre chose sinon de la part d'une petite poignée d'entre nous qui pour diverses raisons — idéalisme, conviction morale, solidarité humaine élémentaire, n'importe — tiennent à faire tout ce qu'ils peuvent pour sauver un certain nombre de vos vies ? Mon Dieu, Feldshon, il est probable que vos parents ont fui la Pologne avec vous pour être débarrassés à jamais des bourreaux de Juifs. Les pauvres, comment auraient-ils pu se douter que cette Allemagne chaleureuse et accueillante, cette Allemagne amie des Juifs et imprégnée de sentiments humanistes se transformerait en un enfer de feu et de glace et vous rejetterait un jour. Ils ne pouvaient pas savoir que lorsque vous rentreriez en Pologne, les mêmes bourreaux de Juifs seraient là à vous attendre, vous, votre femme et votre fille, prêts à vous écraser et à vous broyer en poussière sous leurs bottes. Ce pays est un pays cruel, Feldshon. S'il est devenu si cruel au fil des années, c'est que si souvent il a goûté la *défaite*. En dépit du *Dreck* que proclame l'Evangile l'adversité n'engendre ni compassion ni compréhension, mais la cruauté. Et les peuples vaincus, comme les Polonais, savent se montrer suprêmement cruels envers les autres peuples qui se sont mis à l'écart du troupeau, comme vous les Juifs. Je suis surprise que cette bande de l'O.N.R. vous ait laissés filer en se contentant de vous traiter de youpins !' Elle s'est arrêtée quelques instants et puis elle a dit : 'Et maintenant, trouvez-vous étrange que je continue à aimer ce pays plus que je n'ai envie de le dire — plus que la vie elle-même — et que, s'il le fallait, je serais prête à mourir pour lui dans les dix minutes qui suivent ?'

« Feldshon lui aussi regardait Wanda d'un air furieux, et il a dit : 'Etrange, je crois que je ne demanderais pas mieux, mais bien sûr je ne peux pas, puisque moi aussi je suis prêt à mourir.'

« Je commençais à me faire beaucoup de souci pour Wanda. Je ne l'avais jamais vu si fatiguée, *à bout de nerfs*, disons. Il y avait si longtemps qu'elle travaillait trop dur, mangeait trop peu, se passait de sommeil. De temps en temps sa voix se fêlait, et tout à coup j'ai vu trembler ses doigts qu'elle tenait appuyés contre la table. Elle gardait les yeux fermés, les paupières crispées, et elle frissonnait en oscillant un peu. J'ai cru qu'elle allait s'évanouir. Et puis elle a rouvert les yeux et s'est remise à parler. Sa voix était rauque et tendue, lourde de chagrin. 'Vous parliez de *Lord Jim*, un livre qu'il se trouve que je connais. Je pense que votre comparaison est bonne, mais on dirait que vous avez oublié le dénouement. Il me semble que vous avez oublié comment à la fin le héros se rachète de sa trahison, se rachète au prix de sa propre mort. De ses propres souffrances et de sa propre mort. Est-il exagéré de penser que parmi nous autres Polonais, certains seront capables de racheter la trahison de vous autres Juifs par nos concitoyens ? Même si notre combat ne parvient pas à vous sauver ? Aucune importance. Qu'il vous sauve ou qu'il ne vous sauve pas, moi pour ma part, je tiens à l'idée que nous aurons essayé — au prix de nos souffrances, et sans doute même de notre mort.'

« Et puis quelques instants plus tard, Wanda a continué : 'Je n'ai pas voulu vous offenser, Feldshon.

402

Vous êtes un homme brave, c'est évident. Vous avez risqué votre vie pour venir ici ce soir. Je sais ce qu'est votre épreuve. Je le sais depuis l'été dernier quand j'ai vu les premières photos qui ont filtré de Treblinka. J'ai été parmi les premiers à les voir, et comme tout le monde, j'ai commencé par ne pas y croire. Maintenant j'y crois. Rien ne peut surpasser l'horreur de votre épreuve. Chaque fois que je m'approche du ghetto, je pense à des rats enfermés dans un tonneau et abattus à la mitraillette par un fou. C'est de cette façon que je ressens votre impuissance. Mais nous autres Polonais sommes impuissants aussi, à notre façon. Nous avons davantage de liberté que vous autres les Juifs — beaucoup plus, plus de liberté de mouvement, plus de liberté par rapport au péril immédiat —, mais n'empêche que nous sommes assiégés en permanence. Nous ne sommes pas des rats dans un tonneau, nous sommes des rats dans un immeuble en flammes. Nous pouvons nous écarter des flammes, nous réfugier dans des coins frais, descendre dans la cave, nous mettre à l'abri du danger. Et certains, en nombre infime, peuvent même s'échapper de l'immeuble. Chaque jour beaucoup d'entre nous sont brûlés vifs, mais c'est un grand immeuble, ce qui fait que notre nombre même nous protège. L'incendie ne peut pas nous dévorer tous, et puis un jour, peut-être — le feu finira par s'éteindre tout seul. Dans ce cas, il y aura beaucoup de survivants. Mais le tonneau — des rats du tonneau, presque aucun ne survivra.' Là, Wanda a respiré un bon coup et a regardé Feldshon bien en face. 'Mais laissez-moi vous poser une question, Feldshon. Est-il raisonnable d'espérer que les rats terrifiés de l'immeuble se soucient beaucoup des rats enfermés dans le tonneau — des rats avec lesquels d'ailleurs ils n'ont jamais eu la moindre affinité ?'

« Feldshon a regardé Wanda sans rien dire. Depuis

de longues minutes il ne la quittait pas des yeux. Il n'a rien dit.

« Et puis Wanda a regardé sa montre. 'Dans exactement quatre minutes nous entendrons le coup de sifflet. Ça veut dire que tous les deux vous allez sortir et descendre. Les paquets vous attendront près de la porte.' Et puis elle a ajouté : 'Il y a trois jours, j'ai négocié dans le ghetto avec un de vos coreligionnaires. Je ne mentionnerai pas son nom, c'est inutile. Je dirai simplement que c'est le chef de l'une des factions qui vous est violemment hostile, à vous-même et à votre groupe. Je crois que c'est un poète, ou un romancier. Je l'ai trouvé sympathique, oui, mais il a dit une chose que je n'ai pas pu supporter. J'ai trouvé ça prétentieux, cette façon qu'il avait de parler des Juifs. Il a utilisé la formule : Notre précieux patrimoine de souffrance.'

« C'est alors que Feldshon l'a coupée net et a dit quelque chose qui nous a tous fait rire un peu. Même Wanda a souri. Il a dit : 'Ça ne peut être que Lewental. Moses Lewental. Ce *Schmalz* !'

« Mais Wanda a dit : 'Je méprise l'idée que la souffrance est précieuse. Dans cette guerre, tout le monde souffre — Juifs, Polonais, Tziganes, Russes, Tchèques, Yougoslaves, tous les autres. Nous sommes tous des victimes. Mais les Juifs, eux, sont en outre les victimes de victimes, c'est la différence essentielle. Pourtant jamais la souffrance n'est précieuse et tout le monde meurt de la même mort dégueulasse. Avant que vous partiez, je veux vous montrer quelques photos. Je les avais dans ma poche quand j'ai parlé à Lewental. On venait juste de me les remettre. J'avais l'intention de les lui montrer, mais je ne l'ai pas fait, je ne sais pas pourquoi. A vous je vais les montrer.'

« Au même moment la lumière est tombée en panne, la petite ampoule a palpité, puis s'est éteinte. J'ai senti en plein cœur le coup de poignard de la peur. Quelquefois, c'était simplement une panne d'électricité. Mais d'autres fois, je le savais, quand les Allemands montaient une embuscade, il leur arrivait de couper le courant dans un immeuble entier pour piéger tous les habitants dans le faisceau de leurs projecteurs. Nous sommes tous restés quelques instants immobiles. Une lueur rouge venait de la petite cheminée. Et puis quand Wanda a été certaine que ce n'était qu'une panne, elle a allumé une bougie. Je continuais à frissonner de terreur quand Wanda a jeté plusieurs photos sur la table au pied de la bougie et elle a dit : ' Regardez. '

« Tout le monde s'est penché en avant. D'abord, je n'ai pas distingué grand-chose, un simple fouillis de bâtons — un énorme monceau de bâtons, comme des petites branches d'arbre. Et puis j'ai vu — cette image intolérable, un wagon rempli d'enfants morts, des dizaines, peut-être cent, tous dans ces postures raides et enchevêtrées qui ne pouvaient signifier qu'une chose, qu'ils étaient morts de froid. Les autres photos étaient pareilles — d'autres wagons avec des dizaines et des dizaines d'enfants, tous raides et gelés.

« ' Il ne s'agit pas d'enfants juifs, dit Wanda, ces enfants sont de petits Polonais, et aucun n'avait plus de douze ans. Quelques-uns des petits rats qui n'ont pas réussi à s'échapper du bâtiment en flammes. Ces photos ont été prises par des membres de la Résistance qui ont réussi à pénétrer dans ces wagons arrêtés sur une voie de garage, quelque part entre Zamosc et Lublin. Il y en a plusieurs centaines sur ces photos, qui ne concernent qu'un seul train. Il y a eu d'autres trains abandonnés sur des voies de garage où les enfants sont morts de faim ou de froid, ou souvent des deux. Ceci n'est qu'un échantillon. Ceux qui sont morts se comptent par milliers. '

« Personne n'a rien dit. J'entendais le bruit de nos respirations, mais personne ne parlait. Et puis, enfin, Wanda s'est remise à parler, et pour la première fois sa voix était vraiment étranglée et tremblante — on pouvait presque sentir son épuisement et son chagrin. 'Nous ne savons toujours pas exactement d'où venaient ces enfants mais nous croyons savoir qui ils étaient. On croit qu'il s'agit de ceux qui ont été jugés inaptes au programme de Germanisation, le programme Lebensborn. Nous pensons qu'ils viennent de la région de Zamosc. D'après ce qu'on m'a dit, ils faisaient partie des milliers d'enfants arrachés à leurs parents, mais finalement jugés racialement inaptes et du même coup voués à l'élimination — je veux dire l'extermination — à Maidanek ou Auschwitz. Mais ils ne sont jamais arrivés à destination. A un moment prévu, le train, comme tant d'autres, a été détourné sur une voie de garage où on a laissé les enfants mourir de la façon que vous voyez. D'autres sont morts de faim et d'autres asphyxiés dans des wagons hermétiquement clos. Trente mille enfants polonais ont disparu de la seule région de Zamosc. Des milliers et des milliers d'entre eux sont morts. Ça aussi c'est du génocide, Feldshon.' Elle a passé ses mains sur ses yeux, et puis elle a ajouté : 'J'avais l'intention de vous parler des adultes, des milliers d'hommes et de femmes innocents massacrés dans la seule région de Zamosc. Mais je ne le ferai pas. Je suis très fatiguée, tout à coup la tête me tourne horriblement. Ces enfants suffisent.'

« Wanda titubait un peu. Je me souviens que je l'ai prise par le coude et que doucement j'ai essayé de la tirer, de l'obliger à s'asseoir. Mais elle, elle a continué à parler à la lueur de la bougie, d'une voix maintenant morne et monotone, comme en transe : 'C'est vous que les Nazis haïssent le plus, Feldshon, et c'est vous qui de beaucoup souffrirez le plus, mais ils ne se contenteront pas des Juifs. Croyez-vous vraiment que quand ils en auront fini avec vous, les Juifs, ils vont s'essuyer les mains et s'arrêter de tuer pour faire la paix avec le reste du monde ? Si vous avez cette illusion, c'est que vous sous-estimez le mal qui est en eux. Parce que quand ils vous auront liquidés, ils viendront me faire mon affaire à moi. Moi qui pourtant suis à moitié allemande. Et j'imagine qu'ils ne me feront pas de cadeau, avant d'en finir. Et puis, ce sera le tour de mon amie, la jolie blonde que vous voyez et ils feront avec elle ce qu'ils ont fait avec vous. Et en même temps ils n'épargneront pas ses enfants, pas plus qu'ils n'ont épargné ces petits enfants gelés que vous voyez là. '

Là-bas à Washington, D.C., dans le cagibi envahi par la pénombre qui nous servait de chambre, Sophie et moi, presque sans nous en rendre compte, avions changé de place, si bien que c'était moi qui, les yeux au plafond, étais étendu sur le lit tandis que, postée devant la fenêtre à l'endroit où je me tenais tout à l'heure, elle regardait pensivement l'incendie lointain. Elle resta quelques instants silencieuse, et je distinguai son profil, plongé dans le souvenir, son regard fixé sur l'horizon empanaché de fumée. Dans le silence, me parvinrent les piaillements et les gloussements des pigeons juchés sur la saillie de la fenêtre, et de l'endroit où des hommes luttaient contre le feu, une rumeur indistincte et lointaine. La cloche de l'église sonna de nouveau : il était quatre heures.

Enfin Sophie se remit à parler :

« A Auschwitz l'année suivante, je te l'ai dit, ils ont pris Wanda, ils l'ont torturée, ils l'ont suspendue à un croc de boucher et ils l'ont laissée s'étrangler. Quand j'ai appris ça, j'ai souvent pensé à elle et de bien des façons, mais je la revoyais surtout telle que je l'avais vue pendant cette nuit de Varsovie. Je la revoyais en imagination après que Feldshon et l'autre Juif nous eurent quittées pour aller chercher les revolvers, assise à la table le visage entre les mains, complètement épuisée et en larmes. C'est étrange, jamais je ne l'avais vue pleurer. Je pense qu'elle avait toujours jugé que c'était de la faiblesse. Mais je me souviens que je suis restée près d'elle une main posée sur son épaule, à la regarder pleurer. Elle était si jeune, tout juste mon âge. Si courageuse.

« Elle était lesbienne, Stingo. Ce qu'elle était n'a plus d'importance maintenant, même alors ça n'avait pas d'importance. Mais je me disais que, comme je t'ai dit tellement de choses à propos de tout, tu aimerais peut-être le savoir. Nous avons fait l'amour ensemble une ou deux fois — autant que je te le dise aussi —, mais tu sais, ça ne signifiait pas grand-chose ni pour l'une ni pour l'autre. Dans le fond, elle savait que je... eh bien, qu'en réalité je n'avais pas envie d'elle de cette façon, ce qui fait que jamais elle n'a insisté pour que je continue. Elle ne s'est jamais mise en colère ni rien. Je l'aimais, pourtant, parce qu'elle était meilleure que moi, et plus brave, d'une bravoure incroyable.

« Donc comme je te l'ai dit, elle a prédit sa propre mort, et ma mort, et la mort de mes enfants. Elle s'est endormie sur la table la tête entre les bras. Je n'ai pas voulu la déranger tout de suite, j'ai réfléchi à ce qu'elle avait dit au sujet des enfants, et aux photos de ces petits cadavres gelés — tout à coup je me suis sentie hantée et terrorisée comme jamais encore je ne l'avais été, même au milieu du désespoir qui m'avait si souvent accablée, un désespoir qui avait le goût de la mort. Je suis passée dans la chambre où dormaient mes enfants. J'étais tellement accablée par ce qu'avait dit Wanda que j'ai fait quelque chose que je n'aurais pas dû faire — je le savais au moment même où je le faisais ; j'ai réveillé Eva et Jan et je les ai pris dans mes bras pour les serrer tous les deux contre moi. Ils étaient si lourds tous les deux, pendant qu'ils se réveillaient en gémissant et en murmurant, et pourtant, pour moi, bizarrement légers, à cause de mon désir frénétique de les tenir tous les deux dans mes bras. Et ce qu'avait dit Wanda à propos de l'avenir m'avait remplie de terreur et de désespoir, parce que, je le savais, tout ce qu'elle avait dit était vrai et que je n'étais pas capable d'accepter quelque chose d'aussi monstrueux, d'aussi écrasant.

« Derrière la fenêtre il faisait froid et noir, pas de lumières dans Varsovie, une ville froide et noire au-delà de toute description, une ville sans rien sinon l'obscurité remplie de neige fondue, et le vent. Je me souviens d'avoir ouvert la fenêtre pour laisser entrer la glace et le vent. Je ne peux pas te dire à quel point j'ai été à deux doigts alors de me précipiter avec mes enfants dans cette obscurité — ni combien de fois depuis je me suis maudite de ne pas l'avoir fait.

Le wagon du train qui transporta Sophie, ses enfants et Wanda à Auschwitz (en même temps qu'un ramassis hétéroclite de résistants et autres Polonais pris au piège dans la dernière rafle) n'était pas un wagon ordinaire. Ce n'était ni un wagon de marchandises ni un de ces wagons à bestiaux que les Allemands utilisaient d'ordinaire pour les déportations. Chose stupéfiante, c'était un antique wagon-lit encore intact, avec tapis dans le couloir, compartiments, toilettes et sur toutes les fenêtres de petites pancartes de métal en forme de losange pourvues d'inscriptions en polonais, français, russe et allemand, recommandant aux voyageurs de ne pas se pencher au-dehors. A l'équipement du wagon — les sièges sérieusement usés mais encore confortables, les lustres tarabiscotés et maintenant ternis — Sophie devina que la vénérable voiture avait jadis accueilli des voyageurs de première classe ; à une singulière différence près, il aurait pu s'agir d'un de ces wagons de son enfance qu'empruntait son père — qui voyageait toujours dans les règles de l'art — pour emmener sa famille à Vienne, Oberbozen ou Berlin.

La différence — tellement sinistre et oppressante qu'elle en eut le souffle coupé quand elle la remarqua — était que toutes les fenêtres étaient hermétiquement condamnées par des planches. Une autre différence était que dans chacun des compartiments prévus pour accueillir six ou huit personnes, les Allemands en avaient entassé de quinze à seize, outre tous les bagages qu'elles avaient pu emmener. Baignés dans une pénombre indistincte, et affreusement serrés, une demi-douzaine ou plus de prisonniers des deux sexes se tenaient plus ou moins debout dans le maigre espace alloué à leurs pieds, cramponnés les uns aux autres pour conserver l'équilibre en dépit des incessants coups de frein et accélérations du train, et constamment précipités sur les genoux de leurs compagnons assis. Un ou deux chefs résistants à l'esprit alerte prirent les choses en main. Un roulement fut mis au point pour permettre à ceux qui étaient debout de changer de temps en temps de place avec les autres ; l'inconfort s'en trouva atténué, mais rien ne put atténuer l'inconfort dû à la chaleur étouffante dégagée par les innombrables corps entassés, ni l'odeur âcre et fétide qui persista durant tout le voyage. Ce n'était pas tout à fait l'enfer, mais un néant d'inconfort et de désespoir ; Jan et Eva étaient les seuls enfants du compartiment ; Sophie et les autres les prirent tour à tour sur leurs genoux. Une personne au moins vomit dans cette cellule plongée dans une obscurité presque totale et il fallait une lutte acharnée pour parvenir à s'extirper du compartiment et se frayer un passage dans le couloir bondé jusqu'à l'une des toilettes. « Mieux aurait valu un wagon de marchandises, avait gémi une voix, au moins on aurait pu s'allonger. » Mais, chose curieuse, comparé aux normes des autres convois en route pour l'enfer qui à cette époque sillonnaient l'Europe, bloqués, détournés et retardés à des milliers de carrefours déserts dans le temps et l'espace, le voyage de Sophie ne fut pas d'une longueur excessive : ce qui aurait dû être un trajet d'une matinée, de six heures à midi, ne prit pas plus de trente heures.

Peut-être parce que (comme tant de fois elle m'en avait fait l'aveu) elle s'était si souvent laissé guider par sa tendance à prendre ses désirs pour des réalités, elle avait tiré un certain réconfort du fait que les Allemands leur avaient réservé, à ses compagnons de captivité et à elle, ce mode de transport inédit. Il était de notoriété publique que les Nazis utilisaient des wagons réservés aux marchandises ou aux bestiaux pour expédier les gens dans les camps. Aussi, une fois embarquée avec Jan et Eva, s'empressa-t-elle de rejeter l'idée logique qui l'effleura un instant, que si leurs ravisseurs utilisaient ce wagon au luxe décrépit, c'était simplement parce qu'il était pratique et disponible (comme le prouvaient les fenêtres barricadées à la hâte). Au lieu de quoi, elle s'accrocha à l'idée vaguement rassurante que ce mode de transport presque luxueux, où Polonais nantis et riches touristes s'étaient prélassés aux jours d'avant la guerre, signifiait maintenant qu'ils bénéficiaient de privilèges spéciaux, impliquait qu'elle pouvait espérer être mieux traitée que les 1 800 Juifs de Malkinia entassés à l'avant du train, dans leurs wagons à bestiaux plongés dans le noir et hermétiquement clos depuis plusieurs jours. C'était là une illusion aussi stupide et fantasque (aussi ignoble en fait) que l'idée qu'elle s'était faite du ghetto : à savoir que la simple présence des Juifs, et l'importance que les Nazis attribuaient à leur extermination, étaient d'une certaine façon un gage de sa propre sécurité. Et du salut d'Eva et de Jan.

Au nom d'Oswiecim — Auschwitz — qui avait couru dans un murmure à travers tout le compartiment, elle

411

avait d'abord failli s'évanouir de peur, mais elle ne
douta pas un instant que c'était bien là leur destination. Un minuscule éclat de lumière, accrochant son
œil, attira son attention vers une petite fente dans le
panneau de contre-plaqué qui masquait la fenêtre, et
pendant la première heure, elle réussit à distinguer
assez de choses à la lueur de l'aube pour deviner leur
direction : le sud. Droit vers le sud le long des petits
villages qui s'entassent à la périphérie de Varsovie à la
place des habituels faubourgs des grandes villes, droit
vers le sud, à travers les champs et les taillis de hêtres
verdoyants, droit vers le sud en direction de Cracovie.
Et de toutes les destinations possibles, au sud il n'y
avait qu'Auschwitz, et elle se souvenait du désespoir
qui l'envahit quand ses propres yeux lui confirmèrent
ses craintes. Auschwitz jouissait d'une réputation
sinistre, immonde, terrifiante. Dans la prison de la
Gestapo, les rumeurs avaient pour la plupart appuyé
l'hypothèse qu'ils étaient destinés à être expédiés à
Auschwitz, et elle n'avait cessé d'espérer et de prier
pour qu'on les envoie dans un camp de travail en
Allemagne, où d'innombrables Polonais avaient déjà
été déportés et où, selon d'autres rumeurs, les conditions d'existence étaient moins dures, moins brutales.
Mais tandis que le spectre d'Auschwitz se précisait de
plus en plus et, là, dans le train, apparaissait maintenant comme inéluctable, Sophie se sentit étouffée par
cette évidence qu'elle était victime d'un châtiment par
association, payait un prix qu'elle devait à un simple
concours de circonstances. Elle ne cessait de se répéter : Je ne suis pas à ma place ici. Si elle n'avait pas eu
la malchance d'être capturée en même temps que tous
ces résistants (un coup du sort aggravé encore par ses
rapports avec Wanda, et leur domicile commun, alors
que pourtant elle n'avait jamais levé le petit doigt pour
aider la Résistance), elle aurait peut-être été jugée coupable du grave délit de contrebande de viande, mais non

412

du délit infiniment plus grave d'activités subversives, et du même coup n'aurait pas été expédiée vers cette destination à la réputation sinistre. Mais entre autres ironies, elle s'en rendait compte, il y avait celle-ci : elle n'avait pas été *jugée* coupable de quoi que ce soit, simplement interrogée, puis oubliée. Elle avait alors été jetée au hasard parmi ces partisans, victime bien moins d'une vengeance particulière que d'une fureur généralisée — une forme de frénésie de domination et d'oppression absolues qui s'emparait des Nazis chaque fois qu'ils marquaient un point contre la Résistance, et qui cette fois était allée jusqu'à englober les quelques centaines de Polonais disparates piégés lors de cette rafle féroce.

Du voyage, elle se rappelait certaines choses avec une netteté absolue. La puanteur, l'atmosphère viciée, l'agitation continuelle — debout, assis, debout de nouveau pour changer de position. Un arrêt brutal, une boîte qui lui dégringolait sur la tête, sans l'assommer, sans lui faire trop de mal, mais lui avait laissé une bosse de la taille d'un œuf sur le sommet du crâne. Le paysage qui défilait derrière la fente, le soleil printanier que venait assombrir une petite pluie fine : à travers le mince écran de la pluie, des bouleaux aux silhouettes encore torturées par les lourdes neiges de l'hiver passé, ployés en formes de paraboles blanches, d'arches, d'arcs, de catapultes, de magnifiques squelettes brisés, de fouets. Partout les taches citron des forsythias. Des champs d'un vert délicat qui se fondaient dans le lointain aux forêts de sapins, de mélèzes et de pins. De nouveau le soleil. Les livres de Jan assis sur ses genoux, qu'il essayait de lire dans la lumière incertaine : *La Famille Robinson*, en allemand ; des traductions polonaises de *Croc-Blanc* et de *Penrod et Sam*. Les deux biens les plus précieux d'Eva, qu'elle avait refusé d'abandonner dans le filet et qu'elle étreignait farouchement comme si elle avait craint à

413

tout instant qu'on ne les lui arrache des mains : la flûte dans son étui de cuir et son *mis* — l'ours en peluche borgne et amputé d'une oreille qui ne l'avait pas quittée depuis le berceau.

Dehors, de nouveau la pluie, un torrent. Puis l'odeur de vomi, envahissante, inextirpable, écœurante. Ses compagnons de voyage, deux pensionnaires de couvent terrorisées, de seize ans tout au plus, sanglotantes, assoupies, qui se réveillaient de temps à autre pour murmurer des prières à la Sainte Vierge ; Wiktor, un jeune résistant aux cheveux noirs, survolté, plein de fureur, qui déjà ne parlait que de révolte ou de fuite, gribouillant sans arrêt des messages sur des bouts de papier destinés à Wanda enfermée dans un compartiment voisin ; une vieille dame ratatinée et folle de peur qui se prétendait la nièce de Wieniawski, affirmait que la liasse de parchemin qu'elle pressait contre son sein n'était autre que le manuscrit original de la célèbre *Polonaise* du compositeur, revendiquait une forme d'immunité et, comme les pensionnaires, fondait en larmes en entendant Wiktor grommeler que sa *Polonaise* ne lui servirait à rien, que les Nazis ne se gêneraient pas pour se torcher le cul avec. Déjà les affres de la faim. Rien à manger. Une autre vieille femme — bel et bien morte celle-là — allongée dans le couloir à l'endroit même où l'avait terrassée une crise cardiaque ; les mains figées sur un crucifix et son visage crayeux déjà souillé par les bottes et les chaussures des gens qui enjambaient ou contournaient son cadavre. Et de nouveau, par la fente : Cracovie la nuit, la gare familière, des voies inondées de lune où le train stationnait d'interminables heures. Dans le clair de lune verdâtre, un spectacle extraordinaire : un soldat allemand planté là en uniforme *feldgrau* — le fusil à l'épaule, et qui se masturbait à une cadence régulière dans la pénombre des voies désertes, s'exhibant avec un large sourire aux regards des prisonniers qui, curieux, indifférents ou stupéfaits, le contemplaient peut-être par les interstices. Une heure de sommeil, puis la lumière radieuse du matin. La traversée de la Vistule, aux eaux noires couronnées de vapeur. Deux petites villes qu'elle reconnut au passage tandis que le train poursuivait sa marche vers l'ouest dans la lumière dorée tamisée de pollen : Skawina, Zator. Eva qui pour la première fois se mettait à pleurer, déchirée par des spasmes de faim. Chut, bébé. De nouveau, quelques instants de somnolence déchirés par un rêve dément, torturant, splendide, inondé de soleil : elle-même en robe longue et couverte de diamants, assise au clavier en présence de dix mille spectateurs, et pourtant en même temps — chose stupéfiante — en train de voler, de *voler*, emportée vers la liberté par la mélodie céleste du Concerto de l'Empereur. Un frémissement de paupières affolées. Un coup de frein brusque, un arrêt brutal. Auschwitz.

Pendant presque tout le reste de la journée, ils attendirent dans le wagon. Peu après l'arrivée, les générateurs cessèrent de fonctionner : les ampoules s'éteignirent et ce qui subsistait de lumière, filtrant à travers les fentes des volets de contre-plaqué, diffusait une pâleur laiteuse. Le bruit lointain d'un orchestre se faufilait dans le compartiment. Une vibration de panique parcourait le wagon, presque palpable, pareille à une onde de chair de poule sur la peau, et dans l'obscurité quasi totale surgit alors une vague de chuchotements anxieux — rauques, de plus en plus forts, mais aussi incompréhensibles que le bruissement d'une armée de feuilles. Les pensionnaires du couvent se mirent à gémir à l'unisson, implorant la Sainte Vierge. Wiktor leur hurla de la fermer ; tandis qu'au même instant Sophie éprouvait un regain de courage au son de la voix de Wanda, qui montait étouffée du bout du couloir, exhortant les résistants et les autres déportés à garder leur calme.

Ce fut sans doute au début de l'après-midi que leur parvinrent des nouvelles du sort réservé aux centaines et centaines de Juifs de Malkinia entassés dans les wagons de tête. *Tous les Juifs dans les camions*, annonçait un billet transmis à Wiktor, un billet qu'il lut tout haut dans la pénombre et que Sophie, trop engourdie de frayeur pour penser à serrer Eva et Jan dans ses bras et à les rassurer, interpréta sur-le-champ ainsi : Tous les Juifs ont été envoyés à la chambre à gaz. Les pensionnaires du couvent entonnèrent une prière à laquelle se joignit Sophie. Ce fut alors qu'elle priait qu'Eva se mit à gémir tout haut. Les enfants s'étaient montrés courageux pendant tout le voyage, mais la faim dont souffrait la fillette s'était muée en une vraie torture. Elle couinait d'angoisse tandis que Sophie essayait de la bercer pour la rassurer, sans succès semblait-il ; quelques instants, les cris de l'enfant parurent plus terrifiants à Sophie que la nouvelle du sort fatal réservé aux Juifs. Mais ils cessèrent bientôt. Chose étrange, ce fut Jan qui vint à la rescousse. Il se montrait très adroit avec sa sœur et prit les choses en main — d'abord en lui parlant pour la calmer dans un langage secret qu'ils partageaient tous deux, puis en se serrant contre elle avec son livre. Dans la lumière pâle, il se mit à lui dire l'histoire de Penrod, l'histoire des frasques des petits garçons de la petite ville idyllique et feuillue enfouie au cœur de l'Amérique ; il parvint même à rire et à glousser, et la mélopée fluette de sa voix de soprano envoûta doucement Eva, et s'ajoutant à son épuisement, la fit peu à peu glisser dans le sommeil.

Plusieurs heures s'écoulèrent. L'après-midi s'avançait. Enfin un autre billet parvint jusqu'à Wiktor ; *AK premier wagon dans les camions*. ce qui signifiait clairement une chose — comme les Juifs, les centaines de résistants entassés dans le wagon qui précédait le leur avaient été transportés à Birkenau et envoyés aux crématoires. Sophie fixa les yeux droit devant elle, croisa les doigts sur ses genoux et se prépara à la mort, en proie à une terreur inexprimable, mais, pour la première fois également, savourant faiblement le soulagement âcre et béni de la résignation. La vieille dame, la nièce de Wieniawski, avait sombré dans une hébétude proche du coma, la *Polonaise* bouchonnée à la diable, des ruisselets de morve suintant aux commissures de ses lèvres. Lorsque, bien longtemps après, Sophie s'efforça de se remémorer ce moment, elle se demanda si peut-être elle-même n'avait pas glissé dans l'inconscience, car dans son souvenir, elle se revoyait alors plantée là dehors sur le quai inondé de soleil avec Jan et Eva, et soudain face à face avec le Hauptsturmführer Fritz Jemand von Niemand, docteur en médecine.

A ce moment-là, Sophie ne connaissait pas son nom, et d'ailleurs elle ne le revit jamais. Si je l'ai baptisé Fritz Jemand von Niemand, c'est que, pour un médecin SS, le nom me semble bien en valoir un autre — pour quelqu'un qui apparut devant Sophie comme surgi du néant et de même disparut à jamais de sa vue, non sans pourtant laisser quelques intéressantes traces de lui-même. Une trace entre autres : une impression de jeunesse relative dans la mémoire de Sophie — trente-cinq, quarante — et la beauté incongrue d'un être délicat et inquiétant. En fait, les traces du Dr. Fritz Jemand von Niemand, de son physique, de sa voix, de ses manières et autres attributs, devaient se graver à jamais en Sophie. Les premiers mots qu'il lui adressa par exemple ; « *Ich mötchte mit dir schlafen.* » Ce qui signifie, aussi crûment et brutalement que possible : « J'ai envie de te fourrer au lit avec moi. » Paroles mufles et sinistres prononcées par un être exploitant une terrifiante position de force, sans finesse, sans classe, cyniques et cruelles, une déclaration qui n'eût pas été déplacée dans la bouche d'un

Schweinhund de film nazi de série B. Pourtant selon Sophie, tels furent les mots par lesquels il l'accueillit. Propos immondes dans la bouche d'un médecin et d'un gentleman (peut-être même un aristocrate), bien que visiblement, indiscutablement, il fût ivre, ce qui pourrait jusqu'à un certain point expliquer tant de muflerie. Pourquoi Sophie, au premier coup d'œil, le prit-elle pour un aristocrate — un Prussien peut-être, ou d'origine prussienne —, eh bien, à cause de sa ressemblance saisissante avec un Junker, un officier ami de son père, qu'elle avait rencontré un jour d'été alors qu'elle avait environ seize ans, pendant un de leurs voyages à Berlin. D'un type très « nordique » et fort séduisant malgré son air pincé et son style implacable et austère, le jeune officier l'avait traitée avec une froideur glaciale durant leur brève rencontre, une froideur qui frisait le mépris et la morgue ; néanmoins, elle n'avait pu s'empêcher de trouver du charme à sa beauté saisissante, à un certain quelque chose qui — bizarrement — émanait de son visage au repos, quelque chose qui n'était pas à proprement parler efféminé, mais plutôt d'une délicatesse toute féminine. Il ressemblait vaguement à un Leslie Howard en uniforme, Leslie Howard dont elle gardait vaguement le béguin depuis qu'elle avait vu *La Forêt pétrifiée*. Malgré l'antipathie que lui avait inspirée cet officier allemand, et sa satisfaction de ne jamais avoir été contrainte de le revoir, elle se souvenait que par la suite il lui était venu à son sujet des pensées plutôt troublantes : s'il avait été une femme, peut-être me serais-je sentie attirée. Mais voici qu'elle se trouvait face à son homologue, presque à son sosie, planté là à cinq heures de l'après-midi sur le quai de béton poussiéreux, quelque peu débraillé dans son uniforme SS et empourpré par le vin, le brandy ou le schnaps, qui d'une voix nonchalamment aristocratique marquée d'un fort accent

berlinois, articulait ces paroles : « J'aimerais te fourrer dans un lit avec moi. »

Sophie feignit de ne pas avoir entendu, mais tandis
qu'il poursuivait, elle nota un de ces détails dérisoires
mais ineffaçables — encore une image spectrale du
docteur — dont le souvenir vivace devait toujours
surgir en trompe-l'œil à la surface confuse de cette
journée : quelques grains de riz bouillis parsemaient le
revers de sa tunique SS. Quatre ou cinq tout au plus,
encore luisants de jus, pareils à autant de petits
asticots. Elle les fixa d'un regard hébété, et se rendit
alors compte pour la première fois que l'air joué par
l'orchestre chargé d'accueillir les prisonniers — désespérément faux et à contre-mesure, mais marqué d'une
nostalgie érotique et d'un rythme sirupeux qui comme
tout à l'heure déjà dans le wagon sombre mettaient ses
nerfs à vif — n'était autre le tango argentin *La
Cumparsita.* Comment ne l'avait-elle pas reconnu
plus tôt ? Ba-doum-*ba*-doum !

« *Du bist eine Polack*, dit le médecin. *Bist du auch
eine Kommunistin ?* » Sophie entoura d'un bras les
épaules d'Eva, de l'autre la taille de Jan, et ne dit rien.
Le docteur lâcha un rot, puis développa avec plus de
précision : « Je sais que tu es polonaise, mais est-ce
que tu es aussi une de ces sales Communistes ? » Sur
quoi, dans son brouillard, il porta son attention vers
les autres prisonniers, semblant presque oublier
Sophie.

Pourquoi n'avait-elle pas fait l'imbécile ? « *Nicht
sprecht Deutsch.* » Sur le moment, cela lui aurait peut-
être sauvé la mise. Il y avait une telle foule. Se fût-elle
abstenue de répondre en allemand, peut-être les
aurait-il laissés passer tous les trois. Mais elle était
pétrifiée par la terreur, et sa terreur la poussa à se
montrer imprudente. Elle comprenait maintenant ce
qu'une ignorance aveugle et miséricordieuse empêchait parfois, mais très rarement, les Juifs de compren-

dre dès leur arrivée, mais que ses rapports avec Wanda et les autres lui permettaient de comprendre d'emblée et de redouter avec une terreur indicible : c'était une sélection. En cet instant, elle-même et les enfants étaient en train de subir l'épreuve dont si souvent elle avait entendu parler — évoquée tant de fois à Varsovie dans un murmure —, une épreuve dont l'éventualité lui était apparue à la fois tellement intolérable et tellement improbable qu'elle l'avait rejetée loin de son esprit. Mais elle se trouvait là, et le docteur se trouvait là, tandis que là-bas — juste au-delà des wagons évacués par les Juifs de Malkinia en route vers la mort — se trouvait Birkenau, le gouffre aux portes béantes où le médecin avait le pouvoir d'expédier à son gré tous ceux qu'il voulait. Cette pensée provoqua une telle terreur en elle qu'au lieu de tenir sa langue, elle dit : « *Ich bin polnisch ! In Krakow geboren !* » Sur quoi, étourdiment, elle ne put se retenir d'ajouter : « Je ne suis pas juive ! Ni mes enfants — eux non plus ne sont pas juifs. Ils sont racialement purs. Ils parlent allemand. » Sur quoi elle conclut : « Je suis chrétienne. Je suis une bonne catholique. » Le médecin lui fit de nouveau face. Haussant les sourcils, il contempla Sophie avec des yeux ivres, le regard souillé et sournois, sans l'ombre d'un sourire. Il était maintenant si près d'elle qu'elle sentait nettement les relents de l'alcool — une senteur rance d'orge ou de seigle — et elle n'eut pas la force d'affronter son regard. Ce fut alors qu'elle comprit qu'elle avait eu tort, avait dit ce qu'il ne fallait pas, peut-être même quelque chose de fatal. Détournant un instant son visage, elle jeta un coup d'œil sur une longue file de détenus qui se traînaient lourdement sur le calvaire de leur sélection, et aperçut Zaorski, le professeur de flûte d'Eva, à l'instant précis où se scellait son destin — un hochement de tête presque imperceptible du médecin l'expédia vers la gauche et Birkenau. Puis, comme elle se

420

retournait, lui parvint la voix du Dr. Jemand von Niemand :

— Ainsi, tu n'es pas communiste. Tu es croyante ?

— *Ja, mein Hauptmann.* Je crois au Christ.

Quelle folie ! Elle devina à son attitude, à son œil fixe — à l'expression nouvelle de son regard, d'une intensité lumineuse — que tout ce qu'elle disait, loin de l'aider, loin de la protéger, précipitait d'une certaine façon sa chute. Elle se dit : Dieu, faites que je devienne muette.

Le médecin vacillait légèrement sur ses jambes. Se penchant un instant vers un de ses sbires armé d'une planche-écritoire, il lui murmura quelque chose, tout en se récurant avec application les narines. Eva, qui s'appuyait de tout son poids contre la jambe de Sophie, se mit à pleurer.

— Ainsi, tu crois au Christ rédempteur ? dit le médecin d'une voix pâteuse mais bizarrement abstraite, pareil à un conférencier supputant les nuances et les subtilités d'une proposition logique. Et ce qu'il ajouta alors laissa un instant Sophie complètement perplexe :

« N'a-t-il pas dit : ʻLaissez venir à Moi les petits enfants ?ʼ

Il se tourna vers elle, se déplaçant avec l'automatisme saccadé d'un ivrogne.

Sophie, une ineptie sur le bout de la langue et étranglée par la peur, se préparait à risquer une réponse quand le médecin la devança :

« Tu peux garder un de tes enfants.

— *Bitte ?* fit Sophie.

— Tu peux garder un de tes enfants, répéta-t-il. L'autre devra s'en aller. Lequel veux-tu garder ?

— Vous voulez dire qu'il faut que je choisisse ?

— Tu es une Polonaise, pas une youpine. Ça te donne un privilège — un choix.

Son processus mental se ralentit, s'arrêta. Soudain, elle sentit ses jambes flageoler.

— Je ne peux pas choisir ! Je ne peux pas choisir ! se mit-elle à hurler. — Oh, comme elle se souvenait encore de ses cris ! Jamais anges torturés ne hurlèrent plus fort dans le vacarme de l'enfer — *Ich kann nicht wählen !* hurla-t-elle.

Le médecin prit conscience qu'ils attiraient inutilement l'attention :

— Ta gueule ! commanda-t-il. Allons vite, choisis. Choisis, nom de Dieu, sinon je les expédie tous les deux. Vite !

Elle ne pouvait croire que tout cela fût réel. Elle ne pouvait croire qu'elle était maintenant à genoux sur le béton rugueux qui lui mordait la peau, serrant à les étouffer ses enfants contre elle, si fort qu'il lui semblait que malgré l'épaisseur de leurs vêtements sa chair allait se greffer à la leur. Une incrédulité absolue, démente, l'accablait. Une incrédulité qui se reflétait dans les yeux du jeune Rottenführer hâve et livide, l'assistant du docteur, vers qui elle se surprit inexplicablement à lever un regard de prière. Il paraissait hébété et, les yeux écarquillés, il la contempla à son tour d'un regard perplexe, comme pour dire : moi non plus je ne comprends pas.

— Ne me forcez pas à choisir, s'entendit-elle plaider dans un murmure, je *ne peux pas* choisir.

— Dans ce cas, envoyez-les là-bas tous les deux, dit le docteur à son assistant, *nach links.*

— Maman !

Elle perçut le cri ténu mais déchirant d'Eva à l'instant où, repoussant l'enfant, elle se relevait en titubant gauchement.

— Prenez la petite ! lança-t-elle. Prenez ma petite fille !

Ce fut alors que l'assistant — avec une douceur pleine de compassion que Sophie devait s'efforcer en

422

vain d'oublier — tira Eva par la main et l'emmena rejoindre la légion des damnés en attente. Sophie devait conserver à jamais l'image floue de l'enfant qui s'obstinait à regarder en arrière, implorante. Mais presque totalement aveuglée maintenant par un flot de larmes épaisses et salées, il lui fut épargné de distinguer nettement l'expression d'Eva, et elle en remercia le ciel. Car tout au fond de son cœur, et avec une sincérité absolue, elle savait que jamais elle n'aurait été capable de l'endurer, poussée qu'elle était au bord de la folie par son ultime vision de la petite silhouette qui déjà disparaissait au loin.

— Elle avait encore son *mis* — et sa flûte, me dit Sophie en terminant son récit. Ces mots, je n'ai jamais eu la force de les supporter, depuis tant d'années. Ni la force de les prononcer, dans n'importe quelle langue.

Depuis le jour où Sophie me fit ce récit, j'ai souvent réfléchi à l'énigme du Dr. Jemand von Niemand. Disons que c'était un original, un brave type ; aucun doute que ce qu'il contraignit Sophie à faire ne figurait pas dans le manuel SS. L'incrédulité du jeune Rotten-führer en est la preuve. Il est certain que le docteur avait sans doute attendu longtemps avant de se trouver face à Sophie et ses enfants, en nourrissant l'espoir de perpétrer un jour son ingénieux forfait. Et ce que selon moi, dans le désespoir secret de son cœur, il brûlait du désir intense de faire, c'était de pouvoir commettre aux dépens de Sophie, ou de quelqu'un dans le genre de Sophie — quelque tendre et vulnérable chrétienne —, un péché totalement impardonnable. C'est précisément parce qu'il avait avec tant de passion brûlé du désir de commettre cet impardonnable péché, que je crois que le docteur était une exception, peut-être unique, parmi tous les robots SS :

cet homme n'était ni bon ni mauvais, il conservait encore en lui la capacité potentielle de faire le bien, mais aussi le mal, et ses luttes intérieures étaient d'ordre essentiellement religieux.

Pourquoi dis-je religieux ? En premier lieu, peut-être parce qu'il avait prêté tant d'attention à la profession de foi de Sophie. Mais une anecdote, que Sophie ajouta à son récit peu de temps après, m'incite à approfondir davantage cette hypothèse. Elle me raconta que durant les journées chaotiques qui suivirent son arrivée au camp, elle s'était trouvée dans un tel état de choc — tellement brisée et déchirée par ce qui s'était passé sur le quai, et par la disparition de Jan dans le Camp des Enfants — qu'elle eut peine à ne pas perdre la raison. Mais un jour dans le baraquement, elle ne put éviter de suivre une conversation entre deux femmes juives, des détenues arrivées par le dernier convoi et qui avaient survécu à la sélection. Il était clair d'après leur description que le médecin dont elles parlaient — celui à qui elles devaient leur survie — était aussi celui qui avait envoyé Eva à la chambre à gaz. Une chose entre autres avait frappé Sophie : une des femmes, qui venait de Berlin, du quartier de Charlottenburg, affirmait se souvenir très nettement d'avoir rencontré le médecin dans sa jeunesse. Sur le quai, il ne l'avait pas reconnue. De son côté, elle ne l'avait jamais très bien connu, bien qu'il fût à l'époque un de ses voisins. Les deux choses dont elle se souvenait encore à son sujet — outre son physique remarquablement séduisant —, les deux choses que, sans savoir pourquoi, elle n'avait jamais pu oublier étaient qu'il était très pieux et avait toujours eu l'intention d'entrer dans les ordres. Un père à l'esprit mercenaire l'avait contraint à se faire médecin.

Certains des autres souvenirs de Sophie confirment que le médecin était un homme pieux. Sinon pieux, du moins croyant, un croyant déchu en quête de rédemption, et qui à l'aveuglette cherchait à retrouver la foi. Un indice entre autres — son ivrognerie. Tous les témoignages le confirment, dans l'accomplissement de leurs tâches les officiers SS, y compris les médecins, faisaient montre par leur décorum, leur sobriété et leur respect du règlement, de tendances quasi monacales. Si les exigences de la boucherie pratiquée sous sa forme la plus primitive — surtout dans le voisinage immédiat des fours — incitait à une énorme consommation d'alcool, ce massacre sanglant était en général l'œuvre de simples soldats, qui avaient l'autorisation (et en vérité, souvent le besoin) de s'anesthésier pour accomplir leurs tâches. Outre qu'ils échappaient à ces corvées d'un genre particulier, les officiers SS, comme tous les officiers, étaient censés se comporter avec dignité, surtout dans l'exercice de leurs fonctions. Pourquoi, dès lors, Sophie avait-elle eu l'expérience peu banale de rencontrer un médecin tel que Jemand von Niemand, plongé dans cet état de totale ébriété, le regard brouillé par l'alcool, tellement dépenaillé que ses revers étaient encore souillés de grains de riz, vestiges d'un repas vraisemblablement prolongé et copieusement arrosé ? Nul doute que le médecin avait pris de gros risques en s'exhibant dans cet état.

J'ai toujours supposé que lorsqu'il rencontra Sophie, le Dr. Jemand von Niemand traversait la crise la plus grave de sa vie : il était en train de craquer comme un bambou, de se désintégrer au seuil même de son salut spirituel. On ne peut que supputer en ce qui concerne la carrière ultérieure de von Niemand, mais s'il ressemblait tant soit peu à son chef, Rudolf Höss, et aux SS en général, il devait se piquer d'être *Gottgläubiger*, ce qui revient à dire qu'il avait rejeté le christianisme sans pour autant cesser de proclamer sa foi en Dieu. Mais comment pouvait-on croire en Dieu après avoir durant des mois exercé comme médecin dans cet innommable environnement ? Attendant l'arrivée d'innombrables trains venus des quatre coins d'Europe, triant et séparant les forts et les bien-portants de la horde pathétique des infirmes, des édentés et des aveugles, des faibles d'esprit, des paralytiques et des interminables troupeaux de vieillards débiles et de petits enfants débiles, il ne pouvait ignorer que l'entreprise d'esclavage qu'il servait (elle-même gigantesque machine à tuer régurgitant sans trêve des carcasses jadis humaines) était un reniement et une insulte à Dieu. En outre, il était en son for intérieur le vassal de l'IG Farben. Comment serait-il parvenu à conserver la foi après être resté si longtemps dans un lieu de ce genre ! Il lui fallait alors remplacer Dieu par un sentiment de l'omnipotence de sa tâche. Dans la mesure où, dans leur écrasante majorité, ceux dont il tenait le sort entre ses mains étaient des Juifs, il est probable qu'il se sentit soulagé le jour où, une nouvelle fois, tomba un ordre de Himmler décrétant l'extermination totale et immédiate de tous les Juifs. Il n'aurait plus désormais à exercer ses talents sélectifs. Cela le tiendrait à l'écart des horribles quais, lui laisserait le loisir de se consacrer à des activités médicales plus orthodoxes. (Peut-être la chose est-elle difficile à croire, mais l'immensité et la complexité d'Auschwitz permettaient à la fois certaines tâches médicales inoffensives et les innombrables expériences que — si l'on admet l'hypothèse que le Dr. von Niemand était un homme non dénué de sensibilité — il eût souhaité éviter.)

Mais les ordres de Himmler furent bientôt annulés. Il fallait de la chair fraîche pour jeter dans la gueule insatiable de l'IG Farben ; pour le docteur torturé, ce fut le retour sur les quais. Les sélections devaient recommencer. Bientôt, seuls les Juifs seraient expédiés aux chambres à gaz. Mais jusqu'à l'arrivée des ultimes ordres, tout comme les « Aryens », les Juifs allaient être soumis au processus de sélection. (Il devait y avoir cependant quelques fantasques exceptions, comme par exemple le convoi de Juifs en provenance de Malkinia.) Ce regain d'horreur rongea comme une lime d'acier l'âme du docteur, menaça de réduire en miettes sa raison. Il se mit à boire, en vint à se nourrir n'importe comment, et à regretter Dieu. *Wo, wo ist der lebende Gott ?* Où est le Dieu de mes pères ?

Mais comme de juste, la réponse finit par poindre dans son esprit, et je soupçonne qu'un jour la révélation le fit rayonner d'espérance. Il s'agissait en réalité du problème du péché, ou plutôt, il s'agissait de l'absence de péché, et, en lui, de la brusque prise de conscience que l'absence de péché et l'absence de Dieu étaient indissolublement liées. Pas de péché ! Il avait été torturé par l'ennui et l'angoisse, et même par le dégoût, mais non par le sentiment du péché à la pensée des crimes bestiaux dont il avait été complice, de même qu'il n'avait jamais eu le sentiment, en vouant par milliers au néant de malheureux innocents, qu'il transgressait la loi divine. Tout n'avait été qu'une indicible monotonie. Toute cette dépravation s'était déroulée dans un néant d'impiété prosaïque et dénuée de péché, alors que son âme avait soif de béatitude.

N'était-il pas suprêmement simple, alors, de restaurer sa foi en Dieu, et en même temps de proclamer sa capacité d'homme à faire le mal en commettant le péché le plus insoutenable qu'il fût en son pouvoir de concevoir ? La bonté viendrait plus tard. Mais d'abord un immense péché. Un péché dont la gloire résidait dans sa subtile magnanimité — un choix. Après tout, il avait le pouvoir de les prendre tous les deux. C'est la seule explication que j'aie jamais pu trouver pour ce que le Dr. Jemand von Niemand fit subir à Sophie lorsqu'en ce jour du Premier Avril, elle surgit accompagnée de ses deux petits enfants, tandis que sur un registre faux, le rythme endiablé du tango *La Cumparsita* tambourinait et tressautait inlassablement dans le crépuscule grandissant.

CHAPITRE XVI

J'ai manifesté toute ma vie une irrésistible propension au didactisme. Dieu sait dans quels abîmes d'embarras j'ai, au fil des années, plongé famille et amis, qui, par amour pour moi, toléraient mes fréquentes crises et avec plus ou moins de succès dissimulaient leurs bâillements, l'imperceptible craquement des muscles de la mâchoire et au coin des yeux ces gouttes éloquentes qui trahissent un mortel combat contre l'ennui. Mais en d'exceptionnelles occasions, quand le moment est idoine et le public particulièrement chaleureux, ce talent encyclopédique qui me permet de ratiociner inlassablement m'aura rendu d'inappréciables services ; lorsque d'aventure la situation exige le bienheureux recours à des diversions stupides, rien ne saurait être plus lénifiant que d'inutiles détails et des statistiques creuses. Ce soir-là à Washington, j'exploitai au maximum tout ce que je savais en matière — imaginez un peu — *d'arachides* pour tenter de captiver l'attention de Sophie, tandis que nous longions en flânant la Maison Blanche ruisselante de lumière, puis après un long détour, gagnions le restaurant Herzog où nous attendaient « les meilleurs beignets au crabe de toute la ville ». Après ce qu'elle m'avait confié, les arachides paraissaient le cliché idéal pour rétablir entre nous la communication. Car pendant les deux heures environ qui suivirent son récit, je ne pense pas avoir été capable de lui adresser plus de deux ou trois fois la parole. Pas plus qu'elle n'avait été pour sa part capable de me dire grand-chose. Du moins les arachides me permirent-elles de rompre notre silence, d'essayer de dissiper le nuage de tristesse qui menaçait de nous accabler.

— L'arachide n'est pas une noix, expliquai-je, mais un pois. Elle est cousine du petit pois et du haricot, mais il y a pourtant une différence importante — ses graines se développent sous terre. L'arachide donne une récolte par an et pousse très profond dans le sol. Aux Etats-Unis, on cultive trois espèces principales d'arachides — la « Virginia » à grosses graines, la « courante » et l' « Espagnole ». L'arachide exige beaucoup de soleil et une longue période de croissance sans gelées. C'est pourquoi on la cultive dans le Sud. Les principaux Etats producteurs d'arachide sont, dans l'ordre, la Georgie, la Caroline du Nord, la Virginie, l'Alabama et le Texas. Un chercheur noir, un savant incroyablement doué, a imaginé des douzaines d'usages pour l'arachide. En dehors de l'alimentation, on les utilise dans l'industrie pour fabriquer des cosmétiques, des plastiques, des isolants, des explosifs, certains médicaments, et une foule d'autres choses. La culture de l'arachide est en pleine expansion, Sophie, et je suis persuadé que notre petite ferme est destinée à croître et à prospérer, et très bientôt non seulement nous serons capables de subvenir à nos besoins, mais peut-être même serons-nous devenus riches — disons du moins, à l'aise. Nous n'aurons pas à compter sur Alfred Knopf ou Harper and Brothers pour notre pain quotidien. Si je tiens tellement à ce que tu saches certaines choses au sujet de la culture de l'arachide, c'est que, à titre de châtelaine du manoir, il t'arrivera de jouer un rôle dans le déroulement des opérations. Et maintenant, pour ce qui est de la *culture* proprement dite, on ensemence aussitôt après la dernière gelée et on sème en sillons espacés de 70 centimètres environ.

Les gousses arrivent à maturité entre 120 et 140 jours après les semailles...

— Tu sais, Stingo, je viens de penser à une chose, dit alors Sophie en coupant mon monologue. Une chose très importante.

— Qu'est-ce que c'est ?

— Je ne sais pas conduire. Je ne sais pas conduire une voiture.

— Et alors ?

— Mais nous allons vivre dans une ferme ; très loin de tout, à ce que tu dis ? Il faudra que je sois capable de conduire, non ? Je n'ai jamais appris en Pologne — si peu de gens avaient des voitures. Du moins, jamais personne n'apprenait à conduire avant d'être beaucoup plus vieux. Et ici — Nathan avait promis de m'apprendre, mais il ne l'a jamais fait. C'est sûr, il va falloir que j'apprenne à conduire.

— Facile, répliquai-je. Je m'en charge. Il y a déjà une camionnette à la ferme. Et puis, en Virginie, on est très coulant pour les permis de conduire. Seigneur — un brusque souvenir m'envahit —, je me souviens que j'ai obtenu mon permis pour mon *quatorzième* anniversaire. Parfaitement, et c'était *légal* !

— A quatorze ans ? s'étonna Sophie.

— Grand Dieu, je pesais environ quarante kilos et c'était à peine si mes yeux arrivaient au niveau du volant. Je m'en souviens encore, le policier qui faisait passer l'examen, eh bien, il a regardé mon père et lui a dit : 'C'est votre fils ou c'est un nain ?' Mais j'ai eu mon permis. C'est comme ça le Sud... Même pour ces petites choses sans importance tout est très différent dans le Sud. Tiens, la jeunesse par exemple. Dans le Nord à cet âge-là, personne n'aurait nulle part le droit de demander un permis de conduire. A croire que dans le Sud on devient plus vieux beaucoup plus jeune. Peut-être est-ce une question de luxuriance, de précocité. Ça me rappelle cette blague à propos de la

431

définition des vierges dans le Mississippi. La réponse c'est : Une vierge, c'est une petite fille de douze ans capable de battre son père à la course.

Je me surpris à pouffer avec complaisance, en proie pour la première fois depuis des heures à un sentiment qui, bien que de très loin, rappelait la bonne humeur. Et soudain mon désir de me retrouver au plus vite dans le canton de Southampton, de me mettre à planter, me parut aussi intense que l'authentique besoin que j'avais maintenant de faire un sort aux célèbres beignets au crabe de Herzog. Je me mis à jacasser sans la moindre retenue, non point tant par oubli de ce que Sophie venait de me confier, que, me semble-t-il, par étourderie et inconscience de la fragilité de l'état d'âme que sa confession avait suscité en elle.

« Eh bien, repris-je, de ma meilleure voix de directeur de conscience, à en croire certaines choses que tu m'as dites, j'ai l'impression que tu crains de ne guère te sentir à ta place là-bas. Mais écoute-moi bien, tu te trompes complètement. Peut-être qu'au début les gens se montreront un peu distants — et toi, tu te tracasseras à cause de ton accent et de tes origines, et ainsi de suite —, mais laisse-moi te dire une chose, Sophie chérie, quand ils vous connaissent bien, il n'y a pas plus chaleureux et plus *hospitaliers* que les Américains du Sud. Rien à voir avec les voyous et les escrocs des grandes villes. Alors, inutile de te faire du souci. Bien sûr, il faudra que tu fasses de petits efforts pour t'adapter. Je te l'ai déjà dit, il faudra à mon avis que le mariage ait lieu sans tarder — tu sais, pour couper court aux vilains ragots. Ce qui fait que sitôt qu'on se sentira un peu chez nous et qu'on aura fait la connaissance des voisins — une affaire de quelques jours, tout au plus —, on dressera une longue liste de choses à acheter, on prendra la camionnette et on filera à Richmond. Il nous faudra une foule de choses. Pour l'essentiel, il y a tout ce qu'il faut à la ferme, n'empêche que nous aurons besoin d'un tas d'autres choses. Par exemple, je te l'ai dit, un tourne-disque et toute une pile de disques. Et puis, il y a le petit problème de ta toilette de mariée. Bien sûr, tu auras envie d'être chic pour la cérémonie, ce qui fait qu'on ira à Richmond courir les magasins. En fait de haute couture, ce n'est pas Paris, bien sûr, mais on trouve quelques excellentes boutiques.

— Stingo, coupa-t-elle vivement. Je t'en prie ! Je t'en prie ! Arrête, arrête de t'emballer pour ces histoires de toilette de mariée. Qu'est-ce que tu crois donc que je trimbale dans ma valise en ce moment ? Dis-moi un peu ?

Sa voix s'était faite aiguë, vibrante de mauvaise humeur, marquée par une colère qu'elle ne m'avait que rarement manifestée.

Nous nous arrêtâmes, et je me retournai pour contempler son visage dans la pénombre fraîche. Une profonde tristesse voilait ses yeux et je devinai, avec un douloureux serrement de cœur, que j'avais dit une chose, ou des choses, qu'il ne fallait pas.

— Quoi ? demandai-je stupidement.

— Une robe de mariée, dit-elle d'un ton lugubre, la robe de mariée que Nathan m'a achetée chez Saks. Je n'ai pas *besoin* de robe de mariée. Tu ne comprends donc pas...

Oui, bien sûr, je comprenais. A mon affreuse détresse, je comprenais. C'était horrible. En cet instant précis et pour la première fois, j'avais l'intuition de la distance qui nous séparait — une intolérable distance qui, sans que je le comprenne, obnubilé que j'étais par le petit nid que naïvement je rêvais de trouver dans le Sud, s'était depuis toujours interposée entre nous, aussi efficacement qu'une rivière en crue, excluant toute authentique communion. Du moins sur le plan amoureux auquel j'aspirais tant. Nathan. Elle demeurait totalement obsédée par Nathan, au point que la pathétique robe de mariée qu'elle avait apportée de si loin conservait à ses yeux une énorme importance, parée d'un sens à la fois tactile et symbolique. Et soudain je pris conscience d'une autre vérité : quelle stupidité de ma part de rêver d'un mariage et de douces années de félicité conjugale là-bas dans la vieille plantation, alors que la dame de mon cœur — là devant moi avec son visage épuisé et crispé par le chagrin — traînait partout avec elle la robe de noces destinée au plaisir de l'homme qu'elle avait aimé à vouloir en mourir. Seigneur, quelle stupidité ! Ma langue pesait dans ma bouche comme un morceau de plomb, je cherchai en vain mes mots. Par-dessus l'épaule de Sophie, j'apercevais le cénotaphe de George Washington, stylet flamboyant dressé dans le ciel nocturne, baigné par la brume d'octobre et les silhouettes minuscules qui grouillaient autour de sa base. Je me sentais faible et impuissant, en proie tout au fond de moi-même à un affreux chaos. Il me semblait qu'à chaque fraction de seconde, Sophie s'éloignait davantage et à la vitesse de l'éclair.

Ce fut alors pourtant qu'elle murmura quelque chose dont le sens m'échappa. Elle laissa fuser un léger sifflement, presque inaudible, et là, en plein milieu de Constitution Avenue, se précipita dans mes bras.

— Oh. Stingo chéri, chuchota-t-elle, je t'en prie, pardonne-moi. Je n'ai pas voulu me fâcher. J'ai toujours envie de t'accompagner en Virginie. C'est vrai. Et demain, nous irons ensemble, n'est-ce pas ? Seulement, quand je t'entends parler de *mariage*, je me sens prise d'un tel... d'un tel trouble. Tellement incertaine. Tu ne comprends pas ?

— Si, répondis-je.

Bien sûr je comprenais, bien qu'à retardement, comme un parfait idiot.

« Bien sûr que je comprends, Sophie.

— Oh, demain nous partirons pour la ferme, reprit-elle, en resserrant son étreinte, nous partirons, c'est vrai. Seulement, ne parle plus de mariage. Je t'en prie.

Je compris également à cet instant que quelque chose de pas très authentique avait accompagné mon petit spasme d'euphorie. Il y avait eu une bonne dose de désir d'évasion dans mon obstination à parer des charmes du paradis terrestre ce coin perdu du Dismal Swamp, un paradis à m'en croire exempt de mouches à viande, où jamais les pompes ne tombaient en panne, où jamais ne périclitaient les récoltes, où les pauvres nègres exploités ne se traînaient pas maussades dans les champs de coton, où la merde de cochon n'empestait pas l'atmosphère ; qui sait si malgré la confiance que j'avais dans l'opinion de mon père, ces bons vieux « Cinq Ormes » ne seraient pas finalement un domaine sordide et une masure délabrée, et risquer d'y piéger Sophie, si l'on peut dire, en la fourvoyant dans une minable aventure digne de la Route au Tabac, serait une honte impardonnable. Pourtant je chassai ces idées noires, des idées auxquelles je n'avais même pas le courage de réfléchir. J'avais en outre une autre cause de souci. Une chose m'apparaissait désormais comme une effroyable évidence, la mousse de notre brève euphorie était bel et bien retombée, disparue, morte. Quand nous reprîmes notre promenade, la mélancolie qui pesait sur Sophie me parut presque visible, tangible, un brouillard d'où celui qui chercherait à l'atteindre ne pourrait que retirer une main trempée de désespoir.

« Oh, Stingo, j'ai tellement besoin d'un verre, dit-elle.

Nous continuâmes notre promenade dans un silence absolu. Je m'abstins de lui signaler au passage les hauts lieux de la capitale, renonçant à jouer les guides comme je m'étais obstiné à le faire dans l'espoir de lui remonter le moral au début de notre vagabondage. Malgré tous ses efforts, je voyais bien qu'elle ne parvenait pas à secouer l'horreur qu'elle s'était sentie contrainte de me révéler dans notre petite chambre d'hôtel. Pas plus que moi d'ailleurs. Là, dans la Quatorzième Rue, dans le froid aigre et piquant de cette nuit d'automne, au milieu des gracieuses perspectives oblongues et débordantes de lumière dessinées par L'Enfant, il était évident que ni Sophie ni moi n'étions à même de goûter la symétrie de la ville ni son atmosphère salubre de paix et de douceur. Washington paraissait soudain un paradigme de l'Amérique, un lieu stérile, géométrique, irréel. Si absolue était mon identification à Sophie, que je me sentais polonais, mes veines et mes artères charriaient le sang putride de l'Europe. Auschwitz traquait toujours mon âme, comme il traquait la sienne. N'y aurait-il donc jamais de fin à tout cela ? Aucune fin ?

Plus tard, assis à une table qui surplombait les eaux étincelantes du Potomac moucheté de lune, je questionnai Sophie sur son petit garçon. Elle avala une gorgée de whisky, avant de me répondre :

— Je suis heureuse que tu me poses cette question, Stingo. Je m'y attendais et je la souhaitais, parce que, je ne sais pourquoi, je ne pouvais me résoudre à l'aborder moi-même. Oui, tu as raison. Je me le suis souvent répété : Si seulement je savais ce qu'il est advenu de Jan, si seulement je pouvais le retrouver, peut-être cela pourrait-il m'arracher pour de bon à cette tristesse qui m'accable. Si je retrouvais Jan, je serais peut-être — oh, *guérie* de tous ces sentiments horribles qui m'assaillent encore, de ce désir que j'ai depuis toujours de... d'en finir avec la vie. De dire *adieu** à ce lieu, ce lieu si mystérieux, si étrange... et si mauvais. Si seulement je parvenais à trouver mon petit garçon, je crois que cela me guérirait.

« Peut-être cela me guérirait-il des remords qui m'accablent toujours quand je pense à Eva. En un sens, je sais que je ne devrais pas me sentir coupable d'une chose que j'ai faite de cette façon. Je comprends que tout ça, c'était — oh, disons — indépendant de ma volonté, c'est toujours tellement affreux de se réveiller matin après matin, avec le souvenir de cette chose, de devoir vivre avec. Si l'on y ajoute toutes les autres choses viles que j'ai faites, tout devient intolérable. Tout simplement intolérable.

« Souvent, bien souvent, je me suis demandé s'il subsiste des chances pour que Jan soit encore vivant. Si Höss a tenu sa promesse, peut-être est-il encore vivant, quelque part en Allemagne. Mais je ne pense pas que je réussirai jamais à le retrouver, après tant d'années. Ils supprimaient toujours l'identité des enfants qu'ils intégraient au Lebensborn, se dépêchaient de changer leurs noms, se hâtaient de les transformer en Allemands — je ne saurais pas comment m'y prendre pour me mettre à sa recherche. A supposer bien sûr qu'il soit vraiment là-bas. En Suède, au centre de réfugiés, je ne pensais qu'à ça jour et nuit — à guérir et retrouver mes forces pour me rendre en Allemagne, et chercher mon petit garçon. Et puis j'ai rencontré une femme, une Polonaise — elle était de Kielce, je me souviens —, une femme au visage tragique, un visage hanté comme jamais je n'en avais vu. Elle avait été à Ravensbrück. Elle aussi avait perdu son enfant, à cause du Lebensborn, une petite fille, et pendant des mois après la fin de la guerre, elle avait erré dans toute l'Allemagne, pour chercher, chercher. Mais elle n'avait jamais retrouvé la petite fille. D'après elle, personne ne retrouvait jamais ses enfants. C'était une chose terrible, me disait-elle, de ne pas retrouver son enfant, mais le pire, c'était les recherches, la torture des recherches. N'y va pas, me disait-elle, n'y va pas. Parce que si tu y vas, tu finiras par voir ton enfant partout, dans toutes ces villes en ruine, à tous les coins de rue ; dans tous les groupes d'écoliers, dans les bus, dans les voitures, au milieu des cours de récréation, t'appelant avec de grands gestes, partout — et tu l'appelleras par son nom et tu te précipiteras vers l'enfant, seulement ce ne sera pas ton enfant. Alors cent fois par jour, ton âme se brisera en mille morceaux, et en fin de compte, c'est presque pire que de savoir que son enfant est mort...

« Mais pour être tout à fait franche, Stingo, je te l'ai déjà dit, je ne crois pas que Höss ait jamais rien fait pour moi, et je crois que Jan est resté au camp, et dans ce cas, je suis certaine qu'il n'a pas survécu. Pendant que j'étais moi-même si malade à Birkenau cet hiver-là, juste avant la fin de la guerre — je ne savais rien de tout ça, alors j'en ai entendu parler plus tard, j'étais si malade que j'ai failli mourir — les SS ont voulu se débarrasser des enfants demeurés au camp, il y en avait encore plusieurs centaines là-bas, dans le Camp des Enfants. Les Russes approchaient et les SS tenaient à ce que tous les enfants soient exterminés. La plupart étaient des Polonais; les enfants juifs étaient déjà morts. Ils ont pensé à les brûler vivants dans une fosse, ou à les fusiller, mais en fin de compte ils ont choisi une solution qui ne laisserait pas trop de traces ni de preuves. Ce qui fait que dans le froid glacial, ils ont emmené les enfants en rangs jusqu'à la rivière, ils les ont obligés à retirer leurs vêtements et à les tremper dans l'eau, comme pour les laver, et puis ils les ont forcés à remettre leurs vêtements tout mouillés. Et puis ils les ont ramenés sur l'aire devant les baraques où ils avaient été jusqu'alors cantonnés, et ils ont fait un appel. Ils ont fait un appel. Ils ont dû rester là debout, avec leurs habits trempés. L'appel a duré des heures et des heures, les enfants étaient là tout trempés et grelottant de froid, et puis la nuit est tombée. Tous les enfants sont morts de froid cette nuit-là. Ils sont morts de froid et de pneumonie, très vite. Je suis sûre que Jan était parmi eux...

« Mais je ne sais pas, finit par dire Sophie, qui me

contemplait les yeux secs, mais retombait maintenant dans cette diction pâteuse que ses innombrables verres donnaient à sa langue en même temps qu'ils donnaient à sa mémoire ravagée le bienheureux analgésique qui émoussait son chagrin. Je ne sais pas. Qu'est-ce qui vaut mieux, savoir que son enfant est mort, même d'une mort horrible, ou savoir que son enfant vit, mais que jamais jamais on ne le reverra ? Je ne saurais le dire. Supposons que j'aie choisi Jan pour... pour partir à la place d'Eva. Est-ce que cela aurait changé quelque chose ?

Elle se tut pour contempler à travers les ténèbres les rivages sombres de cette Virginie qui était notre destination, séparée par des dimensions stupéfiantes de temps et d'espace de sa propre histoire ténébreuse, maudite et — pour moi, en cet instant encore — quasiment incompréhensible.

« Rien n'aurait changé rien à rien, conclut-elle.

Sophie n'était pas portée aux gestes dramatiques, mais pour la première fois depuis des mois que je la connaissais, elle fit alors cette chose étrange : elle pointa le doigt droit sur le centre de sa poitrine, puis ses doigts arrachèrent un voile invisible comme pour exposer aux regards un cœur atteint d'une blessure inconcevable pour l'esprit.

« Seul ceci a changé, je crois. Il a trop souffert, il s'est changé en pierre.

Je le savais, il fallait à tout prix que nous nous reposions avant de poursuivre notre voyage. Je me remis à bavarder et, grâce à divers stratagèmes, y compris un regain de sagesse agricole assaisonnée par toutes les bonnes blagues sudistes que je parvins à extirper de ma mémoire, je réussis à insuffler à Sophie assez de gaieté pour tenir jusqu'à la fin du dîner. Nous bûmes, mangeâmes nos beignets de crabe et réussîmes à oublier Auschwitz. Lorsque arriva dix heures, elle était de nouveau éméchée et tenait à grand-peine sur ses jambes — comme moi-même d'ailleurs, qui m'étais imbibé d'une quantité déraisonnable de bière — si bien que nous prîmes un taxi pour regagner l'hôtel. Elle somnolait déjà sur mon épaule quand nous atteignîmes le perron maculé de taches et le foyer qui embaumait le tabac, et ce fut lourde de fatigue et cramponnée à ma taille qu'elle me suivit dans l'ascenseur qui nous emporta vers notre chambre. Sans un mot elle se jeta sur le lit qui rebondit sous son poids, et, sans même retirer ses vêtements, sombra aussitôt dans le sommeil. Je jetai une couverture sur elle, puis, ne gardant que mes sous-vêtements, m'étendis à mon tour et, comme assommé, sombrai dans l'inconscience. Du moins pour un temps.

Puis surgirent les rêves. La cloche d'église qui par intermittence retentissait dans mon sommeil n'était pas totalement dépourvue d'harmonie, mais elle avait un écho métallique, creux, un écho de cloche protestante, comme faite d'alliages de pacotille ; démoniaque, au milieu de la turbulence de mes visions érotiques, elle sonnait avec la voix du péché. Le Pasteur Entwistle, abruti de bière et couché à côté d'une femme qui n'était pas son épouse, se sentait foncièrement mal à l'aise dans cette atmosphère adultère, même pendant son sommeil. DESTIN MAUDIT ! DESTIN MAUDIT ! carillonnait la lugubre cloche.

En vérité, je jurerais que ce furent à la fois mes relents de calvinisme et mon déguisement ecclésiastique — et aussi cette damnée cloche — qui contribuèrent à me faire si cruellement faillir lorsque Sophie me réveilla. Il devait être dans les deux heures du matin. C'est en cet instant que, littéralement parlant, et comme dit le proverbe, j'aurais dû voir tous mes rêves se muer en réalité, car dans la pénombre, je constatai à la fois par le témoignage de tout mon corps et de mes yeux brouillés de sommeil, que Sophie était nue, qu'elle léchait à petits coups les replis de mon oreille, et que sa main cherchait ma bitte à tâtons. Dormais-je ou étais-je éveillé ? Comme si tout ceci n'eût pas été d'une douceur suffisamment troublante — un simulacre de rêve — le rêve s'évanouit instantanément au son de sa voix qui murmurait : « Oh... viens, Stingo chéri, j'ai envie de baiser. » Puis elle se mit à tirer sur mon slip pour me l'arracher.

Je me mis à embrasser Sophie comme un homme mourant de soif tandis que, gémissante, elle me rendait mes baisers, mais nous en restâmes là (disons que j'en restai là, en dépit de ses caresses expertes et de ses manipulations excitantes) pendant de longues minutes. Il serait erroné d'exagérer mon impotence, aussi bien sa durée que l'effet qu'elle provoqua en moi, pourtant si complète était-elle que, je m'en souviens encore, je résolus de me suicider si elle ne se corrigeait pas bientôt. Pourtant la chose demeurait là entre ses doigts, un ver inerte. Sophie se laissa glisser le long de mon ventre et entreprit de me sucer. Je me souviens du jour où, emportée par ses confidences au sujet de Nathan, elle m'avait dit avec une tendre nostalgie qu'il l'avait baptisée « la reine des tailleuses de pipes ». Il avait sans doute raison ; jamais je n'oublierai avec quelle avidité, avec quel naturel elle s'activa pour me prouver son appétit et sa dévotion, plantant fermement ses genoux entre mes jambes d'un geste expert, puis se penchant pour prendre dans sa bouche mon vaillant petit compère déjà moins rabougri, qui ne tarda pas à se gonfler et tressauter sous l'effet combiné de mouvements de lèvres et de langue d'une habileté si joyeuse et d'une insouciance si bruyante que je sentis bouche et bitte roide se fondre en un trait doux et onctueux qui courut comme une décharge électrique de mon scalp jusqu'au bout de mes orteils.

— Oh, Stingo, hoqueta-t-elle, en s'arrêtant un instant pour reprendre haleine, ne jouis pas encore, chéri.

Quelle idée. J'étais prêt à rester là et à me laisser sucer jusqu'à ce que mes cheveux blanchissent et tombent.

La gamme complète des ébats sexuels est d'une telle variété qu'il serait exagéré de dire que cette nuit-là Sophie et moi en épuisâmes toutes les ressources. Mais je le jure, nous n'en fûmes pas loin, et l'une des choses qui demeure à jamais gravée dans mon souvenir, c'est notre mutuelle infatigabilité. J'étais, moi, infatigable parce que j'avais vingt-deux ans, et que j'étais puceau, et étreignais enfin dans mes bras la déesse de mes sempiternels fantasmes. Quant au désir de Sophie, il était tout comme le mien inlassable, j'en jurerais, mais pour des raisons plus complexes ; il y avait bien sûr la sensualité très animale de son tempérament fougueux, mais c'était en même temps à la fois un plongeon dans l'oubli charnel et une fuite pour échapper au souvenir et au chagrin. En outre, je le vois maintenant, c'était une tentative frénétique et orgiaque pour repousser l'assaut de la mort. Mais j'étais alors incapable de le comprendre, soulevé que j'étais par une fièvre brûlante comme l'acier d'un tank Sherman surchauffé, à demi fou d'excitation, et rempli toute la nuit durant d'un émerveillement muet devant notre mutuelle frénésie. Pour moi ce fut moins une initiation qu'un apprentissage complet et approfondi, ou davantage encore, et Sophie, mon tendre professeur, n'arrêta pas un instant de me chuchoter des encouragements à l'oreille. Ce fut comme si, dans un tableau vivant où moi-même je tenais un rôle, se jouaient sous mes yeux toutes les réponses aux questions qui n'avaient cessé de me torturer depuis que j'avais commencé en secret à lire des manuels conjugaux et sué comme un perdu sur les pages de Havelock Ellis et autres spécialistes du sexe. Oui, les tétons dardaient sous les doigts comme de petites boules de gomme roses à demi dures, et Sophie me provoqua à des plaisirs plus suaves encore en m'encourageant à les exciter avec ma langue. Oui, le clitoris était bien là, petit bourgeon chéri ; Sophie posa mes doigts dessus. Et oh, c'était vrai, le con était chaud et mouillé, mouillé par un liquide onctueux comme de la salive et dont la chaleur me laissa stupéfait ; la bitte roide s'insinuait dans ce tunnel incandescent et en ressortait avec plus de facilité que je l'avais imaginé dans mes rêves, et quand pour la première fois et dans une explosion prodigieuse je jaillis quelque part dans l'abîme noir et sans fond de son ventre, j'entendis Sophie hurler tout contre mon oreille, me hurler qu'elle sentait le jet. Et puis, le con avait un goût agréable, découvris-je par la suite, tandis que la cloche de l'église — non plus sévère cette fois — égrenait quatre coups dans la nuit ; le con était à la fois âcre et salé et j'entendis Sophie soupirer en me guidant doucement par les deux oreilles tandis que tout en bas je la léchais avec avidité.

Et puis il y eut les célèbres positions. Non pas les vingt-huit ou trente-deux décrites par les manuels, mais en tout cas, outre la posture classique, trois ou quatre ou cinq. A un certain moment Sophie, en revenant de la salle de bains où elle cachait son whisky, alluma la lampe, et nous baisâmes dans une douce lumière cuivrée ; je découvris avec ravissement que la position « femme à croupetons » était en tous points aussi délicieuse que l'affirmait le Dr. Ellis, non point tellement en raison de ses avantages anatomiques (pourtant extraordinaires, me dis-je, tandis qu'allongé sous Sophie je nichais ses seins dans le creux de mes mains ou, alternativement, pinçais et caressais ses fesses) que de la vision de ce visage slave à la large ossature qui semblait planer au-dessus de moi, avec ses yeux clos et son expression tendre, noyée, abandonnée, si belle dans sa passion que je dus détourner mes regards.

— Je ne peux pas m'arrêter de jouir, l'entendis-je murmurer, et je la crus sans peine. Nous restâmes paisiblement allongés un moment, flanc contre flanc, mais bientôt et sans un mot, Sophie s'offrit d'une façon qui, comme une apothéose, combla tous mes fantasmes passés. La prenant par-derrière à genoux devant moi, plongeant dans la faille entre les deux globes blancs et lisses, je crispai soudain étroitement les paupières et en proie à une bizarre soif de connaissance, pensai — je m'en souviens — à la nécessité de redéfinir des mots tels que « joie », « épanouissement », « extase » et même « Dieu ». Nous fîmes plusieurs pauses, le temps pour Sophie de remplir son verre, et aussi de me verser dans le gosier du whisky coupé d'eau. L'alcool, loin de m'engourdir, exacerbait les images et les sensations, et tout s'épanouit alors en une extraordinaire fantasmagorie... Sa voix contre mon oreille, les mots polonais incompréhensibles et néanmoins compris, qui me poussaient en avant comme dans une course éperdue, me poussaient vers une ligne d'arrivée qui toujours reculait. Pour je ne sais quelle raison nous baisâmes sur le parquet dur et rugueux comme de l'os, une raison confuse, obscure, débile — *pourquoi ?* Grand Dieu ? —, puis soudain une illumination : pour voir, comme sur l'écran d'un cinéma porno, l'image de nos corps blêmes et entrelacés ricocher sur le miroir terne de la porte de la salle de bains. Et enfin une sorte de mutité obsédée et furieuse — ni polonais ni anglais ni langage, seul le souffle. *Soixante-neuf* * (recommandé par le docteur), où après avoir d'interminables minutes suffoqué dans le marécage sinueux de son con moite et moussu, je finis par jouir dans la bouche de Sophie, jailli dans un spasme d'une intensité si longtemps retardée, prolongée, exquise, que je faillis laisser fuser un cri, ou une prière, et que ma vision s'obscurcit, et que comblé j'expirai. Puis le sommeil — un sommeil bien au-delà du simple sommeil. Châtré. Anesthésié. Mort.

Je m'éveillai le visage inondé par une flaque de soleil et, d'un geste instinctif, cherchai le bras de Sophie, ses cheveux, son sein, quelque chose. Le Pasteur Entwistle se sentait, pour être précis, prêt à se remettre à baiser. Ce tâtonnement matinal, cette quête aveugle et somnolente était un genre de réflexe de Pavlov que je devais souvent connaître bien des années plus tard. Mais Sophie avait disparu. Disparue ! Son absence, après cette communion charnelle, la plus complète de ma vie (peut-être même la seule), était irréelle, étrange, et effrayante, presque tangible, et je compris dans mon demi-sommeil que cela tenait en partie à son odeur, qui persistait comme une buée dans l'air : une odeur musquée de sexe, encore provocante, encore lascive. Dans ma transe éveillée, je parcourus des yeux le paysage des draps saccagés, incapable de croire qu'au terme de son labeur heureux et exténuant, mon membre fût encore capable de se redresser vaillamment, soulevant comme un piquet de tente le drap usé et poisseux. Puis une vague d'horrible panique me submergea, quand je me rendis compte à l'angle que faisait le miroir que Sophie n'était pas dans la salle de bains et donc nulle part dans la chambre. A l'instant précis où je jaillis du lit, la migraine de ma gueule de bois me frappa le crâne comme un coup de maillet, et tandis que je luttais pour enfiler mon pantalon, un regain de panique, ou devrais-je dire, de crainte, déferla sur moi : la cloche se mit à tinter et je comptai les coups — il était *midi* ! Mes hurlements dans le téléphone vétuste demeurèrent sans réponse. A demi vêtu, m'accablant sous cape d'injures et de reproches, rempli de pressentiments de mauvaises nouvelles, je sortis en trombe et, dévalant quatre à quatre l'escalier de secours, fis irruption dans le hall, immuable avec ses palmiers en pot, ses fauteuils aux ressorts gondolés, ses crachoirs débordants et son chasseur noir qui solitaire poussait son balai. Le drôle de vieux bonhomme qui m'avait accueilli somnolait derrière son bureau, contemplant d'un œil rêveur le salon plongé dans la langueur de midi. A ma vue, il secoua sa torpeur et se mit en devoir de m'annoncer des nouvelles qui étaient en fait les pires que j'eusse entendues de ma vie.

— Elle est descendue vraiment de très bonne heure, monsieur le Pasteur, dit-il, de si bonne heure qu'elle a été obligée de me réveiller — il consulta le chasseur du regard —, quelle heure était-il à ton avis, Jackson ?

— Y devait être pas loin de six heures.

— Oui, il était environ six heures, juste à l'aube. Elle avait l'air dans tous ses états, monsieur le Pasteur — il hésita comme pour s'excuser —, je veux dire, eh bien, on aurait dit qu'elle avait bu quelques bières. Ses cheveux étaient tout en désordre. Bref, elle a demandé à téléphoner, et elle a passé un coup de fil à New York, à Brooklyn. Je l'ai pas fait exprès, mais j'ai tout entendu. Elle parlait à quelqu'un — un homme, je crois. Et puis elle s'est mise à pleurer, beaucoup, et elle lui a dit qu'elle partait tout de suite. Elle n'arrêtait pas de l'appeler par son nom — elle était dans tous ses états, monsieur le Pasteur. Mason. Jason. Un nom dans ce genre-là.

— Nathan, fis-je, conscient de mon hoquet de surprise. Nathan ! Oh, Seigneur Dieu...

Une expression de sympathie et d'inquiétude — un amalgame d'émotions qui soudain me parut d'une désuétude bien sudiste — envahit le regard du vieil homme.

— Oui, Nathan. Je ne savais pas quoi faire, monsieur le Pasteur, expliqua-t-il. Elle est remontée et puis elle est redescendue avec son sac, et alors, Jackson l'a emmenée à Union Station. Elle paraissait tellement bouleversée que j'ai pensé à vous et que je me suis demandé... J'ai eu envie de vous appeler au téléphone, mais il était tellement tôt. Et puis, je voulais pas me mêler de ce qui me regardait pas. Après tout, ce n'était pas mes affaires.

— Oh, Seigneur Dieu, Seigneur Dieu, m'entendis-je murmurer sans arrêt, à demi conscient de l'expression de surprise peinte sur le visage du vieux qui, en bon paroissien de la Seconde Eglise Baptiste de Washington, n'était sans doute guère préparé à tant d'impiété dans la bouche d'un prêcheur.

Jackson me ramena à l'étage et, dans le vénérable ascenseur je me laissai aller les yeux clos contre l'hostile paroi de fonte tarabiscotée, en proie à un état de stupeur, incapable de croire ce que je venais d'entendre ni, dans mon intransigeance, de m'y résigner. Voyons, me disais-je, j'allais à mon retour retrouver Sophie couchée dans le lit, les cheveux d'or brillant dans un rectangle de soleil, les mains ardentes et agiles déjà ouvertes, m'invitant à plonger dans de nouveaux délices...

Au lieu de quoi, coincé contre le miroir au-dessus du lavabo de la salle de bains, il y avait un billet. Griffonné au crayon, c'était indubitablement un témoignage de cette maîtrise imparfaite de l'anglais écrit dont peu de temps auparavant s'était lamentée Sophie, mais aussi de l'influence de l'allemand, que bien des années plus tôt à Cracovie, elle avait appris de son père et qui, sans que je soupçonne jamais avec quelle obstination, s'était incrusté dans l'architecture de son esprit, comme les corniches et les moulures dans la pierre des sculptures gothiques.

Mon très cher Stingo, tu fais un amant tellement formitable que j'ai horreur de te quitter ainsi et bartonne-moi de ne pas te dire au revoir mais il faut que je retourne à Nathan. Crois-moi tu finiras par trouver une formitable Matemoiselle pour te rendre heureux à la Ferme. Je t'aime tellement — tu ne tois pas croire à cause de tout ceci que je suis cruelle. Mais quand je me suis réveillée je me suis sentie tellement malheureuse et remblie de Tésespoir à cause de Nathan je veux dire tellement remblie de Remords et d'idées de Mort qu'on aurait dit que de la Glace coulait dans mon Sang. Ce qui fait qu'il faut que je retourne encore une fois vers Nathan quoi qu'il puisse arriver. Peut-être ne te reverrai-je jamais mais il faut me croire quand je tis combien te connaître a été important pour moi. Tu es un amant merveilleux Stingo. Je me sens tellement moche, il faut que je barte maintenant. Bardonne mon pauvre anglais. J'aime Nathan et j'éprouve aussi cette haine pour la Vie et pour Dieu. MERDE pour Dieu et toutes ses Œuvres. Et Merde aussi pour la Vie. Et même pour ce qui reste de l'Amour.

Sophie.

Personne ne sut jamais avec précision ce qui se passa entre Sophie et Nathan lorsqu'elle regagna Brooklyn ce samedi-là. Parce qu'elle m'avait raconté avec tant de détails leur horrible week-end dans le Connecticut l'automne précédent, peut-être suis-je le seul parmi ceux qui les connaissaient tous les deux à avoir eu une vague idée de ce qui se passa dans leur chambre lors de leur dernière rencontre. Mais je ne pus moi aussi que deviner; ils ne laissèrent aucun ultime message qui aurait pu fournir une clef. Comme la plupart des événements inexplicables, celui-ci soulevait certains « si » troublants qui, rétrospectivement, faisaient paraître plus cruelles encore les hypothèses sur ce qu'il eût convenu de faire pour empêcher le drame. (Non que je pense d'ailleurs qu'il eût été vraiment possible de l'empêcher, en dernier ressort.) La plus importante de ces suppositions impliquait Morris Fink, qui, compte tenu de ses limitations, avait déjà fait preuve de plus d'intelligence qu'on eût été en droit d'attendre de lui. Personne ne parvint jamais à établir avec exactitude à quel moment Nathan réintégra la maison au cours des trente-six heures environ qui séparaient le moment où Sophie et moi avions pris ensemble la fuite, du retour ultérieur de Sophie. Il paraît étrange que Fink — qui depuis si longtemps et avec tant de vigilance surveillait les allées et venues de tous — n'ait pas remarqué qu'à un certain moment Nathan était revenu pour aussitôt s'enfermer dans la chambre de Sophie. Mais il affirma par la suite qu'il n'avait pas vu Nathan, et je n'ai jamais cru devoir mettre en doute ses dires, pas plus que je ne mis en doute son affirmation selon laquelle il n'avait pas vu Sophie lorsque, à son tour, elle avait regagné la maison. D'après les horaires de train et de métro, et en l'absence supposée de mésaventures et de retards, elle était probablement arrivée au Palais Rose le jour même où elle m'avait abandonné à Washington, sur le coup de midi.

Si par rapport à ces allées et venues j'accorde à Fink une importance cruciale, c'est simplement que Larry — qui dès son retour de Toronto s'était précipité à Flatbush pour s'entretenir avec Morris et Yetta Zimmerman — avait chargé le portier de lui téléphoner aussitôt au cas où par hasard Nathan se manifesterait. J'avais laissé à Fink les mêmes consignes, et en outre, pour plus de sûreté, Larry avait gratifié Morris d'un généreux pourboire. Mais il ne fait aucun doute que Nathan (dans quel état d'esprit et dans quelles intentions, nul ne saurait le dire) se faufila dans la maison à un moment où Morris s'était endormi ou bien encore avait le dos tourné, tandis que l'arrivée ultérieure de Sophie échappa sans doute tout simplement à son attention. En outre, j'ai dans l'idée que Morris était couché quand Sophie téléphona à Nathan. Fink eût-il

449

réussi à joindre Larry plus tôt, le docteur serait arrivé quelques minutes plus tard ; c'était la seule personne au monde capable de maîtriser la folie de son frère, et j'ai la certitude que s'il avait été prévenu, cette histoire aurait eu un dénouement différent. Non moins lamentable peut-être, mais différent.

Ce samedi-là, l'été de la Saint-Martin avait fait son apparition sur la côte atlantique, ramenant une chaleur estivale, les mouches, un regain de bonne humeur, et pour la plupart des gens, cette impression absurdement trompeuse que l'assaut de l'hiver n'est qu'une misérable illusion. J'avais ressenti cette impression le même après-midi à Washington (à dire vrai, j'avais pourtant autre chose en tête que le temps), tout comme je le jurerais, Morris Fink avait dû au Palais Rose être effleuré par ce même sentiment. Il me confia plus tard qu'il ne s'était aperçu, avec une surprise croissante, du retour de Sophie dans sa chambre, qu'en entendant la musique emplir l'escalier. Il était alors environ deux heures du matin. Il ne connaissait rien à la musique que Nathan et elle écoutaient pratiquement en permanence, se bornant à l'identifier comme « classique », et m'avouant même un jour que trop « profonde » pour qu'il puisse y comprendre quelque chose, il la trouvait cependant plus à son goût que les niaiseries à la mode que vomissaient les radios et les tourne-disques des autres locataires.

Quoi qu'il en soit, il fut surpris — que dis-je, abasourdi — en constatant que Sophie était de retour ; son esprit établit sur-le-champ le lien avec Nathan, et il se demanda si ce n'était pas le moment de passer un coup de fil à Larry. Mais il n'avait aucune preuve de la présence de Nathan, et il hésita à prévenir Larry alors qu'il ne s'agissait peut-être que d'une fausse alerte. Nathan lui inspirait maintenant une peur horrible (il se trouvait assez près de moi l'avant-veille pour m'avoir vu sursauter quand le téléphone m'avait transmis le coup de feu tiré par Nathan) et il mourait d'envie d'avoir un prétexte pour appeler la police — au moins par précaution, sinon pour autre chose. Depuis la dernière crise de Nathan, il flairait quelque chose d'effrayant et l'histoire entre Nathan et Sophie le rendait désormais nerveux, le plongeait dans un tel état de frousse et d'angoisse, qu'il était à deux doigts de renoncer à la chambre qu'il occupait en échange de ses fonctions de portier pour prix d'un demi-loyer, et d'annoncer à Mrs. Zimmerman qu'il était résolu à partir s'installer chez sa sœur à Far Rockaway. La chose ne faisait plus pour lui aucun doute, Nathan était le plus sinistre des *golems*. Un danger public. Mais Larry l'avait averti, en aucun cas ni lui ni personne ne devaient faire appel à la police. Morris resta donc à attendre en bas près de la porte du couloir, poisseux de sueur comme en plein été et l'oreille tendue vers la musique compliquée et mystérieuse qui pleuvait du premier.

Ce fut alors qu'à sa stupéfaction grandissante, il vit, sur le palier, la porte s'ouvrir lentement et que Sophie émergea en partie de sa chambre. Son aspect n'avait rien d'anormal, se rappela-t-il par la suite ; peut-être avait-elle l'air, disons, ma foi, un peu lasse, avec des plaques d'ombre sous les yeux, mais rien ou presque dans son expression ne trahissait la tension, le chagrin, la détresse, ou toute autre émotion « négative » qu'en toute logique on aurait pu s'attendre à la voir trahir après les épreuves des derniers jours. Au contraire, tandis qu'elle s'attardait là quelques instants, une de ses mains caressant la poignée de la porte, une lueur étrange et vaguement amusée effleura son visage, comme si elle riait doucement ; ses lèvres s'entrouvrirent, ses dents luisantes brillèrent dans la vive lumière de l'après-midi, et il vit alors sa langue effleurer sa lèvre supérieure, coupant court aux mots qu'elle avait été sur le point de prononcer. Morris devina qu'elle

451

l'avait aperçu, et une crispation lui mordit les entrailles. Il y avait des mois qu'il en pinçait pour elle ; sa beauté continuait à le torturer, comme elle le torturait sans trêve depuis tant de jours, désespérément, gonflant en lui un flot de chagrin mêlé de concupiscence. Elle méritait pourtant mieux que ce *meshuggener* de Nathan.

Puis tout à coup, il fut frappé par ce qu'elle portait — une tenue qui même à ses yeux profanes parut démodée et vieillotte, mais n'en rehaussait pas moins son extraordinaire beauté : une veste blanche portée sur une jupe en satin plissé couleur vin, une écharpe de soie enroulée autour du cou, et rabattu sur le front, un béret rouge. Elle avait tout d'une vedette de cinéma d'antan. Clara Bow, Fay Wray, Gloria Swanson, quelqu'un de ce genre. Ne l'avait-il jamais vue habillée ainsi auparavant ? Avec Nathan ? Il ne s'en souvenait plus. Non seulement sa défroque, mais aussi le simple fait qu'elle fût là, tout cela emplissait Morris Fink d'une perplexité intense. Deux nuits plus tôt seulement, elle était partie, emportant ses bagages, en proie à une telle panique et en compagnie de... Cela aussi était un autre mystère. « Où est Stingo ? » fut-il sur le point de demander d'un ton amical. Mais il n'avait pas encore ouvert la bouche qu'elle s'approchait vivement de la rampe : « Morris, dit-elle en se penchant, cela vous ennuierait-il d'aller me chercher une bouteille de whisky ? » Sur quoi elle laissa tomber un billet de cinq dollars, qui descendit en voletant et qu'il happa au passage entre ses doigts.

Il descendit sans se presser jusqu'à Flatbush Avenue, à cinq cents mètres de là, et acheta une demi-bouteille de Carstairs. Sur le chemin du retour et accablé de chaleur, il s'attarda à flâner quelques instants à la lisière du parc, contemplant les terrains de sport des Parade Grounds où une bande de gosses et d'adolescents s'entraînaient au football, shootant et dribblant, se plaquant sans merci, se bombardant d'obscénités réjouies dans le jargon familier, sonore et plat de Brooklyn ; il n'était pas tombé une goutte de pluie depuis des jours, et la poussière s'élevait en petits cyclones coniques, blanchissant l'herbe et les feuilles desséchées à l'orée du parc. Morris se laissait facilement distraire. Il lui revint plus tard que pendant une bonne vingtaine de minutes, il lui sortit complètement de la tête qu'il était parti faire une course, quand tout à coup une bouffée de musique « classique » l'arracha à sa distraction, jaillie de la fenêtre de Sophie, à plusieurs centaines de mètres de là. Une musique tapageuse où, lui sembla-t-il, dominaient les trompettes. Se souvenant alors de la mission dont il était chargé, et de Sophie qui devait l'attendre, il reprit en hâte le chemin du Palais Rose, au petit trot cette fois, et faillit se faire écraser dans Caton Avenue (il s'en souvenait très bien, comme de tant d'autres détails de cet après-midi-là) par un camion jaune de la Con Edison. La musique s'amplifia à mesure qu'il approchait, et il songea qu'il serait peut-être sage de demander à Sophie, aussi délicatement que possible, de baisser le son, mais il se ravisa ; après tout, on était en plein jour, un samedi qui plus est, et les autres locataires étaient absents. La musique inondait tout le quartier sans faire de mal à personne. Tant pis, merde, il en avait rien à foutre.

Il frappa à la porte de Sophie, mais n'obtint pas de réponse ; il tambourina de plus belle, sans plus de succès. Il posa la bouteille de Carstairs sur le plancher contre le montant de la porte, puis redescendit dans sa chambre où il resta une demi-heure environ à rêvasser en feuilletant ses albums de pochettes d'allumettes. Morris était collectionneur ; sa chambre regorgeait aussi de capsules de boissons gazeuses. Il décida alors de faire sa sieste coutumière. Quand il se réveilla, tard dans l'après-midi, la musique s'était tue. Il m'avoua avoir ressenti alors une moiteur de mauvais augure ; il attribua ses appréhensions à la chaleur oppressante pour la saison, étouffante comme l'atmosphère d'une chaufferie, qui même à l'approche du crépuscule stagnait dans l'air immobile, l'inondant de sueur. Tout paraissait soudain si *calme* dans la maison, avait-il songé. Très loin sur l'horizon de l'autre côté du parc, un éclair de chaleur zébra le ciel, et vers l'ouest, il lui sembla entendre gronder sourdement le tonnerre. Dans la maison silencieuse peu à peu envahie par la pénombre, il gravit à pas lourds l'escalier. La bouteille de whisky attendait toujours contre la porte. Morris frappa de nouveau. La porte était vieille et avait un peu de jeu, ou de mou, ce qui laissait un interstice entre le panneau et le chambranle, et si la porte pouvait se refermer automatiquement, elle était pourvue d'un autre verrou qui se tirait de l'intérieur ; à travers l'interstice, Morris constata que la targette intérieure était poussée à fond, et comprit du même coup qu'il était exclu que Sophie fût sortie de la pièce. A deux reprises, puis trois, il l'appela par son nom, mais seul le silence lui répondit, et sa perplexité se mua bientôt en inquiétude quand, glissant un coup d'œil par la fente, il s'aperçut qu'aucune lumière n'était allumée dans la chambre, bien qu'il fît de plus en plus sombre. Ce fut alors qu'il conclut qu'il ferait peut-être bien d'appeler Larry. Le docteur arriva moins d'une heure après, et conjuguant leurs efforts, ils enfoncèrent la porte...

Pendant ce temps, suffoquant moi aussi dans une petite chambre de Washington, j'avais pris une décision qui eut pour effet de m'empêcher *moi* d'influer en rien sur le cours des événements. Sophie avait six heures d'avance sur moi, pourtant, si je m'étais lancé sans tarder à ses trousses, peut-être serais-je arrivé à Brooklyn à temps pour détourner le coup qui déjà menaçait de s'abattre. Mais voilà, je continuais à me ronger et me torturer, et pour des raisons que je ne parviens toujours pas à élucider tout à fait, je décidai de continuer sans elle jusqu'à Southampton. Sans doute un élément de rancune entrait-il dans ma décision : mauvaise humeur et colère devant son abandon, une pointe d'authentique jalousie, tout cela débouchant sur la conclusion amère et déprimante que la salope pouvait désormais aller se faire foutre. Nathan, ce *shmuck*! J'avais fait tout mon possible. Qu'elle coure donc se jeter dans les bras de son cinglé de joli cœur juif, ce salaud de youpin. Aussi, vérifiant les ressources en baisse de mon portefeuille (ironie, je subsistais encore grâce au cadeau de Nathan), je décampai de l'hôtel en proie à une vague fièvre antisémite, me traînai dans une chaleur de jungle le long de rues interminables jusqu'à la gare routière, et là, pris un billet pour Franklin, en Virginie, dont un long voyage me séparait encore.

Il était alors une heure de l'après-midi. Je ne le soupçonnais guère, mais je traversais une crise profonde. Cette cruelle, cette monstrueuse déception — cette trahison! — m'avait en fait plongé dans une souffrance si intense, qu'une sorte de danse de Saint-Guy avait commencé à s'emparer de moi et que je tremblais de tous mes membres. En outre, j'avais les nerfs à vif et le malaise physique que je devais à ma gueule de bois s'était mué en torture, je souffrais d'une soif inextinguible, et quand enfin l'autocar s'engagea dans les embouteillages de la ville d'Arlington, je souffrais d'une crise d'angoisse que toutes mes antennes psychiques interprétaient maintenant comme grave, et qui déclenchait des signaux d'alarme dans tout mon corps. Tout ceci était en grande partie dû au whisky que Sophie avait déversé dans mon gosier. Jamais encore je n'avais vu mes doigts secoués de ce tremblement incontrôlable, pas plus que je ne me souvenais avoir jamais eu du mal à allumer une cigarette. En outre, le paysage inondé de lune que nous

Le choix de Sophie (t. II). 15.

traversions avait quelque chose de fantastique et de cauchemardesque qui exacerbait ma déprime et ma crainte. Les sinistres faubourgs, les hautes tours des pénitenciers, l'immensité du Potomac aux eaux visqueuses de pollution. Lorsque j'étais enfant, il n'y avait pas si longtemps, la périphérie sud du District, une chaîne de carrefours bucoliques, était encore assoupie dans un charme poussiéreux. Mon Dieu, quel spectacle maintenant. J'avais oublié la maladie qui si vite avait gangrené l'Etat où j'étais né ; démesurément gonflée par les bénéfices de la guerre, cette lèpre urbaine d'une fécondité obscène déferlait sous mes yeux comme une réédition hallucinée de Fort Lee, dans le New Jersey, et du gigantesque fléau de béton que seulement la veille j'avais cru laisser à jamais derrière moi. Cela n'était-il pas toujours le cancer yankee, qui poussait ses métastases au cœur du Vieux Dominion cher à mon cœur ? Mais bien sûr plus au sud, tout irait mieux ; néanmoins, je ne pus m'empêcher de plaquer mon crâne meurtri contre le dossier, et ce faisant, me tordis sous l'empire conjugué d'une panique et d'une lassitude comme jamais je n'en avais connues.

— Alexandra, lança le chauffeur.

Ici, je le savais, je devais fuir l'autocar. Qu'irait penser, je me le demandais bien, quelque interne de l'hôpital de la ville à la vue de ce spectre maigre et hagard vêtu de son costume de crépon froissé, suppliant qu'on le fourre dans une camisole ? (Fut-ce alors que me vint la certitude que plus jamais je ne vivrais dans le Sud ? Je le crois, même si aujourd'hui encore, je n'en jurerais pas.)

Pourtant, repoussant l'assaut des diablotins de la neurasthénie, je parvins enfin à reprendre raisonnablement mes esprits. Empruntant toute une série de moyens de transports interurbains (y compris un taxi, ce qui me laissa quasiment sans le sou), je regagnai Union Station à temps pour attraper le train de trois heures pour New York. Jusqu'au moment où je m'installai dans le wagon à l'atmosphère confinée, je n'avais pas eu le courage de m'abandonner à des images, à des souvenirs de Sophie. Dieu compatissant, ma Polonaise adorée, en train de plonger tête baissée vers la mort ! Je compris, dans un éclair de lucidité étourdissante, que si je l'avais bannie de mes pensées durant cette incursion avortée en Virginie, c'était pour la simple raison que mon subconscient m'avait interdit de prévoir ni d'accepter ce que, dans son impitoyable lucidité, mon esprit me proclamait avec insistance : quelque chose de terrible allait lui arriver, à elle et aussi à Nathan, et mon retour en catastrophe à Brooklyn ne pouvait en rien modifier le cours du destin qu'ils avaient embrassé. Je compris cela non parce que j'étais intuitif, mais parce que je m'étais montré délibérément aveugle ou obtus, ou les deux à la fois. Son billet d'adieu ne l'avait-il pas annoncé sans ambages, si clairement qu'un innocent enfant de six ans aurait pu en deviner le sens, et n'avais-je pas péché par négligence, une négligence criminelle, en m'abstenant de me lancer sur-le-champ à sa poursuite pour entreprendre cet absurde voyage en car sur l'autre rive du Potomac ? L'angoisse me submergeait. Au remords qui l'assassinait, aussi sûrement que ses enfants avaient été assassinés, fallait-il maintenant ajouter mon propre remords d'avoir commis le péché d'omission aveugle qui menaçait, aussi irrémédiablement que les propres mains de Nathan, de sceller son fatal destin ? Je me dis : Doux Jésus où puis-je trouver un téléphone ? Il faut que je prévienne Morris Fink ou Larry, avant qu'il ne soit trop tard. Mais comme cette pensée me venait, le train s'ébranla en frémissant, et je sus que je n'aurais plus aucun moyen d'établir le contact jusqu'à ce que...

Je sombrai alors dans une étrange crise mystique, brève mais intense. La Sainte Bible — que j'emportais avec moi enveloppée dans *Time* et le *Post* de Washington — était depuis des années la compagne fidèle de mes vagabondages. Elle avait aussi, bien sûr, servi d'accessoire au déguisement du Pasteur Entwistle. Jamais je n'avais rien eu d'un être dévot, et les Saintes Ecritures m'étaient toujours en grande partie apparues comme une commodité littéraire, une source de références et de répliques pour les personnages de mon roman, dont un ou deux s'étaient mués en pieux crétins. Je me voyais comme un agnostique, suffisamment affranchi du carcan de la foi et en outre assez courageux pour repousser la tentaion d'invoquer un obscur vertébré aussi discutable que la Déité, même en des périodes de labeur et de souffrance. Mais là, sur mon siège — désespéré, accablé d'une indicible faiblesse, terrifié, totalement perdu —, je compris que tous mes points d'appui m'avaient échappé, et que ni *Time* ni le *Post* ne semblaient offrir de remède à mon tourment. Une dame au teint caramel, à la taille et au poids majestueux, se faufila dans le siège voisin du mien, emplissant l'atmosphère d'un arôme d'héliotrope. Le train fonçait maintenant vers le nord, et nous quittions déjà le District de Columbia. Sentant son regard peser sur moi, je tournai la tête pour lui jeter un coup d'œil. Elle me scrutait de ses grands yeux bruns, humides et pleins de bonté, de la taille de boules de sycomores. Elle sourit, poussa un gros soupir, et son regard m'enveloppa, empreint de toute la compassion maternelle à laquelle en cet instant de désespoir mon cœur aspirait.

— Mon petit gars, dit-elle, avec une ferveur et un optimisme d'une ampleur incroyable, il n'y a qu'un seul *Bon Livre*. Et c'est justement celui que tu tiens dans la main.

Références établies, ma compagne de pèlerinage tira d'un sac à provisions sa propre Bible et s'installa commodément pour lire en poussant un gros soupir de satisfaction et en claquant bruyamment des lèvres.

« C'ois en Sa Parole, me rappela-t-elle, et tu *se'as* racheté — v'là ce que dit la Sainte Bible et c'est la vé'ité du Seigneu' ? Amen.

— Amen, répondis-je, en ouvrant ma Bible très précisément aux pages du milieu où, je m'en souvenais depuis mes idiotes leçons de l'école du dimanche, je trouverais les Psaumes de David.

« Amen, dis-je de nouveau. *Comme le cœur se languit des ruisseaux d'eau fraîche, mon âme se languit de toi, O Dieu... L'abîme appelle l'abîme au bruit de tes trombes d'eau : tes vagues et les lames ont toutes déferlé sur moi.*

Je sentis soudain qu'il fallait que je me dérobe aux regards. Je gagnai en titubant les toilettes, m'enfermai à clef et m'assis sur la cuvette, griffonnant dans mon calepin des messages apocalyptiques destinés à moi-même dont ce fut à peine si je compris le sens alors même qu'ils ruisselaient de mon esprit en pleine confusion : ultimes messages d'un condamné, ou divagations de quelqu'un qui, agonisant sur la plus lointaine et la plus croupissante des grèves de la planète, enferme ses gribouillis déments dans des bouteilles qu'il lance à la mer, les abandonnant au sein noir et indifférent de l'éternité.

— Pou'quoi est-ce que tu pleu'es, petit ? demanda plus tard la femme quand je m'affalai près d'elle. Je pa'ie que quelqu'un se'a allé te fai'e beaucoup de mal ?

Je ne trouvai rien à répondre, mais elle me fit alors une suggestion, et au bout d'un moment, je rassemblai assez mes esprits pour me mettre à lire à l'unisson avec elle, si bien que nos voix s'élevèrent en une harmonieuse et fervente mélopée qui couvrit le vacarme du train.

— Psaume quatre-vingt-huit, suggérai-je par exemple.

— Ça, c'est un beau Psaume, me répondit-elle.

O Seigneur Dieu de mon salut, j'ai pleuré jour et nuit devant Toi : Laisse ma prière monter jusqu'à Toi ; prête l'oreille à mon cri ; Car mon âme est accablée de tourments.

De Wilmington à Chester et jusqu'au-delà de Trenton, nous lûmes à haute voix, puisant de temps à autre dans l'Ecclésiaste et Isaïe. Un peu plus tard, nous essayâmes le Sermon sur la Montagne, mais je ne sais pourquoi il n'eut aucun effet sur moi ; la noble et vénérable lamentation hébraïque semblait plus cathartique, aussi en revînmes-nous à Job. Quand enfin levant les yeux je regardai au-dehors, la nuit était tombée et vers l'ouest la foudre se convulsait en nappes vertes au-dessus de l'horizon. La prêtresse noire, pour laquelle j'avais conçu de l'affection, sinon de la tendresse, descendit à Newark.

— Tout fini'a par s'a''ranger, prédit-elle.

De l'extérieur cette nuit-là, le Palais Rose ressemblait au décor d'un de ces films policiers pleins de violence et de couleurs que j'avais vus plus de cent fois. Aujourd'hui encore, je me souviens nettement de mon sentiment de résignation quand j'escaladai le trottoir — ma volonté de ne pas être surpris. Tous les symboles de la mort étaient là, tels que je les avais imaginés : ambulances, fourgons d'incendie, voitures de premier secours, voitures de police palpitant de lueurs rouges — tout ceci disproportionné aux besoins, à croire que la pauvre maison décrépite avait abrité quelque horrible massacre et non deux êtres qui librement avaient choisi une fin presque solennelle, s'étaient lancés en silence dans le sommeil. Un projecteur enveloppait toute la scène dans sa lueur crue, il y avait aussi une sinistre barricade avec sa pancarte — PASSAGE INTERDIT — et partout de petits groupes d'agents à l'air de gangsters qui mâchaient leur chewing-gum et assenaient des tapes négligentes sur leurs grosses fesses. J'entamai une discussion avec un des flics — un gros

Irlandais laid et coléreux — en revendiquant le droit
d'entrer, et sans Larry je serais sans doute resté des
heures dehors. Il m'aperçut, adressa quelques paroles
bien senties au gros flic rougeaud, sur quoi on me
laissa pénétrer dans le couloir du rez-de-chaussée.
Dans ma propre chambre, dont la porte était entrebâil-
lée, Yetta Zimmerman gisait, mi-assise mi-allongée
dans un fauteuil, marmonnant des propos incohérents
en yiddish. De toute évidence, elle venait seulement
d'apprendre ce qui était arrivé; son large visage
dépourvu de charme, d'ordinaire l'image même de la
bonne humeur, était exsangue et comme vidé de toute
expression par le choc. Un ambulancier se tenait à
proximité, prêt à lui administrer une piqûre. Sans un
mot, Larry me conduisit en haut et dans l'escalier nous
croisâmes un groupe de reporters policiers à l'air
sournois et deux ou trois photographes qui semblaient
réagir au moindre geste en faisant exploser leurs
flashes. Au-dessus du palier, planait un nuage de fumée
de cigarettes si épais que je me demandai un instant
s'il n'y avait pas eu le feu. Près de la porte de la
chambre de Sophie, Morris Fink, encore plus blême et
exsangue que Yetta, et l'air sincèrement désespéré,
répondait d'une voix tremblante aux questions d'un
inspecteur. Je pris le temps d'échanger quelques paroles avec Morris. Il me parla en deux mots de l'après-
midi, de la musique. Enfin ce fut la chambre dont la
douce lumière corail luisait derrière la porte enfoncée.
Je clignai les yeux dans la pénombre, puis peu à peu
distinguai Sophie et Nathan encore étendus sur le
couvre-lit abricot. Ils étaient vêtus comme lors de ce
lointain dimanche où pour la première fois je les avais
vus ensemble, elle avec ses fringues sport d'une époque
disparue, lui avec ce costume de flanelle grise à larges
raies, canaille et anachronique, qui lui donnait l'air
d'un joueur à la coule. Ainsi vêtus, mais allongés et
enlacés l'un à l'autre, ils paraissaient, de l'endroit où je

m'étais arrêté, aussi paisibles que deux amants qui un après-midi auraient gaiement fait toilette pour aller se promener, mais changeant d'avis, auraient ensuite décidé de s'étendre pour faire la sieste, ou s'embrasser et faire l'amour, ou simplement se chuchoter des douceurs à l'oreille, et eussent été pétrifiés à jamais dans cette grave et tendre étreinte.

— A votre place, j'éviterais de regarder leurs visages, dit Larry, qui un instant plus tard ajouta : mais ils n'ont pas souffert. C'était du cyanure. Tout a été fini en quelques secondes.

A ma grande honte et à mon grand chagrin, je sentis les jambes me manquer et je faillis tomber, mais Larry m'empoigna fermement et me soutint. Puis je me repris et franchis le seuil.

— Qui est-ce, docteur ? demanda un agent, en s'avançant pour me bloquer le passage.

— Quelqu'un de la famille, dit Larry, ce qui était la vérité. Laissez-le entrer.

Il n'y avait pas grand-chose dans la pièce pour confirmer ou infirmer les conjectures, ni pour expliquer les deux morts sur le lit. Je ne pus supporter de les regarder plus longtemps. Quelque chose me poussa vers le tourne-disque, qui s'était arrêté de lui-même, et je jetai un coup d'œil à la pile de disques que Sophie et Nathan avaient passés cet après-midi-là. *Trumpet Voluntary* de Purcell, le concerto pour violoncelle de Haydn, un passage de la Symphonie pastorale, la complainte pour Eurydice de l'*Orfeo* de Gluck — tout cela figurait parmi la douzaine de disques que je retirai de la broche. Il y avait aussi deux morceaux dont les titres avaient pour moi un sens particulier, ne serait-ce qu'en raison du sens qu'ils avaient eu, je le savais, pour Sophie et Nathan. L'un était le larghetto du concerto pour piano de Mozart en si bémol majeur — le dernier qu'il avait écrit — et je m'étais souvent trouvé en compagnie de Sophie quand elle l'écoutait, allongée sur le lit, un bras rabattu sur les yeux, tandis que les accents tragiques, lents et doux, inondaient la chambre. Lorsque Mozart l'avait composé, il approchait du terme de sa vie ; était-ce pour cette raison (j'entends encore Sophie se le demander à voix haute) que la mélodie était empreinte d'une résignation presque pareille à de la joie ? Si la chance lui avait permis de devenir pianiste, avait-elle poursuivi, ce morceau aurait été l'un des premiers qu'elle eût souhaité graver dans sa mémoire, maîtrisant toutes les nuances de ce qui pour elle était la résonance même de « l'immortalité ». Je ne savais presque rien alors de l'histoire de Sophie, de même que je ne pus saisir pleinement le sens de ce que, après un silence, elle me dit au sujet du morceau : que jamais elle ne l'écoutait sans songer à des enfants en train de jouer dans le crépuscule, se hélant de leurs petites voix flûtées et lointaines, tandis que les ombres de la nuit tombante s'abattaient comme une aile sur quelque pelouse verte et paisible.

Deux employés de la morgue en blouse blanche pénétrèrent dans la pièce, dans un bruissement de sacs en plastique. L'autre morceau, Sophie et Nathan n'avaient cessé de l'écouter tout l'été. Je ne veux pas lui accorder plus de sens qu'il n'en mérite, car Sophie et Nathan avaient l'un comme l'autre perdu la foi. Mais le disque se trouvait sur le sommet de la pile et, en le reposant, je ne pus me retenir de faire cette supposition instinctive, en présumant que dans leur ultime angoisse — ou extase, ou toute autre forme de révélation suprême qui peut-être les avait unis l'un à l'autre juste avant les ténèbres — la musique qu'ils avaient écoutée était *Que ma joie demeure*.

463

Ces dernières notations devraient, je suppose, être intitulées par exemple : « Comment vaincre le Chagrin. »

Nous inhumâmes Sophie et Nathan côte à côte dans un cimetière du canton de Nassau. L'organisation des obsèques fut moins difficile qu'on aurait pu s'y attendre. Car il y avait eu des problèmes. Après tout, un Juif et une catholique liés par un « pacte de suicide » (comme le *Daily News* baptisa la chose, dans un article assorti d'horribles clichés en page trois), des amants célibataires vivant dans le péché, deux êtres bien faits et d'une beauté suggestive, l'instigateur de la tragédie un jeune homme au lourd bilan psychotique, et ainsi de suite — il y avait là en l'an 1947 matière à un superscandale. On pouvait prévoir une foule d'objections à des doubles funérailles. Pourtant la cérémonie fut relativement facile à organiser (Larry se chargea de tout) dans la mesure où du point de vue religieux, il n'y avait pas de règles strictes à respecter. Larry et Nathan avaient eu des parents juifs orthodoxes, mais la mère était morte et le père, à quatre-vingts ans passés, était d'une santé précaire et même pratiquement sénile. En outre — et pourquoi ne pas voir les choses en face ? conclûmes-nous —, Sophie n'ayant pas de famille, Nathan était son plus proche parent. Considérations de bon sens qui poussèrent Larry à opter pour les rites qui se déroulèrent le lundi suivant. Ni Larry ni Nathan n'avaient mis les pieds dans une synagogue depuis des années. Et je déclarai à Larry, quand il sollicita mon avis, que j'étais convaincu que Sophie n'aurait pas voulu d'un prêtre ni du rituel de sa propre Eglise — une supposition blasphématoire, peut-être, et qui risquait de vouer Sophie à l'enfer, mais j'avais la conviction (et l'ai toujours) de ne pas me tromper. Dans l'au-delà, Sophie serait capable d'endurer n'importe quel enfer.

Ce fut ainsi que dans un des avant-postes de Walter B. Cooke, au centre de la ville, se déroulèrent des obsèques aussi civilisées et dignes que possible vu les circonstances, malgré leur relent de passion coupable et fatale (du moins, pour les badauds qui de loin lorgnaient la scène). Nous devions avoir quelques ennuis avec le théologien chargé du service ; il fut au-dessous de tout, mais par bonheur je ne m'en rendis pas compte pendant que cet après-midi-là, Larry et moi recevions côte à côte les condoléances. Peu de gens avaient accompagné le cortège. L'aînée des sœurs Landau, l'épouse d'un chirurgien, arriva la première. Elle était venue en avion de Saint Louis, accompagnée par son fils de dix ans. Les deux chiropracteurs, Blackstock et Katz, survinrent vêtus comme des prin-ces, en compagnie de deux jeunes femmes de leur cabinet, qui avaient été les collègues de Sophie ; elles fondirent en larmes, le visage tiré et le nez rouge. Yetta Zimmerman, au bord de la prostration, arriva escortée par Morris Fink et le gros Moishe Muskatblit, le futur rabbin, qui faisait de son mieux pour soutenir Yetta, mais à en juger par son visage hagard et livide et sa démarche incertaine, paraissait avoir lui-même grand besoin d'être soutenu.

Il y eut aussi un petit groupe d'amis de Sophie et Nathan — six ou sept jeunes médecins et avocats, et des enseignants de Brooklyn College, qui tous apparte-naient à ce que j'appelais la « bande de Morty Haber », y compris Morty lui-même, un universitaire doux et à la voix onctueuse. Je l'avais rencontré quelquefois et je l'aimais bien, et ce jour-là m'attardai un peu en sa compagnie. Une atmosphère de solennité lourde, écra-sante même, plana sur la cérémonie, sans même ce souffle de gaieté fugitive qu'autorisent parfois certai-nes morts : le silence, les masques tendus par le malheur trahissaient un sentiment d'authentique choc, d'authentique tragédie. Personne ne s'était sou-cié du choix de la musique, ce qui était à la fois une ironie et une honte. Tandis qu'au milieu des explosions des flashes, le cortège s'entassait dans le hall, me parvint le son poussif d'un orgue Hammond qui jouait l' « Ave Maria » de Gounod. Songeant à l'amour et à la noble passion que Sophie vouait à la musique — comme d'ailleurs Nathan — cette œuvre maussade et vulgaire me souleva le cœur.

Mon cœur était de toute façon assez mal en point, comme d'ailleurs toute ma personne et mon équilibre même. Après le voyage en train pour rentrer de Washington, c'était à peine si j'avais eu un moment de sobriété ou de sommeil. Les récents événements avaient fait de moi un insomniaque aux yeux rougis, incapable de rester en place ; le sommeil me fuyant, j'avais tué les heures impies — passées à rôder par les rues et dans les bars de Flatbush, en murmurant « Pourquoi, pourquoi, pourquoi ? » — en m'imbibant comme un forcené, surtout de bière, qui m'avait sinon complètement enivré du moins tenu au seuil de l'ivresse. Ce fut donc à demi saoul et en proie à la plus extraordinaire sensation de bouleversement et de lassitude que j'eusse jamais ressentie (prélude à ce qui aurait pu dégénérer en une authentique hallucination alcoolique, je le compris par la suite) que je m'affalai dans une des stalles de la firme Walter B. Cooke pour écouter le « sermon » que débita le Pasteur De Witt devant les cercueils de Sophie et de Nathan. On ne pouvait guère blâmer Larry pour le choix du Pasteur De Witt. Il avait eu le sentiment que la présence d'un ecclésiastique s'imposait, mais, semblait-il, un rabbin ne convenait pas, un prêtre était hors de question — aussi un de ses amis, ou l'ami d'un ami, avait-il suggéré le Pasteur De Witt. C'était un universaliste, un homme de la quarantaine environ, au visage empreint d'une sérénité artificielle, aux cheveux blonds et ondulés soigneusement coiffés et aux lèvres roses et mobiles, plutôt poupines. Il portait un complet fauve et un petit gilet fauve qui sanglait sa bedaine naissante, sur laquelle scintillait la clef dorée d'Omicron Delta Kappa, la grande fraternité de son université.

Ce fut alors que je laissai fuser mon premier gloussement, clairement audible et à demi dément, qui provoqua un léger émoi parmi les voisins immédiats. Je n'avais jamais vu cette clef portée par quelqu'un qui était comme lui de beaucoup mon aîné, surtout en dehors d'un campus, ce qui parait d'une touche supplémentaire de ridicule un individu qui de plus m'inspirait une antipathie instinctive. J'imaginais les cris horrifiés de Nathan à la vue de ce triton *goy* ! Affalé sur mon banc dans la pénombre, à côté de Morty Haber, je décidai que le Pasteur De Witt, de tous les êtres que j'avais rencontrés, exacerbait mes envies homicides. Il continuait à bourdonner outrageusement, invoquant Lincoln, Ralph Waldo Emerson, Dale Carnegie, Spinoza, Thomas Edison, Sigmund Freud. Il ne mentionna le Christ qu'une seule fois, en termes plutôt vagues — non que je m'en souciasse. Je m'enfonçai toujours plus profond dans ma stalle, et me mis à couper sa voix, comme quand on ferme le son en tournant le bouton d'une radio, ne permettant à mon esprit que de capter nonchalamment les plus grosses et les plus molles de ses platitudes. Des enfants perdus. Victimes d'une époque de matérialisme déchaîné. Perte des valeurs universelles. Echec des principes démodés d'indépendance de l'individu. *Impuissance à communiquer avec autrui.*

Quelles foutues conneries ! me dis-je, puis me rendis compte que je venais de parler tout haut, car je sentis la main de Morty Haber me tapoter la cuisse et perçus son discret « Chut-Chut ! » qui se conjugua à un petit rire étouffé visant à me signaler qu'il était d'accord avec moi. Sans doute glissai-je alors dans l'inconscience — non dans le sommeil, mais dans un de ces royaumes cataleptiques où les pensées fuient le cerveau comme pour faire l'école buissonnière — car quand je revins à moi, ce fut pour affronter l'horrible spectacle des deux cercueils de métal gris qui passaient près de moi sur leurs chariots étincelants et s'éloignaient dans la travée.

— Je crois que je vais vomir, dis-je trop fort.

— *Chut-chut*, fit Morty.

Avant d'embarquer dans la limousine pour gagner le cimetière, je me glissai dans un bar voisin et fis emplette d'une grosse caissette de bière. Dans ce temps-là, un litre de bière coûtait trente-cinq cents. J'avais pleinement conscience que ma conduite frisait la muflerie, mais personne ne parut s'en formaliser, et j'étais passablement bourré quand nous parvînmes au cimetière, un peu au-delà d'Hampstead. Chose étrange, Sophie et Nathan étaient parmi les premiers à prendre place dans cette nécropole toute neuve. Sous le chaud soleil d'octobre, l'immense nappe de gazon encore vierge s'étendait jusqu'à l'horizon. Tandis que notre cortège se faufilait jusqu'à l'emplacement choisi pour les tombes, je redoutai un instant que ces deux êtres chers à mon cœur ne fussent inhumés dans un terrain de golf. Et le temps d'un instant cette idée me parut très réelle. J'avais sombré dans un de ces états de fantasme inversé ou de prestidigitation psychique qui parfois s'emparent des ivrognes : je voyais, génération après génération, des golfeurs commencer leur parcours sur la tombe de Nathan et Sophie, s'écrier « En avant ! », et s'affairer avec leurs fers et leurs drivers tandis que sous le gazon vibrant, les âmes défuntes s'agitaient misérablement.

Dans une des Cadillac, assis à côté de Morty, je feuilletai l'anthologie de poésie américaine d'Untermeyer que j'avais apportée avec moi, ainsi que mon calepin. J'avais proposé à Larry de me laisser lire quelque chose, et l'idée lui avait plu. Je tenais à ce qu'avant notre ultime adieu, Sophie et Nathan entendent le son de ma voix ; que le Pasteur De Witt eût le dernier mot était un outrage que je ne pouvais tolérer, aussi feuilletai-je avec ardeur les pages généreusement allouées à Emily Dickinson, en quête du plus beau passage que je puisse trouver. Il me revint comment, à la bibliothèque de Brooklyn College, c'était Emily qui avait mis en présence Nathan et Sophie ; il me semblait approprié que ce fût encore elle qui leur souhaitât adieu. Une allégresse ivre et euphorique surgit irrésistible en moi quand je tombai sur le poème idoine, ou, devrais-je dire, parfait ; au moment où la limousine fit halte près de la tombe, je gloussai doucement de joie et, en m'extirpant de la voiture, je faillis m'étaler sur l'herbe.

Au cimetière, le requiem du Pasteur De Witt fut une version concentrée de ce qu'il nous avait infligé au dépôt mortuaire. J'eus l'impression que Larry lui avait glissé un mot pour lui conseiller d'être bref. L'homme de Dieu agrémenta la cérémonie d'une désuète touche liturgique, sous la forme d'un flacon rempli de poussière qu'à la fin de son discours il tira de sa poche et vida sur les deux cercueils, moitié sur celui de Sophie, moitié sur celui de Nathan, que deux mètres séparaient. Mais il ne s'agissait pas de la banale, de l'humble poussière de la mortalité. Comme il l'annonça à l'assistance éplorée, la poussière provenait des six continents de notre monde et aussi de l'Antarctique, symbolisait le besoin que nous avions tous de ne pas oublier que la mort est universelle, qu'elle frappe les êtres de toutes croyances, de toutes couleurs, de toutes nationalités. De nouveau un souvenir me tordit le cœur ; combien dans ses moments de lucidité Nathan montrait peu de patience à l'égard des imbéciles tels que De Witt. Avec quelle joie il aurait singé et raillé, grâce à son génie du mimétisme, ce pompeux charlatan ! Mais Larry m'adressait un signe de tête, et je fis un pas en avant. Dans la paix de cet après-midi chaud et radieux, l'unique son était un doux bourdon-

nement d'abeilles, attirées par les fleurs entassées au
bord des deux tombes. Les jambes molles, passablement engourdi maintenant, je songeai à Emily, et aux
abeilles, à l'immensité de leur chant, leur bourdonnement symbole d'éternité.

> Ample fais ce lit.
> Fais ce lit avec crainte ;
> Et là attends qu'éclate le jugement
> Excellent et juste.

J'hésitai quelques instants avant de poursuivre. Je
n'avais eu aucun mal à formuler mes paroles, mais un
nouvel accès d'hilarité m'interrompit, mêlée cette fois
de chagrin. Ne fallait-il pas voir quelque mystérieuse
signification dans le fait que toute mon expérience de
Sophie et de Nathan pût se ramener au cadre d'un lit
— depuis l'instant — des siècles des siècles m'en
séparaient, me semblait-il — où pour la première fois
je les avais entendus au-dessus de ma tête lancés dans
le glorieux cirque de leurs ébats amoureux, jusqu'au
tableau final sur le même lit, dont l'image m'accompa-
gnerait jusqu'au jour où la sénilité ou encore ma
propre mort l'effacerait enfin de mon esprit ? Je crois
bien que ce fut alors que je commençai à me sentir
hésiter et faiblir, et peu à peu à m'effondrer.

> Que son matelas soit droit,
> Que l'oreiller soit rond ;
> Que jamais le bruit jaune de l'aube
> Ne vienne troubler ce champ.

Bien des pages plus haut, j'ai évoqué la relation faite
d'amour et de haine qui me lie encore au journal que je
tenais en ces jours de ma lointaine jeunesse. Les
passages les plus valables et les plus vivants — ceux
qu'en général je me suis retenu de détruire — me

470

parurent plus tard être ceux qui avaient un rapport avec mes émasculations, ma virilité frustrée et mes passions avortées. Ils englobaient mes nuits de noir désespoir en compagnie de Leslie Lapidus et de Mary Alice Grimball, et eux aussi avaient une place légitime dans ce récit. Quant au reste, tant de choses se composaient de rêveries creuses, de prétentieuses notes, d'incursions débiles dans des séminaires philosophiques où je n'avais nulle raison d'aller fouiner, que je coupai irrémédiablement court à tout risque de les voir me survivre, en les vouant, il y a de cela quelques années, à un spectaculaire autodafé dans mon arrière-cour. Quelques pages disparates ont échappé aux flammes, mais même celles-ci, je les ai conservées moins en raison de leur valeur intrinsèque que pour ce qu'elles pouvaient ajouter au bilan historique — le bilan, veux-je dire, de moi-même. De la demi-douzaine de pages rescapées de ces ultimes journées, par exemple — le laps de temps entre mes gribouillages frénétiques dans les toilettes du train qui me ramenait de Washington et le lendemain des funérailles —, j'ai jugé dignes d'être préservées très exactement trois courtes lignes. Et si celles-ci présentent quelque intérêt, ce n'est pas qu'elles offrent quoi que ce soit d'impérissable, mais parce que, si ingénues qu'elles puissent paraître maintenant, elles furent du moins arrachées comme une sève vitale à un être dont la survie même se trouva un temps menacée.

Un jour je finirai par comprendre Auschwitz. Propos optimiste mais d'une absurdité débile. Personne ne comprendra jamais Auschwitz. Peut-être avec plus d'exactitude aurais-je pu écrire ceci : *Un jour j'écrirai à propos de la vie et de la mort de Sophie, et ce faisant, aiderai à établir la preuve que le mal absolu n'est jamais extirpé de ce monde.* Quant à Auschwitz lui-même, il demeure inexplicable. La déclaration la plus pertinente faite jusqu'à ce jour sur Auschwitz n'était en fait pas une déclaration, mais une réponse :

La question : A Auschwitz, dis-moi, où était Dieu ? Et la réponse : Où était l'homme ?

La deuxième ligne que j'ai ressuscitée du néant est peut-être un peu trop facile, mais je l'ai conservée. *Laisse ton amour ruisseler sur tout ce qui vit.* A un certain niveau, ces mots ont la qualité d'une robuste homélie. Néanmoins ils sont d'une extraordinaire beauté, reliés par le fil de leurs honnêtes et lourdes syllabes anglaises, et les revoyant maintenant sur la page du registre, la page elle-même teinte jonquille sèche et peu à peu oxydée par le temps à en devenir quasi transparente, mon œil accroche le trait furieux qui les souligne — *criss criss criss,* de vraies lacérations — comme si le pauvre Stingo torturé que j'habitais jadis, et qui jadis m'habitait, apprenant de première main et pour la première fois de sa vie d'adulte la vérité de la mort, de la souffrance, du deuil, de la terrifiante énigme de l'existence humaine, essayait physiquement d'arracher à ce papier la seule survivante — et peut-être la seule supportable — de toutes les vérités. *Laisse ton amour ruisseler sur tout ce qui vit.*

Mais ce mien précepte ne va pas sans poser un ou deux problèmes. Le premier est, bien entendu, qu'il n'est pas de moi. Il jaillit de l'univers et il est la propriété de Dieu, et les mots ont été interceptés — au vol, pour ainsi dire — par des intermédiaires tels que Lao-Tseu, Jésus, Bouddha et des milliers et des milliers d'autres prophètes de moindre envergure, au nombre desquels votre narrateur, qui perçut la terrible vérité de leur bourdonnement quelque part entre Baltimore et Wilmington et les transcrivit avec la fureur d'un dément sculptant en plein roc. A trente ans d'intervalle, ils flottent encore dans l'éther ; je les ai entendu célébrer tels que je les ai transcrits, par une chanson merveilleusement nasillarde dans un programme de musique folklorique une nuit que je traversais la Nouvelle-Angleterre au volant de ma voiture. Ce qui nous amène au second problème : la vérité des mots — ou, sinon leur vérité, leur impossibilité. Car en fait Auschwitz ne vint-il pas bloquer le flot de cet amour titanesque, comme une fatale embolie bloque le flot sanguin de l'humanité ? Ou encore altérer totalement la nature de l'amour, au point de réduire à une absurdité l'idée qu'il est concevable d'aimer une fourmi, ou une salamandre, une vipère, un crapaud, une tarentule, un virus de la rage — ou même des choses belles et bénies — dans un monde qui a toléré que soit érigé le noir édifice d'Auschwitz ? Je ne sais. Peut-être est-il trop tôt encore pour pouvoir le dire. En tout cas, ces mots, je les ai préservés comme un témoignage d'espoir fragile mais pourtant obstiné...

Les derniers mots que j'ai conservés de mon journal englobent un vers, qui est de moi. J'espère qu'ils sont excusables si l'on considère le contexte d'où ils ont jailli. Car après les funérailles, je faillis bien tirer le rideau, comme on disait à l'époque en parlant de la forme la plus amnésique de l'ivresse. Je pris le métro pour Coney Island, dans l'espoir de parvenir à détruire mon chagrin. Je ne compris pas tout d'abord ce qui m'attirait de nouveau dans ces rues braillardes, qui n'avaient jamais compté à mes yeux parmi les plus sympathiques attraits de la ville. Mais en cette fin d'après-midi, le temps se maintint chaud et beau, je me sentais infiniment seul, et pour me perdre, l'endroit me parut bien en valoir un autre. Steeple Chase Park était fermé, comme tous les autres parcs d'attractions, et l'eau était trop froide pour les nageurs, mais la température clémente avait attiré des hordes de New-Yorkais. Au crépuscule et dans la lumière crue des néons, des centaines de voitures de sport et de badauds bloquaient les rues. Devant chez Victor, le miteux petit café où mes gonades avaient été si chimériquement

473

perturbées par Leslie Lapidus et sa trompeuse lubricité, je m'arrêtai, repartis, puis rebroussai chemin ; avec ses souvenirs de défaite, pour me laisser couler, l'endroit me paraissait bien en valoir un autre. Qu'est-ce donc qui pousse les êtres humains à s'infliger ces stupides petits coups de ciseau des souvenirs malheureux ? Mais j'oubliai bientôt Leslie. Je commandai un pichet de bière, puis un autre, et bus jusqu'à sombrer dans un enfer d'hallucinations.

Plus tard aux heures étoilées de la nuit, rafraîchie maintenant par l'haleine de l'automne et le vent humide venu de l'Atlantique, je me tins solitaire sur la plage. Là tout était silencieux et, à l'exception des étoiles flamboyantes, enveloppé de ténèbres ; d'étranges flèches et minarets, des toits gothiques, des tours baroques se profilaient en silhouettes graciles sur la lueur qui montait de la ville. La plus haute de ces tours, un portique au faîte ruisselant de câbles, pareil à une araignée, n'était autre que la tour du saut en parachute, et c'était du parapet le plus élevé de cette vertigineuse structure que j'avais entendu cascader le rire de Sophie plongeant vers la terre en compagnie de Nathan — tombant toute joyeuse en ce début de l'été, dont des siècles semblaient me séparer.

Ce fut alors qu'enfin les larmes jaillirent de mes yeux — non des larmes sentimentales et ivres, mais des larmes que, les sentant perler dans le train qui me ramenait à Washington, j'avais virilement essayé de retenir et ne pouvais plus retenir, les ayant refoulées avec tant de vigueur que tout à coup, de façon presque alarmante, elles se mirent à ruisseler en filets chauds entre mes doigts. Ce fut, naturellement, le souvenir du lointain plongeon de Sophie et de Nathan qui libéra ce flot, mais c'était aussi une explosion de fureur et de chagrin à la pensée de tous ceux si nombreux qui durant ces derniers mois avaient martelé mon esprit et exigeaient maintenant que je les pleure : Sophie et

Nathan, oui, mais aussi Jan et Eva — Eva et son *mis*
borgne — et Eddie Farrell, et Bobby Weed, et Artiste,
mon jeune sauveur noir, et Maria Hunt, et Nat Turner,
et Wanda Muck-Horch von Kretschmann, quelques-
uns seulement de tous les enfants battus, massacrés,
trahis et martyrisés de la terre. Je ne pleurais pas les
six millions de Juifs, ni les deux millions de Polonais,
ni le million de Serbes, ni les cinq millions de Russes
— je n'étais pas préparé à pleurer l'humanité entière —
mais, oui, je pleurais les autres, ces quelques-uns qui à
un titre ou à un autre m'étaient devenus chers, et mes
sanglots fracassèrent sans honte la paix de la plage
déserte ; puis je n'eus plus de larmes à verser et, les
jambes soudain bizarrement fragiles et flageolantes
pour un homme de vingt-deux ans, je me laissai
tomber sur le sable.

Et dormis. Je fis des rêves abominables — qui
semblaient être un condensé de tous les contes d'Edgar
Allan Poe : moi-même écartelé en deux par de monstrueux engins ; noyé dans un tourbillon de boue,
emmuré vivant dans la pierre, et plus effrayant encore,
enterré vivant. Toute la nuit je luttai contre une
sensation d'impuissance, de mutisme, une incapacité à
bouger ou hurler pour repousser le poids inexorable de
la terre rejetée en une morne cadence sur mon corps
inerte, roide et paralysé, cadavre vivant promis aux
obsèques dans les sables d'Egypte. Le désert était
âprement froid.

Lorsque je me réveillai, le jour pointait. Je demeurai
étendu là, les yeux fixés sur le ciel bleu-vert sous le
châle transparent de la brume ; pareille à une minuscule sphère de cristal, solitaire et sereine, Vénus
brillait à travers la brume au-dessus de l'océan paisible. Tout près, des voix d'enfants jacassaient. Je m'agitai. « Izzy, il est réveillé ! » « G'wan, y a une moustache
sur ta bouche ! » « Espèce d'enculé ! » Bénissant ma
résurrection, je constatai que, pour m'abriter, les

enfants m'avaient recouvert de sable et que je gisais aussi bien protégé qu'une momie sous le superbe pardessus qui m'enveloppait de la tête aux pieds. Ce fut alors que dans mon esprit je gravai les mots : *Sous le sable froid j'ai rêvé de la mort/mais me suis réveillé pour contempler/dans sa gloire, l'étoile brillante, l'étoile du matin.*

Ce n'était pas le jour du Jugement — seulement le matin. Le matin : excellent et juste.

DU MÊME AUTEUR

Aux Éditions Gallimard

LA PROIE DES FLAMMES
UN LIT DE TÉNÈBRES
LA MARCHE DE NUIT
LES CONFESSIONS DE NAT TURNER

COLLECTION FOLIO

Impression Bussière à Saint-Amand (Cher),
le 3 avril 1984.
Dépôt légal : avril 1984.
Numéro d'imprimeur : 452.
ISBN 2-07-037577-3./Imprimé en France.

33605